普通高等学校小学教育专业系列教材

中国古代文学作品选

主　编　苏艳霞　李　静

副主编　裴德云　黄海艳　徐广宇

编　者（按姓氏笔画排列）

王　颖　白　莉　申聪聪　冯春红　李培培　刘　娜

陈　婷　张　瑶　张华菲　张　磊　高建英　袁增欣

復旦大學 出版社

编写说明

　　《中国古代文学作品选》是和《中国古代文学简史》配套使用的教材,经典篇目的阅读是古代文学教学的重要手段,有助于提高学生的理解鉴赏能力,阅读经典也有助于提升学生的人文素养,钱理群教授认为,人类文明的成果,就是通过经典的阅读而代代相传的。

　　本教材面向专科起点的汉语言文学专业编写,编选了中国古代文学课程中重点的作家作品,选材上注意了作品的代表性、题材的广泛性、体裁的全面性以及风格的多样性,因此也适合广大文学爱好者阅读鉴赏。

　　在体例编排上,所选篇目有作者简介、原文、注释和简析四部分组成。作者简介部分,因配套的文学简史有更为详尽的介绍,所以简明扼要。原文部分,根据篇幅长短或选全文或者节选,主要依据原始版本,并参照了一些通行的本子。其中长篇经典作品的节选,是围绕某个典型人物选取若干片段,比如《项羽本纪》《三国演义》《水浒传》《红楼梦》就分别围绕项羽、曹操、林冲、林黛玉选取了多个情节,以便让学生更好地感悟人物性格,理解作品的艺术特色。注释部分,旨在对重点字词句进行注解,不做大段翻译。简析部分,主要从创作背景、作品内容、艺术特色以及文学史评价等方面展开,意在对学生的理解感悟阅读鉴赏起到启发作用。

　　本教材同样按照中国古代文学发展的轨迹进行编排,分为先秦、秦汉、魏晋南北朝、隋唐五代、宋代、元代、明代、清代、清末民初九个历史时段。每段的选文都涵盖了本时期文学创作的整体风貌,按诗歌、辞赋、散文、词、散曲、小说、戏剧等不同的文学样式进行分类编次,力图再现"一代有一代之胜"的文学成就,使整体性和代表性相结合。在《中国古代文学简史》中没有进行专章教学的内容,比如秦汉散文、魏晋南北朝辞赋及散文、宋代诗歌及散文、元代诗歌及散文、明代诗歌及散文、清代诗词文、晚清至民国初期文学等,考虑到内容的全面性,我们也分别选取了有代表性的篇目。

　　本教材由石家庄幼儿师范高等专科学校、湖南幼儿师范高等专科学校、黑龙江幼儿师范高等专科学校、保定幼儿师范高等专科学校、阜阳幼儿师范高等专科学校、安阳幼儿师范高等专科学校、贵阳幼儿师范高等专科学校联合编写。其中李静编写神话、《诗经》、汉赋、唐传奇、冯梦龙小说以及清代诗词文;徐广宇编写先秦散文、唐代散文以及《西厢记》;裴德云编写南宋词、陆游诗以及宋代话本;黄海艳编写唐五代词及北宋词;张磊编写先秦诗歌和辞赋、秦汉散文(不包括《史记》)、晚清至民国初期文学;张瑶编写汉代诗歌、陶渊明诗歌以及魏晋南北朝辞赋;王颖编写《项羽本纪》《红楼梦》;申聪聪编写魏晋南北朝诗歌、初唐诗歌、盛唐山水田园及边塞诗派诗歌以及宋代诗歌;刘娜编写魏晋南北朝散文、小说以及中晚唐诗歌;白莉编写李白、杜甫诗歌;高建英编写白居易、《梧桐雨》《倩女离魂》《拜月亭记》以及《琵琶记》;李培培编写宋代散文、《水浒传》《西游记》;陈婷编写《窦娥冤》《牡丹亭》《长生殿》以及《桃花扇》;张华菲编写元代散曲、诗歌、散文、《狂鼓史渔阳三弄》以及《浣纱记》;袁增欣编写《三国演义》《聊斋志异》《儒林外史》以及明代诗文。全书由苏艳霞和李静负责统稿,裴德云老师、黄海艳老师以及复旦大学出版社编辑提出了许多宝贵意见,在此一并致谢。

　　由于时间与水平所限,缺点疏漏在所难免,敬请各位同仁和广大读者给予批评指正,以便我们进一步修订和完善!

目录

先秦部分

秦 汉 部 分

魏晋南北朝部分

隋唐五代部分

宋 代 部 分

二、诗歌 / 226

元　代　部　分

明 代 部 分

三、诗歌 ／ 332

四、散文 ／ 336

清 代 部 分

一、小说 ／ 340

清末民初部分

先秦部分

* 一、神话

* 二、诗歌和辞赋

* 三、散文

一 神话

神话（四篇）

神话是中国古代文学的源头，它借助幻想表现了上古先民对自然、社会现象的认识和愿望。中国古代神话主要保存在《山海经》《淮南子》等著作中，根据内容可分为创世神话、始祖神话、洪水神话、战争神话、发明创造神话和个人英雄神话。神话曲折地反映了上古先民的生活和渴望战胜自然的愿望。

女娲补天[1]

往古之时，四极废[2]，九州裂[3]，天不兼覆，地不周载[4]。火爁焱而不灭[5]，水浩洋而不息。猛兽食颛民[6]，鸷鸟攫老弱[7]。于是女娲炼五色石以补苍天，断鳌足以立四极[8]，杀黑龙以济冀州[9]，积芦灰以止淫水。苍天补，四极正，淫水涸[10]，冀州平，狡虫死[11]，颛民生。

（出自《淮南子·览冥训》，据刘文典《淮南鸿烈集解》卷六，中华书局1989年版）

【注释】

（1）女娲：又称娲皇，中国神话的创世神，华夏民族人文先始。她抟土造人、创造万物、补天救世，本篇讲述的就是女娲止水补天、拯救人类的事迹。
（2）四极：传说中有四根立柱支撑着天。极，端。废：毁坏，折断。
（3）九州，泛指中国的大地。《尚书·禹贡》记载冀、兖、青、徐、扬、荆、豫、梁、雍为九州。州，水中陆地。
（4）兼，合拢。覆：覆盖。周：周全，完整。载：乘载。
（5）爁焱(làn yàn)：火势很大，绵延燃烧。
（6）颛(zhuān)：纯朴善良。
（7）鸷鸟：凶猛的鸟。攫(jué)：抓取。
（8）鳌(áo)：大海龟。
（9）黑龙：代指水怪，古人认为水灾与之相关，杀之以止水。济：救助。冀州：古九州之一，中原地带，泛指九州大地。
（10）水涸(hé)：洪水枯竭了。涸：干枯。
（11）狡虫：凶猛的禽兽。

【简析】

　　很多观点认为有关女娲的神话产生于母系氏族社会,女娲补天和女娲造人的神话塑造了一个有着奇异神通、辛勤劳作、对人类充满慈爱之情的女性形象。这则神话反映了母系氏族社会中妇女的地位和力量,表现了上古先民为改变生活环境而进行的大无畏斗争。上古时期生存环境恶劣,天塌地陷,大火肆虐,洪水横流,猛兽横行,女娲不畏艰险,炼石补天,断鳌足,杀黑龙,积芦灰,止淫水,拯救了人类,表现了先民敢于创造世界、改变世界的英勇精神。

共工怒触不周山⁽¹⁾

　　昔者共工与颛顼争为帝⁽²⁾,怒而触不周之山,天柱折,地维绝⁽³⁾。天倾西北,故日月星辰移焉⁽⁴⁾;地不满东南,故水潦尘埃归焉⁽⁵⁾。

　　　　　　　(出自《淮南子·天文训》,据刘文典《淮南鸿烈集解》卷三,中华书局 1989 年版)

【注释】

(1) 共工:又称共工氏,部落领袖,炎帝的后裔,古代神话中的水神。触:碰、撞。不周山:传说中的山名。
(2) 昔者:从前。颛顼(zhuān xū):传说中的五帝之一,黄帝的后裔。
(3) "天柱"句:是说撑天的柱子折了,挂地的绳子断了。古人认为天有八根柱子支撑,地的四角有大绳系挂。维,绳子。绝,断。
(4) 焉:这,这里。
(5) 水潦(lǎo):指江河湖泊一切流水。潦,积水。尘埃:尘土、沙子,这里指泥沙。

【简析】

　　共工触山,与女娲补天、后羿射日、嫦娥奔月并称为中国古代的四大神话。这则神话反映了远古部族间的斗争。随着人口增多,社会开始动荡了,水神共工氏和火神祝融氏在不周山大战,结果共工氏因为大败而怒撞不周山。这则神话也涉及了古代天文学的"盖天说",解释了日月星辰都向西北方移动、江河泥沙都流向东南方的现象。秦汉初期,女娲补天与共工触山是两个独立的神话故事,到了东汉时期,王充在《论衡·谈天篇》以"共工怒触不周山"为背景,解释了女娲补天中灾难发生的原因,两个神话做到了情节的衔接,成为动人的神话故事系列。

精卫填海⁽¹⁾

　　又北二百里⁽²⁾,曰发鸠之山⁽³⁾,其上多柘木⁽⁴⁾,有鸟焉,其状如乌⁽⁵⁾,文首⁽⁶⁾,白喙⁽⁷⁾,赤足⁽⁸⁾,名曰"精卫",其鸣自詨⁽⁹⁾。是炎帝之少女⁽¹⁰⁾,名曰女娃。女娃游于东海,溺而不返,故为精卫⁽¹¹⁾,常衔西山之木石,以堙于东海⁽¹²⁾。漳水出焉,东流注于河⁽¹³⁾。

　　　　　　　(出自《山海经·北山经》,据清嘉庆阮氏琅环仙馆刻本郝懿行《山海经笺疏》卷三)

【注释】

(1) 精卫:又名誓鸟、志鸟、帝女雀,传说是炎帝的小女儿,死后化为此鸟。
(2) 北:名词作动词,向北。

（3）发鸠之山：发鸠山，传说中的山名。

（4）柘（zhè）木：柘树，桑树的一种。

（5）乌：乌鸦。

（6）文首：头部有花纹。文，同"纹"，花纹。

（7）喙（huì）：鸟嘴。

（8）赤足：红色的脚。

（9）其鸣自詨（xiāo）：它的鸣叫声好像是自己呼叫自己的名字。詨，呼叫。

（10）炎帝：是传说中教人民种植五谷的神农氏。

（11）故：所以。为：变做。

（12）堙（yīn）：填塞。

（13）东：名词作动词，向东。

【简析】

　　这则神话表现了上古先民与自然抗争的不屈精神，推测产生于沿海部落。炎帝的小女儿在海里淹死了，她死后矢志复仇，化为精卫，衔木石填海不止。作品刻画了一个坚强、勇敢、悲壮的英雄形象。精卫顽强不懈、百折不回的斗争精神，明知不可为而为之的坚定信念，正是上古先民渴望征服自然、战胜自然的生动写照。

刑天[1]

　　刑天与帝争神[2]，帝断其首，葬之常羊之山[3]，乃以乳为目[4]，以脐为口[5]，操干戚以舞[6]。

　　（出自《山海经·海外西经》，转引自袁珂主编《古神话选释》，人民文学出版社1979年版）

【注释】

（1）刑天：也写作"形天"，因被黄帝砍掉脑袋而得名。刑，割断。天，头。

（2）帝：黄帝。争：争夺。神：神的威权。

（3）葬：埋。之：他，指刑天。常羊之山：常羊山，传说中西方的一个地方。

（4）乃：于是。乳：乳头。

（5）脐：肚脐。

（6）操：手持，拿着。干，盾牌。戚，类似斧子的武器。舞：挥动。

【简析】

　　刑天是炎帝的大臣，忠心耿耿，看到炎帝被黄帝推翻，就和黄帝争夺神权。最后首级被砍掉，他以两个乳头当作眼睛，张开肚脐作嘴，继续与黄帝战斗。刑天虽然失败，但他永不妥协的精神却永远激励着后人。陶渊明在《读山海经》诗句中写道："精卫衔微木，将以填沧海。刑天舞干戚，猛志固常在。"刑天成为神话故事中勇敢者的代表。

二 诗歌和辞赋

诗经（十三篇）

《诗经》是我国最早的一部诗歌总集,原称"诗"或"诗三百",汉代儒生始称《诗经》。共收录周代诗歌三百零五篇,另有六篇笙诗,有目无词。《诗经》中反映了西周初至春秋中叶社会生活的各个方面,包括祭歌与史诗、农事诗、燕飨颂歌与怨刺诗、战争徭役诗、婚姻爱情诗等。

国风

关雎

关关雎鸠⁽¹⁾,在河之洲。窈窕淑女,君子好逑⁽²⁾。

参差荇菜⁽³⁾,左右流之⁽⁴⁾。窈窕淑女,寤寐求之⁽⁵⁾。求之不得,寤寐思服⁽⁶⁾。悠哉悠哉⁽⁷⁾,辗转反侧⁽⁸⁾。

参差荇菜,左右采之。窈窕淑女,琴瑟友之⁽⁹⁾。参差荇菜,左右芼之⁽¹⁰⁾。窈窕淑女,钟鼓乐之。

（出自《诗经·国风·周南》,据阮刻《十三经注疏》本《毛诗注疏》卷一）

【注释】

（1）关关:水鸟叫声。雎鸠:水鸟。

（2）好逑(qiú):理想的配偶。逑,配偶。

（3）参差:长短不齐。荇(xìng)菜:多年生水草,夏天开黄色花,嫩叶可食。

（4）流:顺水势采摘。

（5）寤(wù):睡醒;寐:睡着。

（6）思:语助。服:思念、牵挂。

（7）悠:忧思的样子。

（8）辗:半转。反侧:反身,侧身。

（9）友:交好。

（10）芼(mào):选择,采摘。

【简析】

《关雎》是《诗经》的开篇之作,也是十五《国风》的第一篇。《论语·八佾》中评价此作"乐而不淫,哀而不伤",表现了一种中和之美,是中庸之道的典范。《毛诗序》认为此作歌颂了"后妃之德",之所以放到首篇是要"风天下而正夫妇也",古人认为夫妇之德是天下道德的基础。作品歌颂了坚贞美好的爱情,生动地描绘了青年男子对窈窕淑女的爱慕之情和合礼追求。作品以关雎起兴,引发心声,并以此作比,歌颂窈窕淑女以配君子的爱情。"参差荇菜,左右流之""参差荇菜,左右采之""参差荇菜,左右芼之",重章叠句的方式,环环相扣、层层递进,反复咏唱出对窈窕淑女的思恋,发乎情止乎礼,富有感染力。作品还运用双声、叠韵等手法,大量使用了"窈窕""参差""辗转"等词汇,整齐的四言句式,采用偶句入韵的方式进行押韵,增强了诗歌的音乐性和节奏感,形成一种回环往复的韵律美。

芣苢

采采芣苢⁽¹⁾,薄言采之⁽²⁾。采采芣苢,薄言有之⁽³⁾。
采采芣苢,薄言掇之⁽⁴⁾。采采芣苢,薄言捋之⁽⁵⁾。
采采芣苢,薄言袺之⁽⁶⁾。采采芣苢,薄言襭之⁽⁷⁾。

(出自《诗经·国风·周南》,据阮刻《十三经注疏》本《毛诗注疏》卷一)

【注释】

(1)采采:采而又采。芣苢(fú yǐ):植物名,即车前子,种子和全草入药。
(2)薄言:发语词,无义。
(3)有:取也。
(4)掇(duō):拾取。
(5)捋(luō):以手掌握物而脱取。
(6)袺(jié):用衣襟兜东西。
(7)襭(xié):翻转衣襟插于腰带以兜东西。

【简析】

《芣苢》是一首欢快的农事诗,简短细腻地描绘了妇女们摘取车前子的劳动场面,歌颂人民热爱劳动的美好品质。全诗三章,每章四句,使用了整齐的四言句式,浅显明快,采用典型的重章叠句形式,全诗只有六个动词发生了变化,却完整地描绘了采集的过程,"采、有、掇、捋、袺、襭"从开始采集到采集的方式再到采集的结果,层次丰富地呈现于读者眼前。全诗通篇用赋,节奏明快,音韵和谐,风格清新,意境优美,极为生动地传递了劳动者的喜悦之情。方玉润《诗经原始》点评此诗:"读者试平心静气,涵咏此诗,恍听田家妇女,三三五五,于平原旷野、风和日丽中,群歌互答,余音袅袅,若远若近,忽断忽续,不知其情之何以移而神之何以旷,则此诗可不必细绎而自得其妙焉。"

氓

氓之蚩蚩⁽¹⁾,抱布贸丝⁽²⁾。匪来贸丝,来即我谋⁽³⁾。送子涉淇⁽⁴⁾,至于顿丘⁽⁵⁾。匪我愆期⁽⁶⁾,子无良媒。将子无怒⁽⁷⁾,秋以为期。

乘彼垝垣⁽⁸⁾,以望复关⁽⁹⁾。不见复关,泣涕涟涟。既见复关,载笑载言⁽¹⁰⁾。尔卜尔筮⁽¹¹⁾,

体无咎言⁽¹²⁾。以尔车来,以我贿迁⁽¹³⁾。

桑之未落,其叶沃若⁽¹⁴⁾。于嗟鸠兮⁽¹⁵⁾,无食桑葚;于嗟女兮,无与士耽⁽¹⁶⁾。士之耽兮,犹可说也⁽¹⁷⁾;女之耽兮,不可说也。

桑之落矣,其黄而陨⁽¹⁸⁾。自我徂尔⁽¹⁹⁾,三岁食贫⁽²⁰⁾。淇水汤汤⁽²¹⁾,渐车帷裳⁽²²⁾。女也不爽⁽²³⁾,士贰其行⁽²⁴⁾。士也罔极⁽²⁵⁾,二三其德⁽²⁶⁾。

三岁为妇,靡室劳矣⁽²⁷⁾;夙兴夜寐⁽²⁸⁾,靡有朝矣。言既遂矣⁽²⁹⁾,至于暴矣。兄弟不知⁽³⁰⁾,咥其笑矣⁽³¹⁾。静言思之,躬自悼矣⁽³²⁾。

及尔偕老,老使我怨。淇则有岸,隰则有泮⁽³³⁾。总角之宴⁽³⁴⁾,言笑晏晏⁽³⁵⁾。信誓旦旦,不思其反。反是不思,亦已焉哉。

（出自《诗经·国风·卫风》,据阮刻《十三经注疏》本《毛诗注疏》卷三）

【注释】

（1）氓:民,男子。蚩蚩:老实的样子。

（2）布:货币。一说布匹。

（3）即:靠近。谋:商量。

（4）淇:淇水。

（5）顿丘:地名。

（6）愆(qiān):过,误。

（7）将(qiāng):愿,请。

（8）垝垣(guǐ yuán):破颓的墙。

（9）复关:诗中男子的住地。一说返回关来。

（10）载:语助词,一边……一边。

（11）卜:用龟甲卜吉凶。筮(shì):用蓍草占吉凶。

（12）体:卜卦之体。咎言:凶,不吉之言。

（13）贿:财物,嫁妆。

（14）沃若:像水浸润过一样有光泽。

（15）于嗟:吁嗟。鸠:斑鸠。传说斑鸠吃桑葚过多会醉。

（16）耽:迷恋,沉湎于爱情。

（17）说(tuō):音义与"脱"通,解脱。

（18）陨:坠落。

（19）徂(cú)尔:往你家,嫁与你。

（20）食贫:过贫苦生活。

（21）汤汤(shāng):水势盛大的样子。

（22）渐(jiān):沾湿。帷裳:车厢两旁的帷幕。

（23）爽:差错。

（24）贰:前后不一致。

（25）罔极:没有准则,行为多变。

（26）二三其德:三心二意。

（27）室劳:家务劳动。

（28）夙兴夜寐:起早睡晚。

（29）言：语助词，无义。遂：久，一说成。
（30）知：智。
（31）咥（xì）：讥笑。
（32）躬：自己，自身。悼：伤心。
（33）隰：当作湿，水名，即漯河。泮（pàn）：通"畔"，岸，水边。
（34）总角：古时儿童两边梳辫，如双角。指童年。
（35）晏晏：和悦的样子。

【简析】

　　《氓》是《卫风》中最长的民歌，也是诗歌史上最早的弃妇诗。作品以女子自述的口吻，回忆了自己恋爱、结婚、被虐待、被遗弃的全过程。全文共分六章，追忆了恋爱和婚嫁的甜蜜，用比兴手法，"桑之未落，其叶沃若。于嗟鸠兮，无食桑葚。于嗟女兮，无与士耽"总结自己的婚姻悲剧，哀叹自己被无情抛弃的悲惨经历，最后"她"痛悔万分，对自己的不幸遭遇无比愤恨，表现出决绝的态度。这是当时整个社会所有女性在婚姻问题上面临的悲剧，作品批判了男尊女卑的夫权制，暴露了女性在不平等社会制度下的悲惨遭遇。作品成功运用了赋、比、兴手法，叙事、抒情、议论紧密结合，塑造了善良忠贞、勤劳坚强的女主人公形象。

君子于役

　　君子于役(1)，不知其期，曷至哉(2)？鸡栖于埘(3)，日之夕矣，羊牛下来。君子于役，如之何勿思(4)！

　　君子于役，不日不月，曷其有佸(5)？鸡栖于桀(6)，日之夕矣，羊牛下括(7)。君子于役，苟无饥渴(8)！

（出自《诗经·国风·王风》，据阮刻《十三经注疏》本《毛诗注疏》卷四）

【注释】

（1）役：劳役。
（2）曷：何时。至：归家。
（3）埘（shí）：鸡舍。
（4）如之何勿思：如何不相思。
（5）有佸（yòu huó）：相会。
（6）桀：鸡栖木。一说指用木头搭成的鸡窝。
（7）括：来。
（8）苟：表推测的语气词，大概，也许。

【简析】

　　外有征夫，内有怨妇，《君子于役》是首思妇诗。日暮黄昏，鸡牛羊都回到了自己的窝圈，可女主人却夫妻离散，"不知其期""不日不月"，从侧面揭示了繁重的战争、徭役带给人民的巨大痛苦。全诗简短有力，只有两章，用重章叠句的形式抒发了女主人公对丈夫的思念和忧虑，用景物描写烘托渲染了人物的惆怅与痛苦。"君子于役,苟无饥渴!"语言平实,寄情邈远,表现了女主人公空虚孤独、对丈夫殷切思念的情怀。

伐檀

坎坎伐檀兮⁽¹⁾,置之河之干兮⁽²⁾。河水清且涟猗⁽³⁾。不稼不穑⁽⁴⁾,胡取禾三百廛兮⁽⁵⁾?不狩不猎,胡瞻尔庭有县貆兮⁽⁶⁾?彼君子兮,不素餐兮⁽⁷⁾!

坎坎伐辐兮⁽⁸⁾,置之河之侧兮。河水清且直猗⁽⁹⁾。不稼不穑,胡取禾三百亿兮⁽¹⁰⁾?不狩不猎,胡瞻尔庭有县特兮⁽¹¹⁾?彼君子兮,不素食兮!

坎坎伐轮兮⁽¹²⁾,置之河之漘兮⁽¹³⁾。河水清且沦猗⁽¹⁴⁾。不稼不穑,胡取禾三百囷兮⁽¹⁵⁾?不狩不猎,胡瞻尔庭有县鹑兮⁽¹⁶⁾?彼君子兮,不素飧兮⁽¹⁷⁾!

(出自《诗经·国风·魏风》,据阮刻《十三经注疏》本《毛诗注疏》卷五)

【注释】

(1)坎坎:用力伐木的声音。檀:青檀树。
(2)干:河岸。
(3)涟:风吹水面形成的波纹。猗:语气助词,没有实义。
(4)稼:种田。穑:收割。
(5)胡:为什么。禾:稻谷。廛(chán):束,捆。
(6)瞻:视,瞧。县:同"悬",挂。貆(huán):猪獾。形略似猪,又似狸。
(7)素:空,白。素餐:意思是白吃饭不干活。
(8)辐:车轮上的辐条。
(9)直:河水直条状的波纹。
(10)亿:束,捆。
(11)特:《毛传》:"兽三岁曰特。"
(12)轮:车轮。此指伐檀木为轮。
(13)漘(chún):崖、岸。
(14)沦:小波。
(15)囷(qūn):仓廪小而圆的叫囷,今人称为囤。
(16)鹑(chún):鹌鹑。
(17)飧(sūn):熟食。

【简析】

《伐檀》是一首怨刺诗,全诗充斥了对剥削者不劳而食的嘲骂,强烈地表达了劳动人民对统治者的怨恨,是《诗经》中反压迫反剥削最有代表性的篇目之一。全诗以描述伐檀木起头,劳动人民一边劳动,一边想到统治者的剥削,抑制不住心中的怒火,将对剥削者的怨恨一股脑倾泻出来。全诗采用了回旋重叠、反复咏叹的手法,"伐檀""伐辐""伐轮"部分多重叠,除了表明伐檀是为了造车之用,还说明了人民的劳动是无休止的。此诗三章意思相同,直抒胸臆,叙事中饱含了劳动人民愤怒的情感,对剥削者的冷嘲热讽表现得淋漓尽致,使作者的思想和感情得到畅快的倾泻。

硕鼠

硕鼠硕鼠[1]，无食我黍！三岁贯女[2]，莫我肯顾[3]。逝将去女[4]，适彼乐土。乐土乐土，爰得我所[5]。

硕鼠硕鼠，无食我麦！三岁贯女，莫我肯德[6]。逝将去女，适彼乐国。乐国乐国，爰得我直[7]。

硕鼠硕鼠，无食我苗！三岁贯女，莫我肯劳[8]。逝将去女，适彼乐郊。乐郊乐郊，谁之永号[9]。

（出自《诗经·国风·魏风》，据阮刻《十三经注疏》本《毛诗注疏》卷五）

【注释】

（1）硕鼠：一种专吃谷物的大田鼠。
（2）三岁：泛指多年。贯：事，侍奉。女：同"汝"，你。
（3）顾：顾怜。莫我肯顾：莫肯顾我。
（4）逝：用作"誓"，表坚决之意。去：离开。
（5）爰（yuán）：乃。
（6）德：这里的意思是感激。
（7）直：通"值"，代价。
（8）劳：慰劳。
（9）号：呼喊。

【简析】

《硕鼠》是《伐檀》的姊妹篇，也是一首怨刺诗。这是一首比体诗，即诗中所描绘的事物，并不是诗人真正要歌咏的对象，而是通过打比方来表意，借"咏物"来表达自己的思想观点，"以彼物比此物"是比体诗的主要特点。这首诗描写了令人厌恶的老鼠偷吃粮食，实际上是比喻不劳而获的剥削者。这首诗共三章，每章八句。全诗采用重叠递进的手法，一章比一章感情更加强烈，从"无食我黍"到"无食我麦"再到"无食我苗"，一层比一层残酷表现了剥削者的贪得无厌，将剥削者的残忍、贪婪的本性暴露无余，也将劳动人民的愤怒之情和反抗意识作了集中形象的体现。

蒹葭

蒹葭苍苍[1]，白露为霜。所谓伊人[2]，在水一方[3]。溯洄从之，道阻且长[4]。溯游从之[5]，宛在水中央[6]。

蒹葭萋萋[7]，白露未晞。所谓伊人，在水之湄[8]。溯洄从之，道阻且跻[9]。溯游从之，宛在水中坻[10]。

蒹葭采采[11]，白露未已[12]。所谓伊人，在水之涘[13]。溯洄从之，道阻且右[14]。溯游从之，宛在水中沚[15]。

（出自《诗经·国风·秦风》，据阮刻《十三经注疏》本《毛诗注疏》卷六）

【注释】

（1）蒹葭（jiān jiā）:芦苇。苍苍:茂盛深色状。

（2）伊人:那人。方:即一旁。

（3）溯洄:逆流向上。从:追寻,探求。

（4）阻:险阻,崎岖。

（5）溯游:顺流而下。

（6）宛:好像、仿佛。

（7）凄凄:同萋萋,茂盛状。

（8）湄:水草交接处,即岸边。

（9）跻（jī）:高起、登上高处。

（10）坻（chí）:水中小沙洲。

（11）采采:众多的样子。

（12）已:停止。

（13）涘（sì）:水边。

（14）右:迂回曲折。

（15）沚（zhǐ）:水中小沙滩,比坻稍大些。

【简析】

　　《蒹葭》篇幅短小,意蕴深厚,整个作品笼罩着一层朦胧迷离的美感。空幻朦胧的诗意表达,有人说是追求爱情,有人说是追求理想,有人说是探索人生的深刻体验。虽然有不同说法,现在大多数人仍把它解读为爱情诗。全诗三章,开篇写景,生动地描绘了露重霜浓的清秋景象,接着写作者对"伊人"的追寻,虽然满怀热情,但"道阻且长",崎岖险阻,最终可望而不可即。萧瑟清寥的景象与追求伊人而不得的空虚怅惘交相呼应,情调凄婉动人。作品采用了重章复沓的手法,一唱三叹,回环往复,以秋景起兴,刻画了细腻的心理感受,虚实相生,情景交融,情调凄婉感人,意境朦胧深邃。

无衣

岂曰无衣?与子同袍[1]。王于兴师[2],修我戈矛,与子同仇[3]!

岂曰无衣?与子同泽[4]。王于兴师,修我矛戟,与子偕作[5]!

岂曰无衣?与子同裳[6]。王于兴师,修我甲兵[7],与子偕行[8]!

　　　　　　　　　　　　（出自《诗经·国风·秦风》,据阮刻《十三经注疏》本《毛诗注疏》卷六）

【注释】

（1）袍:长袍。

（2）王:指周王,秦国出兵以周天子之命为号召。一说指秦君。

（3）同仇:共同对敌。

（4）泽:通"襗",内衣,如今之汗衫。

（5）作:起。

（6）裳：下衣，此指战裙。

（7）甲兵：铠甲与兵器。

（8）行：往。

【简析】

《无衣》是一首充满爱国主义激情的慷慨战歌，呐喊出了秦地人民抗击西戎入侵者的军威声势。全诗共有三章，采用重章复沓的形式，层层推进，从情感上共同抵御外侮，到最后战士们齐赴前线共同杀敌，突出了同仇敌忾、团结御敌的精神。作品以问起句，节奏感强，言浅意丰，士气高昂。读来慷慨豪壮，催人奋发，有极强的感召力。

七月

七月流火⁽¹⁾，九月授衣⁽²⁾。一之日觱发⁽³⁾，二之日栗烈⁽⁴⁾。无衣无褐⁽⁵⁾，何以卒岁⁽⁶⁾？三之日于耜⁽⁷⁾，四之日举趾⁽⁸⁾。同我妇子，馌彼南亩⁽⁹⁾。田畯至喜⁽¹⁰⁾。

七月流火，九月授衣。春日载阳⁽¹¹⁾，有鸣仓庚⁽¹²⁾。女执懿筐⁽¹³⁾，遵彼微行⁽¹⁴⁾，爰求柔桑⁽¹⁵⁾。春日迟迟，采蘩祁祁⁽¹⁶⁾。女心伤悲，殆及公子同归⁽¹⁷⁾！

七月流火，八月萑苇⁽¹⁸⁾。蚕月条桑⁽¹⁹⁾，取彼斧斨⁽²⁰⁾。以伐远扬⁽²¹⁾，猗彼女桑⁽²²⁾。七月鸣鵙⁽²³⁾，八月载绩⁽²⁴⁾。载玄载黄，我朱孔阳⁽²⁵⁾，为公子裳。

四月秀葽⁽²⁶⁾，五月鸣蜩⁽²⁷⁾。八月其获，十月陨萚⁽²⁸⁾。一之日于貉，取彼狐狸，为公子裘。二之日其同⁽²⁹⁾，载缵武功⁽³⁰⁾。言私其豵⁽³¹⁾，献豜于公⁽³²⁾。

五月斯螽动股⁽³³⁾，六月莎鸡振羽⁽³⁴⁾。七月在野，八月在宇，九月在户，十月蟋蟀入我床下。穹窒熏鼠⁽³⁵⁾，塞向墐户⁽³⁶⁾。嗟我妇子，曰为改岁⁽³⁷⁾，入此室处。

六月食郁及薁⁽³⁸⁾，七月亨葵及菽⁽³⁹⁾。八月剥枣，十月获稻。为此春酒，以介眉寿⁽⁴⁰⁾。七月食瓜，八月断壶⁽⁴¹⁾，九月叔苴⁽⁴²⁾，采荼薪樗⁽⁴³⁾。食我农夫⁽⁴⁴⁾。

九月筑场圃，十月纳禾稼。黍稷重穋⁽⁴⁵⁾，禾麻菽麦。嗟我农夫，我稼既同，上入执宫功⁽⁴⁶⁾。昼尔于茅⁽⁴⁷⁾，宵尔索绹⁽⁴⁸⁾，亟其乘屋⁽⁴⁹⁾，其始播百谷。

二之日凿冰冲冲⁽⁵⁰⁾，三之日纳于凌阴⁽⁵¹⁾。四之日其蚤⁽⁵²⁾，献羔祭韭。九月肃霜⁽⁵³⁾，十月涤场⁽⁵⁴⁾。朋酒斯飨⁽⁵⁵⁾，曰杀羔羊，跻彼公堂⁽⁵⁶⁾。称彼兕觥⁽⁵⁷⁾：万寿无疆！

（出自《诗经·国风·豳风》，据阮刻《十三经注疏》本《毛诗注疏》卷八）

【注释】

（1）流：落下。火：星名，又称大火。流火，火星渐向西下，是暑退将寒的时候。

（2）授衣：叫妇女缝制冬衣。

（3）一之日：周历一月，夏历十一月。以下类推。觱（bì）发：寒风吹起。

（4）栗烈：寒气袭人。

（5）褐（hè）：粗布衣服。

（6）卒岁：终岁，年底。

（7）于：为，修理。耜（sì）：古代的一种农具。

（8）举趾：抬足，这里指下地种田。

（9）馌（yè）：往田里送饭。南亩：南边的田地。

（10）田畯:(jùn):农官。喜(chì):通"饎",请吃酒菜。

（11）载阳:天气开始暖和。

（12）仓庚:黄莺。

（13）懿筐:深筐。

（14）遵:沿着。微行:小路。

（15）爰:于,于是。柔桑:柔嫩的桑叶。

（16）蘩:白蒿。祁祁:人多的样子。

（17）殆:危,引申为害怕。

（18）萑(huán)苇:芦苇。

（19）蚕月:养蚕的月份,即夏历三月。条:修剪。

（20）斧斨(qiāng):装柄处圆孔的叫斧,方孔的叫斨。

（21）远扬:向上长的长枝条。

（22）猗(yī):攀折。女桑:嫩桑。

（23）鵙(jú):伯劳鸟,叫声响亮。

（24）绩:织麻布。

（25）朱:红色。孔阳:很鲜艳。

（26）秀葽(yāo):秀是草木结籽,葽是草名。

（27）蜩(tiáo):蝉,知了。

（28）陨:落下。萚(tuò):枝叶脱落。

（29）同:会合。

（30）缵:继续。武功:指打猎。

（31）豵(zōng):一岁的野猪。

（32）豜(jiān):三岁的野猪。

（33）斯螽(zhōng):蚱蜢。动股:蚱蜢鸣叫时要弹动腿。

（34）莎鸡:纺织娘(虫名)。

（35）穹窒:堵塞鼠洞。

（36）向:朝北的窗户。墐:用泥涂抹。

（37）改岁:除岁。

（38）郁:郁李。薁(yù):野葡萄。

（39）亨:烹。葵:滑菜。菽:豆。

（40）介:求取。眉寿:长寿。

（41）壶:同"瓠",葫芦。

（42）叔:抬起。苴(jū):秋麻籽,可吃。

（43）荼(tú):苦菜。薪:砍柴。樗(chū):臭椿树。

（44）食(sì):把食物给人吃。

（45）重:晚熟作物。穋(lù):早熟作物。

（46）上:同"尚"。宫功:修建宫室。

（47）于茅:割取茅草。

（48）索绹(táo):搓绳子。

（49）亟:急忙。乘屋:爬上房顶去修理。

（50）冲冲:用力敲冰的声音。

（51）凌阴:冰室。

（52）蚤:早,一种祭祖仪式。

（53）肃霜:降霜。

（54）涤场:打扫场院。

（55）朋酒:两壶酒。飨(xiǎng):用酒食招待客人。

（56）跻:登上。公堂:庙堂。

（57）称:举起。兕觥(sì gōng):古时的酒器。

【简析】

　　方玉润在《诗经原始》中评价《七月》"一篇所言皆农桑稼穑之事",这是篇优秀的现实主义作品,它细致地描绘了西周早期的农业生产情况,同时也真实生动地展示了西周奴隶们一年四季繁重的劳动和穷苦悲惨的生活图景。全诗共有八章,是《豳风》中最长的一首诗,首章从岁寒写到春耕,接下来以月令为序,写了奴隶们十二个月的农事活动:妇女采桑纺织、制作衣帛,男子猎取野兽、采藏果蔬、修缮房屋,末章写凿冰、藏冰和年终燕饮、祭祀,预示着又一年繁重的劳作开始,首尾呼应,突出了奴隶劳作之苦生存之艰。全诗通篇采用"赋"的手法,繁重的劳作和奴隶们无衣无食的生活形成对比,深刻展示了阶级对立的本质,运用景物衬托和暗传手法,增强了诗歌的真实性和生动性。语言朴实无华,情感凄切真挚。

二雅

鹿鸣

　　呦呦鹿鸣(1),食野之苹(2)。我有嘉宾,鼓瑟吹笙。吹笙鼓簧(3),承筐是将(4)。人之好我,示我周行(5)。

　　呦呦鹿鸣,食野之蒿。我有嘉宾,德音孔昭(6)。视民不恌(7),君子是则是效(8)。我有旨酒(9),嘉宾式燕以敖(10)。

　　呦呦鹿鸣,食野之芩(11)。我有嘉宾,鼓瑟鼓琴。鼓瑟鼓琴,和乐且湛(12)。我有旨酒,以燕乐嘉宾之心。

　　　　　　　　（出自《诗经·小雅·鹿鸣之什》,据阮刻《十三经注疏》本《毛诗注疏》卷九）

【注释】

（1）呦(yōu)呦:鹿的叫声。

（2）苹:藾蒿。

（3）簧:笙上的簧片。笙是用几根有簧片的竹管,一根吹气管装在斗子上做成的。

（4）承筐:指奉上礼品。将:送,献。

（5）周行(háng):大道,引申为大道理。

（6）德音:美好的品德声誉。孔:很。

（7）视:通"示"。恌:通"佻"。

（8）则:法则,楷模,此作动词。

（9）旨:甘美。

（10）式:语助词。燕:同"宴"。敖:同"遨",嬉游。

（11）芩(qín):草名,蒿类植物。

（12）湛(dān):深厚。

【简析】

　　《鹿鸣》是《小雅》的第一篇,是首燕飨诗,即君臣、亲朋欢聚宴享时所唱的歌。据朱熹《诗集传》,此诗原是君王宴请群臣时所唱,后从贵族宴会推广到民间乡人。全诗共三章,始终洋溢着欢快热闹的气氛,重章复沓,每章八句,开头都以鹿鸣起兴。"呦呦鹿鸣",此起彼应的鸣声和谐悦耳,奠定了全诗祥和愉悦的基调,有助于缓解君臣之间的拘谨,周代是农业宗法社会,宗族间和谐美好的关系是维系社会稳定的重要纽带,燕飨的目的已不是单纯的享乐,"亲亲之道,宗法之义",利用这种血缘宗亲的关系加强统治,才是宴会的主题。关于作品的主题有美诗和刺诗两种不同意见,无可争议的是全诗自始至终洋溢着"鼓瑟吹笙"的欢快气氛,生动地表现了宴会上嘉宾琴瑟歌咏以及宾主间互敬互融的情状。

采薇

　　采薇采薇⁽¹⁾,薇亦作止⁽²⁾。曰归曰归,岁亦莫止⁽³⁾。靡室靡家⁽⁴⁾,猃狁之故⁽⁵⁾。不遑启居⁽⁶⁾,猃狁之故。

　　采薇采薇,薇亦柔止⁽⁷⁾。曰归曰归,心亦忧止。忧心烈烈,载饥载渴。我戍未定,靡使归聘⁽⁸⁾。

　　采薇采薇,薇亦刚止⁽⁹⁾。曰归曰归,岁亦阳止⁽¹⁰⁾。王事靡盬⁽¹¹⁾,不遑启处。忧心孔疚⁽¹²⁾,我行不来!

　　彼尔维何⁽¹³⁾?维常之华。彼路斯何⁽¹⁴⁾?君子之车。戎车既驾,四牡业业⁽¹⁵⁾。岂敢定居?一月三捷⁽¹⁶⁾。

　　驾彼四牡,四牡骙骙⁽¹⁷⁾。君子所依,小人所腓⁽¹⁸⁾。四牡翼翼⁽¹⁹⁾,象弭鱼服⁽²⁰⁾。岂不日戒⁽²¹⁾?猃狁孔棘⁽²²⁾!

　　昔我往矣,杨柳依依⁽²³⁾。今我来思,雨雪霏霏⁽²⁴⁾。行道迟迟,载渴载饥。我心伤悲,莫知我哀!

　　　　　　　（出自《诗经·小雅·鹿鸣之什》,据阮刻《十三经注疏》本《毛诗注疏》卷九）

【注释】

（1）薇:野豌豆苗,可食。

（2）作:初生。止:语气助词,没有实义。

（3）莫:通"暮",晚。

（4）靡室靡家:没有家室生活。

（5）猃狁(xiǎn yǔn):北方少数民族戎狄。

（6）遑:空闲。启:坐下。居:住下。

（7）柔:软嫩。这里指初生的薇菜。

（8）聘:问候。

（9）刚:坚硬。这里指菠菜已长大。

（10）阳:指农历十月。

（11）盬(gǔ):止息。

（12）疚:病。

（13）尔:花开茂盛的样子。

（14）路:辂,大车。

（15）牡:雄马。业业:强壮的样子。

（16）捷:交战,作战。

（17）骙骙(kuí):马强壮的样子。

（18）腓(féi):隐蔽,掩护。

（19）弭(mǐ):弓两头的弯曲处。鱼服:鱼皮制的箭袋。

（20）翼翼:安闲状,谓马训练有素。

（21）日戒:日日警惕戒备。

（22）棘:危急。

（23）依依:茂盛的样子。

（24）霏霏:纷纷下落的样子。

（25）迟迟:迟缓。

【简析】

　　《毛诗序》中说:"采薇,遣戍役也。文王之时,西有昆夷之患,北有猃狁之难,以天子之命,命将率、遣戍役,以守卫中国,故歌《采薇》以遣之,《出车》以劳还,《杕杜》以勤归也。"这首诗是一首戍边之歌,描述一位戍边战士在归途中回忆自己戍守边关和思家的苦楚,表达了主人公保疆卫土的决心和热爱国家的思想感情。全诗分为六章,每章八句。采用了重叠的句式与比兴的手法,言浅意深,情景交融。清代王夫之在《姜斋诗话》卷一中评价末章四句:"'昔我往矣,杨柳依依;今我来思,雨雪霏霏。'以乐景写哀,以哀景写乐,一倍增其哀乐。"这四句也历来被认为是《诗经》中最有名的句子。

生民

　　厥初生民(1),时维姜嫄(2)。生民如何? 克禋克祀(3),以弗无子(4)。履帝武敏歆(5),攸介攸止(6),载震载夙(7)。载生载育,时维后稷。

　　诞弥厥月(8),先生如达(9)。不拆不副(10),无菑无害(11)。以赫厥灵。上帝不宁(12),不康禋祀(13),居然生子!

　　诞寘之隘巷(14),牛羊腓字之(15)。诞寘之平林(16),会伐平林(17)。诞寘之寒冰,鸟覆翼之(18)。鸟乃去矣,后稷呱矣(19)。实覃实訏(20),厥声载路(21)。

　　诞实匍匐(22),克岐克嶷(23)。以就口食(24)。蓺之荏菽(25),荏菽旆旆(26)。禾役穟穟(27),麻麦幪幪(28),瓜瓞唪唪(29)。

　　诞后稷之穑(30),有相之道(31)。茀厥丰草(32),种之黄茂(33)。实方实苞(34),实种实褎(35)。实发实秀(36),实坚实好(37)。实颖实栗(38),即有邰家室(39)。

　　诞降嘉种(40),维秬维秠(41),维穈维芑(42)。恒之秬秠(43),是获是亩。恒之穈芑,是任是负⁽⁴⁴⁾。以归肇祀⁽⁴⁵⁾。

　　诞我祀如何？或舂或揄⁽⁴⁶⁾,或簸或蹂⁽⁴⁷⁾。释之叟叟⁽⁴⁸⁾,烝之浮浮⁽⁴⁹⁾。载谋载惟⁽⁵⁰⁾。取萧祭脂⁽⁵¹⁾,取羝以軷⁽⁵²⁾,载燔载烈⁽⁵³⁾,以兴嗣岁⁽⁵⁴⁾。

　　卬盛于豆⁽⁵⁵⁾,于豆于登⁽⁵⁶⁾。其香始升,上帝居歆⁽⁵⁷⁾。胡臭亶时⁽⁵⁸⁾！后稷肇祀。庶无罪悔,以迄于今。

　　　　　　　　（出自《诗经·大雅·生民之什》,据阮刻《十三经注疏》本《毛诗注疏》卷十七）

【注释】

（1）厥初:其初。

（2）时:是。姜嫄(yuán):传说中有邰氏之女,周始祖后稷之母。

（3）克:能。禋(yīn):祭天的一种礼仪。

（4）弗:"祓"的假借,除灾求福的祭祀。

（5）履:践踏。帝:上帝。武:足迹。敏:通"拇",大踇趾。

（6）攸:语助词。介:通"祄",神保佑。止:通"祉",神降福。

（7）载震载夙(sù):或震或肃,指十月怀胎。

（8）诞:迨,到了。弥:满。

（9）先生:头生,第一胎。如:而。达:滑利。

（10）坼(chè):裂开。副(pì):破裂。不坼不副:不坼裂,不破开。指连胞衣生下。

（11）菑(zāi):同"灾"。

（12）不:发声词,无义。宁:安宁。

（13）康:安乐。

（14）寘(zhì):弃置。隘巷:狭巷。

（15）腓(féi):庇护。字:哺育,抚养。

（16）平林:平地的林子。

（17）会:恰好。

（18）鸟覆翼之:大鸟张翼覆盖他。

（19）呱(gū):小儿哭声。

（20）实:是。覃(tán):长。讦(xū):大。

（21）载:充满。

（22）匍匐:伏地爬行。

（23）岐:知意。嶷(yí):识。

（24）就:趋往。口食:犹今言吃食。

（25）蓺(yì):同"艺",种植。荏菽:大豆。

（26）旆(pèi)旆:草木茂盛。

（27）禾役:禾颖,禾穗子。穟(suì)穟:禾穗美好的样子。

（28）幪(méng)幪:茂密的样子。

（29）瓞(dié):小瓜。唪(fěng)唪:果实累累的样子。

（30）穑:耕种。

（31）相:视,观察。

（32）茀:拂,拔除。丰草:长草。

（33）黄茂：指黍、稷。言又黄熟，又茂盛。

（34）实：是。方：同"放"，萌芽始出地面。苞：通"包"，指包叶，含苞。

（35）种：禾芽始出。褎（xiù）：禾苗渐渐长高。

（36）发：发茎。秀：秀穗。

（37）坚：谷粒灌浆饱满。

（38）颖：禾穗末梢下垂。栗：栗栗，形容收获众多貌。

（39）邰（tái）：地名，传说中后稷的封地，今陕西省武功县。

（40）降：赐与。

（41）秬（jù）：黑黍。秠（pǐ）：黍的一种，一个黍壳中含有两粒黍米。

（42）穈（méi）：赤苗，红米。芑（qǐ）：白苗，白米。

（43）恒：遍。

（44）任：挑起。负：背起。

（45）肇：开始。祀：祭祀。

（46）舂：舂米脱糠。揄（yǎo）：舀，从臼中取出舂好之米。

（47）簸：扬米去糠。蹂：以手搓余剩的谷皮。

（48）释：淘米。叟叟：淘米的声音。

（49）烝：通"蒸"。浮浮：热气上升貌。

（50）谋：计议。惟：考虑。

（51）萧：香蒿。脂：牛油。

（52）羝（dǐ）：公羊。軷（bó）：即剥去羊皮。

（53）燔（fán）：将肉放在火里烧炙。烈：将肉贯穿起来架在火上烤。

（54）嗣岁：新岁，来年。

（55）卬（áng）：我。豆：古代一种高脚容器。

（56）登：瓦制容器。

（57）居歆：为歆，应该前来享受。

（58）胡臭亶（xiù dǎn）时：为什么香气诚然如此好。臭，香气；亶，诚然，确实；时：善，好。

【简析】

　　《生民》是《诗经》中具有史诗性质的作品，是《大雅》中记载周部落发祥史的首篇。作品记叙了周始祖后稷的事迹，他的出生带有浓厚的神话色彩，姜嫄履脚印而受孕，后稷被遗弃后受到牛羊鸟兽的保护，从小就表现出开发农业生产技术这种超卓不凡的才能，在农业种植方面有突出本领，教会人民种植谷物，发展农业、安民立业。后稷半神半人的形象，表现了人类勤劳、勇敢、勇于征服自然的美德，反映了进入农业社会的远古人民对发展农业生产的重视。本诗是纯赋体诗，运用排比、对仗、叠字生动细腻地描绘了生产劳动的场面，句式整齐，音韵和谐，同时也有很强的纪实性，表现了崇高的民族自豪感。

颂

丰年

丰年多黍多稌⁽¹⁾。亦有高廪⁽²⁾，万亿及秭⁽³⁾。为酒为醴⁽⁴⁾，烝畀祖妣⁽⁵⁾。以洽百礼⁽⁶⁾。

降福孔皆⁽⁷⁾。

（出自《诗经·周颂·臣工之什》，据阮刻《十三经注疏》本《毛诗注疏》卷十九）

【注释】

（1）丰年：丰收之年。稌（dù）：稻。

（2）高廪（lǐn）：高大的粮仓。

（3）万亿及秭（zǐ）：周代以十千为万，十万为亿，十亿为秭。极言粮食之多。

（4）醴（lǐ）：甜酒。此处是指用收获的稻黍酿造成清酒和甜酒。

（5）烝（zhēng）：献。畀（bì）：给予。祖妣（bǐ）：指男女祖先。

（6）洽（qià）：配合。百礼：指各种祭祀礼仪。

（7）孔：很，甚。皆：普遍。

【简析】

　　《丰年》是周人为庆祝丰收而祭祀田神的乐诗。《毛诗序》云："《丰年》，秋冬报也。"在我国古代，农业占有相当重要的地位，因此人们称国家为社稷，社是土神，稷是谷神，人们的生存依赖于农业生产，而由于当时条件限制，农业基本上靠天。所以遇到好的收成，人们自然会大肆庆祝。诗中描述了丰收的场景，并用丰收粮食酿造的美酒祭祀神灵，希望祖先多多降福。全诗主要运用赋的手法，语言质朴简洁。宋代朱熹《诗集传》中评论说："赋也。此秋冬报赛田事之乐歌，盖祀田祖、先农、方社之属也。言其收入之多，至于可以供祭祀，备百礼，而神降之福将甚遍也。"

楚辞（三篇）

屈原赋

　　屈原（前340—前278），出生于楚国丹阳（今湖北秭归），楚武王熊通之子屈瑕的后代。战国时期楚国诗人、政治家。芈姓，屈氏，名平，字原；又自云名正则，字灵均。主要作品有《离骚》《九歌》《九章》《天问》等。他创作的《离骚》是中国浪漫主义文学的源头，与《诗经》并称"风骚"，对后世诗歌产生了深远影响。

离骚⁽¹⁾（节选）

　　跪敷衽以陈辞兮⁽²⁾，耿吾既得此中正⁽³⁾。驷玉虬以桀鹥兮⁽⁴⁾，溘埃风余上征⁽⁵⁾。朝发轫於苍梧兮⁽⁶⁾，夕余至乎县圃⁽⁷⁾。欲少留此灵琐兮，日忽忽其将暮。吾令羲和弭节兮⁽⁹⁾，望崦嵫而勿迫⁽¹⁰⁾。路曼曼其修远兮⁽¹¹⁾，吾将上下而求索。饮余马于咸池兮⁽¹²⁾，总余辔乎扶桑⁽¹³⁾。折若木以拂日兮⁽¹⁴⁾，聊逍遥以相羊⁽¹⁵⁾。前望舒使先驱兮⁽¹⁶⁾，后飞廉使奔属⁽¹⁷⁾。鸾皇为余先戒兮⁽¹⁸⁾，雷师告余以未具⁽¹⁹⁾。吾令凤鸟飞腾兮，继之以日夜。飘风屯其相离兮⁽²⁰⁾，帅云霓而来御⁽²¹⁾。纷总总其离合兮⁽²²⁾，斑陆离其上下⁽²³⁾。吾令帝阍开关兮⁽²⁴⁾，倚阊阖而望予⁽²⁵⁾。时暧暧其将罢兮⁽²⁶⁾，结幽兰而延伫。世溷浊而不分兮⁽²⁷⁾，好蔽美而嫉妒。

朝吾将济于白水兮⁽²⁸⁾，登阆风而绁马⁽²⁹⁾。忽反顾以流涕兮，哀高丘之无女。溘吾游此春宫兮，折琼枝以继佩⁽³⁰⁾。及荣华之未落兮，相下女之可诒⁽³¹⁾。吾令丰隆乘云兮⁽³²⁾，求宓妃之所在⁽³³⁾。解佩纕以结言兮⁽³⁴⁾，吾令蹇修以为理⁽³⁵⁾。纷总总其离合兮，忽纬繣其难迁⁽³⁶⁾。夕归次于穷石兮⁽³⁷⁾，朝濯发乎洧盘⁽³⁸⁾。保厥美以骄傲兮⁽³⁹⁾，日康娱以淫游。虽信美而无礼兮，来违弃而改求。览相观于四极兮⁽⁴⁰⁾，周流乎天余乃下⁽⁴¹⁾。望瑶台之偃蹇兮⁽⁴²⁾，见有娀之佚女⁽⁴³⁾。吾令鸩为媒兮⁽⁴⁴⁾，鸩告余以不好。雄鸠之鸣逝兮，余犹恶其佻巧⁽⁴⁵⁾。心犹豫而狐疑兮⁽⁴⁶⁾，欲自适而不可⁽⁴⁷⁾。凤皇既受诒兮⁽⁴⁸⁾，恐高辛之先我⁽⁴⁹⁾。欲远集而无所止兮，聊浮游以逍遥。及少康之未家兮⁽⁵⁰⁾，留有虞之二姚⁽⁵¹⁾。理弱而媒拙兮，恐导言之不固⁽⁵²⁾。世溷浊而嫉贤兮，好蔽美而称恶。闺中既以邃远兮⁽⁵³⁾，哲王又不寤⁽⁵⁴⁾。怀朕情而不发兮，余焉能忍而与此终古？

索琼茅以筳篿兮⁽⁵⁵⁾，命灵氛为余占之⁽⁵⁶⁾。曰："两美其必合兮⁽⁵⁷⁾，孰信修而慕之⁽⁵⁸⁾？思九州之博大兮，岂唯是其有女？⁽⁵⁹⁾"曰："勉远逝而无狐疑兮⁽⁶⁰⁾，孰求美而释女⁽⁶¹⁾？何所独无芳草兮，尔何怀乎故宇？⁽⁶²⁾"世幽昧以昡曜兮⁽⁶³⁾，孰云察余之善恶？民好恶其不同兮，惟此党人其独异⁽⁶⁴⁾！户服艾以盈要兮⁽⁶⁵⁾，谓幽兰其不可佩。览察草木其犹未得兮，岂珵美之能当⁽⁶⁶⁾？苏粪壤以充帏兮⁽⁶⁷⁾，谓申椒其不芳。

欲从灵氛之吉占兮，心犹豫而狐疑。巫咸将夕降兮⁽⁶⁸⁾，怀椒糈而要之⁽⁶⁹⁾。百神翳其备降兮⁽⁷⁰⁾，九疑缤其并迎⁽⁷¹⁾。皇剡剡其扬灵兮⁽⁷²⁾，告余以吉故⁽⁷³⁾。曰："勉升降以上下兮，求矩矱之所同⁽⁷⁴⁾。汤、禹俨而求合兮⁽⁷⁵⁾，挚、咎繇而能调⁽⁷⁶⁾。苟中情其好修兮，又何必用夫行媒？说操筑于傅岩兮⁽⁷⁷⁾，武丁用而不疑⁽⁷⁸⁾。吕望之鼓刀兮⁽⁷⁹⁾，遭周文而得举。宁戚之讴歌兮⁽⁸⁰⁾，齐桓闻以该辅⁽⁸¹⁾。及年岁之未晏兮⁽⁸²⁾，时亦犹其未央⁽⁸³⁾。恐鹈鴂之先鸣兮⁽⁸⁴⁾，使夫百草为之不芳。"

何琼佩之偃蹇兮⁽⁸⁵⁾，众薆然而蔽之⁽⁸⁶⁾。惟此党人之不谅兮⁽⁸⁷⁾，恐嫉妒而折之。时缤纷其变易兮，又何可以淹留⁽⁸⁸⁾？兰芷变而不芳兮，荃蕙化而为茅⁽⁸⁹⁾。何昔日之芳草兮，今直为此萧艾也⁽⁹⁰⁾？岂其有他故兮，莫好修之害也！余以兰为可恃兮⁽⁹¹⁾，羌无实而容长⁽⁹²⁾。委厥美以从俗兮⁽⁹³⁾，苟得列乎众芳。椒专佞以慢慆兮⁽⁹⁴⁾，樧又欲充夫佩帏⁽⁹⁵⁾。既干进而务入兮⁽⁹⁶⁾，又何芳之能祗⁽⁹⁷⁾？固时俗之流从兮，又孰能无变化？览椒兰其若兹兮，又况揭车与江离⁽⁹⁸⁾？惟兹佩之可贵兮，委厥美而历兹。芳菲菲而难亏兮，芬至今犹未沬⁽⁹⁹⁾。和调度以自娱兮⁽¹⁰⁰⁾，聊浮游而求女。及余饰之方壮兮⁽¹⁰¹⁾，周流观乎上下。

灵氛既告余以吉占兮，历吉日乎吾将行⁽¹⁰²⁾。折琼枝以为羞兮⁽¹⁰³⁾，精琼爢以为粻⁽¹⁰⁴⁾。为余驾飞龙兮，杂瑶象以为车⁽¹⁰⁵⁾。何离心之可同兮？吾将远逝以自疏⁽¹⁰⁶⁾。遭吾道夫昆仑兮⁽¹⁰⁷⁾，路修远以周流。扬云霓之晻蔼兮⁽¹⁰⁸⁾，鸣玉鸾之啾啾⁽¹⁰⁹⁾。朝发轫于天津兮⁽¹¹⁰⁾，夕余至乎西极。凤皇翼其承旂兮⁽¹¹¹⁾，高翱翔之翼翼⁽¹¹²⁾。忽吾行此流沙兮⁽¹¹³⁾，遵赤水而容与⁽¹¹⁴⁾。麾蛟龙使梁津兮⁽¹¹⁵⁾，诏西皇使涉予⁽¹¹⁶⁾。路修远以多艰兮，腾众车使径待⁽¹¹⁷⁾。路不周以左转兮⁽¹¹⁸⁾，指西海以为期⁽¹¹⁹⁾。屯余车其千乘兮，齐玉轪而并驰⁽¹²⁰⁾。驾八龙之婉婉兮⁽¹²¹⁾，载云旗之委蛇⁽¹²²⁾。抑志而弭节兮，神高驰之邈邈⁽¹²³⁾。奏《九歌》而舞《韶》兮⁽¹²⁴⁾，聊假日以媮乐⁽¹²⁵⁾。陟升皇之赫戏兮⁽¹²⁶⁾，忽临睨夫旧乡⁽¹²⁷⁾。仆夫悲余马怀兮，蜷局顾而不行⁽¹²⁸⁾。

乱曰：已矣哉⁽¹²⁹⁾！国无人莫我知兮⁽¹³⁰⁾，又何怀乎故都⁽¹³¹⁾！既莫足与为美政兮，吾将从彭咸之所居⁽¹³²⁾！

（据《四部丛刊》影印明翻宋本《楚辞》卷一）

【注释】

(1) 离骚:遭受忧患。司马迁在《史记·屈原贾生列传》中说:"《离骚》者,犹离忧也。"

(2) 敷:铺开。衽(rèn):衣的前襟。

(3) 耿:明亮。

(4) 驷:驾乘四马。虬(qiú):龙类。鹥:相传是凤凰的一种。这句是说:以虬为马,以凤为车。

(5) 溘:很快的意思。埃:尘土。

(6) 轫:车前横木,用来阻止车轮移动。发轫:抽去横木,启程前进。苍梧:传说舜的葬地。

(7) 县圃:神话中的地名,在昆仑山上。

(8) 灵琐:神的宫门。灵:神。琐:门上所刻环形图案。

(9) 羲和:神话中太阳的驾车人。弭:停止。节:马鞭。

(10) 崦嵫(yān zī):神话中太阳落山之处。

(11) 曼曼:长远的样子。修:长。

(12) 咸池:神话中太阳洗澡的地方。

(13) 总:系结。辔:马缰绳。扶桑:神木名,神话中日出的地方。

(14) 若木:神木名,神话中太阳下落的地方。

(15) 聊:姑且。相羊:同"徜徉",徘徊,自由自在地往来。

(16) 望舒:神话中月神的驾车人。

(17) 飞廉:风神。属(zhǔ):跟随。

(18) 鸾皇:凤凰。戒:警备。

(19) 雷师:雷神。

(20) 飘风:旋风。屯:集合。离:附着。

(21) 霓:虹。御:读做 yà,迎接。

(22) 总总:聚集的样子。

(23) 斑:纷乱的样子。陆离:错综缭乱。

(24) 帝阍(hūn):给天帝守门的人。关:门闩。

(25) 阊阖(chāng hé):天门。

(26) 暧暧(ài):昏暗的样子。罢:终了。

(27) 溷(hùn):同"浑",污秽。

(28) 济:渡水。白水:神话中的水名,源出昆仑山。

(29) 阆(láng)风:神话中的山名,在昆仑山上。绁(xiè):系上。

(30) 琼枝:玉树枝。继:增饰。

(31) 下女:下界女子。贻:赠送。

(32) 丰隆:雷神。

(33) 宓(fú)妃:相传是伏羲女,为洛水神。

(34) 结言:交谈。

(35) 蹇(jiǎn)修:传说是伏羲的臣子。理:媒人。

(36) 纬繣(huà):乖违的意思。迁:迁就,通融。

(37) 次:停留。穷石:山名,相传为后羿所居。这句表示两人淫乱。

(38) 洧(wěi)盘:神话中的水名,出于崦嵫山。

(39) 保:恃,自恃。厥:其,指宓妃。

（40）览、相、观：都是看的意思，重叠使用，带有看了又看的意味。四极：四方极远之处。

（41）周流：到处游览。

（42）瑶台：用玉造的台。偃蹇：高长的样子。

（43）有娀（sōng）：古代国名。佚：美好。有娀之佚女：指帝喾的妃子，叫简狄。

（44）鸩（zhèn）：相传为羽毛有毒的鸟。

（45）佻巧：轻佻巧诈。

（46）犹豫、狐疑：疑惑不决。

（47）适：去。

（48）凤皇：即玄鸟。相传简狄嫁给帝喾，吃了玄鸟的卵，生下契，是商民族的祖先。受诒：受（帝喾）的委托。

（49）高辛：即帝喾。

（50）少康：夏代中兴的国君，逃亡在外，后来杀了寒浞和过浇，恢复了政权。家：娶妻。

（51）有虞：夏代的诸侯国，姓姚。二姚：有虞国君把两个女儿嫁给了少康。

（52）导言：指媒人说媒时传递双方情意的话语。不固：不牢靠。

（53）邃：深远。

（54）哲王：指楚王。寤：醒悟。

（55）索：取来。蔓（qióng）茅：一种灵草，可作占卜用。以：和。莛（tíng）：小竹棍。篿（zhuān）：古人用草和竹来占卜叫篿。

（56）灵氛：神巫名，善占卜。

（57）两美：修洁的男子和美女，比喻良臣和贤君。

（58）信修：真正修洁的人。慕：照上下文义，可能是"莫念"二字误合写为一个字。

（59）是：指上述美女所在的地方。女：指上述神女、宓妃、简狄、二姚女等美女。

（60）曰：仍是灵氛的话。连用两个"曰"，古书常有此例。勉：劝你自勉的意思。

（61）释：放弃。女：通"汝"，你。

（62）故宇：故国。

（63）幽昧：昏暗。眩曜：眼花迷乱。

（64）党人：一帮结党小人。

（65）户：人家，指小人。服：佩带。艾：蒿草，恶草。

（66）珵（chéng）：美玉。当：评价、估价。

（67）苏：索取。充：填满。帏：随身佩带的袋子。

（68）巫咸：殷代神巫。

（69）怀：藏，引申为准备。椒：香品。糈（xǔ）：祭神用的神米。要：通"邀"，迎接。

（70）翳：遮蔽。备：全部。

（71）九嶷：山名，在湖南，这里指山神，即楚地的神。缤：盛多的样子。

（72）皇：指百神。剡剡（yǎn）：发光的样子。扬灵：就是显圣。

（73）吉故：过去有的佳话。

（74）矩矱（huò）：法度。

（75）合：志同道合。

（76）挚：汤臣伊尹。咎繇（yáo）：禹臣皋陶。调：和谐。

（77）说（yuè）：殷朝贤人傅说。傅岩：地名，在今山西省陆平县。相传傅说在此筑墙居住。

（78）武丁:殷朝君王。

（79）吕望:即姜太公,周初的贤人。鼓刀:动刀。

（80）甯戚:春秋时齐国贤人。讴歌:唱歌。相传甯戚在齐国京城东门外伺牛,用手敲打牛角而歌,齐桓公闻其声,知道他有大才,就用他为卿。

（81）该辅:备辅佐的人选。

（82）晏:迟晚。

（83）未央:没有完结。

（84）鹈鴃(tí jué):伯劳鸟。不芳:凋谢,枯萎。比喻年老,就来不及了。

（85）琼佩:玉佩。用美玉比喻自己的美德。偃蹇:顿然失色的样子。

（86）菱(ài)然:被遮蔽的样子。

（87）谅:信用。

（88）淹:停留。

（89）茅:茅草,恶草,比喻小人。这两句是说许多好人蜕变为小人(只有自己忠贞不变)。

（90）萧、艾:都是有怪味的恶草。

（91）可恃:可靠。

（92）羌:语助词。容长:外表很好。

（93）委:抛弃。从:追随。

（94）专:专横。佞:奸巧会说。慢慆(tāo):傲慢。

（95）樧(shā):恶木名。充:填入,置身。夫:语助词。

（96）干进:追求向上爬。务入:和"干进"意思相同。

（97）祇(zhèn):通"振",振作的意思。

（98）揭车、江离:都是一般略带香味的草,比椒兰等而下之。

（99）沫:消散。

（100）和:指节奏和谐。调度:指行走时玉佩铿锵声和步伐搭配。

（101）方:正在。壮:盛。

（102）历:选择。

（103）羞:肉脯,精美的肉菜。

（104）精:捣细。麢(mí):细末。粻(zhāng):粮食。

（105）杂:杂用。象:象牙。

（106）逝:去。疏:远。

（107）邅(zhān):回转。

（108）晻(yǎn)蔼:云彩蔽天的样子。

（109）鸾:车铃,作鸾鸟形状。啾啾:这里指铃声。

（110）发轫:启程,出发。天津:天河的渡口,在天的东面。

（111）翼:这里做动词用,如翅膀般的张开。旗(qí):画有图形的旗子。

（112）翼翼:严整的样子。

（113）流沙:我国西北方沙漠起风时会流动,所以叫流沙。

（114）赤水:神话中的水名,出昆仑山。容与:从容不迫的样子。

（115）麾(huī):指挥。梁:这里做动词用,搭桥。

（116）诏:命令。西皇:西方的神。涉:渡水。

（117）腾:快走。

（118）不周:神话中的山名,在昆仑山西北。

（119）西海:神话中的西方的海。期:目的地。

（120）轪(dài):车轮的别名。

（121）婉婉:龙身弯曲的样子。

（122）委蛇(yí):旌旗飘动的样子。

（123）邈邈:遥远的样子。

（124）《九歌》:指启的《九歌》。《韶》:舜的舞乐。

（125）媮(yú):快乐的意思。

（126）陟(zhì):上升。升皇:东升的太阳。赫戏:光明。

（127）临:居高临下的意思。睨(nì):斜视。

（128）蜷局:曲身。顾:回头。

（129）乱:乐曲的最后一节(尾声)叫"乱"。

（130）莫我知:是"莫知我"的倒装句,不理解我的意思。

（131）故都:国都,实指楚怀王等掌权者。

（132）彭咸:商朝的一个大夫,因直谏不听,投水而死。

【简析】

　　《离骚》是中国第一位浪漫主义诗人屈原的代表作,也是中国古代诗歌史上最长的一首政治抒情诗。《离骚》的出现标志着中国古代诗歌进入了文人独创的新时代。本节选文记述了屈原被奸佞臣子陷害的遭遇,斥责了统治阶级的昏庸无能,作者表达了自己至死不屈、坚持理想的斗争精神。在这首诗中,诗人的崇高理想和火热的感情,迸发出了异常灿烂的光采,突出反映了诗人热爱祖国、热爱人民的赤子之心。屈原的"美政"理想也给中国后世文人的思想和创作带来了深刻的影响。屈原在这部作品中发展了《诗经》以来的"比兴之义",以香草美人来象征主人公的情志节操,以爱情心理来刻画自己对国君的忠诚和眷恋,来表达自己的希望与失望。诗人通过大量的神话传说和比兴手法的运用,丰富了诗歌的美学内涵,创造了一个绚烂多姿、光彩照人的想象世界。《离骚》是屈原用他的苦闷、理想、热情甚至整个生命谱写的一曲华章,鲁迅先生评价其"逸响伟辞,卓绝一世"。

山鬼⁽¹⁾

　　若有人兮山之阿⁽²⁾,被薜荔兮带女罗⁽³⁾。既含睇兮又宜笑⁽⁴⁾,子慕予兮善窈窕⁽⁵⁾。乘赤豹兮从文狸⁽⁶⁾,辛夷车兮结桂旗⁽⁷⁾。被石兰兮带杜衡⁽⁸⁾,折芳馨兮遗所思⁽⁹⁾。

　　余处幽篁兮终不见天⁽¹⁰⁾,路险难兮独后来。表独立兮山之上⁽¹¹⁾,云容容兮而在下⁽¹²⁾。杳冥冥兮羌昼晦⁽¹³⁾,东风飘兮神灵雨⁽¹⁴⁾。留灵修兮憺忘归⁽¹⁵⁾,岁既晏兮孰华予⁽¹⁶⁾。

　　采三秀兮于山间⁽¹⁷⁾,石磊磊兮葛蔓蔓⁽¹⁸⁾。怨公子兮怅忘归⁽¹⁹⁾,君思我兮不得闲。山中人兮芳杜若⁽²⁰⁾,饮石泉兮荫松柏。君思我兮然疑作⁽²¹⁾。雷填填兮雨冥冥⁽²²⁾,猿啾啾兮又夜鸣⁽²³⁾。风飒飒兮木萧萧⁽²⁴⁾,思公子兮徒离忧⁽²⁵⁾。

　　　　　　　　　　（出自《楚辞·九歌》,据《四部丛刊》影印明翻宋本《楚辞》卷二）

【注释】

（1）《山鬼》为《九歌》的第九首，是楚国人祭山神（山鬼）的乐歌。

（2）若：语气词。阿：山凹。

（3）被（pī）：披在身上。薜荔（bì lì）：香草名。女罗：同女萝就是菟丝，一种蔓生的植物。

（4）含睇：含情微视。宜笑：笑得好看。

（5）子：你。慕：慈慕。予：同"舒"，温和。窈窕：幽闲、美好的姿态。

（6）文狸：有花纹的狸。

（7）辛夷：香木名，又叫做木笔。

（8）石兰：香草名。杜衡：即杜蘅，也是香草。

（9）芳馨：泛指芳香的花草。遗（wèi）：赠送。

（10）余：我。篁：竹林。

（11）表：特出。

（12）容容：水流动的样子，这里形容云气在空中流动。

（13）杳：深远。冥冥：黑暗。羌：发语词。晦：不明。

（14）神灵雨：雨神在下雨。

（15）灵修：就是神，这里指山神。憺（dàn）：安乐。

（16）晏：迟晚。孰：怎么。华：通"花"，比喻像花朵般的盛开。予：语助词。这两句是挽留山鬼的辞。

（17）三秀：芝草的别名。芝草一年开三次花，所以叫三秀。

（18）磊：乱石堆积的样子。蔓蔓：葛草蔓延的样子。

（19）公子：指思恋的人。

（20）杜若：香草名。

（21）然：诚然，肯定。疑：不可信。作：兴起念头。

（22）填填：雷声。

（23）啾啾：猿猴叫声。又：一作狖（yòu），黑色的长尾猿。

（24）飒飒：风声。萧萧：风吹落叶的声音。

（25）离忧：忧伤。

【简析】

　　《山鬼》出自《九歌》的第九首，是屈原根据民间祭神乐歌改编加工而成。山鬼，传说是三峡地区的一位山神，因为未被天帝封为正神，所以称为山鬼。美丽率真的山鬼，去赴情人之约，尽管道路崎岖，她还是满心欢喜地赶到了约会的地方，可她的情人却没有如约而至。她痴心地等待着情人，风雨来临，她忘记了回家，可她的情人却始终没有来。暮色降临，山鬼落寞地回到家中，在这个风雨交加、猿狖齐鸣的夜晚，独自伤心哀怨。《山鬼》是屈原笔下短小活泼灵动的作品，山鬼对爱情的执着和痴情，反映了人们对爱情的追求和向往。全文采用山鬼内心独白的方式，将现实与幻想融为一体，表现出浓郁的浪漫主义色彩。

宋玉赋（一篇）

　　宋玉（约前298—约前222），战国后期楚国辞赋作家，鄢城人（今湖北省宜城市）。其艺术成就很高,为屈原之后最杰出的楚辞作家,后世常将两人合称为"屈宋"。

九辩(节选)

悲哉秋之为气也!萧瑟兮草木摇落而变衰[1]。憭栗兮若在远行[2];登山临水兮送将归。泬寥兮天高而气清[3];寂寥兮收潦而水清[4],憯凄增欷兮薄寒之中人[5]。怆怳懭悢兮去故而就新[6];坎廪兮贫士失职而志不平[7]。廓落兮羁旅而无友生[8];惆怅兮而私自怜。燕翩翩其辞归兮[9],蝉寂漠而无声;雁雍雍而南游兮[10],鹍鸡啁哳而悲鸣[11]。独申旦而不寐兮[12],哀蟋蟀之宵征[13]。时亹亹而过中兮[14],蹇淹留而无成[15]。

(据《四部丛刊》影印明翻宋本《楚辞》卷八)

【注释】

(1)萧瑟:秋风吹落叶的声音。
(2)憭栗(liáo lì):悲凉。
(3)泬寥(xuè liáo):空旷的样子。
(4)寂寥:平静的样子。收潦(lǎo):积水退去。
(5)憯(cǎn)凄:悲痛的样子。欷(xī):叹息。中(zhòng):侵袭的意思。
(6)怆怳(chuàng huǎng):悲伤。懭悢(kuàng lǎng):不得志。
(7)坎廪:挫折。
(8)廓(kuò)落:空虚孤独。羁旅:滞留他乡。友生:古代对知心朋友的称呼。
(9)翩翩:飞得轻快的样子。
(10)雍雍:和谐的声音。
(11)鹍(kūn)鸡:鸟名,似鹤。啁哳(zhāo zhā):杂乱而细碎的声音。
(12)申:到。旦:天亮。
(13)宵征:夜间跳动。这里指蟋蟀夜鸣,因为蟋蟀跳动时两翼摩擦发声。
(14)亹(wěi)亹:行进的样子。
(15)蹇(jiǎn):发语词。淹留:久留。

【简析】

宋玉是屈原之后最重要的楚辞作家,其作品《九辩》也是一篇优秀的抒情长诗,是中国文学史上第一篇情意深长的悲秋之作。王逸在《楚辞章句·九辩序》中说:"宋玉,屈原弟子也。闵惜其师忠而放逐,故作《九辩》以述其志。"对于此种观点,历来说法不一,《九辩》通过悲秋主题的描写,有更多的自闵意味。《九辩》一诗将秋季萧瑟肃杀的自然景象与自己失意巡游的悲凉心境融为一体,想象丰富,主客观达到了和谐统一,所以受到了后世失意文人的广泛推崇。本文节选的部分主要抒发了作者宋玉悲愁和不平情感,在一定意义上揭露了当时统治社会的黑暗。悲秋的主旨,本来是南方文学的特点之一,再加上作者用形象思维的手法,将浪漫主义的情感发挥得淋漓尽致,因此成为后代人们学习的典范。

三 散文

历史散文(三篇)

国语(一篇)

　　《国语》是我国第一部国别史,记载了公元前990年(周穆王十二年)到公元前453年(周贞定王十六年)间周、鲁、齐、晋、郑、楚、吴、越八国的一些史实。包括各贵族间朝聘、宴会、讽谏、辩论、应对之辞,一些历史事件及传说故事。

邵公谏厉王弭谤

　　厉王虐[1],国人谤王[2]。邵公告曰[3]:"民不堪命矣。"[4]王怒,得卫巫[5],使监谤者,以告,则杀之。国人莫敢言,道路以目[6]。王喜,告邵公曰:"吾能弭谤矣[7],乃不敢言。"邵公曰:"是障之也[8]。防民之口,甚于防川。川壅而溃,伤人必多,民亦如之。是故为川者,决之使导[9],为民者,宣之使言[10]。故天子听政,使公卿至于列士献诗[11],瞽献曲[12],史献书[13],师箴[14],瞍赋[15],矇诵[16],百工谏[17],庶人传语[18],近臣尽规,亲戚补察[19],瞽、史教诲,耆、艾修之[20],而后王斟酌焉,是以事行而不悖[21]。民之有口也,犹土之有山川也,财用于是乎出;犹其有原隰衍沃也[22],衣食于是乎生。口之宣言也,善败于是乎兴[23]。行善而备败,所以阜财用衣食者也[24]。夫民虑之于心而宣之于口,成而行之,胡可壅也? 若壅其口,其与能几何[25]?"

　　王弗听,于是国人莫敢出言。三年[26],乃流王于彘[27]。

　　　　　　　　　(出自《国语·周语上》,据《四部丛刊》影印明刻本《国语》卷一)

【注释】

(1)厉王:指周厉王,名胡,他是周夷王之子,在位三十七年(前878—前842)。

(2)国人:居住在国都里的人,这里指平民百姓。谤:出言指责。

(3)邵公:名虎,周王朝卿士,谥穆公。邵:一作召。因封于召(今陕西岐山西南),故称召公。

(4)命:指周厉王苛虐的政令。

(5)卫巫:卫地(今河南淇县一带)的巫者。巫:以侍奉鬼神、替人祈祷为职业的人。

(6)道路以目:在路上相遇,用目光示意。指敢怒不敢言。

(7)弭(mǐ):消除,止。

(8)障:本义为防水堤,这里意为堵塞、阻挡。

(9)为川者:治水的人。川:河流。导:疏通。

（10）宣：疏导，引导，放开。

（11）公卿：指执政大臣。古代有三公九卿之称。《尚书·周官》："立太师、太傅、太保，兹惟三公。"九卿指少师、少傅、少保、冢宰、司徒、宗伯、司马、司寇、司空。列士：古代官员有上士、中士、下士之分，统称列士。位在大夫之下。献诗：呈献民歌，让天子了解民意。

（12）瞽(gǔ)：盲人。

（13）书：史书。

（14）师：少师，次于太师的乐官。箴(zhēn)：一种用语规谏的韵文。

（15）瞍(sǒu)：没有眼珠的盲人。赋：有节奏地诵读。

（16）矇(méng)：有眼珠的盲人。

（17）百工：周朝职官名。指掌管营建制造事务的官员。

（18）庶人：平民百姓。

（19）近臣：君之左右，如宦官、御者等。尽规：尽心规劝。亲戚：指父母兄弟等。补察：弥补过失，纠察是非。

（20）耆(qí)艾：年六十叫耆，年五十叫艾。这里指朝中老臣。

（21）悖(bèi)：违反事理。

（22）原隰(xí)：平原和低湿之地。衍沃：指平坦肥沃的良田。

（23）兴：兴起、表露之意。

（24）阜：丰盛、富足。

（25）与：语助词，无义。一说为"偕从"之意，意思是："老百姓跟从你的能有多少？"语意也是通顺的。

（26）三年：周厉王于公元前842年被国人放逐到彘，据此，邵公谏厉王事当在公元前845年。

（27）流：放逐。彘(zhì)，地名，在今山西霍县东北。

【简析】

　　《国语》注重记言，略于记事。擅长通过议论、对话写人，许多人物性格刻画得很深刻，记事的片段也文采华茂、语言生动。《邵公谏厉王弭谤》是《国语》中的名篇。周厉王滥施暴政，不仅不允许百姓议论，还采用高压手段镇压，使老百姓只能"道路以目"。邵公清楚地看出了其中的危险，直言规劝。而周厉王不停劝谏，一意孤行，最终落得被国人驱逐出国的下场。文中"防民之口，甚于防川"的治国之道与"水可载舟，亦可覆舟"互为映衬，共同成为治理国政的千古名言。

左传（一篇）

　　《左传》全称《春秋左氏传》，汉朝以后才多称《左传》，相传是春秋末年鲁国的左丘明为《春秋》做注解的一部史书，与《公羊传》《穀梁传》合称"春秋三传"，是儒家经典之一，且在十三经中篇幅最长。

郑伯克段于鄢

　　初，郑武公娶于申(1)，曰武姜。生庄公及共叔段(2)。庄公寤生(3)，惊姜氏，故名曰寤生，遂恶之。爱共叔段,欲立之。亟请于武公⁽⁴⁾,公弗许。

及庄公即位,为之请制⁽⁵⁾。公曰:"制,岩邑也⁽⁶⁾,虢叔死焉⁽⁷⁾。佗邑唯命⁽⁸⁾。"请京,使居之,谓之京城大叔⁽⁹⁾。祭仲曰⁽¹⁰⁾:"都城过百雉⁽¹¹⁾,国之害也。先王之制,大都不过参国之一⁽¹²⁾,中五之一,小九之一。今京不度⁽¹³⁾,非制也,君将不堪。"公曰:"姜氏欲之,焉辟害⁽¹⁴⁾?"对曰:"姜氏何厌之有! 不如早为之所,无使滋蔓,蔓,难图也。蔓草犹不可除,况君之宠弟乎!"公曰:"多行不义必自毙,子姑待之。"

既而大叔命西鄙、北鄙贰于己⁽¹⁵⁾。公子吕曰⁽¹⁶⁾:"国不堪贰,君将若之何? 欲与大叔,臣请事之⁽¹⁷⁾;若弗与,则请除之。无生民心。"公曰:"无庸⁽¹⁸⁾,将自及。"大叔又收贰以为己邑,至于廪延。子封曰:"可矣,厚将得众。"公曰:"不义不昵,厚将崩。"⁽¹⁹⁾

大叔完聚,缮甲兵,具卒乘,将袭郑。夫人将启之。公闻其期,曰:"可矣!"命子封帅车二百乘以伐京。京叛大叔段,段入于鄢,公伐诸鄢。五月辛丑,大叔出奔共⁽²⁰⁾。

书曰:"郑伯克段于鄢。"段不弟,故不言弟;如二君,故曰"克";称郑伯,讥失教也;谓之郑志。不言出奔,难之也。

遂置姜氏于城颍,而誓之曰:"不及黄泉,无相见也!"既而悔之。颍考叔为颍谷封人,闻之,有献于公,公赐之食,食舍肉。公问之,对曰:"小人有母,皆尝小人之食矣,未尝君之羹,请以遗之。"公曰:"尔有母遗,繄我独无!"⁽²¹⁾颍考叔曰:"敢问何谓也?"公语之故,且告之悔。对曰:"君何患焉? 若阙地及泉⁽²²⁾,隧而相见⁽²³⁾,其谁曰不然?"公从之。公入而赋:"大隧之中,其乐也融融!"姜出而赋:"大隧之外,其乐也洩洩⁽²⁴⁾。"遂为母子如初。

君子曰:"颍考叔,纯孝也,爱其母,施及庄公。《诗》曰:'孝子不匮,永锡尔类。'⁽²⁵⁾其是之谓乎!"

(出自《左传·隐公元年》,据阮刻《十三经注疏》本《春秋左传注疏》卷二)

【注释】

(1) 郑武公:名掘突,郑桓公的儿子,郑国第二代君主。

(2) 共(gōng)叔段:郑庄公的弟弟,名段。古代以伯、仲、叔、季表示兄弟间的排行,他在兄弟之中年岁小,因此称"叔段"。

(3) 寤生:出生时脚先出来,属于难产。寤:通"牾",逆:倒着。

(4) 亟(qì):屡次。

(5) 制:地名,即虎牢,河南省荥(xíng)阳县西北。

(6) 岩邑:险要的城市。岩,险要。邑,人所聚居的地方。

(7) 虢(guó)叔死焉:东虢国的国君死在那里。虢,指东虢,古国名,为郑国所灭。焉,介词兼指示代词,相当于"于是""于此"。

(8) 佗,同"他",指示代词,别的,另外的。

(9) 大:通"太"。

(10) 祭(zhài)仲:郑国的大夫,字足,祭是其封地,仲是其排行。

(11) 雉:量词。古代城墙长一丈,宽一丈,高一丈为一堵,三堵为一雉,即长三丈。

(12) 大都不过参(sān)国之一:大城市的城墙不超过国都城墙的三分之一,参:通"三"。

(13) 不度:不合法度。

(14) 焉辟害:哪里能逃避祸害。辟:"避"的古字。

(15) 鄙:边境,此处指边境地区。贰:两属,不专一,指背叛。

（16）公子吕：郑国大夫，字子封。

（17）臣请事之：那么我请求去事奉他。事：动词，侍奉。

（18）无庸：不用。"庸"、"用"通用，一般出现于否定句式。

（19）不义不昵(nì)，厚将崩：共叔段对君不义，百姓就对他不亲，势力再雄厚，也将要崩溃。
　　　昵：亲近。

（20）出奔共：出逃到共国（避难）。奔，逃亡。

（21）遗(wèi)：赠送。繄(yī)我独无，我却单单没有啊！繄：句首语气助词，不译。

（22）阙：通"掘"，挖。

（23）隧而相见：挖个地道，在那里见面。隧：隧道，这里用作动词，指挖隧道。

（24）洩洩(yì)：舒畅快乐。

（25）"孝子"句：匮，尽。锡，通赐，给与。见《诗经·大雅·既醉》。这句话的意思是，孝子的
　　　孝心没有穷尽，永远把它赐予你的同类。

【简析】

　　《郑伯克段于鄢》是《春秋左氏传》中的名篇。主要讲述鲁隐公元年（前722）郑国统治集团内部母子兄弟之间尔虞我诈、互相争权夺利的权力之争。郑庄公老谋深算，姑息养奸，故意纵容其弟共叔段与其母武姜，待到时机成熟，将自己的弟弟和母亲一举打败。共叔段出奔共，庄公怨其母偏心，将母亲迁于颍地。后来自己也后悔了，又有颍考叔规劝，母子又重归于好。姜氏的偏狭乖戾、共叔段的娇纵贪婪、郑庄公的阴狠虚伪，无不跃然纸上。

战国策（一篇）

　　《战国策》是一部国别体史书，有《国策》《国事》《事语》《短长》《长书》等不同名称。西汉刘向进行了整理，按战国时期秦、齐、楚、赵等十二国次序，删去重复的内容，编订为三十三篇，并定名为《战国策》。东汉高诱曾为它作注。今本《战国策》是由北宋曾巩补修而成。

赵威后问齐使

　　齐王使使者问赵威后[1]。书未发[2]，威后问使者曰："岁亦无恙耶[3]？民亦无恙耶？王亦无恙耶？"使者不说[4]，曰："臣奉使使威后，今不问王而先问岁与民，岂先贱而后尊贵者乎？"威后曰："不然[5]，苟无岁，何以有民？苟无民，何以有君？故有问，舍本而问末者耶？"

　　乃进而问之曰："齐有处士曰钟离子[6]，无恙耶？是其为人也，有粮者亦食[7]，无粮者亦食；有衣者亦衣[8]，无衣者亦衣。是助王养其民也，何以至今不业也？叶阳子无恙乎[9]？是其为人，哀鳏寡，恤孤独，振困穷，补不足[10]。是助王息其民者也[11]，何以至今不业也？北宫之女婴儿子无恙耶[12]？彻其环瑱[13]，至老不嫁，以养父母。是皆率民而出于孝情者也，胡为至今不朝也？此二士弗业，一女不朝，何以王齐国，子万民乎？於陵子仲尚存乎[14]？是其为人也，上不臣于王，下不治其家，中不索交诸侯。此率民而出于无用者[15]，何为至今不杀乎？"

　　（出自《战国策·齐第四》，据士礼居覆刊宋荆川姚氏本《战国策》卷十一）

【注释】

（1）齐王：战国时齐王建,齐襄王之子(前283—前265年在位)。问:聘问,当时诸侯间一种礼节性的交往。赵威后:赵惠文王的妻子。惠文王死,其子孝成王立,因年幼由威后执政。

（2）书:信。这里指齐王给赵威后的信。发:启封。

（3）岁,收成。恙:忧患。

（4）说:通"悦"。

（5）不然:不是这样。

（6）处士:指有才能而隐居不出来做官的人。

（7）食(sì):拿食物给人吃。

（8）衣(yì):拿衣服给人穿。

（9）叶(shè)阳子:齐国处士,叶阳,复姓。

（10）哀:怜悯。鳏(guān):老而无妻。恤:抚恤。独:老而无子。振:通"赈",救济。

（11）息:繁育,滋生养育。

（12）北宫之女婴儿子:北宫氏的女子婴儿子。北宫,复姓。婴儿子:人名。

（13）彻:通"撤",除去。环:指耳环、臂环一类的饰物。瑱:一种玉制的耳饰。

（14）於(wū)陵子仲:齐国的隐士。於陵:齐邑名,故城在今山东省长山县西南。

（15）无用,没有作用,即不与统治者合作。

【简析】

　　《战国策》文章记事语言生动,人物刻画形象逼真,因此也是一部著名的散文集。《赵威后问齐使》出自《战国策·齐策》,赵威后即赵太后,惠文王之妻。她虽然年事已高,但对国家政治的清明有着最朴素的理解。赵威后对使者的七次发问,贯穿了全文。前三问针对社会的经济基础,后四问则着眼于齐国的政治现状,并提出了委婉的批评。连环七问,只问不答,提升了文章气势,造成峭拔、险绝的独特气势。赵威后是《战国策》中最具光彩的一位女政治家,她所具有的朴素的民本思想,代表着战国时期进步的思想。清吴楚材、吴调侯《古文观止》卷四中评价说:"通篇以民为主,直问到底,而文法各变,全于用虚字处著神。问固奇,而心亦热。末一问,胆识尤自过人。"

诸子散文（六篇）

论语（二篇）

　　《论语》是记录孔子及其弟子言行的书,较为集中地反映了孔子的思想,是儒家经典著作之一,与《大学》《中庸》《孟子》合称"四书"。

颜渊季路侍章

　　颜渊季路侍[1],子曰,"盍各言尔志[2]?"

子路曰："愿车马衣轻裘[3]，与朋友共，敝之而无憾。"

颜渊曰："愿无伐善，无施劳[4]。"

子路曰："愿闻子之志。"

子曰："老者安之，朋友信之，少者怀之[5]。"

（出自《论语·公冶长第五》，据阮刻《十三经注疏》本《论语注疏》卷五）

【注释】

（1）颜渊，名回，字子渊，孔子弟子。季路，姓仲，名由，字子路，孔子弟子。

（2）盍（hé）：何不。

（3）"轻"字为衍文（根阮元《论语注疏校勘记》）。共：共同享用。敝：破，损坏。

（4）伐：夸耀。施：表白，显示。劳：功劳。

（5）安：安乐。信：相信，信任。怀：孔安国注："归也"，即归依。

【简析】

　　仲由，字子路，又字季路，鲁国卞人，以政事见称，为人伉直，好勇力，跟随孔子周游列国，是孔门七十二贤之一。颜回尊称颜子，字子渊，春秋末期鲁国人。十四岁拜孔子为师，是孔子最得意的门生。历代文人学士对颜回推尊有加，以颜回配享孔子、祀以太牢，历代帝王封赠有加。

　　本章表达了孔子师生三人的不同志向。子路的理想是与朋友共享车马衣裘之类的好东西，主要停留在物质需求的层面上。颜回的志向体现在道德领域、精神层面。他的意思是不夸耀自己的好处，不声张自己的功劳。对得起自己的良心，成全自己的人品。孔子的志向，则是对物质层面和精神层面的统合与超越，既可以看作是个人志向，也可以看作是社会理想。

子路曾皙冉有公西华侍坐章[1]

子路、曾皙、冉有、公西华侍坐。

子曰："以吾一日长乎尔，毋吾以也[2]。居则曰：'不吾知也[3]。'如或知尔，则何以哉？"

子路率尔而对曰[4]："千乘之国[5]，摄乎大国之间[6]，加之以师旅，因之以饥馑[7]；由也为之，比及三年[8]，可使有勇，且知方也[9]。"

夫子哂之[10]。

"求，尔何如？"

对曰："方六七十[11]，如五六十[12]，求也为之，比及三年，可使足民。如其礼乐，以俟君子。"

"赤，尔何如？"

对曰："非曰能之，愿学焉。宗庙之事，如会同，端章甫，愿为小相焉[13]。"

"点，尔何如？"

鼓瑟希[14]，铿尔，舍瑟而作[15]，对曰："异乎三子者之撰[16]。"

子曰："何伤乎？亦各言其志也！"

曰："莫春者[17]，春服既成，冠者五六人[18]，童子六七人，浴乎沂，风乎舞雩[19]，咏而归。"

夫子喟然叹曰："吾与点也[20]。"

三子者出，曾皙后。曾皙曰："夫三子者之言何如？"

子曰:"亦各言其志也已矣!"

曰:"夫子何哂由也?"

曰:"为国以礼,其言不让,是故哂之。

"唯求则非邦也与⁽²¹⁾?"

"安见方六七十,如五六十而非邦也者?"

"唯赤则非邦也与?"

"宗庙会同,非诸侯而何? 赤也为之小,孰能为之大?"

(出自《论语·先进第十一》,据阮刻《十三经注疏》本《论语注疏》卷十一)

【注释】

(1) 侍坐:此处指执弟子之礼,侍奉老师而坐。

(2) 毋吾以:宾语前置,即"毋以吾"。

(3) 不吾知:宾语前置,即"不知吾"。

(4) 率尔:轻率,不假思索的样子;尔,助词,用作修饰语的词尾。

(5) 乘(shèng):车辆。春秋时,一辆兵车,配甲士三人,步卒七十二人,称一乘。

(6) 摄:夹,箝。

(7) 因:动词,继,接续,接着。

(8) 比(bì) 及:等到。

(9) 方:义,正道,这里指礼义。

(10) 哂(shěn):笑,这里略带有不以为然的意思。

(11) 方:见方,方圆。

(12) 如:连词,表选择,或者,

(13) 宗庙之事:指诸侯祭祀祖先的事。会:诸侯之间的盟会。同:诸侯共同朝见天子。端:古代的一种礼服。章甫:古代的一种礼帽。这里都是名词用作动词,意思是"穿着礼服,戴着礼帽"。相:在祭祀、会盟或朝见天子时主持赞礼和司仪的人。主持礼赞的又分为大相和小相,卿大夫主持礼赞,成为大相;士主持赞礼,称为小相。公西华此处表示愿意做小相是谦词。

(14) 希:通"稀",稀疏,这里指鼓瑟的声音已接近尾声。

(15) 舍:放下。作:站起身。

(16) 撰:才能。

(17) 莫春:指农历三月。莫,晚,后来写作"暮"。

(18) 冠(guàn) 者:成年人。古时男子二十岁为成年,束发加冠,所以用冠者表示成年人。

(19) 风:吹风,乘凉。舞雩:古时候求雨的坛。

(20) 与:动词,赞成,同意。

(21) 唯:句首语气词,帮助判断。与:同"欤",疑问语气词。

【简析】

　　曾晳,又称曾点,字子晳,是宗圣曾参之父,孔子早期弟子,笃信孔子学说。冉求,字子有,通称"冉有",尊称"冉子",孔子门徒,孔门七十二贤之一,以政事见称,尤其擅长理财,曾担任季氏宰臣。公西华,字子华,孔门弟子,有非常优秀的外交才能。

本章记载了孔子同四位弟子的一次谈话,从中可以看出每个人的志趣和性格。这是《论语》中文学性最强的一章,记载了富有个性的人物语言,寥寥几笔,就刻画出人物的不同神态。孔子并没有否定子路、冉有、公西华的追求,但三个人的追求,显然都是局限于功利与道德的层面。而曾皙的追求,却进入了对天地境界的体认,这也就是后世儒家所说的"曾点气象"。理学家朱熹非常仰慕"曾点气象",他在评价曾点气象时说:"其胸次悠然,直与天地万物上下同流。"本章不仅体现了《论语》蕴藉含蓄、简淡不厌的语言特色,代表了全书的文学成就,而且可以说是魏晋时速写式的轶事体小说的滥觞。

孟子(二篇)

《孟子》是记载孟子及其弟子的政治、教育、哲学、伦理等思想观点和政治活动的书,全书共七篇,儒家经典著作之一,"四书"之一。

天时不如地利章

孟子曰:"天时不如地利,地利不如人和[1]。三里之城,七里之郭[2],环而攻之而不胜[3]。夫环而攻之,必有得天时者矣,然而不胜者,是天时不如地利也。城非不高也,池非不深也,兵革非不坚利也,米粟非不多也,委而去之[4],是地利不如人和也。故曰,域民不以封疆之界[5],固国不以山溪之险[6],威天下不以兵革之利[7]。得道者多助[8],失道者寡助。寡助之至,亲戚畔之[9]。多助之至,天下顺之。以天下之所顺[10],攻亲戚之所畔,故君子有不战,战必胜矣。"

(出自《孟子·公孙丑下》,据阮刻《十三经注疏》本《孟子注疏》卷四)

【注释】

(1)天时:指有利于作战的时令、气候。古代作战,以"天干""地支"所标的时日和攻守地点的方位的适当配合为条件来掌握胜败、吉凶的成数,这叫做"天时"。地利:指有利于作战的地形。人和:指得人心,上下团结。

(2)郭:外城。在城外加筑的一道城墙。

(3)环:包围。

(5)委:放弃。

(6)域民:保有民众在一定的区域内,不会离开。

(7)险:险要的地理环境。

(8)威:威服。

(9)得道者:实施"仁政"的君主。道,正义。

(10)畔:通"叛",背叛。

(11)以:凭借。

【简析】

孟子说,靠天时来选择战斗的时机,比不上优良的地理条件对战斗成败的影响大,而地理条件的优良,又比不上参战者团结一致、众志成城对战斗获胜的影响大。此章阐发了孟子"仁政"的主张,讲的是民心向背问题。在天时、地利、人和三要素中,人和为最重要。施行仁政才会"多助","多助"则"天下顺之",这就是"人和",即得到人民的支持和拥护。反之就会失去人民的支持和拥护。孟子的语言直白,富有逻辑性,本文多次用到了排比并列的手法,像"城非不高也,池非不深也,兵革非不坚利也,米粟非不多也,委而去之,是地利不如人和也"。这样的句式使文章的节奏感更强,气势更足,条理更清晰。

鱼我所欲也章

孟子曰:"鱼,我所欲也;熊掌,亦我所欲也⁽¹⁾。二者不可得兼⁽²⁾,舍鱼而取熊掌者也。生,亦我所欲也;义,亦我所欲也。二者不可得兼,舍生而取义者也。生亦我所欲,所欲有甚于生者⁽³⁾,故不为苟得也⁽⁴⁾;死亦我所恶⁽⁵⁾,所恶有甚于死者,故患有所不辟也⁽⁶⁾。如使人之所欲莫甚于生⁽⁷⁾,则凡可以得生者何不用也?使人之所恶莫甚于死者,则凡可以辟患者何不为也?由是,则生而有不用也⁽⁸⁾,由是,则可以避患而有不为也。是故所欲有甚于生者⁽⁹⁾,所恶有甚于死者;非独贤者有是心也⁽¹⁰⁾,人皆有之,贤者能勿丧耳⁽¹¹⁾。一箪食⁽¹²⁾,一豆羹⁽¹³⁾,得之则生,弗得则死;呼尔而与之⁽¹⁴⁾,行道之人弗受⁽¹⁵⁾;蹴尔而与之⁽¹⁶⁾,乞人不屑也。万钟,则不辨礼义而受之⁽¹⁷⁾,万钟于我何加焉⁽¹⁸⁾!为宫室之美,妻妾之奉,所识穷乏者得我与⁽¹⁹⁾?乡为身死而不受⁽²⁰⁾,今为宫室之美为之;乡为身死而不受,今为妻妾之奉为之;乡为身死而不受,今为所识穷乏者得我而为之:是亦不可以已乎?此之谓失其本心。"

(出自《孟子·告子上》,据《十三经注疏》本《孟子注疏》卷十一)

【注释】

(1) 欲:喜爱。

(2) 得兼:两种东西都得到。

(3) 甚:胜于。

(4) 苟得:不合理的取得。这里指"苟且偷生"。

(5) 恶:厌恶。

(6) 患:祸患,灾难。辟:通"避",躲避。

(7) 如使:假如,假使。

(8) 而:但是。

(9) 是故:这是因为。

(10) 是:此,这样。

(11) 丧:丧失。

(12) 箪:古代盛食物的圆竹器。

(13) 豆:古代一种木制的盛食物的器具。

(14) 呼尔:呼喝,以轻蔑态度或怒容叫唤着。

(15) 行道之人:路过的人。

(16) 蹴尔:践踏着。

(17) 万钟:这里指高位厚禄。钟,古代的一种量器,六斛四斗为一钟。

(18) 何加:有什么益处。何,介词结构,后置。

(19) 得我:感激我。得:通"德",感激。

（20）乡：通"向"，原先，从前。

【简析】

　　《鱼我所欲也章》是孟子以他的性善论为依据，对人的生死观进行深入讨论的一篇代表作。文中多处使用了对比写法，鱼和熊掌对比、生与死对比、向与今对比，在对比中阐明自己的观点。孟子强调"正义"比"生命"更重要，在"生""死""利""义"的抉择面前，主张舍生取义，告诫人们不辨礼义而贪求富贵的行为是不可取的。孟子这一思想，对中华民族传统道德标准有深远影响。文章感情充沛，气势磅礴，生动体现了孟子文章的特点。正如苏辙在《上枢密韩太尉书》中所言："文者气之所形；文不可学而能，气可以养而致。孟子曰：'我善养吾浩然之气。'今观其文，宽厚宏博，充塞于天地之间，称其气之小大。"

庄子（一篇）

　　庄子（约前369—前286），名周，字子休，生卒年不详，蒙（今安徽蒙城，一说河南商丘）人，是战国时期著名的思想家、哲学家、文学家，是老子的继承者，与老子共同成为道家学派的主要代表。

逍遥游（节选）

　　北冥有鱼[1]，其名为鲲[2]。鲲之大，不知其几千里也。化而为鸟，其名为鹏。鹏之背，不知其几千里也；怒而飞[3]，其翼若垂天之云。是鸟也，海运则将徙于南冥。南冥者，天池也。

　　《齐谐》者[4]，志怪者也。《谐》之言曰："鹏之徙于南冥也，水击三千里，抟扶摇而上者九万里[5]，去以六月息者也[6]。"野马也[7]，尘埃也，生物之以息相吹也[8]。天之苍苍，其正色邪？其远而无所至极邪？其视下也，亦若是则已矣。

　　且夫水之积也不厚，则负大舟也无力。覆杯水于坳堂之上[9]，则芥为之舟；置杯焉则胶[10]，水浅而舟大也。风之积也不厚，则其负大翼也无力。故九万里，则风斯在下矣，而后乃今培风[11]；背负青天，而莫之夭阏者[12]，而后乃今将图南。

　　蜩与学鸠笑之曰[13]："我决起而飞，枪榆枋而止[14]，时则不至而控于地而已矣，奚以之九万里而南为？"适莽苍者[15]，三餐而反，腹犹果然[16]；适百里者，宿舂粮[17]；适千里者，三月聚粮。之二虫又何知！

　　小知不及大知，小年不及大年[18]。奚以知其然也？朝菌不知晦朔[19]，蟪蛄不知春秋，此小年也。楚之南有冥灵者[20]，以五百岁为春，五百岁为秋；上古有大椿者，以八千岁为春，八千岁为秋，此大年也[21]。而彭祖乃今以久特闻[22]，众人匹之，不亦悲乎？

　　　　　　　　（出自《庄子·内篇》，据明世德堂刊本《南华真经》卷一）

【注释】

（1）北冥：北海，因海水深黑而得名。冥，通"溟"，指广阔幽深的大海。
（2）鲲（kūn）：传说中的大鱼之名。
（3）怒：通"努"，振奋的意思。
（4）《齐谐》：记载怪异的书。

（5）抟（tuán）：盘旋上升。扶摇：旋风。

（6）息：气息,指风。

（7）野马：云雾之气变化腾涌成野马的样子。

（8）以息相吹：（生物）用气息吹拂。

（9）坳（ào）堂：屋前地上的洼坑。

（10）胶：动词,粘住地面动不了。

（11）培风：乘风。培,通"凭"。

（12）莫之夭（yāo）阏（è）：无所窒碍。夭：挫折。阏：阻碍。

（13）蜩（tiáo）：蝉。学鸠（jiū）：斑鸠一类的小鸟。

（14）抢：撞到,碰到。

（15）适：去往。莽（mǎng）苍：草色苍莽的郊野。

（16）果然：饱足的样子。

（17）舂（chōng）粮：把谷物的壳捣掉,指准备粮食。

（18）年：寿命。

（19）晦朔：晦,农历每月的最后一日。朔：农历每月的初一。

（20）冥灵：大树名,一说大龟名。

（21）此大年也：原本无,据宋陈景元《庄子阙误》补。

（22）乃今：而今,如今。特：独特。

【简析】

　　《逍遥游》是《庄子》首篇,描述了一种无所依存、无穷宽广的精神境界。真正的逍遥就是能够"乘天地之正,而御六气之辩""无所待,以游无穷"的生活,消除功名利禄的束缚,以无用为大用,超越时空,绝对自由,"天"与"人"诗意地融合在一起。在思想上和艺术上此篇都可作为《庄子》一书的代表。《逍遥游》主旨在于说明一个人应当挣脱功名利禄和权势尊位的束缚,使精神活动达到优游自在、无挂无碍的境地。只有忘却物我的界限,达到无己、无功、无名的境界,无所依凭而游于无穷,才是真正的"逍遥游"。这段节选充分显示了庄子对于对待社会和人生的思想态度,他追求顺其自然无所依,最终获得无穷的自在自由。同时,对世间的大小、贵贱、寿夭、是非、得失、荣辱等都作出了相对主义解释。

荀子（一篇）

　　《荀子》一书主要记载了战国末期儒家代表人物荀子的思想。荀子提倡"性恶论",常被后人与孟子的"性善论"做比较。荀子还认为"天道自然""天行有常",他强调后天环境和教育对人的影响。

劝学篇（节选）

　　君子曰[1]：学不可以已[2]。

　　青,取之于蓝而青于蓝[3]；冰,水为之而寒于水。木直中绳[4],𫐓以为轮[5],其曲中规[6]。虽有槁暴[7],不复挺者,𫐓使之然也。故木受绳则直[8],金就砺则利[9],君子博学而日参省乎己,则知明而行无过矣⁽⁹⁾。

……

吾尝终日而思矣,不如须臾之所学也;吾尝跂而望矣⁽¹⁰⁾,不如登高之博见也。登高而招,臂非加长也,而见者远;顺风而呼,声非加疾也,而闻者彰⁽¹¹⁾。假舆马者,非利足也,而致千里⁽¹²⁾;假舟楫者,非能水也,而绝江河⁽¹³⁾。君子生非异也⁽¹⁴⁾,善假于物也⁽¹⁵⁾。

……

积土成山,风雨兴焉⁽¹⁶⁾;积水成渊,蛟龙生焉;积善成德,而神明自得,圣心备焉⁽¹⁷⁾。故不积跬步⁽¹⁸⁾,无以至千里;不积小流,无以成江海。骐骥一跃⁽¹⁹⁾,不能十步;驽马十驾⁽²⁰⁾,功在不舍。锲而舍之⁽²¹⁾,朽木不折;锲而不舍,金石可镂。蚓无爪牙之利,筋骨之强,上食埃土,下饮黄泉,用心一也。蟹六跪而二螯⁽²²⁾,非蛇鳝之穴无可寄托者,用心躁也。

(据《古逸丛书》影印宋台州本《荀子》卷一)

【注释】

(1) 君子:指道德高尚、学问渊博的人。

(2) 学不可以已:学习不能半途而废。"可以"是古今异义,可:可以;以:用来。

(3) 青,取之于蓝:靛青,从蓝草中取得。青,靛青,一种染料。蓝,蓼(liǎo)蓝,叶子含蓝汁,可以做蓝色染料。

(4) 中(zhòng)绳:木材直的合乎墨线。绳:墨线。

(5) 𫐓(róu)以为轮:𫐓,通"煣",使……煣,煣:古代用火烤使木条弯曲的一种工艺。一说𫐓通"揉",使之弯曲。以为:把……当作。然:这样。

(6) 中:合乎。规:圆规,画圆的工具。

(7) 虽有(yòu)槁暴(pù):即使又晒干了。有,通"又"。槁,枯。暴,通"曝",晒干。槁暴,枯干。

(8) 受绳:用墨线量过。就砺:拿到磨刀石上去磨。就,动词,接近、靠近。砺,磨刀石。

(9) 君子博学而日参(cān)省(xǐng)乎己,则知明而行无过矣:有道德学识的人,广学博采,还要每天对照反省自己,就会增长智慧聪明,在行动上没有什么过错。省,省察。乎,介词,于。博学:广泛地学习。日:每天。知(zhì):通"智",智慧。明:明达。

(10) 跂(qǐ):踮起脚后跟。

(11) 彰:明显,清楚。这里指听得更清楚。

(12) 假:凭借,利用。舆马:车马。利足:脚走得快。

(13) 绝:横渡。

(14) 生(xìng)非异也:本性(同一般人)没有差别。生,通"性",天赋,资质。

(15) 善假于物也:善于借助外物。于:向。物:外物,指各种客观条件。

(16) 兴:起。焉:于之,在那里。

(17) 积善成德,而神明自得,圣心备焉:积累善行而养成品德,达到很高的境界,通明的思想(也就)具备了。得,获得。而,表因果关系。

(18) 跬(kuǐ):半步。古代称跨出一脚为"跬",跨两脚为"步"。

(19) 骐骥:骏马,良马,据说日行千里。

(20) 驽马,劣马。驾,马拉车一天所走的路程叫"一驾"。

（21）锲（qiè）：用刀雕刻。金石可镂（lòu）：金：金属。石：石头。镂：原指在金属上雕刻，泛指雕刻。

（22）六跪：六条腿。螯：蟹的大钳。

【简析】

　　《劝学》是荀子的名篇，主要围绕"学不可以已"这个中心观点，从学习的意义、作用、态度等方面，有条理、有层次地加以阐述。荀子学问博通，散文说理透彻，结构谨严，气势浑厚，多作排比，又善用比喻，比喻层出不穷，前半篇几乎全用譬喻重叠构成，如："木直中绳，𫐓以为轮，其曲中规。虽有槁暴，不复挺者，𫐓使之然也。"梁启超说，这句话的意思是"喻人之才质，非由先天本性而定，乃后起人功而定也"（见《荀子柬释》引）。说明通过后天学习也可以转变为合乎道德规范的人，这显然是对学习者莫大的肯定和鼓励。文中这样的比喻比比皆是，辞采缤纷，对后世影响很深远。

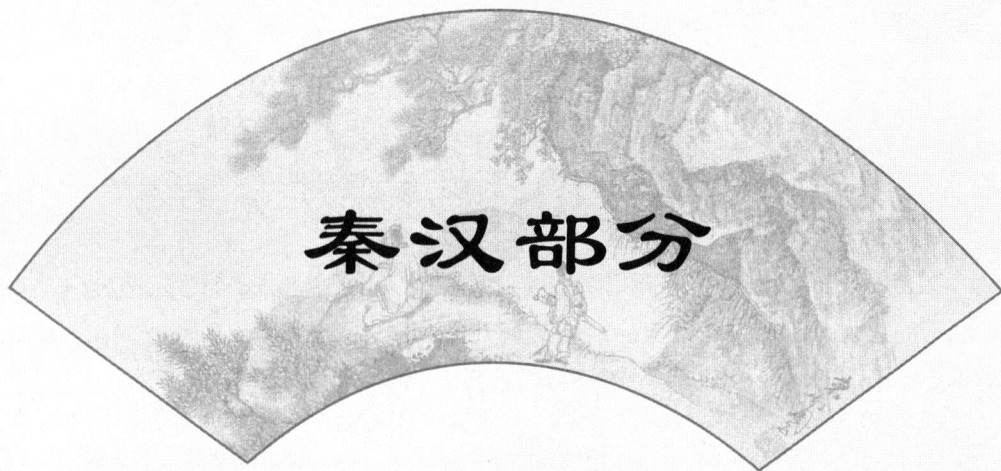

秦汉部分

一 汉赋

贾谊赋（一篇）

　　贾谊（前200—前168）世称贾生，西汉初年政论家、文学家，洛阳（今河南洛阳东）人。贾谊少有才名，但仕途坎坷。贾谊的创作包括散文和辞赋两类，散文主要是政论文，代表作有《过秦论》《论积贮疏》等；辞赋都是骚体赋，代表作有《吊屈原文》《鹏鸟赋》等。

吊屈原文（并序）

　　谊为长沙王太傅⁽¹⁾，既以谪去⁽²⁾，意不自得；及渡湘水⁽³⁾，为赋以吊屈原。屈原，楚贤臣也。被谗放逐，作《离骚》赋⁽⁴⁾，其终篇曰："已矣哉！国无人兮，莫我知也⁽⁵⁾。"遂自投汨罗而死。谊追伤之，因自喻⁽⁶⁾。其辞曰：

　　恭承嘉惠兮，俟罪长沙⁽⁷⁾；侧闻屈原兮⁽⁸⁾，自沉汨罗。造托湘流兮，敬吊先生⁽⁹⁾。遭世罔极兮，乃殒厥身⁽¹⁰⁾。呜呼哀哉！逢时不祥⁽¹¹⁾。鸾凤伏窜兮，鸱枭翱翔⁽¹²⁾。阘茸尊显兮，谗谀得志⁽¹³⁾。贤圣逆曳兮，方正倒植⁽¹⁴⁾。世谓随、夷为溷兮，谓跖、蹻为廉⁽¹⁵⁾；莫邪为钝兮，铅刀为铦⁽¹⁶⁾。吁嗟默默，生之无故兮⁽¹⁷⁾。斡弃周鼎，宝康瓠兮⁽¹⁸⁾；腾驾罢牛，骖蹇驴兮⁽¹⁹⁾；骥垂两耳，服盐车兮⁽²⁰⁾；章甫荐履，渐不可久兮⁽²¹⁾；嗟苦先生，独离此咎兮⁽²²⁾。

　　讯曰⁽²³⁾：已矣！国其莫我知兮，独壹郁其谁语⁽²⁴⁾？凤漂漂其高逝兮，固自引而远去⁽²⁵⁾。袭九渊之神龙兮，沕深潜以自珍⁽²⁶⁾。偭蟂獭以隐处兮，夫岂从虾与蛭螾⁽²⁷⁾？所贵圣人之神德兮，远浊世而自藏。使骐骥可得系而羁兮，岂云异夫犬羊？般纷纷其离此尤兮，亦夫子之故也⁽²⁸⁾。历九州而相其君兮，何必怀此都也⁽²⁹⁾？凤凰翔于千仞兮，览德辉而下之⁽³⁰⁾；见细德之险征兮，遥曾击而去之⁽³¹⁾。彼寻常之污渎兮，岂能容夫吞舟之巨鱼⁽³²⁾？横江湖之鳣鲸兮，固将制于蝼蚁⁽³³⁾。

　　　　　　　　　　　　　　　　　　　　　　　（据胡刻本《文选》卷六十）

【注释】

（1）长沙王：指汉长沙王吴差。太傅：官名，对诸侯王行监护之责。

（2）谪（zhé）：贬官。

（3）湘水：长江支流，湖南境内。贾谊赴长沙途中必渡湘水。

（4）《离骚》赋：汉代辞赋不分，故称之为赋。

（5）莫我知也：没有人理解我。

（6）因：用。自喻：自比。

（7）恭承：敬受。嘉：美好。惠：恩惠，指皇帝的任命。俟：等待。

（8）侧闻：从旁听说，谦词。

（9）造：到。托：寄托。先生：对屈原的尊称。

（10）极：准则。殒（yǔn）：殁，丧失。厥：屈原。

（11）祥：好，善。

（12）伏窜：潜伏，隐藏。鸱枭（chī xiāo）：代指小人，原指猫头鹰之类的鸟，古人认为不吉祥。

（13）阘（tà）：小户。茸：小草。二者都用来比喻微贱的小人。

（14）逆：倒着。曳：拖拉。倒植：倒置，指上下颠倒。

（15）随、夷：卞随、伯夷，贤人的代表。溷（hún）：混浊。跖、蹻（jué）：坏人的代表。

（16）莫邪（yé）：古代宝剑名。铅刀：软而钝的刀。铦（xiān）：锋利。

（17）默默：不得志、失意的样子。无故：没来由。

（18）斡（wó）弃：抛弃。周鼎：国宝，比喻贤材。康瓠（hù）：破裂的空瓦壶，比喻庸才。

（19）腾驾：驾驭。罢（pí）：疲惫。骖（cān）：古代驾车四马并驱，中间的叫服，两边的叫骖。蹇（jiǎn）：跛脚。骖蹇驴：让跛足驴为骖。

（20）服：拉，驾。骥：骏马，骏马拉盐车，大材小用，指有才能的人不被重用。

（21）章甫：古代的一种礼帽。荐：垫。

（22）离：通"罹"，遭遇。咎：灾祸。

（23）讯：告。起首词，相当于《楚辞》的"乱曰"。

（24）壹郁：抑郁。谁语：对谁说。

（25）漂漂：飘飘，高飞。逝：离去。引：引退。

（26）袭：效法。九渊：深渊。沕（mì）：深潜的样子。

（27）俛（miǎn）：离开。螴獭（xiāo tǎ）：鳄鱼、水獭之类的动物。从：跟随。

（28）纷纷：纷乱的样子。尤：祸患。

（29）历：走遍。相：辅佐。

（30）千仞：非常高，七尺为一仞。德辉：指君主道德的光辉。

（31）细德：卑劣的品德。曾击：高飞搏击云层的样子。曾，层。去：离开。

（32）污渎：污浊的积水沟。

（33）鳣（zhān）：鲨鱼之类的大鱼。

【简析】

汉文帝四年，贾谊被贬出任长沙王太傅，途经湘江时，凭吊了伟大的爱国诗人屈原。作者哀伤屈原，实际是借以自喻，借凭吊古人抒发自己政途受挫、怀才不遇的怨愤之情。作者同情屈原的不幸遭遇，感情激越，反复列举了各种反常现象，愤恨抨击了当时楚国的黑暗现实，无情揭露了统治阶级内部的矛盾。同时作者也指出屈原应该"远浊世而自藏"，或者"历九州而相其君"，表现了作者消极处世的态度和不甘寂寞的豪宕之志。这篇赋是典型的骚体赋，有明显模仿楚辞的痕迹，篇幅不长，通篇用韵，语句带"兮"，崇尚铺陈，带有抒情意味，采用了香草美人的比兴手法。感情真挚强烈，充满哀伤之情，《文心雕龙·哀吊》称它"词清而理哀"，代表了汉初骚体赋的最高成就。

枚乘赋(一篇)

　　枚乘(?—前140),字叔,西汉辞赋家,淮阴(今江苏淮安)人。原为吴王刘濞郎中,后拜在梁孝王帐下。汉武帝即位后,以安车蒲轮征入京都,死于途中。《汉书·艺文志》著录"枚乘赋九篇",今存《七发》《梁王菟园赋》《忘忧馆柳赋》,《七发》是其代表作。

七发(节选)

　　太子曰:"善! 然则涛何气哉[1]?"

　　客曰:"不记也[2]。然闻于师曰,似神而非者三[3]:疾雷闻百里;江水逆流,海水上潮;山出内云[4],日夜不止。衍溢漂疾[5],波涌而涛起。其始起也,洪淋淋焉[6],若白鹭之下翔。其少进也[7],浩浩澄澄[8],如素车白马帷盖之张[9]。其波涌而云乱,扰扰焉如三军之腾装[10]。其旁作而奔起也,飘飘焉如轻车之勒兵[11]。六驾蛟龙,附从太白。纯驰浩蜺,前后络绎[12]。颙颙卬卬,椐椐彊彊,莘莘将将[13]。壁垒重坚,沓杂似军行[14]。訇隐匈磕,轧盘涌裔,原不可当[15]。观其两傍,则滂渤怫郁,暗漠感突[16],上击下律[17]。有似勇壮之卒,突怒而无畏;蹈壁冲津,穷曲随隈,逾岸出追[18]。遇者死,当者坏。初发乎或围之津涯,荄轸谷分[19]。回翔青篾,衔枚檀桓[20]。弭节伍子之山,通厉骨母之场[21]。凌赤岸,篲扶桑,横奔似雷行[22]。诚奋厥武,如振如怒[23]。沌沌浑浑[24],状如奔马。混混庉庉,声如雷鼓[25]。发怒庢沓,清升逾跇,侯波奋振[26],合战于藉藉之口。鸟不及飞,鱼不及回,兽不及走[27]。纷纷翼翼,波涌云乱。荡取南山,背击北岸。覆亏丘陵,平夷西畔[28]。险险戏戏,崩坏陂池[29],决胜乃罢。澌汩潺湲,披扬流洒[30]。横暴之极,鱼鳖失势,颠倒偃侧,沈沈湲湲,蒲伏连延[31]。神物怪疑,不可胜言。直使人踏焉,洄暗凄怆焉[32]。此天下怪异诡观也[33],太子能强起观之乎?"

　　太子曰:"仆病未能也。"

(据胡刻本《文选》卷三十四)

【注释】

(1)气:气象,景象。

(2)不记:没有记载。

(3)"似神"句:是说江涛似有神助,其实并非神力所致的三种特征。

(4)出内:出纳,吞吐。

(5)衍溢:平满。漂疾:水流的速度很快。

(6)淋淋:洪水流下的样子。

(7)少进:再进一步。

(8)澄澄(ái):洁白的样子,形容波涛形成的水汽在空中白茫茫一片。

(9)素:白色。帷盖之张:张着车帷和车盖。

(10)乱:翻滚。扰扰:纷乱的样子。腾装:带着装备腾跃。

(11)旁作:波涛向两旁奔涌。轻车:将帅所乘的指挥车。勒兵:指挥军队。

(12)纯:通"屯",屯驻停止。驰:急驰。浩蜺:白色的虹霓。

（13）颙颙（yóng）卬卬（áng）：形容波涛高大。椐椐（jū）彊彊（jiāng）：形容波涛相随。莘莘（shēn）将将（qiāng）：形容波涛相激荡。

（14）壁垒重坚：指江涛重重叠叠好像军营的坚壁。沓杂：众多的样子。

（15）訇（hōng）隐匈礚（gài）：象声词，指江涛巨大的轰隆声。轧：排挤。裔：流动。

（16）滂渤：气势磅礴。怫郁：江涛受阻时汹涌澎湃。暗漠感突：冲击翻腾。

（17）击：冲击。硉：当作"硉"（lù），从高处滚石而下。

（18）蹈：冲击。曲、隈：江水弯曲的地方。追：沙堆。

（19）或围：地名。荄（gāi）轸谷分：遇山陉而回转，经川谷而分流。

（20）青篾：车名。衔枚：古代行军为避喧哗，士兵口中衔枚，指波涛初起时的无声。檀桓：盘桓。

（21）弭节：缓慢行进。伍子之山：伍子山，为纪念伍子胥而得名。通厉：远行。骨母：当作"胥母"，指胥母山，在今江苏省苏州市西南。

（22）凌：超越。篲（huì）：名词作动词，扫。扶桑：神话传说中的日出之处。

（23）厥：其，它的。振：盛怒。

（24）沌沌（tún）浑浑：江涛翻滚汹涌的样子。

（25）雷鼓：擂鼓。

（26）庢（zhì）：受阻。沓：激溅而出。逾蚁（yì）：超越。侯：大波。

（27）回，回转。走，跑。

（28）荡取：冲荡。背击：回击。覆亏：倾覆亏蚀。夷：荡平。

（29）险险戏戏：高高耸起将要倾倒的样子。陂池：形容江岸倾斜不平。

（30）澌（jié）：水波撞击的声音。潺湲：水流的样子。披扬流洒：江水汹涌，浪花四溅。

（31）偃侧：倾斜。沈沈（yòu）湲湲：形容鱼鳖歪歪倒倒的狼狈相。

（32）踣（bò）：仆倒。泂暗：昏迷。凄怆：悲凉之情。

（33）诡观：奇观。

【简析】

《七发》在汉赋发展史上具有承前启后的作用，作品体现了骚体赋向汉大赋的过渡，全文篇幅增长，达千字以上，不再使用"兮"字，突出铺陈叙述，辞藻华美，韵散结合，反复渲染。作品假托楚太子和吴客的问答构成。楚太子有病，吴客以音乐、饮食、车马、宫苑、田猎、观涛、道术七种事来启发太子，指出奢靡生活是致病的根源，"要言妙道"是祛病良方。本文节选的是历来为人称赞的观涛一段，作者极尽铺夸之能事，用新奇的比喻夸张，参差的长短句式，从声、色、形等不同角度铺叙了江涛的特征。以"若白鹭之下翔"形容江涛的形状，以"如三军之腾装"形容江涛的动态，以"鸟不及飞，鱼不及回，兽不及走"形容江涛雄浑的气势，富有层次地描绘了江涛的初起、渐涌、磅礴滔天。《文心雕龙·杂文》赞其"腴辞云构，夸丽风骇"，结构宏伟，擅长铺叙，夸张藻饰，主客问答，奠定了汉大赋的体制。

司马相如赋(一篇)

　　司马相如(约前179—前118)字长卿,西汉辞赋家,蜀郡成都人。景帝时为武骑常侍,不得志,称病离职,成为梁园文人中的一员。因为《子虚赋》《上林赋》受到武帝重用,五十岁后奉命出使西南,晚年为孝文园令。《汉书·艺文志》著录其作品二十九篇,今存五篇。

子虚赋(节选)⁽¹⁾

　　"臣闻楚有七泽,尝见其一,未睹其余也。臣之所见,盖特其小小者耳⁽²⁾,名曰云梦。云梦者,方九百里,其中有山焉。其山则盘纡弗郁,隆崇嵂崒⁽³⁾,岑崟参差⁽⁴⁾,日月蔽亏⁽⁵⁾。交错纠纷,上干青云;罢池陂陀⁽⁶⁾,下属江河⁽⁷⁾。其土则丹青赭垩⁽⁸⁾,雌黄白坿⁽⁹⁾,锡碧金银,众色炫耀⁽¹⁰⁾,照烂龙鳞⁽¹¹⁾。其石则赤玉玫瑰⁽¹²⁾,琳瑉昆吾⁽¹³⁾,瑊玏玄厉⁽¹⁴⁾,礝石碔砆⁽¹⁵⁾。其东则有蕙圃⁽¹⁶⁾:衡兰芷若⁽¹⁷⁾,芎藭菖蒲⁽¹⁸⁾,茳蓠麋芜⁽¹⁹⁾,诸柘巴苴⁽²⁰⁾。其南则有平原广泽:登降陁靡⁽²¹⁾,案衍坛曼⁽²²⁾,缘以大江,限以巫山⁽²³⁾;其高燥则生葴菥苞荔⁽²⁴⁾,薛莎青薠⁽²⁵⁾;其埤湿则生藏莨蒹葭⁽²⁶⁾,东蘠雕胡⁽²⁷⁾,莲藕觚卢⁽²⁸⁾、菴闾轩于⁽²⁹⁾:众物居之,不可胜图⁽³⁰⁾。其西则有涌泉清池:激水推移,外发芙蓉菱华⁽³¹⁾,内隐钜石白沙⁽³²⁾;其中则有神龟蛟鼍⁽³³⁾,玳瑁鳖鼋⁽³⁴⁾。其北则有阴林⁽³⁵⁾:其树楩楠豫章⁽³⁶⁾,桂椒木兰⁽³⁷⁾,檗离朱杨⁽³⁸⁾,楂梨楟栗⁽³⁹⁾,橘柚芬芳;其上则有鹓雏孔鸾⁽⁴⁰⁾,腾远射干⁽⁴¹⁾;其下则有白虎玄豹,蟃蜒䝙犴⁽⁴²⁾。

　　"于是乎乃使剸诸之伦⁽⁴³⁾,手格此兽⁽⁴⁴⁾。楚王乃驾驯驳之驷⁽⁴⁵⁾,乘雕玉之舆,靡鱼须之桡旃⁽⁴⁶⁾,曳明月之珠旗,建干将之雄戟⁽⁴⁷⁾,左乌号之雕弓⁽⁴⁸⁾,右夏服之劲箭⁽⁴⁹⁾。阳子骖乘⁽⁵⁰⁾,孅阿为御⁽⁵¹⁾,案节未舒⁽⁵²⁾,即陵狡兽⁽⁵³⁾,蹴蛩蛩⁽⁵⁴⁾,辚距虚⁽⁵⁵⁾,轶野马,轊陶駼⁽⁵⁶⁾,乘遗风,射游骐⁽⁵⁷⁾。倏眒倩浰⁽⁵⁸⁾,雷动猋至⁽⁵⁹⁾,星流霆击⁽⁶⁰⁾,弓不虚发,中必决眦⁽⁶¹⁾,洞胸达掖⁽⁶²⁾,绝乎心系⁽⁶³⁾。获若雨兽,掩草蔽地⁽⁶⁴⁾。于是楚王乃弭节徘徊⁽⁶⁵⁾,翱翔容与,览乎阴林,观壮士之暴怒,与猛兽之恐惧。徼䂹受诎⁽⁶⁶⁾,殚睹众物之变态⁽⁶⁷⁾。"

(据胡刻本《文选》卷七)

【注释】

(1)《子虚赋》:与《上林赋》内容衔接,《史记》合为《天子游猎赋》,《文选》分为二。

(2)特:只不过是。盘纡(yū)、弗(fú)郁:都用来形容山势迂回曲折、层峦叠嶂。

(3)隆崇嵂崒(lǜ zú):都用来形容山势高峻险要。

(4)岑崟(yín):山势高峻的样子。

(5)蔽:全遮住。亏:半缺。

(6)罢(pí)池:指山坡倾斜。陂(pō)陀:形容山势宽广。

(7)属(zhǔ):连接。

(8)丹青:染料,朱砂,石青。赭(zhě)垩(è):红土和白土。

(9)雌黄:可制作橙黄色染料的矿石。白坿(fù):石灰。

(10)众色:各种矿石呈现的不同色彩。炫耀,光彩夺目。

(11)烂:灿烂,像龙鳞一样灿烂。

（12）赤玉:红色的玉石。玫瑰,紫色的美玉。

（13）琳瑉(mín):青碧色的玉石。昆吾:赤铜矿物,产于昆仑山得名。

（14）珹玏(jiān lè):石头名。玄厉:可以磨刀的黑色石头。

（15）碝(ruǎn) 石:白中带赤的玉石。碔砆(wǔ fū):赤地白纹的玉石。

（16）蕙圃:香草的园圃。蕙、兰,外貌相似的香草。

（17）衡:杜衡。兰:兰草。芷:白芷。若:杜若。这些都是香草名。

（18）芎䓖(xiōng qióng) 、昌蒲:都是香草,根可以入药。

（19）茳蓠(lí) 、蘪(mí) 芜:水生香草。蘪芜,叶子像当归,香味像白芷。

（20）诸柘:甘蔗。巴苴(jū):即芭蕉。

（21）登降:地势上下,高低不平。陁靡:山坡倾斜绵延。

（22）案衍:地势低下。坛曼:地势平广。

（23）缘:沿、循。限:界限。

（24）葴(zhēn):马兰草。菥(xī):像燕麦的草。苞:和茅相似的草。荔:像蒲的草。

（25）薛、莎(suō):蒿类植物名。青薠(fán):类似莎而比莎大的植物名。

（26）埤:低。藏莨(zāng làng):狗尾巴草。

（27）东蔷:草,形状像蓬草,结子可以吃。雕胡:菰(gū) 米,茭白。

（28）觚(gū) 卢:菰的嫩茎和芦笋。

（29）庵闾:蒿类植物名,子可入药。轩芋:即犹(yòu) 草,生于水中或湿地的草。

（30）胜图:全部描绘出来。

（31）外:水面之上。发:开放。芙蓉:即荷花。菱华:即菱花,开小白花。

（32）内:水面之下。

（33）鼍(tuò):扬子鳄。

（34）玳瑁(dài mèi):形状像龟,甲壳有花纹,可做装饰品。鼋(yuán):大鳖。

（35）阴:背阳面。

（36）楩(pián):黄楩木。楠:楠木。豫章:樟木。

（37）椒:花椒树。木兰:开白花的高大乔木。

（38）檗(bó):即黄柏、黄蘖树。离:山梨树。朱杨:生于水边的赤茎柳。

（39）楂(zhā) 梨:山楂。梬(yǐng) 栗:梬枣,软枣,似柿而小。

（40）鹓雏(yuān chú):与凤凰同类的鸟。鸾:鸾鸟。

（41）腾远:猿猴类,善腾跃攀援。射(yè) 干:像狐的动物,个小擅长爬树。

（42）蛮蜒:即“猰狿”,似狸而长的大兽。貙犴(chū hàn):似狸而大的猛兽。

（43）剸诸:专诸,吴国勇士,曾替吴公子光刺杀吴王僚。代指勇士。伦:类。

（44）格:格斗。

（45）驳:毛色不纯。驷(sì):驾一车的四匹马。

（46）麾:通“麾”,挥动。桡旃(náo zhān):仅供君主使用的带曲柄的旗。

（47）建:高高举起。干将:原本是擅长制剑工匠的名字,这里指利刃。

（48）乌号(háo):传说中的良弓名,黄帝使用。

（49）夏服:通“夏箙(fú)”,盛箭的袋子。

（50）阳子:即孙阳,字伯乐,秦国人,擅长相马。骖乘(cān shèng):指陪乘的人。古时乘车,
　　　驾车者居中,尊者居左,右边一人陪乘,以防止出现意外。

（51）孅阿(ē)：传说中为月神驾车的仙女，后指善驾车者。

（52）案节：指马走得慢而有节奏。未舒：没有尽情舒展、奔驰。

（53）陵：践踏。狡兽：狡捷的猛兽。

（54）蹴：践踏。蛩蛩(qióng)：像马善长奔跑的怪兽。

（55）辚：用车轮碾压。距虚：像驴的野兽，善于奔跑。

（56）轶：超过。辒(wèi)：车轴顶端，车子超过的意思。陶駼(táo tú)：北方野马名。

（57）遗风：千里马名。游：游荡。

（58）倏眒(shū shēn)、倩浰(lì)：都形容动作迅疾。

（59）雷动：像雷一样震动。猋(biāo)：飙风，风势很大。

（60）星流：像流星闪过。霆：疾雷。

（61）决：射裂。眦(zì)：眼眶。

（62）达掖：从腋下射入。掖通腋。

（63）绝：断裂。心系：连接心脏的组织。

（64）雨(yù)：像下雨一样，夸耀猎物多。掩：掩盖。

（65）弭节：缓慢行驶。

（66）徼(yāo)：拦截。劋(jù)：极度疲倦。诎：力尽气竭。

（67）殚(dān)：尽。变态：各种不同的姿态。

【简析】

　　《子虚赋》是司马相如的代表作，也是汉大赋的代表作，其主要内容是借楚国子虚先生和齐国乌有先生之口，铺张描绘了封建统治者的"苑囿之大，游戏之乐"。这一方面是当时封建社会上升期国力强盛的风貌，另一方面也通过夸张铺写，劝谏统治者不要过于奢侈。本文节选的是云梦泽和楚王游猎的盛况。作者极尽铺张夸饰之能事，写了云梦泽的壮丽富饶，高山矿产、奇花异草、珍果贵木，辽阔丰饶的土地有着无尽的宝藏；作品还铺陈了楚王游猎的宏大场面，威猛的车马、显赫的仪仗、数量众多的猎物，淋漓尽致地展现了国君的雄风。这篇赋长达四千多字，称得上宏伟巨制，想象丰富，运用骈语排比，气势充沛，曲终奏雅，确立了"劝百而讽一"的传统。

张衡赋（一篇）

　　张衡（78—139）字平子，南阳西鄂（今河南南阳市石桥镇）人。东汉天文学家、文学家，在东汉历任郎中、太史令、侍中等职，晚年因病入朝任尚书。张衡发明了浑天仪、地动仪，在汉赋发展史上有承前启后的作用，《二京赋》《归田赋》是其代表作。

归田赋

　　游都邑以永久[1]，无明略以佐时[2]；徒临川以羡鱼[3]，俟河清乎未期[4]。感蔡子之慷慨[5]，从唐生以决疑[6]。谅天道之微昧[7]，追渔父以同嬉[8]。超埃尘以遐逝[9]，与世事乎长辞(10)。

于是仲春令月(11),时和气清,原隰郁茂(12),百草滋荣。王雎鼓翼(13),鸧鹒哀鸣(14),交颈颉颃(15),关关嘤嘤。于焉逍遥(16),聊以娱情。

尔乃龙吟方泽,虎啸山丘(17)。仰飞纤缴(18),俯钓长流。触矢而毙,贪饵吞钩。落云间之逸禽(19),悬渊沉之鲨鰡(20)。

于是曜灵俄景(21),继以望舒(22)。极般游之至乐(23),虽日夕而忘劬(24)。感老氏之遗诫(25),将回驾乎蓬庐。弹五弦之妙指(26),咏周、孔之图书(27)。挥翰墨以奋藻(28),陈三皇之轨模(29)。苟纵心于物外,安知荣辱之所如(30)!

（据胡刻本《文选》卷十五）

【注释】

（1）都邑:指东汉京都洛阳。永久:长久。

（2）明:明智。略:谋略。佐时:辅佐当时的君主。

（3）徒临川以羡鱼:用词典表明自己空有佐时的理想,《淮南子·说林训》记载"临川流而羡鱼,不如归家织网"。徒,空,徒然。羡,愿。

（4）俟:等待。河清:混浊的黄河水变清,古人认为这是政治清明的标志。

（5）蔡子:指战国时燕人蔡泽,周游各诸侯国,不得志。慷慨:不平之气。

（6）唐生:指战国时魏人唐举,相士。蔡泽发迹之前曾请唐举看相,判断自己能否富贵以及能享受多少时间的富贵。

（7）谅:信,诚。微昧:幽隐难知。

（8）渔父:王逸《渔父章句序》说"渔父避世隐身,钓鱼江滨,欣然而乐"。不受世俗羁绊的人物。嬉:游乐。

（9）超:超脱。尘埃:污浊的世俗。遐逝:远走。

（10）长辞:永久离开。由于政治昏乱,世路艰难,自己产生了归田隐居的念头。

（11）仲春令月:春季的第二个月,阴历二月。令月:美好的月份。

（12）原:宽阔平坦的土地。隰(xí):低下潮湿的土地。郁茂:草木繁盛。

（13）王雎:鸟名,鱼鹰。

（14）鸧鹒:鸟名,黄鹂。

（15）颉颃(xié háng):鸟上下飞翔的样子。飞而上叫颉,飞而下叫颃。

（16）于焉:于是乎。逍遥:优游自在。

（17）尔乃:于是。方泽:大泽。形容自己在田园生活中舒适畅快、啸傲自得。

（18）纤缴(zhuó):指箭。纤,细。缴,射鸟时系在箭上的丝绳。

（19）落:射下。逸禽:飞鸟。

（20）悬:钓起。鲨鰡(shā liú):都是鱼名。

（21）曜灵:太阳。俄景:斜影。

（22）系:继。望舒:神话传说中为月亮驾车的仙人,这里代指月亮。

（23）般(pán)游:游乐。

（24）劬(qú):劳苦。

（25）老氏之遗诫:指《老子》十二章:"驰骋田猎,令人心发狂。"老氏,老子。

（26）五弦:五弦琴。指:通"旨",意趣。

（27）周、孔：周公、孔子。图书：典籍。

（28）翰墨：笔墨。奋藻：铺陈辞藻,写文章。

（29）陈：陈述。三皇：传说中的伏羲、神农、黄帝。轨模：法式。

（30）如：往,到。

【简析】

　　《归田赋》是抒情小赋的优秀代表作。当张衡深感社会清明无望时,决定辞职归隐,他以回归田园的行动表达对黑暗现实的不满,以及不与世俗同流合污的气节。这是篇言志之赋,完整展示了宦海沉浮中作者的感情变化。先是不满现实,决定抽身引退,心情悲愤低沉;接下来描绘了想象中的田园生活,恬静惬意,心情也变得喜悦明丽;接下来笔锋一转,借渔猎感慨官场沉浮,内心愤愤不平;最终实现了齐荣辱、忘得失,走向旷达超脱。作品篇幅短小,只有二百多字,却内涵丰富,使用很多众人熟悉的典故,如"徒临川以羡鱼,俟河清乎未期",还使用了叠韵、重复、双关等修辞方法,情景交融,语言清新典雅,明快自然。

赵壹赋（一篇）

　　赵壹（122—196）字元叔,东汉辞赋家,汉阳郡西县（今甘肃陇南礼县）人。他性格耿介狂傲,屡屡得罪权势,几致于死。汉灵帝光和元年,受到袁逢敬重,名动京师。后多次征召不就。他的赋作有《穷鸟赋》和《刺世嫉邪赋》。

刺世嫉邪赋

　　伊五帝之不同礼[1],三王亦又不同乐[2]。数极自然变化[3],非是故相反驳[4]。德政不能救世溷乱,赏罚岂足惩时清浊?[5]春秋时祸败之始,战国愈复增其荼毒[6]。秦汉无以相逾越,乃更加其怨酷[7]。宁计生民之命,唯利己而自足[8]。

　　于兹迄今,情伪万方[9]:佞谄日炽,刚克消亡[10]。舐痔结驷,正色徒行[11]。妪媚名势,抚拍豪强[12]。偓佺反俗,立致咎殃[13]。捷慑逐物[14],日富月昌。浑然同惑[15],孰温孰凉?邪夫显进,直士幽藏[16]!

　　原斯瘼之攸兴[17],实执政之匪贤:女谒掩其视听兮,近习秉其威权[18]。所好则钻皮出其毛羽[19],所恶则洗垢求其瘢痕[20]。虽欲竭诚而尽忠,路绝险而靡缘[21]。九重既不可启,又群吠之狺狺[22]。安危亡于旦夕,肆嗜欲于目前[23]。奚异涉海之失柂,积薪而待燃[24]。

　　荣纳由于闪榆,孰知辨其蚩妍[25]!故法禁屈挠于势族,恩泽不逮于单门[26]。宁饥寒于尧舜之荒岁兮[27],不饱暖于当今之丰年。乘理虽死而非亡,违义虽生而匪存[28]。

　　有秦客者[29],乃为诗曰:"河清不可俟[30],人命不可延。顺风激靡草[31],富贵者称贤。文籍虽满腹[32],不如一囊钱。伊优北堂上[33],抗脏倚门边[34]。"鲁生闻此辞,系而作歌曰:"势家多所宜[35],咳唾自成珠[36]。被褐怀金玉[36],兰蕙化为刍[37]。贤者虽独悟[38],所困在群愚。且各守尔分[39],勿复空驰驱[40]。哀哉复哀哉,此是命矣夫!"

　　（据民国王氏虚受堂刻本王先谦《后汉书集解》卷八十）

【注释】

(1) 伊:发语词,无实际意义。五帝:据《史记·五帝本纪》记载为黄帝、颛顼、帝喾、唐尧、虞舜。礼:典章制度。

(2) 三王:夏、商、周开国国君夏禹、商汤、周文王武王。乐:与"礼"互文,也指典章制度。

(3) 数:气数。极:极限。

(4) 反驳:排斥。

(5) 淴乱:混乱。惩:警戒。

(6) 祸败:祸乱、败坏。荼毒:苦菜和毒虫,形容人民生存的艰难。

(7) 逾越:超越。乃:却。怨酷:怨恨残酷。

(8) 计:考虑。生民:人民。唯:只。

(9) 于兹:从这时。情:真情。伪:假的。万方:多种多样。

(10) 佞(nìng)谄:奸巧拍马、阿谀奉承之人。炽:嚣张。刚克:刚强正直的人。

(11) 舐(shì)痔:舐痔疮,代指奉迎拍马的小人。驷:四马拉的车。正色:正直的人。徒行:步行。

(12) 姁媮(yù qǔ):弯腰曲背,对有权势的人卑躬屈节。抚拍:亲附谄媚。

(13) 偃蹇(yǎn jiǎn):高傲。反俗:反对世俗。咎殃:灾祸。

(14) 捷慑(qiè shè):小步快走,奔走钻营。逐物:追逐权势名利。

(15) 惑:糊涂,是非不分。

(16) 显进:高升,显耀。幽藏:隐居深藏。

(17) 原:追究根源。瘼(mó):病。攸:所。

(18) 女谒(yè):宫中得宠的女官或妃子。掩:遮蔽。近习:左右亲近的人。秉:掌握。

(19) 所好则钻皮出其毛羽:对所喜欢的人,用尽手段加以美化。

(20) 所恶则洗垢求其瘢痕:对所厌恶的人,吹毛求疵挑毛病。

(21) 竭:尽。诚:忠诚。靡:没有。缘:机会。

(22) 九重:宫门。狺狺(yín):狗叫声。

(23) 肆:放肆。嗜欲:贪欲。

(24) 柂:舵。

(25) 荣纳:受宠幸而被重用。闪榆:邪佞的样子。蚩:愚。妍:贤。

(26) 法禁:法令。屈挠:阻挠破坏。单门:无权无势的人家。

(27) 宁:宁可。

(28) 乘理:坚持公理。匪:非。

(29) 秦客:与下文的鲁生,都是假托的人物。

(30) 河清:指政治清明,《左传·襄公八年》记载"俟河之清,人寿几何?"古人传说一千年黄河清一次,黄河清就预示清明的政治局面将出现。俟:等待。

(31) 激:猛烈。靡草:细弱的草。

(32) 文籍:文章书籍,指才学。

(33) 伊优:逢迎谄媚的人。北堂:坐北朝南,富贵者所居。

(34) 抗脏:高尚刚正的人。倚门边:是"被疏弃"的意思。

(35) 势家:有权有势的人。

(36) 被:披。褐:粗布衣,指贫贱的人。金玉:借喻美德良才。

（37）兰蕙：两种香草名。刍：喂牲畜的饲草，形容被轻视。

（38）独悟：独自醒悟。

（39）尔：你。分：本分。

（40）空：白白。驰驱：奔走。

【简析】

《刺世嫉邪赋》是抒情小赋的优秀代表作，充分体现了汉赋风格的转变，由汉大赋的典雅厚重到抒情小赋的直抒胸臆。这篇赋四百多字，篇幅短小，却语言犀利、感情激越、暴露深刻，作者愤怒地揭露了东汉末年各种丑陋现象，统治者昏庸无能，诸佞宦官祸国殃民。"宁饥寒于尧舜之荒岁兮，不饱暖于当今之丰年"，表达了作者对当时黑暗社会的强烈不满。作品极富作家的创作个性，铺排夸饰，直抒胸臆，语言通俗疏宕，文末以五言诗作结，简洁有力。

二 散文

李斯文（一篇）

李斯（约前284—前208），字通古。战国末年楚国上蔡（今河南上蔡西南）人。秦朝丞相，著名的政治家、文学家和书法家，协助秦始皇帝统一天下。秦统一之后，参与制定了法津，统一车轨、文字、度量衡制度。

谏逐客书

臣闻吏议逐客，窃以为过矣（1）。昔缪公求士（2），西取由余于戎（3），东得百里奚于宛（4），迎蹇叔于宋（5），求丕豹、公孙支于晋（6）。此五子者，不产于秦，而缪公用之，并国二十，遂霸西戎（7）。孝公用商鞅之法（8），移风易俗，民以殷盛，国以富强。百姓乐用，诸侯亲服。获楚、魏之师，举地千里，至今治强。惠王用张仪之计（9），拔三川之地；西并巴、蜀；北收上郡（10）；南取汉中，包九夷，制鄢、郢（11）；东据成皋之险（12），割膏腴之壤，遂散六国之从，使之西面事秦，功施到今。昭王得范雎（13），废穰侯，逐华阳（14），强公室，杜私门，蚕食诸侯，使秦成帝业。此四君者，皆以客之功。由此观之，客何负于秦哉！向使四君却客而不内（15），疏士而不用，是使国无富利之实，而秦无强大之名也。

今陛下致昆山之玉，有随、和之宝，垂明月之珠（16），服太阿之剑，乘纤离之马，建翠凤之旗，树灵鼍之鼓（17）。此数宝者，秦不生一焉，而陛下说之（18），何也？必秦国之所生然后可，则是夜光之璧不饰朝廷，犀象之器不为玩好，郑、卫之女不充后宫，而骏良駃騠不实外厩（19），江南金锡不为用，西蜀丹青不为采。所以饰后宫充下陈（20）、娱心意、说耳目者，必出于秦然后可，则是宛珠之簪，傅玑之珥，阿缟之衣，锦绣之饰，不进于前（21）；而随俗雅化（22），佳冶窈窕，赵女不立于侧也。夫击瓮叩缶,弹筝搏髀,而歌呼呜呜快耳目者⁽²³⁾,真秦之声也。《郑》、《卫》、《桑间》,《韶》、《虞》、《武》、《象》者⁽²⁴⁾,异国之乐也。今弃击瓮叩缶而就《郑》、《卫》,退弹筝而取《韶》、《虞》,若是者何也? 快意当前,适观而已矣。今取人则不然。不问可否,不论曲直,非秦者去,为客者逐。然则是所重者在乎色乐珠玉,而所轻者在乎人民也。此非所以跨海内制诸侯之术也。

臣闻地广者粟多,国大者人众,兵强则士勇。是以太山不让土壤,故能成其大;河海不择细流,故能就其深;王者不却众庶,故能明其德。是以地无四方,民无异国,四时充美,鬼神降福,此五帝、三王之所以无敌也⁽²⁵⁾。今乃弃黔首以资敌国,却宾客以业诸侯,使天下之士,退而不敢西向,裹足不入秦,此所谓藉寇兵而赍盗粮者也⁽²⁶⁾。夫物不产于秦,可宝者多,士不产于秦,而愿忠者众。今逐客以资敌国,损民以益仇,内自虚而外树怨于诸侯,求国无危,不可得也。

（出自《史记・李斯列传》,据《史记》卷八十七,中华书局 2013 年版）

【注释】

（1）过:错。

（2）缪公:秦穆公,姓嬴,名任好,都雍(今陕西凤翔县)。

（3）由余:春秋晋人。入戎,戎王命出使秦国,为秦穆公所用。

（4）百里奚:春秋楚人,字井伯,为虞大夫。虞亡,走宛,为楚人所执。秦穆公闻其名,以五羖(公羊)皮赎他,用为相。

（5）蹇叔:春秋时人,居宋,穆公迎为大夫。

（6）丕豹:春秋晋人,父丕郑为晋惠公所杀,因奔秦,穆公用为大夫。公孙支:秦人,游晋,后归秦,穆公用为大夫。荐孟明于穆公,为人所称。

（7）并国二十:指用由余而攻占的西戎二十部落。

（8）孝公:战国秦君,名渠梁。在位二十四年。商鞅:即公孙鞅,战国卫人,仕魏为中庶子。

（9）惠王:秦孝公子,名驷。

（10）北收上郡:惠王十年,魏献上郡(今陕西省北部)十五县。

（11）南取汉中:惠王十三年,攻楚汉中,取地六百里。汉中,今陕西南部。九夷:楚地的各种夷族。鄢、郢:在今湖北宜城县。

（12）成皋:在今河南氾水县。

（13）昭王:战国秦武王弟,名稷。并西周,用范雎为相。范雎:字叔,魏人,仕秦为相,封应侯。

（14）穰侯:魏冉,秦昭王母宣太后的异父同母弟。昭王即位,年少,宣太后用冉执政,封为穰侯。华阳:芈戎,宣太后弟,封华阳君。华阳,在今陕西商县。

（15）内:通"纳"。

（16）昆山:即昆冈,出宝玉,在于阗(今属新疆)。随和之宝:相传春秋时随侯救了受伤的大蛇,后蛇于江中衔大珠以报,称随珠。春秋时楚人卞和得璞,剖璞得宝玉,琢为璧,称和氏璧。明月之珠:即夜光珠。

（17）太阿:春秋时楚王命欧冶子、干将铸龙渊、太阿、工布三宝剑。纤离:良马名。翠凤:用翡翠羽毛作成凤形装饰的旗子。灵鼍(tuó)之鼓:用扬子鳄皮制成的鼓。

（18）说:通"悦"。

（19）駃騠(jué tí):北狄良马。

（20）下陈:犹后列。

（21）宛珠之簪：用宛地的珠来装饰的簪。簪，定发髻的长针。傅玑之珥：装有玑的耳饰。玑，不圆的珠。阿缟：东阿出产的丝织品。

（22）随俗雅化：随着世俗使俗变为雅。

（23）搏髀（bì）：拍大腿以节歌。

（24）《郑》《卫》《桑间》：《礼记·乐记》："郑、卫之音，乱世之音也，比于慢矣。桑间、濮上之音，亡国之音也。"桑间，卫国濮水上的地名。以上指当时民间的音乐。《韶》《虞》《武》《象》：《韶》是虞舜时的音乐。《武》是周武王时的乐舞，故称武象。以上指当时的雅乐。

（25）五帝：《史记·五帝本纪》以黄帝、颛顼、帝喾、尧、舜为五帝。三王：指夏禹、商汤、周文王武王。

（26）黔首：以黑巾裹头，指平民。业：立功业。赍（jī）：给。

【简析】

《谏逐客书》是李斯给秦王嬴政的一篇奏议。李斯原本是楚国人，后到秦国游说，受到秦王的重用，拜为客卿。后来在公元前246年时发生了这样一件事：韩国派了一个叫郑国的水利专家到秦国修一条长达三百余里的灌溉渠，企图通过大兴水利来消耗秦的国力，不能对韩国用兵，后来事情败露被秦国发觉，要杀掉他。郑国说："臣为韩延数年之命，然渠成，亦秦万世之利也。"秦王被说服，终于让他完成此项工程。然而当时一些有权势的秦国贵族因为外来客卿入秦影响了自己的利益，于是就利用郑国修渠这件事向秦王挑唆，劝说秦王应该把外来客卿都赶出秦国，秦王接受了大臣们的意见，下令驱逐所有客卿，李斯就在驱逐之列，于是他就写了这篇《谏逐客书》希望秦王不要驱逐客卿。文章从秦国统一天下的高度立论，反复阐述不应驱逐客卿的原因，文章辞意畅达，理足气盛，因此打动了秦王，撤回了驱逐客卿的命令，并恢复了李斯的官职。而《谏逐客书》也成为一篇脍炙人口的名文，千百年来一直被人们所传诵。

贾谊文（一篇）

贾谊生平见汉赋部分。

过秦论（上）

秦孝公据殽函之固(1)，拥雍州之地(2)，君臣固守，而窥周室(3)；有席卷天下、包举宇内、囊括四海之意，并吞八荒之心(4)。当是时，商君佐之(5)，内立法度，务耕织，修守战之备；外连横而斗诸侯(6)。于是秦人拱手而取西河之外(7)。

孝公既没，惠文、武、昭蒙故业(8)，因遗策(9)，南兼汉中，西举巴蜀(10)，东割膏腴之地，收要害之郡(11)。诸侯恐惧，会盟而谋弱秦，不爱珍器重宝肥饶之地，以致天下之士，合从缔交，相与为一。当此之时，齐有孟尝(12)，赵有平原(13)，楚有春申(14)，魏有信陵(15)。此四君者，皆明智而忠信，宽厚而爱人，尊贤重士，约从离横(16)，兼韩、魏、燕、楚、齐、赵、宋、卫、中山之众。于是六国之士，有宁越、徐尚、苏秦、杜赫之属为之谋，齐明、周最、陈轸、召滑、楼缓、翟景、苏厉、乐毅之徒通其意，吴起、孙膑、带佗、儿良、王廖、田忌、廉颇、赵奢之伦制其兵(17)。尝以十倍之地，百万之众,叩关而攻秦。秦人开关而延敌,九国之师遁逃而不敢进⁽¹⁸⁾。秦无亡矢遗镞之费⁽¹⁹⁾,而天下诸侯已困矣。于是从散约解,争割地而赂秦。秦有余力而制其弊,追亡逐北⁽²⁰⁾,伏尸百万,流血漂橹⁽²¹⁾。因利乘便,宰割天下,分裂山河。强国请伏,弱国入朝。

施及孝文王、庄襄王,享国日浅,国家无事。及至始皇,奋六世之余烈⁽²²⁾,振长策而御宇内,吞二周而亡诸侯⁽²³⁾,履至尊而制六合⁽²⁴⁾,执敲朴以鞭笞天下⁽²⁵⁾,威震四海。南取百越之地⁽²⁶⁾,以为桂林、象郡⁽²⁷⁾;百越之君,俯首系颈⁽²⁸⁾,委命下吏。乃使蒙恬北筑长城⁽²⁹⁾,而守藩篱⁽³⁰⁾,却匈奴七百余里。胡人不敢南下而牧马,士不敢弯弓而报怨。

于是废先王之道,燔百家之言,以愚黔首⁽³¹⁾。隳名城⁽³²⁾,杀豪俊,收天下之兵聚之咸阳,销锋镝⁽³³⁾,铸以为金人十二,以弱黔首之民。然后践华为城⁽³⁴⁾,因河为池⁽³⁵⁾,据亿丈之城,临不测之溪,以为固。良将劲弩,守要害之处;信臣精卒,陈利兵而谁何⁽³⁶⁾!天下已定,始皇之心,自以为关中之固,金城千里,子孙帝王万世之业。

始皇既没,余威震于殊俗⁽³⁷⁾。然陈涉瓮牖绳枢之子⁽³⁸⁾,氓隶之人⁽³⁹⁾,而迁徙之徒也⁽⁴⁰⁾,材能不及中人,非有仲尼、墨翟之贤,陶朱、猗顿之富⁽⁴¹⁾;蹑足行伍之间,俯起阡陌之中⁽⁴²⁾,率罢弊之卒⁽⁴³⁾,将数百之众,转而攻秦;斩木为兵,揭竿为旗,天下云集响应,赢粮而景从⁽⁴⁴⁾。山东豪俊遂并起而亡秦族矣。

且夫天下非小弱也,雍州之地,崤函之固,自若也。陈涉之位,非尊于齐、楚、燕、赵、韩、魏、宋、卫、中山之君;锄櫌棘矜⁽⁴⁵⁾,非铦于钩戟长铩也⁽⁴⁶⁾;谪戍之众⁽⁴⁷⁾,非抗于九国之师也⁽⁴⁸⁾;深谋远虑,行军用兵之道,非及曩时之士也⁽⁴⁹⁾。然而成败异变,功业相反。试使山东之国与陈涉度长絜大⁽⁵⁰⁾,比权量力,则不可同年而语矣。然秦以区区之地,致万乘之权⁽⁵¹⁾,招八州而朝同列⁽⁵²⁾,百有余年矣。然后以六合为家,崤函为宫。一夫作难而七庙隳⁽⁵³⁾,身死人手,为天下笑者,何也?仁义不施,而攻守之势异也。

(据胡刻本《文选》卷五十一)

【注释】

(1) 秦孝公:名渠梁,公元前361至前338年在位。他支持变法,使秦国开始走上了国富兵强的道路。崤(xiáo)函:崤山和函谷关。崤山在今河南洛宁县北,函谷关在今河南灵宝县,东至崤山,西至潼津。固:险固地势。

(2) 雍州:古九州之一,其地域约相当于今陕西中部和北部、甘肃全部和青海部分地区。

(3) 周室:指衰弱的东周王朝。

(4) 八荒:即八方。古人把东南西北称作四方,把东南、东北、西南、西北称作四隅,合称八方。此泛指荒远的地方。

(5) 商君:即商鞅,原是卫国的庶公子,称卫鞅,好刑名之学。入秦后佐秦孝公主持变法,以功封于商(今陕西商县),号曰商君。

(6) 连横:古人以东西为横,以南北为纵。地处西方的秦和处于东方的齐、楚等国联合起来以攻打别国,叫连横;东方各国北自燕,南至楚联合起来抗秦,叫合纵。

(7) 拱手:两手合抱,喻很轻松的样子。西河之外:指魏国在黄河以西的地区。秦孝公二十二年(前340),秦国派商鞅讨伐魏国,大破魏军,并俘虏了公子卬。魏国割河西之地给秦国。

(8) 蒙:继承。

(9) 因:遵循。遗策:指秦孝公记载政治计划的简册。

（10）巴蜀：皆古国名。巴，在今四川东部；蜀，在今四川西部。

（11）东据膏腴之地，收要害之郡：秦武王四年，秦攻取韩国的宜阳；昭襄王二十年，魏国献出河东故都安邑；即所谓"膏腴之地"和"要害之郡"。

（12）孟尝：孟尝君田文。

（13）平原：平原君赵胜。

（14）春申：春申君黄歇。

（15）信陵：信陵君魏无忌。以上四人是战国时著名的四公子，以招贤纳士著称。

（16）约从离横：即山东各国相约"合纵"，以离散秦"连横"之策。

（17）以上所列数人，包括了政治、军事、外交等各方面的人才，有些人事迹已不详。

（18）九国：指上文列举的韩、魏等。

（19）镞（zú）：箭头。

（20）亡：逃亡。北：败走。

（21）橹（lǔ）：大的盾牌。

（22）奋：发扬，发展。六世：指秦孝公以下六王。

（23）二周：东周末年报王时，东西周分治，西周都王城，东周都巩。秦昭襄王五十一年灭西周，庄襄王元年灭东周。

（24）六合：天、地和四方。

（25）敲扑：刑具，短的叫敲，长的叫扑。

（26）百越：古代越族散居在今浙江、福建、广东、广西一带，因其种类繁多，故称百越。

（27）桂林、象郡：桂林郡地处今广西北部及东部地区，象郡地处今广西南部地区，两郡均为秦始皇新置。

（28）系颈：以带系颈，表示投降。

（29）蒙恬：秦名将。秦统一六国后，蒙恬率兵三十万击退匈奴，并主持修筑长城。后为秦二世所逼，自杀。

（30）藩篱：篱笆，这里引申为边疆。

（31）黔首：百姓。黔，黑色。

（32）隳（huī）：毁坏。

（33）销：熔化。锋：兵器。

（34）践华为城：即据守华山以为帝都的东城。

（35）因：凭借，依靠。池：护城河。

（36）谁何：关塞上的卫兵盘问来往行人。何，呵问。

（37）殊俗：不同的风俗，指边远地区。

（38）陈涉：秦末农民起义的领袖。瓮牖绳枢：以破瓮作窗户，以草绳作户枢，形容家里穷。牖（yǒu）：窗户。枢：门的转轴。

（39）氓隶：农村的下层人民。氓：古指农村居民。隶：奴隶。

（40）迁徙之徒：谪罚去边地戍守的士卒。

（41）陶朱：范蠡辅佐越王勾践灭吴后，弃官出走，在陶（今山东曹县）经商，号陶朱公。猗（yī）顿：鲁人，靠经营盐业致富。

（42）阡陌：本指田间小道，此处指田野。

（43）罢弊：疲惫，困乏。

（44）赢：担负。景：通"影"，影子，名词用作状语，像影子那样。

（45）櫌（yōu）：古农具，形似榔头，平整土地用。棘矜：棘木做的矛柄。

（46）铦（xiān）：锋利。钩：短兵器。戟：戈矛合一的长柄兵器。铩（shā）：长矛类兵器。

（47）谪戍：被谪征发戍守边地。

（48）抗：高，强。

（49）及：赶得上。曩时：先前，指六国联合攻秦时。

（50）度长絜（xié）大：比量长短大小。絜，度量物体的粗细。

（51）万乘（shèng）：兵车万辆。乘：古时一车四马为一乘。

（52）招：招抚同列：同一行列，指六国诸侯。

（53）七庙隳：就是国家灭亡的意思。

【简析】

　　《过秦论》是贾谊政论散文的代表作，分为上中下三篇，选文为上篇。文章主要从各个方面分析秦王朝的过失，故名为《过秦论》。《过秦论》写于西汉时期，是当时汉代所谓的"太平盛世"，但是贾谊以他敏锐的政治目光，看到了西汉王朝潜伏的政治危机，因此他写下了《过秦论》，向汉室王朝提出了许多改革时弊的政治主张。文章通过议论秦朝的兴起到灭亡及其灭亡的原因，鲜明地提出了文章的中心论点，即："仁义不施而攻守之势异也。"本文以劝诫的口气，从总结历史经验教训出发，分析了秦王朝政治上的得失，并希望汉文帝以秦朝为戒，施行仁义，以免重蹈秦王朝的覆辙。鲁迅曾评价贾谊的文章为"西汉鸿文，沾溉后人，其泽甚远"。贾谊不仅仅是政治家，也是文学家，贾谊用写赋的手法来写说理散文，增加了文章的气势，并通过运用大量的排比句和对偶句以及全篇对比的手法，使文章读起来饱满酣畅。《过秦论》一文同样具有文学作品的艺术特色。

晁错文（一篇）

　　晁错（前200—前154），汉族，颍川（今河南禹州）人，西汉政治家、文学家。晁错的政论文"疏直激切，尽所欲言"，鲁迅称为"西汉鸿文，沾溉后人，其泽甚远"。代表作有《言兵事疏》《守边劝农疏》《论贵粟疏》《贤良对策》等。

论贵粟疏

　　圣王在上，而民不冻饥者，非能耕而食之(1)，织而衣之也(2)，为开其资财之道也(3)。故尧、禹有九年之水，汤有七年之旱，而国亡捐瘠者(4)，以畜积多而备先具也。

　　今海内为一，土地人民之众，不避汤、禹(5)，加以亡天灾数年之水旱，而畜积未及者，何也？地有遗利，民有余力，生谷之土未尽垦，山泽之利未尽出也，游食之民未尽归农也。民贫，则奸邪生。贫，生于不足；不足，生于不农；不农，则不地著(6)；不地著，则离乡轻家，民如鸟兽。虽有高城深池，严法重刑，犹不能禁也。夫寒之于衣，不待轻暖；饥之于食，不待甘旨；饥寒至身，不顾廉耻。人情一日不再食则饥，终岁不制衣则寒。夫腹饥不得食，肤寒不得衣，虽慈父不能保其子,君安能以有其民哉? 明主知其然也,故务民于农桑,薄赋敛,广畜积,以实仓廪⁽⁷⁾,备水旱,故民可得而有也。

民者,在上所以牧之⁽⁸⁾,趋利如水走下,四方亡择也。夫珠玉金银,饥不可食,寒不可衣,然而众贵之者,以上用之故也。其为物轻微易藏,在于把握,可以周海内而亡饥寒之患。此令臣轻背其主,而民易去其乡,盗贼有所劝,亡逃者得轻资也。粟米布帛,生于地,长于时,聚于力,非可一日成也。数石之重⁽⁹⁾,中人弗胜⁽¹⁰⁾,不为奸邪所利;一日弗得而饥寒至。是故明君贵五谷而贱金玉。今农夫五口之家,其服役者,不下二人,其能耕者,不过百亩,百亩之收,不过百石。春耕夏耘,秋获冬臧,伐薪樵,治官府,给徭役;春不得避风尘,夏不得避暑热,秋不得避阴雨,冬不得避寒冻,四时之间,亡日休息。又私自送往迎来,吊死问疾,养孤长幼在其中⁽¹¹⁾。勤苦如此,尚复被水旱之灾,急政暴虐⁽¹²⁾,赋敛不时,朝令而暮改⁽¹³⁾。当具有者,半贾而卖;亡者,取倍称之息⁽¹⁴⁾,于是有卖田宅、鬻子孙以偿责者矣。而商贾大者积贮倍息⁽¹⁵⁾,小者坐列贩卖,操其奇赢⁽¹⁶⁾,日游都市,乘上之急,所卖必倍。故其男不耕耘,女不蚕织,衣必文采,食必粱肉;亡农夫之苦,有仟伯之得⁽¹⁷⁾。因其富厚,交通王侯,力过吏势,以利相倾;千里游敖,冠盖相望,乘坚策肥⁽¹⁸⁾,履丝曳缟⁽¹⁹⁾。此商人所以兼并农人,农人所以流亡者也。今法律贱商人,商人已富贵矣;尊农夫,农夫已贫贱矣。故俗之所贵,主之所贱也;吏之所卑,法之所尊也。上下相反,好恶乖迕⁽²⁰⁾,而欲国富法立,不可得也。

方今之务,莫若使民务农而已矣。欲民务农,在于贵粟。贵粟之道,在于使民以粟为赏罚。今募天下入粟县官⁽²¹⁾,得以拜爵⁽²²⁾,得以除罪。如此,富人有爵,农民有钱,粟有所渫⁽²³⁾。夫能入粟以受爵,皆有余者也。取于有余以供上用,则贫民之赋可损⁽²⁴⁾,所谓损有余,补不足,令出而民利者也。顺于民心,所补者三:一曰主用足,二曰民赋少,三曰劝农功。今令:"民有车骑马一匹者⁽²⁵⁾,复卒三人。"车骑者,天下武备也,故为复卒。神农之教曰:"有石城十仞、汤池百步、带甲百万,而亡粟,弗能守也。"以是观之,粟者,王者大用⁽²⁶⁾,政之本务。令民入粟受爵,至五大夫以上⁽²⁷⁾,乃复一人耳,此其与骑马之功相去远矣。爵者,上之所擅⁽²⁸⁾,出于口而亡穷;粟者,民之所种,生于地而不乏。夫得高爵与免罪,人之所甚欲也。使天下人入粟于边,以受爵免罪,不过三岁,塞下之粟必多矣。

(出自《汉书·食货志》,据百衲本影印宋景祐刻本《汉书》卷二十四)

【注释】

(1) 食(sì)之:给他们吃。"食"作动词用。

(2) 衣(yì)之:给他们穿。"衣"作动词用。

(3) 道:途径。

(4) 捐瘠(jí):被遗弃和瘦弱的人。捐,抛弃;瘠,瘦。

(5) 不避:不让,不次于。

(6) 地著(zhuó):定居一地。《汉书·食货志》:"理民之道,地著为本。"颜师古注:"地著,谓安土也。"

(7) 廪(lǐn):米仓。

(8) 牧:养,引申为统治、管理。

(9) 石:重量单位。汉制三十斤为钧,四钧为石。

(10) 弗胜:不能胜任,指拿不动。

(11) 长(zhǎng):养育。

（12）政:同"征"。虐:王念孙以为当作"赋"。
（13）改:王念孙以为本作"得"。
（14）倍称(chèn)之息:加倍的利息。称,相等,相当。
（15）贾(gǔ):商人。
（16）奇(jī)赢:利润。奇,指余物;赢:指余利。
（17）仟伯之得:指田地的收获。"仟伯",通"阡陌",田间小路,此代田地。
（18）乘坚策肥:乘坚车,策肥马。策,用鞭子赶马。
（19）履丝曳缟(yè gǎo):脚穿丝鞋,身披绸衣。曳,拖着。缟,一种精致洁白的丝织品。
（20）乖迕(wǔ):相违背。
（21）县官:汉代对官府的通称。
（22）拜爵:封爵位。
（23）渫(xiè):散出。
（24）损:减。
（25）车骑马:指战马。
（26）大用:最需要的东西。
（27）五大夫:汉代的一种爵位,在侯以下二十级中属第九级。凡纳粟四千石,即可封赐。
（28）擅:专有。

【简析】

《汉书》中记载,晁错曾上书汉文帝,"复言守边备塞,劝农力本,当世急务二事。"本篇即是讲"劝农力本"的部分。晁错在文章中提出了重农抑商和入粟受爵的办法,这些主张对于当时农业生产发展和充实边防都是十分有利的。晁错的这封奏疏写于汉文帝十一年,文帝当即采纳了晁错的建议,到了武帝初年,汉朝便出现了"太仓之粟,陈陈相因,都鄙廪庾尽满"的局面,这说明晁错的这篇奏疏对于发展汉代农业生产是有重要作用的。文章在立论上论证严密,紧扣论点,语言简练流畅,说理透辟,具有极强的说服力。全文能够根据事实,陈述利弊,文采不多,但朴实深厚,体现了晁错作为政论家的善辩之才,被鲁迅称为"西汉鸿文"。

司马迁文(一篇)

司马迁(前145—前87?),字子长,左冯翊夏阳(今陕西韩城)人,西汉史学家,文学家。早年受儒家思想影响,漫游天下,考察风俗,博览史官藏书,在遭遇李陵之祸受腐刑后,发愤著书。所著《史记》是我国第一部纪传体通史,开史传文学先河,其叙事跌宕起伏,记人生动形象。除《史记》外还著有《报任安书》《感士不遇赋》。

项羽本纪(节选)

项籍者,下相人也(1),字羽。初起时(2),年二十四。其季父项梁(3),梁父即楚将项燕,为秦将王翦所戮者也(4)。项氏世世为楚将,封于项,故姓项氏。

项籍少时,学书不成,去[5],学剑,又不成。项梁怒之。籍曰:"书足以记名姓而已。剑一人敌,不足学,学万人敌。"于是项梁乃教籍兵法,籍大喜,略知其意,又不肯竟学[6]。项梁尝有栎阳逮[7],乃请蕲狱掾曹咎书抵栎阳狱掾司马欣[8],以故事得已。项梁杀人,与籍避仇于吴中。吴中贤士大夫皆出项梁下[9]。每吴中有大繇役及丧[10],项梁常为主办,阴以兵法部勒宾客及子弟[11],以是知其能。秦始皇帝游会稽,渡浙江[12],梁与籍俱观。籍曰:"彼可取而代也。"梁掩其口,曰:"毋妄言,族矣[13]!"梁以此奇籍。籍长八尺余,力能扛鼎[14],才气过人,虽吴中子弟皆已惮籍矣。

秦二世元年七月,陈涉等起大泽中。其九月,会稽守通谓梁曰[15]:"江西皆反[16],此亦天亡秦之时也。吾闻先即制人,后则为人所制。吾欲发兵,使公及桓楚将[17]。"是时桓楚亡在泽中。梁曰:"桓楚亡,人莫知其处,独籍知之耳。"梁乃出,诫籍持剑居外待。梁复入,与守坐,曰:"请召籍,使受命召桓楚。"守曰:"诺。"梁召籍入。须臾,梁眴籍曰[18]:"可行矣!"于是籍遂拔剑斩守头。项梁持守头,佩其印绶。门下大惊[19],扰乱[20],籍所击杀数十百人。一府中皆慑伏[21],莫敢起。梁乃召故所知豪吏[22],谕以所为起大事,遂举吴中兵。使人收下县[23],得精兵八千人。梁部署吴中豪杰为校尉、候、司马[24]。有一人不得用,自言于梁。梁曰:"前时某丧使公主某事[25],不能办,以此不任用公。"众乃皆伏。于是梁为会稽守,籍为裨将[26],徇下县[27]。

……

章邯已破项梁军,则以为楚地兵不足忧,乃渡河击赵,大破之。当此时,赵歇为王,陈馀为将,张耳为相,皆走入钜鹿城[28]。章邯令王离、涉间围钜鹿,章邯军其南,筑甬道而输之粟[29]。陈馀为将,将卒数万人而军钜鹿之北,此所谓河北之军也。

楚兵已破于定陶,怀王恐[30],从盱台之彭城[31],并项羽、吕臣军自将之。以吕臣为司徒[32],以其父吕青为令尹。以沛公为砀郡长,封为武安侯,将砀郡兵。

初,宋义所遇齐使者高陵君显在楚军,见楚王曰:"宋义论武信君之军必败[33],居数日,军果败。兵未战而先见败征[34],此可谓知兵矣。"王召宋义与计事而大说之[35],因置以为上将军;项羽为鲁公,为次将,范增为末将,救赵。诸别将皆属宋义,号为卿子冠军[36]。行至安阳,留四十六日不进。项羽曰:"吾闻秦军围赵王钜鹿,疾引兵渡河,楚击其外,赵应其内,破秦军必矣。"宋义曰:"不然。夫搏牛之虻不可以破虮虱[37]。今秦攻赵,战胜则兵罢[38],我承其敝[39];不胜,则我引兵鼓行而西[40],必举秦矣[41]。故不如先斗秦赵[42]。夫被坚执锐[43],义不如公;坐而运策[44],公不如义。"因下令军中曰:"猛如虎,很如羊[45],贪如狼,强不可使者[46],皆斩之。"乃遣其子宋襄相齐,身送之至无盐,饮酒高会。天寒大雨,士卒冻饥。项羽曰:"将戮力而攻秦[47],久留不行。今岁饥民贫,士卒食芋菽,军无见粮[48],乃饮酒高会,不引兵渡河因赵食[49],与赵并力攻秦,乃曰'承其敝'。夫以秦之强,攻新造之赵,其势必举赵。赵举而秦强,何敝之承!且国兵新破[50],王坐不安席,埽境内而专属于将军[51],国家安危,在此一举,今不恤士卒而徇其私,非社稷之臣。"项羽晨朝上将军宋义,即其帐中斩宋义头,出令军中曰:"宋义与齐谋反楚,楚王阴令羽诛之。"当是时,诸将皆慑服,莫敢枝梧[52]。皆曰:"首立楚者,将军家也。今将军诛乱。"乃相与共立羽为假上将军[53]。使人追宋义子,及之齐,杀之。使桓楚报命于怀王。怀王因使项羽为上将军,当阳君、蒲将军皆属项羽。

项羽已杀卿子冠军,威震楚国,名闻诸侯。乃遣当阳君、蒲将军将卒二万渡河,救钜鹿。战少利,陈馀复请兵。项羽乃悉引兵渡河[54],皆沈船,破釜甑[55],烧庐舍,持三日粮,以示士卒必死,无一还心。于是至则围王离,与秦军遇,九战,绝其甬道,大破之,杀苏角,虏王离。涉间不降楚，自烧杀。当是时，楚兵冠诸侯。诸侯军救钜鹿下者十余壁⁽⁵⁶⁾，莫敢纵兵。及楚击秦，诸将皆从壁上观。楚战士无不一以当十，楚兵呼声动天，诸侯军无不人人惴恐。于是已破秦军，项羽召见诸侯将。入辕门，无不膝行而前，莫敢仰视。项羽由是始为诸侯上将军，诸侯皆属焉。

……

行略定秦地⁽⁵⁷⁾，函谷关有兵守关，不得入。又闻沛公已破咸阳，项羽大怒，使当阳君等击关。项羽遂入，至于戏西⁽⁵⁸⁾。沛公军霸上，未得与项羽相见。沛公左司马曹无伤使人言于项羽曰："沛公欲王关中⁽⁵⁹⁾，使子婴为相⁽⁶⁰⁾，珍宝尽有之。"项羽大怒，曰："旦日飨士卒⁽⁶¹⁾，为击破沛公军！"当是时，项羽兵四十万，在新丰鸿门，沛公兵十万，在霸上。范增说项羽曰："沛公居山东时⁽⁶²⁾，贪于财货，好美姬。今入关，财物无所取，妇女无所幸，此其志不在小。吾令人望其气⁽⁶³⁾，皆为龙虎，成五采，此天子气也。急击勿失。"

楚左尹项伯者，项羽季父也，素善留侯张良。张良是时从沛公，项伯乃夜驰之沛公军，私见张良，具告以事，欲呼张良与俱去。曰："毋从俱死也。"张良曰："臣为韩王送沛公⁽⁶⁴⁾。沛公今事有急，亡去不义，不可不语。"良乃入，具告沛公。沛公大惊，曰："为之奈何？"张良曰："谁为大王为此计者？"曰："鲰生说我曰⁽⁶⁵⁾：'距关，毋内诸侯⁽⁶⁶⁾，秦地可尽王也。'故听之。"良曰："料大王士卒足以当项王乎？"沛公默然，曰："固不如也，且为之奈何？"张良曰："请往谓项伯，言沛公不敢背项王也。"沛公曰："君安与项伯有故？"张良曰："秦时与臣游，项伯杀人，臣活之，今事有急，故幸来告良。"沛公曰"孰与君少长⁽⁶⁷⁾？"良曰："长于臣。"沛公曰"君为我呼入，吾得兄事之⁽⁶⁸⁾"。张良出，要项伯⁽⁶⁹⁾。项伯即入见沛公。沛公奉卮酒为寿⁽⁷⁰⁾，约为婚姻，曰："吾入关，秋豪不敢有所近⁽⁷¹⁾，籍吏民⁽⁷²⁾，封府库，而待将军。所以遣将守关者，备他盗之出入与非常也⁽⁷³⁾。日夜望将军至，岂敢反乎！愿伯具言臣之不敢倍德也⁽⁷⁴⁾。"项伯许诺。谓沛公曰："旦日不可不蚤自来谢项王⁽⁷⁵⁾。"沛公曰："诺。"于是项伯复夜去，至军中，具以沛公言报项王。因言曰："沛公不先破关中，公岂敢入乎？今人有大功而击之，不义也，不如因善遇之⁽⁷⁶⁾。"项王许诺。

沛公旦日从百余骑来见项王，至鸿门，谢曰："臣与将军戮力而攻秦，将军战河北，臣战河南，然不自意能先入关破秦，得复见将军于此。今者有小人之言，令将军与臣有郤⁽⁷⁷⁾。"项王曰："此沛公左司马曹无伤言之，不然，籍何以至此。"项王即日因留沛公与饮。项王、项伯东向坐⁽⁷⁸⁾，亚父南向坐。亚父者，范增也。沛公北向坐，张良西向侍。范增数目项王，举所佩玉玦以示之者三⁽⁷⁹⁾，项王默然不应。范增起，出召项庄⁽⁸⁰⁾，谓曰："君王为人不忍⁽⁸¹⁾，若入前为寿，寿毕，请以剑舞，因击沛公于坐，杀之。不者，若属皆且为所虏。"庄则入为寿。寿毕，曰："君王与沛公饮，军中无以为乐，请以剑舞。"项王曰："诺。"项庄拔剑起舞，项伯亦拔剑起舞，常以身翼蔽沛公⁽⁸²⁾，庄不得击。

于是张良至军门，见樊哙⁽⁸³⁾。樊哙曰："今日之事何如？"良曰："甚急。今者项庄拔剑舞，其意常在沛公也。"哙曰："此迫矣，臣请入，与之同命⁽⁸⁴⁾。"哙即带剑拥盾入军门。交戟之卫士欲止不内⁽⁸⁵⁾，樊哙侧其盾以撞，卫士仆地，哙遂入，披帷西向立⁽⁸⁶⁾，瞋目视项王⁽⁸⁷⁾，头发上指，目眦尽裂⁽⁸⁸⁾。项王按剑而跽曰⁽⁸⁹⁾："客何为者？"张良曰："沛公之参乘樊哙者也⁽⁹⁰⁾。"项王曰："壮士，赐之卮酒⁽⁹¹⁾。"则与斗卮酒。哙拜谢，起，立而饮之。项王曰："赐之彘肩⁽⁹²⁾。"则与一生彘肩。樊哙覆其盾于地，加彘肩上，拔剑切而啗之。项王曰："壮士，能复饮乎？"樊哙曰："臣死且不避，卮酒安足辞！夫秦王有虎狼之心，杀人如不能举，刑人如恐不胜⁽⁹³⁾，天下皆叛之。怀王与诸将约曰'先破秦入咸阳者王之'。今沛公先破秦入咸阳，毫毛不敢有所近，封闭宫室，还军霸上，以待大王来。故遣将守关者，备他盗出入与非常也。劳苦而功高如此，未有封侯之赏,而听细说⁽⁹⁴⁾,欲诛有功之人。此亡秦之续耳,窃为大王不取也。”项王未有以应,曰:“坐。”樊哙从良坐。坐须臾,沛公起如厕,因招樊哙出。

沛公已出,项王使都尉陈平召沛公。沛公曰:“今者出,未辞也。为之奈何?”樊哙曰:“大行不顾细谨,大礼不辞小让⁽⁹⁵⁾。如今人方为刀俎⁽⁹⁶⁾,我为鱼肉,何辞为?”于是遂去。乃令张良留谢。良问曰:“大王来何操?”曰:“我持白璧一双,欲献项王,玉斗一双,欲与亚父,会其怒,不敢献。公为我献之。”张良曰:“谨诺。”当是时,项王军在鸿门下,沛公军在霸上,相去四十里。沛公则置车骑⁽⁹⁷⁾,脱身独骑,与樊哙、夏侯婴、靳强、纪信等四人持剑盾步走⁽⁹⁸⁾,从郦山下,道芷阳间行⁽⁹⁹⁾。沛公谓张良曰:“从此道至吾军,不过二十里耳。度我至军中,公乃入。”

沛公已去,间至军中,张良入谢,曰:“沛公不胜杯杓,不能辞。谨使臣良奉白璧一双,再拜献大王足下;玉斗一双,再拜奉大将军足下。”项王曰:“沛公安在?”良曰:“闻大王有意督过之,脱身独去,已至军矣。”项王则受璧,置之坐上。亚父受玉斗,置之地,拔剑撞而破之,曰:“唉!竖子不足与谋⁽¹⁰⁰⁾。夺项王天下者,必沛公也,吾属今为之虏矣。”沛公至军,立诛杀曹无伤。

……

项王军壁垓下⁽¹⁰¹⁾,兵少食尽,汉军及诸侯兵围之数重。夜闻汉军四面皆楚歌,项王乃大惊曰:“汉皆已得楚乎?是何楚人之多也!”项王则夜起,饮帐中。有美人名虞,常幸从;骏马名骓,常骑之。于是项王乃悲歌慷慨,自为诗曰:“力拔山兮气盖世,时不利兮骓不逝。骓不逝兮可奈何,虞兮虞兮奈若何!”歌数阕,美人和之。项王泣数行下,左右皆泣,莫能仰视。

于是项王乃上马骑,麾下壮士骑从者八百余人,直夜溃围南出⁽¹⁰²⁾,驰走。平明,汉军乃觉之,令骑将灌婴以五千骑追之。项王渡淮,骑能属者百余人耳⁽¹⁰³⁾。项王至阴陵,迷失道,问一田父,田父绐曰⁽¹⁰⁴⁾:“左。”左,乃陷大泽中⁽¹⁰⁵⁾。以故汉追及之。项王乃复引兵而东,至东城⁽¹⁰⁶⁾,乃有二十八骑。汉骑追者数千人。项王自度不得脱,谓其骑曰:“吾起兵至今八岁矣,身七十余战,所当者破,所击者服,未尝败北,遂霸有天下。然今卒困于此,此天之亡我,非战之罪也。今日固决死⁽¹⁰⁷⁾,愿为诸君快战⁽¹⁰⁸⁾,必三胜之,为诸君溃围,斩将,刈旗⁽¹⁰⁹⁾,令诸君知天亡我,非战之罪也。”乃分其骑以为四队,四向。汉军围之数重。项王谓其骑曰:“吾为公取彼一将。”令四面骑驰下,期山东为三处⁽¹¹⁰⁾。于是项王大呼驰下,汉军皆披靡,遂斩汉一将。是时,赤泉侯为骑将⁽¹¹¹⁾,追项王,项王瞋目而叱之,赤泉侯人马俱惊,辟易数里⁽¹¹²⁾。与其骑会为三处。汉军不知项王所在,乃分军为三,复围之。项王乃驰,复斩汉一都尉,杀数十百人,复聚其骑,亡其两骑耳。乃谓其骑曰:“何如?”骑皆伏曰⁽¹¹³⁾:“如大王言!”

于是项王乃欲东渡乌江。乌江亭长舣船待⁽¹¹⁴⁾,谓项王曰:“江东虽小,地方千里,众数十万人,亦足王也。愿大王急渡。今独臣有船,汉军至,无以渡。”项王笑曰:“天之亡我,我何渡为?且籍与江东子弟八千人渡江而西,今无一人还,纵江东父兄怜而王我,我何面目见之?纵彼不言,籍独不愧于心乎?”乃谓亭长曰:“吾知公长者。吾骑此马五岁,所当无敌,尝一日行千里,不忍杀之,以赐公。”乃令骑皆下马步行,持短兵接战。独籍所杀汉军数百人。项王身亦被十余创⁽¹¹⁵⁾。顾见汉骑司马吕马童⁽¹¹⁶⁾,曰:“若非吾故人乎?”马童面之,指王翳曰⁽¹¹⁷⁾:“此项王也。”项王乃曰:“吾闻汉购我头千金,邑万户。吾为若德⁽¹¹⁸⁾!”乃自刎而死。王翳取其头,余骑相蹂践争项王,相杀者数十人。……

太史公曰:吾闻之周生曰:“舜目盖重瞳子⁽¹¹⁹⁾。”又闻项羽亦重瞳子。羽岂其苗裔耶?何兴之暴也⁽¹²⁰⁾!夫秦失其政,陈涉首难⁽¹²¹⁾,豪杰蜂起,相与并争,不可胜数。然羽非有尺寸⁽¹²²⁾,乘势起陇亩之中⁽¹²³⁾,三年,遂将五诸侯灭秦,分裂天下,而封王侯,政由羽出,号为霸王,位虽不终,近古以来未尝有也。及羽背关怀楚⁽¹²⁴⁾,放逐义帝而自立⁽¹²⁵⁾,怨王侯叛己,难矣。自矜功伐[126]，奋其私智而不师古，谓霸王之业，欲以力征经营天下，五年卒亡其国，身死东城，尚不觉悟而不自责，过矣。乃引"天亡我，非用兵之罪也"，岂不谬哉！

（据《史记》卷七，中华书局 2013 年版）

【注释】

（1）下相：地名，今江苏宿迁。

（2）起初时：起兵反秦之初。

（3）季父：父之幼弟，即排行最末的叔父。

（4）"梁父"二句：楚将项燕立昌平君为王，在淮南起兵反秦。公元前 223 年，秦国大将王翦攻破楚国，俘虏楚王。次年，王翦等又攻破楚军，项燕自杀。

（5）去：离开，舍弃。

（6）竟学：学到底。竟：终。

（7）栎（yuè）阳逮：因罪被栎阳县追捕。

（8）蕲（qí）：地名，今安徽宿县南。狱掾（yuàn）：掌管刑狱诉讼的佐吏。书：书信。

（9）皆出项梁下：都不及项梁。

（10）繇役：即徭役，繇通"徭"。丧：丧事。

（11）阴：暗中。部勒：部署，组织。宾客：前来依附项梁的人。子弟：项姓年轻人。

（12）浙江：今钱塘江。

（13）族：灭族，诛杀全族人。

（14）扛（gāng）鼎：举鼎。扛：两手对举。

（15）会稽守通：会稽郡守殷通。

（16）江西：指安徽北部一带。

（17）桓楚：人名。将：任将领，统帅。

（18）眴（shùn）：目示，使眼色。

（19）门下：指从属官员、卫士和客士。

（20）扰乱：乱，混乱。

（21）慴（shè）伏：因惊惧而伏地不起。

（22）故所之豪吏：以前所了解的有才干、有声望的官吏。

（23）下县：会稽郡下属各县。

（24）部署：安排，委任。

（25）公：对对方的尊称，即您。主：主管。

（26）裨（pí）将：副将。

（27）徇（xùn）：略定、占领。

（28）"赵歇"四句：赵歇，赵国诸侯王后裔。陈馀，魏之大梁（今河南开封）人，时从赵王率军，后为汉将韩信所杀。张耳，魏之大梁人，时为赵王歇辅臣，后降汉。钜鹿，秦郡名，今河北平乡。

（29）甬道：两侧筑墙的通道。

（30）怀王：秦二世二年（前208）六月，项梁立战国时楚怀王孙名心者为楚怀王。

（31）盱台（xū yí）：同"盱眙"，今属江苏。

（32）司徒：掌管财政的军官。

（33）武信君:即项梁。项梁立楚怀王后,自号为武信君。

（34）败征:失败的迹象。

（35）说:通"悦"。

（36）卿子冠军:卿子对当时人的尊称。冠军,犹言最高统帅。

（37）"夫搏牛"句:能叮咬大牛的牛虻却损伤不了小小的虮虱。比喻钜鹿城虽小,但很坚固,秦军不能很快攻破它。搏,抓取,此处指叮咬。

（38）罢:通"疲"。

（39）承其弊:趁其疲惫之机。

（40）鼓行而西:击着鼓向西攻秦。

（41）举:攻克。

（42）斗秦赵:使秦国、赵国争斗。

（43）被坚执锐:身披坚固的铠甲,手持锐利的武器。被,通"披"。

（44）运策:筹划谋略。

（45）很如羊:如羊一般执拗。很,不听从、固执。

（46）强:倔强。不可使:不听命令。

（47）戮力:合力,共同尽力。

（48）见粮:现成的粮食。见,通"现"。

（49）因赵食:依靠赵的粮草来食用。

（50）国兵新破:楚国的军队刚失败不久。

（51）埽境内:调集全国的军队。埽,通"扫",全部集中。专属:交给。

（52）枝梧:抗拒。

（53）假上将军:代理上将军。假,摄,代理。

（54）河:指漳河。

（55）釜:铁锅。甑（zèng）:蒸饭陶器。

（56）"诸侯军"句:诸侯来救赵而驻扎在钜鹿城下的有几十座营垒。壁,营垒。

（57）行:进军。略定:占领。

（58）戏西:戏水西。

（59）王（wàng）关中:在关中称王。

（60）子婴:秦朝最后的国君,当时已投降刘邦,后为项羽所杀。

（61）旦日:第二天。飨:犒赏。

（62）山东:崤山以东。

（63）望其气:望他头上之云气。古代相士可以看人头上之气的形状色泽来预测吉凶。

（64）"臣为"句:张良曾劝项梁立韩国公子成为韩王,后张良为韩国申徒。刘邦率军西进时,韩王留守阳翟（今河南禹县）,张良则随刘邦入关。这里张良是向项伯表示他和刘邦的关系。

（65）鲰生:浅陋无知的小人。

（66）距关:守住函谷关,距,通"拒"。毋内:不要接纳。内,通"纳"。

（67）孰与君少长:与你相比谁的年龄大。

（68）兄事之:用对待兄长的礼节对待他。

（69）要:通"邀",约请。

(70) 奉卮(zhī)酒为寿:举酒致敬。卮,酒器。为寿,敬酒贺健康。

(71) 秋豪:鸟兽在秋天长出的细小茸毛,比喻微小的事物。豪,通"毫"。

(72) 籍吏民:登记所有的百姓和官吏。

(73) 非常:意外的变故。

(74) 倍德:背弃恩德。倍,通"背"。

(75) 蚤:通"早"。谢:道歉。

(76) 因:趁着。

(77) 卻(xì):隔阂,误会。卻,同"隙"。

(78) 东向坐:面朝东而坐。古以面向东之位为尊。

(79) 玦:半环形的玉璧。因"玦"音同"决",范增以此暗示项羽要下决心除掉刘邦。

(80) 项庄:项羽的堂弟。

(81) 不忍:没有狠心。忍:残忍,有狠心。

(82) 翼蔽:遮挡,掩护。翼,向翅膀一样。

(83) 樊哙:刘邦部下,后被封为舞阳侯。

(84) 与之同命:与刘邦共生死。

(85) 交戟之士:拿戟交叉起来,守卫军门的兵士。

(86) 披帷:拨开幕帐。

(87) 瞋(chēn)目:怒目,瞪大眼睛怒视。

(88) 目眦(zì)尽裂:眼眶都裂开。眦,眼眶。

(89) 跽:长跪,直身而跪。

(90) 参乘:古时乘车站在车右担任警戒的人。

(91) 斗:大酒器。

(92) 彘肩:猪腿。

(93) 刑人:惩罚人。胜:尽。

(94) 细说:小人谗言。

(95) "大行"二句:做大事不必顾忌小的细节,行大礼不必顾忌小的谦让。大行,大事。细谨,细节。辞,顾忌。

(96) 俎(zǔ):砧板。

(97) 置:丢下。

(98) 步走:徒步逃跑。

(99) 间(jiàn)行:走小路。

(100) 竖子:对人的鄙称,相当于"小子"。

(101) 壁:本指军垒,此处为动词,设营驻守。

(102) 直夜:当夜。直,当。

(103) 属:随从。

(104) 绐(dài):欺骗。

(105) 大泽:低洼多水之地。

(106) 东城:今安徽定远西南。

(107) 固决死:本必死。

(108) 快战:痛快的打一仗。

（109）刈旗:砍倒敌人的旗子。

（110）"期山东"句:约定在山的东面分三处汇合。期,约定。

（111）赤泉侯:指杨喜,因获项羽尸体被封为赤泉侯。

（112）辟易:退避,避开。

（113）伏:通"服",心服的意思。

（114）舣(yǐ):停船靠岸。

（115）被十余创:受十几处伤。

（116）顾见:回头看见。骑司马:骑兵官名。吕马童:项羽旧部,后归服刘邦。

（117）指王翳:把项羽指给王翳看。

（118）吾为若德:我送给你个人情。

（119）重瞳:两个瞳仁。

（120）暴:突然。

（121）首难:首先发难。

（122）非有尺寸:没有一尺一寸的土地。尺寸,尺寸之地,喻数量小。

（123）陇亩:田野。此指民间。

（124）背关怀楚:放弃关中,怀念楚国。

（125）放逐义帝:公元前208年,项梁立心为楚怀王。公元前206年,项羽尊他为义帝,公元前205年项羽把义帝放逐到长沙,并暗地派人把他杀了。

（126）自矜功伐:以功勋自负。矜,骄傲。伐,功勋。

【简析】

　　《史记》中的"本纪"记载帝王之事。司马迁不以成败论人,肯定了项羽的历史功绩,根据"政由羽出"的实际情况,把项羽写入与帝王同列的"本纪",给予了项羽很高的历史地位。

　　《项羽本纪》在《史记》的一百三十篇中写得尤为精彩,本选文节选了项羽家世、少年言志、钜鹿之战、鸿门之宴、垓下之围、太史公赞等情节,生动展现了项羽性格的全貌,同时也集中展现了司马迁刻画人物的高超手法。首先,司马迁善于采用以小见大的方法。作品开头介绍项羽家世和其少年言志,展示了项羽豪迈不群以及粗疏的性格。这些看似细琐,实则为其一生功业成败埋下了种子。其次,选择重大的历史事件写人。作品选取了钜鹿之战、鸿门之宴、垓下之围这些决定项羽命运的事件,反映了项羽创造辉煌、抉择失误、走向末路的人生三部曲,展示了悲剧英雄项羽的主要性格特征。第三,利用尖锐的矛盾冲突写人。在鸿门宴中,通过记述宴会前项羽大军受阻、曹无伤告密、范增进言、项伯夜访、张良献策,以及对宴会中刘邦谢罪、项王设宴、范增举玦、项庄舞剑、樊哙救主、张良献礼若干情节的描写,把宴会前的紧张气氛以及宴会中的剑拔弩张描写得淋漓尽致,展现了项羽盲目自负、胸无城府、缺少谋略的性格。同时,也写出了刘邦的老练善变、善使手段,张良的沉着冷静、察颜观色,樊哙的忠勇无畏、善于言辩,范增的阴险狠毒、脾气暴躁等性格,达到一石数鸟的艺术效果。第四,细节刻画生动传神。在钜鹿之战中司马迁通过"无不一以当十""无不人人慑恐""无不膝行而前"这些细节的刻画表现出当时项羽的声望之大,意气风发。第五,人物语言个性化。当"秦始皇帝游会稽,渡浙江,梁与籍俱观。籍曰:'彼可取而代也。'"这句话显示项羽豪迈的气魄,胆略志向直指帝王。在英雄人生悲剧落幕的最后,项羽作《垓下歌》,表现了项羽的多情和最后的壮烈,令人心不由凄凄焉。

"史家之绝唱,无韵之《离骚》",《史记》在具有史料价值的同时还具有震撼人心的文学价值,《项羽本纪》具有很强的可读性和感染力,体现了《史记》独特的魅力。

班固文(一篇)

班固(32—92),字孟坚,扶风安陵(今陕西咸阳东北)人,东汉著名史学家、文学家。班固一生著述颇丰,其代表作《汉书》是继《史记》之后中国古代又一部重要史书。

苏武传(节选)

武,字子卿。少以父任[1],兄弟并为郎[2]。稍迁至栘中厩监[3]。时汉连伐胡,数通使相窥观[4]。匈奴留汉使郭吉、路充国等,前后十余辈[5]。匈奴使来,汉亦留之,以相当[6]。

天汉元年[7],且鞮侯单于初立[8],恐汉袭之。乃曰:"汉天子,我丈人行也。"尽归汉使路充国等。武帝嘉其义,乃遣武以中郎将使持节送匈奴使留在汉者[9],因厚赂单于,答其善意。

武与副中郎将张胜及假吏常惠等,募士斥候百余人俱[10]。既至匈奴,置币遗单于,单于益骄,非汉所望也。方欲发使送武等,会缑王与长水虞常等谋反匈奴中[11]。

缑王者,昆邪王姊子也[12]。与昆邪王俱降汉,后随浞野侯没胡中[13]。及卫律所将降者[14],阴相与谋劫单于母阏氏归汉[15]。会武等至匈奴。虞常在汉时,素与副张胜相知,私候胜曰:"闻汉天子甚怨卫律,常能为汉伏弩射杀之。吾母与弟在汉,幸蒙其赏赐。"张胜许之,以货物与常。后月余,单于出猎,独阏氏子弟在。虞常等七十余人欲发,其一人夜亡,告之。单于子弟发兵与战,缑王等皆死,虞常生得。

单于使卫律治其事。张胜闻之,恐前语发,以状语武。武曰:"事如此,此必及我。见犯乃死,重负国。"欲自杀。胜、惠共止之。虞常果引张胜。单于怒,召诸贵人议,欲杀汉使者。左伊秩訾曰[16]:"即谋单于,何以复加?宜皆降之。"

单于使卫律召武受辞[17]。武谓惠等:"屈节辱命,虽生,何面目以归汉?"引佩刀自刺。卫律惊,自抱持武,驰召医。凿地为坎,置煴火,覆武其上,蹈其背以出血。武气绝,半日复息。惠等哭,舆归营[18]。单于壮其节,朝夕遣人候问武,而收系张胜。

武益愈,单于使使晓武,会论虞常,欲因此时降武。剑斩虞常已,律曰:"汉使张胜谋杀单于近臣,当死。单于募降者赦罪。"举剑欲击之,胜请降。律谓武曰:"副有罪,当相坐[19]。"武曰:"本无谋,又非亲属,何谓相坐?"复举剑拟之,武不动。律曰:"苏君!律前负汉归匈奴,幸蒙大恩,赐号称王;拥众数万,马畜弥山[20],富贵如此。苏君今日降,明日复然。空以身膏草野[21],谁复知之!"武不应。律曰:"君因我降,与君为兄弟。今不听吾计,后虽欲复见我,尚可得乎?"武骂律曰:"女为人臣子,不顾恩义,畔主背亲,为降虏于蛮夷,何以女为见[22]!且单于信女,使决人死生;不平心持正,反欲斗两主[23],观祸败!南越杀汉使者,屠为九郡[24]。宛王杀汉使者,头县北阙[25]。朝鲜杀汉使者,即时诛灭。独匈奴未耳。若知我不降明,欲令两国相攻。匈奴之祸,从我始矣。"律知武终不可胁,白单于。单于愈益欲降之。乃幽武置大窖中,绝不饮食。天雨雪,武卧啮雪与旃毛并咽之[26],数日不死,匈奴以为神。乃徙武北海上无人处[27],使牧羝,羝乳乃得归[28]。别其官属常惠等,各置他所。

(出自《汉书·李广苏建传》,据百衲本影印宋景祐刻本《汉书》卷五十四)

【注释】

（1）父：指苏武的父亲苏建,有功封平陵侯,做过代郡太守。

（2）兄弟：指苏武和他的兄苏嘉、弟苏贤。郎：官名,汉代专指职位较低皇帝侍从。

（3）稍迁：逐渐提升。栘（yí）中厩（jiù）：汉宫中有栘园,园中有马厩（马棚）。监：此指管马厩的官,掌鞍马、鹰犬等。

（4）通使：派遣使者往来。

（5）郭吉：元封元年（前110）,汉武帝亲统大军十八万到北地,派郭吉到匈奴,晓谕单于归顺,单于大怒,扣留了郭吉。路充国：元封四年（前107）,匈奴派遣使者至汉,病故。汉派路充国送丧到匈奴,单于以为是被汉杀死,扣留了路充国。（事见《史记·匈奴列传》《汉书·匈奴传》）辈：批。

（6）相当：相抵。

（7）天汉元年：公元前100年。天汉,汉武帝年号。

（8）且鞮（jū dī）侯：单于嗣位前的封号。单（chán）于：匈奴首领的称号。

（9）中郎将：皇帝的侍卫长。节：使臣所持信物,以竹为杆,柄长八尺,栓上旄牛尾,共三层,故又称"旄节"。

（10）假吏：临时委任的使臣属官。斥候：军中担任警卫的侦察人员。

（11）缑王：匈奴的一个亲王。长水：水名,在今陕西省蓝田县西北。虞常：长水人,后投降匈奴。

（12）昆邪（hún yé）王：匈奴一个部落的王,其地在河西（今甘肃省西北部）。昆邪王于汉武帝元狩二年（前121）降汉。

（13）浞（zhuō）野侯：汉将赵破奴的封号。

（14）卫律：本为长水胡人,但长于汉,被协律都尉李延年荐为汉使出使匈奴。

（15）阏氏（yān zhī）：匈奴王后封号。

（16）左伊秩訾（zī）：匈奴的王号,有"左""右"之分。

（17）受辞：受审讯。

（18）舆：轿子。此用作动词,犹"抬"。

（19）相坐：连带治罪。古代法律规定,凡犯谋反等大罪者,其亲属也要跟着治罪,叫作连坐,或相坐。

（20）弥山：满山。

（21）膏：肥沃之意。

（22）女（rǔ）：通"汝",下"信女"同。

（23）斗两主：使汉皇帝和匈奴单于相斗。斗,用为使动词。

（24）南越：国名,今广东、广西南部一带。屠：平定。

（25）宛王：指大宛国王毋寡。北阙：宫殿的北门。

（26）旃（zhàn）：通"毡",毛毡。

（27）北海：当时在匈奴北境,即今贝加尔湖。

（28）羝（dī）：公羊。乳：用作动词,生育,指生小羊。

【简析】

　　汉武帝时期,武帝对匈奴进行了长期的征讨战争,并取得了三次重要性的胜利,自此匈奴力量被大大削弱,匈奴虽表示愿意与汉讲和,但双方的矛盾还是根深蒂固的,所以当苏武被派出使匈奴时,就被匈奴扣押并劝说他投降。《苏武传》则围绕着苏武的爱国精神集中刻画了苏武被扣留匈奴十九年的生活,记叙了苏武面对匈奴的威逼利诱坚守节操,历尽艰难万险而不辱使命的事迹,热情歌颂了他在匈奴面前"富贵不能淫,贫贱不能移,威武不能屈"的光辉形象和视死如归的民族气节。班固在苏武羁留匈奴的十九年中,只选取了几个典型的事件作描写,如两次自杀、幽禁断食、北海牧羊、李陵劝降等,随着这一个个事件的考验,苏武的精神境界也不断得到升华。本文节选了苏武两次自杀和幽禁断食的情节,作者以时间先后进行叙述,以顺叙为主,间或运用插叙的方法,同时运用对比、反衬等写作手法将苏武的人物形象在层层的衬托下显得格外高大。

三 诗歌

乐府民歌(七首)

　　汉乐府诗歌是继《诗经》《楚辞》之后出现的一种新诗体。乐府本为秦、汉时音乐官署之名,后演变成诗体的名称。其创作精神为"感于哀乐,缘事而发"。现存的汉乐府民歌多保存在宋人郭茂倩的《乐府诗集》中,内容面向广阔真实的社会人生,富有真情实感。

东门行

　　出东门,不顾归[1]。来入门,怅欲悲[2]。盎中无斗米储[3],还视架上无悬衣[4]。拔剑东门去,舍中儿母牵衣啼[5]:"他家但愿富贵,贱妾与君共铺糜[6]。上用仓浪天故[7],下当用此黄口儿[8]。今非[9]!""咄[10],行! 吾去为迟,白发时下难久居[11]。"

(据文学古籍刊行社影印宋刻本《乐府诗集》卷三十七)

【注释】

(1) 不顾归:指义无反顾。顾:念、考虑。

(2) 怅:惆怅、失意。

(3) 盎(àng):大腹小口的瓦盆。

(4) 还视:回头看。架:衣架。《太平御览》卷引作"罂中无斗米,架上无悬衣"。

(5) 儿母:孩子的母亲,指妻子。

(6) 铺糜(bū mí):吃粥。糜:粥。

（7）用：为了。仓浪天：即苍天、青天。

（8）黄口儿：幼儿。

（9）今非：指这种冒险的做法不对。

（10）咄（duō）：呵叱声。

（11）"白发"句：意为我头上常脱白发，这苦难的日子难捱下去。下，脱落。

【简析】

　　《东门行》载于《乐府诗集》的《相和歌辞·瑟调曲》，是汉乐府民歌中思想性、斗争性较强的一篇作品。汉末年间，政治腐败，战乱频发，民不聊生，贫富差距尤为明显，此诗正是在这样的背景下产生的。诗中描绘了一个凄惨又悲壮的画面，尖锐地再现了一个官逼民反的社会现实。诗人入情入理地指出此君之所以走上这条不归路，皆因贫穷所迫，不得已而为之。全诗句法灵活多变，句式长短相济，诗人以对话推动情节发展，通过人物复杂心理活动的描摹，把主人公推向矛盾的顶点，妻子的委曲哀怨，丈夫的愤怒呵斥，犹在眼前。正如明代许学夷所言："汉人乐府杂言，如《古歌》……《东门行》《艳歌何尝行》，文从字顺，轶荡自如，最为可法。"（《诗源辩体》）作者将诗的主题建立在如此残酷现实的基础之上，不会让人产生伦理上的厌恶感，这就是它不可动摇的美学价值。

战城南

　　战城南，死郭北（1），野死不葬乌可食（2）。为我谓乌（3）："且为客豪（4）！野死谅不葬（5），腐肉安能去子逃？"水深激激（6），蒲苇冥冥（7）；枭骑战斗死，驽马徘徊鸣（8）。梁筑室（9），何以南，何以北？禾黍不获君何食（10）？愿为忠臣安可得？思子良臣，良臣诚可思：朝行出攻，暮不夜归！

　　　　　　　　　　（据文学古籍刊行社影印宋刻本《乐府诗集》卷十六）

【注释】

（1）郭：外城。

（2）野死：战死于荒野。乌：乌鸦，嗜死尸腐肉。

（3）我：作者的自称。

（4）且为客豪：此句意谓诗人请求乌鸦在啄食前，先为战死的将士悲鸣几声。客，指战死异乡的士卒。豪，通"嚎"，号哭。古人对新死者行吊唁礼节时要号哭招魂。

（5）谅：作"信"解，"推想"之意。

（6）激激：水清澈貌。

（7）冥冥：幽暗深远貌。

（8）枭：通"骁"，骁勇。骑：善战的骏马。驽（nú）马：劣马，这里指疲惫的马。

（9）梁筑室：指在桥头构筑堡垒。梁：桥梁。

（10）禾黍：泛指田野中生长的谷物。

【简析】

　　这首诗诗属汉《鼓吹曲辞·铙歌十八曲》之一，是乐府民歌中以征战为题材的作品。诗人以慷慨悲壮的笔调描绘了一场激战后尸横遍野的惨状,不仅借战士之口控诉战争的残酷,谴责统治者穷兵黩武的罪行,更以强烈的情感表达对战争的诅咒和厌恶之情。从内容来看,诗的开篇略去了刀光剑影、血肉模糊的厮杀场面,对士卒杀敌的悲壮场景不作一语描述,而是集中笔墨直写战争的结果。这个被死亡笼罩的古战场,无言地诉说着战争的残酷和百姓的苦难,尤其是"野死不葬乌可食"的凄惨景象,令人目不忍睹。从表现手法来看,诗人通过对战场凄惨状况的直接描写和环境渲染,哀悼那些死难的士卒,深化主题,发人深省。诗人以死者告语乌鸦、驽马徘徊哀鸣的奇妙构想抒发内心的悲怆心情,使全诗笼罩在浓重的悲剧氛围下,极富浪漫主义色彩。故清代陈本礼评此诗曰:"此犹屈子之《国殇》也。"(《汉诗统笺》)

十五从军征

十五从军征,八十始得归。道逢乡里人:"家中有阿谁?"[1]""遥看是君家,松柏冢累累[2]。"兔从狗窦入[3],雉从梁上飞[4]。中庭生旅谷[5],井上生旅葵[6]。舂谷持作饭[7],采葵持作羹。羹饭一时熟,不知贻阿谁[8]。出门东向看,泪落沾我衣。

(据文学古籍刊行社影印宋刻本《乐府诗集》卷二十五)

【注释】

(1) 阿:语气词,无义。
(2) 冢:高坟。累累:通"垒垒",形容丘坟毗连的样子。
(3) 狗窦:狗洞。窦:洞穴。
(4) 雉:野鸡。
(5) 中庭:屋前的院子。旅谷:野生的谷子。
(6) 旅葵:野葵菜。葵:又名冬葵,嫩叶可食。
(7) 舂(chōng):把东西放在石臼里使其去掉皮壳或捣碎。
(8) 贻:送给。

【简析】

本诗见于郭茂倩《乐府诗集》的《梁鼓角横吹曲》,题为《紫骝马歌辞》。这首诗主要描绘一位征战数年垂老回乡的老兵无家可归的悲惨境遇和惨痛心情。诗人以独特的视角,选取老兵重返故里的片段,反映了劳动人民在不合理的兵役制度下内心的痛苦及强烈的反战情绪。诗的开篇,统摄全文。"十五从军征,八十始得归"一句看似平淡无奇,实则将读者引入更深远的意境。"道逢"句乡人答词很是巧妙,少小离家,垂老归来,看到的却是"松柏冢累累",如此着墨,显然是以哀景写哀情,与下文相呼应。接下来诗人以同样笔法写老兵目睹家中惨象、院舍荒芜、已无亲人,读来悲怆感人。而诗的结尾在对老兵动作的描绘中进一步抒发他内心的悲哀。尤其是"出门东向看"这一动作,不仅将老兵的形象描摹得栩栩如生,更将其悲哀至极的茫然之情刻画得淋漓尽致,催人泪下。这首诗语言质朴,结构分明,取舍剪裁,结构布置都恰到好处,尤其是以哀景写哀情,情真意切,达到了意境深远、韵味绵长的艺术效果,颇能体现乐府诗寓情于景的艺术特色。

上邪

上邪！⁽¹⁾我欲与君相知⁽²⁾，长命无绝衰⁽³⁾。山无陵⁽⁴⁾，江水为竭，冬雷震震⁽⁵⁾，夏雨雪⁽⁶⁾，天地合，乃敢与君绝⁽⁷⁾。

（据文学古籍刊行社影印宋刻本《乐府诗集》卷十六）

【注释】

（1）上邪：天啊！上：指天。邪：语气助词，通"耶"，表感叹之意。
（2）相知：相亲。
（3）命：古与"令"字通，使。衰（cuī）：衰减、断绝。意谓爱情永不断绝。
（4）陵：指山峰、山头。
（5）震震：形容雷声。
（6）雨（yù）雪：下雪。雨：这里名词活用为动词。
（7）乃敢：才敢，"敢"是委婉的用语。

【简析】

本诗为《铙歌十八曲》之一，属汉乐府民歌中《鼓吹曲辞》。全诗以一位女子自述的口吻向对方倾诉她海枯石烂的誓言、矢志不渝的情愫。开篇三句女子便呼天为证，如此气势迸发，撼人心魄。尤其是"长命无绝衰"一句表达大胆直率，将主人公的情感推向高潮，之后便一发不可收拾。接连举出一系列出人意料、奇特怪诞的想象，以誓言的形式表白自己的心迹，以五种自然界不可能出现的景象作为"与君绝"的条件，如此深情奇想不仅是女主人公对爱情的特殊表达方式，也是她对美好爱情的向往。清代沈德潜评此句曰："'山无陵'下其五事，重叠言之，而不见其排，何笔力之横也。"（《古诗源》）诗人采用这种无与伦比的表现形式，不仅使诗歌充满了浓厚的主观主义色彩，而且增添了诗歌艺术感染力，可谓千古绝唱。全诗用语奇警，感情真挚，气势豪放。而诗歌正是在这种情感奔放、驰骋纵横之际戛然而止，给人一种情由心生、意犹未尽之感。难怪明代胡应麟在《诗薮》中言："《上邪》言情，短章中神品"。

陌上桑

日出东南隅⁽¹⁾，照我秦氏楼。秦氏有好女，自名为罗敷。罗敷喜蚕桑，采桑城南隅。青丝为笼系⁽²⁾，桂枝为笼钩。头上倭堕髻⁽³⁾，耳中明月珠⁽⁴⁾。缃绮为下裙⁽⁵⁾，紫绮为上襦⁽⁶⁾。行者见罗敷，下担捋髭须⁽⁷⁾。少年见罗敷，脱帽著帩头⁽⁸⁾。耕者忘其犁，锄者忘其锄。来归相怨怒，但坐观罗敷⁽⁹⁾。

使君从南来⁽¹⁰⁾，五马立踟蹰⁽¹¹⁾。使君遣吏往，问是谁家姝⁽¹²⁾？"秦氏有好女，自名为罗敷。""罗敷年几何？""二十尚不足，十五颇有余。"使君谢罗敷⁽¹³⁾，"宁可共载不⁽¹⁴⁾？"罗敷前致辞："使君一何愚！使君自有妇，罗敷自有夫。"

"东方千余骑，夫婿居上头⁽¹⁵⁾。何用识夫婿⁽¹⁶⁾？白马从骊驹⁽¹⁷⁾；青丝系马尾，黄金络马头⁽¹⁸⁾；腰中鹿卢剑⁽¹⁹⁾，可直千万余⁽²⁰⁾。十五府小吏，二十朝大夫，三十侍中郎⁽²¹⁾，四十专城居⁽²²⁾。为人洁白皙⁽²³⁾，鬑鬑颇有须⁽²⁴⁾。盈盈公府步⁽²⁵⁾，冉冉府中趋⁽²⁶⁾。坐中千余人，皆言夫婿殊。"

（据文学古籍刊行社影印宋刻本《乐府诗集》二十八）

【注释】

(1) 东南隅:东南方。隅:方位、角落。

(2) 笼:篮子。系:络绳,指系篮子的丝绳。

(3) 倭(wō)堕髻:即堕马髻,发髻偏于一边,呈坠落状,是当时女子流行的发型。

(4) 明月珠:宝珠名。这里指用宝珠做成的耳坠。

(5) 缃绮:指有花纹的浅黄色丝织品。缃:浅黄色。

(6) 襦:短袄。

(7) 捋(lǚ):抚摩。髭(zī):指唇上方的胡须。

(8) 帩(qiào)头:指古代男子束发的头巾。古人通常先以头巾束发,然后戴帽。著:戴。

(9) 但:只是。坐:因为,由于。

(10) 使君:汉代对太守、刺史的称呼。

(11) 五马:指(使君)所乘的五匹马拉的车。踟蹰:又作"踟躇",徘徊不前。

(12) 姝:美女。

(13) 谢:此处是"问"的意思。

(14) 宁可:愿意。不:通"否"。

(15) 上头:前列。

(16) 何用:用什么。识:标记。

(17) 骊驹:纯黑色的马。骊:纯黑色。

(18) 黄金络马头:马头上戴着金黄色的笼头。络,这里指用网状物兜住。

(19) 鹿卢剑:剑柄用玉做成的辘轳形。鹿卢:即辘轳,井上汲水的用具。

(20) 直:通"值"。

(21) 侍中郎:官名,出入宫禁的侍卫官。

(22) 专城居:作为治理一城的长官(如太守、刺史等)。专:独占。

(23) 白皙:皮肤洁白,这里指为人清廉。

(24) 鬑鬑:头发稀疏貌。白面有须是古时候美男子的标准。

(25) 盈盈:仪态端庄美好。公府步:犹言"官步"。

(26) 冉冉:走路缓慢的样子。趋:行走。

【简析】

《陌上桑》是汉乐府民歌中一篇脍炙人口的民间佳作。诗歌最早见于沈约著录的《宋书·乐志》,名为《艳歌罗敷行》,南朝徐陵《玉台新咏》、宋人郭茂倩《乐府诗集》中也都收录了此诗。全诗通过罗敷与使君的对话,成功塑造了一位抗恶善诱、貌美品端、不慕权贵的采桑女形象。这个来自现实生活中的人物,也是作者心中蔑视权贵、反抗黑暗的理想形象,在她身上有着人们美好的愿望和高贵的品质。诗人有意将现实主义与浪漫主义手法有机结合,采用侧面烘托手法将其爱憎情感抒发得淋漓尽致。在人物塑造方面,它与《诗经·硕人》有所不同,诗中舍弃了具体肖像描写,而是独辟蹊径,或夸张、或铺排渲染、或侧面烘托,将笔墨难以描摹之美通过众人的不同情态表现出来,借烘托人物样貌之美来凸显其性情之美,从而塑造出罗敷这一卓越形象。故清人陈祚明评曰:"写罗敷全须写容貌,今止言服饰之盛耳,偏无一言及其容貌;特于看罗敷者尽情描写,所谓虚处着笔,诚妙手也。"(《采菽堂古诗选》)这一光彩夺目的人物对后世文学形象的创造有一定的借鉴意义。总之,此诗不仅是一篇主题严肃、笔调诙谐的优秀叙事作品,也是文学史上歌颂女子战胜邪恶的胜利凯歌。它与汉乐府民歌中表现悲慨和亢烈的诗篇相比,代表了汉乐府的另一种艺术精神。

上山采蘼芜

上山采蘼芜[(1)],下山逢故夫[(2)]。长跪问故夫[(3)]:"新人复何如?""新人虽言好,未若故人姝[(4)]。颜色类相似,手爪不相如[(5)]。""新人从门入,故人从阁去[(6)]。"新人工织缣,故人工织素[(7)]。织缣日一匹,织素五丈余[(8)]。将缣来比素,新人不如故。

(据《四部丛刊》影印五云溪馆活字本《玉台新咏》卷一)

【注释】

(1) 蘼芜:香草名,叶子风干可做香料。古人认为此香草可使妇人多子。在古诗词中常用它表夫妻闺怨或分离。

(2) 故夫:前夫。

(3) 长跪:也叫"跽",指直身而跪,是古代恭敬的见面礼节。

(4) 姝:美好。这里不仅指容貌姣好,也泛指各个方面都很出色。

(5) 颜色:容貌、姿色。手爪:纺织等手工劳作。

(6) 阁(gé):旁门、小门。

(7) 缣(jiān)、素:都是细绢。素色洁白,缣色带黄,素贵缣贱。

(8) 匹、丈:都是古代度量单位。四丈为匹。

【简析】

《上山采蘼芜》是一首弃妇诗,最早收于南朝徐陵的《玉台新咏》,列于"古诗"。整首诗在构思上颇有独到之处,诗人既不像《邶风·谷风》那样采用如泣如诉的怨语来写,也不像《卫风·氓》那样以弃妇回忆倒叙的方式倾述,而是截取女主人公与故夫的巧遇场面,通过两人对话来揭示各自的心理状态,从而揭露夫权制度造成的婚姻悲剧,批判不合理的封建制度。诗人并未从正面描写弃妇的哀怨,而是着墨于故夫的思念,凸显主人公的无辜。如"故夫"以实情相告,"新人虽言好,未若故人姝",懊悔之情显而易见。"颜色"句也勾勒出故夫喜新厌旧的心理。"新人工织缣"以下几句可以说是全诗的点睛之笔,故夫从新妇的女工技巧不及旧人,怨"新人不如故"。诗人透过男子的比较之词,不仅使弃妇的形象变得更加丰满,而且这种匠心的安排,也使全诗的主题得以深化。明代王夫之在《古诗评选》中言:"此《上山采蘼芜》一诗所以妙夺天工也",足见评价之高。

焦仲卿妻

序曰:汉末建安中[(1)],庐江府小吏焦仲卿妻刘氏[(2)],为仲卿母所遣[(3)],自誓不嫁。其家逼之,乃投水而死。仲卿闻之,亦自缢于庭树。时人伤之,而为此辞也。

孔雀东南飞,五里一徘徊[(4)]。"十三能织素,十四学裁衣。十五弹箜篌[(5)],十六诵诗书。十七为君妇,心中常苦悲。君既为府吏,守节情不移[(6)]。鸡鸣入机织,夜夜不得息。三日断五匹,大人故嫌迟⁽⁷⁾。非为织作迟,君家妇难为。妾不堪驱使,徒留无所施⁽⁸⁾。便可白公姥⁽⁹⁾,及时相遣归。"

府吏得闻之,堂上启阿母:"儿已薄禄相,幸复得此妇,结发同枕席⁽¹⁰⁾,黄泉共为友。共事二三年⁽¹¹⁾,始尔未为久。女行无偏斜,何意致不厚⁽¹²⁾?"阿母谓府吏:"何乃太区区⁽¹³⁾!此妇无礼节,举动自专由⁽¹⁴⁾。吾意久怀忿⁽¹⁵⁾,汝岂得自由!东家有贤女,自名秦罗敷。可怜体无比⁽¹⁶⁾,阿母为汝求。便可速遣之,遣去慎莫留!"府吏长跪告⁽¹⁷⁾:"伏惟启阿母,今若遣此妇,终老不复取⁽¹⁸⁾!"阿母得闻之,槌床便大怒⁽¹⁹⁾:"小子无所畏,何敢助妇语!吾已失恩义,会不相从许⁽²⁰⁾!"

府吏默无声,再拜还入户。举言谓新妇⁽²¹⁾,哽咽不能语:"我自不驱卿⁽²²⁾,逼迫有阿母。卿但暂还家,吾今且报府⁽²³⁾。不久当归还,还必相迎取。以此下心意⁽²⁴⁾,慎勿违吾语。"新妇谓府吏:"勿复重纷纭⁽²⁵⁾!往昔初阳岁⁽²⁶⁾,谢家来贵门。奉事循公姥⁽²⁷⁾,进止敢自专?昼夜勤作息,伶俜萦苦辛⁽²⁸⁾。谓言无罪过,供养卒大恩⁽²⁹⁾。仍更被驱遣,何言复来还?妾有绣腰襦,葳蕤自生光⁽³⁰⁾;红罗复斗帐⁽³¹⁾,四角垂香囊;箱帘六七十⁽³²⁾,绿碧青丝绳;物物各自异,种种在其中。人贱物亦鄙,不足迎后人。留待作遗施⁽³³⁾,于今无会因。时时为安慰,久久莫相忘!"

鸡鸣外欲曙,新妇起严妆。著我绣夹裙⁽³⁴⁾,事事四五通。足下蹑丝履⁽³⁵⁾,头上玳瑁光⁽³⁶⁾。腰若流纨素⁽³⁷⁾,耳著明月珰⁽³⁸⁾。指如削葱根,口如含朱丹⁽³⁹⁾。纤纤作细步,精妙世无双。上堂谢阿母,母听去不止。"昔作女儿时,生小出野里。本自无教训,兼愧贵家子。受母钱帛多⁽⁴⁰⁾,不堪母驱使。今日还家去,念母劳家里。"却与小姑别⁽⁴¹⁾,泪落连珠子。"新妇初来时,小姑如我长。勤心养公姥,好自相扶将⁽⁴²⁾。初七及下九⁽⁴³⁾,嬉戏莫相忘。"出门登车去,涕落百余行。

府吏马在前,新妇车在后。隐隐何甸甸⁽⁴⁴⁾,俱会大道口。下马入车中,低头共耳语:"誓不相隔卿!且暂还家去,吾今且赴府。不久当还归,誓天不相负!"新妇谓府吏:"感君区区怀⁽⁴⁵⁾。君既若见录⁽⁴⁶⁾,不久望君来。君当作磐石⁽⁴⁷⁾,妾当作蒲苇⁽⁴⁸⁾;蒲苇纫如丝,磐石无转移。我有亲父兄⁽⁴⁹⁾,性行暴如雷,恐不任我意,逆以煎我怀⁽⁵⁰⁾。"举手长劳劳,二情同依依。

入门上家堂,进退无颜仪。阿母大拊掌⁽⁵¹⁾:"不图子自归⁽⁵²⁾!十三教汝织,十四能裁衣。十五弹箜篌,十六知礼仪。十七遣汝嫁,谓言无誓违⁽⁵³⁾。汝今何罪过,不迎而自归?"兰芝惭阿母:"儿实无罪过。"阿母大悲摧。

还家十余日,县令遣媒来。云有第三郎,窈窕世无双。年始十八九,便言多令才⁽⁵⁴⁾。阿母谓阿女:"汝可去应之。"阿女衔泪答:"兰芝初还时,府吏见丁宁⁽⁵⁵⁾,结誓不别离。今日违情义,恐此事非奇⁽⁵⁶⁾。自可断来信,徐徐更谓之⁽⁵⁷⁾。"阿母白媒人:"贫贱有此女,始适还家门。不堪吏人妇⁽⁵⁸⁾,岂合令郎君⁽⁵⁹⁾?幸可广问讯,不得便相许。"

媒人去数日,寻遣丞请还⁽⁶⁰⁾,说有兰家女,丞籍有宦官。云有第五郎,娇逸未有婚。遣丞为媒人,主簿通语言⁽⁶¹⁾。直说太守家,有此令郎君,既欲结大义⁽⁶²⁾,故遣来贵门。阿母谢媒人:"女子先有誓,老姥岂敢言⁽⁶³⁾!"阿兄得闻之,怅然心中烦⁽⁶⁴⁾。举言谓阿妹:"作计何不量⁽⁶⁵⁾!先嫁得府吏,后嫁得郎君,否泰如天地⁽⁶⁶⁾,足以荣汝身。不嫁义郎体⁽⁶⁷⁾,其往欲何云?"兰芝仰头答:"理实如兄言。谢家事夫婿⁽⁶⁸⁾,中道还兄门。处分适兄意,那得自任专?虽与府吏要,渠会永无缘⁽⁶⁹⁾。登即相许和⁽⁷⁰⁾,便可作婚姻。"媒人下床去,诺诺复尔尔⁽⁷¹⁾。还部白府君⁽⁷²⁾:"下官奉使命,言谈大有缘。"府君得闻之,心中大欢喜。视历复开书⁽⁷³⁾:"便利此月内,六合正相应⁽⁷⁴⁾。良吉三十日,今已二十七,卿可去成婚"交语速装束,络绎如浮云⁽⁷⁵⁾。

青雀白鹄舫⁽⁷⁶⁾，四角龙子幡⁽⁷⁷⁾，婀娜随风转⁽⁷⁸⁾。金车玉作轮，踯躅青骢马⁽⁷⁹⁾，流苏金镂鞍⁽⁸⁰⁾。赍钱三百万⁽⁸¹⁾，皆用青丝穿。杂彩三百匹⁽⁸²⁾，交广市鲑珍⁽⁸³⁾。从人四五百，郁郁登郡门⁽⁸⁴⁾。

阿母谓阿女："适得府君书，明日来迎汝。何不作衣裳？莫令事不举！"阿女默无声，手巾掩口啼，泪落便如泻。移我琉璃榻⁽⁸⁵⁾，出置前窗下。左手持刀尺，右手执绫罗。朝成绣夹裙，晚成单罗衫。晻晻日欲暝⁽⁸⁶⁾，愁思出门啼。

府吏闻此变，因求假暂归。未至二三里，摧藏马悲哀⁽⁸⁷⁾。新妇识马声，蹑履相逢迎⁽⁸⁸⁾。怅然遥相望，知是故人来。举手拍马鞍，嗟叹使心伤："自君别我后，人事不可量。果不如先愿⁽⁸⁹⁾，又非君所详。我有亲父母，逼迫兼弟兄。以我应他人，君还何所望！"府吏谓新妇："贺卿得高迁！磐石方且厚，可以卒千年；蒲苇一时纫，便作旦夕间。卿当日胜贵，吾独向黄泉。"新妇谓府吏："何意出此言！同是被逼迫，君尔妾亦然⁽⁹⁰⁾。黄泉下相见，勿违今日言！"执手分道去，各各还家门。生人作死别，恨恨那可论？念与世间辞，千万不复全。

府吏还家去，上堂拜阿母："今日大风寒，寒风摧树木，严霜结庭兰。儿今日冥冥，令母在后单。故作不良计⁽⁹¹⁾，勿复怨鬼神！命如南山石⁽⁹²⁾，四体康且直！"阿母得闻之，零泪应声落："汝是大家子，仕宦于台阁⁽⁹³⁾。慎勿为妇死，贵贱情何薄？东家有贤女，窈窕艳城郭⁽⁹⁴⁾。阿母为汝求，便复在旦夕。"府吏再拜还，长叹空房中，作计乃尔立。转头向户里，渐见愁煎迫。

其日牛马嘶，新妇入青庐。庵庵黄昏后⁽⁹⁵⁾，寂寂人定初。"我命绝今日，魂去尸长留。"揽裙脱丝履，举身赴清池。府吏闻此事，心知长别离。徘徊庭树下，自挂东南枝。

两家求合葬，合葬华山傍。东西植松柏，左右种梧桐。枝枝相覆盖，叶叶相交通⁽⁹⁶⁾。中有双飞鸟，自名为鸳鸯。仰头相向鸣，夜夜达五更。行人驻足听，寡妇起彷徨。多谢后世人⁽⁹⁷⁾，戒之慎勿忘。

（据文学古籍刊行社影印宋刻本《乐府诗集》卷七十三）

【注释】

（1）建安：汉献帝刘协的年号（公元196—220年）。

（2）庐江：郡名，治所初在今安徽庐江西南，汉末徙至今安徽潜山。

（3）为：被。遣：是指古代女子嫁人后被夫家休回娘家。

（4）"孔雀"二句：此句为全诗起兴句。汉乐府中写夫妇离别常用鸟的双飞起兴。

（5）箜篌（kōng hóu）：古代一种弹拨乐器，有卧、竖两种。

（6）守节：指刘兰芝对爱情的坚贞不移。一说指焦仲卿忠于职守，专心不移。节：节操。此句一本有"贱亲守空房，相见常日稀"两句。

（7）大人：指仲卿之母。

（8）施：用。

（9）白：禀告。公姥：公婆。这里是偏义复合词，专指婆婆。

（10）结发：束发，指成年。古代男子二十束发加冠，女子十五行及笄礼以示成年。

（11）共事：共同生活。始尔：刚开始。

（12）何意：岂料。致：招致，使。不厚：不爱。

（13）区区：固执，一说心胸狭窄，目光短浅。

（14）自专由：指自以为是，自作主张。

（15）忿：通"愤"。

（16）可怜：可爱。

（17）伏惟：古人常用来表示对尊长的谦恭发语词。伏：表恭敬。

（18）复取：再娶之意。取：通"娶"。

（19）槌：通"捶"，拍打。床：古时的一种坐具。

（20）会：必定，一定。

（21）举言：发言。

（22）卿：古代称谓辞。这里指仲卿对兰芝的亲昵称呼。

（23）报府：到太守府报到。

（24）下新意：忍受委屈，打下主意。

（25）纷纭：指烦乱、杂乱。

（26）往昔：从前。初阳岁：冬末春初时节。旧时有冬至阳气初动之说。

（27）奉事：行事。

（28）伶俜（líng pīng）：孤单貌。萦：缠绕，受尽。

（29）卒：终。指一辈子报答婆婆的大恩。

（30）葳蕤（wēi ruí）：草木枝叶茂盛的样子，这里形容刺绣光彩美丽。

（31）罗：一种薄而透明的丝织品。斗帐：口大顶小形如覆斗的帐子。

（32）箱帘：盛梳妆品用的匣子。帘：通"奁"，一般指收藏小型物品的器具。

（33）遗（wèi）施：赠送、施与。

（34）著：穿。绣夹裙：绣有花纹的双层裙子。

（35）蹑（niè）：穿上。履：鞋子。

（36）玳瑁（dài mào）：指玳瑁做成的首饰。

（37）纨素：精致的白绢。

（38）明月珰：用明月珠做的耳坠。

（39）朱丹：红色的宝石。

（40）钱帛：指男方给女方的聘礼。

（41）却：还，再。从堂上退下来。

（42）扶：古代妇女参拜长者时的一种礼仪姿态。扶将：扶持。

（43）初七：指每年农历七月初七，旧俗古代妇女常于这天晚上陈瓜果供祭织女以乞巧。下九：古人以每月二十九日为上九，初九日为中九，十九日为下九，妇女常于下九日置酒集会。

（44）隐隐、甸甸：象声词，形容车声。何：语气助词。

（45）区区：诚挚。怀：心意。

（46）既若：既然。录：记，收留。

（47）磐石：大而厚的石头，喻坚定不移。

（48）蒲苇：指水草，喻柔韧牢固。

（49）父兄：父亲和兄长，此为偏义复词，单指兄。

（50）逆：预料，料想。

（51）拊（fǔ）掌：拍手，这里表惊讶。

（52）不图：不料，没有想到。自归：古时女子出嫁后，须娘家接时才能回，不迎表示被休。

（53）无誓违：不要违背婆家的规定约束。

（54）便（pián）言：有口才，能说会道。令才：美好的才能。

（55）丁宁：即"叮咛"，再三嘱咐。

（56）非奇：不妥。

（57）徐徐：慢慢地。

（58）不堪：不能胜任。吏人：指太守府中的小吏焦仲卿。

（59）岂：怎。合：配得上。令郎君：指县令之子。

（60）寻：不久。丞：县丞。

（61）主簿：官名，郡衙掌管文书簿籍的官员。

（62）结大义：即结亲。

（63）老姥：老妇，刘母自称。

（64）怅然：失望而懊恼的样子。烦：烦躁。

（65）作计：打定主意。量：仔细思考。

（66）否（pǐ）泰：好坏，高下。这里是说好坏有如天壤之别。

（67）义郎：对男子的美称。其往：从此以后。云：办。

（68）谢家：离开娘家。事：服侍。

（69）要（yāo）：约。渠会：指与焦仲卿相会。

（70）登即：立刻、马上。许和：答应。

（71）诺诺：应答之词。尔：这样、如此。

（72）部：衙署，指太守府。府君：太守。

（73）视历、开书：指翻阅历书，挑选吉日。

（74）便利：适宜。六合：指月建和日辰相合，即子丑合，寅亥合，卯戌合，辰酉合，巳申合，午未合。合则吉，不合则凶。

（75）交语：交相传话。装束：筹办婚礼的用品。浮云：比喻人多。

（76）"青雀"句：画有青雀、白鹄的船。舫，船。

（77）四角：指船的四角。龙子幡（fān）：绣有龙的旗帜。

（78）婀娜：轻盈柔美的样子。

（79）踟蹰（zhí zhú）：缓慢行进的样子。青骢（cōng）马：毛色青、白相杂的马。

（80）流苏：用五色羽毛或丝织品制成的装饰品。金镂鞍：以金属雕花为装饰的马鞍。

（81）赍（jī）：赠送。

（82）杂彩：各种颜色的丝织品。

（83）交广：交州和广州。鲑（xié）珍：泛指贵重的海味山珍。

（84）郁郁：繁多的样子。

（85）琉璃榻：镶嵌琉璃的坐具。

（86）晻（yǎn）晻：日色渐暗的样子。暝：日暮。

（87）摧藏：凄怆，形容极度悲伤的样子。

（88）逢迎：迎上前去。

（89）先愿：先前相约之言。

（90）君尔：你这样（指向黄泉）。

（91）不良计：不好的想法，指自杀。

（92）南山石：比喻高寿。康且直：健康硬朗。

（93）台阁：尚书台是汉代中央的高级权力机构。此处泛指官府。

（94）艳城郭：美艳为全城之首。

（95）庵庵：同"晻晻"，幽暗貌。

（96）交通：交错、交接，这里指枝叶相连。

（97）谢：嘱告、敬告。

【简析】

　　本篇最早见于南朝徐陵的《玉台新咏》，原题为《古诗为焦仲卿妻作》。《乐府诗集》题作《焦仲卿妻》，后人取其首句，作《孔雀东南飞》。从汉末到南朝，此诗一直在民间广为流传，成为汉代乐府民歌中最杰出的长篇叙事诗。

　　这首诗在写作上取得了高超的艺术成就。首先，采用大量铺陈手法，塑造鲜明人物形象。刘兰芝是中国封建社会劳动妇女的化身，也是黑暗社会中奋力反抗的典型形象。她以死来捍卫自己的爱情，这是身处那个时代的必然结果。其次，结构严谨，剪裁得当。此诗成功之处在于诗人通过巧妙的结构、引人入胜的情节、尖锐的矛盾冲突、浪漫的故事结尾，揭示两人的爱情悲剧命运，歌颂了他们忠于爱情、反抗压迫的抗争精神，从而使诗歌的现实主题向理想升华。最后，诗歌语言质朴自然，颇具表现力。如刘兰芝的聪明、美丽、勤劳、善良、刚强，焦仲卿笃实、正直，焦母的专横、霸道等性格都通过富有个性、精致淳美的语言表现出来，仿佛亲眼所见一样。难怪清代沈德潜在《说诗晬语》中评曰："淋淋漓漓，反反复复，杂述十余人口中语，而各肖其声音面目，岂非化工之笔！"同时，诗人也采用第三人称，时而以一个旁观者的身份客观叙述，时而跳出来表达对两人命运的同情，以及对以焦母为代表的封建家长制的无情控诉和鞭挞。总之，《焦仲卿妻》思想深刻，艺术成熟。焦、刘二人坚贞的爱情赢得千古文人墨客的赞叹。诗歌塑造的鲜明形象，对叙事诗的发展也产生了深远的影响。正如明代胡应麟在《诗薮》中言："《孔雀东南飞》质而不俚，详而有体，五言之史也。而皆浑朴自然，无一字造作，诚为古今绝唱。"

古诗十九首（四首）

　　《古诗十九首》是一组汉代无名氏作品，非一人一时之作。因其风格相近被梁萧统收录在《文选》中，题为《古诗十九首》。作品多出自东汉末年下层文人之手，主要表现两方面的内容：一是描写游子思妇相思之苦，二是抒发知识分子的仕途失意之闷。《古诗十九首》代表汉代文人五言诗的最高成就，被刘勰誉为"五言之冠冕"。

行行重行行

　　行行重行行⁽¹⁾，与君生别离。相去万余里，各在天一涯。道路阻且长，会面安可知？胡马依北风⁽²⁾，越鸟巢南枝⁽³⁾。相去日已远⁽⁴⁾，衣带日已缓⁽⁵⁾。浮云蔽白日⁽⁶⁾，游子不顾反。思君令人老，岁月忽已晚。弃捐勿复道⁽⁷⁾，努力加餐饭。

【注释】

（1）重：再、又。

（2）胡马：北方的马。

（3）越鸟：南方的鸟。越：古为南部越族所居住之地，这里指南方。

（4）日已远：一天天渐远。已：通"以"，助词。

（5）缓：宽松，这里指因相思而日渐消瘦。

（6）白日：指长期不归的丈夫。

（7）弃捐：抛弃、丢开。

【简析】

　　本首诗为《古诗十九首》的第一首，全诗既有女主人公咏叹别离之苦、倾吐对远行丈夫长久相忆的缠绵思绪，也有内心自我宽慰之情。诗的前六句追叙初别，与君一别，音讯全无。"与君生别离"化用"悲莫悲兮生别离"（《楚辞·九歌·少司命》）之意，是无可奈何之举。这几句为诗人写思妇眼中所见，内心所感，并发出"会面安可知"的哀吟与叹息，从侧面揭示了东汉末年社会动荡不安的社会现实。接下来六句，诗人由写别离而转向相思，并在这种极度相思中展开丰富的联想："胡马依北风，越鸟巢南枝。"自然界的飞禽走兽尚有思念故土的情感，人岂能无思？诗人采用比兴手法，选取胡马、越鸟等意象，效果远比直抒胸臆更感人。"相去"句极写分别之久，相思之苦，情深意笃。这种来自心底无声的呼唤，赢得世人的同情与惋叹。最后四句是由此引起的人生悲叹，感叹年华易逝。尤其"弃捐"句是思妇从思念的哀怨感伤中回到现实后的自我安慰与勉励。全诗语言纯朴自然、无饰雕琢，通篇"情真景真，事真意真"（元陈绎曾《诗谱》），韵味深长。风格亦接近民歌，尤其在修辞技巧上继承和发展了民歌中回环复沓的手法，具有极强的艺术表现力。

西北有高楼

　　西北有高楼，上与浮云齐。交疏结绮窗⁽¹⁾，阿阁三重阶⁽²⁾。上有弦歌声，音响一何悲！谁能为此曲，无乃杞梁妻⁽³⁾？清商随风发⁽⁴⁾，中曲正徘徊⁽⁵⁾。一弹再三叹，慷慨有余哀⁽⁶⁾。不惜歌者苦，但伤知音稀⁽⁷⁾。愿为双鸣鹤，奋翅起高飞。

【注释】

（1）交疏：交错镂刻。绮：有细花纹的丝织物，这里指花纹。

（2）阿（ē）阁：四边有檐的楼阁。

（3）无乃：莫非，岂不是。杞梁妻：相传春秋时齐国大夫杞梁在征伐莒国时，死于莒国城下。其妻悲恸欲绝，投水自杀。

（4）清商：乐调名，曲调清越，声情悲怨。发：传播。

（5）中曲：乐曲的中段。徘徊：指乐曲旋律回环往复。

（6）慷慨：慨叹、悲叹，指不得志的心情。

（7）知音：懂得乐曲中意趣的人，这里引申为知心的人。

【简析】

本首诗是《古诗十九首》中的第五首,是感慨知音难遇的汉代五言古体诗。李善注谓:"此篇明高才之人,仕宦未达,知人者稀也。"从诗意来看,全诗借高楼听曲的凄切一幕,将所抒之情融幻景之中,使歌者慷慨悲凉的弦歌之音与听者内心的情感产生强烈的共鸣,以此抒发政治失意之情。歌者知音难求的伤痛,正是东汉末年社会动乱时期生活彷徨的知识分子内心悲切、思想苦闷、仕途失意的曲折表露。全诗语言形象生动,风格朴素浑厚,从高楼听歌写起,以鸣鹤高飞作结,运用典故、比喻、寄托等手法营造出一种若隐若现、缥缈空灵的意境,达到极佳的艺术效果。尤其此诗虚者实之,意象笔法奇特,可谓精化神妙。

迢迢牵牛星

迢迢牵牛星⁽¹⁾,皎皎河汉女⁽²⁾。纤纤擢素手⁽³⁾,札札弄机杼⁽⁴⁾。终日不成章⁽⁵⁾,泣涕零如雨。河汉清且浅,相去复几许⁽⁶⁾?盈盈一水间⁽⁷⁾,脉脉不得语⁽⁸⁾。

【注释】

(1) 迢迢:遥远的样子。牵牛星:星宿名,是天鹰星座的主星,在银河之南。
(2) 皎皎:明亮。河汉女,指织女星,是天琴星座的主星,在银河之北。与牵牛星隔河相对。
(3) 擢(zhuó):摆动。
(4) 札(zhá)札:象声词。指织机声。杼(zhù):织机的梭子。
(5) "终日"句:借用《诗经·小雅·大东》之意,言织女终日心系牛郎而无心织布。章,原为布帛上的纹理,这里指布帛。
(6) 几许:多少。形容距离很近。
(7) 盈盈:水满而清澈。间:相隔。
(8) 脉脉(mò mò):相望凝视。

【简析】

本首诗是《古诗十九首》中第十首。作者不详,大约创作于东汉末年,是较早以牛郎织女故事来表现夫妇间离情别意的作品。诗中借织女的离愁,抒写思妇的离怨,实际反映封建制度下不自由的爱情生活。全诗想象丰富,感情缠绵,质朴清丽、情趣盎然,是一篇风格特异之作。诗的首尾几句皆用叠字,如此巧妙的安排不仅增强了诗歌的韵律感和节奏美,而且达到了浑成的艺术效果。尤其是"盈盈一水间,脉脉不得语"这两句,使得一个饱含离愁的少妇形象跃然于纸上,虽一水相隔却相视而不得语。此句意蕴深沉、风格浑成,为极难得的佳句。沈德潜《古诗源》评曰:"相近而不能达情,弥复可伤。此亦托兴之词。"

明月何皎皎

明月何皎皎,照我罗床帏⁽¹⁾。忧愁不能寐⁽²⁾,揽衣起徘徊。客行虽云乐,不如早旋归⁽³⁾。出户独彷徨,愁思当告谁?引领还入房⁽⁴⁾,泪下沾裳衣⁽⁵⁾。

（以上据胡刻本《文选》卷二十九）

【注释】

（1）罗床帏：罗帐。

（2）寐：入睡。

（3）旋归：回返。

（4）引领：伸颈，指抬头远望的意思。

（5）裳衣：一作"衣裳"。

【简析】

　　本首是《古诗十九首》的最后一首，关于诗意有二说：一作游子思乡之情，一作闺中望夫词。从全诗的情调来看，此为后者更为恰当。诗中刻画了一个愁思辗转、夜不能寐的思妇形象。她的闺中思念是由明月清辉引起的，夜阑人静，千里与共的明月，最易勾起人的情思。月夜难眠，于是起身揽衣徘徊。清代朱筠在《古诗十九首说》中评曰："神情在'徘徊'二字。"的确，这一系列动作曲折地反映了思妇内心无法排遣的忧愁。尤其是那"起徘徊"的情态，深刻地揭示了她满腹的愁思。诗的结尾诗人依然通过主人公的动作来表现其心灵最深层的苦楚，如泣如诉，感人至深。从"出户"到"入房"，这一出一入的动作把思妇内心涌动的愁情推向顶点，以至泪下沾衣。如此短小的抒情作品，能细致地表现人物复杂的心理活动，在我国古诗中是不多见的。

魏晋南北朝部分

一　诗歌

曹操诗（二首）

曹操（155—220），字孟德，沛国谯县（今安徽亳州）人，建安时期的政治家、军事家和文学家。曹操的诗，现存二十多首，大部分沿用汉代乐府诗体，如《薤露行》《蒿里行》《陌上桑》等，曹丕称帝后，追尊他为武帝，有《魏武帝集》。

蒿里行

关东有义士[1]，兴兵讨群凶[2]。初期会盟津，乃心在咸阳[3]。军合力不齐，踌躇而雁行。势利使人争，嗣还自相戕[4]。淮南弟称号，刻玺于北方。铠甲生虮虱，万姓以死亡[5]。白骨露于野，千里无鸡鸣。生民百遗一，念之断人肠。

（据文学古籍刊行社影印宋刻本《乐府诗集》卷二十七）

【注释】

（1）关东：函谷关（今河南灵宝西南）以东。
（2）群凶：董卓及其党羽。
（3）乃心：其心。
（4）嗣：后来。
（5）万姓句：万姓，百姓。以，因此。

【简析】

《蒿里行》用乐府旧题写汉末时事，可以看成是《薤露行》的姊妹篇。《蒿里行》用凝练的语言记叙了关东之师从聚到散的过程，点出汉末讨伐董卓失败的原因：会盟的各方势力各怀鬼胎，互相争夺霸权。曹操写军阀纷争，也关注到了战争中受难的民众，"铠甲生虮虱，万姓以死亡。白骨露于野，千里无鸡鸣。生民百遗一，念之断人肠"，让人触目惊心，直击现实也直抵人心。这首诗让我们看到了曹操作为政治家的慷慨胸襟。

步出夏门行·观沧海

东临碣石[1]，以观沧海。水何澹澹[2]，山岛竦峙[3]。树木丛生，百草丰茂。秋风萧瑟，洪波涌起。日月之行，若出其中；星汉灿烂，若出其里。幸甚至哉[4]，歌以咏志。

（据文学古籍刊行社影印宋刻本《乐府诗集》卷三十七）

【注释】

（1）碣石：山名。碣石山，河北昌黎碣石山。

（2）澹澹：形容水波浩渺的样子。

（3）竦峙：耸立。竦，通耸，高。

（4）幸甚至哉：高兴到极致。

【简析】

这首诗是曹操北征乌桓胜利班师，途中登临碣石山时所作。首句中的"临"和"观"颇具意气和风度。接着写在碣石山上所观之景——水波浩荡，山岛高耸，上面的植物茂盛，萧瑟的秋风吹来，波浪就开始翻滚。这些景物透露出时局的动荡不安，令人惊骇。但诗人的笔锋一转，正是这样孕大含深的海，日月星辰都仿佛出自其中，用笔温柔而深情。最后的"幸甚至哉，歌以咏志"，常见于乐府四言诗形式性的结尾，这里和前面的内容结合得很巧妙，正是这种得意高兴之情，才咏唱出如此高昂饱满的诗歌。

曹丕诗（二首）

曹丕（187—226），字子桓，豫州沛国谯（今安徽省亳州市）人。延康元年，自立为帝。曹丕风格清丽细腻，《燕歌行》是现存文人作品中最早的七言诗，《典论・论文》是较早的文学批评专论，对后世有重要影响。有《魏文帝集》。

燕歌行

秋风萧瑟天气凉，草木摇落露为霜，群燕辞归鹄南翔[1]。念君客游思断肠，慊慊思归恋故乡[2]，何为淹留寄他方[3]？贱妾茕茕守空房[4]，忧来思君不敢忘，不觉泪下沾衣裳。援琴鸣弦发清商[5]，短歌微吟不能长。明月皎皎照我床，星汉西流夜未央。牵牛织女遥相望，尔独何辜限河梁。

（据文学古籍刊行社影印宋刻本《乐府诗集》卷三十二）

【注释】

（1）鹄：天鹅。一作"雁"。

（2）慊慊：心不满足貌，空虚的样子。

（3）淹留：久留。

（4）茕茕：孤独无依的样子。

（5）清商：乐名。清商音节短促细微，所以下句说"短歌微吟不能长"。

【简析】

《燕歌行》据说是曹丕开创的。他的《燕歌行》有两首，都是写女子相思，这是其中一首，后人多学他用这个曲调做闺怨诗。诗歌以秋景开端，"自古逢秋悲寂寥"，秋天草木凋落雁南归，往往让人心生感伤。然后女主人公出现,心中怀想着在外的游子,又从游子的角度设想他也在思念着故乡,可又因为什么滞留不归呢? 由此转到女子独守空房,心中念着远方游子,只能暗自垂泪。取来琴弹奏,却也弹不出悠长的曲子。到了夜晚,看着明月,看着银河流转,却无法成眠。看到天上的牛郎织女只能遥遥相望,心想为什么要将他们限制在银河两边呢? 这里暗喻女主人公也和牛郎织女一样,和自己的爱人远隔,心中相思却无法相见。寓情于景向来是含蓄的中国文人抒发情感的方法,借助眼前之景表达心中之情,当我们看到这些熟悉的意象时会不禁被诗中之情触动。

杂诗二首(其二)

西北有浮云,亭亭如车盖[1]。惜哉时不遇[2],适与飘风会[3]。吹我东南行,行行至吴会[4]。吴会非吾乡,安能久留滞。弃置勿复陈[5],客子常畏人。

(据胡刻本《文选》卷二十九)

【注释】

(1)亭亭:耸立而无所依靠的样子。
(2)时不遇:没遇到好时机。
(3)适:正值,恰巧。
(4)吴会:指吴郡与会稽郡,今江、浙一带。
(5)弃置:放在一边。

【简析】

《杂诗二首》是曹丕的一组五言古诗,建安时期诗人经常作代言体诗,《杂诗二首》也属于这一类,是代游子抒怀。这一首从浮云想到没有遇到好时机的游子,也像这眼前的云一样因风飘摇,到了东南的吴会。但这里并非游子的家乡,不能长久滞留。"弃置勿复陈"是古乐府诗的套语,意思是丢开不说了。"客子常畏人",写出了游子客居他乡时孤立无援、受制于境的不自由。这首诗用五分之四的篇幅客观展现游子的处境,不见多余的抱怨和哀叹,但我们从中也能知晓游子的内心。最后一句收尾简洁有力,正是由于"畏人",才有游子之感,漂泊在外永远没有在家乡那般自由放松。

曹植诗(二首)

曹植(192—232),字子建,沛国谯(今安徽省亳州市)人,封陈王,谥号思,世称陈思王。建安文学的代表人物,与曹操、曹丕合称为"三曹"。主要代表作品有《白马篇》《七哀诗》《洛神赋》等,语言精练,词采华茂。有《曹子建集》。

野田黄雀行[1]

高树多悲风,海水扬其波。利剑不在掌,结友何须多? 不见篱间雀,见鹞自投罗[2]? 罗家得雀喜,少年见雀悲。拔剑捎罗网⁽³⁾,黄雀得飞飞⁽⁴⁾。飞飞摩苍天⁽⁵⁾,来下谢少年。

(据《四部丛刊》影印明活字本《曹子建集》卷六)

【注释】

(1) 野田黄雀行:《乐府诗集》收于《相和歌・瑟调曲》,是曹植后期的作品。
(2) 鹞(yào):一种凶猛的鸟,样子像鹰,比鹰小,捕食小鸟,通常称"鹞鹰""鹞子"。
(3) 捎:挥击;削破;除去。
(4) 飞飞:自由飞行貌。
(5) 摩:接近、迫近。

【简析】

　　《野田黄雀行》是曹植后期的作品。建安二十四年,曹操借故杀了曹植亲信杨修,曹丕继位后,又杀了曹植的好友丁氏兄弟。曹植自己身处政治逆境,更无力救助友人,只能写诗来表现心中痛苦。这一首的起句调子很高,"树大招风","高树"从来都是"悲风"摧残的对象,海水高扬波涛,用险恶的自然环境来起兴,自然让人想到曹植身居政治漩涡的中心,也比常人面临着更多的祸患。第二句更是愤怒的抱怨,手中没有权力,何必要结识那么多朋友?这一句既是对残酷政治的痛斥,又是为失去朋友而痛心,也是对自己已无救助朋友的能力而感到悲愤。这是"骨气奇高"又极重友情、创巨痛深的曹植才有的悲哀。接下来写弱小的黄雀受鹞的追逐而误入捕雀人的落网,少年不忍心见到黄雀被捕,拔剑捎网,黄雀飞向高天,又返回来谢少年。这自然是一种美好的期望,曹植希望自己能像少年救下黄雀一样救下朋友,但这已不可实现。不事雕琢的语言与诗人单纯炽烈的情感相契合,正是建安风骨的有力展现。

杂诗(其一)

　　高台多悲风,朝日照北林。之子在万里⁽¹⁾,江湖迥且深。方舟安可极⁽²⁾?离思故难任⁽³⁾。孤雁飞南游,过庭长哀吟。翘思慕远人,愿欲托遗音。形影忽不见,翩翩伤我心。

(据《四部丛刊》影印明活字本《曹子建集》卷五)

【注释】

(1) 之子:那个人,指所怀念的人。
(2) 极,至,到达。
(3) 难任,难以承担。

【简析】

　　这是一首怀念远方亲友的诗。诗人登高怀远,"高台多悲风,朝日照北林",写眼前之景,高台上吹着寒风,太阳照着北边的林子。接着写心中思念的那个人在万里之外,中间隔着大江大湖,恐怕乘着方舟都无法到达,这种因离别而产生的相思让人难以承受。南飞的孤雁飞过亭台,叫声哀苦。而我翘首思念着远方的那个人,希望大雁能帮我捎过去音信,但突然孤雁也飞不见了,只留下我独自伤心。古诗中写思念,经常会运用到的一个模式,诗人想象出各种可以到达对方那里的途径,但都由于各种原因而未成功。这也和古代的环境有关,一旦分别,再见面就很难,沉甸甸的思念只能在心中累积,不像现代社会中交通和通讯发达,物理意义上的距离不再遥远,思念也不会格外艰难苦涩。

刘桢诗(一首)

刘桢(186—217),字公干,东汉末年东平宁阳人,"建安七子"之一。他长于五言,以写景、抒情见长,有《刘公干集》。

赠从弟(其一)

泛泛东流水,磷磷水中石。蘋藻生其涯,华叶纷扰溺。采之荐宗庙,可以羞嘉客⁽¹⁾。岂无园中葵,懿此出深泽。

(据《四部丛刊》影印宋刻本《六臣注文选》卷二十三)

【注释】

(1) 羞:使……感到羞愧。

【简析】

刘桢是建安时期很有气骨和正义感的文人,他的诗歌和他的品性同质,"挺立自持"。诗歌赞美蘋藻,写它可以用在宗庙之上,比园中的那些植物要美好的多,因为它出自深泽,在清澈的流水中生长,没有受到世俗的污染。《赠从弟》有三首,分别歌咏蘋藻、山松、凤凰的品性,勉励他的堂弟坚贞自守。第二首比较有名,其中的松柏是古诗中表达坚贞的常用意象,相较之下,第一首因有诗人自己更独立的思考而显得更具个人特色。

阮籍诗(二首)

阮籍(210—263),三国时期魏诗人。字嗣宗。陈留(今属河南)尉氏人。竹林七贤之一,建安七子之一阮瑀之子。曾做步兵校尉,世称"阮步兵"。作诗长于五言,有《阮步兵集》。

咏怀诗(第十五首)

昔年十四五,志尚好诗书。被褐怀珠玉⁽¹⁾,颜闵相与期⁽²⁾。开轩临四野,登高望所思。丘墓蔽山冈,万代同一时。千秋万岁后,荣名安所之! 乃悟羡门子⁽³⁾,噭噭令自嗤⁽⁴⁾。

【注释】

(1) 被褐怀珠玉:《老子》有"圣人被褐怀玉"语,指圣人虽身披布衣,但胸怀高尚。

（2）"颜闵"句：颜，指颜回。闵，指闵子骞，以德行与颜回并称。二人均是孔子的弟子。

（3）羡门子：古代传说中的神仙。

（4）嗷（jiào）嗷：哭声，悲叫声。

【简析】

阮籍身处于司马氏与曹氏斗争激烈的魏晋之际，在政治上采取谨慎避祸的态度，诗歌有着"悲愤哀怨，隐晦曲折"的特点。这首诗回忆自己少年时爱好读书，希望像以前的圣人拥有济世之心，即使身穿布衣，也能拥有美好的品德。现在诗人临窗而望，登高而思，看到坟墓把山岗都遮蔽了，丘墓中各时各代的人都有，死后却在一处，谁还记得那些荣名呢？于是不禁痛哭，嗤笑自己。《晋书·阮籍传》说他"时率意独驾，不由径路，车迹所穷，辄恸哭而反"。由于政治上的压迫，阮籍思想上也由儒家济世转向道家的消极，内心深处的苦闷和痛苦只有通过"寄托遥深"的诗歌来表达。

咏怀诗（第十七首）

独坐空堂上，谁可与欢者？出门临永路⁽¹⁾，不见行车马。登高望九州⁽²⁾，悠悠分旷野。孤鸟西北飞，离兽东南下⁽³⁾。日暮思亲友，晤言用自写⁽⁴⁾。

（以上据明刻《汉魏六朝百三名家集》本《阮步兵集》）

【注释】

（1）临：对着。永路：长路。

（2）九州：我国古代分为九州：冀州、兖州、青州、徐州、扬州、豫州、荆州、梁州、雍州（见《尚书·禹贡》）。

（3）离兽：失群的孤兽。

（4）晤言：对坐而谈。

【简析】

这首依旧是在古诗写思念的模式当中，通过几种方式想缓解这种思念，但都无法解决。一开始是独自坐着，没有一个可以说话的人，出门到路上，也见不到自己的朋友来，那就到高处去。但只是看到田野被山川分割，孤独的鸟在天上飞，离群的动物在地上跑。还是见不到朋友，傍晚时分的思念之情，也只能通过写诗来缓解了。这种孤独是因为"与欢者"不在自己身边，自己身处高压政治之下，一些朋友也死于政治斗争之中，那些庙堂之上的人不是诗人想交往的。在这里作者无法找到知音，找到自己志同道合的朋友，没有心有灵犀的交谈。但心中热情总难泯灭，诗歌给了诗人一个精神上的出口，让这种难熄的热情永世燃烧。

嵇康诗(一首)

嵇康(224—263,一作223—262),字叔夜。汉族,谯国铚县人。三国曹魏时著名思想家、音乐家、文学家。"竹林七贤"之一,世称嵇中散。他爱好老庄学说,主要文学成就是散文,擅长四言诗,有《嵇中散集》。

兄秀才公穆入军赠诗(第十二首)

轻车迅迈[1],息彼长林。春木载荣,布叶垂阴。习习谷风,吹我素琴。咬咬黄鸟,顾俦弄音。感悟驰情,思我所钦。心之忧矣,永啸长吟。

(据《四部丛刊》影印明嘉靖刻本《嵇中散集》卷一)

【注释】

(1)迅迈:疾行。

【简析】

《兄秀才公穆入军赠诗》是嵇康所写的一组四言古诗,为参军的哥哥嵇喜而作。这首诗想象其兄在行军途中的所见所闻,轻快的车子走得迅疾,累了就在茂密的林中休息。春天的树木欣欣向荣,枝叶给行人提供了阴凉之处。山谷中的风吹来,拂过正在弹奏的素琴,头顶上的黄鸟也在婉转鸣叫。这一切,真让人情思驰骋,心里忧伤,对我所钦仰的人的思念,只能通过长啸和吟诗来表达。

左思诗(一首)

左思(约250—305),字太冲,齐国临淄(今山东淄博)人,西晋著名文学家。有《左太冲集》。

咏史(其二)

郁郁涧底松,离离山上苗[1]。以彼径寸茎,荫此百尺条。世胄蹑高位,英俊沉下僚。地势使之然,由来非一朝。金张籍旧业[2],七叶珥汉貂[3]。冯公岂不伟[4],白首不见招。

(据胡刻本《文选》卷二十一)

【注释】

(1)离离:下垂的样子。

(2)"金张"句:金,指汉金日磾,他家自汉武帝到汉平帝,七代为内侍。张,指汉张汤,他家自汉宣帝以后,有十余人为侍中、中常侍。

(3)"七叶"句:七叶,七代。珥(ěr),插。汉貂,汉代侍中、中常侍的帽子上,皆插貂尾。

(4)冯公:指汉冯唐,他曾指责汉文帝不会用人,年老了还做中郎署长的小官。

【简析】

左思的时代实行门阀制度,世家大族把占政治高位,而出身寒微的读书人很难跻身其中,左思的这首诗就是反映"上品无寒门,下品无士族"的不平现象。

诗的头两句,写了一组对比之物,一个是长在山涧中葱郁的松树,一个是细弱的"山上苗",但它遮蔽住了底下郁郁生长的松树。由第三句我们知道诗人用"涧底松"比喻"英俊",用"山上苗"比喻"世胄",第四句点出这种局面的原因,是因为地势高低不同,阶级高低不同,而且这种状况由来已久。后两句用汉朝的金日磾、张汤和冯唐的故事做对比来印证"世胄蹑高位,英俊沉下僚"的现状。整首诗通过对比,内容由隐到显,借历史以抒发自己的怀抱,对不合理的社会现象进行揭露和抨击。

陶渊明诗(五首)

陶渊明(约365—427),字元亮,浔阳柴桑人,自号五柳先生,卒后友人私谥"靖节",世称"靖节先生"。东晋著名的诗人、辞赋家,被誉为"古今隐逸诗人之宗"。著有《陶渊明集》。

庚戌岁九月中于西田获早稻

人生归有道,衣食固其端(1)。孰是都不营(2),而以求自安?开春理常业(3),岁功聊可观(4)。晨出肆微勤(5),日入负耒还(6)。山中饶霜露,风气亦先寒。田家岂不苦,弗获辞此难。四体诚乃疲(7),庶无异患干(8)。盥濯息檐下(9),斗酒散襟颜。遥遥沮溺心(10),千载乃相关。但愿长如此,躬耕非所叹。

(据《四部丛刊》影印宋刻本《笺注陶渊明集》卷三)

【注释】

(1)固:本、原。端:开始。

(2)孰:何。是:此,指衣食。

(3)常业:日常事务,这里指农务。

(4)岁功:指一年的农事收成。

(5)肆:习、操作。

(6)耒:耒耜,即农具。

(7)四体:四肢。

(8)异患:意外之祸。

(9)盥(guàn):洗手。濯:洗。

(10)沮溺:长沮、桀溺,指古时躬耕隐居之士。

【简析】

　　这首诗作于晋安帝义熙六年(410),是体现陶渊明躬耕思想的一首五言古诗。庚戌岁是其隐逸人生道路的第六年。这一年,诗人在西田里收获了早稻,于是有感而发,写作此诗。诗人透过获稻成功后的欣喜,抒发躬耕的志趣。这里再现了一个真实的陶渊明,他不是风餐饮露的神仙隐士,而是切身去体会百姓衣食困顿之苦,并用"遥遥沮溺心"来鞭策自己,这种发自内心的真实表述正是陶诗最触动人的地方。身处乱世的陶渊明已清醒认识到躬耕虽然劳体,却可以远避世患,保持自己独立人格,而且乐亦其中。他的这种思想认识,在轻视生产劳动的东晋社会,具有非同一般的意义。此诗风格清新,意蕴深远,重在表现诗人淡泊名利、超脱世俗的思想。清代方宗诚云:"陶公高于老、庄,在不废人事人理、不离人情,只是志趣高远,能超然于境遇形骸之上。"(《陶诗真诠》)他的超然是富于人情的超然,是对生命自由的追求与张扬。诗中所绽放的思想光彩,对人生意义的肯定,正是此诗珍贵的价值所在。

杂诗(其一)

　　人生无根蒂⁽¹⁾,飘如陌上尘⁽²⁾。分散逐风转,此已非常身⁽³⁾。落地为兄弟,何必骨肉亲! 得欢当作乐,斗酒聚比邻⁽⁴⁾。盛年不重来,一日难再晨。及时当勉励,岁月不待人。

(据《四部丛刊》影印宋刻本《笺注陶渊明集》卷四)

【注释】

(1)蒂:花果跟枝茎相连接的部分都叫蒂。
(2)陌:东西的路,这里泛指路。
(3)"分散"两句:生命随风飘转,此身历尽了艰难,已非原来的模样。
(4)斗:酒器。比邻:近邻。

【简析】

　　《杂诗》是陶渊明晚年所作的咏怀诗,共十二首,非一时之作。诗歌重在表现作者归隐田园后壮志难酬的苦闷,抒发自己不与世俗同流合污的高尚品格。这里所选第一首,主要反映陶渊明思想中深厚的人生道义,叹喟"人生无常""生命短暂"。开篇起笔四句便对人生命运的难以把握发出慨叹,语虽寻常,却寓奇崛。诗人将人生比作无根之木、无蒂之花,又比作陌上之尘,如此比中之比,尽现诗人深刻的人生体验及内心的悲怆之情。"落地"两句承接上文,语出《论语·颜渊》:"四海之内,皆兄弟也。"这是陶渊明在战乱年代对和平的一种理想渴求。而"得欢"两句让有着丰富人生阅历的陶渊明有更清醒的认识,他执着地向宦海之外的田园去寻求美及精神上的欢乐,这种欢乐平淡冲和、淳朴明净。诗的结尾句作者是为说明人生苦短,应不负时光,及时勉励。这种思想我们需放在当时特定的历史条件下加以思索,其实质是人内心的觉醒,是对人生意义、命运的重新发现与探索。总之,全诗用语朴实无华,取譬平常,内蕴丰富,发人深省。

咏荆轲

　　燕丹善养士,志在报强嬴⁽¹⁾。招集百夫良⁽²⁾,岁暮得荆卿⁽³⁾。君子死知己⁽⁴⁾,提剑出燕

京。素骥鸣广陌⁽⁵⁾,慷慨送我行。雄发指危冠,猛气冲长缨。饮饯易水上,四座列群英。渐离击悲筑,宋意唱高声⁽⁶⁾。萧萧哀风逝,淡淡寒波生。商音更流涕⁽⁷⁾,羽奏壮士惊。心知去不归,且有后世名。登车何时顾,飞盖入秦庭⁽⁸⁾。凌厉越万里⁽⁹⁾,逶迤过千城。图穷事自至,豪主正怔营⁽¹⁰⁾。惜哉剑术疏,奇功遂不成。其人虽已没⁽¹¹⁾,千载有余情。

(据《四部丛刊》影印宋刻本《笺注陶渊明集》卷四)

【注释】

(1) 报:报复。嬴:秦为嬴姓,代指秦国。
(2) 百夫良:指百里挑一的雄俊之士。
(3) 岁暮:既可指年终时节,也指燕国处在"秦革灭殆尽之际"(苏洵《六国论》)。
(4) 死知己:意谓为知己而死。
(5) 素骥:白马。广陌:天道。
(6) 宋意:燕国的勇士,亦在易水送行。
(7) 商音:与下文的"羽"各为五音之一。
(8) 飞盖:形容车奔驰如飞。盖:车篷,这里指荆轲等使者所乘的车。
(9) 凌厉:奋勇直前的样子。
(10) 怔营:惶恐不安的样子。
(11) 没:通"殁",死去。

【简析】

　　《咏荆轲》大约作于晋宋易代之后,是陶渊明创作的一首托古言志的咏史诗。此诗一反冲淡自然的田园风格,呈现出"金刚怒目"式的一面。诗人热情歌咏荆轲刺秦王的壮举,在深深的叹惋中,将自己对黑暗政治的愤慨之情,赫然托出。陶渊明一生"猛志"不衰,诗中的荆轲正是这种精神与理想的艺术呈现,是表现诗人心系功业、壮怀激越的另一种怀抱。全诗章法严明,详略得当。诗人着力于人物动作的描摹,塑造了一个慷慨激昂、不畏强暴、视死如归的英雄形象。如"雄发"两句以夸张笔法凸显荆轲义愤填膺、热血沸腾的情态。而"登车"几句又以排比句式一气呵成,表现其义无反顾的勇猛气概。同时,诗人也通过环境渲染来表现荆轲的精神面貌。如易水饮饯的悲壮场面,浓墨重彩,着意渲染,重在揭示"壮士一去不复还"的英雄主题。总之,整首诗笔墨淋漓,慷慨悲壮,在以平淡著称的陶诗中别具特色。故朱熹在《朱子语类》中言:"陶渊明诗,人皆说是平淡,据某看他自豪放,但豪放得来不觉耳。其露出本相者,是《咏荆轲》一篇",是独具眼力的。

<h1 align="center">读《山海经》(其十)⁽¹⁾</h1>

　　精卫衔微木⁽²⁾,将以填沧海。刑天舞干戚⁽³⁾,猛志固常在。同物既无虑⁽⁴⁾,化去不复悔⁽⁵⁾。徒设在昔心,良辰讵可待⁽⁶⁾。

(据《四部丛刊》影印宋刻本《笺注陶渊明集》卷四)

【注释】

(1)《山海经》:共十八卷,多记述古代山川异物和神话传说。

（2）精卫：古代神话中的鸟名。据《山海经·北山经》记载,发鸠山有精卫鸟,是炎帝的小女
　　　儿,因游东海,溺而不返,灵魂化为鸟,常衔西山之木石,以堙于东海。

（3）刑天：古代神话中的人物。《山海经·海外西经》载："刑天与帝至此争神,帝断其首,葬
　　　之常羊之山,乃以乳为目,以脐为口,操干戚以舞。"干:盾也。戚:斧也。

（4）同物：同为有生命之物,指精卫、刑天之原形。

（5）化去：指精卫、刑天死后化为异物。

（6）"徒设"两句：意谓精卫和刑天徒然存昔日的猛志,但实现他们理想的时机岂是能等到
　　　的。徒:白白地。讵:岂。

【简析】

　　《读〈山海经〉》共十三首。从这组诗的表现情趣来看,大概是陶渊明归隐田园前期所作。此
为第十首。诗人称叹精卫、刑天之事,取其"虽死无悔、猛志常在"的精神多加赞扬,这里的"猛
志"既有对刘裕篡晋的愤恨;又有其少壮时代"猛志逸四海,骞翮思远翥"的济世怀抱。诗的起笔
两句概括了精卫填海的神话故事,语言精练、传神。精卫为报溺死之仇,竟口衔微木,以填东海。
诗人通过精卫复仇之难,凸显其决心之大。"刑天"句亦精炼地概括了刑天的神话故事。尤其是
"舞"和"猛"字皆为传神之笔。此处诗人主要借两个具有反抗精神的神话形象,自述晚年怀抱,
突显其个性的一面。接下来"同物"句为了说明精卫、刑天生前无惧,死后亦无悔也。这是"猛志
固常在"的充分发挥,诗中表现的反抗精神正是陶渊明勇敢、坚韧品格的再现。诗的结尾叹惋精
卫、刑天徒存昔日之猛志,然未能如愿以偿。至此,诗情的波澜由豪情万丈转为深情悲壮,引人沉
思,这便是此诗悲剧美的特质。鲁迅先生认为陶渊明此类诗属"金刚怒目"式诗歌。

和郭主簿（其一）

　　蔼蔼堂前林[1],中夏贮清阴[2]。凯风因时来[3],回飙开我襟[4]。息交游闲业,卧起弄书
琴[5]。园蔬有余滋[6],旧谷犹储今。营己良有极[7],过足非所钦。春秫作美酒[8],酒熟吾自
斟。弱子戏我侧,学语未成音。此事真复乐,聊用忘华簪[9]。遥遥望白云,怀古一何深。

　　　　　　　　　　　　　　　（据《四部丛刊》影印宋刻本《笺注陶渊明集》卷二）

【注释】

（1）蔼蔼：茂盛貌。

（2）中夏：仲夏。贮:藏、留。

（3）凯风：南风。因时来:应时吹来。

（4）回飙：回风。

（5）"息交"两句：意谓停止交游,游心闲业。闲业,与"正业"相对,正业指儒家的《六经》等,
　　　闲业即下句所谓"书琴"。

（6）余滋：余味无穷。《礼记·乐记》："太羹玄酒,有遗味者矣。"余滋、遗味同义。

（7）营己：为自己生活谋划。

（8）秫：黏稻。

（9）"此事"两句：这些事情天真快乐,可以忘掉那些仕宦富贵。华簪,华丽的发簪。这里指
　　　富贵。

【简析】

　　此诗为组诗,共二首,皆作于同年。这里为第一首,是陶渊明归隐田园第二年所作。虽题为《和郭主簿》,然郭氏姓名事迹均不详。诗中主要描绘夏日乡居淳朴、怡然自得的生活,借以表现诗人摆脱官场束缚后怀安知足的乐趣与高洁之志。这首诗的最大特点是平和冲淡,富有浓郁的生活气息。内容紧扣一个"乐"字,使诗歌充满了乡村之乐、精神之乐、物质之乐和天伦之乐,而这些"乐"足以让诗人忘掉官场的黑暗,又充满了隐逸恬淡之乐,从而达到情景交融、物我浑成的境界。全诗未用典故,不施藻绘,既无对偶比兴,也无渲染铺张,纯用自然的笔调,如叙家常,然一切皆从胸口迸出,毫无矫揉造作之感。如此平常之景,细味却情致盎然。正如唐顺之所评:"陶彭泽未尝较音律,雕文句,但信手写出,便是宇宙间第一等好诗。"(《答茅鹿门知县》)当然,本色无华并非质木无文,而是平淡中寓情味,朴素中见奇趣。故苏东坡评陶诗"质而实绮,癯而实腴"(《与苏辙书》),十分精当。

谢灵运诗(二首)

　　谢灵运(385—433),原名公义,字灵运,南北朝时期杰出的诗人、文学家、旅行家。他擅长山水诗,有《谢乐康集》。

于南山往北山经湖中瞻眺

　　朝旦发阳崖[(1)],景落憩阴峰[(2)]。舍舟眺迥渚[(3)],停策倚茂松。侧径既窈窕,环洲亦玲珑。俯视乔木杪,仰聆大壑灇[(4)]。石横水分流,林密蹊绝踪。解作竟何感?升长皆丰容。初篁苞绿箨[(5)],新蒲含紫茸。海鸥戏春岸,天鸡弄和风。抚化心无厌,览物眷弥重。不惜去人远,但恨莫与同。孤游非情叹,赏废理谁通?

(据胡刻本《文选》卷二十二)

【注释】

(1) 阳崖:指南山。
(2) 阴峰:指北山。
(3) 迥:不同的。有差异的。
(4) 灇:小水流入大水。
(5) "初篁"句:篁,丛竹。箨,竹皮。

【简析】

　　这是谢灵运很有代表性的一首山水诗。诗的题目概括了他的行程。第一句中"朝旦发""景落憩"对应了题目。早晨从南山出发,傍晚到达北山,途中要经过巫湖,因此要乘舟过湖再登岸。乘舟时见到了湖中不同的小块陆地,登岸停下来倚着松树休息。向下看到乔木林,向上看到沟壑中间的流水。横在水中的石头把河流分成几股,林子太密了看不到脚下的小路通向何方。竹林不断生长,长出新的竹子,蒲草也开着紫色花朵。海鸥在岸上嬉戏,野鸡在风中鸣叫。这首诗语言鲜丽清新,与魏晋时期古朴的诗歌不同。南北朝的诗歌开始追求声色,谢灵运的诗中对山水的勾勒描绘非常细致精妙,语言也工整精练。诗歌最后三句写看着眼前的风景让人心中没有了厌烦,反倒更加眷恋。不再叹息自己远离他人,遗憾的是没有知音来共同游赏风景。最后一句暗喻现在能静下来欣赏风景,知晓其中妙意的人也不多了,写出了一个人的孤独之感。

石壁精舍还湖中作

昏旦变气候⁽¹⁾,山水含清晖。清晖能娱人,游子憺忘归⁽²⁾。出谷日尚早,入舟阳已微。林壑敛暝色,云霞收夕霏。芰荷迭映蔚⁽³⁾,蒲稗相因依⁽⁴⁾。披拂趋南径,愉悦偃东扉。虑澹物自轻,意惬理无违。寄言摄生客⁽⁵⁾,试用此道推。

(据胡刻本《文选》卷二十二)

【注释】

(1)昏旦:傍晚和清晨。
(2)憺:安闲舒适。此句出于屈原《九歌·东君》:"羌声色兮娱人,观者憺兮忘归"。
(3)芰:菱。
(4)蒲稗:菖蒲和稗草。
(5)摄生客:探求养生之道的人。

【简析】

宋景平元年(423)秋,谢灵运托病辞去永嘉太守,回到老家生活。石壁精舍就是他在北山营立的一处书斋。湖,指巫湖,是南北两山往返的唯一水道。这首诗头三句总写这一天游览之景,从早到晚,气候不同,山水也呈现不同的样子。正因为陶醉山水之中,让诗人忘记了回去。出门的时候还早,上船时已经傍晚了。中间三句写湖中晚景,树林中夜色一点点暗下来,云霞的光彩也收敛了。湖中的植物相依生长。沿着南路回来,愉悦地关上东门休息。最后两句写出游感悟:思虑淡然,外物带来的压力就会减轻;心中惬意,就不会违背自然的理。希望探求养生之道的人们都能明白这个道理。

这首诗最动人的是情在景中,一方面是客观山水的描摹,一方面这些景物正映衬着诗人心中之情之理,"清晖能娱人",景与人始终处在对话交流之中,景变得非常亲切,既是客观存在,又是人内心"虑澹"和"意惬"的映照。

鲍照诗(一首)

鲍照(412—466),字明远,东海郡人,南朝文学家、诗人。他擅长七言歌行、赋以及骈文,有《鲍参军集》。

拟行路难（其七）

对案不能食[1]，拔剑击柱长叹息。丈夫生世会几时？安得蹀躞垂羽翼[2]？弃置罢官去，还家自休息。朝出与亲辞，暮还在亲侧。弄儿床前戏，看妇机中织。自古圣贤皆贫贱，何况我辈孤且直！

（据《四部丛刊》影印毛斧季校宋本《鲍氏集》卷八）

【注释】

（1）案：一种放食器的小几。
（2）蹀躞：小步行走的样子。

【简析】

这首诗分为三层，第一层写心中愤怒到对着案几却无法吃下饭，拔剑对着柱子挥舞发出长叹：人生在世能有几时，怎能像蝴蝶落地那样垂下自己的翅膀？第二层写到即使心中愤怒，还是无法更改现实，只好罢官回家，每天陪在家人身边，看着儿子嬉戏，妻子织布，过起日常的生活。第三层写到诗人毕竟心事难平，通过古代圣贤自我安慰：自古以来圣贤都不得意，何况我这个人出身寒微，是个孤门细族，性格又耿直，更难以被当世接受了。第三层也将对自己的嘲解升华到历史层面——怀才不遇并不是个例，而是自古皆然。诗篇的主旨由抒写个人失意情怀，提升到了控诉时世不公的新高度。

谢朓诗（一首）

谢朓（464—499），字玄晖，陈郡阳夏（今河南太康）人，南朝齐杰出的诗人。他也擅长山水诗，后人多称"小谢"，有《谢宣城集》。

晚登三山还望京邑[1]

灞涘望长安[2]，河阳视京县[3]。白日丽飞甍[4]，参差皆可见。馀霞散成绮，澄江静如练。喧鸟覆春洲，杂英满芳甸。去矣方滞淫[5]，怀哉罢欢宴。佳期怅何许，泪下如流霰[6]。有情知望乡，谁能鬒不变[7]！

（据《四部丛刊》影印明依宋抄本《谢宣城诗集》卷三）

【注释】

（1）三山：山名，在今南京市西南。
（2）灞：水名，源出陕西蓝田，流经长安城东。
（3）河阳句：河阳，故城在今河南梦县西。京县，指西晋都城洛阳。
（4）飞甍：上翘如飞翼的屋脊。
（5）滞淫：久留，淹留。
（6）霰：小雪粒。

（7）鬒（zhěn）：黑发。

【简析】

　　这首诗应为谢朓出任宣城太守时所作。诗人在傍晚登三山，看到京城不禁心生感念，写下这首诗。首句化用潘岳《河阳诗》中的"引领望京室"和王粲《七哀诗》中的"南登霸陵岸，回首望长安"，暗示自己要告别家乡去上任，也暗示对前面的仕途有隐忧。第二至四句写所见：白天京城参差的屋脊非常漂亮，晚霞涣散成锦缎，澄澈的江水像白练一样平静。喧闹的鸟儿把小洲都覆盖住了，美丽的花朵开满郊野。第五到七句写这么美的家乡之景让人想到自己将要去到远方，滞留那里，真怀念刚结束的欢宴生活。想到自己不知道什么时候能回来，眼泪就像雪粒儿一样落下来，凡是有情人都会怀念家乡，谁能不因此白头呢？"有情知望乡"与首句想呼应。唐代诗人李白在《金陵城西楼月下吟》中写道"解道澄江静如练，令人长忆谢玄晖"，就是称赞这首诗中的名句："馀霞散成绮，澄江静如练"。

庾信诗（一首）

　　庾信（513—581），字子山，南阳新野（今河南新野）人，南北朝时期文学家、诗人。他与徐陵写了很多宫体诗，世称"徐庾体"。后期流寓北国，思乡咏怀之作很多，诗风一变。有《庾子山集》。

拟咏怀诗（第二十一首）

　　倏忽市朝变，苍茫人事非。避谗应采葛(1)，忘情遂食薇(2)。怀愁正摇落，中心怆有违。独怜生意尽，空惊槐树衰。

　　　　　　　　　　　　（据《四部丛刊》影印明屠隆合刻评点本《庾子山集》卷三）

【注释】

（1）采葛：《国风·王风·采葛》是中国古代第一部诗歌总集《诗经》中的一首诗，《毛诗序》说"一日不见于君，忧惧于谗矣"。

（2）采薇：西周时期，商被周武王所灭，伯夷、叔齐不愿做周的臣子，在首阳山上采薇而食，最后饿死。后世以"采薇"代指隐居生活。

【简析】

　　《拟咏怀二十七首》是庾信仿阮籍《咏怀八十二首》之作，写得悲壮苍凉。这首诗写自己身世乱离之感，中间借助《诗经》的典故表达想逃离政治生活的愿望，但不得愿的庾信只能心怀愁绪，最后一句借树的衰落感慨时光迅疾，而自己却无法逃脱这种命运。庾信十五岁作昭明太子萧统的东宫讲读，十九岁作萧纲的东宫抄撰学士。后奉命出使西魏，被留在长安，又仕北周，官至骠骑大将军。官位虽高，心里却非常痛苦，常常怀念故国。但北周惜才，不肯放还，终于老死在北方。

南北朝乐府民歌(三首)

南北朝乐府民歌秉承了汉乐府民歌的现实主义精神,因其社会环境、民族风尚等的差异,南北朝乐府民歌风格不同。南朝民歌现存约五百首,清丽缠绵,以《西洲曲》为代表;北朝民歌现存约七十首,粗犷豪放,以《木兰诗》为代表。这些作品大都保存在宋郭茂倩编选的《乐府诗集》中。

子夜歌·夜长不得眠

夜长不得眠,明月何灼灼。想闻散唤声[1],虚应空中诺[2]。

(据文学古籍刊行社影印宋刻本《乐府诗集》卷四十四)

【注释】

(1)散唤声:指断断续续的呼唤声。
(2)诺:答应的声音。

【简析】

这首诗是一首失眠诗。古诗中有很多写失眠的诗歌,比如陶渊明的"气变悟时易,不眠知夕永"。为什么失眠?肯定是有心事,陶渊明的心事是时光迅疾,理想难骋。而这一首也是因为主人公的心事——心中有相思。晚上睡不着,看到窗外的明月发出夺人的光辉,"我"似乎听到你的模糊的声音在呼唤,便答应了一声。强烈的相思,使得"我"意乱情迷,而这不眠的明月夜更加深了这一迷乱。古诗中情的抒发常由景而起,因景而深。在夜晚,人的感性生长,理性消退,夜晚和月色正好契合了人们因爱而生的隐秘相思之情。

子夜四时歌·春歌(其十)[1]

春林花多媚,春鸟意多哀。春风复多情,吹我罗裳开[2]。

(据文学古籍刊行社影印宋刻本《乐府诗集》卷四十四)

【注释】

(1)《子夜四时歌》:为南朝乐府民歌,收录在宋代郭茂倩所编《乐府诗集》中,属"清商曲辞·吴声歌曲",又称《吴声四时歌》或《子夜吴歌》,简称《四时歌》。
(2)罗裳:罗裙。

【简析】

这一首写春日之景,春天的很多树都开花,多么妩媚,鸟儿也因为回暖的天气开始求偶,声音中因有爱意而变得优美动听,春风也像多情人一样,吹开了我的罗裙。前三句写春景,最后一句主人公出现,与柔美的春光有了关联。歌中虽然没有直接写主人公的心情,但通过这些景物的描写,我们知道这一首民歌一定是个欢乐的人所唱。在美好的春天,一切都是那么令人陶醉。

西洲曲

忆梅下西洲,折梅寄江北。单衫杏子红,双鬓鸦雏色[1]。西洲在何处?两桨桥头渡。日暮伯劳飞[2],风吹乌臼树。树下即门前,门中露翠钿[3]。开门郎不至,出门采红莲。采莲南塘秋,莲花过人头。低头弄莲子[4],莲子青如水[5]。置莲怀袖中,莲心彻底红[6]。忆郎郎不至,仰首望飞鸿。鸿飞满西洲,望郎上青楼[7]。楼高望不见,尽日栏干头。栏干十二曲,垂手明如玉。卷帘天自高,海水摇空绿。海水梦悠悠,君愁我亦愁。南风知我意,吹梦到西洲。

（据文学古籍刊行社影印宋刻本《乐府诗集》卷七十二）

【注释】

（1）鸦雏色:像小乌鸦一样的颜色。形容女子的头发乌黑发亮。

（2）伯劳:鸟名,仲夏始鸣,喜欢单栖。

（3）翠钿:用翠玉做成或镶嵌的首饰。

（4）莲子:和"怜子"谐音双关。

（5）青如水:和"清如水"谐音。

（6）莲心:和"怜心"谐音。

（7）青楼:油漆成青色的楼。唐朝以前的诗中一般用来指女子的住处。

【简析】

《西洲曲》是南朝乐府民歌名,最早著录于徐陵所编《玉台新咏》,是南朝乐府民歌中最长的抒情诗篇,历来被视为南朝乐府民歌的代表作。诗中描写了一位少女从初春到深秋,从现实到梦境,对爱情的深切思念。诗中用折梅、伯劳、采莲、望鸿等意象串写起这一年的相思之情,在诗歌技巧上也通过多处的谐音双关和蝉联顶真的方式来表达缠绵不断的相思之情。在结构上,依旧延续了古诗中表达相思的模式:如"开门郎不至",因此引出"采莲"句和对采莲的描写,"忆郎郎不至"引出"飞鸿"句的描写。缠绵的相思随着主人公的目光在攀升,落在不断出现的意象之上,最后把相思寄于南风,让风捎去心中的梦想。

二　辞赋

王粲赋（一篇）

王粲(177—217),字仲宣,山阳高平(今山东省邹县西南)人,汉魏文学家。少时便才华卓越,博闻强识。据《三国志·魏志·王粲传》载,十七岁时西京扰乱,王粲南下荆州避乱,却不被刘表重用,羁流荆州十五年,空有建国立业之志却不得施展。后为曹操幕僚,备受重用。王粲作为"建安七子"中文学成就最高者,被刘勰誉为"七子之冠冕"。

登楼赋

登兹楼以四望兮[1],聊暇日以销忧[2]。览斯宇之所处兮,实显敞而寡仇。挟清漳之通浦兮[3],倚曲沮之长洲[4]。背坟衍之广陆兮[5],临皋隰之沃流[6]。北弥陶牧[7],西接昭丘[8]。华实蔽野[9],黍稷盈畴。虽信美而非吾土兮,曾何足以少留!

遭纷浊而迁逝兮,漫逾纪以迄今[10]。情眷眷而怀归兮,孰忧思之可任?凭轩槛以遥望兮,向北风而开襟[11]。平原远而极目兮,蔽荆山之高岑[12]。路逶迤而修迥兮[13],川既漾而济深。悲旧乡之壅隔兮[14],涕横坠而弗禁。昔尼父之在陈兮,有归欤之叹音[15]。钟仪幽而楚奏兮[16],庄舃显而越吟[17]。人情同于怀土兮,岂穷达而异心!

惟日月之逾迈兮[18],俟河清其未极[19]。冀王道之一平兮,假高衢而骋力[20]。惧匏瓜之徒悬兮[21],畏井渫之莫食[22]。步栖迟以徙倚兮,白日忽其将匿。风萧瑟而并兴兮,天惨惨而无色。兽狂顾以求群兮,鸟相鸣而举翼,原野阒其无人兮[23],征夫行而未息。心凄怆以感发兮,意忉怛而憯恻[24]。循阶除而下降兮,气交愤于胸臆。夜参半而不寐兮,怅盘桓以反侧[25]。

(据明刻《汉魏六朝百三名家集》本《王侍中集》)

【注释】

(1) 兹楼:这里指麦城城楼。兹:此。关于王粲所登何楼,向来有异说。《文选》李善注引盛弘之《荆州记》,以为是当阳城楼。《水经注》中漳水、沮水二条,认为是麦城城楼。然赋中所述"挟清漳之通浦兮,倚曲沮之长洲"的地理位置,应以《水经注》为是。

(2) 暇:通"假",作"借"解。

(3) "挟清漳"句:城楼座落于漳水之上。清漳,水名。通浦,指两条河流相通之处。

(4) 沮(jū):沮水,在当阳境内,与漳水会合南流入长江。长洲:水中长形陆地。

(5) 坟衍:地势高起为坟,广平为衍。

(6) "临皋隰(xí)"句:此句意谓楼南是地势低洼的湿地。皋隰,水边高地为皋,低湿地为隰。

(7) 陶:乡名,传说是陶朱公范蠡的葬地。牧:郊野之地。

(8) 昭丘:楚昭王坟墓,在当阳郊外。据《左传·哀公六年》记载,楚昭王为春秋时熟谙用人之道的明君。

(9) 华实:花和果实。华:通"花"。

(10) 逾:超过。纪:古以十二年为一纪。

(11) 向北风:王粲家乡山阳高平在麦城之北,故云。

(12) 荆山:今湖北南漳,漳水发源于此。高岑:小而高的山。

(13) 逶迤(wēi yí):迂曲绵延之貌。

(14) 壅隔:阻塞隔绝。

(15) "昔尼父"句:孔子周游列国,在陈绝粮,曾有"归欤"之叹。(见《论语·公冶长》)此以孔子居陈,思乡自喻。尼父,对孔子的尊称。

(16) "钟仪"句:楚国乐官,被晋所俘,晋侯使之弹琴,仍弹楚国乐调。晋侯赞曰:"乐操土风,

不忘旧也。"(见《左传·成公九年》)

（17）"庄舄(xì)"句:据《史记·张仪列传》载,越人庄舄在楚国做大官,病中思乡,仍言越人语音。

（18）惟:思。

（19）俟:等待。河清:据《左传·襄公八年》,逸《诗》有云:"俟河之清,人寿几何?"古时以黄河水清喻时世太平。

（20）高衢:大道。

（21）"惧匏(páo)瓜"句:担心自己像匏瓜那样挂在那里,不被人所食。语出《论语·阳货》,喻不为世用。匏瓜,葫芦的一种,味苦不能食。

（22）"畏井渫(xiè)"句:担心淘洗过的井没有人来打水。语出《周易·井卦》:"井渫不食,为我心恻。"喻己虽洁其志而不被世用。渫,淘井。

（23）阒(qù):静寂。

（24）"意忉怛(dāo dá)"句:指心情悲痛,无限伤感。忉怛,哀伤。憯,通"惨"。

（25）盘桓:意同"徘徊",此指反复思虑。

【简析】

　　此篇作于公元205年秋,是作者避乱荆州登麦城城楼所作。诗人感时伤乱,举目四望,思绪万千,写下了这篇传诵不衰的名赋。赋中先写登楼所见之景以及引发的思乡之情;次写强烈的怀乡思归之愿;接着宕开笔墨,抒写心志。借以表现怀才不遇之忧,也倾吐自己渴望施展抱负的理想。全赋以"忧"字贯穿全篇,作者亲历离乱,又宏图难展,因此赋中充满了沉郁、悲愤的失意之叹,但这种情绪并不消沉,以天下为己任的远大理想抱负,正是建安时期知识分子积极进取、渴望建功立业的时代精神的反映。该赋在表现手法上尽脱传统汉赋铺陈堆砌习气,代表了汉末抒情小赋的最高成就。作者将内心的情感抒发与虚实的景物描写结合起来,使全篇惆怅、凄怆的愁思更加真切动人,表现了以王粲为代表的士人彷徨又纠结的心绪。清代的浦铣云:"王仲宣《登楼赋》,情真语至,使人读之堪为泪下。文之能动人如此。"(《复小斋赋话》)准确道出该赋激起历代文人共鸣的原因。

曹植赋(一篇)

作者简介见诗歌部分。

洛神赋(并序)

　　黄初三年[1],余朝京师[2],还济洛川[3]。古人有言,斯水之神[4],名曰宓妃[5]。感宋玉对楚王神女之事[6],遂作斯赋,其词曰:

　　余从京域,言归东藩[7],背伊阙[8],越轘辕[9],经通谷[10],陵景山[11]。日既西倾,车殆马烦[12]。尔乃税驾乎蘅皋[13],秣驷乎芝田[14],容与乎阳林[15],流眄乎洛川[16]。于是精移神骇[17],忽焉思散[18]。俯则未察,仰以殊观[19]。睹一丽人,于岩之畔。

乃援御者而告之曰⁽²⁰⁾："尔有觌于彼者乎⁽²¹⁾？彼何人斯，若此之艳也！"御者对曰："臣闻河洛之神，名曰宓妃。然则君王之所见也，无乃是乎⁽²²⁾？其状若何，臣愿闻之。"

余告之曰：其形也，翩若惊鸿⁽²³⁾，婉若游龙⁽²⁴⁾，荣曜秋菊，华茂春松⁽²⁵⁾。髣髴兮若轻云之蔽月，飘飖兮若流风之回雪⁽²⁶⁾。远而望之，皎若太阳升朝霞。迫而察之，灼若芙蓉出渌波⁽²⁷⁾。秾纤得衷⁽²⁸⁾，修短合度⁽²⁹⁾。肩若削成，腰如约素。延颈秀项⁽³⁰⁾，皓质呈露⁽³¹⁾，芳泽无加，铅华弗御⁽³²⁾。云髻峨峨，修眉联娟⁽³³⁾，丹唇外朗，皓齿内鲜。明眸善睐⁽³⁴⁾，辅靥承权⁽³⁵⁾，瑰姿艳逸⁽³⁶⁾，仪静体闲。柔情绰态⁽³⁷⁾，媚于语言。奇服旷世⁽³⁸⁾，骨像应图⁽³⁹⁾。披罗衣之璀粲兮，珥瑶碧之华琚⁽⁴⁰⁾。戴金翠之首饰，缀明珠以耀躯。践远游之文履⁽⁴¹⁾，曳雾绡之轻裾⁽⁴²⁾。微幽兰之芳蔼兮，步踟蹰于山隅。于是忽焉纵体⁽⁴³⁾，以遨以嬉。左倚采旄⁽⁴⁴⁾，右荫桂旗⁽⁴⁵⁾。攘皓腕于神浒兮⁽⁴⁶⁾，采湍濑之玄芝⁽⁴⁷⁾。

余情悦其淑美兮，心振荡而不怡。无良媒以接欢兮，托微波而通辞⁽⁴⁸⁾。愿诚素之先达兮⁽⁴⁹⁾，解玉佩以要之⁽⁵⁰⁾。嗟佳人之信脩⁽⁵¹⁾，羌习礼而明诗⁽⁵²⁾。抗琼珶以和予兮⁽⁵³⁾，指潜渊而为期⁽⁵⁴⁾。执眷眷之款实兮⁽⁵⁵⁾，惧斯灵之我欺⁽⁵⁶⁾。感交甫之弃言兮⁽⁵⁷⁾，怅犹豫而狐疑⁽⁵⁸⁾。收和颜而静志兮，申礼防以自持⁽⁵⁹⁾。

于是洛灵感焉，徙倚彷徨⁽⁶⁰⁾。神光离合，乍阴乍阳⁽⁶¹⁾。竦轻躯以鹤立⁽⁶²⁾，若将飞而未翔。践椒涂之郁烈⁽⁶³⁾，步蘅薄而流芳⁽⁶⁴⁾。超长吟以永慕兮，声哀厉而弥长。

尔乃众灵杂沓⁽⁶⁵⁾，命俦啸侣⁽⁶⁶⁾。或戏清流，或翔神渚⁽⁶⁷⁾。或采明珠，或拾翠羽。从南湘之二妃⁽⁶⁸⁾，携汉滨之游女⁽⁶⁹⁾。叹匏瓜之无匹兮⁽⁷⁰⁾，咏牵牛之独处。扬轻袿之猗靡兮⁽⁷¹⁾，翳修袖以延伫⁽⁷²⁾。体迅飞凫，飘忽若神。凌波微步，罗袜生尘。动无常则，若危若安。进止难期，若往若还。转眄流精，光润玉颜。含辞未吐，气若幽兰。华容婀娜，令我忘餐。

于是屏翳收风⁽⁷³⁾，川后静波。冯夷鸣鼓⁽⁷⁴⁾，女娲清歌⁽⁷⁵⁾。腾文鱼以警乘⁽⁷⁶⁾，鸣玉鸾以偕逝⁽⁷⁷⁾。六龙俨其齐首⁽⁷⁸⁾，载云车之容裔⁽⁷⁹⁾。鲸鲵踊而夹毂⁽⁸⁰⁾，水禽翔而为卫。于是越北沚，过南冈，纡素领⁽⁸¹⁾，回清扬⁽⁸²⁾，动朱唇以徐言，陈交接之大纲。恨人神之道殊兮，怨盛年之莫当⁽⁸³⁾。抗罗袂以掩涕兮⁽⁸⁴⁾，泪流襟之浪浪。悼良会之永绝兮，哀一逝而异乡。无微情以效爱兮，献江南之明珰。虽潜处于太阴⁽⁸⁵⁾，长寄心于君王。忽不悟其所舍⁽⁸⁶⁾，怅神宵而蔽光⁽⁸⁷⁾。

于是背下陵高⁽⁸⁸⁾，足往神留。遗情想像，顾望怀愁。冀灵体之复形⁽⁸⁹⁾，御轻舟而上溯。浮长川而忘反，思绵绵而增慕。夜耿耿而不寐⁽⁹⁰⁾，沾繁霜而至曙。命仆夫而就驾，吾将归乎东路。揽騑辔以抗策⁽⁹¹⁾，怅盘桓而不能去。

（据《四部丛刊》影印明活字本《曹子建集》卷三）

【注释】

(1) 黄初：魏文帝曹丕年号（公元220—226年）。

(2) 京师：京城，指魏都洛阳。朝京师：指到京都洛阳朝见魏文帝。

(3) 济：渡。洛川：指洛水，源出陕西，流经今河南省。

(4) 斯水：指洛川。

(5) 宓妃：中国远古时代神话传说中的女神。相传为古帝伏羲氏之女，溺死于洛水之滨为神。

(6) "感宋玉"句：宋玉有《高唐》《神女》二赋，均记载与楚襄王对答梦遇巫山神女之事。

(7) 东藩：指洛阳东北的曹植封地鄄城。《魏志》曹植本传载："（黄初）三年，立为鄄城王。"鄄城（今山东鄄城）在洛阳东北，故称东藩。

（8）伊阙：山名，又名阙塞山、龙门山。

（9）镮（huán）辕：山名，在今河南偃师县东南。《元和郡县志》载："道路险阻，凡十二曲，将去复还，故曰镮辕。"

（10）通谷：山谷名。华延《洛阳记》载："城南五十里有大谷，旧名通谷。"

（11）陵：登。景山：山名，今河南偃师县南。

（12）殆：通"怠"，懈怠。烦：疲乏。

（13）尔乃：犹言"于是就"。税驾：犹言停车。税：舍。蘅皋：生长杜蘅（香草）的河岸。

（14）秣驷：喂马。驷：一车四马，此泛指驾车之马。芝田：种芝草的田。一说为地名。

（15）容与：从容悠闲貌。阳林：地名。一作"杨林"，因多生杨树而名。

（16）流眄：目光流转顾盼。眄，一作"盼"。

（17）精移神骇：谓神情恍惚。骇：散。

（18）忽焉：急速貌。

（19）以：而。殊观：所见殊异。

（20）援：以手牵引。

（21）觌（dí）：看见。

（22）无乃：犹言莫非。

（23）翩：鸟疾飞貌，此引申为洛神飘忽摇曳之貌。惊鸿：惊飞的鸿雁。

（24）"婉若"句：形容洛神体态轻盈婉转。本为宋玉《神女赋》："婉若游龙乘云翔。"婉，蜿蜒曲折。

（25）"荣曜"两句：形容洛神容光焕发，肌体丰盈。荣，丰盛。华，华美。

（26）飘飖：动荡不定。

（27）灼：鲜明灿烂。渌（lù）：水清貌。

（28）秾：花木繁盛。这里指人体丰腴。纤：细小。这里指人体苗条。

（29）修：长。度：标准。

（30）延、秀：均指长。项：后颈。

（31）皓：洁白。

（32）铅华：粉。古代烧铅成粉，故称铅华。弗御：不施。

（33）连娟：又作"联娟"，微曲貌。

（34）眸：目瞳子。睐：顾盼。

（35）辅靥（yè）：酒窝。权：颧骨。

（36）瑰：奇妙。

（37）绰：宽缓。

（38）奇服：奇丽的服饰。屈原《九章·涉江》载："余幼好此奇服兮，年既老而不衰。"旷世：犹言举世无双。

（39）骨像：骨格形貌。应图：相当于图画中人。

（40）珥：珠玉耳饰。此用作动词，作佩戴解。华琚：刻有花纹的佩玉。

（41）践：踏，这里是穿、著之意。远游：鞋名。繁钦《定情诗》："何以消滞忧，足下双远游。"文履：饰有花纹的鞋。

（42）曳：拖。雾绡：轻薄如雾的轻纱。绡：生丝。裾：裙边。

（43）纵体：轻举貌。

（44）采旄：彩色的旗。旄，旗杆上旄牛尾做的饰物，这里指旗。

（45）桂旗：以桂木为竿之旗。

（46）攘：此指挽起衣袖。神浒：为神所游之水边地。浒：水边泽畔。

（47）湍濑：石上急流。玄芝：黑芝草。

（48）微波：一说指目光，亦通。

（49）诚素：真诚的情意。素，通"愫"，真情。

（50）要（yāo）：通"邀"，约请。

（51）信脩：确实美好。

（52）羌：发语词。习礼：懂得礼法，指有教养文化。

（53）琼琚：美玉。和：应答。

（54）潜渊：深渊，指洛神所居之地。

（55）眷眷：通"睠睠"，依恋貌。款实：诚实。

（56）斯灵：此神，指宓妃。我欺：即欺我。

（57）交甫：郑交甫。《神仙传》："切仙一出，游于江滨，逢郑交甫。交甫不知何人也，目而挑之，女遂解佩与之。交甫行数步，空怀无佩，女亦不见。"弃言：背弃信言。

（58）狐疑：心中疑虑不定。

（59）申：施展。礼防：礼法约束。自持：自我约束。

（60）徙倚：犹低回。

（61）乍阴乍阳：忽暗忽明。此承上句，离则阴，合则阳。

（62）竦（sǒng）：耸。鹤立：形容身躯轻盈飘举，似鹤之立。

（63）椒途：涂有椒泥的道路。

（64）蘅薄：杜蘅丛生地。

（65）杂沓：众多貌。

（66）命俦啸侣：犹呼朋唤友。俦：伙伴、同类。

（67）渚：水中高地。

（68）南湘之二妃：指娥皇和女英。据刘向《列女传》载，尧以长女娥皇和次女女英嫁舜，后舜南巡，死于苍梧。二妃往寻，死江湘间，为湘水之神。

（69）游女：汉水之神。

（70）瓠瓜：星名，一名天鸡，在河鼓星东，不与其他星连接。无匹：无偶。阮瑀《止欲赋》："伤匏瓜之无偶，悲织女之独勤。"

（71）袿：妇女的上衣。猗靡：随风飘动的样子。

（72）翳：遮蔽。延伫：伫立。

（73）屏翳：传说中的众神之一，司职说法不一，曹植认为是风神，其《诘洛文》云"河伯典泽，屏翳司风"。

（74）冯夷：河伯名。《楚辞》洪兴祖补注引《抱朴子·释鬼》："冯夷以八月上庚日渡河溺死，天帝署为河伯。"

（75）女娲：传说中的女神，相传曾炼石补天。

（76）文鱼：一种能飞的鱼。《文选》李善注："警，戒也。文鱼有翅能飞，故使警乘。"

（77）玉銮：鸾鸟形玉制车铃，动则发声。偕逝：俱往。

（78）六龙：相传神出游多驾六龙。俨：矜持庄重貌。齐首：谓齐头并进。

（79）云车：相传神以云为车。容裔：舒缓安详貌。

（80）鲸鲵（ní）：水栖哺乳动物，雄曰鲸，雌曰鲵。毂（gǔ）：车轮中贯轴的圆木。这里指车。

（81）纡：回。素领：白皙的颈项。

（82）清扬：形容女性清秀的眉目。扬，一作"阳"。

（83）莫当：无偶。《汉书·司马相如传》颜师古注："当，对偶也。"

（84）抗：举。袂：袖。曹植《叙愁赋》："扬罗袖而掩涕"，与此句同意。

（85）太阴：众神居所，与上文"潜渊"义近。

（86）不悟：不知。舍：止。

（87）宵：通"消"，消失。一作"霄"。蔽光：隐去光彩。

（88）背下：离开低地。陵高：登上高处。

（89）灵体：指洛神。

（90）耿耿：心绪不安貌。

（91）骓（fēi）：车旁之马。古代驾车称辕外之马为骓或骖，此处泛指驾车之马。辔：马缰绳。抗策：犹举马鞭。

【简析】

　　曹植在诗歌和辞赋创作方面皆有杰出成就，其赋继承两汉抒情小赋的传统，又吸收楚辞的浪漫主义特色，为辞赋的发展开辟了新的道路。曹植创作此赋时，曹丕已登基，其在入朝京师归途中，途经洛水，有感而发。作者以浪漫主义的手法，通过若隐若现的梦幻境界，塑造了一个有着旷世之美、清丽脱俗、袅袅灵动的洛神形象，并虚构了自己与洛神的邂逅、相遇及彼此间的思慕之情。作者极尽所能，淡描浓绘，以紧凑的结构，细腻的笔法，丰富的想象，从各个侧面描写洛神的风姿神韵，在传递出洛神沉鱼之貌、落雁之容的同时，又突出其"清水出芙蓉，天然去雕饰"的清新高洁。该赋的想象并不离奇，而是有感于宋玉的《神女赋》《高唐赋》所作。作者叙写人神之恋，但终因"人神殊道"无从结合而惆怅分离，因此赋中充溢着他对美好境界的向往之情以及意愿难伸的失落之感，再现的是曹植现实生活与理想的矛盾冲突。《洛神赋》在文学史上影响深远，人们常把它与屈原的《九歌》和宋玉的《神女赋》相提并论。事实上，曹植兼二者而有之，它既有《九歌》中浓厚的抒情韵味，又有宋玉赋对女性美的精妙描摹。而且该赋语言整饬、文采绚丽，有种浩而不烦、美而不惊之感，堪称古代辞赋中描写女性最出色的作品。除此之外，在情节和形式等方面的突出表现，也为前代作品所不及。这便是曹植《洛神赋》经久不衰的艺术魅力。

陶渊明赋（一篇）

作者简介见诗歌部分。

归去来兮辞（并序）

　　余家贫，耕植不足以自给。幼稚盈室（1），瓶无储粟，生生所资（2），未见其术。亲故多劝余为长吏（3），脱然有怀（4），求之靡途（5）。会有四方之事（6），诸侯以惠爱为德（7），家叔以余贫苦⁽⁸⁾，遂见用于小邑。于时风波未静，心惮远役，彭泽去家百里，公田之利，足以为酒，故便求之。及少日，眷然有归欤之情。何则？质性自然，非矫厉所得⁽⁹⁾。饥冻虽切，违己交病⁽¹⁰⁾。尝从人事⁽¹¹⁾，皆口腹自役。于是怅然慷慨，深愧平生之志。犹望一稔⁽¹²⁾，当敛裳宵逝⁽¹³⁾。寻程氏妹丧于武昌⁽¹⁴⁾，情在骏奔，自免去职。仲秋至冬，在官八十余日。因事顺心，命篇曰《归去来兮》。乙巳岁十一月也⁽¹⁵⁾。

归去来兮⁽¹⁶⁾，田园将芜胡不归！既自以心为形役⁽¹⁷⁾，奚惆怅而独悲⁽¹⁸⁾？悟已往之不谏，知来者之可追。实迷途其未远，觉今是而昨非。舟遥遥以轻飏，风飘飘而吹衣。问征夫以前路⁽¹⁹⁾，恨晨光之熹微⁽²⁰⁾。

乃瞻衡宇⁽²¹⁾，载欣载奔。僮仆欢迎，稚子候门。三径就荒⁽²²⁾，松菊犹存。携幼入室，有酒盈樽。引壶觞以自酌，眄庭柯以怡颜⁽²³⁾。倚南窗以寄傲⁽²⁴⁾，审容膝之易安⁽²⁵⁾。园日涉以成趣，门虽设而常关。策扶老以流憩，时矫首而遐观。云无心以出岫⁽²⁶⁾，鸟倦飞而知还。景翳翳以将入⁽²⁷⁾，抚孤松而盘桓。归去来兮，请息交以绝游。世与我而相违，复驾言兮焉求⁽²⁸⁾！悦亲戚之情话，乐琴书以消忧。农人告余以春及，将有事于西畴⁽²⁹⁾。或命巾车⁽³⁰⁾，或棹孤舟⁽³¹⁾。既窈窕以寻壑，亦崎岖而经丘。木欣欣以向荣，泉涓涓而始流。善万物之得时，感吾生之行休⁽³²⁾。

已矣乎，寓形宇内复几时！曷不委心任去留⁽³³⁾，胡为乎遑遑欲何之？富贵非吾愿，帝乡不可期⁽³⁴⁾。怀良辰以孤往，或植杖而耘耔。登东皋以舒啸⁽³⁵⁾，临清流而赋诗。聊乘化以归尽⁽³⁶⁾，乐乎天命复奚疑！

（据《四部丛刊》影印宋刻本《笺注陶渊明集》卷五）

【注释】

（1）盈：满。

（2）瓶：本意为汲水的器具，这里指盛米用的瓦、瓮等陶制容器。生生：犹言维持生计。前者为动词，后者为名词。

（3）长吏：指县衙中的丞、尉。

（4）脱然：豁然。怀：念头，想法。

（5）靡途：没有门路。

（6）会有：恰逢。四方之事：意为出使之事。

（7）诸侯：州郡长官。这里指建威将军。

（8）家叔：陶渊明的叔父陶夔，时任太常卿。以：因为。

（9）矫厉：此处指造作勉强。

（10）交病：指思想上遭受痛苦。

（11）从人事：从事于仕途中的人事交往。这里指做官。

（12）稔（rěn）：谷物成熟。

（13）敛裳：收拾行装。逝：离去。

（14）程氏妹：指嫁给程家的妹妹。

（15）乙巳岁：晋安帝义熙元年（405）为乙巳。

（16）来：助词，无义。兮：语气词。

（17）心为形役：让心为形体所役使。意为本意不愿出仕，但为口腹之故，不得不出仕。

（18）奚：何，为什么。惆怅：感伤、失意貌。

（19）征夫：行人。

（20）熹微："熹"通"熙"，光明之意。

（21）衡宇：衡，通"横"。宇：屋檐，这里指隐者贫贱居所。《诗·陈风·衡门》"衡门之下，可以栖迟。"

（22）三径：指院中小路。汉蒋诩隐居后在舍前开了三条小路，只与少数友人来往。内容见《文选·秦答内兄希叔》李善注引《三辅决录》。

（23）眄：斜视。这里指随意看看。

（24）寄傲：指寄托傲然自得的心情。

（25）审：觉察。容膝：形容居室之小，只能容下双膝。

（26）岫：山洞，此处泛指山峰。

（27）景（yǐng）：日光。翳翳：阴暗貌。

（28）驾言：驾车出行与世俗之人交游。言：语气助词。

（29）畴：田地。

（30）巾车：有车帷的车子。

（31）棹：本义船桨。此处做动词，意为划桨。

（32）行休：即将结束，死亡。

（33）委心：随心所欲。去留：指仕隐。一说指生死。

（34）帝乡：仙乡。

（35）皋：水边的高地。

（36）聊：姑且。

【简析】

　　《归去来兮辞》作于晋安帝义熙元年（405），是陶渊明诀别官场与旧我的宣言书，亦是中国文学史上表现归隐意识的创作高峰。全文分"序"和"辞"两部分，"序"略述自己因家贫出仕和辞官归隐的原因。"辞"抒写了陶渊明归田的决心、归田时的愉快心情以及归田后的乐趣。作者一方面通过描写具体的景物和活动，创造出一种安乐闲适的意境，这一本真之乐寄托了陶渊明向往田园的生活理想，反映了他蔑视功名的高尚情趣。另一方面，也流露出诗人"乐天知命"的消极思想。本文一反汉赋铺张扬厉之语，文辞省净，匠心独运，是一篇文情并茂的佳作。其作为陶渊明的辞赋名篇，影响颇大。尤其到两宋时代被人们再认识。欧阳修言："两晋无文章，惟陶渊明《归去来兮辞》一篇而已。"李格非言："陶渊明《归去来兮辞》，沛然如肺腑中流出，殊不见有斧凿痕。"（李公焕《笺注陶渊明集》卷五）显然宋人这些评论是合乎实际的。可以说无论陶诗还是辞赋，表现的都是一种时代现象。归隐田园的并非他一人，但他的归隐却成就了一代文学，使其在中国文学史上熠熠生辉，光耀千古。

三 散文

陶渊明文（一篇）

作者简介见诗歌部分。

桃花源记⁽¹⁾

晋太元中⁽²⁾，武陵人捕鱼为业⁽³⁾。缘溪行，忘路之远近。忽逢桃花林，夹岸数百步，中无杂树，芳草鲜美，落英缤纷，渔人甚异之⁽⁴⁾。复前行，欲穷其林。

林尽水源⁽⁵⁾，便得一山，山有小口，仿佛若有光。便舍船从口入，初极狭，才通人。复行数十步，豁然开朗。土地平旷，屋舍俨然，有良田、美池、桑竹之属。阡陌交通⁽⁶⁾，鸡犬相闻。其中往来种作，男女衣着，悉如外人。黄发垂髫，并怡然自乐。

见渔人乃大惊，问所从来。具答之。便要还家⁽⁷⁾，设酒杀鸡作食。村中闻有此人，咸来问讯。自云先世避秦时乱，率妻子邑人，来此绝境，不复出焉，遂与外人间隔。问今是何世，乃不知有汉，无论魏晋。此人一一为具言所闻，皆叹惋。余人各复延至其家，皆出酒食。停数日，辞去。此中人语云：“不足为外人道也。”

既出，得其船，便扶向路，处处志之⁽⁸⁾。及郡下，诣太守说如此。太守即遣人随其往，寻向所志，遂迷不复得路。

南阳刘子骥⁽⁹⁾，高尚士也⁽¹⁰⁾，闻之，欣然规往⁽¹¹⁾，未果⁽¹²⁾，寻病终⁽¹³⁾，后遂无问津者⁽¹⁴⁾。

（据《四部丛刊》影印宋刻本《笺注陶渊明集》卷五）

【注释】

（1）本文原是《桃花源诗》前面的小记，写于作者晚年。

（2）太元：东晋孝武帝司马曜的年号（376—396）。

（3）武陵：古代郡名，现在湖南常德一带。为业，把……作为职业，以……为生。

（4）异：意动用法，“以……为异”，对……感到惊异、诧异。

（5）林尽水源：林尽于水源，意思是桃林在溪水发源的地方就到头了。尽，消失。

（6）阡陌交通：田间小路交错相通。阡陌，田间小路，南北走向的叫阡，东西走向的叫陌。交通，交错相通互相通达。

（7）要：通“邀”，邀请。

（8）处处志之：处处都做了标记。志，名词作动词，做标记。

（9）南阳：郡名，治所在今河南省南阳市。刘子骥：名骥之，晋代隐士，好游山水。

（10）高尚士：志趣高尚的人。

（11）规往：计划往桃花源。
（12）未果：没能找到。
（13）寻：不久。
（14）问津：问路，探访桃花源。津，渡口。

【简析】

　　《桃花源记》原是《桃花源诗》的序言，也是东晋文人陶渊明的代表作。年轻时的陶渊明本有着"大济苍生"之志，然"上品无寒门，下品无士族"的门阀制度，最终导致其壮志难酬并最终选择归隐田园。他无法改变现状，只能借助创作来抒发情怀。《桃花源记》就是在这样的背景下创作的。文中以武陵渔人行踪为线索，既按空间顺序又按时间顺序来安排材料。空间顺序，即由桃花源外写到内，又从桃花源的内写到外；时间顺序，即由发现桃花源，写到访问桃花源，写到离开桃花源，写到再寻桃花源，内容一环套一环，环环紧扣，变幻奇妙，又让人觉得入情入理。同时运用虚实结合的手法把现实和理想境界联系起来，通过对桃花源的安宁平和、民风淳朴的描绘，塑造了一个与污浊黑暗社会相对立的桃源世界，寄托了作者的政治理想与美好情趣，表现了作者对美好生活的憧憬和对当时现实生活的不满。文中所有的叙述和描写，尽管运用的是文言，却晓畅易读，虽不是诗作，但也表现出了一个诗人明朗清新、朴实自然的文笔。

吴均文（一篇）

　　吴均（469—520），字叔庠，南朝梁文学家，吴兴故鄣（今浙江安吉）人。好学有才俊，其诗文工于写景，常描写山水景物，称为"吴均体"。

与宋元思书

　　风烟俱净，天山共色，从流飘荡，任意东西。自富阳至桐庐(1)，一百许里，奇山异水，天下独绝。水皆缥碧(2)，千丈见底；游鱼细石，直视无碍。急湍甚箭(3)，猛浪若奔(4)。夹嶂高山，皆生寒树，负势竞上(5)，互相轩邈(6)，争高直指，千百成峰。泉水激石，泠泠作响(7)；好鸟相鸣，嘤嘤成韵(8)。蝉则千转不穷(9)，猿则百叫无绝。鸢飞戾天者(10)，望峰息心；经纶世务者(11)，窥谷忘反。横柯上蔽(12)，在昼犹昏；疏条交映，有时见日。

（据明刻《汉魏六朝百三名家集》本《吴朝清集》）

【注释】

（1）富阳：今浙江富阳县。桐庐：今浙江桐庐县，两县相隔百余里，均在富春江边。
（2）缥（piǎo）：淡青色。
（3）甚箭：比箭还快。
（4）奔：跑。
（5）负势：凭借山势。
（6）"互相"句：形容山树都高耸直上，好像彼此比试谁更高一样。轩邈（miǎo）：即互相比高比远。轩,高。邈,远。

(7) 泠(líng)泠:水声。

(8) 嘤嘤:鸟鸣声。

(9) 转:通"啭"。原指鸟婉转地啼鸣,此指蝉鸣。

(10) 鸢(yuān)飞唳(lì)天者:语出《诗经·大雅·旱麓》:"鸢飞唳天,鱼跃于渊。"鸢,鹞鹰。唳,通"戾",至。此喻在仕途上飞黄腾达追求功名的人。

(11) 经纶世务者:指从政做官的人。经纶,经营。反:通"返"。

(12) 柯:树枝。

【简析】

魏晋南北朝时,政治黑暗,社会动乱。因而不少文人寄情山水来排解心中的苦闷。吴均也因动乱而生发热爱山水风光之情,《与宋元思书》是吴均融合其情后写给他的朋友宋元思的一封书信。本篇以书信短札的形式,描写了富阳至桐庐一百里秀丽的山水景物。文体骈散相间,笔致清新隽永,历历如绘,是六朝山水小品文的佳作。作者观察细腻,描写精微,善于抓住自然景物的特点,选取精彩画面,绘就出一幅形、声、色、势俱佳的山水画。难能可贵的是作者在文中还提出了一个观点:自然山水对人的灵魂有净化和洗涤作用,"鸢飞唳天者,望峰息心;经纶世务者,窥谷忘反"。正如清代许梿在《六朝文絜笺注》中评价本篇为:"扫除浮艳,淡然五尘。"

陶弘景文(一篇)

陶弘景(456—536),字通明,号华阳居士,南朝丹阳秣陵(今江苏南京)人。卒谥贞白先生。有《陶隐居集》。

答谢中书书⁽¹⁾

山川之美,古来共谈。高峰入云,清流见底。两岸石壁,五色交辉。青林翠竹,四时俱备。晓雾将歇⁽²⁾,猿鸟乱鸣;夕日欲颓⁽³⁾,沉鳞竞跃⁽⁴⁾。实是欲界之仙都⁽⁵⁾。自康乐以来⁽⁶⁾,未复有能与其奇者⁽⁷⁾。

(据明刻《汉魏六朝百三名家集》本《陶隐居集》)

【注释】

(1) 谢中书:谢微(或作徵),字玄度,曾为中书鸿胪。

(2) 歇:消失。

(3) 颓:坠。

(4) 沉鳞:指鱼。

(5) 欲界:指人间。佛教有三界之说,欲界为其中之一,指有七情六欲的众生所居之处。

(6) 康乐:谢灵运,他袭封康乐公,肆意畅游。

(7) 与:参与,这里是有机会欣赏的意思。

【简析】

　　南北朝是中国历史上最黑暗的时期之一,因为各种矛盾非常尖锐,政局极度动荡,因此不少文人往往遁迹山林,企图从自然美中去寻求精神上的慰藉和解脱,因而他们常在书信中描述山水,来表明自己之所好,并从而作为对友人的问候和安慰,《答谢中书书》就是陶弘景写给朋友谢中书的一封书信。文章以感慨发端:"山川之美,古来共谈",有高雅情怀的人才可能品味山川之美,将内心的感受与友人交流,是人生一大乐事。全文结构巧妙,语言精奇,文中仅用了六十八个字,就概括了古今,包罗了四时,兼顾了晨昏、山川草木、飞禽走兽,抒情议论,各类皆备,作者以清峻的笔触具体描绘了秀美的山川景色,表达了作者沉醉山水的愉悦之情和与古今知音共赏美景的得意之感。

刘勰文(一篇)

　　刘勰(约465—520),字彦和,南朝京口(今镇江)人,文学理论家、文学批评家。代表作《文心雕龙》。

文心雕龙·情采

　　圣贤书辞,总称文章[1],非采何为?夫水性虚而沦漪结[2],木体实而花萼振,文附质也[3]。虎豹无文,则鞟同犬羊[4];犀兕有皮[5],而色资丹漆[6],质待文也。若乃综述性灵[7],敷写器象,镂心鸟迹之中[8],织辞鱼网之上[9],其为彪炳,缛采名矣。故立文之道[10],其理有三:一曰形文,五色是也;二曰声文,五音是也;三曰情文,五性是也。五色杂而成黼黻,五音比而成韶夏[11],五性发而为辞章,神理之数也。

　　《孝经》垂典,丧言不文[12];故知君子常言未尝质也[13]。老子疾伪,故称"美言不信";而五千精妙,则非弃美矣。庄周云"辩雕万物",谓藻饰也。韩非云"艳乎辩说",谓绮丽也。绮丽以艳说,藻饰以辩雕,文辞之变,于斯极矣。研味《孝》、老,则知文质附乎性情[14];详览庄、韩,则见华实过乎淫侈。若择源于泾渭之流,按辔于邪正之路,亦可以驭文采矣。夫铅黛所以饰容,而盼倩生于淑姿;文采所以饰言,而辩丽本于情性。故情者文之经,辞者理之纬;经正而后纬成,理定而后辞畅:此立文之本源也。

　　昔诗人什篇,为情而造文;辞人赋颂[15],为文而造情。何以明其然?盖风雅之兴,志思蓄愤[16],而吟咏情性,以讽其上,此为情而造文也;诸子之徒[17],心非郁陶,苟驰夸饰[18],鬻声钓世[19],此为文而造情也。故为情者要约而写真,为文者淫丽而烦滥[20]。而后之作者,采滥忽真,远弃风雅,近师辞赋,故体情之制日疏,逐文之篇愈盛。故有志深轩冕[21],而泛咏皋壤;心缠几务,而虚述人外。真宰弗存,翩其反矣。夫桃李不言而成蹊,有实存也;男子树兰而不芳,无其情也。夫以草木之微,依情待实;况乎文章,述志为本。言与志反,文岂足征[22]?

　　是以联辞结采,将欲明理,采滥辞诡,则心理愈翳[23]。固知翠纶桂饵,反所以失鱼。言隐荣华[24],殆谓此也。是以衣锦褧衣[25],恶文太章[26];《贲》象穷白[27],贵乎反本。夫能设模以位理[28],拟地以置心,心定而后结音,理正而后摛藻[29],使文不灭质[30],博不溺心,正采耀乎朱蓝[31],间色屏于红紫,乃可谓雕琢其章,彬彬君子矣。

赞曰:言以文远,诚哉斯验。心术既形⁽³²⁾,英华乃赡。吴锦好渝⁽³³⁾,舜英徒艳⁽³⁴⁾。繁采寡情,味之必厌。

(据范文澜《文心雕龙注》卷七,人民文学出版社 1958 年版)

【注释】

(1) 文章:绘画与刺绣上交错的彩色,即纹彩。这里的文章指文彩显明,不是文章作品的意思。

(2) 性:性质,特征。沦漪:即涟漪,水的波纹。结:产生。

(3) 文:文采。附:依附。质:质地。这三句是说,水波有待于水性,花萼全靠树林,可见文采依附着质地。

(4) 鞟(kuò):革,去毛的皮。

(5) 犀兕(sì):犀,雄犀牛。兕,雌犀牛。犀、兕的皮都很坚韧,古代用来做盔甲。

(6) 资:靠。丹:红色。古代用犀兕皮做的盔甲用丹漆等漆上色彩。这二句是说犀牛皮坚韧可以制成兵甲,但需要涂上丹漆彩绘有色彩之美。

(7) 若乃:至于。综述:总述,指抒写。性灵:心性和精神,指人的思想感情。

(8) 镂心:精细雕刻推敲。镂,雕刻。鸟迹:文字。

(9) 织辞:组织文字,指写作。鱼网:纸。《后汉书·蔡伦传》说蔡伦用渔网、树皮、麻头造纸,故这里用渔网代纸。

(10) 文:指广义的文,即《文心雕龙·原道》中"文之为德"的"文",包括颜色、声音、情理,即形文、声文、情文。立文:指写作。

(11) 五音:宫、商、角、徵、羽。用于写作则为语言文辞的声律。比:并列,调和。韶夏:古代的音乐。韶,舜时的音乐。夏,禹时的音乐。这里泛指美好的音乐。

(12) 文:华丽。

(13) 质:质朴。

(14) 性情:性气,情志。

(15) 辞人:指辞赋家。

(16) 志:记。

(17) 诸子:指辞赋家。

(18) 苟:勉强。

(19) 钓:取。

(20) 淫:过分。

(21) 轩冕:坐车和戴礼帽,大官的排场。轩:官员的车,有屏帷。冕:官帽、礼帽。

(22) 征:证验。

(23) 心理:指内心感情。翳:障蔽。

(24) 言隐荣华:见《庄子·齐物论》。隐,隐蔽。荣华,草本植物的花叫荣,木本植物的花叫华,这里用来指文采。

(25) 衣锦褧(jiǒng) 衣:《诗经·卫风·硕人》:"硕人其颀,衣锦褧衣。"硕人,高大白胖的人。颀,修长的样子。褧衣,麻布衣。《硕人》诗中原意是妇女出嫁穿上麻布罩衫遮灰尘,以保护锦衣。

(26) 恶文太章:恶,厌恶;章,同"彰",明。这是刘勰对"衣锦褧衣"的解释,用来说明他的主张,已使诗的原意改变了。

(27)《贲》象穷白:《周易·贲卦》中的"贲"是文饰的意思,可是它的象却归于白色。穷,探究
到底。白,指本色,因为丝的本色是白的。

(28)"夫能"二句:设模、拟地是说树立正确的标准,把它放在恰当的位置上;理和心指思想
感情。

(29)摛:铺陈。

(30)文:文采。质:内容。

(31)正采:正色。古代以青、赤、黄、白、黑为正色。朱:大红,属赤色。蓝:属青色。正色代表
雅正的好的文采。

(32)心术既形:内心的情感已经通过文辞显露出来,即写出了情思,这就构成了文采。

(33)渝:变色。

(34)舜英:木槿花,朝开暮谢,有花无实,不长久。

【简析】

　　《情采》选自刘勰《文心雕龙》,为《文心雕龙》的第三十一篇,是针对当时"体情之制日疏,
逐文之篇愈盛"的创作风气而写的,主要论述的是文学艺术的内容和形式的关系。全篇分为
三个部分,第一部分论述内容和形式的相互关系,二者实际上是一个相互依存的统一体。刘勰
认为文和采是由情和质决定的,文采只能起修饰的作用。第二部分从文情关系的角度总结了
两种不同的文学创作道路:一种是《诗经》以来"为情而造文"的优良传统,一种是后世"为文而
造情"的不良倾向。刘勰在重点批判了后世重文轻质的倾向之后,进一步提出了"述志为本"
的文学主张。第三部分讲"采滥辞诡"的危害,提出正确的文学创作道路,是首先确立内容,然
后造文施采,使内容与形式密切配合,而写成文质兼备的理想作品。《情采》是《文心雕龙》中
重要的一篇,在继承基础上超越了前人的成果,成就了自己犀利而独到的见解。

四 小说

搜神记（三篇）

　　《搜神记》的作者是干宝,干宝(283—351),字令升,新蔡(今河南省新蔡)人,东晋文学家、
史学家。

三王墓

　　楚干将、莫邪为楚王作剑[1],三年乃成。王怒,欲杀之。剑有雌雄。其妻重身当产[2],夫
语妻曰:"吾为王作剑,三年乃成。王怒,往必杀我。汝若生子是男,大,告之曰:'出户望南山,

松生石上,剑在其背。'"于是即将雌剑往见楚王⁽³⁾。王怒,使相之⁽⁴⁾:"剑有二,一雄一雌,雌来雄不来。"王怒,即杀之。

莫邪子名赤,比后壮⁽⁵⁾,乃问其母曰:"吾父所在?"母曰:"汝父为楚王作剑,三年乃成。王怒,杀之。去时嘱我:'语汝子:出户望南山,松生石上,剑在其背。'"于是子出户南望,不见有山,但睹堂前松柱下,石低之上⁽⁶⁾,即以斧破其背,得剑。日夜思欲报楚王⁽⁷⁾。

王梦见一儿,眉间广尺⁽⁸⁾,言:"欲报仇。"王即购之千金⁽⁹⁾。儿闻之,亡去⁽¹⁰⁾。入山行歌⁽¹¹⁾。客有逢者,谓:"子年少。何哭之甚悲耶?"曰:"吾干将、莫邪子也,楚王杀吾父,吾欲报之!"客曰:"闻王购子头千金,将子头与剑来,为子报之。"儿曰:"幸甚!"⁽¹²⁾即自刎⁽¹³⁾,两手捧头及剑奉之,立僵⁽¹⁴⁾。客曰:"不负子也。"于是尸乃仆⁽¹⁵⁾。

客持头往见楚王,王大喜。客曰:"此乃勇士头也。当于汤镬煮之⁽¹⁶⁾。"王如其言。煮头三日三夕,不烂。头踔出汤中⁽¹⁷⁾,瞋目大怒⁽¹⁸⁾。客曰:"此儿头不烂,愿王自往临视之⁽¹⁹⁾,是必烂也。"王即临之。客以剑拟王⁽²⁰⁾,王头随堕汤中,客亦自拟己头,头复堕汤中。三首俱烂,不可识别。乃分其汤肉葬之。故通名"三王墓"。今在汝南北宜春县界⁽²¹⁾。

(据汪绍楹校注本《搜神记》卷十一,中华书局1979年版)

【注释】

(1) 干将、莫邪:古代著名的铸剑师,姓干将,名莫邪。一说干将、莫邪是夫妻两人:干将是夫,莫邪是妻。

(2) 重身:有身孕,因怀孕是身中身,故名重身。当产:临产,将要生产。

(3) 将:带。往:去。

(4) 相:察看。

(5) 比后壮:等到后来长大了。比,等到。

(6) 石低:"低"疑应作"砥"。石砥,柱下基石。

(7) 报楚王:为父寻楚王报仇。

(8) 眉间广尺:两眉相间宽达一尺。广,宽。

(9) 购之千金:悬赏千金捉拿他。购,悬赏。

(10) 亡去:逃离。

(11) 行歌:且走且唱。

(12) 幸甚:太好了。

(13) 刎:割,谓以剑割头。

(14) 立僵:谓尸体僵硬,直立不倒。

(15) 仆:向前倒下。

(16) 镬(huò):形似鼎而无足,秦汉时用作烹人刑具。

(17) 踔(chuō):跳跃。

(18) 瞋目:疑应作"瞋目",睁大眼睛瞪人。

(19) 临视:近看。

(20) 拟:以刀箭对准人作砍杀状。此处有砍、割之意。

(21) 汝南,汉郡名,治所在上蔡(今河南省上蔡西南)。北宜春县,在今河南省汝南西南,西汉时名宜春,东汉时改名北宜春。

【简析】

　　本篇写的是楚国巧匠干将、莫邪为楚王铸剑,剑成反而被杀,其子赤长大后为报父仇主动献头,客为代其复仇而后自刎的悲壮故事。三王墓的故事在《烈士传》《吴越春秋》《越绝书》《博物志》《列异传》《楚王铸剑记》等中均有记载,文字稍有出入,以《搜神记》记载最为详细,文辞最为优美。《三王墓》篇幅短小,只有五百多字,却包含了开端、发展、高潮、结局,故事前后照应,完整统一。同时想象奇幻,极富浪漫主义色彩,如写干将、莫邪之子以双手持头与剑交与"客",写他的头在镬中跃出,犹"踬目大怒",更激射出震撼人心的力量。《三王墓》以悲壮的美得到了鲁迅先生的偏好,被改编为《故事新编·眉间尺》。

韩凭妻

　　宋康王舍人韩凭[(1)],娶妻何氏,美,康王夺之。凭怒,王囚之,论为城旦[(2)]。妻密遗凭书,缪其辞曰[(3)]:"其雨淫淫[(4)],河大而深,日出当心[(5)]。"既而王得其书,以示左右;左右莫解其意。臣苏贺对曰:"其雨淫淫,言愁且思也;河大水深,不得往来也;日出当心,心有死志也。"俄而凭乃自杀。

　　其妻乃阴腐其衣[(6)]。王与之登台,妻遂自投台[(7)],左右揽之,衣不中手而死[(8)]。遗书于带曰:"王利其生,妾利其死,愿以尸骨,赐凭合葬。"

　　王怒,弗听,使里人埋之[(9)],冢相望也。王曰:"尔夫妇相爱不已,若能使冢合,则吾弗阻也。"宿昔之间[(10)],便有大梓木生于二冢之端[(11)],旬日而大盈抱,屈体相就[(12)],根交于下,枝错于上。又有鸳鸯,雌雄各一,恒栖树上,晨夕不去,交颈悲鸣,声音感人。宋人哀之,遂号其木曰"相思树"。相思之名,起于此也,南人谓此禽即韩凭夫妇之精魂。

　　今睢阳有韩凭城[(13)],其歌谣至今犹存。

　　　　　　　　　　　　　　(据汪绍楹校注本《搜神记》卷十一,中华书局 1979 年版)

【注释】

(1)宋康王:战国时宋国国君,名偃。舍人:官职名,类似门客。

(2)城旦:一种苦刑,受刑者白天防备敌寇,晚上筑城。

(3)缪其辞:故意把话说得曲折隐晦,缪(miù),通"谬"。

(4)淫:久雨不止。

(5)日出当心:太阳照着我的心,意思是向太阳立誓,表示自杀决心。

(6)腐:腐烂。

(7)投台:从台上跳下自杀。

(8)衣不中手:意思是衣服已经腐朽,经不住手拉。

(9)里人:乡人,韩凭同乡之人。

(10)宿昔:犹早晚,比喻时间很短。

(11)梓:落叶乔木。

(12)就:靠近。

(13)睢阳:战国宋地,故城在今河南商丘市。

【简析】

　　本篇是《搜神记》中的名篇。写的是宋康王贪慕韩凭妻的美貌,强夺之,最后二人以死相许。这个悲剧爱情故事一方面揭露了统治者的暴行,另一方面则赞扬了韩凭妻不慕富贵以及夫妻二人坚贞不渝的爱情。作者按照时间顺序进行叙述,鲜明地刻画了宋康王的荒淫、残暴,韩凭妻对于爱情的忠贞、宁死不屈的形象。小说的后半部,以浪漫的手法,对韩凭夫妇二人的爱情进行了强化和升华。故事在双方激烈的冲突中曲折展开,展示出了人物的性格特征。"相思树""韩凭城"和那些"至今犹存"的歌谣,则表现了人们对强暴不屈的抗争精神的赞美,并把抗争者和相爱者的名字,永远留给后人。

宋定伯捉鬼

　　南阳宋定伯⁽¹⁾,年少时,夜行逢鬼。问之,鬼言:"我是鬼"。鬼问:"汝复谁?"定伯诳之⁽²⁾,言:"我亦鬼。"鬼问:"欲至何所?"答曰:"欲至宛市⁽³⁾。"鬼言:"我亦欲至宛市。"遂行。

　　数里,鬼言:"步行太迟⁽⁴⁾,可共递相担⁽⁵⁾,何如?"定伯曰:"大善。"鬼便先担定伯数里。鬼言:"卿太重⁽⁶⁾,将非鬼也?"定伯言:"我新鬼,故身重耳。"定伯因复担鬼,鬼略无重。如是再三。定伯复言:"我新鬼,不知有何所畏忌?"鬼答言:"惟不喜人唾⁽⁷⁾。"于是共行。道遇水,定伯令鬼先渡,听之,了然无声音。定伯自渡,漕漼作声。鬼复言:"何以作声?"定伯曰:"新死,不习渡水故耳,勿怪吾也。"

　　行欲至宛市,定伯便担鬼著肩上,急持之。鬼大呼,声咋咋然,索下,不复听之,径至宛市中。下著地,化为一羊,便卖之。恐其变化,唾之。得钱千五百,乃去。当时石崇有言:"定伯卖鬼,得钱千五。"

　　　　　　　　　　　　（据汪绍楹校注《搜神记》卷十六,中华书局1979年版）

【注释】

（1）南阳:古郡名,今河南省南阳市。
（2）诳:欺骗。
（3）宛市:宛县的市场。市,市场。
（4）迟:缓慢。
（5）递,轮流。这句意思说,彼此轮流背负。
（6）卿,指定伯。魏晋南北朝人朋友间称呼对方常用"卿"字,以视亲昵。
（7）唾:用唾液吐……、向……身上吐唾液,意动用法。

【简析】

　　本篇是《搜神记》中极有代表性的一篇。讲述的是宋定伯不怕鬼,勇于同鬼斗智斗勇,最终用人类的智慧和勇气征服了鬼的故事。通过对人的机智、沉稳和果断的刻画,以及对鬼的狂妄、愚笨和怯懦的描写,揭示出人定胜鬼、邪不胜正的主旨,特别是在人们相信"人鬼乃皆实有""自视固无诚妄之别"的魏晋南北朝,具有积极的现实意义。文中情节构思巧妙,用遇鬼装鬼、骗鬼探鬼、捉鬼卖鬼三个情节把整个故事串联在一起,以对话的方式展开情节,贯穿全篇,简洁而传神,符合人物性格发展的需要。同时作者把宋定伯和鬼的对话描写得栩栩如生,如临其境,颇为有趣。在对话中,宋定伯的灵活、机智、勇敢与鬼的笨拙、窝囊、怯懦形成了鲜明的对比,增强了作品的艺术效果。特别把宋定伯捉鬼的情节写得极为生动:"定伯担鬼著肩上,急执之。鬼大呼,声咋咋然,索下,不复听之,径至宛市中。"鬼的惊呼、凄然求饶的可怜相和定伯坚定果断的神情都跃然纸上,生动逼真。

西京杂记(一篇)

《西京杂记》的作者是葛洪,葛洪(284—364),字稚川,自号抱朴子,汉族,晋丹阳郡句容(今江苏句容)人。东晋道教学者、著名炼丹家、医药学家。著有《肘后方》《抱朴子》等。

画工弃市

元帝后宫既多(1),不得常见,乃使画工图形,案图召幸之(2)。诸宫人皆赂画工,多者十万,少者亦不减五万(3)。独王嫱不肯,遂不得见。匈奴入朝,求美人为阏氏(4)。于是上案图,以昭君行(5)。及去,召见,貌为后宫第一,善应对,举止闲雅(6)。帝悔之,而名籍已定(7)。帝重信于外国,故不复更人。乃穷案其事(8),画工皆弃市(9),籍其家资皆巨万(10)。画工有杜陵毛延寿(11),为人形,丑好老少,必得其真;安陵陈敞(12)、新丰刘白、龚宽,并工为牛马飞鸟众势(13),人形好丑,不逮延寿;下杜阳望亦善画(14),尤善布色(15),樊育亦善布色,同日弃市。京师画工于是差稀(16)。

(据明刻《汉魏丛书》本《西京杂记》)

【注释】
(1)元帝:汉元帝刘奭,公元前48—前33年在位。
(2)案:通"按",意思是按照。幸:宠幸,指的帝王对后妃的宠爱。
(3)不减:不少于。
(4)阏氏(yān zhī):汉时匈奴单于之妻的称号,即匈奴皇后之号。
(5)行:前行,这里指出嫁。
(6)闲雅:亦作"娴雅",从容大方。
(7)名籍:记名入册。
(8)穷案:彻底追查。
(9)弃市:古时在闹市执行死刑,并把尸体暴露街头。
(10)籍:登记,抄查没收。
(11)杜陵:汉宣帝陵墓所在地,又名乐游原。在今陕西省长安县东南。
(12)安陵:汉惠帝陵墓所在地,在今陕西省咸阳市东。新丰,汉县名,在今陕西省临潼县东。
(13)工:擅长。
(14)下杜:城名,陕西省长安县南。
(15)布色:着颜色。
(16)差稀:比较少一些。

【简析】

《西京杂记》是中国古代笔记小说集,其中的"西京"指的是西汉的首都长安。该书写的是西汉的杂史,既有历史也有西汉的许多遗闻轶事。其中有人们喜闻乐道、传为佳话的昭君出塞;卓文君私奔司马相如等许多妙趣横生的故事皆首出此书,成为典故。本文叙述的是美丽正直的王嫱(昭君)因不肯贿赂画工,而未能得到皇帝的宠幸,最后落得远嫁匈奴的不幸遭遇。因此后人很多文学作品以"昭君出塞"为题材,替王昭君鸣不平,借以讽刺汉元帝,痛骂利欲熏心的画工毛延寿,表达了中华民族爱憎分明的纯朴民情风俗。此外本文还通过封建帝王宫中生活的一个侧面,无情地揭露了汉元帝的荒淫糜烂,醉生梦死。

世说新语(三篇)

《世说新语》的作者是刘义庆,刘义庆(403—444),字季伯,原籍彭城(今江苏徐州),世居京口(今江苏镇江),南朝宋文学家,自幼才华出众。著有《世说新语》、志怪小说《幽明录》等。

刘伶病酒(1)

刘伶病酒,渴甚,从妇求酒。妇捐酒毁器(2),涕泣谏曰:"君饮太过,非摄生之道(3),必宜断之!"伶曰:"甚善。我不能自禁,唯当祝鬼神,自誓断之耳。便可具酒肉。"妇曰:"敬闻命。"供酒肉于神前,请伶祝誓。伶跪而祝曰:"天生刘伶,以酒为名,一饮一斛(4),五斗解酲(5)。妇人之言,慎不可听!"便引酒进肉,隗然已醉矣(6)。

【注释】

(1)刘伶:西晋沛国(今安徽宿州西北)人,字伯伦。"竹林七贤"之一,性嗜酒,曾做《酒德颂》。病酒:饮酒过多致病。
(2)捐:倒。
(3)摄生:养生。
(4)斛(hú):量器名,一斛为十斗,南宋末改为五斗。
(5)酲(chéng):酒醒后神志不清犹如患病的感觉。
(6)隗然(wěi):隗,通"颓",醉倒的样子。

【简析】

本文选自《世说新语・任诞第二十三》,写的是"竹林七贤"名士刘伶的放诞行为,将刘伶纵酒放达的狂放形态显露无余。刘伶的狂放情态也是魏晋时期所谓"名士"放诞不羁生活的写照,是"名士风流"的一种体现。该文体现了《世说新语》善于通过富有特征性的细节对人物性格和精神面貌进行勾勒,使之栩栩如生的重要艺术特征。

王子猷居山阴⁽¹⁾

　　王子猷居山阴,夜大雪,眠觉,开室,命酌酒,四望皎然。因起彷徨,咏左思《招隐诗》⁽²⁾,忽忆戴安道⁽³⁾。时戴在剡⁽⁴⁾,即便夜乘小船就之⁽⁵⁾。经宿方至⁽⁶⁾,造门不前而返⁽⁷⁾。人问其故,王曰:"吾本乘兴而行,兴尽而返,何必见戴!"

【注释】

（1）王子猷(yóu):王徽之,字子猷,王羲之之子。山阴:山的北面。阴:山北水南。一说指旧县名,在今浙江绍兴市。

（2）左思《招隐诗》:左思为晋人,其《招隐诗》描写了隐居田园的乐趣。

（3）戴安道:名逵,谯国人,隐居不仕。

（4）剡(shàn):今浙江嵊县。

（5）就:造访。

（6）经宿:经过一夜的时间。

（7）造门不前:到了门口却不进去。

【简析】

　　本文选自《世说新语·任诞第二十三》。王子猷因为失眠,半夜起来吟咏左思的《招隐》诗,感慨之馀便想到了隐居不仕的戴安道,于是夜乘坐船前去看他。船行一夜才到达,王徽之的诗兴差不多也没有了,于是造门而不入,又从原路返回。所谓"乘兴而往,兴尽而返",毫不拘泥于俗套。表现了当时名士率性任情的风度和一种乐观,豁达的人生态度。表现了王子猷潇洒不羁的性情和乐观豁达的人生态度。由此文引出的成语是:乘兴而来,败兴而归。

王蓝田性急⁽¹⁾

　　王蓝田性急。尝食鸡子,以箸刺之不得⁽²⁾,便大怒,举以掷地。鸡子于地圆转未止,仍下地以屐齿蹍之⁽³⁾,又不得,瞋甚⁽⁴⁾,复于地取内口中⁽⁵⁾,啮破即吐之。王右军闻而大笑曰⁽⁵⁾:"使安期有此性⁽⁷⁾,犹当无一豪可论⁽⁸⁾,况蓝田邪?"

　　　　　　　　　　（以上据余嘉锡《世说新语笺疏》卷下,中华书局 2007 年版）

【注释】

（1）王蓝田:即王述,字怀祖,官至散骑常侍、尚书令。

（2）箸:筷子。

（3）仍:因。蹍:踩,踏。

（4）瞋:怒。

（5）内:通"纳",放入。

（6）王右军:即王羲之,曾做右军将军。

（7）安期:王承的字。他是王述的父亲。

（8）豪:通"毫"。

【简析】

　　本篇是《世说新语》中刻画人物的优秀篇章,选自《世说新语·忿狷第三十一》。作者善于捕捉生活中的极细琐之事,以精炼、动作性强的语言,通过对典型细节描写,来生动刻画人物。作者描写王蓝田吃蛋时种种情状,如"刺之不得,便大怒,举以掷地";又"以屐齿蹍之,又不得,嗔甚";复"取纳口中,啮破即吐之",吃不着鸡蛋,急躁发怒的神态,被勾画得维妙维肖,正如胡应麟谓主人公"面目气韵,恍然生动"。

隋唐五代部分

* 一、诗歌

* 二、散文

* 三、传奇

* 四、词

一 诗歌

王绩诗（一首）

王绩（约589—644），字无功，号东皋子，古绛州龙门县人，唐代诗人。诗风朴素自然，有《东皋子集》。

野望

东皋薄暮望[1]，徙倚欲何依。树树皆秋色，山山唯落晖。牧人驱犊返，猎马带禽归。相顾无相识，长歌怀采薇。

（据《四部丛刊》影印明刻本《东皋子集》卷中）

【注释】

（1）东皋：位于今山西省河津县。

【简析】

王绩在隋朝时担任秘书省正字一职，唐初以原官职待诏门下省，但不久他就辞官还乡了。这首诗写于诗人辞官隐居东皋的时候。在诗中诗人并没有提及自己辞官的因由，仅仅从"徙倚欲何依"一句看到他不知去往何处的彷徨。薄暮时分"树树皆秋色，山山唯落晖"的乡村景色之美使他由衷倾心，最后使他生出"长歌怀采薇"即隐居于此的愿望。它还是现存唐诗中最早的一首格律完整的五言律诗。这首诗最鲜明的特点是自然流畅、风格朴素，在初唐轻靡华艳的诗风中独树一帜。

卢照邻诗（一首）

卢照邻（约636—约680），字升之，自号幽忧子，汉族，幽州范阳人，初唐诗人。"初唐四杰"之一，以七言歌行见长。有《幽忧子集》。

长安古意

长安大道连狭斜，青牛白马七香车[1]。玉辇纵横过主第[2]，金鞭络绎向侯家。龙衔宝盖承朝日⁽³⁾,凤吐流苏带晚霞⁽⁴⁾。百尺游丝争绕树,一群娇鸟共啼花。啼花戏蝶千门侧⁽⁵⁾,碧树银台万种色。复道交窗作合欢⁽⁶⁾,双阙连甍垂凤翼。梁家画阁中天起,汉帝金茎云外直。楼前相望不相知,陌上相逢讵相识?借问吹箫向紫烟,曾经学舞度芳年。得成比目何辞死⁽⁷⁾,愿作鸳鸯不羡仙。比目鸳鸯真可羡,双去双来君不见?生憎帐额绣孤鸾,好取门帘帖双燕。双燕双飞绕画梁,罗帷翠被郁金香。片片行云着蝉鬓,纤纤初月上鸦黄。鸦黄粉白车中出,含娇含态情非一。妖童宝马铁连钱⁽⁸⁾,娼妇盘龙金屈膝。御史府中乌夜啼,廷尉门前雀欲栖。隐隐朱城临玉道,遥遥翠幰没金堤。挟弹飞鹰杜陵北,探丸借客渭桥西⁽⁹⁾。俱邀侠客芙蓉剑,共宿娼家桃李蹊⁽¹⁰⁾。娼家日暮紫罗裙,清歌一啭口氛氲。北堂夜夜人如月,南陌朝朝骑似云。南陌北堂连北里,五剧三条控三市。弱柳青槐拂地垂,佳气红尘暗天起。汉代金吾千骑来,翡翠屠苏鹦鹉杯。罗襦宝带为君解,燕歌赵舞为君开。别有豪华称将相,转日回天不相让。意气由来排灌夫⁽¹¹⁾,专权判不容萧相⁽¹²⁾。专权意气本豪雄,青虬紫燕坐春风⁽¹³⁾。自言歌舞长千载,自谓骄奢凌五公。节物风光不相待,桑田碧海须臾改。昔时金阶白玉堂,即今唯见青松在。寂寂寥寥扬子居,年年岁岁一床书⁽¹⁴⁾。独有南山桂花发,飞来飞去袭人裾。

（据《四部丛刊》影印明刻本《幽忧子集》卷二）

【注释】

（1）七香车:用多种香木制成的华丽小车。

（2）主第:公主的府第。

（3）龙衔宝盖:车上的伞状车盖,支柱上端雕作龙形,如衔车盖于口。

（4）凤吐流苏:车盖上的凤鸟嘴端挂着流苏。

（5）千门:指宫门。

（6）复道:又称阁道,宫苑中用木材架设在空中的通道。

（7）比目:比目鱼。

（8）妖童:指浮华轻薄的贵族子弟。

（9）探丸借客:指行侠杀吏、助人报仇等行为。

（10）桃李蹊:指娼家的住处。

（11）灌夫:字仲孺,汉武帝时期的一位将军,勇猛任侠,好使酒骂座,交结魏其侯窦婴,与丞相武安侯田蚡不和,终被田蚡陷害。

（12）萧相:指萧望之,字长倩。汉元帝即位,辅政,官至前将军。后被排挤,饮鸩自尽。

（13）青虬、紫燕:均指好马。

（14）一床书:指诗书自娱的隐居生活。

【简析】

《长安古意》是初唐时期七言歌行的代表作之一。在这首长诗中,卢照邻用铺陈的笔法和细腻的笔触,描绘出当时帝都长安的一派繁华景象。然而这首诗并非歌功颂德之作,在喧嚣、热闹之下,诗人看到的是权贵阶层骄奢淫逸的生活和互相倾轧、争斗的真相。因而在诗的最后,诗人借古讽今,认为这种表面的繁华和历史上那些昌盛时期一样难以长久。他像一个冷眼看世界的局外人,看着那些在奢靡中沉醉的人们,看着自己的时代,用诗歌表达了可贵的忧患意识;同时他也是警戒自身,避免与他们一样贪图享乐。尽管当下怀才不遇,但他希望发愤努力,像汉代的扬雄一样著书立说,流芳后世。

骆宾王诗(一首)

骆宾王(约638—684),字观光,婺州义乌(今浙江金华义乌)人,唐代诗人,与王勃、杨炯、卢照邻合称"初唐四杰"。骆宾王的七言歌行体气势开阔,成就较高。

在狱咏蝉

西陆蝉声唱[1],南冠客思侵[2]。那堪玄鬓影[3],来对白头吟。露重飞难进,风多响易沉。无人信高洁,谁为表予心。

（据宋蜀刻本《骆宾王文集》卷二）

【注释】

(1) 西陆:指秋天。
(2) 南冠:指囚徒。
(3) 玄鬓:指蝉的黑色翅膀,比喻自己正当盛年。

【简析】

唐高宗仪凤三年(678),屈居下僚十多年而刚升为侍御史的骆宾王因上疏论事而冒犯武后,遭人诬告,以贪赃罪名下狱。这首诗正是写于此次患难之中。托物言志是古代诗人常用的表达方式。在这首咏物诗中,骆宾王以蝉喻己。秋蝉的叫声是悲哀的,不像夏蝉那样嘹亮、高亢,狱中的诗人内心的呼声无人听见,好比秋蝉的叫声被萧瑟的秋风所掩盖;同时,自己也跟居于高处、饮露为食的秋蝉一样,是纯净、高洁的。这首诗的感情非常强烈,是诗人内心的告白,表达了诗人辨明无辜、昭雪沉冤的愿望。

王勃诗(二首)

王勃(约650—约676),字子安,汉族,唐代诗人。"初唐四杰"之一,别友怀乡之作独具一格,五律非常成熟,五绝、七古也有佳作,有《王子安集》。

山中

长江悲已滞[1],万里念将归。况属高风晚[2],山山黄叶飞。

（据《四部丛刊》影印明刻本《王子安集》卷三）

【注释】

（1）滞:逗留,停留。

（2）况属:何况是。

【简析】

　　这首诗是诗人王勃于唐高宗咸亨二年(671)漫游巴蜀时写。当时,他被逐出沛王府,无所事事,于是出游蜀地山水名胜,希望消解胸中的积愤。但在游览胜景时,他并没有真正洒脱,内心的忧愁总是挥之不去。面对秋日满山的黄叶飞舞,他忽然发现自己在这里已经逗留太久。秋风萧瑟,乡思难以排解。诗句化用了宋玉《九辩》中的"悲哉秋之为气也,萧瑟兮草木摇落而变衰"的诗意,了无痕迹,深化了诗的意境。

秋夜长⁽¹⁾

　　秋夜长,殊未央,月明白露澄清光,层城绮阁遥相望。遥相望,川无梁,北风受节南雁翔,崇兰委质时菊芳。鸣环曳履出长廊,为君秋夜捣衣裳。纤罗对凤凰,丹绮双鸳鸯,调砧乱杵思自伤。思自伤,征夫万里戍他乡。鹤关音信断⁽²⁾,龙门道路长。君在天一方,寒衣徒自香。

（据《四部丛刊》影印明刻本《王子安集》卷二）

【注释】

（1）秋夜长:乐府杂曲歌辞名。

（2）鹤关:边关。

【简析】

　　这是一首闺怨诗。诗人描写一个闺妇在秋夜辗转难眠,为出征在外的丈夫捣衣、深深地思念丈夫。这首诗场景感很强,在诗人的笔下,闺妇的形象呼之欲出:首先是在清冷秋夜里难以入眠,她站在月光下痴痴地遥望远方;然后又穿过长廊,连夜为丈夫捣衣,"调砧乱杵",这一个"乱"字传达出了她内心的心绪。诗人在这首诗里仅仅着笔于一个闺妇思念丈夫的情形,但在字里行间也传达出征战给普通百姓造成的分离之苦,是对唐高宗无休无止地连年征战的一种批判。

杨炯诗（一首）

　　杨炯(约650—约693),华州华阴(今陕西华阴市)人,唐代文学家。"初唐四杰"之一,擅长五律,边塞诗雄浑刚健,有《盈川集》。

从军行

　　烽火照西京,心中自不平。牙璋辞凤阙⁽¹⁾,铁骑绕龙城。雪暗凋旗画,风多杂鼓声。宁为百夫长[2]，胜作一书生。

（据《四部丛刊》影印明刻本《杨盈川集》卷二）

【注释】

（1）牙璋：古代发兵所用之兵符，分为两块，相合处呈牙状，朝廷和主帅各执其半。

（2）百夫长：一百个士兵的头目，泛指下级军官。

【简析】

唐高宗调露、永隆年间（679—681），吐蕃、突厥曾多次侵扰甘肃一带，唐礼部尚书裴行俭奉命出师征讨。这首诗描写一个读书士子从军边塞、参加战斗的过程。中间四句把战争的急迫和激烈情形逼真地呈现出来，足见诗人功力的深厚。诗最后一句"宁为百夫长，胜作一书生"，传达了诗人的观念，即在国家危难的时刻，哪怕平时文弱的书生，也应该勇敢投笔从戎。这首诗表达了诗人敢于献身、报效国家的壮志。

刘希夷诗（一首）

刘希夷（约651—约680），一名庭芝，字延之（一作庭芝），汉族，汝州（今河南汝州）人。《全唐诗》存诗一卷，《全唐诗外编》《全唐诗续拾》补诗7首。

代悲白头翁[1]

洛阳城东桃李花，飞来飞去落谁家？洛阳女儿好颜色，坐见落花长叹息。今年花落颜色改，明年花开复谁在？已见松柏摧为薪，更闻桑田变成海。古人无复洛城东，今人还对落花风。年年岁岁花相似，岁岁年年人不同。寄言全盛红颜子，应怜半死白头翁。此翁白头真可怜，伊昔红颜美少年。公子王孙芳树下，清歌妙舞落花前。光禄池台开锦绣[2]，将军楼阁画神仙[3]。一朝卧病无相识，三春行乐在谁边？宛转蛾眉能几时？须臾鹤发乱如丝。但看古来歌舞地，惟有黄昏鸟雀悲。

（据清康熙扬州诗局刻本《全唐诗》卷八十二）

【注释】

（1）白头翁：白发老人。

（2）光禄：光禄勋。《后汉书》载：马防在汉章帝时拜光禄勋，生活很奢侈。

（3）将军：指东汉贵戚梁冀，曾为大将军。

【简析】

刘希夷以歌行见长，多写闺情，辞意柔婉华丽。这是一首拟古乐府诗。全诗可以分为两部分，诗的前半部分写的是洛阳女子感伤落花，抒发了人生短促、红颜易老的感慨；后半部分写的是白头老翁的命运遭遇，抒发了世事变迁、富贵无常的感慨。这首诗的主题是咏叹青春易逝、富贵无常,意在劝诫人们及时行乐、珍惜当下的美好时光。

陈子昂诗(二首)

陈子昂(661—702),字伯玉,梓州射洪(今四川省遂宁市射洪县)人,唐代诗人,初唐诗文革新人物之一。他提倡风骨兴寄,有《陈伯玉集》。

感遇(第十九首)

圣人不利己[1],忧济在元元。黄屋非尧意[2],瑶台安可论?吾闻西方化[3],清净道弥敦。奈何穷金玉,雕刻以为尊?云构山林尽,瑶图珠翠烦。鬼功尚未可,人力安能存?夸愚适增累[4],矜智道逾昏。

(据《四部丛刊》影印明刻本《陈伯玉集》卷一)

【注释】

(1)圣人:指贤君。
(2)黄屋:车名,古帝王所乘,车盖用黄缯作里子。
(3)西方化:指佛教的教化。
(4)夸愚:指如此劳民伤财以夸耀的行为实际上很愚蠢。

【简析】

这首诗写于武则天当政时期。当时,由于武则天本人带头礼佛、信佛,朝廷上下效仿,当权者搜刮民财、劳师动众,大规模地在全国范围内兴建佛寺。陈子昂看到了佛教盛行带来的社会弊端,多次向武则天进谏。这首诗也是针对武则天的一种批判,属于政论诗。开头前四句阐述儒家仁政爱民思想,主张当权者应该为黎民忧虑,恩泽苍生。中间四句则援引佛教主张清净慈悲的教旨,指出大兴土木其实违背了佛教的本意。最后四句奉劝当权者量力而行,不再做这样愚蠢、无益的事情。全诗逻辑清晰、结构严密,极有说服力。

登幽州台歌[1]

前不见古人,后不见来者。念天地之悠悠,独怆然而涕下[2]。

(据清康熙扬州诗局刻本《全唐诗》卷八十三)

【注释】

(1)幽州台:即黄金台,故址在今北京市大兴,是燕昭王为招纳天下贤士而建。
(2)涕:指眼泪。

【简析】

　　这首诗写于武则天万岁通天元年(696)。那一年契丹攻陷营州。武则天委派武攸宜率军征讨,陈子昂当时在武攸宜幕府任参谋。由于武攸宜轻率鲁莽,第二年兵败。陈子昂请求派遣万人作前驱打击敌人,武则天不允。陈子昂继续又进言,武则天把他降为军曹。诗人接连受挫,胸志抑郁,独自一人登上蓟北楼,悲苦交集,写下了这首《登幽州台歌》。这首诗本身不仅表达了陈子昂怀才不遇、报国无门的苦闷,其内涵又超出了个人的表达,还抒发了一种置身时空之中前无古人、后无来者的孤独的生命感受。

宋之问诗(一首)

　　宋之问(约656—约712),字延清,一名少连,汾州隰城人(今山西汾阳)人,初唐时期的诗人,与沈佺期并称"沈宋"。有《宋之问集》。

送杜审言

　　卧病人事绝,嗟君万里行。河桥不相送,江树远含情。别路追孙楚[1],维舟吊屈平[2]。可惜龙泉剑,流落在丰城。

(据清康熙扬州诗局刻本《全唐诗》卷五十二)

【注释】

(1) 孙楚:字子荆,西晋文学家,少负才气,盛气傲人,仕途坎坷,年四十余始参镇东军事,后因傲侮石苞,免官。

(2) 屈平:即屈原。

【简析】

　　圣历元年(698),杜审言被贬吉州(今江西吉安)司户参军,宋之问写此诗以赠。诗人在诗中直抒胸臆地表达对杜审言遭贬的感慨和同情,写"河桥""江树"实则写自己对友人的不舍和担忧。同时,诗中运用典故,把杜审言和孙楚、屈原相对比,表达友人怀才不遇的不幸。最后诗人把杜审言比作龙泉剑,意在说他终有一天会被有识之士发现、重见光明。这首诗写得情真意切,而且将抒情和用典同时巧妙运用,使这首诗更有感染力。

张若虚诗(一首)

　　张若虚,扬州(今属江苏扬州)人,初唐诗人,七世纪中期至八世纪前期在世。他与贺知章、张旭、包融合称"吴中四士",诗作多遗失,《全唐诗》仅有二首。

春江花月夜

春江潮水连海平，海上明月共潮生。滟滟随波千万里，何处春江无月明！江流宛转绕芳甸[1]，月照花林皆似霰[2]。空里流霜不觉飞，汀上白沙看不见。江天一色无纤尘，皎皎空中孤月轮。江畔何人初见月？江月何年初照人？人生代代无穷已，江月年年望相似。不知江月待何人，但见长江送流水。白云一片去悠悠，青枫浦上不胜愁[3]。谁家今夜扁舟子？何处相思明月楼？可怜楼上月徘徊，应照离人妆镜台。玉户帘中卷不去，捣衣砧上拂还来。此时相望不相闻，愿逐月华流照君。鸿雁长飞光不度，鱼龙潜跃水成文。昨夜闲潭梦落花，可怜春半不还家。江水流春去欲尽，江潭落月复西斜。斜月沉沉藏海雾，碣石潇湘无限路[4]。不知乘月几人归，落月摇情满江树[5]。

（据清康熙扬州诗局刻本《全唐诗》卷一百十七）

【注释】

（1）芳甸：芳草丰茂的原野。
（2）霰（xiàn）：在高空中的水蒸气遇到冷空气凝结成的小冰粒，多在下雪前或下雪时出现，霰又称雪丸或软雹。
（3）青枫浦：地名，今湖南浏阳县境内有青枫浦。
（4）潇湘：湘江与潇水。
（5）摇情：激荡情思，犹言牵情。

【简析】

张若虚的诗仅有二首存于《全唐诗》中，《春江花月夜》便是其中一首。诗人写出了一个月光明净的春夜，江水、花树和月亮相互辉映，恍如梦境般纯净而安谧。全诗的内容非常丰富，将游子的离思、闺妇的愁绪、时光的消逝、人生的短暂等多重主题糅合在一起。诗的结构也非常巧妙，以写月开始，又以写月结束，把从天上到地下这样寥廓的空间里的一切贯穿起来。"孤篇盖全唐"是古人对这首《春江花月夜》的评价。

张九龄诗（一首）

张九龄（678—740），字子寿，一名博物，唐朝韶州曲江（今广东韶关）人。尝任中书侍郎、同中书门下平章事，卒谥文献。

感遇（其一）

兰叶春葳蕤[1]，桂华秋皎洁。欣欣此生意，自尔为佳节。谁知林栖者，闻风坐相悦[2]。草木有本心，何求美人折？

（据《四部丛刊》影印明成化刻本《唐丞相曲江张先生文集》卷三）

【注释】

（1）葳蕤：枝叶茂盛而纷披。

（2）坐：因而。

【简析】

　　这是一首咏物诗。唐玄宗开元二十五年（737），晚年的张九龄遭谗毁，由同中书门下平章事被贬为荆州长史。《感遇十二首》为他在遭谗贬谪后所作的组诗，这是其中最为人称道的一首诗。诗的前四句说兰、桂这些植物，只要逢上合适的季节就会欣欣向荣、生机盎然。诗的五六句写到山中的隐士和这些植物一样悠然自在，远离世俗。诗的最后，作者以草木喻己、坚信自己的品格，就像草木一样有自己的本性，并不需要美人折下才显示自身的价值。贬谪之诗大多哀婉忧伤，但在这首诗里我们看到的是诗人对自身品行的坚信，始终坚守自己的高贵、不因一时被诬陷而沉郁的坚定。

王维诗（二首）

　　王维（701—761，一说699—761），河东蒲州（今山西运城）人，唐朝著名诗人、画家，字摩诘，号摩诘居士。诗作以田园山水题材为主，有《王右丞集》。

鹿柴[1]

空山不见人，但闻人语响。返景入深林[2]，复照青苔上。

（据宋蜀刻本《王摩诘文集》卷六）

【注释】

（1）鹿柴：以木栅为栏，谓之柴，鹿柴乃鹿居住的地方。

（2）返景（yǐng）：同“返影”，太阳将落时通过云彩反射的阳光。

【简析】

　　这首诗描绘的是傍晚时分鹿柴附近的深林里幽静的景色。诗歌以动衬静，前两句写听到人声，但见不到人影，衬托出山中的寂静清幽。后两句纯粹写景物，写到夕阳的光线泻入树林深处，再次像早晨一样照在了树林里的青苔上，所表现的同样是山林之静。宋代文豪苏轼评价王维的诗说："味摩诘之诗，诗中有画。"这首诗也一样具有很强的画面感。诗人王维精通佛理，他的山水诗往往包含着佛教的玄思，在这首诗中的字里行间也能体味到一种"空灵"的禅意。

终南别业

中岁颇好道[1]，晚家南山陲[2]。兴来每独往，胜事空自知。行到水穷处，坐看云起时。偶然值林叟⁽³⁾，谈笑无还期。

（据宋蜀刻本《王摩诘文集》卷五）

【注释】

（1）中岁：中年。
（2）家：在……安家。
（3）值：遇到。叟（sǒu）：老翁。

【简析】

此诗大约写于唐肃宗乾元元年（758）之后，是王维晚年的作品。王维一生仕途得意，官至丞相。不过他颇好佛理，在生活和诗作中都深受佛教的影响。晚年他居住在蓝田辋川，过着亦官亦隐的优游生活，这首诗就是对这种隐居生活的描写。诗中写的是他在终南山下的隐居生活，喜欢独来独往，漫步山水之间，放空心灵、悠游自在；有时也会遇到乡村的老翁，沉浸在笑谈之中忘了归去。这首诗体现了王维恬淡自在、无拘无束的心境，"行到水穷处，坐看云起时"是一种多么超脱的境界！

孟浩然诗（一首）

孟浩然（689—740），名浩，字浩然，号孟山人，襄州襄阳（现湖北襄阳）人，世称孟襄阳。孟诗绝大部分为五言短篇，多写山水田园和隐居的逸兴以及羁旅行役的心情。有《孟浩然集》。

过故人庄

故人具鸡黍⁽¹⁾，邀我至田家。绿树村边合，青山郭外斜。开轩面场圃⁽²⁾，把酒话桑麻。待到重阳日，还来就菊花。

（据《四部丛刊》影印明刻本《孟浩然集》卷三）

【注释】

（1）具：准备。
（2）场圃：农家的小院。

【简析】

这是一首脍炙人口的田园诗。诗中写老朋友邀请诗人到他家中做客，热情地杀鸡、备酒款待的场景。一次普通的朋友相聚，一顿平常的农家宴席，在诗人的笔下不仅充满了生活气息，而且还具有了诗情画意，构成了一幅充满生气的田园风景画。这首诗既是写老朋友的情谊深厚，相聚的美好情形，也是写农家田园生活的恬静、惬意，令人向往。全诗语言朴实、流畅，风格清新隽永，富有感染力。

常建诗（一首）

常建，唐代诗人，大约是长安（现在陕西西安）人（有争议，墓碑记载是邢州人），字号不详。

题破山寺后禅院[1]

清晨入古寺，初日照高林。竹径通幽处，禅房花木深。山光悦鸟性，潭影空人心。万籁此都寂，但余钟磬音[2]。

（据清康熙扬州诗局刻本《全唐诗》卷一百四十四）

【注释】

（1）破山寺：即兴福寺，在今江苏常熟市西北虞山上。
（2）钟磬（qìng）：佛寺中召集众僧的打击乐器。

【简析】

这是一首题咏佛寺禅院的风景诗。全诗都集中于禅院环境的描写，幽静而又秀丽，以细腻的笔触展现了初日、高林、竹径、禅房、花木、山光、潭影、寂静、钟声等事物，使我们感受到这座禅院的寂静、优美。盛唐山水诗大多歌咏隐逸情趣，许多诗人也精通佛理，常常在诗中表现佛教的精神和境界。这首诗也一样包含着玄妙的禅意，"潭影空人心"让人联想到佛家"空"的思想，全诗所表现的这种"静"本身同样是修佛之人所追求的一种境界。

高适诗（一首）

高适（约704—约765），字达夫、仲武，唐朝渤海郡蓚县（今河北景县）人，唐代著名边塞诗人，其诗笔力雄健，气势奔放。高适与岑参并称"高岑"，有《高常侍集》。

燕歌行

汉家烟尘在东北[1]，汉将辞家破残贼。男儿本自重横行，天子非常赐颜色。摐金伐鼓下榆关[2]，旌旆逶迤碣石间[3]。校尉羽书飞瀚海，单于猎火照狼山。山川萧条极边土，胡骑凭陵杂风雨。战士军前半死生，美人帐下犹歌舞。大漠穷秋塞草腓，孤城落日斗兵稀。身当恩常恒轻敌，力尽关山未解围。铁衣远戍辛勤久，玉箸应啼别离后。少妇城南欲断肠，征人蓟北空回首。边庭飘飖那可度，绝域苍茫更何有。杀气三时作阵云，寒声一夜传刁斗。相看白刃血纷纷，死节从来岂顾勋。君不见沙场征战苦，至今犹忆李将军[4]。

（据《四部丛刊》影印明活字本《高常侍集》卷五）

【注释】

(1) 烟尘:代指战争。
(2) 扒:撞击。
(3) 旌旆:旌是竿头饰羽的旗。旆是末端状如燕尾的旗。这里都是泛指各种旗帜。
(4) 李将军:指汉朝李广,他能捍御强敌,爱抚士卒,匈奴称他为汉之飞将军。

【简析】

　　这首诗虽用乐府旧题,却是因时事而作,主要是揭露主将骄逸轻敌,不恤士卒,致使战事失利。前四句写出师原因;接下来四句写战斗经过;然后写征人和思妇两地相望,重会无期;最后两句写战士在生还无望的处境下,决心以身殉国。"相看白刃血纷纷,死节从来岂顾勋",诗人感慨战士的命运悲惨,寄予深切的同情。"战士军前半死生,美人帐下犹歌舞",是这首诗歌的名句。战士的浴血杀敌和将军的歌舞升平形成了鲜明的对比,也暗示了战争的结局。《燕歌行》是唐人七言歌行中运用律句很典型的一篇,诗歌气势畅达,笔力矫健,主旨深刻含蓄。

岑参诗(一首)

　　岑参(约715—770),唐代边塞诗人,南阳人,太宗时功臣岑文本重孙。他擅长七言歌行,现存诗三百六十首。多写边塞风光、军旅生活,以及少数民族的文化风俗。有《岑嘉州集》。

白雪歌送武判官归京

　　北风卷地白草折(1),胡天八月即飞雪(2)。忽如一夜春风来,千树万树梨花开。散入珠帘湿罗幕,狐裘不暖锦衾薄。将军角弓不得控,都护铁衣冷难着。瀚海阑干百丈冰,愁云惨淡万里凝。中军置酒饮归客,胡琴琵琶与羌笛。纷纷暮雪下辕门,风掣红旗冻不翻。轮台东门送君去(3),去时雪满天山路。山回路转不见君,雪上空留马行处。

(据《四部丛刊》影印明刻本《岑嘉州诗》卷二)

【注释】

(1) 白草:西域牧草名,秋天变白色。
(2) 胡天:指塞北的天空。
(3) 轮台:唐轮台在今新疆维吾尔自治区米泉县境内。

【简析】

　　此诗作于岑参第二次出塞阶段,这时的他很受安西节度使封常青的器重,大多数边塞诗成于这一时期。在这首诗中,作者以诗人的敏锐观察力,用浪漫奔放的笔调描绘了祖国西北边塞的壮丽景色,以及边塞军营送别归京使臣的热烈场面。诗歌按时间顺序写,在八月的塞北,一早看到大雪纷飞而至,并由此展开胡天雪景的描写,接着写饯别的宴会,最后写送行场面——大雪依旧,友人远去,雪上只留下了马的脚印。其中的"忽如一夜春风来,千树万树梨花开"是最有名的写雪的诗句。这首诗的色彩瑰丽浪漫,气势磅礴,意境独特,具有很强的艺术感染力。

王昌龄诗(一首)

王昌龄(698—757),字少伯,河东晋阳(今山西太原)人,又一说京兆长安人(今西安)人,盛唐著名边塞诗人。王昌龄存诗一百八十一首,体裁以五古、七绝为主,以七绝见长,题材则主要为离别、边塞、宫怨。

出塞二首(其一)

秦时明月汉时关,万里长征人未还。但使龙城飞将在⁽¹⁾,不教胡马度阴山⁽²⁾。

（据清康熙扬州诗局刻本《全唐诗》卷一百四十三）

【注释】

（1）龙城飞将:指的是卫青奇袭龙城。
（2）胡马:指侵扰内地的外族骑兵。

【简析】

《出塞》是乐府旧题,这首诗是王昌龄早年赴西域时所作。开篇的意象是"明月"和"关",修饰词也仅仅是"秦时"和"汉时",写出自古以来月亮都是照着这里,赋予了关隘一种历史的纵深感。接着写收关将士征战万里还没有回来,也就是说边关之争还未解决。末两句便由此发出感叹:如果是卫青这位大将还在世的话,肯定不会叫胡人的战马度过阴山。这首诗表达了作者对朝廷不能选贤任能的不满,也传达出"不教胡马度阴山"的希望和誓言。

王之涣诗(二首)

王之涣(688—742),盛唐时期的著名诗人,字季凌,汉族,蓟门人,一说晋阳(今山西太原)人。他常与高适、王昌龄等相唱和,以善于描写边塞风光著称。

凉州词

黄河远上白云间,一片孤城万仞山⁽¹⁾。羌笛何须怨杨柳⁽²⁾,春风不度玉门关。

【注释】

（1）孤城,指玉门关。
（2）羌:古代的一个民族。

【简析】

王之涣的《凉州词》是一首别具一格的边塞诗。前两句写黄河无言地从远处奔流而来,战士们戍守的玉门关孤零零地挺立在群山之中,所传达的是边关的荒凉、寂寥。后两句抒发情感,说何必吹起哀怨的羌笛、抱怨杨柳没有变绿,其实春风从来都没能抵达玉门关。全诗表面上都是在描写边关之荒凉景象,连春风都到达不了;实际上是在表达战士们戍守边关的孤寂、苦闷,他们盼望着春风到来,其实也是盼望着回乡的消息传来,但现实又总是令他们归于失望,他们只能年复一年继续戍守在这里。

登鹳雀楼(1)

白日依山尽,黄河入海流。欲穷千里目(2),更上一层楼。

(以上据清康熙扬州诗局刻本《全唐诗》卷二百五十三)

【注释】

(1)鹳雀楼:古名鹳鹊楼,因时有鹳鹊栖其上而得名,其故址在永济市境内古蒲州城外西南的黄河岸边。
(2)千里目:眼界宽阔。

【简析】

王之涣的这首《登鹳鹊楼》只有短短四句,但意象开阔、意境博大。前两句写黄昏时分落日沉入西山,黄河滚滚流入大海的辽阔景象。后两句写诗人想看到更宽广的景象,登上了更高一层楼,这既是叙述自己登楼望远的过程,也是阐述一种普遍的道理。"欲穷千里目,更上一层楼"两句被后人引为警句,用来激励自己。值得一提的是,这首诗是一篇全篇都采用对仗的绝句,但作者运用得不动声色、不露痕迹。

王 翰 诗(一首)

王翰(687—726),字子羽,并州晋阳(今山西太原市)人,唐代边塞诗人。其集不传。其诗载于《全唐诗》的,仅有十四首。

凉州词(1)

葡萄美酒夜光杯,欲饮琵琶马上催。醉卧沙场君莫笑,古来征战几人回?

(据清康熙扬州诗局刻本《全唐诗》卷一百五十六)

【注释】

(1)凉州:凉州在今甘肃武威,唐时属陇右道。

【简析】

　　古代的边塞诗要么写激烈的战斗场面,抒写征战的艰辛和战争的残酷,要么写边塞风景的苍凉,抒发战士的无奈和思乡之情。而这首《凉州词》独具一格,写的是边塞的一次盛宴。诗中写征人互相斟酌劝饮,尽情尽致,乐而忘忧,豪放旷达。但末句"古来征战几人回"在喜悦中透露出悲凉,意在于劝慰同伴们要及时行乐,因为在战场上从来就是生死不由人。清代蘅塘退士评论这首诗:"作旷达语,倍觉悲痛。"因而诗人表面是写这次盛宴的欢乐,表现自己的旷达,实际上也揭示了战场上生死未卜、残酷无情的真相。

崔颢诗(一首)

　　崔颢(704—754),汴州(今河南开封市)人,唐代诗人。唐开元年间进士,官至太仆寺丞,天宝中为司勋员外郎。最为人称道的是他那首《黄鹤楼》,据说李白为之搁笔。他才思敏捷,作品激昂豪放,著有《崔颢集》。

黄鹤楼

　　昔人已乘白云去[1],此地空余黄鹤楼。黄鹤一去不复返,白云千载空悠悠。晴川历历汉阳树,芳草萋萋鹦鹉洲[2]。日暮乡关何处是[3]?烟波江上使人愁。

　　　　　　　　　　　　　　　　(据清康熙扬州诗局刻本《全唐诗》卷一百三十)

【注释】

(1)昔人:指传说中的仙人子安。
(2)萋萋:形容草木长得茂盛。
(3)乡关:故乡。

【简析】

　　题咏黄鹤楼的作品很多,举世公认崔颢的这首《黄鹤楼》是最佳之作。诗的首联从传说写起,中间两联是对黄鹤楼周围景象的描写,视野辽阔、气势宏大。最后一联抒发了诗人站在黄鹤楼所生发的浓郁的思乡之情。全篇结构严谨,起、承、转、合自然流畅,可谓一气呵成。严羽在《沧浪诗话》中评价说:"唐人七言律诗,当以崔颢《黄鹤楼》为第一。"据说,李白登楼本欲赋诗一首,但看到此诗后,不禁感叹:"眼前有景道不得,崔颢题诗在上头。"可见这首诗是极其出色的。

李白诗(十一首)

　　李白(701—762)字太白,号青莲居士,又号"谪仙人"。唐代伟大的浪漫主义诗人,后人誉为"诗仙",与杜甫并称为"李杜"。有《李太白集》传世。

行路难(其一)⁽¹⁾

金樽清酒斗十千,玉盘珍羞直万钱⁽²⁾。停杯投箸不能食,拔剑四顾心茫然⁽³⁾。欲渡黄河冰塞川,将登太行雪满山⁽⁴⁾。闲来垂钓碧溪上⁽⁵⁾,忽复乘舟梦日边⁽⁶⁾。行路难!行路难!多歧路,今安在? 长风破浪会有时⁽⁷⁾,直挂云帆济沧海⁽⁸⁾。

(据清乾隆刻本王琦辑注《李太白文集》卷三)

【注释】

(1) 行路难:乐府歌辞。胡震亨:"《行路难》,叹世路艰难及贫贱离索之感。古辞亡,后鲍照拟作为多,白诗似全学照"。
(2) 珍羞:珍贵的菜肴。羞:通"馐"。直:通"值"。
(3) "停杯"两句:语出鲍照《拟行路难》:"对案不能食,拔剑击柱长叹息"。箸,筷子。
(4) "欲渡"两句:比喻自己一生事与愿违。
(5) "闲来"句:《韩诗外传》记载:吕尚年迈不得志,曾在磻溪垂钓,后遇周文王得以重用,辅佐周武王灭殷,统一天下。
(6) "忽复"句:传说伊尹在将受到成汤的征聘时,梦见乘船经过日月边。
(7) 长风破浪:《宋书・宗悫传》说,刘宋宗悫少时,他的叔父问他志向是什么,宗悫答:"愿乘长风破万里浪。"后宗悫果然屡建战功,后人用"乘风破浪"比喻施展政治抱负。会,当。
(8) 济:渡。

【简析】

李白《行路难》共三首,这是第一首。天宝元年(742),李白奉诏入京,供奉翰林。李白本是个积极入世的人,他才高志大,很想像姜尚、诸葛亮等杰出人物一样干一番大事业,可是入京后,却没被唐玄宗重用,还受到权臣的谗毁排挤,两年后被"赐金放还",变相撵出了长安。李白被逼出京,朋友们都来为他饯行,求仕无望的他深感仕路的艰难,满怀愤慨写下了此篇《行路难》。诗以"行路难"比喻世道险阻,抒写了诗人在政治道路上遭遇艰难,产生的抑郁激愤的情绪。但诗人并不沮丧,而是充满了对人生前途乐观豪迈的气概。全诗感情跌宕起伏,运用夸张、比喻、用典等手法,抒发感情,富有积极的浪漫主义色彩。

宣州谢朓楼饯别校书叔云⁽¹⁾

弃我去者,昨日之日不可留;乱我心者,今日之日多烦忧。长风万里送秋雁,对此可以酣高楼⁽²⁾。蓬莱文章建安骨⁽³⁾,中间小谢又清发⁽⁴⁾。俱怀逸兴壮思飞⁽⁵⁾,欲上青天览明月⁽⁶⁾。抽刀断水水更流,举杯消愁愁更愁。人生在世不称意⁽⁷⁾,明朝散发弄扁舟⁽⁸⁾。

(据清乾隆刻本王琦辑注《李太白文集》卷十八)

【注释】

(1) 宣州:今安徽省宣城一带。谢朓楼:又名谢公楼或北楼,在陵阳山上,是南齐诗人谢朓任宣城太守时所建,唐末改名为叠嶂楼。饯别:以酒食送行。校书:官名,即秘书省校书郎。云:李云。题一作《陪侍御叔华登楼歌》)。

(2)酣高楼:在高楼上尽情畅饮。

(3)蓬莱:海上神山,借指当时的秘书省。建安骨:建安风骨的简称。

(4)小谢:指谢朓,字玄晖,南朝齐诗人。后人将他和谢灵运并称为大谢、小谢。清发:清新秀发的诗风。这里用以自喻。

(5)逸兴:飘逸豪放的兴致。壮思:雄心壮志,豪壮的情思。

(6)览:通"揽",采摘、摘取。

(7)称意:称心如意。

(8)明朝:明天。散发:古代做官把头发挽起,散发表示弃官的狂放不羁。扁舟:小舟,小船。春秋末年,范蠡辞别越王勾践,"乘扁舟浮于江湖"(《史记·货殖列传》)。

【简析】

　　李白于天宝元年(742)怀着远大的政治理想来到长安,任职于翰林院。两年后,因被谗毁而离开朝廷,内心十分愤慨地重又开始了漫游生活。在天宝十二载(753)的秋天,李白来到宣州,他的一位官为秘书省校书郎的族叔李云将要离去,为饯别行人而写成此诗。诗中并不直言离别,而是直抒胸臆,抒写了时光飞逝,功业未就的忧愤郁悒,倾注了慷慨豪迈的情怀。诗虽极写烦忧苦闷,却并不阴郁低沉。全诗语言明朗朴素,音调激越高昂,情感起伏跌宕,达到了豪放与自然和谐统一的境界,表现了诗人豁达的胸襟抱负和豪放坦率的性格。

丁都护歌(1)

　　云阳上征去(2),两岸饶商贾(3)。吴牛喘月时(4),拖船一何苦。水浊不可饮,壶浆半成土(5)。一唱都护歌,心摧泪如雨。万人凿磐石(6),无由达江浒(7)。君看石芒砀(8),掩泪悲千古。

(据清乾隆刻本王琦辑注《李太白文集》卷六)

【注释】

(1)丁都护歌:又作《丁督护歌》,乐府旧题,属《清商曲辞·吴声歌曲》,声调哀切。

(2)云阳:今江苏省丹阳县。上征:沿着运河逆水而上。

(3)饶:多。

(4)吴牛:水牛。吴牛喘月:指天气炎热。典故出自刘义庆《世说新语》:"臣犹吴牛,见月而喘。"刘孝标注:"今之水牛,惟生江淮间,故谓之吴牛也。南土多暑,而此牛畏热,见月疑是日,所以见月则喘。"

(5)壶浆:壶装饮料。

(6)系:栓,这里指用绳子拖石头。磐石:大石、巨石。

(7)江浒:江边。

(8)芒砀:大而多貌,形容又多又大的石头。

【简析】

　　关于此诗的创作时间,黄锡珪《李白诗编年》认为是天宝六载(747)李白游丹阳横山时所作,当时李白第二次漫游吴越,南下途中经云阳(今江苏丹阳)。也有人认为,此诗作于开元二十六年(738),当时润州(今江苏镇江)刺史齐澣在当地开凿新河,李白看到当时由云阳从水路运输石头的情形,因用当地古曲题目写下这首诗。李白用旧题别创新意,取其声调之哀怨。诗中以朴质的语言给读者描绘了一幅辛酸的河工拉纤图,描写民夫拖船的痛苦,表现了作者对劳动人民的同情。清高宗敕编《唐宋诗醇》评曰:"落笔沉痛,含意深远,此李诗之近杜者。"

梦游天姥吟留别[1]

　　海客谈瀛洲[2],烟涛微茫信难求[3]。越人语天姥,云霓明灭或可睹[4]。天姥连天向天横,势拔五岳掩赤城[5]。天台四万八千丈[6],对此欲倒东南倾。我欲因之梦吴越[7],一夜飞渡镜湖月[8]。湖月照我影,送我至剡溪[9]。谢公宿处今尚在[10],渌水荡漾清猿啼。脚著谢公屐[11],身登青云梯[12]。半壁见海日,空中闻天鸡[13]。千岩万转路不定,迷花倚石忽已暝[14]。熊咆龙吟殷岩泉[15],栗深林兮惊层巅。云青青兮欲雨,水澹澹兮生烟[16]。列缺霹雳[17],丘峦崩摧。洞天石扉[18],訇然中开[19]。青冥浩荡不见底[20],日月照耀金银台[21]。霓为衣兮风为马,云之君兮纷纷而来下[22]。虎鼓瑟兮鸾回车[23],仙之人兮列如麻[24]。忽魂悸以魄动[25],恍惊起而长嗟[26]。惟觉时之枕席[27],失向来之烟霞[28]。世间行乐亦如此,古来万事东流水。别君去兮何时还?且放白鹿青崖间[29],须行即骑访名山。安能摧眉折腰事权贵[30],使我不得开心颜!

（据清乾隆刻本王琦辑注《李太白文集》卷十五）

【注释】

(1) 天姥山:在浙江天台县西。传说登山的人能听到仙人天姥唱歌的声音,山因此得名。
(2) 瀛洲:神山名。古代传说中东海三座仙山——瀛洲、蓬莱和方丈。
(3) 微茫:隐约,迷离。信:果真,实在。
(4) 明灭:忽明忽暗。
(5) 势拔五岳:山势超过五岳。五岳,指东岳泰山、西岳华山、中岳嵩山、北岳恒山、南岳衡山。赤城:山名,在今浙江天县台北部。
(6) 天台:山名,在今浙江省天台县北。
(7) 因:依据。之:指越人的话。
(8) 镜湖:又名鉴湖,在今浙江省绍兴县。
(9) 剡溪:水名,在浙江嵊州南面。
(10) 谢公宿处:谢灵运游天姥山时,曾在剡溪这个地方住宿。
(11) 谢公屐:谢灵运穿的那种木屐。《宋书·谢灵运传》记载:谢灵运游山时曾穿一种特制的木屐,屐底装有活动的齿,上山时去掉前齿,下山时去掉后齿。
(12) 青云梯:高入青云的登山阶梯。
(13) 天鸡:《述异记》:"东南有桃都山,上有大树名曰桃都,枝相去三千里,上有天鸡。日出初照此木,天鸡则鸣,天下之鸡皆随之鸣。"
(14) 暝:天色昏暗。
(15) 殷:这里用作动词,震响,轰响。

（16）澹澹:水波动荡的样子。

（17）列缺:闪电。霹雳:雷鸣。

（18）洞天:道家称神仙居住的洞府。石扉,石门。

（19）訇然,形容声响巨大。

（20）青冥:指天空。浩荡:广阔远大的样子。

（21）金银台:古代传说中神仙居住的宫阙。

（22）云之君:云神。

（23）虎鼓瑟:山虎给云神弹瑟。鸾,传说中的如凤凰一类的鸟。回车:驾车,拉车。

（24）列:排列。如麻:极言其多。

（25）悸:心惊。

（26）恍:乍醒时心神不定的样子。

（27）觉时:醒时。

（28）向来:原来,指刚才梦境之中。

（29）白鹿:传说神仙或隐士多骑白鹿。

（30）摧眉折腰:低眉折腰。事:侍奉,伺候。

【简析】

　　此诗作于李白出翰林之后。唐玄宗天宝三载(744),李白在长安受到权贵的排挤,被迫离开京城。次年,李白将由东鲁南游吴越,写了这首描绘梦中游历天姥山的诗,留给在东鲁的朋友,所以也题作《别东鲁诸公》。

　　这是一首记梦诗,也是一首游仙诗。李白一生徜徉山水之间,热爱山水。此诗所描写的梦游,并非完全虚托,而是在神仙世界虚无缥缈的描述中,着眼于现实。梦游更适于超脱现实,更便于发挥他的想象和夸张的才能。以虚衬实,诗人为了突显天姥山的美景,也暗含了诗人对天姥山的向往,诗人用神奇的笔法,写得引人入胜。诗歌意境雄伟、变幻莫测、缤纷多彩的艺术形象,新奇独特的表现手法,向来为人传诵,被视为李白的代表作之一。

将进酒⁽¹⁾

　　君不见黄河之水天上来⁽²⁾,奔流到海不复回。君不见高堂明镜悲白发⁽³⁾,朝如青丝暮成雪。人生得意须尽欢,莫使金樽空对月。天生我材必有用,千金散尽还复来⁽⁴⁾。烹羊宰牛且为乐,会须一饮三百杯⁽⁵⁾。岑夫子,丹丘生⁽⁶⁾,将进酒,杯莫停⁽⁷⁾。与君歌一曲,请君为我倾耳听⁽⁸⁾。钟鼓馔玉不足贵⁽⁹⁾,但愿长醉不用醒。古来圣贤皆寂寞,惟有饮者留其名。陈王昔时宴平乐⁽¹⁰⁾,斗酒十千恣欢谑⁽¹¹⁾。主人何为言少钱,径须沽取对君酌⁽¹²⁾。五花马⁽¹³⁾,千金裘⁽¹⁴⁾,呼儿将出换美酒⁽¹⁵⁾,与尔同销万古愁。

（据清乾隆刻本王琦辑注《李太白文集》卷三）

【注释】

（1）将进酒:属汉乐府旧题。将(qiāng):请。

（2）天上来:高步瀛《唐宋诗举要》卷二:"河出昆仑,以其地极高,故曰从'天上来'。"

（3）高堂:高大的厅堂。此句意因高堂上的明镜照见自己的白发而感伤人生的短暂。

（4）千金散尽：李白为人轻财好施。

（5）会须：应该。

（6）岑夫子：岑勋。丹丘生：元丹丘。二人均为李白的好友。

（7）杯莫停：一作"君莫停"。

（8）倾：一作"侧"。

（9）钟鼓馔玉：代指富贵生活。钟鼓：乐器，古时富贵人家宴会中奏乐使用的乐器。馔玉：精美珍贵的食品。

（10）陈王：指曹植，曹植曾被封陈思王。平乐：宫观名，在洛阳西门外，为汉代富豪显贵的娱乐场所。

（11）斗酒十千：一斗酒要十千铜钱，极言酒美价昂。恣：纵情。欢谑：欢娱戏谑。

（12）径须：只管。沽取：将酒买来。

（13）五花马：指名贵的马。一说毛色作五花纹，一说颈上长毛修剪成五瓣。

（14）千金裘：价值千金的皮袄。

（15）将出：拿去。

【简析】

《将进酒》乐府旧题，题目意为"劝酒歌"。这首诗歌约创作于天宝十一载（752），诗人与友人岑勋在嵩山另一好友元丹丘的颍阳山居为客，三人登高畅饮，淋漓尽致地抒发酒性诗情。诗歌语言流畅，具有很强的感染力，李白"借题发挥"，借酒浇愁，既表达了时光易逝、人生短暂、怀才不遇又渴望入世的强烈感情，又抒发了对权贵的蔑视和自己怀才不遇的愤懑情绪。全诗大起大落，气势豪迈，感情奔放，诗情变幻莫测，由悲转乐，由乐转狂放，由狂放转激愤，再转狂放，最后以"万古愁"回应开篇。诗人用夸张的笔墨呈现出极富浪漫主义的色彩，深沉浑厚，气象不凡，诗中用长短不一、参差错落的句式，创造出节奏快慢多变的强烈效果。

蜀道难

噫吁嚱，危乎高哉[1]！蜀道之难，难于上青天。蚕丛及鱼凫，开国何茫然[2]。尔来四万八千岁[3]，不与秦塞通人烟[4]。西当太白有鸟道[5]，可以横绝峨眉巅[6]。地崩山摧壮士死，然后天梯石栈相钩连[7]。上有六龙回日之高标[8]，下有冲波逆折之回川[9]。黄鹤之飞尚不得过[10]，猿猱欲度愁攀援[11]。青泥何盘盘[12]，百步九折萦岩峦[13]。扪参历井仰胁息[14]，以手抚膺坐长叹[15]。问君西游何时还[16]？畏途巉岩不可攀[17]。但见悲鸟号古木，雄飞雌从绕林间。又闻子规啼夜月[18]，愁空山。蜀道之难，难于上青天，使人听此凋朱颜[19]。连峰去天不盈尺，枯松倒挂倚绝壁。飞湍瀑流争喧豗[20]，砯崖转石万壑雷[21]。其险也如此，嗟尔远道之人胡为乎来哉！剑阁峥嵘而崔嵬[22]，一夫当关，万夫莫开。所守或匪亲，化为狼与豺[23]。朝避猛虎，夕避长蛇[24]，磨牙吮血[25]，杀人如麻。锦城虽云乐[26]，不如早还家。蜀道之难，难于上青天，侧身西望长咨嗟[27]！

（据清乾隆刻本王琦辑注《李太白文集》卷三）

【注释】

（1）噫吁嚱：蜀地方言，三个惊叹词连用，表示十分惊讶。危：高。

（2）蚕<u>丛</u>、鱼凫：传说中蜀国两个开国的国王。西汉扬雄《蜀本王纪》记载："蜀王之先，名蚕<u>丛</u>、柏灌、鱼凫、蒲泽、开明。……从开明上至蚕<u>丛</u>，积三万四千岁。"茫然：时间久远，事迹难考。

（3）尔来：自蚕<u>丛</u>、鱼凫开国以来。四万八千岁：极言年代久远。

（4）秦塞：秦地。塞：山川险阻的地方。通人烟：指人们相互来往。

（5）太白：山名，又名太乙山，在长安西（今陕西眉县、太白县一带）。鸟道：只有鸟能飞过，人迹所不能至，形容陡峭山路高入云霄。

（6）横绝：横渡。峨眉：山名，在今四川省峨眉县西南。巅：顶峰。

（7）地崩山摧：《华阳国志·蜀志》：相传秦惠王许嫁五女给蜀王，蜀王派五位壮士去迎接，返回到梓潼（今四川剑阁之南）的时候，见一大蛇钻进山洞，五位壮士拉住蛇尾用力往外拽，结果山崩地裂，壮士和美女都被压死，山分为五岭，从此秦蜀之间才可以通行。天梯：指高峻的山路。石栈：栈道。

（8）六龙回日：古代神话。羲和驾着六龙所拉的车子在载着太阳在空中运行，这里指蜀中山路险要，连羲和也得回车。高标：指蜀山的最高峰成为那一带高山的标志。

（9）冲波逆折：激浪倒涌。回川：迂回曲折的河川。

（10）黄鹤：黄鹄，善飞的大鸟。

（11）猿猱（náo）：蜀山中最善攀援的猴类。

（12）青泥：青泥岭，在今甘肃徽县南，陕西略阳县北。盘盘：曲折回旋的样子

（13）萦：盘绕。

（14）"扪参历井"句：指山高入天，行人前行可以摸到路边的星星。参、井，古代天文上两星宿名。胁息：屏住呼吸。

（15）膺：胸口。

（16）君：泛指行人。

（17）畏途：可怕的路途。巉岩：险恶陡峭的山壁。

（18）子规：即杜鹃鸟，蜀地最多，鸣声悲哀，似乎劝人"不如归去"。

（19）凋：凋谢。朱颜：年轻的容貌。这句指青春的容颜为之憔悴。

（20）飞湍：激流。瀑流：瀑布。喧豗（huī）：喧闹声，这里指急流和瀑布发出的巨大响声。

（21）砯崖：水撞岩石之声。转石：激流翻滚着大石。万壑雷：形容声音宏大，好像万壑雷鸣。

（22）剑阁：又名剑门关，在四川剑阁县北，是大、小剑山之间的一条栈道，长约三十余里。峥嵘：高峻的样子。崔嵬：突兀不平的样子。

（23）"一夫"四句：化用西晋张载《剑阁铭》："一人荷戟，万夫趑趄。形胜之地，匪亲勿居"，反映李白内心的忧患。匪，同"非"。

（24）猛虎、长蛇：泛指危害人民的叛乱者。

（25）吮：吸。

（26）锦城：即锦官城，成都的别称。这里代指整个四川。

（27）咨嗟：叹息。

【简析】

　　本诗是依据乐府旧题《蜀道难》，大约是在天宝初年，李白第一次到长安时所写。诗人大体按照由古到今、从秦入蜀的线索，抓住各处山水特点来描写，从而突出蜀道之难。诗人用浪

漫主义的手法,展开丰富的想象,以"蜀道之难,难于上青天"贯穿全篇,从神话传说、自然环境之恶劣、人事忧患几方面具体写蜀道之难,艺术又真实地再现了蜀道峥嵘、突兀、崎岖等奇丽惊险和不可凌越的磅礴气势,借以歌咏蜀地山川的壮秀,显示出祖国山河的雄伟壮丽。殷璠在《河岳英灵集》中称此诗:"奇之又奇,自骚人以还,鲜有此体调。"关于此篇主题,前人有种种寓意之说,明人胡震亨、顾炎武认为,李白"自为蜀咏","别无寓意"。今人有谓此诗表面写蜀道艰险,实则写仕途坎坷,至今尚无定论。

望庐山瀑布⁽¹⁾

日照香炉生紫烟⁽²⁾,遥看瀑布挂前川⁽³⁾。飞流直下三千尺,疑是银河落九天⁽⁴⁾。

(据清乾隆刻本王琦辑注《李太白文集》卷二十一)

【注释】

(1)望庐山瀑布:李白原作共二首,这是第二首。
(2)"日照"句:在阳光照射之下,香炉峰上云烟缭绕,呈现一片紫色。香炉:香炉峰,庐山西北部的高峰。
(3)前川:一作"长川"。
(4)银河:天河。

【简析】

《望庐山瀑布》李白原作共二首,这是第二首,广为传诵。此诗是李白五十岁左右隐居庐山时所写。诗中形象地描绘了庐山瀑布雄奇壮丽的景色,反映了诗人对祖国大好河山的无限热爱。前两句描绘了庐山瀑布的奇伟景象,既有朦胧美,又有雄壮美;后两句用夸张的比喻和浪漫的想象,进一步描绘瀑布的浩大气势,可谓字字珠玑。

独坐敬亭山⁽¹⁾

众鸟高飞尽⁽²⁾,孤云独去闲⁽³⁾。相看两不厌⁽⁴⁾,只有敬亭山。

(据清乾隆刻本王琦辑注《李太白文集》卷二十三)

【注释】

(1)敬亭山:在今安徽宣城市北。
(2)尽:没有了。
(3)孤云:陶渊明《咏贫士诗》中有"孤云独无依"的句子。朱谏注:"言我独坐之时,鸟飞云散,有若无情而不相亲者。独有敬亭之山,长相看而不相厌也。"独去闲:独去,独自去。闲,形容云彩飘来飘去,悠闲自在的样子。
(4)两不厌:指诗人和敬亭山而言。厌:满足。

【简析】

上元二年(761),李白已逾花甲,在经历了安史之乱后的漂泊流离,经历了蒙冤被囚禁的牢狱之灾,经历了戴罪流放的屈辱之后,李白第七次、也是最后一次来到宣城时,没有昔日友朋如云、迎来送往的场面,没有北楼纵酒、敬亭论诗的潇洒。他独自一人步履蹒跚地爬上敬亭山,独坐许久,触景生情,孤独凄凉袭上心头,情不自禁,吟下了《独坐敬亭山》这首千古绝唱。此诗前两句"众鸟高飞尽,孤云独去闲",看似写眼前之景,其实,把伤心之感写尽了。后两句"相看两不厌,只有敬亭山"用浪漫主义手法,将敬亭山人格化、个性化。借此地无言之景,抒内心无奈之情。诗人在被拟人化了的敬亭山中寻到慰藉,似乎少了一点孤独感。

月下独酌

　　花间一壶酒,独酌无相亲。举杯邀明月,对影成三人。月既不解饮[1],影徒随我身。暂伴月将影[2],行乐须及春。我歌月徘徊,我舞影零乱。醒时同交欢,醉后各分散。永结无情游[3],相期邈云汉[4]。

　　　　　　　　　　　　　　　(据清乾隆刻本王琦辑注《李太白文集》卷二十三)

【注释】

(1) 解:懂得。
(2) 将:共、与。
(3) 无情游:忘却世情的交游。
(4) "相期"句:相约漫游于高远的仙境。邈,高远。云汉,银河,这里指仙境。

【简析】

　　原诗共四首,此是第一首。这首诗约作于唐玄宗天宝三载(744),时李白在长安,政治理想不能实现,处于官场失意之时,心情是孤寂苦闷的。因有此作诗,表现诗人在月夜花下独酌、无人亲近的冷落情景。诗人运用丰富的想象,表现出由孤独到不孤独,由不孤独到孤独,再由孤独到不孤独的一种复杂感情。全诗表现了诗人怀才不遇的寂寞和孤傲,也表现了他放浪形骸、狂荡不羁的性格。沈德潜说:"脱口而出,纯乎天籁,此种诗人不易学。"(《唐诗别裁集》)

黄鹤楼送孟浩然之广陵[1]

　　故人西辞黄鹤楼[2],烟花三月下扬州[3]。孤帆远影碧空尽[4],唯见长江天际流[5]。

　　　　　　　　　　　　　　　(据清乾隆刻本王琦辑注《李太白文集》卷十五)

【注释】

(1) 黄鹤楼:中国著名的名胜古迹,故址在今湖北武汉市武昌蛇山的黄鹄矶上,属于长江下游地带,传说三国时期的费祎于此登仙乘黄鹤而去,故称黄鹤楼。孟浩然:李白的朋友。之:往、到达。广陵:即扬州。
(2) 故人:老朋友,这里指孟浩然。辞:辞别。
(3) 烟花:形容柳絮如烟、鲜花似锦的春天景物,这里指艳丽的春景。下:顺流向下而行。
(4) 碧空尽:消失在碧蓝的天际。尽:尽头,消失了。碧空:一作"碧山"。
(5) 唯见:只看见。天际:天边。

【简析】

此作是李白出蜀漫游期间的作品。唐玄宗开元十五年(727 年),李白东游归来寓居安陆,其间结识了长他十二岁的孟浩然。两人成了挚友。开元十八年(730 年)三月,李白得知孟浩然要去广陵(今江苏扬州),约孟浩然在江夏(今武汉市武昌区)相会。几天后,孟浩然乘船东下,李白亲自送到江边。临别时写下了这首诗作,这首送别诗有它特殊的感情色调,表现的是一种充满诗意的离别,在愉快的分手中带着诗人李白的向往。诗人描绘眼前景象,又不单纯是写景,体现其对朋友的一片深情。

闻王昌龄左迁龙标遥有此寄(1)

杨花落尽子规啼(2),闻道龙标过五溪(3)。我寄愁心与明月,随风直到夜郎西(4)。

(据清乾隆刻本王琦辑注《李太白文集》卷十三)

【注释】

(1) 左迁:贬官下迁。龙标:古地名,唐朝置县,今湖南省黔阳县。
(2) 子规:即杜鹃鸟,相传其啼声哀婉凄切。
(3) 五溪:是武溪、巫溪、西溪、沅溪、辰溪五条河的总称,在今湖南省西部贵州省东部。
(4) 夜郎:古代国名,在今贵州省西部、北部以及云南、四川、广西部分地区。唐夜郎县在今贵州省正安县西北。

【简析】

此诗大约作于唐玄宗天宝十二载(753)。当时王昌龄从江宁丞被贬为龙标县(今湖南省洪江市)尉,李白在扬州听到好友被贬后写下了这首诗。诗以漂泊不定的杨花和悲鸣的子规起兴,以景衬情,渲染出感伤的气氛,以丰富的想象,将本来无知无情的明月,变成了一个了解自己、富于同情的知心人,从而表达对朋友的思念、关切、担忧之情,构思奇特,情韵悠长。

杜甫诗(十首)

杜甫(712—770),字子美,自称"杜陵布衣""少陵野老"。因曾在朝廷担任过左拾遗、检校工部员外郎等职,故世又称"杜拾遗""杜工部"。他在中国古典诗歌中影响深远,被后人誉为"诗圣",他的诗被称为"诗史"。现存诗歌大约有一千五百首,多集于《杜工部集》。

望岳

岱宗夫如何(1)?齐鲁青未了(2)。造化钟神秀(3),阴阳割昏晓(4)。荡胸生曾云(5),决眦入归鸟(6)。会当凌绝顶(7),一览众山小(8)。

(据清康熙刻本《杜诗详注》卷一)

【注释】

（1）岱宗:指泰山。古代以泰山为五岳之首。夫:语助词。

（2）齐鲁:原是春秋时期两个国名,在今山东一带,后以齐鲁为这一地区的代称。古代齐鲁两国以泰山为界,山北为齐国,山南为鲁国。青:指苍郁的山色。未了:不尽。

（3）"造化"句:指大自然将神秀都赋予泰山,泰山是天地间一切神秀之气的集中所在。造化:大自然。钟:聚集,集中。神秀:神奇,秀丽。

（4）阴:山之北。阳:山之南。割:割开,划分。昏晓:黄昏和早晨。这句极言泰山之高,同一时间山南山北竟然有别,如同昏晓。

（5）荡:涤荡。曾:通"层"。这句是说远望层云叠起,心胸像经过洗涤一般。

（6）决眦:尽力睁大眼睛。决:裂开。眦:眼眶。入:收入眼里,看到。

（7）会当:应当,定要。凌:登上。

（8）"一览"句:语本《孟子．尽心上》:"登泰山而小天下。"

【简析】

　　杜甫《望岳》共三首,分别咏东岳泰山、南岳衡山和西岳华山。这首诗是望东岳泰山,全诗没有一个"望"字,却紧紧围绕诗题"望岳"的"望"字着笔,由远望到近望,再到凝望,最后是俯望。本诗是杜甫青年时代的作品,诗人描写了泰山雄伟磅礴的气象,抒发了自己勇于攀登、傲视一切的雄心壮志,洋溢着蓬勃向上的朝气,体现了诗人青年时代的浪漫与激情。"会当凌绝顶,一览众山小",富于哲理,为人传诵。

兵车行⁽¹⁾

　　车辚辚⁽²⁾,马萧萧⁽³⁾,行人弓箭各在腰⁽⁴⁾。耶娘妻子走相送⁽⁵⁾,尘埃不见咸阳桥⁽⁶⁾。牵衣顿足拦道哭,哭声直上干云霄⁽⁷⁾。道旁过者问行人,行人但云点行频⁽⁸⁾。或从十五北防河⁽⁹⁾,便至四十西营田⁽¹⁰⁾。去时里正与裹头⁽¹¹⁾,归来头白还戍边。边庭流血成海水,武皇开边意未已⁽¹²⁾。君不闻汉家山东二百州⁽¹³⁾,千村万落生荆杞⁽¹⁴⁾。纵有健妇把锄犁,禾生陇亩无东西⁽¹⁵⁾。况复秦兵耐苦战⁽¹⁶⁾,被驱不异犬与鸡。长者虽有问,役夫敢申恨⁽¹⁷⁾?且如今年冬⁽¹⁸⁾,未休关西卒⁽¹⁹⁾。县官急索租,租税从何出?信知生男恶,反是生女好。生女犹得嫁比邻,生男埋没随百草⁽²⁰⁾。君不见青海头⁽²¹⁾,古来白骨无人收。新鬼烦冤旧鬼哭⁽²²⁾,天阴雨湿声啾啾⁽²³⁾。

（据清康熙刻本《杜诗详注》卷二）

【注释】

（1）兵车行:诗人自拟的乐府新题。

（2）辚辚:车行声。《诗经·秦风·车辚》:"有车辚辚"。

（3）萧萧:马嘶叫声。《诗经·小雅·车攻》:"萧萧马鸣"。

（4）行人:指被征从军出发的士兵。

（5）耶:通"爷"。

（6）见:现。咸阳桥:指便桥,汉武帝所建,唐时为长安通往西北的必经之路。

（7）干:冲。干云霄:冲犯云霄。

（8）点行：征兵用语，按名册顺序点名征调壮丁。频：频繁。

（9）或：不定指代词，有的、有的人。防河：玄宗时常与吐蕃发生战争，所以曾征召陇右、关中、朔方诸军集结河西一带防御。因其地在长安以北，所以说"北防河"。

（10）西营田：古时实行屯田制，军队无战事即种田，有战事即作战。"西营田"也是为了防备吐蕃。

（11）里正：唐制，每百户设一里正，为百户之长，负责检查民事、管理户口等。裹头：男子成丁，就裹头巾，类似古时成年加冠。新兵因为年纪小，所以需要里正给他裹头。

（12）武皇：汉武帝刘彻。唐诗中常有以汉指唐的委婉避讳方式。这里借武皇代指唐玄宗，下文"汉家"也是指唐王朝。开边：用武力开拓边疆。

（13）山东：泛指崤山或华山以东。

（14）荆杞：荆棘与杞柳，以野生灌木说明村落的荒凉。

（15）陇亩：田地。陇，通"垄"。无东西：意思是禾苗杂乱，行列不整齐。

（16）况复：更何况。秦兵：指关中一带的士兵。

（17）长者：即上文的"道旁过者"，也指有名望的人，即杜甫。役夫：行役的人。敢：岂敢，怎么敢。申恨：说出自己的怨恨。

（18）且如：就如。

（19）关西卒：当时指函谷关以西的被征的士兵。这两句说，因为对吐蕃的战争还未结束，所以关西的士兵都不能罢遣归家。

（20）"信知"四句：重男轻女是旧时代的普遍心理，这里用反常的现象来反映社会战争对百姓心理的巨大影响。信知：真正明白。比邻：近邻。县官：官府。

（21）青海头：即青海边。唐朝与少数民族多在这一带发生大规模的战争，唐军死亡较多。

（22）烦冤：愁烦冤屈。

（23）啾啾：拟声词，形容凄厉的哭叫声。

【简析】

　　这首诗歌是讽世伤时之作。天宝以后，唐王朝对西北、西南少数民族的战争越来越频繁。连年不断的大规模战争，不仅给边疆少数民族带来沉重灾难，也给广大中原地区人民带来同样的不幸。"行"是乐府歌曲的一种体裁，诗人没有沿用古题，而是缘事而发，即事名篇，自创新题，运用乐府民歌的形式。深刻反映了人民的苦难生活，讽刺唐玄宗的穷兵黩武，连年征战，给人民造成巨大的灾难，具有深刻的思想内容，艺术上也非常突出。诗人先写征人送别，次借征夫对老者的答话进行控诉，最后诗人发出喟叹"信知生男恶，反是生女好。生女犹得嫁比邻，生男埋没随百草"。全诗寓情于叙事之中，多处使用了民歌的"顶针"手法，读起来音调和谐动听，声调抑扬顿挫。另外，还运用了对话方式和一些口语，自然通俗，明快亲切，是杜诗名篇，为历代推崇。

自京赴奉先县咏怀五百字⁽¹⁾

　　杜陵有布衣⁽²⁾，老大意转拙⁽³⁾。许身一何愚⁽⁴⁾，窃比稷与契⁽⁵⁾。居然成濩落⁽⁶⁾，白首甘契阔⁽⁷⁾。盖棺事则已，此志常觊豁⁽⁸⁾。穷年忧黎元⁽⁹⁾，叹息肠内热。取笑同学翁⁽¹⁰⁾，浩歌弥激烈⁽¹¹⁾。非无江海志⁽¹²⁾，潇洒送日月⁽¹³⁾。生逢尧舜君⁽¹⁴⁾，不忍便永诀⁽¹⁵⁾。当今廊庙具⁽¹⁶⁾，构

厦岂云缺⁽¹⁷⁾？葵藿倾太阳⁽¹⁸⁾，物性固莫夺⁽¹⁹⁾。顾惟蝼蚁辈⁽²⁰⁾，但自求其穴。胡为慕大鲸⁽²¹⁾，辄拟偃溟渤⁽²²⁾？以兹悟生理⁽²³⁾，独耻事干谒⁽²⁴⁾。兀兀遂至今⁽²⁵⁾，忍为尘埃没⁽²⁶⁾。终愧巢与由⁽²⁷⁾，未能易其节⁽²⁸⁾。沉饮聊自遣⁽²⁹⁾，放歌颇愁绝⁽³⁰⁾。

岁暮百草零，疾风高冈裂。天衢阴峥嵘⁽³¹⁾，客子中夜发⁽³²⁾。霜严衣带断，指直不得结。凌晨过骊山⁽³³⁾，御榻在嵽嵲⁽³⁴⁾。蚩尤塞寒空⁽³⁵⁾，蹴踏崖谷滑。瑶池气郁律⁽³⁶⁾，羽林相摩戛⁽³⁷⁾。君臣留欢娱，乐动殷胶葛。赐浴皆长缨⁽³⁸⁾，与宴非短褐⁽³⁹⁾。彤庭所分帛⁽⁴⁰⁾，本自寒女出。鞭挞其夫家，聚敛贡城阙⁽⁴¹⁾。圣人筐篚恩⁽⁴²⁾，实欲邦国活⁽⁴³⁾。臣如忽至理⁽⁴⁴⁾，君岂弃此物？多士盈朝廷⁽⁴⁵⁾，仁者宜战栗⁽⁴⁶⁾。况闻内金盘⁽⁴⁷⁾，尽在卫霍室⁽⁴⁸⁾。中堂舞神仙⁽⁴⁹⁾，烟雾散玉质⁽⁵⁰⁾。暖客貂鼠裘⁽⁵¹⁾，悲管逐清瑟⁽⁵²⁾。劝客驼蹄羹，霜橙压香橘。朱门酒肉臭⁽⁵³⁾，路有冻死骨。荣枯咫尺异⁽⁵⁴⁾，惆怅难再述。

北辕就泾渭⁽⁵⁵⁾，官渡又改辙⁽⁵⁶⁾。群冰从西下⁽⁵⁷⁾，极目高崒兀⁽⁵⁸⁾。疑是崆峒来⁽⁵⁹⁾，恐触天柱折⁽⁶⁰⁾。河梁幸未坼⁽⁶¹⁾，枝撑声窸窣⁽⁶²⁾。行旅相攀援，川广不可越。老妻寄异县⁽⁶³⁾，十口隔风雪。谁能久不顾，庶往共饥渴⁽⁶⁴⁾。入门闻号咷⁽⁶⁵⁾，幼子饿已卒。吾宁舍一哀⁽⁶⁶⁾，里巷亦呜咽⁽⁶⁷⁾。所愧为人父，无食致夭折。岂知秋未登，贫窭有仓卒⁽⁶⁸⁾。生常免租税⁽⁶⁹⁾，名不隶征伐。抚迹犹酸辛，平人固骚屑。默思失业徒⁽⁷⁰⁾，因念远戍卒。忧端齐终南⁽⁷¹⁾，澒洞不可掇⁽⁷²⁾。

（据清康熙刻本《杜诗详注》卷四）

【注释】

(1) 奉先县：陕西省蒲城县。唐玄宗天宝十四载(755)冬十一月，杜甫由长安赴奉先县，探望寄居在那里的家属。

(2) 杜陵：地名，在长安城东南，杜甫祖籍杜陵。因此杜甫常自称"少陵野老"或"杜陵布衣"。布衣：平民。当时杜甫任右卫率府胄曹参军八品小官，官职甚微，因而自称布农以别权贵。老大：杜甫此时已四十四岁。拙：笨拙。这句说年龄越大，越不能屈志随俗；同时亦有自嘲老大无成之意。

(3) 意：意趣，志向。拙：笨拙。

(4) 许身：自期，自许。

(5) 窃比：私下比拟。稷与契：古代传说中舜帝的两个大臣，稷是周代祖先，教百姓种植五谷；契是殷代祖先，掌管文化教育。

(6) 居然：竟然。澒落：同瓠落，廓落，大而无用，空廓无用的意思。契阔：辛勤劳苦。

(7) 契阔：辛勤劳苦。

(8) 觊(jì)豁：希望达到。这两句意思是说，只要生命还在延续，就要坚持不懈地去实现理想。

(9) 穷年：终年。黎元：老百姓。

(10) 翁：对别人的尊称。

(11) 浩歌：慷慨悲歌。弥：更加。这两句的意思是：遇到别人的耻笑，我的志向更加坚定。

(12) 江海志：隐居之志。

(13) 潇洒送日月：指无拘无束、自由自在地生活。

(14) 尧舜君：此以尧舜比唐玄宗。

(15) 永诀：这里指告别朝廷隐居江湖。

(16) 廊庙：朝廷。廊庙具：指担任朝廷重任的治国良才。

（17）构厦：指治理国家。

（18）葵藿：葵是向日葵,藿是豆叶。以葵藿倾日来比喻忠君之意。

（19）莫夺：莫,一作"难"。这里指忠君为国心性难改。

（20）顾惟：回头想一想。蝼蚁辈：比喻那些钻营利禄的人。

（21）胡为：为何。大鲸：比喻有远大理想者。

（22）辄拟：经常打算。偃溟渤：游息于大海,表示施展自己的抱负。

（23）以兹：以此,即上文中"蝼蚁"与"大鲸"的对比。误生理：懂得了人生的道理。悟,一作"误"。

（24）事：从事。干谒：求见权贵。

（25）兀兀：穷困劳碌的样子。

（26）忍：不忍。

（27）巢与由：巢父、许由都是尧时的隐士。

（28）易其节：改变自己的志节。

（29）聊自遣：自我排遣。

（30）"放歌"句：放声高歌来排解自己的忧愁。

（31）天衢（qú）：天空。峥嵘：原是形容山势,这里用来形容阴云密布。

（32）客子：此为杜甫自称。发：出发。

（33）骊山：在今陕西临潼县南。

（34）御榻：指皇帝的坐榻,这里借指皇帝。嶻嵲（dì niè）：形容山高,这里指骊山。

（35）蚩尤：传说中黄帝时的诸侯。黄帝与蚩尤作战,蚩尤作大雾以迷惑对方,这里以蚩尤代指大雾。

（36）瑶池：传说中西王母与周穆王宴会的地方,这里指骊山温泉。郁律：热气蒸腾的样子。

（37）羽林：皇帝的禁卫军,摩戛（jiá）：武器相碰撞的声音,说明卫士众多。

（38）长缨：指权贵。缨,帽带。

（39）短褐：粗布短袄,此指平民。

（40）彤庭：朝廷。彤,朱红色,宫廷建筑多用朱红色来涂饰。

（41）聚敛：搜括。

（42）圣人：指皇帝。筐篚（fěi）：两种盛物的竹器。古代皇帝以筐、篚盛布帛赏赐群臣,以示恩宠。

（43）邦国活：指国家的生存与发展。

（44）忽：忽视。至理：最根本的道理,即上文中的"圣人筐篚恩,实欲邦国活。"

（45）多士：众多的官员。

（46）战栗：恐惧。"多士"两句意为：朝臣众多,凡是有仁心的都会为此而警惕。

（47）内金盘：宫中皇帝御用的金盘。

（48）卫、霍：指汉代大将卫青、霍去病,都是汉武帝的亲戚。这里喻指杨贵妃的从兄、权臣杨国忠。

（49）神仙：指美女。

（50）烟雾：形容美女所穿的如烟如雾的薄薄的纱衣。玉质：指舞女的肌肤。

（51）"暖客"以下四句：极写贵族生活豪华奢侈。

（52）清瑟：因瑟音清逸,故称清瑟。

（53）"朱门"两句：为全诗诗眼。朱门，指权贵之家。臭，通"嗅"，古意为气味。

（54）荣：指富贵豪华。枯：指贫困饥寒。

（55）北辕：车向北行。泾渭：二水名，在陕西临潼境内汇合。

（56）官渡：官设的渡口。

（57）群冰从西下：河水冲激着巨大的冰块，波翻浪涌。此后四句形容水势浩大惊心动魄的同时，表现了诗人对国家命运的担心。

（58）极目：放眼而望。崒兀：山势高峻的样子，形容波涌如山。

（59）崆峒：山名，在今甘肃省岷县。

（60）天柱：古代神话说，天的四角都有柱子支撑，叫天柱。

（61）坼：断裂。

（62）枝撑：桥的支柱。窸窣：拟声词，木桥摇晃的声音。

（63）寄：寄居。异县：指奉先县。

（64）庶：希望。共饥渴：共渡困苦的日子。

（65）号啕：大哭。

（66）宁：岂。

（67）里巷：指邻居。

（68）贫窭：贫穷。仓卒：此指意外的不幸。

（69）"生常"四句：意思是说，自己享有免租免役的待遇，遭遇还如此不幸，一般贫民的生活肯定更加困苦。

（70）失业徒：失去产业的人们。

（71）忧端齐终南：指诗人忧虑的情怀像终南山那样沉重。

（72）澒洞：广大的样子。

【简析】

天宝十四载（755）的十月、十一月间，杜甫由长安前往奉先县（今陕西蒲城）探望妻儿，有感于途中所见写下了这首诗。这一年十月，唐玄宗携杨贵妃往骊山华清宫避寒，十一月，安禄山即举兵造反，只是安史之乱的消息还没有传到长安。然而诗人通过在长安往奉先县途中的见闻，已经感受社会动乱的端倪，所以诗中有"山雨欲来风满楼"的气氛，这显示出了诗人敏锐的观察力。诗人忧国忧民、忠君、念家、怀才不遇等思想情感，错综复杂地交织在一起，构成了这一博大浩瀚、沉郁顿挫的鸿篇巨制。此诗深刻地反映了当时尖锐的社会矛盾，"朱门酒肉臭，路有冻死骨"这一千古名句，形象地揭示出贫富悬殊的社会现实。诗歌反映了人民的苦难，揭露了执政集团的荒淫腐败，是杜甫"史诗"中的第一首长篇作品。

春望

国破山河在[1]，城春草木深[2]。感时花溅泪[3]，恨别鸟惊心[4]。烽火连三月[5]，家书抵万金[6]。白头搔更短[7]，浑欲不胜簪[8]。

（据清康熙刻本《杜诗详注》卷四）

【注释】

（1）国:国都,即京城长安(今陕西西安)。破:被攻破。

（2）城:指长安城,当时被叛军占领。深:茂盛;茂密。这两句包含有山河依旧而国事全非,草木茂盛而人烟稀少的意思。

（3）感时:感伤时局。

（4）恨别:悲伤,悔恨离别。惊:使……惊动。这两句互文,意思是:花鸟本为娱人之物,但因感时恨别,却使诗人见了反而堕泪惊心。

（5）烽火:古时边疆在高台上为报警点燃的火,这里指战争。连三月:连续多个月。

（6）抵万金:比喻家信之难得。抵,值。

（7）白头:白头发。搔:抓,挠。短:少。

（8）浑:简直。簪:一种束发的首饰,古代男子束发用簪。这两句意思是:头上的白发越搔越少,几乎难以插上簪子。

【简析】

此诗写于唐肃宗至德二载(757)陷于贼兵时。至德二年春,身处沦陷区的杜甫,春望荒城萧条零落的景象,触景伤情,抒发了诗人忧念国事、思念亲人的情感。全诗围绕"望"字展开,即景生情,情景交融,感情强烈,内容丰富,格律严谨,充分体现了"沉郁顿挫"的艺术风格,具有强烈的感人力量。"烽火连三月,家书抵万金"更是反映了典型时代背景下所生成的典型感受。

石壕吏

暮投石壕村⁽¹⁾,有吏夜捉人⁽²⁾。老翁逾墙走⁽³⁾,老妇出看门。吏呼一何怒⁽⁴⁾!妇啼一何苦!听妇前致词⁽⁵⁾:三男邺城戍⁽⁶⁾。一男附书至⁽⁷⁾,二男新战死。存者且偷生⁽⁸⁾,死者长已矣⁽⁹⁾!室中更无人,惟有乳下孙。有孙母未去⁽¹⁰⁾,出入无完裙⁽¹¹⁾。老妪力虽衰⁽¹²⁾,请从吏夜归。急应河阳役⁽¹³⁾,犹得备晨炊⁽¹⁴⁾。夜久语声绝⁽¹⁵⁾,如闻泣幽咽⁽¹⁶⁾。天明登前途,独与老翁别。

（据清康熙刻本《杜诗详注》卷七）

【注释】

（1）投:投宿。石壕村:现名干壕村,在今河南三门峡市东南。

（2）吏:官吏,低级官员,这里指抓壮丁的差役。

（3）逾:越过;翻过。走:跑,这里指逃跑。

（4）呼:诉说,叫喊。一何:何其、多么。

（5）前致词:指老妇走上前去(对差役)说话。致:对……说。

（6）邺城:即相州,在今河北省。戍:指郭子仪等合力围攻防守邺城的战役,这里有进攻之意。

（7）附书:托人带信。至,回来。

（8）偷生:苟且活着、勉强活着。

（9）长已矣:永远完了。已:停止,这里引申为完结。

（10）未：还没有。去：离开，这里指改嫁。

（11）完裙：完整的衣服。

（12）老妪：老妇人。

（13）应：响应。河阳：当时唐王朝官兵与叛军在此对峙，今河南省洛阳市吉利区（原河南省孟县）。

（14）犹得：还能够。

（15）夜久：夜深了。绝：断绝、停止。

（16）泣幽咽：指低微断续的哭声。有泪无声为"泣"，哭声哽塞低沉为"咽"。

【简析】

　　公元758年，为平息安史之乱，朝廷抽丁补充兵力。杜甫目睹了当时的现实，写了具有史诗性质的一组诗"三吏""三别"，《石壕吏》是其中的一首。这是一首杰出的现实主义叙事诗，全诗叙写了差吏到石壕村乘夜捉人征兵，连年老力衰的老妇也被抓服役的故事，揭露了官吏的残暴和兵役制度的黑暗，对安史之乱中人民遭受的苦难深表同情。诗寓抒情、议论于叙事之中，善于裁剪，艺术精炼，陆时雍称赞道："其事何长，其言何简。"

无家别

　　寂寞天宝后[1]，园庐但蒿藜[2]。我里百余家，世乱各东西。存者无消息，死者为尘泥。贱子因阵败[3]，归来寻旧蹊。久行见空巷，日瘦气惨凄[4]，但对狐与狸，竖毛怒我啼[5]。四邻何所有，一二老寡妻。宿鸟恋本枝，安辞且穷栖[6]。方春独荷锄，日暮还灌畦。县吏知我至，召令习鼓鞞。虽从本州役，内顾无所携。近行止一身，远去终转迷。家乡既荡尽，远近理亦齐[7]。永痛长病母，五年委沟溪[8]。生我不得力，终身两酸嘶[9]。人生无家别，何以为蒸黎[10]。

（据清康熙刻本《杜诗详注》卷七）

【注释】

（1）天宝后：指安史之乱以后。开篇是以追叙写起，追溯无家的原因。

（2）庐：即居住的房屋。此两句极为概括、极为沉痛地传达出安禄山乱后的悲惨景象，什么都没有，唯有一片野草。

（3）贱子：这位无家者的自谓。阵败：指邺城之败。

（4）日瘦：日光淡薄。

（5）怒我啼：对我发怒且啼叫。写出乡村的久已荒芜、野兽猖獗出没。

（6）"宿鸟"两句：自比宿鸟，表达诗人思恋故土，即便是困守穷栖也依旧在所不辞。
　　　终转迷，终究是前途迷茫，生死凶吉难料。此两句是以能够服役于本州而自幸。

（7）齐：齐同。这两句更进一层表达自己的悲伤：家乡已经一无所有，在本州当兵和在外县当兵没有什么区别。

（8）五年：从天宝十四载安禄山作乱到这一年正是五年。委沟溪：指母亲葬在山谷里。

（9）两酸嘶：是说母子两个人都忍受心酸。

（10）蒸黎：指劳动人民。蒸：众多。黎：平民。

【简析】

　　此诗作于唐肃宗乾元二年(759)春。安史之乱爆发,国家局势十分危急。为了迅速补充兵力,统治者实行了无限制、无章法、惨无人道的拉夫政策。杜甫亲眼目睹了这些现象,怀着矛盾、痛苦的心情,写成"三吏""三别"这组诗。诗通过一位老兵自叙,写归家时的所见所闻,以及又一次被征当兵无家可别的悲哀,展现了战乱对百姓的摧残。全诗寓情于景,以景衬情,细节描写生动传神,心理刻画细腻深刻。层次清晰,结构严谨,语言精练,感情充沛。

月夜忆舍弟⁽¹⁾

　　戍鼓断人行⁽²⁾,边秋一雁声⁽³⁾。露从今夜白⁽⁴⁾,月是故乡明。有弟皆分散,无家问死生⁽⁵⁾。寄书长不达⁽⁶⁾,况乃未休兵⁽⁷⁾。

(据清康熙刻本《杜诗详注》卷七)

【注释】

　(1) 舍弟:谦称自己的弟弟。
　(2) 戍鼓:戍楼上的更鼓。戍,驻防。断人行:指鼓声响起后,就开始宵禁。
　(3) 边秋:秋天的边地,边塞的秋天。
　(4) 露从今夜白:指在气节"白露"的一个夜晚。
　(5) "有弟"两句:意思是,弟兄分散、家园无存,互相都无从得知死生的消息。
　(6) 长:一直,老是。
　(7) 况乃:何况是。未休兵:战争还没有结束。

【简析】

　　本诗是乾元二年(759)秋,诗人在秦州所作。时值安史之乱,山东、河南都处于战乱之中。当时,杜甫的几个弟弟分散在这一带,因战乱而离散,诗人表达了对兄弟和家乡的绵绵愁思,对国家动荡的无限忧虑,反映了"安史之乱"给人民带来的痛苦和灾难。全诗结构严谨,前后照应,感情真切,沉郁顿挫。"露从今夜白,月是故乡明"两句是千古名句,广为传诵。

茅屋为秋风所破歌

　　八月秋高风怒号⁽¹⁾,卷我屋上三重茅⁽²⁾。茅飞渡江洒江郊,高者挂罥长林梢⁽³⁾,下者飘转沉塘坳。南村群童欺我老无力,忍能对面为盗贼。公然抱茅入竹去,唇焦口燥呼不得!归来倚杖自叹息。俄顷风定云墨色⁽⁴⁾,秋天漠漠向昏黑⁽⁵⁾。布衾多年冷似铁,娇儿恶卧踏里裂⁽⁶⁾。床头屋漏无干处,雨脚如麻未断绝⁽⁷⁾。自经丧乱少睡眠,长夜沾湿何由彻⁽⁸⁾!安得广厦千万间⁽⁹⁾,大庇天下寒士俱欢颜⁽¹⁰⁾,风雨不动安如山!呜呼!何时眼前突兀见此屋⁽¹¹⁾,吾庐独破受冻死亦足!

(据清康熙刻本《杜诗详注》卷十)

【注释】

　(1) 秋高:秋深。

（2）三：表示多数。

（3）挂罥(juàn)：悬挂。

（4）俄顷：不久、顷刻之间。

（5）漠漠：乌云密布的样子。

（6）恶卧：睡相不好。

（7）雨脚：雨点。

（8）彻：这里指彻夜、通宵的意思。

（9）安得：如何能得到。

（10）庇：遮蔽、保护。寒士：本指有文化人，此处泛指贫寒的人们。

（11）突兀：高耸的样子。

【简析】

　　上元二年(761)春，杜甫求亲告友，在成都浣花溪边盖了一座茅屋，总算有了一个栖身之所。不料到了八月，大风破屋，大雨接踵而至，床湿被冷，诗人彻夜难眠，感慨万千，写下了这篇脍炙人口的诗篇。诗中用铺叙的手法，先写茅屋被秋风吹破的情景，诗人焦急、痛苦、无奈的心情，接着写南村无知群童抢走茅草的情景和诗人归来的叹息、彻夜不眠的境况，最后诗人抒发了"大庇天下寒士"的愿望和理想。诗中句法、情感完美配合，七言、九言错杂，感叹的语气，抑扬的音调，表现了诗人博大的胸襟和忧国爱民的崇高精神。诗歌情意真切，文字朴素，为读者展现了一代诗圣的高尚情怀。

闻官军收河南河北⁽¹⁾

　　剑外忽传收蓟北⁽²⁾，初闻涕泪满衣裳⁽³⁾。却看妻子愁何在⁽⁴⁾，漫卷诗书喜欲狂⁽⁵⁾。白日放歌须纵酒⁽⁶⁾，青春作伴好还乡⁽⁷⁾。即从巴峡穿巫峡⁽⁸⁾，便下襄阳向洛阳⁽⁹⁾。

　　　　　　　　　　　　　　　　　　（据清康熙刻本《杜诗详注》卷十一）

【注释】

（1）官军：指唐王朝的军队。河南河北：指唐时黄河以南和及黄河以北地区。安史之乱时叛军的根据地，公元763年被官军收复。

（2）剑外：剑门关以外，这里指四川。当时杜甫流落在四川，也作剑南。蓟北：泛指唐代幽州、蓟州一带，今河北北部地区，是安史叛军的根据地。

（3）涕：眼泪。

（4）却看：再看，还看。妻子：妻子和孩子。愁何在：哪里还有一点的忧伤，愁已无影无踪。

（5）漫卷：胡乱地卷起(当时还没有刻板的书)。意思是说杜甫已经迫不及待地去整理行装准备回家乡去了。

（6）须：应当。纵酒：开怀痛饮。

（7）青春：指明丽的春天。

（8）即，是即刻。巴峡：按《太平御览》卷六五引《三巴记》云："阆、白二水合流，自汉中至始宁城下，入武陵，曲折三曲，有如巴字，亦曰巴江，经峻峡中，谓之巴峡。"杜诗中的巴峡即嘉陵江上游。巫峡：长江三峡之一，因穿过巫山得名。

（9）便:就的意思。襄阳:今属湖北。洛阳:古代城池,今属河南。此两句写的是还乡所采取
　　 的路线。

【简析】

　　此诗作于唐代宗宝应二年(763)春天。宝应元年(762)冬季,唐军在洛阳附近的衡水打
了一个大胜仗,收复了洛阳和郑(今河南郑州)、汴(今河南开封)等州,叛军头领薛嵩、张忠志
等纷纷投降。763 年,史思明的儿子史朝义兵败自缢,其部将田承嗣、李怀仙等相继投降,至
此,持续七年多的"安史之乱"宣告结束。杜甫是一个热爱祖国而又饱经丧乱的诗人,当时正
流落在四川,他听闻消息后,欣喜若狂作下此诗。全诗情感奔放,处处渗透着"喜"字,痛快淋
漓地抒发了作者无限喜悦兴奋的心情。因此被称为杜甫"生平第一快诗"。

登高⁽¹⁾

　　风急天高猿啸哀⁽²⁾,渚清沙白鸟飞回⁽³⁾。无边落木萧萧下⁽⁴⁾,不尽长江滚滚来。万里悲
秋常作客⁽⁵⁾,百年多病独登台⁽⁶⁾。艰难苦恨繁霜鬓⁽⁷⁾,潦倒新停浊酒杯⁽⁸⁾。

(据清康熙刻本《杜诗详注》卷二十)

【注释】

（1）登高:农历九月九日为重阳节,重阳节有登高的习俗。
（2）猿啸哀:指长江三峡中猿猴凄厉的叫声。《水经注·江水》引民谣云:"巴东三峡巫峡长,
　　 猿鸣三声泪沾裳。"
（3）渚:水中的小块陆地。回:回旋。
（4）落木:指秋天飘落的树叶。萧萧:风吹落叶的声音。
（5）万里:指远离故乡。常作客:指长期漂泊他乡。
（6）百年:一生的意思,这里借指晚年。
（7）艰难:指国家和自身命运。苦:极。繁:这里作动词,增多。
（8）潦倒:颓废、失意。这里指衰老多病、不得志。新停:重阳登高,例应喝酒,但杜甫晚年因
　　 肺病戒酒,所以说"新停"。

【简析】

　　此诗作于唐代宗大历二年(767)秋天,杜甫时在夔州。全诗通过登高所见秋江景色,倾诉
了诗人晚年漂泊、老病孤愁的凄楚孤寂之情。诗先写登高见闻,点明峡口、夔州秋季凄清宏阔
的特征,动静结合;再写登高所感,抒发诗人漂泊他乡、孤独寂寞、穷困潦倒、疾病缠身的凄苦寂
寥。此诗景为情设,情为景发,慷慨激越,动人心弦。胡应麟在《诗薮》中推崇此诗为古今七律
之冠,不愧为"旷世之作"。

刘长卿诗(一首)

刘长卿(约726～约786),字文房,汉族,宣城(今属安徽)人,唐代诗人。德宗建中年间,官终随州刺史,世称刘随州。工于诗,长于五言,自称"五言长城"。有《刘随州集》。

逢雪宿芙蓉山主人⁽¹⁾

日暮苍山远⁽²⁾,天寒白屋贫⁽³⁾。柴门闻犬吠⁽⁴⁾,风雪夜归人。

(据《四部丛刊》影印明正德刻本《刘随州诗集》卷一)

【注释】

(1) 宿:过夜,夜里睡觉。芙蓉山:山名,在今天的山东省临沂县南,山下有芙蓉湖。主人:指留宿诗人的人家。

(2) 暮:傍晚,天色将要暗的时候。苍山:山名。在今天的山东省临沂县东近百里。

(3) 白屋:这里是指茅草屋,很简陋的房屋。

(4) 柴门:用树枝和柴禾编制的简陋的门。后用来比喻穷苦人家。犬吠:狗叫。吠,狗叫。

【简析】

　　这是一首五言绝句,描绘的是一幅风雪夜归图。作者刘长卿,据元代辛文房《唐才子传》载:"长卿清才冠世,颇凌浮俗。性刚,多忤权门,故两逢迁斥,人悉冤之。"诗歌写的是严冬,应在作者遭贬之后。诗人运用极其凝练的诗笔,按照时间顺序展开,首句"日暮苍山远","日暮"点明时间,正是傍晚。"苍山远",是诗人风雪途中所见。次句"天寒白屋贫"点明投宿的地点。后两句写诗人投宿主人家以后的情景。"柴门闻犬吠",诗人进入茅屋已安顿就寝,忽从卧榻上听到吠声不止。"风雪夜归人",诗人猜想大概是芙蓉山主人披风戴雪归来了吧。就写作角度而言,前半首诗写的是所见之景,后半首诗则写的是所闻之声。全诗纯用白描手法,语言朴实无华,格调清雅淡静,却具有悠远的意境与无穷的韵味。

韦应物诗(一首)

韦应物(737—792),唐代诗人,汉族,长安(今陕西西安)人。因出任过苏州刺史,世称"韦苏州"。善于写景和描写隐逸生活著称。著有《韦苏州集》。

滁州西涧⁽¹⁾

独怜幽草涧边生⁽²⁾,上有黄鹂深树鸣⁽³⁾。春潮带雨晚来急⁽⁴⁾,野渡无人舟自横⁽⁵⁾。

(据《四部丛刊》影印明嘉靖刻本《韦江州集》卷八)

【注释】

（1）滁（chú）州：今安徽省滁州市。西涧：滁州城西郊的一条小溪，有人称上马河，即今天的西涧湖（原滁州城西水库）。
（2）独怜：爱怜（一种对幽草的独情）。
（3）深树：树荫深处。
（4）春潮：春天的潮汐。
（5）野渡：荒郊野外无人管理的渡口。横：指随意漂浮。

【简析】

这首诗是山水诗作中的名篇，也是韦应物的代表作之一。韦应物任滁州刺史时，游览至滁州西涧，写下了这首诗情浓郁的小诗。诗中描述的是山涧水边的幽静景象和诗人春游滁州西涧赏景和晚潮带雨的野渡所见，写的春潮、雨、野渡、舟自横虽然都是平常的景物，但经过诗人的点染，却成了一幅意境幽深的有韵之画。宋顾乐在《唐人万首绝句选评》中评价本诗说："写景清切，悠然意远，绝唱也。"在前、后两句中，诗人都运用了对比手法，并用"独怜""急""横"这样醒目的字眼加以强调，应当说是有引人思索的用意。

孟郊诗（一首）

孟郊（751—814），字东野，湖州武康（今浙江德清县）人，贞元十二年举进士，官溧阳尉。有"诗囚"之称，与贾岛齐名"郊寒岛瘦"。著有《孟东野诗集》。

游子吟

慈母手中线，游子身上衣。临行密密缝，意恐迟迟归[1]。谁言寸草心[2]，报得三春晖[3]。

（据《四部丛刊》影印明弘治刻本《孟东野诗集》卷一）

【注释】

（1）意恐：心里很担心。归：回家。
（2）寸草：小草，这里比喻儿女。
（3）三春晖：春天灿烂的阳光，指慈母之恩。三春：旧称农历正月为孟春，二月为仲春，三月为季春，合称三春。晖：阳光。形容母爱如春天温暖、和煦的阳光照耀着子女。

【简析】

本首诗是唐代诗人孟郊的五言古诗，属于古体诗。当是孟郊居官溧阳时的作品。作者仕途失意，饱尝了世态炎凉，此时愈觉亲情之可贵，于是写出这首发于肺腑、感人至深的颂母诗。全诗共三句三十字，采用白描的手法，通过回忆一个看似平常的临行前缝衣的场景，歌颂了母爱的伟大与无私，表达了诗人对母亲的感激以及对母亲深深的爱与尊敬之情。此诗情感真挚自然，千百年来一直脍炙人口。

韩愈诗(二首)

　　韩愈(768—824),字退之,河南河阳(今河南省孟州市)人。自称"郡望昌黎",世称"韩昌黎""昌黎先生"。唐代杰出的文学家、思想家、政治家,唐代古文运动的倡导者,被后人尊为"唐宋八大家"之首,与柳宗元并称"韩柳"。著有《韩昌黎集》等。

左迁至蓝关示侄孙湘(1)

　　一封朝奏九重天(2),夕贬潮州路八千(3)。欲为圣明除弊事,肯将衰朽惜残年(4)! 云横秦岭家何在(5)? 雪拥蓝关马不前(6)。知汝远来应有意(7),好收吾骨瘴江边(8)。

(据《韩昌黎诗集编年笺注》卷十,中华书局 2012 年版)

【注释】

(1) 左迁:下迁,指降职。蓝关:蓝田关,在今陕西省蓝田县南。侄孙湘:指孙湘,韩愈侄子韩老成的长子。

(2) 封:这里指谏书。一封:指韩愈《谏迎佛骨表》。朝奏:早晨送呈谏书。九重天:皇帝的宫阙,这里代指皇帝。

(3) 潮州:今广东潮安。州,一作"阳"。路八千:泛指路途遥远。八千,不是确数。

(4) "欲为"二句:想替皇帝除去有害的事,哪能因衰老就吝惜残余的生命。弊事:政治上的弊端,指迎佛骨事。肯:岂肯。衰朽:衰弱多病。惜残年:顾惜晚年的生命。

(5) 秦岭:即终南山,又名南山,太乙山。

(6) "雪拥"句:立马蓝关,大雪阻拦,前路艰危,心中感慨万分。拥,阻塞。

(7) 汝:你,指韩湘。应有意:应知道我此去凶多吉少。

(8) "好收"句:意思是自己必死于潮州,向韩湘交代后事。瘴江边:充满瘴气的江边,指贬所潮州。

【简析】

　　这首诗是韩愈在贬谪潮州途中创作的一首七言律诗,抒发了作者内心郁愤以及前途未卜的感伤情绪。感情真挚婉曲,诗风沉郁。潮州在今广东东部,距当时京师长安确有八千里之遥,那路途的困顿是不言而喻的。韩愈只身一人,仓促上路,走到蓝田关口时,他的侄孙韩湘匆匆赶来,来陪伴这位孤苦的老人,韩愈于是写下了这首诗,送给侄孙韩湘。首联直写自己获罪被贬的原因,三、四句直书"除弊事",认为自己是正确的,申述了自己忠而获罪和非罪远谪的愤慨,五、六句就景抒情,情悲且壮。结语沉痛而稳重。全诗容叙事、写景、抒情为一炉,诗味浓郁,感情真切,对比鲜明,是韩诗七律中的精品。

听颖师弹琴(1)

　　昵昵儿女语(2),恩怨相尔汝。划然变轩昂(3),勇士赴敌场。浮云柳絮无根蒂,天地阔远随飞扬[4]。喧啾百鸟群,忽见孤凤皇。跻攀分寸不可上,失势一落千丈强[5]。嗟余有两耳,未省听丝篁[6]。自闻颖师弹,起坐在一旁[7]。推手遽止之[8],湿衣泪滂滂[9]。颖乎尔诚能,无以冰炭置我肠[10]!

（据《韩昌黎诗集编年笺注》卷九,中华书局2012年版）

【注释】

（1）颖师:颖师是当时一位善于弹琴的和尚,他曾向几位诗人请求作诗表扬。李贺《听颖师弹琴歌》有"竺僧前立当吾门,梵宫真相眉棱尊"之句。

（2）昵(nì)昵:亲热的样子。尔汝:挚友之间不讲客套,以你我相称。这里表示亲近。《世说新语·排调》:"晋武帝问孙皓:闻南人好作尔汝歌,颇能为不?"尔汝歌是古代江南一带民间流行的情歌,歌词每句用尔或汝相称,以示彼此亲昵。

（3）划然:忽地一下。轩昂:形容音乐高亢雄壮。

（4）"浮云"两句:形容音乐飘逸悠扬。

（5）"喧啾"四句:形容音乐既有百鸟喧哗般的丰富热闹,又有主题乐调的鲜明嘹亮,高低抑扬,起伏变化。

（6）未省(xǐng):不懂得。丝篁(huáng):弹拨乐器,此指琴。

（7）起坐:忽起忽坐,激动不已的样子。

（8）遽(jù):急忙。

（9）滂滂:热泪滂沱的样子。

（10）冰炭置我肠:形容自己完全被琴声所左右,一会儿满心愉悦,一会儿心情沮丧。犹如说水火,两者不能相容。《庄子·人间世》:"事若成,则必有阴阳之患。"郭象注:"人患虽去,然喜惧战于胸中,固已结冰炭于五藏矣。"此言自己被音乐所感动,情绪随着乐声而激动变化。

【简析】

此篇作于元和十一年(816)。相传当时有一个名叫颖的和尚,从印度来到中国,人们尊称他为颖师。颖师善于演奏古琴,韩愈也慕名前来欣赏,并把他听颖师弹琴的感受写成了《听颖师弹琴》这首诗。诗从演奏的开始起笔,到琴声的终止完篇。全诗分为两部分,前十句从正面描写声音,后八句通过自己听琴的感受歌反映来侧面烘托琴声的优美动听。读罢全诗,颖师高超的琴技如可闻见。

刘禹锡诗（三首）

刘禹锡(772—842),字梦得,河南洛阳人,唐朝文学家、哲学家,有"诗豪"之称。有《刘梦得文集》,存世有《刘宾客集》。刘禹锡诗文俱佳,并著有哲学著作《天论》三篇。

酬乐天扬州初逢席上见赠[1]

巴山楚水凄凉地[2],二十三年弃置身[3]。怀旧空吟闻笛赋[4],到乡翻似烂柯人[5]。沉舟侧畔千帆过,病树前头万木春。今日听君歌一曲,暂凭杯酒长精神⁽⁶⁾。

（据瞿蜕园《刘禹锡集笺注》外集卷一,上海古籍出版社 1989 年版）

【注释】

（1）乐天:指白居易,字乐天。

（2）巴山楚水:指四川、湖南、湖北一带。古时四川东部属于巴国,湖南北部和湖北等地属于楚国。刘禹锡被贬后,迁徙于朗州、连州、夔州、和州等边远地区,这里用"巴山楚水"泛指这些地方。

（3）二十三年:从唐顺宗永贞元年(805)刘禹锡被贬为连州刺史,至宝历二年(826)冬应召,约二十二年。因贬地离京遥远,实际上到第二年才能回到京城,所以说二十三年。

（4）闻笛赋:指西晋向秀路过故友嵇康居所闻笛兴怀而写成的《思旧赋》。

（5）烂柯人:指晋人王质。相传晋人王质上山砍柴,看见两个童子下棋,就停下观看。等棋局终了,手中的斧柄(柯)已经朽烂。回到村里,才知道已过了一百年,同代人都已经亡故。作者以此典故表达自己遭贬二十三年恍如隔世的感慨。

（6）长(zhǎng):增长,振作。

【简析】

　　这是一首酬答诗。唐敬宗宝历二年(826),刘禹锡罢和州刺史任返洛阳,同时白居易从苏州归洛,两位诗人在扬州相逢。白居易在筵席上写了一首诗相赠:"为我引杯添酒饮,与君把箸击盘歌。诗称国手徒为尔,命压人头不奈何。举眼风光长寂寞,满朝官职独蹉跎。亦知合被才名折,二十三年折太多。"刘禹锡便写了《酬乐天扬州初逢席上见赠》来酬答他。本诗显示了诗人对世事变迁和仕宦升沉的豁达胸襟,表现了诗人的坚定信念和乐观精神。诗情起伏跌宕,沉郁中见豪放,是酬赠诗中优秀之作。其中"沉舟侧畔千帆过,病树前头万木春"两句为后人所熟知。

秋词（其一）

自古逢秋悲寂寥,我言秋日胜春朝⁽¹⁾。晴空一鹤排云上⁽²⁾,便引诗情到碧霄。

（据瞿蜕园《刘禹锡集笺注》卷二十六,上海古籍出版社 1989 年版）

【注释】

（1）春朝(zhāo):春初。朝,有早晨的意思,这里指的是刚开始。

（2）排云:推开白云。排:推开,有冲破的意思。

【简析】

　　《秋词二首》是唐代诗人刘禹锡的组诗作品,是诗人被贬朗州司马时所作。诗人一反过去文人悲秋的传统,赞颂了秋天的美好,并借一鹤直冲云霄的描写,表现了作者奋发进取的豪情和豁达乐观的情怀。诗人开篇,即以议论起笔,断然否定了前人悲秋的观念,接下来运用对比的手法,热情地赞美秋天,最后两句展现的,不仅仅是秋天的生机和素色,更多的是一种高扬的气概和高尚的情操。全诗气势雄浑,意境壮丽,融情、景、理于一炉,字里行间里均展示出作者那种乐观的情怀和昂扬的斗志。

竹枝词(其一)

杨柳青青江水平,闻郎江上唱歌声。东边日出西边雨,道是无晴却有晴[1]。

(据瞿蜕园《刘禹锡集笺注》卷二十七,上海古籍出版社1989年版)

【注释】

(1)"道是"句:语意双关,"晴"与"情"同音。

【简析】

　　《竹枝词》是巴渝一带的民间歌谣,刘禹锡在任夔州刺史时,依照这种歌谣的曲调写了十来首歌词,以本篇最为著名。这是一首描写青年男女爱情的诗歌。它描写了一个初恋的少女在杨柳青青、江平如镜的清丽的春日里,听到情郎的歌声所产生的内心活动。此诗以多变的春日天气来造成双关,以"晴"寓"情",具有含蓄的美,对于表现女子那种含羞不露的内在感情,十分贴切自然。诗歌语言平易,诗意清新,情调淳朴,历来受到读者喜爱。最后两句一直成为后世人们所喜爱和引用的佳句。

柳宗元诗(二首)

　　柳宗元(773—819),字子厚,汉族,河东(现山西运城永济一带)人,唐代文学家和思想家。世称"柳河东""河东先生",因官终柳州刺史,又称"柳柳州"。唐宋八大家之一,柳宗元与韩愈并称为"韩柳",与刘禹锡并称"刘柳",与王维、孟浩然、韦应物并称"王孟韦柳"。有《河东先生集》。

登柳州城楼寄漳汀封连四州[1]

　　城上高楼接大荒[2],海天愁思正茫茫[3]。惊风乱飐芙蓉水,密雨斜侵薜荔墙[4]。岭树重遮千里目,江流曲似九回肠[5]。共来百越文身地[6],犹自音书滞一乡。

(据《柳河东集》卷四十二,中华书局1974年版)

【注释】

(1)柳州:今属广西。漳州、汀洲:今属福建。封州、连州:今属广东。刺史:州的行政长官,相
　　当于后世的知府。
(2)接:目接,看到。大荒:广阔而荒僻的地区。
(3)"海天"两句:愁思如同海天一样茫茫无边。
(4)"惊风"两句:描写眺望暴风骤雨的景象,同时寄寓着仕途上风波险恶的感慨。飐
　　(zhǎn):吹动。芙蓉:指荷花。侵:拍打。薜荔:一种蔓生植物,也称木莲。

（5）江流：指柳江。九回肠：愁肠九转，形容愁绪缠结难解。

（6）百越：即百粤，指当时五岭以南各少数民族地区。文身：古代南方少数民族有在身上刺花
　　纹的风俗。

【简析】

　　这首诗是唐代诗人柳宗元于唐宪宗元和十年（815）创作的一首七律。此诗写成之后曾寄
赠四位共患难而天各一方的朋友（韩泰、韩晔、陈谏、刘禹锡），抒写思念朋友而难以见面之意，
表现出一种真挚的友谊，虽天各一方，却有无法自抑的相思之苦。此外，"海天愁思"中亦当包
括身世坎坷、世事莫测、仕途险恶之叹。诗人写风雨侵飐、岭树遮挡，不仅仅是言自然现象，也
蕴含了诗人遭贬以后忧恐烦乱的心境特点。诗的一、二句从登柳州城楼写起，为下文感物起兴
提供了宏大的画面，触景伤怀，衔接得天衣无缝。场景阔大，情谊融融。中间两联，承接上文，
按照由近及远的空间顺序，托物言志，借景抒怀。诗的三、四句叙写的是近景：描绘了夏天的风
雨境况；诗的五、六句叙写的是远景：借助于近景所触发的联想完成了由近及远的思路过渡。
视极远方，愁思暗生。这首诗赋中有比，象中含兴，情景交融，凄楚动人，展现了一幅情景交融
的动人图画，而抒情主人公的神态和情怀，也依稀可见。

渔翁

　　渔翁夜傍西岩宿⁽¹⁾，晓汲清湘燃楚竹⁽²⁾。烟销日出不见人，欸乃一声山水绿⁽⁴⁾。回看天
际下中流，岩上无心云相逐。

（出自《柳河东集》卷四十三，中华书局 1974 年版）

【注释】

（1）傍：靠近。西岩：当指永州境内的西山，作者有文《始得西山宴游记》。

（2）汲（jí）：取水。湘：湘江之水。楚：西山古属楚地。

（3）欸（ǎi）乃：象声词，一说指桨声，一说是人长呼之声。

【简析】

　　柳宗元这首山水小诗作于永州（今湖南零陵）。唐宪宗元和元年（806），柳宗元因参与永
贞革新而被贬永州，一腔抱负化为烟云，他承受着政治上的沉重打击，寄情于异乡山水，作了著
名的《永州八记》，并写下了许多吟咏永州地区湖光山色的诗篇，《渔翁》就是其中的一首代表
作。此诗通过渔翁在山水间获得内心宁静的描写，表达了作者在政治革新失败、自身遭受打击
后寻求超脱的心境。全诗就像一幅飘逸的风情画，充满了色彩和动感，境界奇妙动人。其中
"烟销日出不见人，欸乃一声山水绿"两句尤为人所称道。

白居易诗（四首）

　　白居易（772—846），字乐天，号香山居士，又号醉吟先生，祖籍太原，生于河南新郑，葬于

香山。唐代伟大的现实主义诗人,官至翰林学士、左赞善大夫。倡导新乐府运动。白居易的诗歌题材广泛,形式多样,语言平易通俗,有《白氏长庆集》传世。

上阳白发人⁽¹⁾

上阳人,上阳人,红颜暗老白发新。绿衣监使守宫门⁽²⁾,一闭上阳多少春。玄宗末岁初选入,入时十六今六十。同时采择百余人,零落年深残此身。忆昔吞悲别亲族,扶入车中不教哭。皆云入内便承恩,脸似芙蓉胸似玉。未容君王得见面,已被杨妃遥侧目⁽³⁾。妒令潜配上阳宫,一生遂向空房宿。宿空房,秋夜长,夜长无寐天不明。耿耿残灯背壁影,萧萧暗雨打窗声⁽⁴⁾。春日迟,日迟独坐天难暮。宫莺百啭愁厌闻⁽⁵⁾,梁燕双栖老休妒。莺归燕去长悄然,春往秋来不记年。唯向深宫望明月,东西四五百回圆。今日宫中年最老,大家遥赐尚书号⁽⁶⁾。小头鞋履窄衣裳⁽⁷⁾,青黛点眉眉细长。外人不见见应笑,天宝末年时世妆。上阳人,苦最多。少亦苦,老亦苦,少苦老苦两如何!君不见昔时吕向《美人赋》⁽⁸⁾,又不见今日上阳宫人白发歌!

(据文学古籍刊行社影印宋刻本《白氏长庆集》卷三)

【注释】

(1)上阳:上阳宫。
(2)绿衣监使:太监。
(3)遥:远远地。侧目:用斜眼看。
(4)耿耿:微微的光明。萧萧:风声。
(5)啭:鸣叫。
(6)大家:皇家。
(7)鞋(xié)履(lǚ):鞋。
(8)《美人赋》:作者吕向,用来讽刺当政者。

【简析】

《上阳白发人》是唐代诗人白居易创作的一首"愍怨旷"之作,作于作者任左拾遗时期。

这首诗用词平易质朴却发人深省,充分发扬了乐府民歌语言传统。作者以一位上阳白发宫女的语气自叙了其看似默默无闻、波澜不惊,实际却了无生趣、孤寂愁苦的一生。几十年的宫廷生涯,用简单几个场景(秋夜、残灯、暗雨、梁燕)就说完了,甚至是"春往秋来不记年",可见其生活的孤独、无聊和无望。正是这种不着色彩的平铺直叙,让人读来感到作为一个"人"的色彩被忽略,人生的长度在这里除了"遥赐尚书号",也变得毫无意义。作者以生动的细节描写、细腻的心理刻画、典型的环境烘托,呈现出了上阳宫女凄惨的一生,反映了无数宫女青春和幸福被葬送的残酷事实,控诉了最高封建统治者荒淫纵欲、摧残人性的事实。

长恨歌

汉皇重色思倾国,御宇多年求不得。杨家有女初长成,养在深闺人未识。天生丽质难自弃,一朝选在君王侧。回眸一笑百媚生,六宫粉黛无颜色。春寒赐浴华清池,温泉水滑洗凝脂。侍儿扶起娇无力,始是新承恩泽时。云鬓花颜金步摇,芙蓉帐暖度春宵。春宵苦短日高起,从此君王不早朝。承欢侍宴无闲暇,春从春游夜专夜。后宫佳丽三千人,三千宠爱在一身。金屋妆成娇侍夜,玉楼宴罢醉和春。姊妹弟兄皆列土,可怜光彩生门户⁽¹⁾。遂令天下父母心,不重生男重生女。骊宫高处入青云,仙乐风飘处处闻。缓歌慢舞凝丝竹,尽日君王看不足。渔阳鼙鼓动地来⁽²⁾,惊破《霓裳羽衣曲》。九重城阙烟尘生,千乘万骑西南行⁽³⁾。翠华摇摇行复止,西出都门百余里。六军不发无奈何,宛转蛾眉马前死⁽⁴⁾。花钿委地无人收,翠翘金雀玉搔头⁽⁵⁾。君王掩面救不得,回看血泪相和流。黄埃散漫风萧索,云栈萦纡登剑阁。峨嵋山下少人行,旌旗无光日色薄。蜀江水碧蜀山青,圣主朝朝暮暮情。行宫见月伤心色,夜雨闻铃肠断声。天旋地转回龙驭⁽⁶⁾,到此踌躇不能去。马嵬坡下泥土中,不见玉颜空死处。君臣相顾尽沾衣,东望都门信马归⁽⁷⁾。归来池苑皆依旧,太液芙蓉未央柳。芙蓉如面柳如眉,对此如何不泪垂?春风桃李花开日,秋雨梧桐叶落时。西宫南苑多秋草,宫叶满阶红不扫。梨园弟子白发新,椒房阿监青娥老⁽⁸⁾。夕殿萤飞思悄然,孤灯挑尽未成眠。迟迟钟鼓初长夜,耿耿星河欲曙天。鸳鸯瓦冷霜华重,翡翠衾寒谁与共?悠悠生死别经年,魂魄不曾来入梦。临邛道士鸿都客,能以精诚致魂魄。为感君王辗转思,遂教方士殷勤觅。排空驭气奔如电,升天入地求之遍。上穷碧落下黄泉,两处茫茫皆不见。忽闻海上有仙山,山在虚无缥缈间。楼阁玲珑五云起,其中绰约多仙子。中有一人字太真,雪肤花貌参差是。金阙西厢叩玉扃⁽⁹⁾,转教小玉报双成⁽¹⁰⁾。闻道汉家天子使,九华帐里梦魂惊。揽衣推枕起徘徊,珠箔银屏迤逦开。云鬓半偏新睡觉⁽¹¹⁾,花冠不整下堂来。风吹仙袂飘摇举,犹似霓裳羽衣舞。玉容寂寞泪阑干,梨花一枝春带雨。含情凝睇谢君王,一别音容两渺茫。昭阳殿里恩爱绝,蓬莱宫中日月长。回头下望人寰处⁽¹²⁾,不见长安见尘雾。唯将旧物表深情,钿合金钗寄将去⁽¹³⁾。钗留一股合一扇,钗擘黄金合分钿。但教心似金钿坚,天上人间会相见。临别殷勤重寄词,词中有誓两心知。七月七日长生殿,夜半无人私语时。在天愿作比翼鸟,在地愿为连理枝。天长地久有时尽,此恨绵绵无绝期⁽¹⁴⁾。

(据文学古籍刊行社影印宋刻本《白氏长庆集》卷十二)

【注释】

(1) 可怜:可爱。

(2) 渔阳:郡名。鼙(pí)鼓:古代骑兵用的小鼓,此借指战争。

(3) "千乘"句:安禄山破潼关,玄宗带领杨贵妃等向西南方向逃走。

(4) 蛾眉:美女的代称,此指杨贵妃。

(5) "花钿"句:均为首饰名,形容杨妃死后无人收拾。

(6) "天旋"句:指时局好转,郭子仪军收复长安。回龙驭:皇帝的车驾归来。

(7) 信马:无心鞭马,任马前进。

(8) 椒房:后妃居住之所,因以花椒和泥抹墙,故称。

(9) 玉扃:玉门。

(10) 小玉:吴王夫差的女儿,这里指杨玉环侍女。双成:西王母的侍女董双成,指杨玉环的侍女。

(11) 新睡觉:刚睡醒。

(12) 人寰:人间。

(13) 钿合:用黄金和珠宝镶嵌的盒子。

(14) 恨:遗憾。

【简析】

　　元和元年(806),白居易和朋友陈鸿、王质夫共同游历仙游寺,谈到了李、杨二人的故事,作《长恨歌》。《长恨歌》是一首抒情成分浓郁的叙事诗,诗人没有拘泥于历史,而是将李、杨二人的历史故事与民间传说结合起来,从中抽丝剥茧出来一首以爱情为主题的叙事诗歌。诗歌的开篇以大量华丽的辞藻修饰说明杨玉环的美貌以及唐明皇对她的宠爱,以至于有人认为这首诗是为了讽刺唐明皇的荒淫无度而作。实际上,正是这部分的华丽描写才能与杨贵妃死后的"伤心色"相对比,写出唐明皇的用情与"长恨"。两人生死相隔,唐明皇对杨贵妃的思念之情更是把诗歌的抒情特色发挥到了极致:从所见之景到所闻之声,从所到之处到所识之物,时时睹物思人,处处触景伤情。最后,情比金坚的两人在"仙山"的空间里依然未能重逢,徒留"长恨"无绝期。诗歌用词华丽、优美、形象、热烈,在故事叙述和人物塑造上,作者将叙事、写景、抒情三个艺术手段加以融合,营造了一个浪漫又凄美的爱情故事。诗歌选择以"情"作为主旋律,以主人公的情去打动感染读者,使之产生共鸣,取得了审美上的巨大成功。

卖炭翁

　　卖炭翁,伐薪烧炭南山中。满面尘灰烟火色,两鬓苍苍十指黑。卖炭得钱何所营? 身上衣裳口中食。可怜身上衣正单,心忧炭贱愿天寒。夜来城外一尺雪,晓驾炭车辗冰辙。牛困人饥日已高,市南门外泥中歇。翩翩两骑来是谁? 黄衣使者白衫儿。手把文书口称敕[1],回车叱牛牵向北。一车炭,千余斤,宫使驱将惜不得。半匹红绡一丈绫,系向牛头充炭直[2]。

　　　　　　　　　　　　　　　　　(据文学古籍刊行社影印宋刻本《白氏长庆集》卷四)

【注释】

　　(1) 敕:皇帝的命令。
　　(2) 直:价格、价值。

【简析】

　　《卖炭翁》是白居易创作的《新乐府》组诗中的一篇。诗歌继承了乐府诗的传统,直接揭露了黑暗腐败的社会现象。诗人开篇就交代了卖炭老人的生活全貌,"两鬓苍苍十指黑",虽已白发苍苍,但为了生活还在辛苦烧炭,"可怜身上衣正单,心忧炭贱愿天寒",强烈的对比突出了老人的生存之艰。"黄衣使者"一来,千斤炭只换来"半匹红绡一丈绫",因为是贵族统治者使用,老百姓只能"惜不得"。全诗语言通俗易懂,描写具体生动,对比处处可见,结尾戛然而止,含蓄有力。

赋得古原草送别[1]

　　离离原上草[2],一岁一枯荣。野火烧不尽,春风吹又生。远芳侵古道[3],晴翠接荒城。又送王孙去,萋萋满别情[4]。

　　　　　　　　　　　　　　　　(据文学古籍刊行社影印宋刻本《白氏长庆集》卷十三)

【注释】

(1) 赋得:按照规定的题目作诗,在题目前要加上"赋得"二字。
(2) 离离:青草茂盛的样子。
(3) 芳:指野草那浓郁的香气。侵:侵占,长满。
(4) 萋萋:茂盛的样子。

【简析】

据记载白居易当年拿这首诗见顾况,深得赞誉。这首小诗通过对草原上青草的枯荣变化阐发哲理,借此比喻年轻的生命、坚强的意志。诗的后半部分虽然写到离别,却不见离别的伤情,正是因为作者把这种离别与草原上青草的勃勃生机联系到一起,有枯也有荣,有散也有聚,故而他对生活也充满希望。

李贺诗(二首)

李贺(约791—约817),字长吉,汉族,唐代河南福昌(今河南洛阳宜阳县)人,家居福昌昌谷,后世称李昌谷,有"诗鬼"之称,著有《昌谷集》。

雁门太守行[1]

黑云压城城欲摧,甲光向日金鳞开[2]。角声满天秋色里,塞上燕脂凝夜紫[3]。半卷红旗临易水[4],霜重鼓寒声不起[5]。报君黄金台上意[6],提携玉龙为君死[7]。

(据吴企明点校《李长吉歌诗编年笺注》,中华书局2012年版)

【注释】

(1) 雁门太守行:乐府旧题。雁门,郡名,现在山西大同东北一带。
(2) "甲光"句:铁甲在太阳光线照射下,呈现出鱼鳞闪耀般的光彩。
(3) "塞上"句:长城一带多半是紫色泥土,自古便有"紫塞"之称。这里说,暮色降临,紫土有如胭脂凝成一般,色彩显得更加浓艳。
(4) 易水:在今河北省易县北。
(5) "霜重"句:意思是北地霜气严寒,战地艰苦,同时也暗示战斗形势的严峻。
(6) 黄金台:故址在今河北省易县东南,相传战国燕昭王所筑,置千金于台上,以招聘人才、招揽隐士。
(7) 玉龙:指一种珍贵的宝剑,这里代指剑。

【简析】

《雁门太守行》是乐府旧题,唐人的这类拟古诗,是相对唐代"近体诗"而言的。韵宽,不受太多格律束缚,可以说是古人的一种半自由诗,后称"乐府诗",多介绍战争场景。李贺生活的时代藩镇叛乱此起彼伏,发生过重大的战争,因此李贺用诗歌记录了下来。全诗写了三个画面:白天,官军戒备森严;黄昏前,刻苦练兵;中夜,官军出其不意地袭击敌人。此诗用浓艳斑驳的色彩描绘悲壮惨烈的战斗场面,奇异的画面准确地表现了特定时间、特定地点的边塞风光和瞬息万变的战争风云。全诗意境苍凉,格调悲壮,具有强烈的震撼力和艺术魅力。

金铜仙人辞汉歌(并序)

　　魏明帝青龙元年八月[1],诏宫官牵车,西取汉孝武捧露盘仙人[2],欲立致前殿。宫官既拆盘,仙人临载,乃潸然泪下[3]。唐诸王孙李长吉遂作《金铜仙人辞汉歌》[4]。

　　茂陵刘郎秋风客[5],夜闻马嘶晓无迹[6]。画栏桂树悬秋香,三十六宫土花碧[7]。魏官牵车指千里[8],东关酸风射眸子[9]。空将汉月出宫门[10],忆君清泪如铅水[11]。衰兰送客咸阳道[12],天若有情天亦老[13]。携盘独出月荒凉,渭城已远波声小[14]。

　　　　　　　　(据吴企明点校《李长吉歌诗编年笺注》,中华书局2012年版)

【注释】

(1)青龙:魏明帝的年号。据《魏略》记载,拆迁铜人实际在青龙五年即景初元年。
(2)牵车:引车。
(3)潸(shān)然:流泪的样子。
(4)唐诸王孙:李贺是唐高祖李渊叔父郑王李亮的后代,所以自称诸王孙。
(5)茂陵刘郎:汉武帝刘彻的陵墓,在今陕西省兴平县东北。秋风客:犹言悲秋之人。汉武帝曾作《秋风辞》,有句云:"欢乐极兮哀情多,少壮几时兮奈老何?"
(6)"夜闻"句:意思是说刘彻夜间乘上神马,天明之后不见踪迹。
(7)"画栏"两句:描写汉宫的冷清荒凉。三十六宫:汉时长安有宫三十六所。土花:青苔。
(8)东关:长安东门。
(9)酸风:令人心酸落泪之风。
(10)汉月:此指承露盘。
(11)君:指汉家君主。
(12)衰兰送客:秋兰已老,故称衰兰。客指铜人。咸阳:秦国都城,旧址在今陕西省咸阳市东,这里借指长安。
(13)"天若"句:意谓面对如此兴亡盛衰的变化,天若有情,也会因常常伤感而衰老。
(14)渭城:秦都咸阳,汉改为渭城县,此代指长安。

【简析】

　　据朱自清《李贺年谱》推测这首诗大约作于唐元和八年(813),李贺因病辞去奉礼郎职务,由京赴洛,途中所作。其时,诗人"百感交并,故作非非想,寄其悲于金铜仙人耳"。全诗可分为三个层次。前四句是第一个层次,借金铜仙人的"观感"来慨叹韶华易逝,人生短暂,世事无常。中间四句为第二个层次,用拟人化手法写金铜仙人初离汉宫的酸苦惨凄情态,亡国之痛和移徙之悲跃然纸上。末四句为第三个层次,写出城后途中的情景。整首诗设想奇特,而又深沉感人;形象鲜明,而又变幻多姿;词句奇峭,而又妥帖绵密,是李贺的代表作品之一。特别是"天若有情天亦老"一句,已成为传诵千古的名句。

贾岛诗（一首）

　　贾岛（779—843），字阆仙，唐代诗人。汉族，唐朝河北道幽州范阳县（今河北省涿州市）人。自号"碣石山人"，人称"诗奴"，与孟郊共称"郊寒岛瘦"。著有《长江集》。

题李凝幽居

　　闲居少邻并，草径入荒园。鸟宿池边树，僧敲月下门。过桥分野色，移石动云根⁽¹⁾。暂去还来此，幽期不负言⁽²⁾。

（据《四部丛刊》影印明翻宋本《唐贾浪仙长江集》卷四）

【注释】

（1）云根：古人认为"云触石而生"，故称石为云根。这里指石根云气。
（2）幽期：再访幽居的期约。言：指期约；不负言：决不食言。

【简析】

　　这首五律是贾岛的名篇，描写的是诗人访友人李凝未遇的小诗，其具体创作时间难以考证。贾岛是唐代苦吟派的创始人，他写诗一字一句都反复琢磨，很长时间才作一首诗，读自己的诗也会非常感动。他的一生非常坎坷，早年家贫做过和尚，因"推敲"之事得遇友人韩愈赏识，遂还俗参加科举考试，然屡试不第，其后又因得罪皇帝，只做了一个很小的官，晚年在贫苦中病逝。诗人以草径、荒园、宿鸟、池树、野色、云根等寻常景物，以及闲居、敲门、过桥、暂去等寻常行事，道出了人所未道之境界，表达了作者对隐逸生活的向往之情。全诗语言质朴简练，而又韵味醇厚，充分体现了贾岛"清奇僻苦"的诗风。其中"鸟宿池边树，僧敲月下门"两句历来脍炙人口。

姚合诗（一首）

　　姚合（约779—约855），中国唐代著名诗人，陕州（今河南陕县）人，与贾岛并称"姚贾"，今传《姚少监诗集》，另编有《极玄集》。

闲居

　　不自识疏鄙⁽¹⁾，终年住在城。过门无马迹⁽²⁾，满宅是蝉声。带病吟虽苦，休官梦已清⁽³⁾。何当学禅观⁽⁴⁾，依止古先生⁽⁵⁾？

（据吴清河《姚合诗集校注》，上海古籍出版社2012年版）

【注释】

(1) 疏鄙：粗野，俗陋。这里指诗人自己疏懒的性格。
(2) 过门：登门，上门。唐高适《赠杜二拾遗》诗："佛香时入院，僧饭屡过门。"
(3) 休官：辞去官职。唐李商隐《天平公座中呈令狐令公》诗："白足禅僧思败道，青袍御史拟休官。"
(4) 禅观：即禅理、禅道，学佛参禅。禅，梵语"禅那"的省略，意"静思自虑"，"思维修"，为心注一境、正深思虑的意思。观，即观照。
(5) 古先生：道家对佛的称呼。唐白居易《酬梦得以予五月长斋延僧徒绝宾友见戏》："交游诸长老，师事古先生。"

【简析】

此诗为姚合《闲居遣怀》中的第八首，作于姚合从秘书少监之职退下来之后，具体的创作时间不详。姚合极其欣赏王维的诗，特别追求王诗中的一种"静趣"，此诗就反映了这一倾向。全诗描绘了一种娴雅、清静的生活，表现了闲居的禅趣，表明了一位闲士对古禅的向往，可与另一首禅诗《谢韬光上人赠百龄藤杖》以及其友人朱庆馀的《与贾岛顾非熊无可上人宿万年姚少府宅》一诗相互印证。综观全诗，可以看出姚合刻意苦吟，层层写来，一气贯注；诗句平淡文雅，朴直中寓工巧，而又畅晓自然，堪为姚合的上佳之作。

杜牧诗（三首）

杜牧（803—约852），字牧之，号樊川居士，汉族，京兆万年（今陕西西安）人。唐代杰出的诗人、散文家，与李商隐并称"小李杜"。著有《樊川文集》。

过勤政楼(1)

千秋佳节名空在(2)，承露丝囊世已无(3)。唯有紫苔偏称意(4)，年年因雨上金铺(5)。

（据吴在庆《杜牧集系年笺注》，中华书局 2015 年版）

【注释】

(1) 勤政楼：唐玄宗开元（713—741）前期所建，全称"勤政务本之楼"，是玄宗处理政务、国家举行重大典礼的地方。
(2) 千秋佳节：开元十七年（729）八月五日，玄宗为庆祝自己的生日，在此楼批准宰相奏请，钦定这一天为千秋节，布告天下。
(3) 承露丝囊：每年一度的千秋节，玄宗都举行盛典，大宴群臣，接受群臣祝寿。《唐会要》记载："士庶以结丝承露囊更相问遗。"
(4) 紫苔：《拾遗记》记载："紫苔覆漫，味甘而柔滑。"
(5) 金铺：宫门上的安装门环的金属底托，多铸成兽形以为装饰。

【简析】

　　这首诗是唐代诗人杜牧的咏史名篇之一。此诗讽刺唐玄宗执政后期徒好勤政之名,只顾享乐,最终导致误国。这首诗是诗人在极度感伤之下写成的,全诗却不着一个"悲"字。杜牧善于以诗论史,借古讽今。诗的前两句写的是此刻之衰,实际上使人缅怀的是当年之盛;后两句写的是此时紫苔之盛,实际上使人愈加感到"勤政楼"此时之衰。一衰一盛,一盛一衰,对比鲜明,文气跌宕有致,读来回味无穷,字字都饱蘸了诗人感昔伤今的真实情感,慨叹曾经百戏杂陈的楼前,经过一个世纪的巨大变化,竟变得如此凋零破败。可以想象,当杜牧走过这个前朝遗址,看到杂草丛生、人迹稀少、重门紧闭的一片凄凉景象时内心的落寞与慨叹。

过华清宫(其一)⁽¹⁾

长安回望绣成堆⁽²⁾,山顶千门次第开⁽³⁾。一骑红尘妃子笑⁽⁴⁾,无人知是荔枝来。

　　　　　　　　　　　　　　　(据吴在庆《杜牧集系年笺注》,中华书局 2015 年版)

【注释】

(1)华清宫:故址在今陕西临潼县骊山,是唐玄宗与杨贵妃游乐之地。
(2)绣成堆:指花草林木和建筑物像一堆堆锦绣。
(3)次第:按顺序,一个接一个地。
(4)一骑(jì):指一人骑着一马。红尘:指策马疾驰时飞扬起来的尘土。妃子:指贵妃杨玉环。

【简析】

　　《过华清宫》同题作品共有三首,这是其中的第一首,是杜牧经过骊山华清宫时有感而作。华清宫是唐玄宗开元十一年(723)修建的行宫,唐玄宗和杨贵妃曾在那里寻欢作乐。后代有许多诗人写过以华清宫为题的咏史诗,而杜牧《过华清宫绝句三首》是其中的名作。本诗揭露了唐玄宗和杨贵妃穷奢极欲的生活。据说杨贵妃喜欢吃荔枝,唐玄宗就命人用快马从四川、广州给她运来。起句从整体上描写华清宫所在地骊山的景色。接着,场景向前推进,展现出山顶上那座雄伟壮观的行宫。吴乔《围炉诗话》说:"诗贵有含蓄不尽之意,尤以不著意见、声色、故事、议论者为最上。"杜牧这首诗的艺术魅力就在于含蓄、精深,诗不明白说出玄宗的荒淫好色、贵妃的恃宠而骄,而形象地用"一骑红尘"与"妃子笑"形成鲜明对比,收到了比直抒己见更强烈的艺术效果。全诗不用难字,不使典故,不事雕琢,朴素自然,寓意精深,含蓄有力,是唐人咏史绝句中的佳作。

泊秦淮⁽¹⁾

烟笼寒水月笼沙⁽²⁾,夜泊秦淮近酒家⁽³⁾。商女不知亡国恨⁽⁴⁾,隔江犹唱《后庭花》⁽⁵⁾。

　　　　　　　　　　　　　　　(据吴在庆《杜牧集系年笺注》,中华书局 2015 年版)

【注释】

(1)秦淮,河名,发源于江苏溧(lì)水东北,经南京流入长江。相传为秦始皇南巡会稽时开凿的,用来疏通淮水,故称秦淮河。

(2) 笼:笼罩。

(3) 泊:停泊。

(4) 商女:陈朝时歌妓、歌女的称呼。

(5)《后庭花》:《玉树后庭花》的简称。南朝陈后主所作,后世多称为"亡国之音"。

【简析】

  此诗是杜牧的代表作之一。杜牧早年以经邦济世的才略自负,但一生仕途并不得意,始终未能施展抱负。他忧时伤世,写了许多具有现实意义的诗篇。本诗就是在这种思想上产生的。诗人夜泊秦淮,触景感怀,前半段写秦淮夜景,后半段抒发感慨,借陈后主(陈叔宝)因追求荒淫享乐终至亡国的历史,讽刺那些不从中汲取教训而醉生梦死的晚唐统治者,表现了作者对国家命运的无比关怀和深切忧虑的情怀。全诗寓情于景,意境悲凉,感情深沉含蓄,语言精练、准确、形象,构思颇具匠心,写景、抒情、叙事有机结合,具有强烈的艺术感染力。

李商隐诗(四首)

  李商隐(约813—约858),字义山,号玉溪生,又号樊南生,祖籍怀州河内(今河南焦作沁阳)。晚唐著名诗人,和杜牧合称"小李杜",与温庭筠合称为"温李"。有《李义山诗集》。

马嵬(1)

  海外徒闻更九州(2),他生未卜此生休。空闻虎旅传宵柝(3),无复鸡人报晓筹(4)。此日六军同驻马(5),当时七夕笑牵牛(6)。如何四纪为天子(7),不及卢家有莫愁(8)。

(据刘学锴、余恕诚《李商隐诗歌集解》,中华书局1988年版)

【注释】

(1) 马嵬:即马嵬坡,杨贵妃被杀身亡的地方。

(2)"海外"句:此用白居易《长恨歌》"忽闻海外有仙山"句意,指杨贵妃死后居住在海外仙山上,虽然听到了唐王朝恢复九州的消息,但人神相隔,已经不能再与玄宗团聚了。徒闻:空闻,没有根据的听说。更:再,还有。九州:此诗原注:"邹衍云:九州之外,复有九州。"战国时齐人邹衍创"九大州"之说,说中国名赤县神州,中国之外如赤县神州这样大的地方还有九个。

(3) 虎旅:指跟随玄宗入蜀的禁军。传:一作"鸣"。宵柝(tuò):又名金柝,夜间报更的刁斗。

(4) 鸡人:皇宫中报时的卫士。汉代制度,宫中不得畜鸡,卫士候于朱雀门外,传鸡唱。筹:计时的用具。

(5)"此日"句:叙述马嵬坡事变。白居易《长恨歌》:"六军不发无奈何,宛转蛾眉马前死。"

(6) 牵牛:牵牛星,即牛郎星。此指牛郎织女故事。

(7) 四纪:四十八年。岁星十二年一周天为一纪,玄宗在位四十五年,约为四纪。

（8）莫愁：古洛阳女子，嫁为卢家妇，婚后生活幸福。萧衍《河中之水歌》："河中之水向东流，
　　　洛阳女儿名莫愁。莫愁十三能织绮，十四采桑南陌头。十五嫁作卢家妇，十六生儿字阿
　　　侯。卢家兰室桂为梁，中有郁金苏合香。"

【简析】

　　这是一首七律咏史诗，是组诗《马嵬》其中的一首。以李隆基、杨玉环的故事为抒情对象，
咏叹马嵬事变。李商隐生活在晚唐，国事颓危，使得他对历史报有批判意识，把锋芒直接指向
唐玄宗李隆基。诗歌采用了倒叙的手法，首联夹叙夹议，用"海外"的故事概括方士在海外寻
见杨妃的传说，用"徒闻"加以否定。颔联用宫廷中的"鸡人报晓筹"来反衬马嵬驿的"虎旅传
宵柝"，今昔对比，不同处境和不同心情跃然纸上。颈联"当时"与"此日"对照补充。尾联运用
对比手法，"四纪天子"与"卢家莫愁"形成强烈反差，一个"不及"更添嘲讽之意，在强烈的对
比和冷峻的诘问中抒发感慨，启发读者更深层次地思考。

夜雨寄北⁽¹⁾

君问归期未有期，巴山夜雨涨秋池⁽²⁾。何当共剪西窗烛⁽³⁾，却话巴山夜雨时⁽⁴⁾。

（据刘学锴、余恕诚《李商隐诗歌集解》，中华书局 1988 年版）

【注释】

（1）寄北：写诗寄给北方的人。诗人当时在巴蜀（现在四川省），他的亲友在长安，所以说"寄
　　北"。这首诗表达了诗人对亲友的深刻怀念。
（2）巴山：指大巴山，在陕西南部和四川东北交界处。这里泛指巴蜀一带。
（3）何当：什么时候。剪西窗烛：剪烛，剪去燃焦的烛芯，使灯光明亮。这里形容深夜秉烛长谈。
　　"西窗话雨""西窗剪烛"用作成语，所指也不限于夫妇，有时也用以写朋友间的思念之情。
（4）却话：回头说，追述。

【简析】

　　这首诗是李商隐留滞巴蜀（今四川省）写给远在长安的妻子（一说是写给友人）的一首抒
情七言绝句。首句一问一答，让人感到这是一首以诗代信的诗，流露出离别之苦和思念之切。
接下来写眼前之景，羁旅之思和不得归之苦，与巴山的夜雨交织在一起，绵绵密密。三四句通
过对未来场景的想象，把诗人心中的寂寞以及思念寄托在了将来。通过时空的交换，把现在的
思念之苦与将来的喜悦交织在一起。全诗语言朴素流畅，情真意切，有力地表现出了作者思归
的急切心情。

登乐游原⁽¹⁾

向晚意不适⁽²⁾，驱车登古原⁽³⁾。夕阳无限好，只是近黄昏⁽⁴⁾。

（据刘学锴、余恕诚《李商隐诗歌集解》，中华书局 1988 年版）

【注释】

(1) 乐游原:在长安(今西安)城南,是唐代长安城内地势最高地。汉宣帝立乐游庙,又名乐游苑。登上它可望长安城。乐游原在秦代属宜春苑的一部分,得名于西汉初年。《汉书·宣帝纪》载,"神爵三年,起乐游苑"。汉宣帝第一个皇后许氏产后死去葬于此,因"苑"与"原"谐音,乐游苑即被传为"乐游原"。对此《关中记》有记载:"宣帝许后葬长安县乐游里,立庙于曲江池北,曰乐游庙,因苑(《长安志》误作葬字)为名。"

(2) 向晚:傍晚。不适:不悦,不快。

(3) 古原:指乐游原。

(4) 近:快要。

【简析】

这是一首登高望远即景抒情之作。李商隐处于国运将近的晚唐,处于牛李党争无法自拔,官场的失意导致其心情异常郁闷。乐游原是唐代的游览胜地,诗人们留下了诸多的佳作名篇。诗歌前两句点明了登古原的时间和原因:天色渐黑心情抑郁,驾着车子出游,登上了乐游原。后两句则描绘了一幅余晖映照晚霞满天的景色图,对夕阳下的景色进行了热烈的赞美。接下来笔锋一转,用"只是"二字转到深深的哀伤之中。全诗语言明白如话,节奏明快,富于哲理,后两句意蕴深厚,脍炙人口。

无题

紫府仙人号宝灯[1],云浆未饮结成冰[2]。如何雪月交光夜,更在瑶台十二层[3]。

(据刘学锴、余恕诚《李商隐诗歌集解》,中华书局1988年版)

【注释】

(1) 紫府:道教以为天上神仙居处,亦指道观。

(2) 云浆:犹云液、流霞,仙药。《汉武故事》:"太上之药有玉津金浆,……次药有五云之浆。"

(3) 瑶台十二层:《离骚》:"望瑶台之偃蹇兮。"《拾遗记》谓昆仑山傍有瑶台十二,各广千步,皆五色玉为台基。此言"十二层",盖极言其高。

【简析】

这是一首七言绝句。全诗运用紫府、宝灯、瑶台、云、冰、雪、月等意象,以白为主色调,创造出了一个流光闪烁、迷离恍惚的境界,表达了诗人对理想的赞美和追求,对瞬息变化世界的迷惘和惆怅,对理想终不得实现的憾恨和忧伤。这首诗,从头至尾都融铸着痛苦、失望而又缠绵、执着的感情,诗中每一联都是这种感情状态的反映,但是各联的具体意境又彼此有别。它们从不同的方面反复表现着融贯全诗的复杂感情,同时又以彼此之间的密切衔接纵向地反映出这种复杂感情为内容的心理过程。这样的抒情,联绵往复,细微精深,成功地再现了心底的绵邈深情。正如李商隐其他标名为"无题"的诗篇一样,"紫府"一首的诗意,也令历来注释者颇多猜疑。

二　散文

骆宾王文（一篇）

作者简介见诗歌部分。

代徐敬业传檄天下文[1]

伪临朝武氏者，人非和顺，地实寒微[2]。昔充太宗下陈[3]，曾以更衣入侍[4]。洎乎晚节[5]，秽乱春宫[6]。密隐先帝之私[7]，阴图后庭之嬖[8]。入门见嫉，蛾眉不肯让人；掩袖工谗[9]，狐媚偏能惑主。践元后于翚翟[10]，陷吾君于聚麀[11]。加以虺蜴为心[12]，豺狼成性，近狎邪僻[13]，残害忠良，杀姊屠兄，弑君鸩母。神人之所共疾，天地之所不容。犹复包藏祸心，窥窃神器[14]。君之爱子[15]，幽之于别宫；贼之宗盟[16]，委之以重任。呜呼！霍子孟之不作[17]，朱虚侯之已亡[18]。燕啄皇孙[19]，知汉祚[20]之将尽；龙漦帝后，识夏庭之遽衰[21]。

敬业皇唐旧臣，公侯冢子[22]。奉先君之成业，荷本朝之厚恩。宋微子之兴悲[23]，良有以也[24]；桓君山之流涕[25]，岂徒然哉！是用气愤风云，志安社稷[26]。因天下之失望，顺宇内之推心，爰举义旗，誓清妖孽。南连百越，北尽三河[27]，铁骑成群，玉轴相接[28]。海陵红粟[29]，仓储之积靡穷；江浦黄旗[30]，匡复之功何远？班声动而北风起[31]，剑气冲而南斗平。喑呜则山岳崩颓，叱咤则风云变色。以此制敌，何敌不摧；以此图功，何功不克！

公等或家传汉爵，或地协周亲[32]，或膺重寄于爪牙[33]，或受顾命于宣室。言犹在耳，忠岂忘心？一抔之土未干，六尺之孤安在[34]？倘能转祸为福，送往事居，共立勤王之勋[35]，无废旧君之命，凡诸爵赏，同指山河[36]。若其眷恋穷城，徘徊歧路，坐昧先几之兆[37]，必贻后至之诛。

请看今日之域中，竟是谁家之天下！移檄州郡，咸使知闻。

（据清咸丰刻本《骆临海集笺注》卷十）

【注释】

（1）徐敬业，即李敬业，祖父为唐代开国元勋徐世勣，徐世勣封英国公，赐姓李。敬业袭英国公爵。684 年，武则天废中宗李显，立豫王李旦为帝，自己临朝称制。徐敬业在扬州起兵，反对武则天临朝。骆宾王于武则天光宅元年为徐敬业作了这篇檄文。檄：古代官府用以征召或声讨的文书。

（2）地：门第。

（3）下陈：指后宫中地位底下的姬侍。

（4）更衣：换衣。古人在宴会中常以此作为离席休息或入厕的婉辞。

（5）洎（jì）：及，到。

（6）春宫:亦称东宫,是太子居住的地方,也指太子。

（7）私:宠幸。

（8）嬖(bì)宠爱。

（9）掩袖工谗:这里是说武则天像郑袖教人掩袖那样善于进谗害人。事见《战国策・楚策四》:楚怀王夫人郑袖对楚王所爱美女说:"楚王喜欢你的美貌,但讨厌你的鼻子,以后见到楚王,要掩住你的鼻子。"美女照办,郑袖又对楚王说,这个美女是厌恶楚王身上的臭味才掩住鼻子,楚王因而发怒,割去美女的鼻子。这里借此暗指武则天曾偷偷窒息亲生女儿,而嫁祸于王皇后,使皇后失宠的事(《新唐书・后妃传》)。

（10）元后:正宫皇后。翚翟(huī dí):用美丽鸟羽织成的衣服,指皇后的礼服。

（11）聚麀(yōu):多匹牡鹿共有一匹牝鹿。麀,母鹿。语出《礼记・曲礼上》:"夫惟禽兽无礼,故父子聚麀。"

（12）虺蜴(huǐ yì):虺,毒蛇。蜴,蜥蜴。以此比喻用心险恶者。

（13）狎:亲近。邪僻:邪曲,不正派。

（14）窥窃神器:阴谋取得帝位。神器,指皇位。

（15）"君之爱子"句:指唐高宗死后,中宗李显继位,旋被武后废为庐陵王,改立睿宗李旦为帝,但实际上是被幽禁起来(事见《新唐书・后妃传》)。

（16）贼:指武则天。宗盟:指武氏族人武承嗣、武三思等。

（17）霍子孟:指安定西汉的重臣霍光。作:兴起。

（18）朱虚侯:指汉高祖子齐惠王刘肥的次子刘章,封为朱虚侯。曾与丞相陈平、太尉周勃等合谋,诛灭吕氏,拥立文帝,稳定了西汉王朝(《汉书・高五王传》)。

（19）"燕啄皇孙":燕,指赵飞燕,西汉成帝的皇后。《汉书・五行志》记载:汉成帝时有童谣说"燕飞来,啄皇孙"。

（20）祚,指皇位,国统。

（21）"龙漦(lí)帝后"二句:据《史记・周本纪》记载:当夏王朝衰落时,有两条神龙降临宫廷中,夏后把龙的唾涎用木盒藏起来,到周厉王时,木盒开启,龙漦溢出,化为玄鼋流入后宫,一宫女感而有孕,生褒姒。后幽王为其所惑,废太子,西周终于灭亡。漦,涎沫。遽(jù),急速。

（22）冢子:嫡长子。李敬业是英国公李勣的长房长孙,故有此语。

（23）宋微子:即微子启,他是殷纣王的庶兄,被封于宋,所以称"宋微子"。兴悲:微子降周,路过殷商旧都,作《麦秀歌》来寄托自己亡国的悲哀。

（24）良:的确。以:原因。

（25）桓君山:东汉时人桓谭,字君山。徐敬业借以自喻。

（26）社稷:社,土神。稷,谷神,后借指国家。

（27）三河:洛阳附近河东、河内、河南三郡,这里借指中原地区。

（28）玉轴:指战船,一说指战车。

（29）海陵:古县名,治所在今江苏省泰州市,汉代曾在此置粮仓。红粟:陈米,因久藏而发酵变成红色。靡:无,不。

（30）江浦:长江沿岸。浦,水边的平地。一说指扬州。黄旗:古代军中为大将军旗帜。

（31）班声:泛指马嘶鸣声。

（32）周亲:至亲。

（33）膺（yīng）：承受。爪牙：喻武将。

（34）一抔（póu）之土：语出《史记·张释之传》，这里借指皇帝的陵墓。六尺之孤：指继承皇位的新君。

（35）勤王：天子蒙难，诸侯大臣起兵救助。

（36）"同指山河"二句：语出《史记》，汉初大封功臣，誓词云："使河如带，泰山若厉。国以永宁，爰及苗裔。"这里意为有功者授予爵位，子孙永享，可以指山河为誓。

（37）先幾（jī）之兆：事先的征兆。幾：迹象。

【简析】

　　骆宾王的诗多悲愤之词，又工于骈文，《代徐敬业传檄天下文》就是他的杰出代表作。这篇檄文从维护李唐正统的角度出发，先列举了武则天的罪行，将之置于被告席上，立论严正，先声夺人。之后阐明起兵缘由，表明自己正义的立场。最后，号召天下人起来响应，一同起兵反对武则天临朝，并且表明了必胜的信心。本文才华艳发、文辞雄辩，说理透辟，气势旺盛。据《新唐书》记载，武则天初观此文时，还嬉笑自若，当读到"一抔之土未干，六尺之孤安在"句时，惊问作者是谁，并感叹："有如此才，而使之沦落不偶，宰相之过也！"可见这篇檄文宣传鼓动力度之强大。

韩愈文（一篇）

　　作者简介见诗歌部分。

进学解（节选）

　　国子先生[1]，晨入太学，招诸生立馆下，诲之曰："业精于勤，荒于嬉[2]；行成于思，毁于随[3]。方今圣贤相逢，治具毕张[4]，拔去凶邪[5]，登崇俊良[6]。占小善者率以录，名一艺者无不庸。爬罗剔抉，刮垢磨光[7]。盖有幸而获选，孰云多而不扬？诸生业患不能精，无患有司之不明[8]；行患不能成，无患有司之不公。"

　　言未既，有笑于列者曰："先生欺余哉！弟子事先生[9]，于兹有年矣。先生口不绝吟于六艺之文[10]，手不停披于百家之编[11]。纪事者必提其要，纂言者必钩其玄[12]。贪多务得，细大不捐。焚膏油以继晷[13]，恒兀兀以穷年[14]。先生之业，可谓勤矣。抵排异端，攘斥佛老，补苴罅漏，张皇幽眇[15]。寻坠绪之茫茫[16]，独旁搜而远绍。障百川而东之，回狂澜于既倒。先生之于儒，可谓有劳矣。沉浸醲郁，含英咀华[17]，作为文章，其书满家。上规姚姒，浑浑无涯[18]；周诰、殷《盘》[19]，佶屈聱牙[20]；《春秋》谨严，《左氏》浮夸[21]；《易》奇而法，《诗》正而葩[22]；下逮《庄》、《骚》，太史所录，子云相如，同工异曲。先生之于文，可谓闳其中而肆其外矣[23]。少始知学，勇于敢为；长通于方[24]，左右具宜。先生之于为人，可谓成矣[25]。然而公不见信于人，私不见助于友。跋前踬后，动辄得咎[26]。暂为御史，遂窜南夷[27]。三年博士，冗不见治[28]。命与仇谋[29]，取败几时。冬暖而儿号寒，年丰而妻啼饥。头童齿豁[30]，竟死何裨[31]。不知虑此，而反教人为[32]？"

（据宋蜀刻本《昌黎先生文集》卷十二）

【注释】

（1）"国子先生"：韩愈自称。唐代主管教育的国家机关是国子监,管理国子学、太学、广文馆、四门学、律学、书学、算学七学,各学置博士为教授官,即国子监博士、太学博士、四门博士等。国子学是为高级官员子弟而设的。

（2）嬉：戏乐,游玩。

（3）随：因循随俗。

（4）治具：治理的工具,指法令。毕：全部,完全。张：指建立、确立。

（5）凶邪：凶恶邪僻之人。

（6）登崇：提拔推重。俊良：才俊善良之人。

（7）"爬罗剔抉"二句：意指仔细搜罗人才。爬罗：整理搜罗。剔抉：区别抉择。刮垢磨光：刮去污垢,磨出光亮,意指精心造就人才。

（8）有司：负有专责的部门及其官吏。

（9）事：侍奉。古时学生跟随先生学习,也叫"事"。

（10）六艺：指儒家六经,即《诗》《书》《礼》《乐》《易》《春秋》六部儒家经典。

（11）百家之编：指儒家经典以外各学派的著作。

（12）纂：编集。

（13）晷（guǐ）：日影。

（14）恒：经常,长久。兀（wù）兀：劳苦貌。穷年：终年,一年到头。

（15）"补苴罅漏"二句：补充缺漏,阐扬精微。苴（jū）：鞋底中垫的草,这里作动词用,填补、填塞的意思。罅（xià）：裂缝。张皇：张大。幽眇：精深微妙。

（16）坠绪：坠,失落。绪,事业,此处指儒家道统。

（17）"沉浸醲郁,含英咀华"：醲郁,浓厚芬芳的气息,指儒家典籍。英、华,都是花的意思,这里指文章中的精华。

（18）"上规姚姒（sì）"二句：向上取法虞夏之书,深远无穷。"姚姒"指虞舜和夏禹。虞舜姓姚,夏禹姓姒,因以用"姚姒"指《尚书》里的《虞书》和《夏书》。

（19）周诰、殷《盘》：周诰和殷《盘》都是指《尚书》里的文章。

（20）佶屈聱牙：形容《尚书》里的文章屈曲,不顺口。

（21）浮夸：藻饰张大。

（22）葩（pā）：文词华美。

（23）闳：大。

（24）方：道理。

（25）成：完备。

（26）"跋前踬（zhì）后,动辄得咎"：形容进退都有困难,动不动就受到指摘或责难。"跋前踬后"语出《诗经·豳风·狼跋》。跋（bá）：踩。踬（zhì）：绊。辄,就,咎：怪罪,处分。

（27）窜：窜逐,指贬谪。

（28）冗：闲散。

（29）命与仇谋：命：命运。仇：仇敌。谋：相谋,打交道。

（30）头童：头秃。齿豁：牙齿脱落,露出豁口。

（31）裨：补益。

（32）为：语助词,表示疑问、反诘。

【简析】

本文是元和七年(812),韩愈由职方员外郎获罪为国子博士时所作。韩愈从贞元十八年(802)至元和七年,屡遭贬谪,前后做了几任国子博士,他以才高而不被重用,内心不满,《新唐书》说他"才高数黜,官又下迁,乃作《进学解》以自谕"。

题目中"进学"二字,本来有学业进步的意思,但从文章内容来看,除了求学外,还包含着封建时代知识分子的修养、做官处世原则等观点,因此可以解释为使学业和德行有所进益。"解",古代的一种文体,与"原""说"等都属于论说文,但本文实际上是一篇赋体杂感,多用韵语。"解"可以理解为解说、辨析,同时有"解嘲""自我辩解"的意思。文章开篇就提出了"业精于勤,荒于嬉;行成于思,毁于随"的中心论点。韩愈的议论却没能说服他的学生,相反,队列中还发出了不以为然的笑声:"先生欺余哉!"为什么是"欺余"呢?这个学生滔滔不绝地列出了先生的各项表现,韩愈已经达到了"业精""行成"的要求,可他的境遇又如何呢?无论上级还是朋友,没人相信他、帮助他,动不动就招致祸患,生活困难,缺衣少食,连妻儿都难以养活,自己更是未老先衰,因此学生才责问:"不知虑此,而反教人为?"学生的话,正是抓住了韩愈的进学要求和实际境遇不相符的矛盾,对老师的驳难十分有力。

这篇文章的特点在于,形式上有骈有散,句式整齐而富于变化,文章自然流畅;风格上,寓庄于谐,内容庄重而行文幽默诙谐,使文章灵动有余味。仔细阅读这篇文章,不仅使我们感悟到韩愈的文风和才情,领略古人的风神笑貌,在思想上和学业上同样会带给我们有益的启发。

柳宗元文(一篇)

作者简介见诗歌部分。

蝜蝂传

蝜蝂者,善负小虫也⁽¹⁾。行遇物,辄持取,卬其首负之⁽²⁾。背愈重,虽困剧不止也。其背甚涩,物积因不散,卒踬仆不能起⁽³⁾。人或怜之,为去其负。苟能行⁽⁴⁾,又持取如故。又好上高,极其力不已,至坠地死。

今世之嗜取者,遇货不避,以厚其室⁽⁵⁾,不知为己累也,唯恐其不积。及其怠而踬也,黜弃之,迁徙之,亦以病矣。苟能起,又不艾⁽⁶⁾。日思高其位,大其禄,而贪取滋甚,以近于危坠,观前之死亡,不知戒。虽其形魁然大者也,其名人也,而智则小虫也。亦足哀夫!

（据《柳河东集》卷十七,中华书局1974年版）

【注释】

(1)蝜蝂(fù bǎn):《尔雅·释虫》中记载的一种黑色小虫,背部凹凸不平,可负物。负:驼,背东西。

(2)卬(áng):通"昂",仰,高高举着。

(3)踬仆(zhì pū):跌倒,指被背上的重物压倒。

(4)苟:如果,只要。

（5）厚：使动用法，增加、增厚。

（6）艾（yì）：停止，悔改。

【简析】

　　柳宗元的寓言创作取得了很高的成绩，他继承并发展了先秦寓言的传统，多借用寓言来讽刺抨击社会的丑恶现象，在立意上能推陈出新，造诣奇特，善于运用拟人化的艺术形象寄寓哲理或表达政见。这篇《蝜蝂传》就是一篇寓言小品，文章分为两部分，第一部分抓住蝜蝂这种小虫的特点：善负物、喜爬高。第二部分讽刺贪官污吏贪得无厌、至死不悟的丑恶嘴脸。通过小虫来象征那些官僚，将其丑恶嘴脸形象地揭示出来，讽刺了追求名位、贪婪成性的丑行。文章虽短，却寓意深刻，就像一面镜子，折射出当时社会的现实。

刘禹锡文（一篇）

　　作者简介见诗歌部分。

陋室铭⁽¹⁾

　　山不在高，有仙则名；水不在深，有龙则灵。斯是陋室⁽²⁾，惟吾德馨⁽³⁾。苔痕上阶绿，草色入帘青。谈笑有鸿儒⁽⁴⁾，往来无白丁⁽⁵⁾。可以调素琴⁽⁶⁾，阅金经⁽⁷⁾。无丝竹之乱耳⁽⁸⁾，无案牍之劳形⁽⁹⁾。南阳诸葛庐⁽¹⁰⁾，西蜀子云亭⁽¹¹⁾，孔子云：何陋之有⁽¹²⁾？

（据清嘉庆内府刻本《全唐文》卷六百八）

【注释】

（1）陋室：简陋狭小的居室。作者用"陋室"自名所居住的屋子，表明自己的心志抱负。铭：古代刻在器物上用来警戒自己或称述功德的文字，叫"铭"，后来成为一种文体。

（2）斯：代词，这。

（3）"惟吾德馨（xīn）"：惟：犹"以"，强调原因。馨：散布很远的香气，这里指（品德）高尚。《尚书・君陈》："黍稷非馨，明德惟馨。"

（4）鸿儒：大儒，泛指博学之士。

（5）白丁：平民。这里指没有什么学问的人。

（6）调（tiáo）素琴：弹奏不加装饰的琴。调：调弄，调和，这里指弹（琴）。素琴：不加装饰的琴。

（7）金经：一说泛指佛经，一说儒释道的经典都可以说是金经。

（8）丝竹："丝"指弦乐器，"竹"指管乐器，"丝竹"泛指弦乐和管乐。乱耳：谓乐声扰人。

（9）案牍（dú）：（官府的）公事文书，指办理公务。劳形：谓公务劳身。

（10）"南阳诸葛庐"：东汉末诸葛亮出仕前曾隐居南阳卧龙岗草庐之中，躬耕于南阳。庐：简陋的小屋子。

（11）"西蜀子云亭"：西汉扬雄，字子云，西汉时文学家，蜀郡成都人。在西蜀（今四川成都）

居宅写成《太玄》。后称其所居为"扬子宅",子云亭,即此。

（12）"何陋之有"：孔子说的这句话见于《论语·子罕》篇："君子居之,何陋之有？"作者引用《论语》结束全文,隐含"君子居之"之意,又照应前文"惟吾德馨"。

【简析】

　　刘禹锡是中唐文学家、哲学家,有"诗豪"之称。铭是古代一种刻于金石上的押韵文体,多用于歌功颂德与警戒自己。刘禹锡作此文之意,也是为了托物言志。文章以"山不在高,有仙则名,水不在深,有龙则灵"起兴,引出"斯是陋室,唯吾德馨"的主旨。接下来,作者重点描绘了陋室的有关情形：苔痕草色,谈笑的鸿儒,调素琴,阅金经,这里环境美好,像世外桃源一样清静幽雅,这里人物高雅,谈吐不俗,傲岸高洁。而结尾"南阳诸葛庐,西蜀子云亭"一句,明确地表达了作者不慕名利、安贫乐道、高洁超逸的隐逸情趣。

　　《陋室铭》含蓄精炼,短小精悍,富有表现力,仅仅用了八十一字,就为我们描绘出一幅君子安居陋室的画面,包藏着巨大的思想力和艺术容量,令人赞叹。

三　传奇

白行简传奇（一篇）

　　白行简（776—826）,字知退,唐代文学家,白居易之弟,华州下邽（今陕西渭南东北）人,祖籍同州韩城（今陕西韩城）。元和二年进士,累迁司门员外郎,主客郎中。文辞简易,辞赋尤称精密,可惜二十卷文集都已散佚,传奇因著录于《太平广记》而得以流传。

李娃传

　　汧国夫人李娃[1],长安之倡女也[2]。节行瑰奇[3],有足称者[4],故监察御史白行简为传述。

　　天宝中[5],有常州刺史荥阳公者[6],略其名氏,不书。时望甚崇,家徒甚殷[7]。知命之年[8],有一子,始弱冠矣[9]；隽朗有词藻[10],迥然不群,深为时辈推伏。其父爱而器之,曰："此吾家千里驹也。"应乡赋秀才举[11],将行,乃盛其服玩车马之饰,计其京师薪储之费[12],谓之曰："吾观尔之才,当一战而霸。今备二载之用,且丰尔之给,将为其志也。"生亦自负,视上第如指掌[13]。自毗陵发,月余抵长安,居于布政里。

　　尝游东市还[14],自平康东门入,将访友于西南。至鸣珂曲[15],见一宅,门庭不甚广,而室宇严邃。阖一扉[16]。有娃方凭一双鬟青衣立,妖姿要妙[17],绝代未有。生忽见之,不觉停骖久之[18],徘徊不能去。乃诈坠鞭于地,候其从者,敕取之[19],累眄于娃[20]。娃回眸凝睇,情甚相慕。竟不敢措辞而去。

生自尔意若有失，乃密征其友游长安之熟者，以讯之。友曰："此狭邪女李氏宅也。"曰："娃可求乎？"对曰："李氏颇赡[21]。前与通之者多贵戚豪族，所得甚广。非累百万，不能动其志也。"生曰："苟患其不谐，虽百万，何惜！"

他日，乃洁其衣服，盛宾从，而往扣其门。俄有侍儿启扃。生曰："此谁之第耶？"侍儿不答，驰走大呼曰"前时遗策郎也！"娃大悦曰："尔姑止之。吾当整妆易服而出。"生闻之私喜。乃引至萧墙间[22]，见一姥垂白上偻，即娃母也。生跪拜前致词曰："闻兹地有隙院，愿税以居[23]，信乎？"姥曰："惧其浅陋湫隘，不足以辱长者所处，安敢言直耶[24]！"延生于迟宾之馆[25]，馆宇甚丽。与生偶坐[26]，因曰："某有女娇小，技艺薄劣，欣见宾客，愿将见之。"乃命娃出。明眸皓腕，举步艳冶。生遽惊起，莫敢仰视。与之拜毕，叙寒燠[27]，触类妍媚[28]，目所未睹。复坐，烹茶斟酒，器用甚洁。久之，日暮，鼓声四动。姥访其居远近。生绐之曰："在延平门外数里。"冀其远而见留也。姥曰："鼓已发矣。当速归，无犯禁。"生曰："幸接欢笑，不知日之云夕。道里辽阔，城内又无亲戚，将若之何？"娃曰："不见责僻陋，方将居之，宿何害焉。"生数目姥。姥曰："唯唯。"生乃召其家僮，持双缣[29]，请以备一宵之馔。娃笑而止之曰："宾主之仪，且不然也。今夕之费，愿以贫窭之家，随其粗粝以进之。其余以俟他辰。"固辞，终不许。俄徙坐西堂，帏幕帘榻，焕然夺目；妆奁衾枕，亦皆侈丽。乃张烛进馔，品味甚盛。彻馔[30]，姥起。生娃谈话方切，诙谐调笑，无所不至。生曰："前偶过卿门，遇卿适在屏间。厥后心常勤念，虽寝与食，未尝或舍。"娃答曰："我心亦如之。"生曰："今之来，非直求居而已，愿偿平生之志。但未知命也若何？"言未终，姥至，询其故，具以告。姥笑曰："男女之际，大欲存焉。情苟相得，虽父母之命，不能制也。女子固陋，曷足以荐君子之枕席！"生遂下阶，拜而谢之曰："愿以己为厮养。"姥遂目之为郎[31]，饮酣而散。

及旦，尽徙其囊橐，因家于李之第。自是生屏迹戢身[32]，不复与亲知相闻。日会倡优侪类，狎戏游宴。囊中尽空，乃鬻骏乘，及其家童。岁余，资财仆马荡然。迩来姥意渐怠，娃情弥笃。

他日，娃谓生曰："与郎相知一年，尚无孕嗣。常闻竹林神者，报应如响[33]，将致荐酹求之[34]，可乎？"生不知其计，大喜。乃质衣于肆，以备牢醴[35]，与娃同谒祠宇而祷祝焉，信宿而返。策驴而后，至里北门，娃谓生曰："此东转小曲中，某之姨宅也。将憩而觐之，可乎？"生如其言，前行不逾百步，果见一车门。窥其际，甚弘敞。其青衣自车后止之曰："至矣。"生下，适有一人出访曰："谁？"曰："李娃也。"乃入告。俄有一妪至，年可四十余，与生相迎，曰："吾甥来否？"娃下车，妪迎访之曰："何久疏绝？"相视而笑。娃引生拜之。既见，遂偕入西戟门偏院[36]，中有山亭，竹树葱蒨[37]，池榭幽绝。生谓娃曰："此姨之私第耶？"笑而不答，以他语对。俄献茶果，甚珍奇。食顷，有一人控大宛[38]，汗流驰至，曰："姥遇暴疾颇甚，殆不识人。宜速归。"娃谓姨曰："方寸乱矣。某骑而前去，当令返乘，便与郎偕来。"生拟随之。其姨与侍儿偶语[39]，以手挥之，令生止于户外，曰："姥且殁矣，当与某议丧事以济其急，奈何遽相随而去？"乃止，共计其凶仪斋祭之用。日晚，乘不至。姨言曰："无复命，何也？郎骤往觇之，某当继至。"生遂往，至旧宅，门扃钥甚密，以泥缄之。生大骇，诘其邻人。邻人曰："李本税而居，约已周矣。第主自收。姥徙居，而且再宿矣。"征"徙何处？"曰："不详其所。"生将驰赴宣阳，以诘其姨，日已晚矣，计程不能达。乃弛其装服，质馔而食，赁榻而寝[40]。生忿怒方甚，自昏达旦，目不交睫。至明，乃策蹇而去[41]。既至，连扣其扉，食顷无人应。生大呼数四，有宦者徐出。生遽访之："姨氏在乎？"曰："无之。"生曰："昨暮在此，何故匿之？"访其谁氏之第。曰："此崔尚书宅。昨者有一人税此院，云迟中表之远至者。未暮去矣。"

生惶惑发狂，罔知所措，因返访布政旧邸。邸主哀而进膳。生怨懑，绝食三日，遘疾甚笃，旬余愈甚。邸主惧其不起，徙之于凶肆之中(42)。绵缀移时(43)，合肆之人共伤叹而互饲之。后稍愈，杖而能起。由是凶肆日假之，令执绋帷(44)，获其直以自给。累月，渐复壮，每听其哀歌，自叹不及逝者，辄呜咽流涕，不能自止。归则效之。生，聪敏者也。无何，曲尽其妙，虽长安无有伦比。

初，二肆之佣凶器者，互争胜负。其东肆车舆皆奇丽，殆不敌，唯哀挽劣焉。其东肆长知生妙绝，乃醵钱二万索顾焉。其党者旧，共较其所能者，阴教生新声，而相赞和。累旬，人莫知之。其二肆长相谓曰："我欲各阅所佣之器于天门街，以较优劣。不胜者罚直五万，以备酒馔之用，可乎？"二肆许诺。乃邀立符契，署以保证，然后阅之。士女大和会，聚至数万。于是里胥告于贼曹，贼曹闻于京尹。四方之士，尽赴趋焉，巷无居人。自旦阅之，及亭午，历举辇舆威仪之具(45)，西肆皆不胜，师有惭色。乃置层榻于南隅，有长髯者，拥铎而进(46)，翊卫数人。于是奋髯扬眉，扼腕顿颡而登(47)，乃歌《白马》之词(48)。恃其夙胜，顾眄左右，旁若无人。齐声赞扬之，自以为独步一时，不可得而屈也。有顷，东肆长于北隅上设连榻，有乌巾少年，左右五六人，秉翣而至(49)，即生也。整衣服，俯仰甚徐，申喉发调，容若不胜。乃歌《薤露》之章(50)，举声清越，响振林木。曲度未终，闻者歔欷掩泣。西肆长为众所诮，益惭耻。密置所输之直于前，乃潜遁焉。四座愕眙(51)，莫之测也。

先是，天子方下诏，俾外方之牧(52)，岁一至阙下，谓之入计。时也适遇生之父在京师，与同列者易服章窃往观焉。有老竖(53)，即生乳母婿也，见生之举措辞气，将认之而未敢，乃泫然流涕。生父惊而诘之。因告曰："歌者之貌，酷似郎之亡子。"父曰："吾子以多财为盗所害。奚至是耶！"言讫，亦泣。及归，竖间驰往，访于同党曰："向歌者谁，若斯之妙欤？"皆曰："某氏之子。"征其名，且易之矣。竖凛然大惊；徐往，迫而察之。生见竖色动，回翔将匿于众中(54)。竖遂持其袂曰："岂非某乎？"相持而泣，遂载以归。至其室，父责曰："志行若此，污辱吾门。何施面目，复相见也？"乃徒行出，至曲江西杏园东，去其衣服，以马鞭鞭之数百。生不胜其苦而毙。父弃之而去。

其师命相狎昵者阴随之，归告同党，共加伤叹。令二人赍苇席瘗焉(55)。至，则心下微温，举之，良久，气稍通。因共荷而归，以苇筒灌勺饮，经宿乃活。月余，手足不能自举，其楚挞之处皆溃烂，秽甚。同辈患之。一夕，弃于道周(56)。行路咸伤之，往往投其余食，得以充肠。十旬，方杖策而起。被布裘，裘有百结，褴褛如悬鹑(57)。持一破瓯，巡于闾里，以乞食为事。自秋徂冬，夜入于粪壤窟室，昼则周游廛肆。

一旦大雪，生为冻馁所驱，冒雪而出，乞食之声甚苦。闻见者莫不凄恻。时雪方甚，人家外户多不发。至安邑东门，循里垣北转第七八，有一门独启左扉，即娃之第也。生不知之，遂连声疾呼："饥冻之甚。"音响凄切，所不忍听。娃自阁中闻之，谓侍儿曰："此必生也，我辨其音矣。"连步而出。见生枯瘠疥厉(58)，殆非人状。娃意感焉，乃谓曰："岂非某郎也？"生愤懑绝倒，口不能言，颔颐而已(59)。娃前抱其颈，以绣襦拥而归于西厢。失声长恸曰："令子一朝及此，我之罪也！"绝而复苏。姥大骇，奔至，曰："何也？"娃曰："某郎。"姥遽曰："当逐之，奈何令至此？"娃敛容却睇曰(60)："不然，此良家子也，当昔驱高车，持金装，至某之室，不逾期而荡尽。且互设诡计，舍而逐之，殆非人。令其失志，不得齿于人伦。父子之道，天性也。使其情绝，杀而弃之。又困踬若此(61)。天下之人尽知为某也。生亲戚满朝，一旦当权者熟察其本末，祸将及矣。况欺天负人，鬼神不佑，无自贻其殃也。某为姥子，迨今有二十岁矣。计其赁，不啻直千金(62)。今姥年六十余，愿计二十年衣食之用以赎身，当与此子别卜所诣(63)。所诣非遥，晨昏得以温清[64]。某愿足矣。"姥度其志不可夺,因许之。给姥之余,有百金。北隅四五家税一隙院。乃与生沐浴,易其衣服;为汤粥,通其肠;次以酥乳润其脏。旬余,方荐水陆之馔[65]。头巾履袜,皆取珍异者衣之。未数月,肌肤稍腴。卒岁,平愈如初。

异时,娃谓生曰:"体已康矣,志已壮矣。渊思寂虑,默想曩昔之艺业[66],可温习乎?"生思之,曰:"十得二三耳。"娃命车出游,生骑而从。至旗亭南偏门鬻坟典之肆[67],令生拣而市之,计费百金,尽载以归。因令生斥弃百虑以志学,俾夜作昼,孜孜矻矻[68]。娃常偶坐,宵分乃寐。伺其疲倦,即谕之缀诗赋。二岁而业大就,海内文籍,莫不该览。生谓娃曰:"可策名试艺矣。"娃曰:"未也,且令精熟,以俟百战。"更一年,曰:"可行矣。"于是遂一上,登甲科,声振礼闱[69]。虽前辈见其文,罔不敛衽敬羡[70],愿友之而不可得。娃曰:"未也。今秀士苟获擢一科第[71],则自谓可以取中朝之显职,擅天下之美名。子行秽迹鄙,不侔于他士[72]。当砻淬利器[73],以求再捷,方可以连衡多士,争霸群英。"生由是益自勤苦,声价弥甚。其年,遇大比,诏征四方之隽。生应直言极谏科,策名第一,授成都府参军。三事以降[74],皆其友也。

将之官,娃谓生曰:"今之复子本躯,某不相负也。愿以残年,归养老姥。君当结媛鼎族[75],以奉蒸尝[76]。中外婚媾,无自黩也[77]。勉思自爱,某从此去矣。"生泣曰:"子若弃我,当自刭以就死。"娃固辞不从,生勤请弥恳。娃曰:"送子涉江,至于剑门,当令我回。"生许诺。

月余,至剑门。未及发而除书至[78],生父由常州诏入,拜成都尹,兼剑南采访使。浃辰[79],父到。生因投刺[80],谒于邮亭。父不敢认,见其祖父官讳,方大惊,命登阶,抚背恸哭移时,曰:"吾与尔父子如初。"因诘其由,具陈其本末。大奇之,诘娃安在。曰:"送某至此,当令复还。"父曰:"不可。"翌日,命驾与生先之成都,留娃于剑门,筑别馆以处之。明日,命媒氏通二姓之好,备六礼以迎之[81],遂如秦晋之偶。

娃既备礼,岁时伏腊[82],妇道甚修,治家严整,极为亲所眷。向后数岁,生父母偕殁,持孝甚至。有灵芝产于倚庐,一穗三秀[83]。本道上闻。又有白燕数十,巢其层甍[84]。天子异之,宠锡加等。终制[85],累迁清显之任[86]。十年间,至数郡。娃封汧国夫人。有四子,皆为大官;其卑者犹为太原尹。弟兄姻媾皆甲门,内外隆盛,莫之与京[87]。

嗟乎,倡荡之姬,节行如是,虽古先烈女,不能逾也。焉得不为之叹息哉!

予伯祖尝牧晋州,转户部,为水陆运使,三任皆与生为代,故谙详其事[88]。贞元中,予与陇西李公佐话妇人操烈之品格,因遂述汧国之事。公佐拊掌竦听,命予为传。乃握管濡翰[89],疏而存之。时乙亥岁秋八月,太原白行简云。

（据鲁迅编校《唐宋传奇集》卷三,人民文学出版社1954年版）

【注释】

（1）汧（qiān）国夫人:李娃的封号。汧,唐代郡名,现在的陕西陇县。《新唐书·百官志》记载"文武官一品,国公之母、妻,为国夫人"。

（2）倡女:以歌舞娱人的妇女,或指娼妓。

（3）"节行"句:是说节操行为卓越美好。

（4）"有足称"句:是说有足以称道的东西。称,称述,称道。

（5）天宝:唐玄宗李隆基的年号。

（6）者:语气词,用于主语后,引出原因、解释等。

（7）时望:当时的声望。家徒:家中的奴仆。

（8）知命:五十岁。《论语》记载"五十而知天命"。

（9）弱冠：二十岁，古代男子二十岁行弱冠之礼。

（10）隽朗：俊秀、聪明。

（11）应：参加。乡赋：乡贡，由州县选送至京师应试叫乡贡。举：中举。

（12）盛：收拾。薪储之费：指柴米之类的日常生活费用。

（13）上第：科举取得好名次。指掌：形容事情容易办到。

（14）尝：曾经。东市：唐代长安的商业区，还有西市。

（15）鸣珂曲：胡同名，妓女聚居之地。

（16）阖：关闭。扉：门扇。

（17）凭：倚靠。青衣：地位低下者经常穿的衣服，代指女仆。要妙：美好。

（18）骖（cān）：三匹马驾一辆车，这里代指马车。

（19）敕：命令。

（20）眄（miàn）：斜着眼看。

（21）赡：富有。

（22）萧墙：当门的照壁、屏风。

（23）税以居：意思是出租给别人住。

（24）直：同值，价值、价格。

（25）迟（zhí）：招待。

（26）偶坐：同坐。

（27）燠（yù）：暖。

（28）触类：一举一动。妍媚：美好。

（29）缣（jiān）：黄色的细绢，礼物。

（30）彻：同撤。

（31）目之为郎：目，作动词，眼睛看着。郎，妇女对丈夫的称谓，这里跟从其女的称呼。

（32）戢（jí）身：隐藏、藏身。

（33）报应如响：报应很快而且灵验。

（34）荐酹：以酒食祭祀鬼神。荐：进献。

（35）牢：三牲，祭祀用的牛、羊、猪。醴：甜酒。

（36）戟门：显贵之家。唐代规定三品以上的官员，门前可以立戟，以示威严。

（37）葱蒨（qiàn）草木苍翠茂盛的样子。

（38）大宛：汉代西域国名，产良马，好马的代称。

（39）偶语：两人相对私语。

（40）驰：脱下；质：抵押；赁：租借。

（41）策：骑。蹇（jiǎn）：跛脚驴，指落魄的李生。

（42）凶肆：专售丧事用品、代办殡仪葬礼的店铺。

（43）绵缀：病情沉重、濒临死亡的样子。

（44）繐帷：灵帐。

（45）輀舆威仪：丧车仪仗之类。

（46）铎：大铃，唱挽歌时使用。

（47）扼腕：左手握住右手的腕部，情绪高昂振奋。顿颡：叩头。

（48）《白马》之词：白马歌，古代祭奠时的歌词。

（49）翣：大扇子，用孔雀毛做成，古代出殡时在棺材两旁撑着。

（50）《薤露》之章：古时送丧时唱的歌曲。

（51）愕眙（chì）：惊讶、发呆。

（52）牧：州牧，即地方的长官。

（53）老竖：老仆人。

（54）回翔：鸟盘旋飞，这里指躲藏的样子。

（55）瘞（yì）：埋葬。

（56）道周：路旁。

（57）褴褛：衣服破烂的样子。悬：悬挂。鹑：鹑鸟秃尾，把它挂起来，像破烂衣服一样。

（58）枯瘠疥厉：身体枯瘦，生了疥疮，毛发脱落。

（59）颔颐：点头、承认。颔：动。颐：面颊。

（60）却睇：回看。

（61）困踬（zhì）：穷困、落魄。

（62）不啻（chì）：不止，不只。

（63）别卜所诣：另找住处。

（64）晨昏得以温凊（jìng）：早晚可以问安伺候。凊，寒凉。

（65）荐：进献。水陆之馔：山珍海味。

（66）渊思寂虑：深思默想。艺业：应举的文章。

（67）旗亭：击鼓鸣钲为号的楼，后指酒楼。坟典之肆：书店。坟典，泛指古代书籍。

（68）孜孜矻矻（kū）：勤奋不怠。

（69）礼闱：礼部考试。

（70）敛衽：整理衣服，表示敬意。

（71）秀士：参加考试的都可称为秀士。

（72）不侔：不能相比，不及。

（73）砻（lòng）淬：磨炼。

（74）三事：三公，指品级最高的官员。

（75）鼎族：高门贵族。

（76）烝：冬天祭祀。尝，秋天祭祀。

（77）中外：内外。婚媾：通婚。斁：毁坏。

（78）除书：授予官职的文书。

（79）浃（jiā）辰：自子到亥十二辰为一周，即浃辰，十二天。浃，周。

（80）投：呈报，投递。刺：名片。

（81）六礼：古时婚礼的六道程序，纳采、问名、纳吉、纳征、请期、亲迎。

（82）伏腊：夏天的节日为伏，冬天为腊，指逢年过节。

（83）一穗三秀：一棵穗上开三朵花，古人认为是吉祥的好兆头。

（84）层甍（méng）：房屋的大梁。

（85）终制：守制期满。古人遇到父母丧事，要三年守丧不问外事，叫守制。

（86）清显之任：地位尊贵显要的官职。

（87）莫：没有谁。京：大。

（88）谙详：熟悉。

(89) 握管:提笔。濡翰:蘸墨。

【简析】

　　这则唐传奇写了妓女李娃与荣阳公子悲欢离合的爱情故事。荣阳公子初涉风月场,资财挥霍尽后,被设计逐出,沦为乞丐,冻馁濒死,后李娃良心发现,救助、激励公子奋发读书,最终夫荣妻贵,获得大团圆的结局。作品抨击了封建社会门第观念的婚姻,揭露了封建社会伦理道德的虚伪,歌颂了地位不同的青年男女的真挚爱情。小说主要情节包括院遇、计逐、鞭弃、护读四个部分,围绕李娃与郑生间的境遇展开,李娃本为娼家女,后来却荣升为汧国夫人,塑造了她善良、勇敢、品德高尚的形象;公子则一度沦为挽歌郎、乞丐,后又应试得官,恢复尊荣。《李娃传》堪称唐人小说的精品,它的情节波澜曲折,极富戏剧性,细节描写生动传神,布局严整细密,铺垫烘托到位。比如郑生李娃相遇一节,郑生故意遗下马鞭这个细节就起到了很大的连缀作用。这是唐人有意创作小说的例证,也是小说这门艺术逐渐成熟的体现。

四 词

敦煌曲子词(两首)

　　敦煌曲子词是指在 1900 年敦煌发现的数百首隋唐五代的曲子词的总称。敦煌曲子词的绝大多数属于民间作品,作品内容丰富、风格明快质朴、语言浅近俚俗,具有典型的民间化色彩,体现出早期词的特点。

菩萨蛮[1]

　　敦煌古往出神将,感得诸蕃遥钦仰。效节望龙庭[2],麟台早有名[3]。　　只恨隔蕃部[4],情恳难申吐。早晚灭狼蕃[5],一齐拜圣颜。

(据王重民《敦煌曲子词集》上卷,商务印书馆 1950 年版)

【注释】

(1) 菩萨蛮:唐玄宗时教坊曲名,后用为词调,亦作《菩萨鬘》,又名《子夜歌》《重叠金》等。唐代苏鹗《杜阳杂编》载,唐宣宗时,女蛮国入贡,其人高髻金冠,璎珞被体,故称菩萨蛮队,当时乐工遂制《菩萨蛮曲》。双调,四十四字,五七言组成上下两片各四句,两仄两平韵。

(2) 效节:为国尽忠节。龙庭:古代匈奴祭祀天神的处所。这里指朝廷。

(3) 麟台:本指汉朝的麒麟阁,汉宣帝曾将功臣十一人的像画在此阁上,并题其官爵、姓名。后代就将此阁作为皇帝褒奖臣子功勋之处的代称。

（4）蕃部:指吐蕃部落。

（5）狼蕃:对边地异族部落的蔑称。此指吐蕃。

【简析】

敦煌曲子词大多为民间作品,内容相当广阔,其中最突出的是歌颂爱国主题的作品。这首《菩萨蛮》大约作于唐德宗建中初年,是敦煌曲子词十八首《菩萨蛮》作品中创作时间较早的一首,也是敦煌词中表达爱国思想的代表作。唐朝时,敦煌为沙洲治所,处于唐朝与吐蕃边境。唐高宗时期吐蕃始开边衅,向唐朝内地进逼,此后长期处于时战时和的状态。天宝十四载爆发"安史之乱",边兵内调平乱,唐朝也由此渐趋衰败。吐蕃趁机进攻河西走廊,甚至一度攻陷唐朝都城长安。吐蕃撤兵后,先后攻占肃州、甘州、凉州等地。处于四面包围中的沙洲,此时与内地交通完全被隔绝,然仍坚持抵抗吐蕃长达十几年。这首词反映了在唐朝与吐蕃的激烈争斗中,敦煌人民强烈的保家卫国、打退敌寇、收复失地的斗争精神,塑造了一位对唐王朝忠心耿耿,战功赫赫且威望极高的爱国将军的形象,表达了对吐蕃分割疆土的愤恨,盼望唐王朝强盛、统一的强烈愿望。语言质朴、感情真挚、风格豪迈,其爱国的主题和深沉情感有别于五代时期的绮丽婉约,导后世爱国词之先路,在词史上占有着重要的地位。近代学者王重民评价其为"外族统治下敦煌人民之爱国壮烈歌声"。

鹊踏枝（1）

叵耐灵鹊多谩语（2）,送喜何曾有凭据! 几度飞来活捉取,锁上金笼休共语（3）。　　比拟好心来送喜（4）,谁知锁我在金笼里。欲他征夫早归来（5）,腾身却放我向青云里（6）。

（据王重民《敦煌曲子词集》上卷,商务印书馆 1950 年版）

【注释】

（1）鹊踏枝:一作《雀踏枝》,唐玄宗时教坊曲名,后用为词调,即《蝶恋花》,又名《黄金缕》《凤栖梧》《卷珠帘》《一箩金》。双片六十字,前后片各四仄韵。此词律式略有不同,上下句均有衬字。词作内容咏鹊,符合词调本意。

（2）叵耐:不可忍耐。谩语:原作"满语",这里指谎话。

（3）金笼:坚固而又精美的鸟笼。休共语:不要和他说话。

（4）比拟:本拟,准备。

（5）征夫:出远门的人。这里是指关锁灵鹊少妇的丈夫。

（6）腾身:跃身而起。

【简析】

灵鹊报喜本是固有的民间风俗,此词反用其意,通过描写少妇和灵鹊的两段心曲,反映思妇念远之情。上片以少妇的口吻表达对灵鹊聒噪的不满。灵鹊啼叫本为欢乐、喜庆的寓意,此刻却引发了少妇由喜及悲、由满心期待到希望落空后对灵鹊的迁怒与惩罚,少妇颇具蛮横的"活捉""锁上",实则传递出其思夫不得见的满腹失落与怨怼。下片将灵鹊人格化,以告白的方式展现其无辜受迁怒的内心世界,塑造出了一个委屈、善良而又极富同情心的灵鹊形象,与上片前后呼应、相互补充。作品舍弃词作中赋比兴的通常手法,纯用口语,借助拟人化的修辞和两段内心独白,凸显出少妇独守空闺时内心的渴念、急切、孤寂与落寞。含蓄而不失活泼清新,委婉蕴藉中更是描写得逼真入微、妙趣横生,一方面使这首小词极富有生活气息和真实感,另一方面也赋予其光彩、活力与生命,让人不禁掩卷后仍回味无穷,耐人思量,真是别有一番民歌化的特殊韵味。

李白词(两首)

作者简介见诗歌部分。

菩萨蛮

平林漠漠烟如织⁽¹⁾,寒山一带伤心碧⁽²⁾。暝色入高楼⁽³⁾,有人楼上愁。　　玉阶空伫立⁽⁴⁾,宿鸟归飞急。何处是归程?长亭更短亭⁽⁵⁾。

（据《四部丛刊》影印明翻宋本《唐宋诸贤绝妙词选》卷一）

【注释】

(1) 平林:平原上的林木。《诗·小雅·车辖》:"依彼平林,有集维鷮。"毛传:"平林,林木之在平地者也。"漠漠:迷蒙貌,此处形容烟气。

(2) 伤心:极。此处指晚山之青,犹如碧玉。

(3) 暝色:夜色。

(4) 玉阶:一作玉梯。玉砌的台阶。这里泛指华美洁净的台阶。伫(zhù)立:长时间地站着等候。

(5) 长亭更短亭:亭,《释名》卷五:"亭,停也,人所停集也。"长亭、短亭,古代设在路边供行人休歇的亭舍。庾信《哀江南赋》云:"十里五里,长亭短亭。"说明当时每隔十里设一长亭,五里设一短亭。更,一作"连"。

【简析】

这首词是唐五代词中脍炙人口的作品之一,相传为唐代伟大诗人李白所作。创作背景不详。宋僧文莹《湘山野录》载:"此词不知何人写在鼎州沧水驿楼,复不知何人所撰。魏道辅泰见而爱之。后至长沙,得古集于子宣(曾布)内翰家,乃知李白所作。"词作以秋冬之交的苍暝暮色为背景,描摹平林寒山的境界,苍茫悲壮。"入"字由远及近、由景及人,将客观之景与主观惆怅空莫的情绪绾结在一起,逼出"愁"字,唤醒全篇。下片"空"字道出了词人的孤寂,久立之人与急飞的宿鸟形成鲜明对比,在迷茫中更加重了"愁"。平林、烟霭、寒山、暝色、高楼、宿鸟、长亭、短亭,景物密集然又能移情、寓情、传情,展现词人丰富而复杂的内心世界。无论是眺远怀人,抑或羁旅思归,人生的怅惘与愁闷都浸染在一片深秋暮色之中,形成一个浑然天成的意境。此词受到古人很高的评价,与《忆秦娥》(箫声咽)一起被誉为"百代词曲之祖"。

忆秦娥⁽¹⁾

箫声咽,秦娥梦断秦楼月⁽²⁾。秦楼月,年年柳色,灞陵伤别⁽³⁾。　　乐游原上清秋节⁽⁴⁾,咸阳古道音尘绝⁽⁵⁾。音尘绝,西风残照,汉家陵阙⁽⁶⁾。

(据《四部丛刊》影印明翻宋本《唐宋诸贤绝妙词选》卷一)

【注释】

(1)忆秦娥:词调名。双调四十六字,多用入声韵,上下片各三仄韵一叠韵。世传为李白首制此词,因"秦娥梦断秦楼月"句得名。别名甚多,有《秦楼月》《碧云深》《双荷叶》等。

(2)箫声咽:化用萧史弄玉的故事。《列仙传・萧史》:"萧史善吹箫,作凤鸣。秦穆公以女弄玉妻之,作凤楼,教弄玉吹箫,感凤来集,弄玉乘凤、萧史乘龙,夫妇同仙去。"秦娥,秦女,这里泛指长安美貌的女子。秦楼,即秦台。

(3)灞陵:今陕西省西安市东,因汉文帝的陵墓在地,故名。附近有灞桥,为通往华北、东北和东南各地必经之处,也是长安士人送别之地。《三辅黄图》卷六:"文帝灞陵,在长安城东七十里。……跨水作桥。汉人送客至此桥,折柳送别。"

(4)乐游原:又叫"乐游园",在长安东南郊,是汉宣帝乐游苑的故址,地势高,可以远望,在唐代是游览之地。清秋节:指农历九月九日的重阳节,是当时人们重阳登高的节日。

(5)"咸阳"句:谓远赴西北的爱人音信断绝。咸阳:秦都,在长安西北数百里,是汉唐时期由京城往西北从军、经商的要道。音尘:一般指消息,这里是指车行走时发出的声音和扬起的尘土。

(6)汉家陵阙:汉朝皇帝的陵墓都在长安周围。陵,高大的坟墓。阙,陵墓前的牌楼。

【简析】

本词内容写秦娥忆,词调名即为词内容,体现早期词的特征。起笔即写出秦娥的内心情态:秦娥从呜咽的箫声中惊醒,秦楼的一钩残月勾起秦娥对往事的追忆,柳色青翠的灞陵印证着一次次的分离、离愁。清秋节佳侣如云相约登高赏景,然主人公却茕茕孑立在西风残照里。满川落暮之景尽收眼底,汉家陵阙,苍苍莽莽,巍然屹立,片刻间由秦娥一人一时之别情,融入对历史变迁的忧愁之中。从怀远思人转入怀古伤今,气象也随之开阔。咸阳古道、汉代陵墓——赫赫王朝的遗迹,音尘俱杳,繁华、奢侈、纵欲一切都已消失了,只剩萧瑟西风下如血的残阳照应着汉家的陵墓。盛与衰、古与今、悲与喜的强烈对比,是对历史的反思,亦是对当今的警戒,更是一份家国情怀的苍凉与悲壮。王国维《人间词话》评此词云:"太白纯以气象胜。'西风残照,汉家陵阙',寥寥八字,遂关千古登临之口。"

温庭筠词（两首）

温庭筠(约812—约866),本名岐,又名庭筠,字飞卿,太原祁(今天山西省祁县)人,唐初宰相温彦博之后裔。出生于没落贵族家庭,屡试不第,行为放浪。然极富才情,文思敏捷,精通音律。其诗辞藻华丽,浓艳精致,内容多写闺情,少数作品对时政有所反应。其词刻意求精,注重文采和声情,被尊为"花间词派"之鼻祖。在词史上,存词七十余首,大多存于《花间集》中。

菩萨蛮

水精帘里颇黎枕[1],暖香惹梦鸳鸯锦。江上柳如烟,雁飞残月天。　　藕丝秋色浅[2],人胜参差剪[3]。双鬓隔香红[4],玉钗头上风[5]。

(据赵崇祚辑、李一氓校《花间集校》,人民文学出版社 1958 年版)

【注释】

(1) 水精:即水晶。颇黎:即玻瓈、玻璃,天然水晶。
(2) 藕丝秋色浅:藕合色近乎白,故说"秋色浅"。此指衣服。
(3) 胜:花胜,以人日为之,亦称"人胜"。《荆楚岁时记》:"正月七日为人日,……剪彩为人,或缕金簿(箔)为人以贴屏风,亦戴之头鬓;又造华胜以相遗。"华胜男女都可以戴,有时亦戴小幡,合称幡胜,到宋时这风俗犹存。
(4) 香红:指花,即以之代花。
(5) 头上风:指首饰因行走而微颤,有如风吹。

【简析】

这是温庭筠《菩萨蛮》组词的第二首,与第一首"小山重叠金明灭"相似,不脱花间窠臼,以女子的容貌、服饰和日常起居为主要描写对象。上阕写女子居处的环境,开篇仅十四个字,描绘出水精帘、颇黎枕、鸳鸯锦三件极富有装饰性、传情性的闺阁陈设,构图精巧、画面感强。随之两句疏朗明丽的景色中委婉地透露出女子思夫而不得归的生活情状和心理活动。迷蒙似烟的江边垂柳勾起归乡思远的心绪,然女子所思之人却杳无音信,于是锦被上的"鸳鸯"更凸显了女子的形单影只。下阕以工笔描绘出女子的穿戴打扮,写女子的衣着、头饰,写她剪制春胜的活动,一味地渲染她的美丽和情趣,看似跳出满腹闺怨,实则是将相思深情隐藏在明朗绮丽之后,更可见女子的孤单处境。全词意象跳跃、文思宛转,表现出深闺女子的富贵、香艳、慵懒以及寂寞、思念与深长的愁绪。

更漏子[1]

玉炉香,红蜡泪,遍照画堂秋思[2]。眉翠薄,鬓云残[3],夜长衾枕寒[4]。　　梧桐树[5],三更雨,不道离情正苦[6]。一叶叶,一声声,空阶滴到明[7]。

(据赵崇祚辑、李一氓校《花间集校》,人民文学出版社 1958 年版)

【注释】

(1) 更漏子:词调名,双调四十六字。此调创于晚唐,毛氏《填词名解》亦云:"唐温庭筠做《秋思词》,中咏'更漏',后以名词。"唐人称夜间为"更漏"。
(2) 画堂:华丽的内室。秋思:谓秋来引发的愁思。
(3) 鬓云:鬓发如云。
(4) 衾:被子。

（5）梧桐：落叶乔木，古人以为是凤凰栖止之木。

（6）不道：不管、不理会的意思。

（7）空阶滴到明：语出南朝何逊《临行与故游夜别》："夜雨滴空阶。"

【简析】

　　温庭筠共写过六首内容相仿的《更漏子》。这首《更漏子》，借"更漏"夜景咏女子相思情事，意境不脱花间风格，然却别有特色。温词本惯以秾艳之笔写离情愁绪，而本词却显得"浓淡相间"：袅袅香炉，泪泪红烛，满堂秋意，依然是华丽的闺阁内设，隐隐流露着闺中的寂寞；眉黛渐褪，鬓发不整，漫漫长夜，衾枕生寒，续写着思妇的相思之苦与难以排遣的孤独苦闷。上片的华堂锦室，美丽思妇，这是温词惯常的浓丽笔法。下片则疏淡明朗、用笔极快，二十三个字，"梧桐"与"夜雨"两种景物，纵笔而下，似有一泻而出的气势，但仍不失含蓄。秋叶三更冷雨，点点滴滴扰乱着女子的心绪，从玉炉生香、红烛滴泪的傍晚，到闻"三更雨"，再到"空阶滴到明"，女子的彻夜无眠始终未曾点透。笔法顿挫疏宕，似直实纡。谭献称赞为"亦书家'无垂不缩'之法"（《清人选评词集三种·谭评词辨》卷一）。另本词中对夜雨梧桐的描写，也营造了一种幽深僻静的意境，成为诗词经典之境，对后人极具影响。如宋晏几道的"卧听疏雨梧桐"；李清照的"梧桐更兼细雨，到黄昏，点点滴滴"，清人陈廷焯云："遣词凄艳，是飞卿本色。结三句开北宋先声。"（《云韶集》）。清人李冰若更是将本词推崇为温词第一，云"飞卿此词，自是集中之冠"（《栩庄漫记》）。

韦庄词（一首）

　　韦庄（约836—约910），字端己，长安杜陵（今陕西省西安市附近）人，奉使入蜀，自此终身仕蜀，为五代时前蜀宰相。韦庄工词，多写自身的生活体验和上层社会之冶游享乐生活及离情别绪，善用白描手法，词风清丽。与温庭筠并称"温韦"。有《浣花集》十卷，后人又辑其词作为《浣花词》。

菩萨蛮

　　人人尽说江南好，游人只合江南老⁽¹⁾。春水碧于天，画船听雨眠⁽²⁾。　　垆边人似月⁽³⁾，皓腕凝霜雪。未老莫还乡，还乡须断肠⁽⁴⁾。

　　　　　　　　（据赵崇祚辑、李一氓校《花间集校》，人民文学出版社1958年版）

【注释】

（1）只合：只应。

（2）画船：饰有彩画的船。

（3）垆边：指酒家。垆，旧时酒店用土砌成酒瓮卖酒的地方。《史记·司马相如列传》记载，司马相如妻卓文君长得很美，曾当垆卖酒："买一酒舍沽就，而令文君当垆。"

（4）须：必定，肯定。

【简析】

　　韦庄经历了唐由衰弱到灭亡以及五代十国的分裂混乱,一生饱经乱离漂泊之苦,直到五十九岁,才结束颠沛的生活,寓居蜀地。《菩萨蛮》五首,创作于韦庄晚年到南方避乱之际,为其回忆江南旧游之作。本词为其中的第二首,采用白描手法,抒写了游子春日的所思所见。起句直言"江南好",上片一写江南水乡之景色秀美,一写江南生活之闲适甜美,下片描摹江南女子之秀雅柔美,从而共同组合成无限之"江南"美,呼应前文的"游人只合江南老"。随之笔锋陡转,如此好之江南,作者却避乱远离,不得不背井离乡,于是发出了"未老莫还乡"的深沉感叹,巧妙地刻画出特定历史背景下词人的思乡怀人之情。

冯延巳词(一首)

　　冯延巳(903—960),南唐词人,又名延嗣,字正中,五代广陵(今江苏省扬州市)人。其词多写闲情逸致,文人的气息较浓。其词集名《阳春集》。

谒金门⁽¹⁾

　　风乍起,吹皱一池春水。闲引鸳鸯香径里⁽²⁾,手挼红杏蕊⁽³⁾。　　　斗鸭阑干独倚⁽⁴⁾,碧玉搔头斜坠⁽⁵⁾。终日望君君不至,举头闻鹊喜。

(据清光绪《四印斋所刻词》本《阳春集》)

【注释】

(1) 谒金门:唐教坊曲,后用为词调。双调四十五字,前后片各四仄韵。
(2) 闲引:无聊地逗引着玩。
(3) 挼(ruó):揉搓。
(4) 斗鸭:以鸭相斗为欢乐。斗鸭阑和斗鸡台,都是官僚显贵取乐的场所。
(5) 碧玉搔头:一种碧玉做的簪子。《西京杂记》载:"(汉)武帝过李夫人,就取玉簪搔头;自此后,宫人搔头皆用玉"。

【简析】

　　不同于花间派词人对妇女容貌、服饰的描绘,这首词以清新流畅的语言描摩了一位贵族少妇,在春日融融之际思念丈夫时表现出的百无聊赖的情状,反映了她的苦闷心情。上片写景,点明时令、环境及人物活动;下片抒情,表露烦愁的原因。全词以人物的动作、细节揭示内心世界,这也是冯延巳词主要特色。其中名句"风乍起,吹皱一池春水"和李璟《摊破浣溪沙》中的"小楼吹砌玉笙寒",堪称比肩。《南唐书》卷二十一记载,李璟曾责问冯延巳:"吹皱一池春水,干卿何事?"吓得冯延巳只好涎着脸皮说:"未如陛下'小楼吹砌玉笙寒'。"

李璟词（一首）

李璟（916—961），五代十国时期南唐第二位皇帝，史称南唐中主。好学能诗，多才多艺，其词感情真挚，风格清新，语言不事雕琢。其词被收录《南唐二主词》中。

摊破浣溪沙⁽¹⁾

手卷真珠上玉钩⁽²⁾，依前春恨锁重楼⁽³⁾。风里落花谁是主？思悠悠。　　　青鸟不传云外信⁽⁴⁾，丁香空结雨中愁⁽⁵⁾。回首绿波三楚暮⁽⁶⁾，接天流。

（据王仲闻校《南唐二主词校订》，中华书局 2007 年版）

【注释】

（1）摊破浣溪沙：词牌名，又名《添字浣溪沙》《山花子》，实为"浣溪沙"之别体，不过上下片各增三字，移其韵于结句而已。双调四十八字，前阕三平韵，后阕两平韵。

（2）真珠：以珍珠编织之帘。或为帘之美称。《西京杂记》："昭阳殿织珠为帘，风至则鸣，如珩佩之声。"玉钩：帘钩之美称。

（3）春恨：犹春愁，春怨。

（4）青鸟：传说曾为西王母传递消息给汉武帝。这里指带信的人。《史记·司马相如列传》："幸有三足乌为之使。"注："三足乌，青鸟也。主西王母取食。"云外：指遥远的地方。

（5）丁香结：丁香的花蕾。此处诗人用以象征愁心。

（6）三楚：指南楚、东楚、西楚。三楚地域，说法不一。据《汉书·高帝纪》注：江陵（今湖北江陵一带）为南楚。吴（今江苏吴县一带）为东楚。彭城（今江苏铜山县一带）为西楚。"三楚暮"，一作"三峡暮"。

【简析】

南唐中主李璟词作多歌舞玩乐之作，常为人所诟病。据《南唐书》载：歌师王感化尝为之连唱"南朝天子爱风流"句至再三再四以刺之，李璟遂悟，作《浣溪沙》二阕并手书以赐感化。本首词即为其中一阕。故本词的伤春、春恨之感，并非一般的对景抒情之闲愁，而是借抒写男女之间的怅恨来表达作者的愁恨与感慨。词的上片写重楼春恨，落花无主，凋零的落花恰似人的身世飘零，孤苦无依。下片从人事着笔，点出春恨之绵绵不绝，思念之浓郁难解，"青鸟""丁香"二句对仗极为工整，一人事、一景物，将思念写得空灵静美。结句楚天日暮、水天相接，暗示着愁之广、之深、之难以排遣。这种愁深苦极的情感极有可能是在南唐受后周严重威胁的情况下，李璟借词寄托其内心的悲苦感慨和彷徨无措。

李煜词(四首)

李煜(937—978),字重光,号钟隐,南唐最后一位皇帝,世称李后主。他精通书画音乐,诗词文赋无所不能,具有非凡的艺术才能。其词语言明快、形象生动、用情真挚,风格鲜明,其亡国后词作更是题材广阔,含意深沉,在晚唐五代词中别树一帜,对后世词坛影响深远。

清平乐(1)

别来春半,触目愁肠断(2)。砌下落梅如雪乱(3),拂了一身还满。　　雁来音信无凭(4),路遥归梦难成(5)。离恨恰如春草,更行更远还生。

（据王仲闻校《南唐二主词校订》,中华书局 2007 年版）

【注释】

(1) 清平乐:原为唐教坊曲名,后用作词调,又名《清平乐令》《醉东风》《忆萝月》。双调四十六字,八句,前片四仄韵,后片三平韵。
(2) 愁肠:一作"柔肠"。
(3) 砌(qì)下:台阶下。砌,台阶。
(4) 雁来句:这句话是说鸿雁虽然来了,却没将书信传来。古代有凭借雁足传递书信的故事。《汉书·苏武传》中记载:"天子射上林中,得雁,足有系帛书。"故见雁就联想到了所思之人的音信。无凭:没有凭证,指没有书信。
(5) 归梦难成:指有家难回。

【简析】

公元 971 年秋,李煜派弟弟李从善去宋朝进贡,反被宋朝扣留。974 年,李煜请求宋太祖让从善回国,未获允许。李煜非常想念他,常常痛哭。此词一说系后主在从善入宋的第二年春天,因思念他而作的。词作表现了作者在恼人的春色中,触景生情,思念离家在外亲人的情景。词作以"别"字起句,直抒胸臆,毫无掩饰地道出内心的离愁别恨,随之以一个比喻点出愁情之浓烈,一个"满"字,写出词人的无奈以及思念之深。下片化用鸿雁传书的典故,将思念具体化,结句用"春草"的比喻,烘托出"离恨"之无穷无际。全词以离愁别恨为中心,线索明晰而内蕴,上下两片浑成一体而又层层递进,感情的抒发和情绪的渲染都十分到位。

虞美人(1)

春花秋月何时了(2)?往事知多少。小楼昨夜又东风,故国不堪回首月明中。　　雕阑玉砌应犹在(3),只是朱颜改(4)。问君能有几多愁?恰似一江春水向东流。

（据王仲闻校《南唐二主词校订》,中华书局 2007 年版）

【注释】

(1) 虞美人:原为唐教坊曲,初咏项羽宠姬虞美人,因以为名。又名《一江春水》《玉壶水》《巫山十二峰》等。双调五十六字,上下片各四句,皆为两仄韵转两平韵。
(2) 了:了结,完结。
(3) 雕阑玉砌:指远在金陵的南唐故宫。砌,台阶。应犹:一作"依然"。
(4) 朱颜改:指所怀念的人已衰老。

【简析】

宋太祖开宝八年(975),宋军攻破南唐都城金陵,李煜奉表投降,南唐灭亡。三年后,即太平兴国三年,徐铉奉宋太宗之命探视李煜,李煜对徐铉叹曰:"当初我错杀潘佑、李平,悔之不已!"大概是在这种心境下,李煜写下了这首《虞美人》。作品融美景与悲情,往昔与当今,景物与人事为一体,将自然的永恒和人事的沧桑形成强烈对比,把蕴蓄于胸中的悲愁悔恨曲折有致地倾泻出来,凝成千古绝唱——"问君能有几多愁?恰似一江春水向东流",抒发亡国后顿感生命落空的追悔哀叹与往事难再的无限悲痛。相传李煜于自己生日七月七日——七夕之夜,在寓所命故妓作乐,唱新作《虞美人》,声闻于外。宋太宗闻之大怒,命人赐药酒,将他毒死,因此该词也被视为李煜的绝命词,成为一首传诵千古的名作。唐圭璋《李后主评传》指出:"他身为国主,富贵繁华到了极点;而身经亡国,繁华消歇,不堪回首,悲哀也到了极点。正因为他一人经过这种极端的悲乐,遂使他在文学上的收成,也格外光荣而伟大。在欢乐的词里,我们看见一朵朵美丽之花;在悲哀的词里,我们看见一缕缕的血痕泪痕。"

浪淘沙(1)

帘外雨潺潺(2),春意阑珊(3)。罗衾不耐五更寒(4)。梦里不知身是客(5),一晌贪欢(6)。
独自莫凭阑,无限江山,别时容易见时难。流水落花春去也,天上人间。

(据王仲闻校《南唐二主词校订》,中华书局2007年版)

【注释】

(1) 浪淘沙:唐代教坊曲名,又名《过龙门》《卖花声》。此词最早创于唐代刘禹锡和白居易。五代时开始,衍变为长短句双调小令。双片五十四字,前后片各四平韵,多激越凄壮。另有别格,名《浪淘沙令》,前后片首句各少一字。
(2) 潺潺:形容雨声。
(3) 阑珊:衰残。一作"将阑"。
(4) 罗衾(qīn):绸被子。不耐:受不了。一作"不暖"。
(5) 身是客:指被拘汴京,形同囚徒。
(6) 一晌(shǎng):一会儿,片刻。一作"饷"(xiǎng)。

【简析】

此词与前一首《虞美人》创作时间接近,大抵在李煜去世前不久所写。胡仔《苕溪渔隐丛话》记载:"南唐李后主归朝后,每怀江国,且念嫔妾散落,郁郁不自聊,尝作长短句云'帘外雨潺潺……'含思凄惋,未几下世。"词作以五更梦回起笔,潺潺春雨、零落残春,奠定全词低沉悲怆的基调,梦境欢愉与现实凄苦的强烈反差,透露出了绵绵不尽的故土之思,深刻地表现了词人的亡国之痛和囚徒之悲。不同于花间词人的娱宾遣兴之作,李煜后期的词作转为抒发自我的情感,别具有风格。正如王国维在《人间词话》中所说:"李重光之词,神秀也。词至李后主而眼界始大,感慨遂深。……'自是人生长恨水长东''流水落花春去也,天上人间',金荃、浣花,能有此气象耶?"李煜后期词反映了他亡国以后囚居生涯中的危苦心情,确实是"眼界始大,感慨遂深"。

望江南⁽¹⁾

多少恨,昨夜梦魂中⁽²⁾。还似旧时游上苑⁽³⁾,车如流水马如龙⁽⁴⁾。花月正春风⁽⁵⁾。

（据王仲闻校《南唐二主词校订》,中华书局2007年版）

【注释】

(1) 望江南:原唐教坊曲名,后用为词牌,又名《忆江南》《梦江南》《江南好》。据说,它是唐代宰相李德裕为悼念爱妾谢秋娘所作,本名《谢秋娘》,后改此名。二十七字,三平韵。
(2) 梦魂:古人认为在睡梦中人的灵魂会离开肉体,故称"梦魂"。
(3) 上苑:封建时代供帝王玩赏、打猎的园林。
(4) 车如流水马如龙:车马很多,络绎不绝。这里形容梦境游乐的盛况,十分繁华热闹。《后汉书·皇后纪》:"车如流水,马如游龙。"
(5) 花月:花和月,泛指美好的景色。

【简析】

　　本词作于宋开宝八年(975),是李煜亡国入宋被囚后创作的一首记梦词。曹雪芹称李煜"古之伤心人",由高高在上的九五之尊沦落为任人欺凌的阶下囚,人生大悲大喜间是无限的悔恨与无尽的追忆。"多少恨"开篇陡起,浓愁烈苦一股脑地倾泻而出,然"昨夜梦魂中"又将之绾结了下来,似直实曲,萦纡沉郁,可谓荡气回肠。紧接着词人回忆江南旧游,抒写了梦中重温旧时游娱生活的欢乐和梦醒之后的悲恨,以梦中的乐景抒写现实生活中的哀情,表达对故国繁华的追恋,抒发亡国之痛。全词语白意真,直叙深情,一气呵成,是一首情辞俱佳的小词。

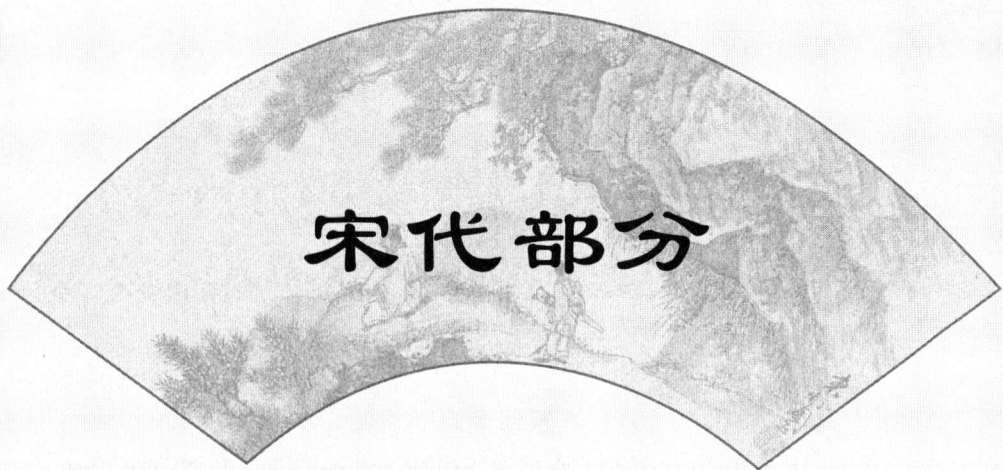

宋代部分

❋ 一、词

❋ 二、诗歌

❋ 三、散文

❋ 四、话本

一 词

范仲淹词（一首）

范仲淹（989—1052），字希文，谥文正，吴县（今江苏省苏州市）人，宦海多度沉浮，六十四岁逝世于赴任途中，谥号文正，世称范文正公。有《范文正公集》传世。

苏幕遮[1]

碧云天，黄叶地[2]。秋色连波，波上寒烟翠。山映斜阳天接水。芳草无情，更在斜阳外。
黯乡魂[3]，追旅思[4]。夜夜除非、好梦留人睡[5]。明月楼高休独倚。酒入愁肠，化作相思泪[6]。

（据《彊村丛书》本《范文正公诗馀》）

【注释】

（1）苏幕遮：词牌名。此调为西域传入的唐教坊曲。宋代词人用此调是另度新曲。又名《云雾敛》《鬓云松令》。双调，六十二字，上下片各五句。
（2）黄叶：落叶。
（3）黯乡魂：心神因怀念故乡而悲伤。黯，黯然，形容心情忧郁、悲伤。
（4）追旅思：撇不开羁旅的愁思。追：紧随，可引申为纠缠。旅思：旅途中的愁苦。
（5）"芳草"二句：草地绵延到天涯，似乎比斜阳更遥远。"芳草"常暗指故乡，因此，这两句有感叹故乡遥远之意。
（6）"夜夜"二句：每天夜里，只有做返回故乡的好梦才得以安睡。夜夜除非，即"除非夜夜"的倒装。

【简析】

本词作于宋仁宗康定元年（1040）至庆历三年（1043）期间，当时范仲淹在西北边陲的军中任陕西四路宣抚使，主持防御西夏的军事。驻守边关防线，将士们背井离乡，故每当秋寒肃飒，不禁念远思亲，于是就有了这首借秋景来抒发怀抱的绝唱。全词借景抒情，情景交融，以绚丽多彩的笔墨描绘了碧云、黄叶、寒波、翠烟、芳草、斜阳、水天相接的江野辽阔苍茫的景色，勾勒出一幅清旷辽远的秋景图，抒写了夜不能寐、高楼独倚、借酒浇愁、怀念家园的深情。范仲淹以政治军事上叱咤风云之情怀来抒发羁旅之愁，以沉郁雄健之笔力抒写低回宛转的相思之情，意境宏深、气象阔大、声情并茂，更见其深挚、柔媚。

晏殊词(二首)

晏殊(991—1055),字同叔,抚州临川人。十四岁以神童入试,赐进士出身,是当时的抚州籍第一个宰相,一生显贵,喜奖掖后进。词作多男女艳情,但语言清雅秀丽,闲雅有情思。有《珠玉集》传世。

浣溪沙

一向年光有限身[1],等闲离别易销魂[2],酒筵歌席莫辞频[3]。 满目山河空念远,落花风雨更伤春,不如怜取眼前人[4]。

(据毛氏汲古阁本《珠玉词》)

【注释】

(1) 一向:一晌,片刻,一会儿。年光:时光。
(2) 等闲:平常,随便,无端。销魂:极度悲伤,极度快乐。
(3) 莫辞频:频,频繁。不要因为次数多而推辞。
(4) 怜取眼前人:元稹《会真记》载崔莺莺诗:"还将旧来意,怜取眼前人。"怜:珍惜,怜爱。取:语助词。

【简析】

这首词是宴会上即兴之作,也是一首伤别之作。反映了作者人生观的一个侧面:悲叹年光有限、世事之无常,慨叹空间和时间的距离难以逾越以及对已逝美好事物追寻的那份徒劳感。在山河风雨中寄寓着对人生哲理的探索,也流露出及时行乐的思想,反映出词人面对人生的无力、无奈,但也有着一份洒脱。作品一改词人的闲雅之风,气度宏大、取景开阔、笔力雄厚,抒写伤春念远情怀,格调遒上、高健明快、深沉而温婉,别具风格。

蝶恋花[1]

槛菊愁烟兰泣露[2],罗幕轻寒[3],燕子双飞去。明月不谙离恨苦[4],斜光到晓穿朱户[5]。昨夜西风凋碧树,独上高楼,望尽天涯路。欲寄彩笺兼尺素[6],山长水阔知何处?

(据毛氏汲古阁本《珠玉词》)

【注释】

(1) 蝶恋花:原唐教坊曲名,取自梁简文帝诗句"翻阶峡蝶恋花情",又名《黄金缕》《鹊踏枝》《凤栖梧》《卷珠帘》《一箩金》。其词牌始于宋。双片六十字,前后片各四仄韵。
(2) 槛(jiàn):栏杆。
(3) 罗幕:丝罗的帷幕,富贵人家所用。
(4) 不谙(ān):不了解,没有经验。谙,熟悉,精通。

（5）朱户：犹言朱门，指大户人家。

（6）彩笺：彩色的信笺。尺素：书信的代称。古人写信用素绢，通常长约一尺，故称尺素，语出《古诗》"客从远方来，遗我双鲤鱼。呼儿烹鲤鱼，中有尺素书"。

【简析】

　　本词为晏殊写深秋怀人的名篇。上片描写苑中景物，选取眼前的景物，移情于景，注入主人公的感情，点出离恨；下片承离恨而来，通过高楼独望生动地表现出主人公望眼欲穿的神态，抒发了其内心的忧伤愁闷之情。全词意境寥阔高远，情致深婉，深婉中见含蓄，广远中有蕴涵，虽以离愁别恨为主题，然风格远超于一般婉约词。王国维《人间词话》中把此词"昨夜西风"三句和柳永、辛弃疾的词句比作治学的三重境界："古今之成大事业、大学问者，必经过三种之境界：'昨夜西风凋碧树，独上高楼，望尽天涯路。'此第一境也。'衣带渐宽终不悔，为伊消得人憔悴。'此第二境也。'众里寻他千百度，蓦然回首，那人却在，灯火阑珊处。'此第三境也。此等语皆非大词人不能道。"足见此词之负盛名。

欧阳修词（二首）

　　欧阳修（1007—1072），字永叔，自号醉翁、六一居士，吉州永丰（今江西省吉安市永丰县）人，北宋政治家、文学家，且在政治上负有盛名，谥号文忠，世称欧阳文忠公。欧阳修大力倡导诗文革新运动，改革了唐末到宋初的形式主义文风和诗风，取得了显著成绩。其文大都内容充实，气势旺盛，一新文坛面目。语言简洁流畅，文气纡涂委婉，创造了一种平易自然的新风格。其诗平淡晓畅，但含意深婉，脉络细密，有初步的议论化和散文化倾向。其词音韵流畅，用词讲究，颇被后人所推许。欧阳修的著述，今存《欧阳文忠公全集》《欧阳文忠公集》，词主要有《醉翁琴趣外篇》《六一词》传世。

踏莎行(1)

候馆梅残(2)，溪桥柳细。草薰风暖摇征辔(3)。离愁渐远渐无穷，迢迢不断如春水。
寸寸柔肠，盈盈粉泪(4)。楼高莫近危栏倚(5)。平芜尽处是春山(6)，行人更在春山外。

（据《四部丛刊》影印元刻本《欧阳文忠公集·近体乐府》卷一）

【注释】

（1）踏莎行：传为北宋寇准所首用，又名《柳长春》《喜朝天》等。双调五十八字，仄韵。又有《转调踏莎行》，双调六十四字或六十六字，仄韵。

（2）候馆：迎宾候客之馆舍。

（3）"草薰"句：化用南朝梁江淹《别赋》"闺中风暖，陌上草薰"。薰，香气侵袭。辔（pèi），马缰绳。

（4）盈盈：泪水充溢眼眶之状。

（5）危栏：也作"危阑"，高楼上的栏杆。

（6）平芜:平坦地向前延伸的草地。芜,草地。

【简析】

　　本词作于宋仁宗明道元年(1033)暮春,时年欧阳修二十六岁,是其早年行役江南之作,也是欧阳修深婉词风的代表作。全篇主题为离愁,上片实写行人的离别与渐行渐远,下片设想闺中少妇的思念与凭栏倚望,一种离愁,两地相思,情致深婉细切。从全词来看,此词由陌上游子而及楼头思妇,由实景而及想象,虚实相生间,可见款款深情,离愁别恨之情也格外的荡气回肠。正如罗大经《鹤林玉露》云:"欧阳公虽游戏作小词,亦无愧唐人《花间集》。"

蝶恋花

　　庭院深深深几许?杨柳堆烟(1),帘幕无重数。玉勒雕鞍游冶处(2),楼高不见章台路(3)。雨横风狂三月暮,门掩黄昏,无计留春住。泪眼问花花不语,乱红飞过秋千去(4)。

(据《四部丛刊》影印元刻本《欧阳文忠公集·近体乐府》卷二)

【注释】

（1）堆烟:形容杨柳浓密。
（2）玉勒雕鞍:玉制的马衔,精雕的马鞍。游冶处:指歌楼妓院。
（3）章台:汉长安街名。《汉书·张敞传》有"走马章台街"语,唐许尧佐《章台柳传》,记妓女柳氏事。后因以章台为歌妓聚居之地。
（4）乱红:凌乱的落花。

【简析】

　　此词描写闺中少妇的伤春之情。上片写闺阁之幽深封闭,以及深锁高院女主人公的寂寞与苦闷;下片以花自喻,抒发期盼意中人回归而不得的幽恨怨愤之情。全词写景状物,疏俊委曲,虚实相融,用语自然,辞意深婉,对少妇心理刻画写意传神,堪称欧词之典范。尤其是"泪眼问花花不语,乱红飞过秋千去"更成为千古名句,毛先舒《古今词论》认为此句"层深而浑成",即"因花而有泪,此一层意也;因泪而问花,此一层意也;花竟不语,此一层意也;不但不语,且又乱落,飞过秋千,此一层意也。人愈伤心,花愈恼人,语愈浅而意愈入,又绝无刻画费力之迹,谓非层深而浑成耶?"王国维则认为这是一种"以我观物,故物皆著我之色彩"的"有我之境"(《人间词话》)。足见此句之精当。这首词也曾一度被误认为出自冯延巳的《阳春集》,可见欧阳修深受晚唐词风的影响。后南宋女词人李清照《临江仙》词序云:"欧阳公作《蝶恋花》,有'深深深几许'之句,予酷爱之,用其语作'庭院深深'数阕",亦成为欧阳修对后世词人深远影响之佐证。

王安石词（一首）

　　王安石(1021—1086),字介甫,号半山,汉族,临川(今江西抚州市临川区)人,北宋著名的思想家、政治家、文学家、改革家。世称王文公,名列"唐宋八大家"。其诗擅长于说理,晚年诗风含蓄深婉,世称"王荆公体"。其词约二十余首,写物咏怀,多选空阔苍茫、淡远纯朴的形象,立意高远,格调悲壮苍凉。有《临川先生之集》《临川集拾遗》等存世。

桂枝香·金陵怀古⁽¹⁾

　　登临送目,正故国晚秋⁽²⁾,天气初肃。千里澄江似练⁽³⁾,翠峰如簇⁽⁴⁾。归帆去棹残阳里⁽⁵⁾,背西风,酒旗斜矗⁽⁶⁾。彩舟云淡⁽⁷⁾,星河鹭起⁽⁸⁾,画图难足⁽⁹⁾。　　念往昔,繁华竞逐⁽¹⁰⁾,叹门外楼头⁽¹¹⁾,悲恨相续⁽¹²⁾。千古凭高对此,漫嗟荣辱⁽¹³⁾。六朝旧事随流水⁽¹⁴⁾,但寒烟衰草凝绿。至今商女,时时犹唱,《后庭》遗曲⁽¹⁵⁾。

(据《四部丛刊》影印抄校本《乐府雅集》卷上)

【注释】

(1) 桂枝香:调见《乐府雅词》,又名《疏帘淡月》,首见于王安石此作。双调一百零一字,前后段各十句、五仄韵。"金陵怀古"是此词的题目。金陵,即今南京市。

(2) 故国:旧时的都城,指金陵。

(3) 千里澄江似练:形容长江像一匹长长的白绢。语出谢朓《晚登三山还望京邑》:"余霞散成绮,澄江静如练。"澄江,清澈的长江。练,白色的绢。

(4) 如簇:这里指群峰好像丛聚在一起。簇,箭头,丛聚,形容山势峻峭。

(5) 去棹(zhào):停船。棹,划船的一种工具,形似桨,也可引申为船。

(6) 酒旗:酒楼上悬挂的布招帘。

(7) 彩舟:结彩的画船。

(8) 星河鹭(lù)起:白鹭从水中沙洲上飞起。星河,指长江。

(9) 画图难足:用图画也难以完美地表现它。

(10) 豪华竞逐:(六朝的达官贵人)争着过豪华的生活。

(11) 门外楼头:指南朝陈亡国惨剧。语出杜牧《台城曲》:"门外韩擒虎,楼头张丽华。"韩擒虎是隋朝开国大将,他已带兵来到金陵朱雀门(南门)外,陈后主尚与他的宠妃张丽华于结绮阁上寻欢作乐。

(12) 悲恨相续:指亡国悲剧连续发生。

(13) 漫嗟荣辱:空叹什么荣耀耻辱。这是作者的感叹。

(14) 六朝:指中国历史上的六个朝代,东吴、东晋以及南朝的宋、齐、梁、陈,六朝偏安江南,建都建康。

(15) 《后庭》遗曲:指歌曲《玉树后庭花》,传为陈后主所作。杜牧《泊秦淮》:"商女不知亡国恨,隔江犹唱《后庭花》。"

【简析】

　　此篇可能是王安石在治平四年(1067)第一次任江宁知府时所作。全词开门见山,写作者于一个深秋的傍晚,游览南朝古都金陵胜地,凭高吊古。上阕写景,"澄江""翠峰""征帆""酒旗""彩舟""鹭起",构成一幅雄伟壮丽的金陵晚秋图。下阕怀古,揭露了六朝统治阶级"繁华竞逐"的奢侈生活。结句"至今商女,时时犹唱,《后庭》遗曲"则是对当道者的警醒。王安石虽一生词作不多,然这首词全篇意境开阔,把壮丽的景色和历史内容和谐地融合在一起,自成一格,置两宋名家之中,亦无半点愧色。杨湜《古今词话》载:"金陵怀古,诸公寄调于《桂枝香》者三十余家,独介甫最为绝唱。东坡见之叹曰:'此老乃野狐精也!'"(《词林纪事》卷四引)。

张先词(一首)

张先(990—1078),字子野,乌程(今浙江湖州吴兴)人。北宋时期著名的词人,曾任安陆县的知县,因此人称"张安陆"。善作慢词,与柳永齐名,造语工巧,曾因三处善用"影"字,世称张三影。

木兰花·乙卯吴兴寒食(1)

龙头舴艋吴儿竞(2),笋柱秋千游女并(3)。芳洲拾翠暮忘归(4),秀野踏青来不定(5)。行云去后遥山暝(6),已放笙歌池院静(7)。中庭月色正清明,无数杨花过无影。

(据《彊村丛书》本《张子野词·补遗上》)

【注释】

(1) 木兰花:唐玄宗时教坊曲名,后用为词调。又名《玉楼春》《西湖曲》等,双调五十六字,前后阕格式相同,各三仄韵,一韵到底。乙卯吴兴寒食:词题序。乙卯,宋神宗熙宁八年(1075),作者八十六岁。吴兴,今浙江湖州市。寒食,节令名,在清明节前二日(冬至后一百五日)。
(2) 舴艋:指竞赛的龙船。舴艋,小船,从"蚱蜢"取义。
(3) 笋柱:秋千架的形状。此谓游女成对儿打着秋千。
(4) 拾翠:拾翠鸟的羽毛,以点缀首饰。这里不过借来比喻女子春游。翠,翠鸟的毛。
(5) 踏青:阴历二、三月出游郊外,以寒食清明为盛,名踏青。
(6) 行云:指天上的云彩,亦借指美人,是双关语。
(7) 放:古代歌舞杂戏,呼唤他们来时,叫"勾队";遣他们去时,叫"放对"。

【简析】

此词题为"乙卯吴兴寒食",是张先八十六岁在故乡吴兴寒食节时所作。全词呈现了一幅寒食节日的风俗画,也展现了一耄耋老者恬静的夕阳生活图景。上阕描绘了白日游春的四幅热闹场面,也是吴地的四种传统习俗,即吴儿竞舟、游女荡秋千、芳洲拾翠和秀野踏青。上阕从热烈欢快渐趋恬静宁谧,成功地表达出一个有闲的耄耋老人所独有的心理状态。整首词情景交融,艺术效果颇佳。有人说本词末句堪比甚至胜于作者闻名于世的"三影",如朱彝尊《静志居诗话》说:"张子野吴兴寒食词'中庭月色正清明,无数杨花过无影',余尝叹其工绝,世所传'三影'之上",可谓深得此词之妙。

柳永词（三首）

柳永（约984—约1053），原名三变，字景庄，后改名柳永，字耆卿，因排行第七，又称柳七，福建崇安人，北宋著名词人。其词多描绘城市风光和歌妓生活，尤长于抒写羁旅行役之情，创作慢词居多。擅长铺叙，语言通俗，音律和谐，在当时流传极其广泛，人称"凡有井水饮处，皆能歌柳词"。

鹤冲天⁽¹⁾

黄金榜上⁽²⁾，偶失龙头望⁽³⁾。明代暂遗贤⁽⁴⁾，如何向。未遂风云便⁽⁵⁾，争不恣游狂荡⁽⁶⁾。何须论得丧？才子词人，自是白衣卿相⁽⁷⁾。　　烟花巷陌⁽⁸⁾，依约丹青屏障⁽⁹⁾。幸有意中人，堪寻访。且恁偎红倚翠⁽¹⁰⁾，风流事、平生畅。青春都一饷⁽¹¹⁾。忍把浮名，换了浅斟低唱！

（据《彊村丛书》本《乐章集》卷下）

【注释】

（1）鹤冲天：词牌名。双调八十四字，仄韵格。
（2）黄金榜：指录取进士的金字题名榜。
（3）龙头：旧时称状元为龙头。
（4）明代：圣明的时代。一作"千古"。
（5）风云：际会风云，指得到好的遭遇。
（6）争不：怎不。恣：放纵，随心所欲。
（7）白衣卿相：指自己才华出众，虽不入仕途，也有卿相一般尊贵。白衣：古代未仕之士着
　　　白衣。
（8）烟花巷陌：指妓女居住的街巷。
（9）丹青屏障：彩绘的屏风。丹青，绘画的颜料，这里借指画。
（10）恁：如此。偎红倚翠：指狎妓。宋陶谷《清异录·释族》载，南唐后主李煜微行娼家，自题
　　　为"浅斟低唱，偎红倚翠大师，鸳鸯寺主"。
（11）饷：片刻，极言青年时期的短暂。

【简析】

本词大概是柳永初到汴京不久时所作。出生仕宦家庭的柳永，本抱着"定然魁甲登高第"（《长寿乐》）的豪情进京赶考，不料却名落孙山，故有了这落第之后的一纸"牢骚言"。词作集中表现了封建才子理想落空后的疏狂之态，"偎红倚翠""浅斟低唱"既是其恃才傲物之具体表现，也表现出追求落地后内心平衡的一种抗争方式。然"明代暂遗贤""未遂风云便"句，却蕴含了作者不遇之辛酸和对统治集团的揶揄讽刺，道出了封建社会众多失意文人的内心感受。据吴曾《能改斋漫录》卷十六载："（柳永）尝有《鹤冲天》词云：'忍把浮名，换了浅斟低唱。'及临轩放榜，特落之日：'此人风前月下，好去浅斟低唱，何要浮名？且填词去。'"于是柳永遭到

黜落了。从此,柳永便自称"奉旨填词柳三变",长期地流连于教坊伶工之间,在花柳丛中寻找生活的方向、精神的寄托。故事的真实性尚待考证,但柳永这首词蕴含着的触犯封建规范的浪子思想,不仅具有一定的社会意义,还带有蔑视功名、鄙薄卿相的情绪。

雨霖铃[1]

寒蝉凄切[2],对长亭晚[3],骤雨初歇。都门帐饮无绪[4],留恋处、兰舟催发[5]。执手相看泪眼,竟无语凝噎[6]。念去去、千里烟波[7],暮霭沉沉楚天阔[8]。 多情自古伤离别,更那堪、冷落清秋节[9]!今宵酒醒何处?杨柳岸、晓风残月。此去经年[10],应是良辰好景虚设。便纵有、千种风情,更与何人说!

(据《疆村丛书》本《乐章集》卷中)

【注释】

(1)雨霖铃:原为唐教坊曲。相传玄宗避安史之乱入蜀,时霖雨连日,栈道铃声清脆而想起杨贵妃,故作此曲,后柳永用为词调。又名《雨淋铃》《雨霖铃慢》,双调一百零二字,仄韵。
(2)寒蝉:蝉的一种,又名寒蜩。
(3)长亭:古代供远行者休息的地方。
(4)都门帐饮:在京都郊外搭起帐幕设宴饯行。都门,京城门外。
(5)兰舟:《述异记》载,鲁班曾刻木兰树为舟。后用作船的美称。
(6)凝噎:悲痛气塞,说不出话来。
(7)去去:重复言之,表示行程之远。
(8)楚天:战国时期楚国据有南方大片土地,所以古人泛称南方的天空为楚天。
(9)清秋节:萧瑟冷落的秋季。
(10)经年:经过一年或多年,此指年复一年。

【简析】

柳永因作词忤仁宗,遂"失意无俚,流连坊曲"。仕途的失意,使他不得不远离京都,此词当为词人从京都南下时与一位恋人的惜别之作。上阕主要写饯行时难舍难分的惜别场面,时值秋景萧瑟、天晚暮沉之际,一边是兰舟的催发,一边是留恋之情浓。直笔离别之难分难舍,随即缀之以"执手"句道出断肠人之断肠语。两处直语别情欲浓,似哽咽在喉,更难陈说,于是化入"念去去"三句的景物中,借景抒情。下阕宕开一笔,先议人生之离别的共性感受,后着重写想象中别后的凄楚情景。全词"曲处能直,密处能疏"(冯煦《六十一家词选例言》),章法不拘一格,变化多端,堪称抒写别情之千古名篇,被誉为"宋金十大金曲"之一。

望海潮[1]

东南形胜,三吴都会[2],钱塘自古繁华[3]。烟柳画桥[4],风帘翠幕[5],参差十万人家。云树绕堤沙[6],怒涛卷霜雪,天堑无涯[7]。市列珠玑[8],户盈罗绮,竞豪奢。 重湖叠巘清嘉[9],有三秋桂子[10],十里荷花。羌管弄晴[11],菱歌泛夜[12],嬉嬉钓叟莲娃。千骑拥高牙[13],乘醉听箫鼓,吟赏烟霞[14]。异日图将好景[15],归去凤池夸[16]。

(据《疆村丛书》本《乐章集》卷下)

【注释】

（1）望海潮：词牌名,柳永在杭州创制,始见《乐章集》。双调一百零七字,前片五平韵,后片六平韵,一韵到底。

（2）三吴：即吴兴（今浙江省湖州市）、吴郡（今江苏省苏州市）、会稽（今浙江省绍兴市）三郡,在这里泛指今江苏南部和浙江的部分地区。

（3）钱塘：即今浙江杭州,古时候的吴国的一个郡。

（4）烟柳：雾气笼罩着的柳树。画桥：装饰华美的桥。

（5）风帘：挡风用的帘子。翠幕：青绿色的帷幕。

（6）云树：树木如云,极言其多。

（7）天堑（qiàn）：天然沟壑,人间险阻。一般指长江,这里借指钱塘江。

（8）珠玑：珠是珍珠,玑是一种不圆的珠子。这里泛指珍贵的商品。

（9）“重湖”句：以白堤为界,西湖分为里湖和外湖,所以也叫重湖。叠巘（yǎn）：层层叠叠的山峦。此指西湖周围的山。巘：大山上之小山峰。清嘉：清秀佳丽。

（10）三秋：秋季,亦指秋季第三月,即农历九月。王勃《滕王阁序》：“时维九月,序属三秋。”

（11）羌（qiāng）管：即羌笛,羌族之簧管乐器。这里泛指乐器。弄：吹奏。

（12）菱歌泛夜：采菱夜归的船上一片歌声。菱：菱角。泛：漂流。

（13）高牙：高矗之牙旗。牙旗,将军之旌,竿上以象牙饰之,故云牙旗。这里指高官孙何。

（14）吟赏烟霞：歌咏和观赏湖光山色。烟霞：此指山水林泉等自然景色。

（15）异日图将好景：有朝一日把这番景致描绘出来。异日：他日,指日后。图：描绘。

（16）凤池：全称凤凰池,原指皇宫禁苑中的池沼。此处指朝廷。

【简析】

柳永一生流浪漂泊,四处寻找晋升的途径,渴望别人的推举,始终不能展其抱负。这首词作于其滞留杭州之时,据罗大经《鹤林玉露》载,“孙何帅钱塘,柳耆卿作《望海潮》词赠之,云‘东南形胜’云云”,故可见该词为一首干谒词。词作歌颂了杭州山水的美丽景色,赞美了杭州人民和平安定的欢乐生活,反映了北宋结束五代分裂割据局面以后,经过真宗、仁宗两朝的休养生息,所呈现的繁荣太平景象。据说“此词流播,金主亮闻歌,欣然有慕于‘三秋桂子,十里荷花’,遂起投鞭渡江之志”（罗大经《鹤林玉露》）。

晏几道词（一首）

晏几道（1038—1110）,字叔原,号小山,抚州临川文港沙河（今属江西省南昌市进贤县）人。晏殊第七子,生来就在绮罗脂粉堆中长大,锦衣玉食,然性格孤傲,早年过着逍遥自在的风流公子生活,晚年家境中落。著有《小山词》,存词二百六十首,其中长调三首,其余均为小令。

鹧鸪天[1]

彩袖殷勤捧玉钟[2],当年拚却醉颜红[3]。舞低杨柳楼心月,歌尽桃花扇底风[4]。　　从别后,忆相逢,几回魂梦与君同。今宵剩把银钉照[5],犹恐相逢是梦中。

（据《彊村丛书》本《小山词》）

【注释】

（1）鹧鸪天:唐五代词中无此调,首见于北宋宋祁之作,又名《思佳客》《于中好》。双调五十五字,押平声韵。

（2）彩袖:代指穿彩衣的歌女。玉钟:珍贵的酒杯。

（3）拚(pàn)却:甘愿,不顾惜。却,语气助词。

（4）舞低二句:歌女舞姿曼妙,直舞到挂在杨柳树梢照到楼心的一轮明月低沉下去;歌女清歌婉转,直唱到扇底儿风消歇（累了停下来）,极言歌舞时间之久。桃花扇,歌舞时用作道具的扇子,绘有桃花。

（5）剩:读jǐn,只管。剩把:尽把。银钉(gāng):银灯。钉,灯。

【简析】

此词写词人与一个女子久别重逢的情景,以相逢抒别恨。上片回忆当年佳会,两人初次相逢,一见钟情,尽欢尽兴的情景,似实却虚;下片先写出重逢之喜前的相思之苦,继而抒写久别相思不期而遇的惊喜之情,似梦却真。实与虚、回忆与现实的交织,使得词作更加委婉细腻、缠绵情浓。陈廷焯虽也认为工于言情的晏小山词也是伤离怨别,感悟怀旧之作,然也不得不认可其"措辞婉妙,则一时独步"(《白雨斋词话》)。故晏几道词成为传诵千古、脍炙人口的名篇。

苏轼词（五首）

苏轼（1037—1101）,字子瞻,号东坡居士,谥号文忠公,眉州眉山（今属四川省眉山市）人。宋仁宗嘉祐二年（1057）进士。一生仕途坎坷,学识渊博,天资极高,诗文书画皆精。与黄庭坚并称"苏黄";与辛弃疾并称"苏辛";"唐宋八大家"之一。苏轼的文艺思想通脱潇洒、不拘一格,具有兼容并蓄、交融相济的特点。著有《苏东坡全集》和《东坡乐府》等。

江城子·密州出猎[1]

老夫聊发少年狂[2],左牵黄,右擎苍[3],锦帽貂裘[4],千骑卷平冈[5]。为报倾城随太守[6],亲射虎,看孙郎[7]。　　酒酣胸胆尚开张[8]。鬓微霜,又何妨! 持节云中,何日遣冯唐[9]? 会挽雕弓如满月[10],西北望,射天狼[12]。

（据朱孝臧校注《东坡乐府笺》,上海古籍出版社2009年版）

【注释】

（1）江城子:唐词单调,始见《花间集》韦庄词,单调三十五字,七句五平韵。宋人改为双调,七十字,上下片都是七句五平韵。

（2）老夫:作者自称,时年四十。

（3）"左牵黄"二句：左手牵着黄狗，右臂擎着苍鹰，形容围猎时用以追捕猎物的架势。黄：黄犬。苍：苍鹰。

（4）锦帽貂裘：头戴着华美鲜艳的帽子。貂裘：身穿貂鼠皮衣，这是汉羽林军穿的服装。

（5）"千骑"句：形容马多尘土飞扬，把山冈像卷席子一般掠过。千骑，形容随从乘骑之多。

（6）太守：指作者自己。

（7）"亲射虎"二句：《三国志·吴书·孙权传》载："二十三年十月，权将如吴，亲乘马射虎于凌亭，马为虎伤。权投以双戟，虎却废。常从张世，击以戈、获之。"此以孙权事喻自己亲自参加射猎。

（8）"酒酣"句：极兴畅饮，胸怀开阔，胆气横生。

（9）"持节"二句：意谓朝廷何日派遣冯唐去云中赦免魏尚的罪呢。《史记·张释之冯唐列传》载汉文帝时，魏尚为云中太守，抵御匈奴有功，只因报功时多报了六个首级而获罪削职。后来，文帝采纳了冯唐的劝谏，派冯唐持符节到云中去赦免了魏尚。这里作者是以魏尚自喻，说什么时候朝廷能像派冯唐赦魏尚那样重用自己呢？云中：汉时郡名，今内蒙古自治区托克托县一带，包括山西省西北一部分地区。

（10）会：会当、定将。

（11）天狼：星名，一称犬星，旧说指侵掠，这里隐指西夏。《楚辞·九歌·东君》："长矢兮射天狼。"

【简析】

神宗熙宁八年（1075），苏轼任密州（今山东诸城）知州。据《东坡纪年录》："乙卯冬，祭常山回，与同官习射放鹰作"，这首词就大约作于此时。这也是宋人较早抒发爱国情怀的一首豪放词，在题材和意境方面都具有开拓意义。词作上片通过描写一次倾城而出的壮观的狩猎场面，塑造了一位慷慨豪爽、一马当先、老当益壮的英雄形象；下片借历史典故抒发作者杀敌为国的雄心壮志，体现了作者渴望奔赴军事前线，效力抗击侵略的豪情壮志，抒发了为国立功的政治抱负和理想怀抱，并委婉地表达了期盼得到朝廷重用的愿望。苏轼对这首痛快淋漓之作颇为自得，在写给好友的信中也提到："近却颇作小词，虽无柳七郎风味，亦自是一家。呵呵，数日前，猎于郊外，所获颇多，作得一阕，令东州壮士抵掌顿足而歌之，吹笛击鼓以为节，颇壮观也。"（《与鲜于子骏简》）苏轼此词一反"诗庄词媚"的传统观念，"一洗绮罗香泽之态，摆脱绸缪宛转之度"，拓宽了词的境界，树起了词风词格的别一旗帜。

浣溪沙

徐门石潭谢雨，道上作五首。潭在城东二十里，常与泗水增减清浊相应[1]。

簌簌衣巾落枣花[2]，村南村北响缲车[3]，牛衣古柳卖黄瓜[4]。　　酒困路长惟欲睡，日高人渴谩思茶[5]，敲门试问野人家。

（据朱孝臧校注《东坡乐府笺》，上海古籍出版社 2009 年版）

【注释】

（1）此为词的题序。徐门：即徐州。谢雨：雨后谢神。泗水：源出山东，流经徐州入淮河，后改道入运河。

（2）簌簌：纷纷下落的样子，一作"蔌蔌"。

（3）缲车：纺车。缲：通"缫"。

（4）牛衣：蓑衣之类。这里泛指用粗麻织成的衣服。《汉书·食货志》有"贫民常衣牛马之衣"的话。

（5）谩思茶：很想喝茶。谩：泛、满的意思，一作"漫"。

【简析】

这首词是苏轼四十三岁在徐州（今属江苏）任太守时所作。元丰元年（1078）春天，徐州发生严重旱灾，作为地方官的苏轼曾率领民众到城东二十里的石潭求雨。得雨后，按照风俗，他又与百姓同赴石潭谢雨。这组《浣溪沙》，苏轼就写作在赴徐门石潭谢雨路上，题为"徐门石潭谢雨道上作五首"，此为其中第四首。词作上片抓住了"枣花""缲丝""黄瓜"三个富有时令特色的事物，稍加勾画点染，就绘出了一幅初夏时节农村的风俗画；下片则记录了作者因日高、路长、酒困、人渴而敲门讨茶的经历，塑造了一位谦和有礼、体恤民情、爱民如子的好父母官的精神风貌。全首看起来平白如常，然却清晰自然，生动真切，栩栩传神，这也是苏轼此类农村题材词作的主要特点。

定风波⁽¹⁾

三月七日，沙湖道中遇雨⁽²⁾。雨具先去，同行皆狼狈⁽³⁾，余独不觉，已而遂晴⁽⁴⁾，故作此词。

莫听穿林打叶声，何妨吟啸且徐行⁽⁵⁾。竹杖芒鞋轻胜马⁽⁶⁾，谁怕？一蓑烟雨任平生⁽⁷⁾。料峭春风吹酒醒⁽⁸⁾，微冷，山头斜照却相迎。回首向来萧瑟处⁽⁹⁾，归去，也无风雨也无晴。

（据朱孝臧校注《东坡乐府笺》，上海古籍出版社 2009 年版）

【注释】

（1）定风波：唐玄宗时教坊曲名，后用为词调。本意取自敦煌曲，曰："谁人敢去定风波"一句，初为平定变乱的意思，始见于五代后蜀欧阳炯词。双调六十二字，上片三平韵，错叶二仄韵，下片二平韵，错叶四仄韵。

（2）沙湖：《东坡志林·游沙湖》："黄州东南三十里为沙湖，亦曰螺师店。"

（3）狼狈：进退皆难的困顿窘迫之状。

（4）已而：过了一会儿。

（5）吟啸：吟诗、长啸，放声吟咏。表示意态闲适。

（6）芒鞋：草鞋。

（7）"一蓑"句：披着蓑衣在风雨里度此一生依然是处之泰然。一蓑（suō）：蓑衣，用棕制成的雨披。

（8）料峭：微寒的样子。

（9）向来：方才。萧瑟：风雨吹打树叶声。

【简析】

这首词作于苏轼被贬黄州后的第三个春天。此词通过野外途中偶遇风雨这一生活中的小事,表现出旷达超脱的胸襟,寄寓着超凡脱俗的人生理想。上片着眼于雨中,下片着眼于雨后,全词体现出一个正直文人在坎坷人生中力求解脱之道,篇幅虽短,但意境深邃,内蕴丰富,诠释着作者的人生信念,展现着作者的精神追求。"也无风雨也无晴",是一种宠辱不惊、胜败两忘、旷达潇洒的境界,是一种"至人无己,神人无功,圣人无名"的境界,是一种回归自然、天人合一、宁静超然的大彻大悟。

卜算子·黄州定慧院寓居作⁽¹⁾

　　缺月挂疏桐,漏断人初静⁽²⁾。谁见幽人独往来,缥缈孤鸿影⁽³⁾。　　　惊起却回头,有恨无人省⁽⁴⁾。拣尽寒枝不肯栖,寂寞沙洲冷⁽⁵⁾。

(据朱孝臧校注《东坡乐府笺》,上海古籍出版社 2009 年版)

【注释】

(1)卜算子:此曲盛行于北宋,取义于"卖卜算命之人"。双调四十四字,上下片各两仄韵。
　　定惠院:在湖北黄冈县东南。
(2)漏断:漏壶里的水滴尽了,即指深夜。漏,指古人计时用的器皿。
(3)缥缈:隐约不清貌。
(4)省:领悟,理解。"无人省":犹言"无人识"。
(5)"拣尽"二句:语意为鸿雁栖宿沙洲间,不宿树枝。"寂寞"句,一本作"枫落吴江冷",全用唐人崔信明断句,且上下不接,恐非。陈鹄《耆旧续闻》卷二:"盖'拣尽寒枝不肯栖',取兴鸟择木之意,所以谓之高妙。"

【简析】

　　元丰三年二月(1080),苏轼因"乌台诗案",被贬到黄州,至元丰七年(1084)六月移汝州,在黄州贬所共居住四年有余,曾一度寓居于定慧院。被贬黄州后,虽然生活陷入了窘困,但苏轼率领全家依靠自身的努力渡过生活的难关,表现出他的乐观旷达,然其内心深处却是幽独与寂寞,这也是他人所无法理解的,从而更加深苏轼的孤独。在这首词中,作者借月夜孤鸿这一形象托物寓怀,表达了孤高自许、蔑视流俗的心境。

蝶恋花

　　花褪残红青杏小⁽¹⁾。燕子飞时,绿水人家绕。枝上柳绵吹又少,天涯何处无芳草⁽²⁾?墙里秋千墙外道。墙外行人,墙里佳人笑。笑渐不闻声渐悄⁽³⁾,多情却被无情恼⁽⁴⁾。

(据朱孝臧校注《东坡乐府笺》,上海古籍出版社 2009 年版)

【注释】

(1)花褪残红:残花凋谢。褪:脱去,花褪残红即花瓣落尽。青杏:未熟的杏子。因颜色青绿,俗称青杏。杏树一般四月萌芽上旬,中旬开花。至五月上旬,杏花凋谢,青杏结于枝头。
(2)天涯:指极远的地方。"何处无芳草"句:谓春光已晚,芳草长遍天涯。
(3)笑渐不闻声渐悄:墙外行人已渐渐听不到墙里荡秋千的女子的笑语欢声了。

(4) 多情:指墙外行人。无情:指墙里的女子。恼:引起烦恼。

【简析】

　　苏轼词多以豪放著称,但也常有清新婉约之作,这首《蝶恋花》就是其中之杰作。上片写伤春:暮春时节残红褪尽、枝绵日少,美好与繁华消逝,满满的伤春之感、惜春之情,典型的婉约风格。然诗人却又写出了青杏初结、漫天芳草,这是新生之希望,揭示了自然界的新陈代谢的规律,是诗人的一份旷达与洒脱,然也体现了词人内心的矛盾,蕴含了他对充满矛盾的人生悖论的思索。下片写伤情:借“多情却被无情恼”的意象,寓有对朝廷一片痴心却被贬官远谪的惆怅,含蓄地表达出作者仕途坎坷、飘泊天涯的失落心情。此词最为人称道的两句为“枝上柳绵吹又少,天涯何处无芳草”。据《词林纪事》卷五引《林下词谈》记载:“子瞻在惠州,与朝云闲坐。时青女初至,落木萧萧,凄然有悲秋之意,命朝云把大白,唱‘花褪残红’。朝云歌喉将啭,泪满衣襟。”盖不能唱者,乃是朝云感叹柳绵之飘零与苏轼的一生漂泊竟如此相似。

秦观词(二首)

　　秦观(1049—1100),字太虚,后改字少游,别号邗沟居士、淮海居士,扬州高邮人。少怀大志,聪颖好学,豪俊慷慨,然命运不济,仕途坎坷。以文学受知于苏轼,与黄庭坚、晁补之、张耒被称为“苏门四学士”。能诗文。其词多写男女情爱和抒发仕途失意的哀怨,婉约清丽、情韵兼胜。有《淮海词》。

鹊桥仙(1)

　　纤云弄巧(2),飞星传恨(3),银汉迢迢暗度(4)。金风玉露一相逢(5),便胜却人间无数。柔情似水,佳期如梦,忍顾鹊桥归路(6)。两情若是久长时,又岂在朝朝暮暮(7)。

(据龙榆生校点《淮海居士长短句》卷中,中华书局1957年版)

【注释】

(1) 鹊桥仙:此调始见于欧阳修词,因词中有“鹊迎桥路接天津”句,故名。又名《鹊桥仙令》《忆人人》《金风玉露相逢曲》《广寒秋》等,双调五十六字。《风俗记》说:“七夕,织女当渡河,使鹊为桥。”因取以为名,以咏牛郎织女相会事。此词一题作“七夕”。

(2) 纤云:轻盈的云彩。弄巧:指云彩在空中幻化成各种巧妙的花样。

(3) 飞星:流星。一说指牵牛、织女二星。

(4) 银汉:银河。

(5) 金风玉露:指秋风白露。李商隐《辛未七夕》:“由来碧落银河畔,可要金风玉露时。”

(6) 忍顾:怎忍回视。

(7) 朝朝暮暮:指朝夕相聚。语出宋玉《高唐赋》。

【简析】

　　歌咏牛郎织女的故事,是中国诗歌的一个重要母题,如《古诗十九首·迢迢牵牛星》、曹丕《燕歌行》、杜牧《秋夕》等等,都或多或少借助牛郎织女传说表达人世间的感伤与离愁。然本词不同的是,它不再以悲剧的视角看待牛郎与织女的分别,而是将二人的分别与相守写得格外凄美而令人神往,将二人的片刻相逢写得格外令人期待与羡慕。这是一曲纯情的爱情颂歌,是将传统耳鬓厮磨的爱情观提升为一种纯净、唯美的精神哀情。全词哀乐交织,熔抒情与议论于一炉,融天上人间为一体,优美的形象与深沉的感情结合起来,自由酣畅而又婉约蕴藉,余味无穷,尤其是"两情若是久长时,又岂在朝朝暮暮"两句,使词的思想境界升华到一个崭新的高度,成为词中爱情的警句,被人们千百年来所传诵。

望海潮·洛阳怀古

　　梅英疏淡⁽¹⁾,冰澌溶泄⁽²⁾,东风暗换年华⁽³⁾。金谷俊游,铜驼巷陌⁽⁴⁾,新晴细履平沙⁽⁵⁾。长记误随车⁽⁶⁾。正絮翻蝶舞,芳思交加⁽⁷⁾。柳下桃蹊⁽⁸⁾,乱分春色到人家。　　西园夜饮鸣笳⁽⁹⁾。有华灯碍月,飞盖妨花⁽¹⁰⁾。兰苑未空⁽¹¹⁾,行人渐老,重来是事堪嗟⁽¹²⁾。烟暝酒旗斜⁽¹³⁾。但倚楼极目,时见栖鸦⁽¹⁴⁾。无奈归心,暗随流水到天涯。

（据龙榆生校点《淮海居士长短句》卷上,中华书局1957年版）

【注释】

（1）梅英疏淡:梅花逐渐稀少、褪色。

（2）冰澌(sī)溶泄:冰块流融,溶解流泄。澌:流冰。溶泄:晃动貌、荡漾貌。

（3）"东风"句:不知不觉地又换了一年的春天。

（4）"金谷"二句:游览金谷名园、铜驼街道。金谷,金谷园:洛阳（今河南市名）城西,晋朝石崇所建,以招待宾客饮宴。铜驼巷陌:古代洛阳宫门外置有铜驼,夹道相间。古人题咏洛阳,喜欢以金谷、铜驼并举。

（5）细履平沙:在初春还没有生草的郊野上漫步。

（6）误随车:错跟上别家女眷坐的车子。

（7）芳思:春天引起的情思。

（8）桃蹊:桃树下的小路。

（9）西园:即金谷园。笳:胡笳,古代西北少数民族的一种管乐器。

（10）飞盖妨花:车子往来太多了,妨碍人们欣赏景色。盖:车顶。飞盖:飞驰的车子。

（11）兰苑:美丽的园林,亦指西园。

（12）是事:事事。

（13）烟暝:烟霭弥漫的黄昏。

（14）栖鸦:归林的乌鸦。

【简析】

　　这是一首伤春怀旧之作。词人曾经在洛阳生活过一段时期,并留下了难忘的记忆。此次词人旧地重游,人事沧桑给了他深深的触动。词中首先追怀往事,回忆客居洛阳时游览的名园胜迹,继写此次重来旧地时的颓丧情绪,虽然风景不殊,却丧失了当年那种勃勃的兴致。倚楼之际,于苍茫暮色中,见昏鸦归巢,归思转切。结构上,景起情结,今昔交错,虚实交融,含蓄委婉。语言字斟句酌、千锤百炼,对比的运用效果显著,明艳的春色与肃杀的暮景对照,昔日"俊游"与今日"重来"感情相比,幽婉而凝重地表现出词人凄苦郁闷的愁情,足见功力之深厚。

贺铸词(二首)

贺铸(1052—1125),字方回,人称贺梅子,自号庆湖遗老,祖籍山阴(今浙江绍兴)。能诗文,尤长于词。其词兼有豪放、婉约二派之长。有《东山词》。

青玉案(1)

凌波不过横塘路(2),但目送、芳尘去(3)。锦瑟华年谁与度(4)?月台花院(5),琐窗朱户(6),只有春知处。 碧云冉冉蘅皋暮(7),彩笔新题断肠句(8)。试问闲愁都几许?一川烟草(9),满城风絮,梅子黄时雨。

(据《彊村丛书》本《东山词》)

【注释】

(1) 青玉案:词牌名。取于东汉张衡《四愁诗》:"美人赠我锦绣段,何以报之青玉案"一诗。又名《横塘路》《西湖路》,双调六十七字,前后阕各五仄韵,上去通押。
(2) 凌波:形容女子步态轻盈。
(3) 芳尘:美人经过的尘土,旧指美人。
(4) 锦瑟华年:指美好的青春时期。
(5) 月台花院:一作"月台花榭"。
(6) 琐窗:雕绘连琐花纹的窗子。
(7) 蘅皋(héng gāo):长着香草的沼泽中的高地。
(8) 彩笔:比喻有写作的才华。《南史·江淹传》:"淹少以文章显,晚节才思微退……尝宿于冶亭,梦一丈夫自称郭璞,谓淹曰'吾有笔在卿处多年,可以见还。'淹乃探怀中得五色笔一以授之。而后为时,绝无美句。时人谓之才尽。"
(9) 一川:遍地。

【简析】

贺铸一生怀才不遇,悒悒不得志,辗转做过几任小官。晚年对仕途愈加灰心,后任期不足一年即辞职,定居苏州。将政治上的失意隐曲地投影到诗文里,此词即为作者晚年退隐苏州期间的作品。这首词通过对暮春景色的描写,抒发作者所感到的"闲愁"。上片写路遇"罗袜生尘"之绝代佳人,滋生其可望而不可及的遗憾,也含蓄地流露其沉沦下僚、怀才不遇的感慨。下片写因思慕而引起的无限愁思。结句以江南暮春常见的三种具体物象"烟草""柳絮""梅子雨"写愁之多、之深、之绵延不断,从广度、深度和持续时间的长度三个维度来烘托浓重的闲愁,创意新奇,想象丰富,极富感染力。据周紫芝《竹坡诗话》载:"贺方回尝作《青玉案》词,有'梅子黄时雨'之句,人皆服其工,士大夫谓之贺梅子。"美称"贺梅子"就是由这首词的末句引来的,可见这首词影响之大。

六州歌头⁽¹⁾

少年侠气,交结五都雄⁽²⁾。肝胆洞。毛发耸。立谈中。死生同。一诺千金重⁽³⁾。推翘勇。矜豪纵。轻盖拥⁽⁴⁾。联飞鞚⁽⁵⁾。斗城东⁽⁶⁾。轰饮酒垆,春色浮寒瓮。吸海垂虹。闲呼鹰嗾犬⁽⁷⁾,白羽摘雕弓。狡穴俄空。乐匆匆。　　似黄粱梦。辞丹凤。明月共。漾孤篷。官冗从⁽⁸⁾。怀倥偬⁽⁹⁾。落尘笼。簿书丛。鹖弁如云众⁽¹⁰⁾。供粗用。忽奇功。笳鼓动⁽¹¹⁾。渔阳弄⁽¹²⁾。思悲翁。不请长缨,系取天骄种。剑吼西风。恨登山临水,手寄七弦桐⁽¹³⁾。目送归鸿。

(据《彊村丛书》本《东山词》)

【注释】

(1) 六州歌头:词牌名。双调一百四十三字,前后片各八平韵。

(2) 少年侠气,交结五都雄:化用李白"结发未识事,所交尽豪雄"及李益"侠气五都少"诗句。五都:泛指北宋的各大城市。

(3) 一诺千金:喻一言既出,驷马难追,诺言极为可靠。语出《史记·季布列传》引楚人谚曰:"得黄金百斤,不如得季布一诺。"

(4) 盖:车盖,代指车。

(5) 飞:飞驰的马。鞚(kòng):有嚼口的马络头。

(6) 斗(dǒu)城:汉长安故城,这里借指汴京。

(7) 嗾(sǒu):指使犬的声音。

(8) 冗(rǒng)从:散职侍从官。

(9) 倥偬(kǒng zǒng):事多、繁忙。

(10) 鹖弁(hé biàn):本义指武将的官帽,指武官。

(11) 笳鼓:都是军乐器。

(12) 渔阳:安禄山起兵叛乱之地。此指侵扰北宋的少数民族发动了战争。

(13) 七弦桐:即七弦琴。桐木是制琴的最佳材料,故以"桐"代"琴"。

【简析】

贺铸为人豪爽精悍,有任侠之气,这首词即为英雄豪气风格的代表作。此词大约作于北宋哲宗元祐三年(1088)秋。当时西夏屡犯边境,贺铸任和州(今安徽和县一带)管界巡检。位卑人微,然赤胆忠心,始终关心国事。眼看宋王朝日益混乱,新党变法的许多成果难以推进;对外岁纳银绢、委屈求和,以致西夏骚扰日重。面对这种情况,词人义愤填膺,又无力上达,于是挥笔填词,写下了这首感情充沛、题材重大、在北宋词中不多见的、闪耀着爱国主义思想光辉的豪放名作。此词上片回忆青少年时期在京城的任侠生活,塑造了一批肝胆相照、意气相投、武艺高强而又雄壮豪健的少年游侠形象。下片含蓄地表达出内心深处的报国壮志,也凸显了一个忧国忧民、报国无门的志士的无奈与悲愤,这是词人贺铸的悲剧,也是那个时代的悲哀。

周邦彦词(一首)

周邦彦(1056—1121),字美成,号清真居士,钱塘(今浙江杭州)人。少年时期个性比较疏散,但喜读书,宋徽宗时提举大晟府(最高音乐机关)。他精通音律,能自度曲。词作多写闺情、羁旅、咏物之作,格律谨严,语言富丽精雅,善长铺叙,为后来格律词派词人所宗。有《清真居士集》《片玉集》。

兰陵王·柳[1]

柳阴直[2]。烟里丝丝弄碧[3]。隋堤上[4]、曾见几番,拂水飘绵送行色[5]。登临望故国[6]。谁识。京华倦客[7]。长亭路[8],年去岁来,应折柔条过千尺[9]。　　闲寻旧踪迹[10]。又酒趁哀弦[11],灯照离席[12]。梨花榆火催寒食[13]。愁一箭风快[14],半篙波暖[15],回头迢递便数驿[16]。望人在天北[17]。　　凄恻[18]。恨堆积[19]。渐别浦萦回[21],津堠岑寂[22]。斜阳冉冉春无极[23]。念月榭携手[24],露桥闻笛[25]。沈思前事,似梦里,泪暗滴。

(据罗忼烈《清真集笺注》,上海古籍出版社 2008 年版)

【注释】

(1)兰陵王:唐教坊曲名,后用作词牌名,首见于周邦彦词。一百三十字,分三阕。

(2)柳阴直:长堤之柳,排列整齐,其阴影连缀成直线。

(3)丝丝弄碧:细长轻柔的柳条随风飞舞,舞弄其嫩绿的姿色。弄,飘拂。

(4)隋堤:汴京附近汴河之堤,隋炀帝时所建,故称。是北宋是来往京城的必经之路。

(5)拂水飘绵:柳枝轻拂水面,柳絮在空中飞扬。行色:行人出发前的景象、情状。

(6)故国:指故乡。

(7)京华倦客:作者自谓。京华,指京城,作者久客京师,有厌倦之感。

(8)长亭:古时驿路上十里一长亭,五里一短亭,供人休息,又是送别的地主。

(9)"应折"句:古人有折柳送别之习。柔条:柳枝。过千尺:极言折柳之多。

(10)旧踪迹:指过去登堤饯别的地方。

(11)酒趁哀弦:饮酒时奏着离别的乐曲。趁:逐,追随。哀弦:哀怨的乐声。

(12)离席:饯别的宴会。

(13)"梨花"句:饯别时正值梨花盛开的寒食时节。唐宋时期朝廷在清明日取榆柳之火以赐百官,故有"榆火"之说。寒食:清明前一天为寒食。

(14)一箭风快:指正当顺风,船驶如箭。

(15)半篙波暖:指撑船的竹篙没入水中,时令已近暮春,故曰波暖。

(16)迢递:遥远。驿:驿站。

(17)"望人"句:因被送者离汴京南去,回望送行人,故曰天北。望人,送行人。

(18)凄恻:悲伤。

(19)恨:这里是遗憾的意思。

(20)渐:正当。

（21）津堠：渡口附近供瞭望歇宿的守望所。津：渡口。堠：哨所。岑寂：冷清寂寞。

（22）冉冉：慢慢移动的样子。

（23）月榭：月光下的亭榭。榭，建在高台上的敞屋。

（24）露桥：布满露珠的桥梁。

【简析】

宋张端义《贵耳集》说周邦彦和名妓李师师相好，得罪了宋徽宗，被押出都门。李师师置酒送别时，周邦彦写了这首词。虽多异议，然从另一个角度说明在宋代，人们是把它理解为周邦彦离开京华时所作。词的题目是"柳"，内容却不仅仅是咏柳，而是伤别。胡云翼认为本词是"借送别来表达自己'京华倦客'的抑郁心情"。古代有折柳送别的习俗，所以诗词里常用柳来渲染别情。上片先写柳阴、柳丝、柳絮、柳条，借着柳树讲离愁别绪极力地烘托渲染了一番，中片便抒写自己的别情，下片写渐行渐远之后设想、回忆与怅惘。全词构思萦回曲折，似浅实深，有吐不尽的心事流荡其中，无论景语、情语，都很耐人寻味。宋毛开在《樵隐笔录》："绍兴初，都下盛行周清真《兰陵王慢》，西楼南瓦皆歌之，谓之'渭城三叠'。"

李清照词（四首）

李清照（1084—约1151），号易安居士，济南（今属山东）人。宋代女词人。北宋灭亡后，流离东南各地。有《漱玉词》。

点绛唇(1)

蹴罢秋千(2)，起来慵整纤纤手(3)。露浓花瘦，薄汗轻衣透。　　见客入来，袜划金钗溜(4)。和羞走，倚门回首(5)，却把青梅嗅。

（据明崇祯《诗词杂俎》本《漱玉词》）

【注释】

（1）点绛唇：词牌名。

（2）蹴：踏。此处指打秋千。

（3）慵：懒，倦怠的样子。

（4）袜划：这里指跑掉鞋子以袜着地。金钗溜：意谓快跑时首饰从头上掉下来。

（5）倚门回首：靠着门回头看。

【简析】

这首词是李清照早期词作的名篇之一。南渡前，李清照的生活是幸福美满的，其作品风格明朗，节奏轻快。词作内容大都描写的是少女、少妇的闺中生活和对大自然的描绘以及对真挚爱情的赞美。词的上片用"慵整纤纤手""露浓花瘦，薄汗轻衣透"，描绘了刚下秋千的如花少女天真活泼、憨态可掬的娇美形象。紧接着，词人转过笔锋，使静谧的词境变得出其不意，当少女发现忽然有人进入园中,惊恐不已,顾不上穿鞋,害羞跑开。"倚""回""嗅"三个动作,把少女情窦初开,但受着封建礼法约束的复杂情感,细腻而生动地展现在读者面前。少女嗅青梅,非真嗅也,而是用以表现其若无其事来掩饰紧张的心情。词中天真烂漫的少女情怀又何尝不是李清照本人心境的写照。李清照的这首写少女情怀的词,表现了词人对爱情的强烈追求和对自由的渴望。虽有所本依,但青出于蓝而胜于蓝,因而获得了"曲尽情悰"的美誉。

凤凰台上忆吹箫

香冷金猊[(1)],被翻红浪[(2)],起来慵自梳头。任宝奁尘满[(3)],日上帘钩。生怕离怀别苦,多少事、欲说还休。新来瘦,非干病酒,不是悲秋。　　休休! 这回去也,千万遍阳关[(4)],也则难留。念武陵人远[(5)],烟锁秦楼[(6)]。惟有楼前流水,应念我、终日凝眸[(7)]。凝眸处,从今又添,一段新愁。

(据明崇祯《诗词杂俎》本《漱玉词》)

【注释】

(1) 金猊:狮形铜香炉。
(2) 红浪:红色被铺乱摊在床上,有如波浪。
(3) 宝奁(lián):华贵的梳妆镜匣。
(4) 阳关:语出《阳关三叠》,是唐宋时的送别曲。王维《送元二使安西》诗:"渭城朝雨浥轻尘,客舍青青柳色新。劝君更尽一杯酒,西出阳关无故人。"后据此诗谱成《阳关三叠》,为送别之曲。此处泛指离歌。
(5) 武陵人远:此处借指爱人去的远方。
(6) 秦楼:凤台。相传春秋时秦穆公女弄玉与其夫萧史乘风飞升之前的住所。
(7) 眸(móu):指瞳神。

【简析】

从无忧无虑富有情趣的闺阁生活到出嫁以后的这一时期,李清照词风逐渐在改变,开始抒发悲愁之情。词人婚后不久,因为仕途使然,其夫君赵明诚离家远游,而这首词就是为了抒发对丈夫的深情思念而作。上片借居住环境、器物摆设透露自我心境,"慵"字是"词眼",从这一慵懒的情态中,我们可以感受到词人内心深处的愁绪;下片直抒胸臆,想象别后情景,人去难留,爱而不见,愁思满怀却无人领会。这首词从"悲秋"到"休休",大幅度的跳跃,笔触细腻生动,极为简练。这首词写离愁,用"慵"字点染,"瘦"字形容,"念"字深化,"痴"字烘托,由表及里,步步深入,井然有序,丝丝入扣,写出了词人内心真实的情感。此外,整首词虽然运用了两个典故,但总体上未脱清照"以浅俗之语,发清新之思"的格调,而且一语双关,格调鲜明,写出了词人的愁思,表现出不忍丈夫离去却又无可奈何的情怀,感人至深。"生怕离怀别苦",这一句是全词之眼,直抒胸臆。这样坦诚的表达,在封建女性文学中实属难能可贵。

渔家傲・记梦

天接云涛连晓雾[(1)],星河欲转千帆舞[(2)]。仿佛梦魂归帝所[(3)],闻天语[(4)],殷勤问我归何处。　　　我报路长嗟日暮[5]，学诗谩有惊人句[6]。九万里风鹏正举[7]。风休住，蓬舟吹取三山去[8]！

（据明崇祯《诗词杂俎》本《漱玉词》）

【注释】

（1）"天接"句：是说天色微明时，云涛与海雾相连。

（2）星河：银河。

（3）帝所：天帝居住的地方。

（4）天语：天帝的话。

（5）报：回答。嗟：慨叹。

（6）谩：徒，空。谩，通"漫"。李清照少时就曾显露极高的文学才华，但男女不平等的封建社会，其才华被扼制，不能有所作为，故说"谩有"。

（7）九万里：《庄子·逍遥游》中说大鹏乘风飞上九万里高空。鹏：古代神话传说中的大鸟。比喻己志。

（8）蓬舟：像蓬蒿被风吹转的船。古人以蓬根被风吹飞，喻飞动。吹取：吹着。取，助词。三山：渤海中有蓬莱、方丈、瀛洲三座仙山，相传为仙人所居住，可以望见，但乘船前往，临近时就被风吹开，终无人能到。

【简析】

这首词系李清照南渡后所写。这一时期，国家沦亡，个人接连遭遇不幸，她在生活和精神上都受到了打击。与前期的词相比，南渡以后的词大都是些消沉愁苦的作品。然而，李清照又是一个性格爽直、柔中有刚的人，她没有被现实生活束缚，随着时间的推移，她的视野逐渐开阔起来，随即写下了这首《渔家傲》。"路长日暮"反映了词人晚年的孤寂心情，这里隐含了屈原在《离骚》中所表达的"上下求索"的情怀，语言简洁自然，化用前人名句，了无痕迹。在这首词中，李清照幻想出一条能使自己的精神有所寄托的道路，跨云雾、渡星河、归帝所、乘万里风。这是一个与现实世界不能相提并论的仙境世界，作者借梦境表达了对现实的不满，对自由的渴望，对理想人生的追求。词中的每一句都联系着自己真实的生活与感受，巧妙运用典故，将梦幻与生活、历史与现实融合到一起。这首词景象壮阔，气势磅礴，"无一毫粉钗气"，是一首影响深远的浪漫主义杰作。

永遇乐

落日熔金[1]，暮云合璧[2]，人在何处？染柳烟浓，吹梅笛怨[3]，春意知几许？元宵佳节，融和天气，次第岂无风雨[4]？来相召，香车宝马，谢他酒朋诗侣。　　　中州盛日[5]，闺门多暇，记得偏重三五[6]。铺翠冠儿[7]，捻金雪柳[8]，簇带争济楚[9]。如今憔悴，云鬟雪鬓[10]，怕见夜间出去[11]。不如向帘儿底下，听人笑语。

（据明崇祯《诗词杂俎》本《漱玉词》）

【注释】

（1）落日熔金：落日的颜色好像熔化的黄金那样灿烂。

（2）合璧：连起来的美玉。

（3）吹梅笛怨：指笛子吹出《梅花落》曲幽怨的声音。

（4）次第：此处作"转眼"讲。

（5）中州：这里指北宋汴京。

（6）三五：指元宵节。

（7）铺翠冠儿：饰有翠羽的女式帽子。

（8）捻金雪柳：妇女的头饰用金线点缀。雪柳：用丝绸或纸做成的一种头饰。

（9）簇带：满头插戴。济楚：整齐、漂亮。

（10）云鬟雪鬓：是说头发蓬松散乱。

（11）怕见：懒得。

【简析】

　　这首《永遇乐》是李清照晚年流寓临安时所作。元宵佳节，万家团聚，此时的临安依然繁华热闹。但是，离乱过后，李清照颠沛流离，无心和友人一同游乐，婉言谢绝了那些乘着香车宝马的贵家妇女的盛情相约。这首词的语言不算华丽锦绣，但却极其工整，尤其是开头两句，"染柳烟浓，吹梅笛怨"，颇具气象。"次第怎无风雨""怕见夜间出去"等句，以方言俗语入词，如叙家常，平淡入律，通俗易懂，别具一格。作者运用对比的手法，将"昔日"与"如今"两种不同情境的元宵节进行对比，写下了今非昔比的境况，借以抒写愁苦寂寞的情怀，抒发国破家亡的感慨。词的结尾，作者写道："不如向帘儿底下，听人笑语"，语言平实，反衬出词人伤感凄凉的心境。作者深沉的故国之思，赋予了这首词以深刻的社会意义。这首词以乐景写哀情，以客观衬主观，艺术感染力极强，以至于南宋著名词人刘辰翁每次诵读此词必"为之涕下"。沈谦在《填词杂说》中也对李清照有极高的评价："男中李后主，女中李易安，极是当行本色。"

辛弃疾词（四首）

　　辛弃疾（1140—1207），字幼安，号稼轩居士，历城（今山东济南）人，南宋爱国词人。先后闲居上饶、铅山近二十年。有《稼轩词》。

西江月·夜行黄沙道中⁽¹⁾

　　明月别枝惊鹊⁽²⁾，清风半夜鸣蝉⁽³⁾。稻花香里说丰年，听取蛙声一片。　　七八个星天外，两三点雨山前。旧时茅店社林边⁽⁴⁾，路转溪桥忽见⁽⁵⁾。

（据元刻本《稼轩长短句》卷十）

【注释】

(1) 黄沙:黄沙岭,在江西上饶的西面。黄沙道:指的就是从该村的茅店到大屋村的黄沙岭之间约二十公里的乡村道路,南宋时是一条直通上饶古城的比较繁华的官道,东到上饶,西通江西省铅(yán)山县。

(2) 明月:出自苏轼《次韵蒋颖叔》诗:"明月惊鹊未安枝。"别枝惊鹊:惊动喜鹊飞离树枝。

(3) 鸣蝉:蝉叫声。

(4) 旧时:往日。茅店:茅草盖的乡村客店。社林:土地庙附近的树林。社,土地神庙。古时,村有社树,为祀神处,故曰社林。

(5) 见:通"现",显现、出现。

【简析】

　　宋孝宗淳熙八年(1181),辛弃疾被弹劾罢官,回到带湖家居,过着闲云野鹤般的退隐生活。辛弃疾一直重视农业生产和同情民间疾苦,这首词便是辛弃疾闲居上饶带湖时期所作。这是一首吟咏田园风光的词,原题是《夜行黄沙道中》。上阕中,词人从视觉上以"惊鹊""别枝"突出月光之明亮。写月明风清的夏夜,以蝉鸣、蛙噪这些山村特有的声音,展现了山村乡野特有的情趣。即使是没有农村生活经验的人,也能从词人的描绘中体会到这一动人情景。下阕笔锋一转,由远及近地叙写眼前的景象,"七八个"说明月光明亮,"两三点"说明雨点稀疏。以轻云小雨和天气时阴时晴以及旧游之地的突然出现,表现夜行乡间的乐趣。全词从视觉、听觉和嗅觉三个方面写词人深夜在乡村中行路所见到的景物和所产生的情绪,流露出词人对丰收之年的喜悦和对农村生活的热爱。作品语言精练,言有尽而意无穷,笔触轻快活泼,使人有身临其境之感。这首小令反映了辛弃疾词风的多样性,是宋词中反映农村生活的佳作。

菩萨蛮·书江西造口壁[1]

　　郁孤台下清江水[2],中间多少行人泪? 西北望长安[3],可怜无数山[4]。　　青山遮不住,毕竟东流去[5]。江晚正愁余[6],山深闻鹧鸪[7]。

(据元刻本《稼轩长短句》卷十一)

【注释】

(1) 造口:即皂口,镇名。在今江西省万安县西南六十里处。

(2) 郁孤台:古台名,在今江西赣州市西南的贺兰山上,因"隆阜郁然,孤起平地数丈"而得名。清江:赣江与袁江合流处旧称清江。

(3) 长安:今陕西省西安市,为汉唐故都。这里指沦于敌手的宋朝都城汴梁。

(4) 可怜:可惜。无数山:这里指投降派(也可理解为北方沦陷国土)。

(5) 毕竟东流去:暗指力主抗金的潮流不可阻挡。

(6) 愁余:使我感到忧愁。

(7) 鹧鸪(zhè gū):鸟名,传说它的叫声是"行不得也哥哥",啼声异常凄苦。

【简析】

　　淳熙二、三年(1175—1176) 间,辛弃疾任江西提点刑狱,经常巡回往复于湖南、江西等地。来到造口,俯瞰不舍昼夜流逝而去的江水,眺望长安,视线却被青山遮挡。词人的思绪也似这江水般波澜起伏,绵延不绝,于是写下了这首词。这首词先写眼前景物,然后引出历史回忆,抒发了国土沦陷的悲痛以及对朝廷苟安的不满,看似写儿女柔情的小令,实为南宋爱国主义精神的绝唱。浩浩荡荡的江水冲破重重阻碍,奔涌不息,这里暗喻词人百折不回的坚强意志。词中运用比兴手法,以眼前景物道心上之事。其眼前景不过是清江水、无数山,而心上事,实则包含家国之悲、今昔之感种种意念,一并通过眼前之景道出。可谓是笔笔言山水,处处有兴寄。此词感叹建炎年间之国事艰危,沉痛追怀,起笔横绝又潜气内转,首尾照应,兼有神理高绝与沉郁顿挫之美,无愧为词中瑰宝。梁启超评此词云:"《菩萨蛮》如此大声镗鞳,未曾有也。"

青玉案·元夕⁽¹⁾

　　东风夜放花千树⁽²⁾,更吹落、星如雨⁽³⁾。宝马雕车香满路⁽⁴⁾,凤箫声动⁽⁵⁾,玉壶光转⁽⁶⁾,一夜鱼龙舞⁽⁷⁾。　　蛾儿雪柳黄金缕,笑语盈盈暗香去⁽⁸⁾。众里寻他千百度⁽⁹⁾,蓦然回首⁽¹⁰⁾,那人却在,灯火阑珊处⁽¹¹⁾。

(据元刻本《稼轩长短句》卷七)

【注释】

(1)元夕:旧历正月十五元宵节,是夜称元夕或元夜。
(2)花千树:形容花灯之多如千树开花。
(3)星如雨:指焰火纷纷,乱落如雨。星:指焰火。
(4)宝马雕车:装饰华丽的车马。
(5)凤箫:箫的美称。
(6)玉壶:比喻明月。
(7)鱼龙舞:舞动鱼形、龙形的彩灯。
(8)盈盈:声音轻盈悦耳,亦指仪态娇美的女子。
(9)千百度:千百遍。
(10)蓦然:猛然、突然。
(11)阑珊:零落稀疏的样子。

【简析】

　　这首词作于南宋淳熙元年或二年。南宋统治阶级不思进取,偏安江左,沉湎于歌舞升平。洞察形势的辛弃疾,欲补天穹,却恨无路请缨。他满腹的哀伤与怨恨,交织成了这幅元夕求索图。这首词的上阕写正月十五的晚上尽情狂欢的景象,宝马香车,灯火辉煌,一簇簇的礼花飞向天空,然后像星雨一样散落下来。"东风夜放花千树",这一句化用岑参的"忽如一夜春风来,千树万树梨花开"。下阕写主人公在游人中千百回寻觅一位孤高的女子,一波三折的感情起伏,表现了词人追求的境界之高。这首词主要运用了反衬的表现手法,表达了词人不与世俗同流合污的追求。"伤心人自有怀抱","那人"的形象,实在是有作者自己的影子。因为当时的辛弃疾不受重用,无比惆怅,所以只能在一旁孤芳自赏。也就像站在热闹之外的那个人一样,给人一种清高不落俗套的感觉,颇有高士之风。王国维《人间词话》曾举此词,以为人之成大事业者,必皆经历三个境界,而稼轩此词的境界为第三境界。后人评价此词云"其秀在骨,其厚在神",确实有见地之语。

鹧鸪天[1]

晚日寒鸦一片愁[2],柳塘新绿却温柔[3]。若教眼底无离恨[4],不信人间有白头[5]。肠已断,泪难收。相思重上小红楼。情知已被山遮断[6],频倚阑干不自由[7]。

（据元刻本《稼轩长短句》卷九）

【注释】

（1）鹧鸪天:小令词调,双片五十五字,上片四句三平韵,下片五句三平韵。唐人郑嵎"春游鸡鹿塞,家在鹧鸪天",调名取于此。
（2）晚日:夕阳。
（3）新绿:初春草木显现的嫩绿色。
（4）眼底:眼中,眼睛跟前。
（5）白头:犹白发。形容年老。
（6）情知:明知。
（7）阑干:栏杆。阑,通"栏"。

【简析】

孝宗淳熙八年(1181)冬,辛弃疾遭遇弹劾,隐居上饶。这首词是他在带湖闲居时的作品。这首词的题下注明"代人赋",说明词中抒情主人公并非作者自己。这首词是代一位妇女而赋的,那位妇女的意中人逝去不久,她正处于无限思念、无限悲伤的境地。这首词真可谓"工于发端",开头两句展现的两种景象,笔触清新愉悦,把读者引入春意荡漾的境界。不难想象,这是乍暖还寒的初春。虽然不见人影,但那些往事依然,欢聚之时是何等的温柔啊!明知行人已走到远山的那一边,凝望已属徒然,但还是身不由己地"重上红楼","频倚阑干"。词中"频"字,正与"重"字相照应,其离恨之深、相思之切,不言而喻。此词虽然是代人抒写相思,然而我们却可以认为词人借此寄托自己无法实现的政治理想。此外,这首词对"相思令人老"这样的古诗词,进行了新的创造:"若教眼底无离恨,不信人间有白头",低回婉转,摇曳生姿。欧阳修《踏莎行》云:"平芜尽处是春山,行人更在春山外。"写行人愈行愈远,故女主人公不忍继续远望。辛词则写行人已在山外,而女主人却频频倚栏远望,无法控制自己。两首词表现了女主人公的不同心态,各有千秋,各尽其妙。

陆游词（二首）

陆游(1125—1210),字务观,自号放翁,越州山阴(今浙江绍兴)人,南宋爱国诗人。有《剑南诗稿》《放翁词》等。

卜算子·咏梅⁽¹⁾

驿外断桥边⁽²⁾,寂寞开无主⁽³⁾。已是黄昏独自愁,更著风和雨⁽⁴⁾。　　无意苦争春⁽⁵⁾,一任群芳妒⁽⁶⁾。零落成泥碾作尘⁽⁷⁾,只有香如故⁽⁸⁾。

（据吴氏双照楼影宋本《渭南词》卷一）

【注释】

（1）卜算子:词牌名,又名《百尺楼》《眉峰碧》《楚天遥》《缺月挂疏桐》等。

（2）驿外:指荒僻、冷清之地。驿:驿站,供驿马或官吏中途休息的专用建筑。断桥:残破的桥。

（3）寂寞:孤单冷清。无主:自生自灭,无人照管和玩赏。

（4）更著:又遭到。更,副词,又、再。著(zhuó):同"着",遭受,承受。

（5）无意:不想,没有心思。自己不想费尽心思去争芳斗艳。苦:尽力、竭力。争春:与百花争奇斗艳。此指争权。

（6）一任:全任,完全听凭。一:副词,全,完全,没有例外。任:动词,任凭。群芳:群花、百花。这里借指苟且偷安的主和派。妒(dù):嫉妒。

（7）零落:凋谢,陨落。碾(niǎn):轧烂,压碎。作尘:化作灰土。

（8）香如故:香气依旧存在。

【简析】

陆游创作《卜算子·咏梅》这首词时,正处在人生的低谷,政治上被人排挤,士气低落,因而十分悲观。这首咏梅词,其实也是陆游自己的咏怀之作。整首词十分悲凉,尤其开头渲染了一种冷漠的气氛,表现出作者忧国忧民的心境。接着写道:"无意苦争春,一任群芳妒。"有些花费尽心机,卖弄姿色,想在春色中争得一席之短长。而梅花纯洁自爱,对于百花的庸俗猜忌,不屑一顾,听之任之。最后,通过铺垫、蓄势之后,作者写道:"零落成泥碾作尘,只有香如故。"此句振起全篇,具有扛鼎之势。"王师北定中原日,家祭无忘告乃翁",结合诗人的一生,我们看到,八十五岁高龄的陆游仍然不忘祖国的统一。这里的梅花无疑是陆游自己的处境与人品的写照,从中既体现了他不愿苟合于流俗的清高孤傲,又有遭遇打击后的凄凉与无奈。诗人以物喻人,托物言志,巧借饱受摧残,花粉犹香的梅花,比喻自己虽终生坎坷,绝不媚俗的忠贞。明朝卓人月《词统》云:"末节想见劲节。"虽然身处逆境,但心境光明磊落的爱国者的形象跃然纸上。

钗头凤

红酥手,黄縢酒⁽¹⁾,满城春色宫墙柳⁽²⁾。东风恶⁽³⁾,欢情薄。一怀愁绪,几年离索⁽⁴⁾。错、错、错。　　春如旧,人空瘦,泪痕红浥鲛绡透⁽⁵⁾。桃花落,闲池阁⁽⁶⁾。山盟虽在,锦书难托⁽⁷⁾。莫、莫、莫⁽⁸⁾!

（据吴氏双照楼影宋本《渭南词》卷一）

【注释】

（1）黄縢(téng)：此处指美酒。宋代官酒以黄纸为封,故以黄封代指美酒。

（2）宫墙：南宋以绍兴为陪都,绍兴的某一段围墙,故有宫墙之说。

（3）东风：喻指陆游的母亲。

（4）离索：离群索居的简括。

（5）浥(yì)：湿润。鲛绡(jiāo xiāo)：神话传说鲛人所织的绡,极薄,后用以泛指薄纱,这里指手帕。绡,生丝,生丝织物。

（6）池阁：池上的楼阁。

（7）山盟：旧时常用山盟海誓,指对山立盟,指海起誓。锦书：写在锦上的书信。

（8）莫、莫、莫：相当于今"罢了"的意思。

【简析】

　　《钗头凤》是一篇"风流千古"的佳作,它描述了一个动人的爱情悲剧。陆游二十岁左右时与表妹唐婉结婚,俩人非常相爱。但因唐婉的才华横溢与那时女子无才便是德的礼教不符,陆游的母亲不喜欢唐婉。结婚才一两年,陆游便被迫与唐婉离婚而另娶王氏,唐婉也改嫁。陆游三十一岁时,到会稽(今浙江省绍兴市)沈园游玩,偶遇唐婉夫妇。唐婉派人给陆游送去酒菜致意。陆游回想往事,痛苦而又激动,就在花园墙壁上,题写了这首词。这首词上阕是男子口吻,追叙今昔之异,此恨既已铸成,事实无可挽回。下阕改为女子口吻,衣带渐宽,终日以泪洗面,人已憔悴不堪。全词多用对比的手法,抒发作者内心的情怨与无奈。前人评论陆游《钗头凤》词说"无一字不天成"。所谓"天成"是指自然流露毫不矫饰。陆游本人就说过:"文章本天成,妙手偶得之。"正因为词人亲身经历了这千古伤心之事,所以才有这千古绝唱之词。

二　诗歌

王禹偁诗（一首）

　　王禹偁(954—1001),北宋白体诗人、散文家、史学家。字元之,济州钜野(今山东菏泽市巨野县)人。敢于直言讽谏,因此屡受贬谪。

村行

　　马穿山径菊初黄,信马悠悠野兴长(1)。万壑有声含晚籁(2),数峰无语立斜阳。棠梨叶落胭脂色(3),荞麦花开白雪香(4)。何事吟馀忽惆怅?村桥原树似吾乡。

（据《四部丛刊》影印宋刻本《小畜集》卷九）

【注释】

（1）信马:骑着马随意行走。

（2）晚籁:指秋声。籁,大自然的声响。

（3）棠梨:杜梨,又名白梨、白棠。落叶乔木。

（4）荞麦:一年生草本植物,秋季开白色小花,果实呈黑红色三棱状。

【简析】

　　宋太宗淳化二年(991),王禹偁得罪了宋太宗,贬官商州,任团练副使。在王禹偁的"商山五百五十日"里,曾写下二百余首诗,这首《村行》便是其中的一首,也是他的代表作。首句交代了时、地、人、事,写诗人骑马穿过山中小路,看到菊花刚刚绽放,便由着马儿随意走,看到野外风光,不由兴致高涨。颔联是写景名句,从听觉和视觉下笔,群山万壑中还有秋天万物的声响,而几处山峰立在斜阳中,通过动静的对比,仿佛让人觉得山峰本来是会说话的,只不过现在是"无语",不说话而已。颈联续写山间美景,棠梨的落叶像胭脂一样红,荞麦花开得像雪一样白。尾联笔锋一转,诗人忽然感觉惆怅,是因为村边的小桥和我家乡的很像。一下子点醒读者诗人竟不在自己家乡,虽然外面的风光让人流连,但一想到贬居他乡让诗人的心情从悠然转至怅然,诗中的景色也有了另一层的含义。

晏殊诗（一首）

　　作者介绍见宋词部分。

寓意[1]

　　油壁香车不再逢[2],峡云无迹任西东[3]。梨花院落溶溶月,柳絮池塘淡淡风。几日寂寥伤酒后,一番萧索禁烟中[4]。鱼书欲寄何由达,水远山长处处同。

（据民国《宋人集》本《元献遗文》）

【注释】

（1）寓意:有所寄托,但在诗题上又不明白说出。

（2）油壁香车:古代妇女所坐的车子,因车厢涂刷了油漆而得名。

（3）峡云:巫山峡谷上的云彩。宋玉《高唐赋》记有巫山神女,与楚王相会,说自己住在巫山南,"旦为朝云,暮为行雨"。后常以巫峡云雨指男女爱情。

（4）"一番"句:萧索,缺乏生机。禁烟:在清明前一天或二天为寒食节,旧俗在那天禁火,吃冷食。

【简析】

　　这是一首爱情诗。第一句中写的是坐在"油壁香车"里的美女再也见不到了,就像巫山云雨一样行踪不定。"不再逢"和"任西东"是说美好爱情的消逝,写爱情中的两个人再也见不到了。第二句写诗人现在的环境,院落里的梨花被月光照,淡淡的风吹着池塘边的柳絮,这两句写得非常美,这是非常典雅的环境。第三句写喝酒后长时间感到寂寞空虚,寒食节更觉得缺乏生机。最后一句写由于距离的阻隔,信也没法寄达,更显得之间的距离远长了。"处处同"弦外有音,显示出诗人的绝望之情,这种情绪在首联已暗露,然后曲折道出,由尾句点破。这首诗写得非常含蓄,和李商隐的《无题》诗很相似,这段感情到底是什么样的我们无从知晓,但我们能感知到诗人的这种情绪,能理解它,这就可以了。

梅尧臣诗(一首)

梅尧臣(1002—1060),字圣俞,世称宛陵先生,汉族,宣州宣城(今安徽省宣城市宣州区)人。北宋著名现实主义诗人,给事中梅询从子。梅尧臣少即能诗,与苏舜钦齐名,时号"苏梅",又与欧阳修并称"欧梅"。

鲁山山行[1]

适与野情惬[2],千山高复低。好峰随处改,幽径独行迷。霜落熊升树[3],林空鹿饮溪。人家在何许[4],云外一声鸡[5]。

(据《四部丛刊》影印明刻本《宛陵先生集》卷七)

【注释】

(1)鲁山:一名露山,在河南鲁山县东北,接近襄城县境。
(2)适:恰好。
(3)熊升树:熊爬上树。一作大熊星座升上树梢。
(4)何许:何处,哪里。
(5)云外:形容遥远。

【简析】

这首诗作于宋仁宗康定元年(1040),当时诗人三十九岁。鲁山山峰高低起伏,恰好满足诗人喜欢野外风光的爱好。山峰中美丽的景色不断变幻,而诗人在山间小径中走着,竟也不想知道走到了什么地方。霜落时诗人看到熊正在爬树,空荡的山林中有鹿儿在喝着溪水。正疑惑着哪里有人家,就听到远处传来一声鸡鸣。诗人写出了爬山的乐趣,在山里随意走,都会看到不同的风景,有时候怀疑自己迷了路,却又看到了令人惊喜的景色,刚担心自己在山里找不到人家,就听到了鸡鸣。山给了人无穷的惊喜,让人迷醉其中,放松身心。

欧阳修诗(一首)

作者介绍见宋词部分。

戏答元珍⁽¹⁾

春风疑不到天涯⁽²⁾,二月山城未见花⁽³⁾。残雪压枝犹有橘,冻雷惊笋欲抽芽。夜闻归雁生乡思,病入新年感物华。曾是洛阳花下客,野芳虽晚不须嗟。

(据《四部丛刊》影印元刻本《欧阳文忠公集·居士集》卷十一)

【注释】

(1)元珍:丁宝臣,字元珍,常州晋陵(今江苏常州市)人,时为峡州(治所在今湖北宜昌)军事判官。

(2)天涯:极边远的地方。诗人贬官夷陵(今湖北宜昌市),距京城已远,故云。

(3)山城:指欧阳修当时任县令的峡州夷陵县(今湖北宜昌)。夷陵面江背山,故称山城。

【简析】

宋仁宗景祐三年(1036)五月,欧阳修降职为峡州夷陵县令,第二年,朋友丁宝臣(元珍)写了一首题为《花时久雨》给他,欧阳修便写了这首诗作答。

首联写怀疑春风吹不到天涯,已经是二月,却还没看到花开。天涯指远方,诗中指诗人被贬的地方——夷陵,因为离京城远,被诗人戏称是天涯。颔联继续写夷陵春景,橘树还被残雪压着,上面还挂着去年的橘子,春雷似乎惊动了竹笋开始抽芽生长。颈联写晚上听到大雁回来了,不禁想起家乡,久病逢春,眼前的一切都让我心生感慨。尾联是矛盾的自我安慰:曾经在洛阳看过盛大的牡丹花开,这里的野花虽然开得晚些,倒也不必嗟叹。诗中的春风与花的关系也可以看作是诗人用此作君臣的比喻,君臣自古是不对等的关系,因此诗人既怀有希望又对此有清醒认识的矛盾心理,只能用"戏答"来表达了。

王安石诗(一首)

作者介绍见宋词部分。

书湖阴先生壁⁽¹⁾

茅檐长扫净无苔,花木成畦手自栽。一水护田将绿绕,两山排闼送青来。

(据《四部丛刊》影印明嘉靖刻本《临川先生文集》卷二十九)

【注释】

(1)湖阴先生:本名杨德逢,隐居之士,是王安石晚年居住金陵紫金山(今江苏南京)时的邻居。

【简析】

　　《书湖阴先生壁》是王安石留在湖阴先生居所墙壁上的诗,有两首,这是其中一首。诗中写茅檐因为经常打扫,干净的连苔藓都没有,在湿润多雨的南方也只有频繁打扫才能做到。规整成畦花朵树木也是主人亲手种下的。后两句的比喻常被人称道:庭院外的小河环绕着农田,像护卫着这片绿色;两座山像两扇打开的门一样把青色的风景送到人眼前。诗人写出了湖阴先生屋舍四周的美景,更写出了湖阴先生的高洁、富有情趣。

苏轼诗(一首)

作者介绍见宋词部分。

和子由渑池怀旧[1]

　　人生到处知何似,应似飞鸿踏雪泥。泥上偶然留指爪,鸿飞那复计东西。老僧已死成新塔[2],坏壁无由见旧题。往日崎岖还记否,路长人困蹇驴嘶[3]。

(据明成化刻本《苏文忠公全集·东坡集》卷一)

【注释】

(1) 渑池:今河南渑池县。这首诗是和苏辙《怀渑池寄子瞻兄》而作。
(2) 老僧:即指奉闲。苏辙原唱"旧宿僧房壁共题"自注:"昔与子瞻应举,过宿县中寺舍,题其老僧奉闲之壁。"古代僧人死后,以塔葬其骨灰。
(3) 蹇驴:腿脚不灵便的驴子。蹇,跛脚。苏轼自注:"往岁,马死于二陵(按即崤山,在渑池西),骑驴至渑池。"

【简析】

　　这首诗作于苏轼经渑池,想起苏辙曾有《怀渑池寄子瞻兄》一诗,便和了这一首。
　　诗人认为人生就像飞鸿踏过雪泥,泥上偶尔留下印记,但鸿飞来飞去是自然的,人生是无常的。老僧死去后建了新塔,我们也没机会再见到以前题过诗的墙壁了。还记得当时前往渑池的崎岖路程吗?路那么远,人也疲劳,跛脚的驴也累得直叫唤。虽然知道人生是无常的,但这些珍贵的记忆却给了人无限的安慰,生命也正由于在无常中的真情而更加让人眷念。

杨万里诗(二首)

　　杨万里(1127—1206),字廷秀,号诚斋。汉族,吉州吉水(今江西省吉水县黄桥镇湴塘村)人。南宋大臣,著名文学家、爱国诗人,与陆游、尤袤、范成大并称"南宋四大家""中兴四大诗人"。

闲居初夏午睡起二首

梅子留酸软齿牙,芭蕉分绿与窗纱⁽¹⁾。日长睡起无情思,闲看儿童捉柳花⁽²⁾。

松阴一架半弓苔⁽³⁾,偶欲看书又懒开。戏掬清泉洒蕉叶,儿童误认雨声来。

（据《四部丛刊》影抄宋本《诚斋集》卷三）

【注释】

（1）芭蕉分绿:芭蕉的绿色映照在纱窗上。
（2）柳花,即柳絮。
（3）半弓:半弓之地,形容面积极小。弓,古时丈量地亩的器具,后为丈量地亩的计算单位。一弓等于1.6米。

【简析】

　　杨万里一生作诗二万余首,他的诗时称"诚斋体"。《闲居初夏午睡起》有两首,第一首写梅子吃多把牙齿酸倒了,窗外的芭蕉树把绿色映照在窗纱上。白天长了,午睡起来没精打采,看儿童来回捉柳絮。第二首写来到松树荫下长着一处苔藓,自己想看书却懒得打开书,于是去手捧来清泉水浇洒芭蕉叶,小孩子听到水声误以为是雨声来了。这两首通过多处细节写出了诗人初夏生活的恬静闲适。

范成大诗（一首）

　　范成大（1126—1193）,字至能,一字幼元,早年自号此山居士,晚号石湖居士。汉族,平江府吴县（今江苏苏州）人。南宋名臣、文学家、诗人。

四时田园杂兴（其一）⁽¹⁾

梅子金黄杏子肥,麦花雪白菜花稀。日长篱落无人过,唯有蜻蜓蛱蝶飞。

（据《四部丛刊》影印爱汝堂本《石湖居士诗集》卷二十七）

【注释】
（1）杂兴:有感而发、随事吟咏的诗。

【简析】

　　《四时田园杂兴》是南宋诗人范成大退居家乡后写的一组大型的田园诗,分春日、晚春、夏日、秋日、冬日五部分,每部分各十二首,共六十首,广阔展现了农村四季的景色和农民的生活。这一首描写梅子金黄,杏子成熟,荞麦花白,菜花凋落。太阳升高篱笆的影子变短,没有人经过这里,只有蜻蜓和蝴蝶自由自在飞舞其间。以动衬静地写出了夏日中午时分昼长人稀的农村景色。

陆游诗（二首）

作者介绍见宋词部分。

沈园二首（其一）⁽¹⁾

城上斜阳画角哀⁽²⁾，沈园非复旧池台。伤心桥下春波绿，曾是惊鸿照影来⁽³⁾。

（据汲古阁本《剑南诗稿》卷三十八）

【注释】

（1）沈园：故址在今浙江绍兴禹迹寺南。
（2）斜阳：偏西的太阳。画角：涂有色彩的军乐器，发声凄厉哀怨。
（3）惊鸿：语出三国魏曹植《洛神赋》句"翩若惊鸿"，以喻美人体态之轻盈。这里指唐琬。

【简析】

　　三十一岁那年，陆游在沈园游玩，与前妻唐琬不期而遇后写下《钗头凤》一词。唐琬看到后，郁郁寡欢，不久便抱恨死去。自此，陆游心里的创伤加重，对唐琬的眷念之情愈来愈深。晚年，他重游沈园，此时的陆游，已经七十五岁了，古稀之年，行将就木，面对爱人的遗迹，回首往事，触动了伤心情怀，于是写下了《沈园二首》。这是其中的一首，缠绵情深，脍炙人口。诗的开头以斜阳和彩绘的乐器画角，把人带入一种悲哀的氛围之中。伤心桥下，春波依旧，曹植笔下《洛神赋》中"翩若惊鸿"的凌波仙子的倩影，浮现在诗人眼前。这首诗歌用借景抒情的手法，渲染气氛，表达出诗人对唐琬深深的怀念之情。在宋代，爱情诗歌极为寥落，因此陆游的这首诗弥觉可爱。此外，这首诗与陆游慷慨激昂的诗篇风格迥异，写得深沉哀婉，含蓄蕴藉，朴素自然。近代诗人陈衍极力推崇此诗，他在《宋诗精华录》中说："无此等伤心之事，亦无此等伤心之诗。就百年论，谁愿有此事？就千秋论，不可无此诗。"

病起书怀

病骨支离纱帽宽⁽¹⁾，孤臣万里客江干⁽²⁾。位卑未敢忘忧国，事定犹须待阖棺⁽³⁾。天地神灵扶庙社⁽⁴⁾，京华父老望和銮⁽⁵⁾。《出师》一表通今古⁽⁶⁾，夜半挑灯更细看⁽⁷⁾。

（据汲古阁本《剑南诗稿》卷七）

【注释】

（1）纱帽宽：病后瘦弱，所以纱帽显得宽松了。
（2）江干：江边，江指岷江支流濯锦江，在成都附近。
（3）阖（hé）棺：《晋书·刘毅传》："大丈夫盖棺事方定。"成语"盖棺论定"谓人死后，一生是非功过才有公平的结论。阖，盖上。
（4）庙社：宗庙社稷，也指国家朝廷。封建时代把庙社作为国家的象征。

（5）京华:京都。这里指北宋旧都汴京(今河南开封)。和銮:指天子的车驾。

（6）《出师》一表:蜀汉丞相诸葛亮于后主建兴五年(227)率军伐魏,进驻汉中,临行前上后
主刘禅一表,这就是后世传诵的《出师表》。

（7）挑灯:点灯,在灯光下。

【简析】

　　《病起书怀》作于宋孝宗淳熙三年(1176)四月,这一年陆游五十二岁,被免官后病了二十
多天,移居成都城西南的浣花村。诗人病愈之后仍为国担忧,为了表现要效法诸葛亮北伐,统
一中国的决心,挑灯夜读《出师表》,挥笔泼墨,写下此诗。共二首,这里选的是第一首。作品
开篇两句先写出了诗人的现实境况,身体刚刚病愈,客居江边,无力回天。接着写自己的忧国
心智。朝廷腐败,百姓期盼神灵保佑国家和君王,企盼天下太平。然而这是多么艰难的事情
啊！最后,作者写道"《出师》一表通今古,夜半挑灯更细看",独自一人,苦读诸葛亮的传世之
作。"位卑未敢忘忧国,事定犹须待阖棺",这一句是全篇之眼,是后世许多忧国忧民的寒素之
士用以自警自励的名言。诗人于抒怀中吐露真实心迹,表明诗人对前途仍然充满着希望,同时
也展示了诗人高洁的人格和灵魂。天下兴亡,匹夫有责。这首诗歌贯穿了诗人忧国忧民的爱
国情怀,揭示了百姓与国家的血肉关系,这也是这首诗歌历久弥新的原因之所在。

朱熹诗（一首）

　　朱熹(1130—1200),字元晦,又字仲晦,号晦庵,晚称晦翁,谥文,世称朱文公。祖籍徽州
府婺源县(今江西省婺源)。宋朝著名的理学家、思想家、教育家、诗人。

观书有感（其一）

半亩方塘一鉴开[1],天光云影共徘徊。问渠那得清如许[2]? 为有源头活水来。

　　　　　　　　　　　　(据《四部丛刊》影印明嘉靖刻本《晦庵先生朱文公文集》卷二)

【注释】

（1）方塘:又称半亩塘,在福建尤溪城南郑义斋馆舍(后为南溪书院)内。朱熹父亲朱松与郑
交好,故尝有《蝶恋花·醉宿郑氏别墅》词云:"清晓方塘开一境。落絮如飞,肯向春
风定。"

（2）渠:它,第三人称代词,这里指方塘之水。

【简析】

　　朱熹是闽学派的代表人物,世称朱子。庆元二年,为避权臣韩侂胄之祸,朱熹与门人黄榦、
蔡沈、黄钟来到新城福山双林寺侧的武夷堂讲学,并在这里写下了《观书有感二首》。这是其
中一首,写方塘因为有活水注入才有如此清澈,可以映照天光云影之水,诗歌借来比喻人要多
读书,才能有清澈之心,准确反映和理解外物。

赵师秀诗(一首)

赵师秀(1170—1219),永嘉(今浙江温州)人,字紫芝,号灵秀,亦称灵芝,又号天乐。南宋诗人。赵师秀是"永嘉四灵"中较出色的诗人。

约客

黄梅时节家家雨[1],青草池塘处处蛙。有约不来过夜半,闲敲棋子落灯花[2]。

（据汲古阁影宋抄本《清苑斋集》）

【注释】

（1）黄梅时节:五月,江南梅子熟了,大都是阴雨绵绵的时候,称为"梅雨季节"。
（2）灯花:旧时以油灯照明,灯芯烧残,落下来时好像一朵闪亮的小花。

【简析】

《约客》是南宋诗人赵师秀创作的一首七言绝句。诗歌一开始写外部环境,正值梅雨时节,雨一直在下,青草旁的池塘里到处都是青蛙的叫声。然后才交代自己约了客人,过了很久他还没来,我一个人拿着棋子敲,把灯花都震下来了。诗歌虽以动开篇,却让人觉得寂静,而且为客人不来做了铺垫。"敲棋"这一细节的刻画,写出了等人的焦灼,而灯花的落下,也意味着诗人已经等了很久。这首小诗写得语近情遥,含吐不露,读起来耐人寻味。

叶绍翁诗(一首)

叶绍翁,字嗣宗,号靖逸,龙泉(今浙江龙泉)人,南宋中期文学家、诗人。祖籍建阳。著有《四朝闻见录》,补正史之不足。诗集有《靖逸小稿》《靖逸小稿补遗》。

游园不值[1]

应怜屐齿印苍苔[2],小扣柴扉久不开。春色满园关不住,一枝红杏出墙来。

（据清抄本《两宋名贤小集》卷二百六十《靖逸小集》）

【注释】

（1）值:遇到。
（2）屐齿:木鞋,鞋底前后都有高跟儿,叫屐齿。

【简析】

这首诗写叶绍翁没有遇到园主人的一次游园。可怜门前的苍郁的苔藓上印下"我"的脚印,一直轻扣柴门却没有人来开门,正失落要回去,却发现春色是园子关不住的,一只红色杏花伸出了墙外。这首诗取景小而含意深,转折之处让人惊奇,有一种意外的喜悦之感。

文天祥诗(一首)

文天祥(1236—1283),初名云孙,字宋瑞,一字履善。道号浮休道人、文山。江西吉州庐陵(今江西省吉安市青原区富田镇)人,宋末政治家、文学家,爱国诗人,抗元名臣,民族英雄。

扬子江

几日随风北海游⁽¹⁾,回从扬子大江头。臣心一片磁针石,不指南方不肯休。

(据《四部丛刊》影印明刻本《文山先生全集》卷十三)

【注释】

(1)北海游:指被元军扣留。

【简析】

南宋诗人文天祥在赣州知州任上,以家产充军资,起兵抗元,不久出任右丞相,到元军那里谈判被扣留,后脱险南归。景炎元年,文天祥拥立端宗,力图恢复。在从南通往福州的途中,他写下这首《扬子江》。诗中表达了文天祥对祖国像磁针一样的忠贞态度。文天祥的后期诗歌多表现爱国精神,风格慷慨激昂,《过零丁洋》就是其中的代表。

三 散文

欧阳修文(二篇)

作者介绍见宋词部分。

五代史伶官传序⁽¹⁾

呜呼!盛衰之理,虽曰天命,岂非人事哉!原庄宗之所以得天下⁽²⁾,与其所以失之者,叮以知之矣。

　　世言晋王之将终也[3]，以三矢赐庄宗而告之曰："梁，吾仇也；燕王，吾所立，契丹与吾约为兄弟，而皆背晋以归梁。此三者，吾遗恨也。与尔三矢，尔其无忘乃父之志[4]！"庄宗受而藏之于庙[5]。其后用兵，则遣从事以一少牢告庙[6]，请其矢，盛以锦囊，负而前驱，及凯旋而纳之。

　　方其系燕父子以组[7]，函梁君臣之首[8]，入于太庙，还矢先王而告以成功，其意气之盛，可谓壮哉！及仇雠已灭[9]，天下已定，一夫夜呼[10]，乱者四应，苍皇东出，未及见贼而士卒离散，君臣相顾，不知所归。至于誓天断发，泣下沾襟，何其衰也！岂得之难而失之易欤？抑本其成败之迹[11]，而皆自于人欤？

　　《书》曰[12]："满招损，谦得益。"忧劳可以兴国，逸豫可以亡身，自然之理也。故方其盛也，举天下之豪杰莫能与之争；及其衰也，数十伶人困之，而身死国灭，为天下笑。夫祸患常积于忽微[13]，而智勇多困于所溺[14]，岂独伶人也哉！作《伶官传》。

　　　　　　　　　　　　　　　　（据《新五代史》卷三十七，中华书局2015年版）

【注释】

（1）伶官：宫廷中的乐官和授有官职的演戏艺人。
（2）原：推究，考查。庄宗：即后唐庄宗李存勖，李克用长子。于后梁龙德三年（923）称帝，国号唐。同年灭后梁。后同光四年（926）因兵变被杀，仅在位三年。
（3）晋王：指西域突厥族李克用。因镇压黄巢起义有功，后被唐王朝封为晋王。
（4）其：语气副词，一定。
（5）庙：指宗庙，古代帝王祭祀祖先之所。同下文"太庙"。
（6）从事：这里泛指一般幕僚随从。少牢：用于祭祀，一猪一羊。
（7）组：绳索。
（8）函：名词用作动词，用木匣封装。
（9）仇雠（chóu）：仇敌。
（10）一夫：指同光四年（926）发动兵变的皇甫晖。
（11）抑：连词，或者。本：考究。迹：事迹，道理。
（12）《书》：指《尚书》。
（13）忽微：形容细小之事。
（14）所溺：所爱好的人或事物。

【简析】

　　《五代史伶官传序》是一篇有名的史论，文采斐然，意蕴深沉。沈德潜评论本文："抑扬顿挫，得《史记》神髓，《五代史》中第一篇文字。"《伶官传》记载了后唐庄宗李存勖所宠幸的伶官景进、史彦琼和郭门高等胡作非为、扰乱国政的情况。《五代史伶官传序》就是针对这种情况来发表感慨和议论的。这篇文章短小精悍，论述精辟，含意深永，阐释了国家的盛衰、事业的成败取决于人事而非天命，申述了"忧劳可以兴国，逸豫可以亡身"的人事道理，启发人们通过历史看到现实，告诫北宋统治者应以史为鉴，免蹈覆辙。写作特点上，全文脉络清晰，先扬后抑，对比鲜明；感慨淋漓，笔力雄健；语言简约凝练，警句迭出，至今发人深省。明人茅坤誉之为"千年绝调"，代表了欧阳修议论文的杰出成就。

秋声赋

欧阳子方夜读书,闻有声自西南来者,悚然而听之[1],曰:"异哉!"初淅沥以萧飒[2],忽奔腾而砰湃[3],如波涛夜惊,风雨骤至。其触于物也,鏦鏦铮铮[4],金铁皆鸣;又如赴敌之兵,衔枚疾走[5],不闻号令,但闻人马之行声。余谓童子:"此何声也?汝出视之。"童子曰:"星月皎洁,明河在天[6],四无人声,声在树间。"

余曰:"噫嘻悲哉!此秋声也,胡为而来哉?盖夫秋之为状也[7]:其色惨淡,烟霏云敛;其容清明,天高日晶[8];其气栗冽[9],砭人肌骨[10];其意萧条,山川寂寥。故其为声也,凄凄切切,呼号愤发。丰草绿缛而争茂[11],佳木葱茏而可悦;草拂之而色变,木遭之而叶脱。其所以摧败零落者,乃其一气之余烈[12]。夫秋,刑官也[13],于时为阴;又兵象也,于行用金,是谓天地之义气,常以肃杀而为心。天之于物,春生秋实,故其在乐也,商声主西方之音,夷则为七月之律。商,伤也,物既老而悲伤;夷,戮也,物过盛而当杀。"

"嗟乎!草木无情,有时飘零[14]。人为动物,惟物之灵;百忧感其心,万事劳其形,有动于中,必摇其精。而况思其力之所不及,忧其智之所不能;宜其渥然丹者为槁木[15],黟然黑者为星星[16]。奈何以非金石之质,欲与草木而争荣?念谁为之戕贼[17],亦何恨乎秋声!"

童子莫对,垂头而睡。但闻四壁虫声唧唧,如助余之叹息。

(据《四部丛刊》影印元刻本《欧阳文忠公集·居士集》卷十五)

【注释】

(1)悚(sǒng)然:惊惧的样子。

(2)淅沥:雨声。以:而,表并列。萧飒:风吹树木的声音。

(3)砰湃:同"澎湃",波涛汹涌的声音。

(4)鏦鏦(cōng)铮铮:金属相击的声音。

(5)衔枚:古时行军或袭击敌军时,让士兵衔枚(形似竹筷)以防喧哗。

(6)明河:银河。

(7)秋之为状:秋天所表现出来的意气容貌。状,情状,指下文所说的"其色""其容""其气""其意"。

(8)日晶:日光明亮。晶,明亮。

(9)栗冽:寒冷。

(10)砭:古代用以治病的石针,这里是针刺的意思。

(11)绿缛:碧绿繁茂。

(12)一气:指构成天地万物的浑然秋气。余烈:余威。

(13)刑官:执掌刑狱的官。周朝以天地四时之名命官,司寇为秋官,掌管刑法、狱讼。

(14)有时:有固定时限。

(15)渥然丹者:指容颜红润。

(16)黟(yī)然:形容黑的样子。星星:点点白发。

(17)戕贼:伤害。

【简析】

《秋声赋》是宋代文赋的典范,写于宋仁宗嘉祐四年(1059),即作者五十三岁时。欧阳修晚年虽身居高位,但回首屡次遭贬的往事,内心总会有隐隐难言之痛,对政治时局和国家命运的担忧郁结,对人生短暂、世事变幻的感伤于怀,让作者此时处于不知如何作为的苦闷时期,此时的他对秋天是及其敏感的。全文铺陈描写了衰飒的秋声,抒发了他悲晚伤世的情感。文章从凄切悲凉的秋声起笔,继而展开了对秋声的描绘和对秋气的议论,然后由感慨自然到感叹人生,写到因人事忧劳、宦海浮沉而使身心受到戕残,百感交集,黯然神伤,这是人生世界的"无声之秋"。最后从沉思冥想中清醒过来,归结出文章主旨——"念谁为之戕贼,亦何恨乎秋声!"作者由秋声及草木,由草木及人生,融入了自己对人生苦短,世事艰难的沉重慨叹,悲秋之情溢于言表。全篇写景、抒情、记事、议论熔为一炉,浑然天成。综合运用了比喻、排比、铺张渲染、映衬对比等手法,形象而生动地写出了秋的凄烈,人世之悲沉。

王安石文(一篇)

作者介绍见宋词部分。

游褒禅山记

　　褒禅山亦谓之华山,唐浮图慧褒始舍于其址[1],而卒葬之;以故其后名之曰"褒禅"。今所谓慧空禅院者,褒之庐冢也[2]。距其院东五里,所谓华山洞者[3],以其乃华山之阳名之也。距洞百余步,有碑仆道[4],其文漫灭[5],独其为文犹可识曰"花山"。今言"华"如"华实"之"华"者,盖音谬也。

　　其下平旷,有泉侧出,而记游者甚众,所谓前洞也。由山以上五六里,有穴窈然[6],入之甚寒,问其深,则其好游者不能穷也,谓之后洞。余与四人拥火以入,入之愈深,其进愈难,而其见愈奇。有怠而欲出者,曰:"不出,火且尽。"遂与之俱出。盖予所至,比好游者尚不能十一[7],然视其左右,来而记之者已少。盖其又深,则其至又加少矣[8]。方是时,予之力尚足以入,火尚足以明也[9]。既其出[10],则或咎其欲出者,而予亦悔其随之而不得极夫游之乐也[11]。

　　于是予有叹焉[12]。古人之观于天地、山川、草木、虫鱼、鸟兽,往往有得,以其求思之深而无不在也。夫夷以近,则游者众;险以远,则至者少。而世之奇伟、瑰怪、非常之观,常在于险远,而人之所罕至焉,故非有志者不能至也。有志矣,不随以止也,然力不足者,亦不能至也。有志与力,而又不随以怠,至于幽暗昏惑而无物以相之[13],亦不能至也。然力足以至焉,于人为可讥,而在己为有悔;尽吾志也而不能至者,可以无悔矣,其孰能讥之乎[14]?此予之所得也!

　　余于仆碑,又以悲夫古书之不存,后世之谬其传而莫能名者[15],何可胜道也哉[16]!此所以学者不可以不深思而慎取之也[17]。

　　四人者:庐陵萧君圭君玉,长乐王回深父[18],余弟安国平父、安上纯父。至和元年七月某日[19],临川王某记。

(据《四部丛刊》影印明嘉靖刻本《临川先生文集》卷八十三)

【注释】

(1) 浮图:梵语,也写作"浮屠"或"佛图",本指佛或佛教徒,这里指和尚。慧褒:唐代一高僧。
　　舍:名词用作动词,建舍定居。

    （2）庐冢（zhǒng）：指在服丧期间为守护坟墓而盖的屋舍，也称"庐墓"。庐，屋舍。冢，坟墓。

    （3）华山洞：也有作"华阳洞"。

    （4）仆道："仆（于）道"的省略，倒在路旁。

    （5）漫灭：因风化剥落而模糊不清。

    （6）窈（yǎo）然：深远幽暗的样子。

    （7）十一：十分之一。

    （8）加：更，更加。

    （9）明：形容词或用作动词，照明。

    （10）既：已经，……以后。

    （11）其：第一人称代词，指自己。

    （12）于是：对于这种情况。

    （13）相（xiàng）：帮助，辅助。

    （14）其：副词，表反问，难道。

    （15）谬：把……弄错。莫能名：不能说出真相（一说真名）。

    （16）何可胜道：怎么能说得完。胜，尽。

    （17）所以：……的原因。

    （18）王回，字深父。父：通"甫"，下文的"平父""纯父"的"父"同。

    （19）至和元年：公元1054年。至和：宋仁宗的年号。

【简析】

    《游褒禅山记》是公元1054年王安石从舒州通判任上辞职，在回家的路上游览了褒禅山，三个月后以追忆的形式写下的。文章以记游为载体，因事说理，借游生议，说明要成就一番事业，除了要有一定的物质条件外，更需要有坚定的志向和顽强的毅力，并提出治学应该采取"深思而慎取"的态度。神宗熙宁二年（1069），王安石任参知政事，次年任宰相。在神宗支持下，他不顾保守派的反对，制定并推行农田水利、青苗、均输、保甲、免役、市易等新法，使国力有所加强。他还提出"天变不足畏，祖宗不足法，人言不足恤"的观点，这跟本文"尽吾志也而不能至者，可以无悔矣"的观点是一致的。"尽吾志"思想正是王安石后来百折不挠实行变法的思想基础。文章不同于一般的游记文章重山川风物的描绘，而是另辟蹊径，重在因事说理，叙议结合，使思想内容的表达更加深刻。文章的选材、详略无一不经过精心裁定，紧扣"有志""尽吾志"和"深思慎取"的观点，文笔简洁，语言凝练。

苏轼文（一篇）

作者介绍见宋词部分。

前赤壁赋[1]

    壬戌之秋[2]，七月既望[3]，苏子与客泛舟游于赤壁之下。清风徐来，水波不兴。举酒属客⁽⁴⁾，诵明月之诗，歌窈窕之章。少焉，月出于东山之上，徘徊于斗牛之间。白露横江，水光接天。纵一苇之所如，凌万顷之茫然⁽⁵⁾。浩浩乎如冯虚御风⁽⁶⁾，而不知其所止；飘飘乎如遗世独立，羽化而登仙。

于是饮酒乐甚，扣舷而歌之。歌曰："桂棹兮兰桨，击空明兮溯流光⁽⁷⁾。渺渺兮予怀⁽⁸⁾，望美人兮天一方⁽⁹⁾。"客有吹洞箫者，倚歌而和之。其声呜呜然，如怨如慕，如泣如诉；余音袅袅，不绝如缕。舞幽壑之潜蛟，泣孤舟之嫠妇⁽¹⁰⁾。

苏子愀然⁽¹¹⁾，正襟危坐，而问客曰⁽¹²⁾："何为其然也？"客曰："'月明星稀，乌鹊南飞。'此非曹孟德之诗乎？西望夏口，东望武昌，山川相缪⁽¹³⁾，郁乎苍苍，此非孟德之困于周郎者乎？方其破荆州，下江陵，顺流而东也，舳舻千里⁽¹⁴⁾，旌旗蔽空，酾酒临江⁽¹⁵⁾，横槊赋诗，固一世之雄也，而今安在哉？况吾与子渔樵于江渚之上，侣鱼虾而友麋鹿，驾一叶之扁舟，举匏樽以相属⁽¹⁶⁾。寄蜉蝣于天地⁽¹⁷⁾，渺沧海之一粟。哀吾生之须臾，羡长江之无穷。挟飞仙以遨游，抱明月而长终。知不可乎骤得，托遗响于悲风。"

苏子曰："客亦知夫水与月乎？逝者如斯⁽¹⁸⁾，而未尝往也；盈虚者如彼⁽¹⁹⁾，而卒莫消长也。盖将自其变者而观之，则天地曾不能以一瞬；自其不变者而观之，则物与我皆无尽也，而又何羡乎！且夫天地之间，物各有主，苟非吾之所有，虽一毫而莫取。惟江上之清风，与山间之明月，耳得之而为声，目遇之而成色，取之无禁，用之不竭。是造物者之无尽藏⁽²⁰⁾也，而吾与子之所共适⁽²¹⁾。"

客喜而笑，洗盏更酌。肴核既尽，杯盘狼籍。相与枕藉乎舟中⁽²²⁾，不知东方之既白。

（据《四部丛刊》影印宋刻本《经进东坡文集事略》卷一）

【注释】

（1）文章作于宋神宗元丰五年（1082），苏轼因乌台诗案被贬谪黄州后第三年。后在同年十月十五日还写过一篇同题的赋，故此篇称为《前赤壁赋》，后写的那篇称为《后赤壁赋》。赤壁：实为黄州（今湖北黄冈）赤鼻矶。

（2）壬戌：指宋神宗元丰五年（1082）。

（3）既望：指农历十六日。既，已经。望，农历每月的十五日。

（4）属（zhǔ）：通"嘱"，劝酒。

（5）纵一苇之所如，凌万顷之茫然：任凭小船在宽广的江面上飘荡，越过那茫茫万顷的江面。纵：任凭。一苇：指苇叶般的小船。如：往，去。凌：越过。万顷，形容广阔的江面。茫然：旷远的样子。

（6）冯虚：凌空。冯：通"凭"，乘。虚：太空。御风：乘风。

（7）空明：指月光下的清波。溯：逆流而上。流光：指江面上随波浮动的月光。

（8）渺渺：悠远的样子。

（9）美人：指内心思慕的人。常用作圣主贤臣或美好理想的象征。

（10）泣孤舟之嫠（lí）妇：使孤舟上的寡妇伤心哭泣。泣：使动用法，使……哭泣。嫠妇：寡妇。

（11）愀（qiǎo）然：容色改变的样子。

（12）正襟危坐：整理衣襟，严肃地端坐着。正，整理。危，端正。

（13）缪：通"缭"，环绕，盘绕。

（14）舳舻（zhú lú）：这里指前后首尾相接的船。

（15）酾（shī）酒：斟酒。

（16）匏樽：酒器。

（17）蜉（fú）蝣：一种昆虫，夏秋之交生于水边，朝生暮死。

（18）逝者如斯：语出《论语·子罕》："子在川上曰：'逝者如斯夫，不舍昼夜。'"子：孔子。逝：往。斯：这，指江水。

（19）盈：指月圆。虚：指月缺。

（20）是：这。造物者：大自然。无尽藏（zàng）：佛家语，意指无尽的宝藏。

（21）适：享有。

（22）枕藉（jiè）：枕着垫着睡觉。

【简析】

苏轼因"乌台诗案"被贬黄州，不得签署公事，不得擅离安置所。黄州时期是他创作中的一个高峰，散文如前后《赤壁赋》，词如《念奴娇·赤壁怀古》等名篇都创作于此时。这段贬谪生涯使苏轼对世事的认识更加清醒成熟，也使他的创作更真实深刻地表现出内心的复杂情感和对待人生的态度。

文章由夜游赤壁，泛舟而乐写到饮酒放歌和客人悲凉的箫声，感情由欢乐转入悲凉。而后以主客问答的形式阐述了历史人物的兴亡和对人生短促无常的慨叹，又由情入理地阐明了变与不变的道理，宽解了对方，使之从人生无常的怅惘中解脱出来。之后主客转悲为喜，开怀畅饮，忘却得失，淡然洒脱。全文运用主客问答的形式，沿着"乐—悲—喜"的情感变化，既有思古之幽伤和对人生如寄的慨叹，又表达了豁达超脱和随缘自适的人生观和宇宙观。由感情的抒发到哲理的畅达，行文结构波澜起伏，层层展开。通篇以景来贯穿，情、景、理巧妙融合，意象连贯，形象优美，结构严谨。总之，苏轼面对逆境时的乐观旷达、超然物外的人生态度是成熟理性的，是值得我们每个人学习借鉴的。

四 话本

话本：宋代兴起的白话小说，"说话"（说书）人的底本。中国白话小说的前身是民间故事和所谓的"街谈巷语"。在中国古代文学发展中，小说得到不断的拓展，到宋代的话本阶段基本成熟定型，到明代迎来了真正的繁荣，成为与抒情文学分庭抗礼的一大文学体系。

碾玉观音（1）

上

山色晴岚景物佳（2），暖烘回雁起平沙（3）。东郊渐觉花供眼（4），南陌依稀草吐芽（5）。

堤上柳，未藏鸦⁽⁶⁾，寻芳趁步到山家⁽⁷⁾。陇头几树红梅落⁽⁸⁾，红杏枝头未着花。

这首《鹧鸪天》说孟春景致⁽⁹⁾。原来又不如《仲春词》做得好⁽¹⁰⁾：

每日青楼醉梦中⁽¹¹⁾，不知城外又春浓。杏花初落疏疏雨，杨柳轻摇淡淡风⁽¹²⁾。
浮画舫，跃青骢⁽¹³⁾，小桥门外绿阴笼⁽¹⁴⁾。行人不入神仙地，人在珠帘第几重⁽¹⁵⁾？

这首词说仲春景致，原来又不如黄夫人做着《季春词》又好⁽¹⁶⁾：

先自春光似酒浓，时听燕语透帘栊。小桥杨柳飘香絮，山寺绯桃散落红⁽¹⁷⁾。
莺渐老⁽¹⁸⁾，蝶西东，春归难觅恨无穷⁽¹⁹⁾。侵阶草色迷朝雨⁽²⁰⁾，满地梨花逐晓风⁽²¹⁾。

这三首词，都不如王荆公看见花瓣儿片片风吹下地来⁽²²⁾，原来这春归去，是东风断送的。有诗道：

春日春风有时好，春日春风有时恶。
不得春风花不开，花开又被风吹落。

苏东坡道⁽²³⁾："不是东风断送春归去，是春雨断送春归去。"有诗道：

雨前初见花间蕊，雨后全无叶底花。
蜂蝶纷纷过墙去，却疑春色在邻家。

秦少游道⁽²⁴⁾："也不干风事，也不干雨事，是柳絮飘将春色去。"有诗道：

三月柳花轻复散，飘飏淡荡送春归⁽²⁵⁾。
此花本是无情物，一向东飞一向西。

邵尧夫道⁽²⁶⁾："也不干柳絮事，是蝴蝶采将春色去。"有诗道：

花正开时当三月，蝴蝶飞来忙劫劫⁽²⁷⁾。
采将春色向天涯，行人路上添凄切。

曾两府道⁽²⁸⁾："也不干蝴蝶事，是黄莺啼得春归去。"有诗道：

花正开时艳正浓，春宵何事老芳丛⁽²⁹⁾？
黄鹂啼得春归去，无限园林转首空。

朱希真道⁽³⁰⁾："也不干黄莺事，是杜鹃啼得春归去。"有诗道：

杜鹃叫得春归去，吻边啼血尚犹存⁽³¹⁾。
庭院日长空悄悄，教人生怕到黄昏。

苏小妹道⁽³²⁾："都不干这几件事，是燕子衔将春色去。"有《蝶恋花》词为证：

妾本钱塘江上住，花开花落，不管流年度。燕子衔将春色去，纱窗几阵黄梅雨⁽³³⁾。斜插犀梳云半吐⁽³⁴⁾，檀板轻敲⁽³⁵⁾，唱彻《黄金缕》。歌罢彩云无觅处⁽³⁶⁾，梦回明月生南浦⁽³⁷⁾。

王岩叟道⁽³⁸⁾："也不干风事，也不干雨事，也不干柳絮事，也不干蝴蝶事，也不干黄莺事，也不干杜鹃事，也不干燕子事，是九十日春光已过，春归去。"曾有诗道：

怨风怨雨两俱非⁽³⁹⁾，风雨不来春亦归。

腮边红褪青梅小⁽⁴⁰⁾，口角黄消乳燕飞。

蜀魄健啼花影去⁽⁴¹⁾，吴蚕强食柘桑稀⁽⁴²⁾。

直恼春归无觅处，江湖辜负一蓑衣⁽⁴³⁾。

说话的因甚说这些春词？绍兴年间⁽⁴⁴⁾，行在有个关西延州延安府人⁽⁴⁵⁾，本身是三镇节度使、咸安郡王⁽⁴⁶⁾。当时怕春归去，将带着许多钧眷游春⁽⁴⁷⁾。至晚回家，来到钱塘门里⁽⁴⁸⁾，车桥前面。钧眷轿子过了，后面是郡王轿子来了。只听得桥下裱褙铺里一个人叫道⁽⁴⁹⁾：“我儿出来看郡王！”当时郡王在轿子里看见，叫帮总虞候道⁽⁵⁰⁾：“我从前要寻这个人，今日却在这里。只在你身上，明日要这个人入府中来！”当时虞候声诺来寻⁽⁵¹⁾。这个看郡王的人，是甚色目人⁽⁵²⁾？正是：

尘随车马何年尽？情系人心早晚休⁽⁵³⁾。

只见车桥下一个人家，门里出着一面招牌，写着：“璩家装裱古今书画⁽⁵⁴⁾”。铺里一个老儿，引着一个女儿。生得如何？

云鬟轻笼蝉翼，蛾眉淡拂春山⁽⁵⁵⁾，朱唇缀一颗樱桃，皓齿排两行碎玉。莲步半折小弓弓⁽⁵⁶⁾，莺啭一声娇滴滴。

便是出来看郡王轿子的人。虞候即时来他家对门一个茶坊里坐定，婆婆把茶点来⁽⁵⁷⁾。虞候道：“启请婆婆⁽⁵⁸⁾，过对门裱褙铺里，请璩大夫来说话⁽⁵⁹⁾。”婆婆便去请到来。两个相揖了就坐。璩待诏问⁽⁶⁰⁾：“府干有何见谕⁽⁶¹⁾？”虞候道：“无甚事，闲问则个⁽⁶²⁾。适才叫出来看郡王轿子的人，是令爱么⁽⁶³⁾？”待诏道：“正是拙女，止有三口。”虞候又问：“小娘子贵庚⁽⁶⁴⁾？”待诏应道：“一十八岁。”再问：“小娘子如今要嫁人，却是趋奉官员⁽⁶⁵⁾？”待诏道：“老拙家寒，那讨钱来嫁人⁽⁶⁶⁾？将来也只是献与官员府第。”虞候道：“小娘子有甚本事？”待诏说出女孩儿一件本事来，有词寄《眼儿媚》为证⁽⁶⁷⁾：

深闺小院日初长，娇女绮罗裳。不做东君造化⁽⁶⁸⁾，金针刺绣群芳样⁽⁶⁹⁾。斜枝嫩叶包开蕊⁽⁷⁰⁾，唯只欠馨香。曾向园林深处，引教蝶乱蜂狂。

原来这女儿会绣作。虞候道：“适来郡王在轿里，看见令爱身上系着一条绣裹肚⁽⁷¹⁾。府中正要寻一个绣作的人，老丈何不献与郡王？”璩公归去与婆婆说了，到明日写一纸献状⁽⁷²⁾，献来府中。郡王给与身价，因此取名秀秀养娘⁽⁷³⁾。

不则一日⁽⁷⁴⁾，朝廷赐下一领团花绣战袍，当时秀秀依样绣出一件来。郡王看了欢喜道：“主上赐与我团花战袍，却寻什么奇巧的物事献与官家⁽⁷⁵⁾？”去府库里寻出一块透明的羊脂美玉来，即时叫将门下碾玉待诏道：“这块玉堪做什么？”内中一个道：“好做一副劝杯⁽⁷⁶⁾。”郡王道：“可惜！恁般一块美玉⁽⁷⁷⁾，如何将来只做得一副劝杯？”又一个道：“这块玉，上尖下圆，好做一个摩侯罗儿⁽⁷⁸⁾。”郡王道：“摩侯罗儿只是七月七日乞巧使得⁽⁷⁹⁾，寻常间又无用处。”数中一个后生，年纪二十五岁，姓崔名宁，趋事郡王多年，是升州建康府人⁽⁸⁰⁾；当时又手向前⁽⁸¹⁾，对着郡王道：“告恩王，这块玉上尖下圆，甚是不好，只好碾一个南海观音。”郡王道：“好！正合我意！”就叫崔宁下手，不过两个月，碾成了这个玉观音。郡王即时写表进上御前⁽⁸²⁾，龙颜大喜⁽⁸³⁾，崔宁就本府增添请给⁽⁸⁴⁾，遭遇郡王⁽⁸⁵⁾。

不则一日，时遇春天，崔待诏游春归来，入得钱塘门，在一个酒肆⁽⁸⁶⁾，与三四个相知方才吃得数杯，则听得街上闹吵吵，连忙推开楼窗看则，见乱哄哄道：“井亭桥有遗漏⁽⁸⁷⁾！”吃不得这酒成，慌忙下酒楼看时，只见：

初如萤火，次若灯光。千条蜡烛焰难当，万座檐盆敌不住⁽⁸⁸⁾；六丁神推倒宝天炉⁽⁸⁹⁾，八力士放起焚山火。骊山会上，料应褒姒逞娇容⁽⁹⁰⁾；赤壁矶头，想是周郎施妙策⁽⁹¹⁾。五通神牵住火葫芦⁽⁹²⁾，宋无忌赶番赤骒子⁽⁹³⁾。又不曾泻烛浇油，直恁地烟飞火猛⁽⁹⁴⁾！

崔待诏望见了，急忙道："在我本府前不远！"奔到府中看时，已搬挈得罄尽⁽⁹⁵⁾，静悄悄地无一个人。崔待诏既不见人，且循着左手廊下入去。火光照得如同白日，去那左廊下，一个妇女摇摇摆摆从府堂里出来，自言自语，与崔宁打了个胸厮撞⁽⁹⁶⁾。崔宁认得是秀秀养娘，倒退两步，低声唱个喏⁽⁹⁷⁾。原来郡王当日尝对崔宁许道："待秀秀满日⁽⁹⁸⁾，把来嫁与你。"这些众人都撺掇道⁽⁹⁹⁾："好对夫妻！"崔宁拜谢了，不则一番。崔宁是个单身，却也痴心；秀秀见恁地个后生，却也指望。当日有这遗漏，秀秀手中提着一帕子金珠富贵⁽¹⁰⁰⁾，从左廊下出来，撞见崔宁，便道："崔大夫，我出来得迟了。府中养娘，各自四散，管顾不得，你如今没奈何，只得将我去躲避则个⁽¹⁰¹⁾。"

当下崔宁和秀秀出府门，沿着河走到石灰桥。秀秀道："崔大夫，我脚痛了，走不得。"崔宁指着前面道："更行几步，那里便是崔宁住处。小娘子到家中歇脚，却也不妨。"到得家中坐定，秀秀道："我肚子饥，崔大夫与我买些点心来吃。我受了些惊，得杯酒吃更好。"当时崔宁买将酒来，三杯两盏。正是：

三杯竹叶穿心过，两朵桃花上脸来⁽¹⁰²⁾。

道不得个"春为花博士，酒是色媒人⁽¹⁰³⁾。"秀秀道："你记得当时在月台上赏月，把我许你，你兀自拜谢⁽¹⁰⁴⁾。你记得也不记得？"崔宁叉着手只应得"喏"。秀秀道："当日众人都替你喝采，'好对夫妻！'你怎地倒忘了？"崔宁又则应得个"喏"。秀秀道："比似只管等待⁽¹⁰⁵⁾，何不今夜我和你先做夫妻？不知你意下何如？"崔宁道："岂敢！"秀秀道："你如道不敢，我叫将起来，教坏了你⁽¹⁰⁶⁾。你却如何将我到家中？我明日府里去说！"崔宁道："告小娘子：要和崔宁做夫妻不妨，只一件，这里住不得了。只好趁这个遗漏，人乱时，今夜就走开去，方才使得。"秀秀道："我既和你做夫妻，凭你行。"当夜做了夫妻。

四更以后，各自带着随身金银物件出门。离不得饥餐渴饮，夜住晓行，迤逦来到衢州⁽¹⁰⁷⁾。崔宁道："这里是五路总头⁽¹⁰⁸⁾，是打那条路去好？不若取信州路上去⁽¹⁰⁹⁾，我是碾玉作，信州有几个相识，怕那里安得身。"即时取路到信州。住了几日，崔宁道："信州常有客人到行在往来，若说到我等在此，郡王必然使人来追捉，不当稳便⁽¹¹⁰⁾。不若离了信州，再往别处去。"两个又起身上路，径取潭州⁽¹¹¹⁾。

不则一日，到了潭州，却是走得远了。就潭州市里，讨间房屋，出面招牌，写着"行在崔待诏碾玉生活⁽¹¹²⁾"。崔宁便对秀秀道："这里离行在有两千余里了，料得无事。你我安心，好做长久夫妻。"潭州也有几个寄居官员，见崔宁是行在待诏，日逐也有生活得做。崔宁密使人打探行在本府中事，有曾到都下的，得知府中当夜失火，不见了一个养娘，出赏钱寻了几日，不知下落。也不知崔宁将他走了，见在潭州住⁽¹¹³⁾。

时光似箭，日月如梭，也有一年以上。忽一日，方早开门，见两个着皂衫的⁽¹¹⁴⁾，一似虞候、府干打扮，入来铺里坐地，问道："本官听得说有个行在崔待诏⁽¹¹⁵⁾，教请过来做生活。"崔宁吩咐了家中，随这两个人到湘潭县路上来。便将崔宁到宅里，相见官人⁽¹¹⁶⁾，承揽了玉作生活。回路归家，正行间，只见一个汉子，头上戴个竹丝笠儿，穿着一领白缎子两上领布衫⁽¹¹⁷⁾，青白行缠扎着裤子口⁽¹¹⁸⁾，着一双多耳麻鞋，挑着一个高肩担儿；正面来，把崔宁看了一看。崔宁却不见这汉面貌。这个人却见崔宁，从后大踏步尾着崔宁来。正是：

谁家稚子鸣榔板⁽¹¹⁹⁾，惊起鸳鸯两处飞。

下

竹引牵牛花满街，疏篱茅台月光筛⁽¹²⁰⁾。琉璃盏内茅柴酒，白玉盘中簇豆梅⁽¹²¹⁾。休烦恼，且开怀，平生赢得笑颜开。三千里地无知己，十万军中挂印来⁽¹²²⁾。

这只《鹧鸪天》词是关西秦州武威军刘两府所作⁽¹²³⁾；从顺昌入战之后，闲在家中，寄居湖南潭州湘潭县。他是个不爱财的名将，家道贫寒，时常到村中吃酒。店中人不识刘两府，欢呼啰唣⁽¹²⁴⁾。刘两府道："百万番人⁽¹²⁵⁾，只如等闲，如今却被他们诬罔⁽¹²⁶⁾！"做了这只《鹧鸪天》，流传直到都下。当时殿前太尉是阳和王⁽¹²⁷⁾，见了这词，好伤感："原来刘两府直恁孤寒⁽¹²⁸⁾！"教提辖官差人送一项钱与他⁽¹²⁹⁾。今日崔宁的东人郡王⁽¹³⁰⁾，听得说刘两府恁地孤寒，也差人送一项钱与他。却经由潭州路过，见崔宁从湘潭路上来，一路尾着崔宁到家，只见秀秀坐在柜身子里。便撞破他们道："崔大夫！多时不见，你却在这里！秀秀养娘他如何也在这里？郡王教我下书来潭州，今日遇着你们。原来秀秀养娘嫁了你？也好！"当时諕杀崔宁夫妻两个⁽¹³¹⁾，被他看破。

那人是谁？却是郡王府中一个排军⁽¹³²⁾，从小伏侍郡王，见他朴实，差他送钱与刘两府。这人姓郭名立，叫做郭排军。当下夫妻请住郭排军，安排酒来请他。分咐道："你到府中，千万莫说与郡王知道！"郭排军道："郡王怎知得你两个在这里？我没事却说甚么。"当下酬谢了出门。回到府中，参见郡王，纳了回书，看着郡王道："郭立前日下书回，打潭州过，却见两个人在那里住。"郡王问："是谁？"郭立道："见秀秀养娘并崔待诏两个，请郭立吃了酒食，教休来府中说知。"郡王听说便道："叵耐这两个做出事来⁽¹³³⁾！却如何直走到那里？"郭立道："也不知他仔细，只见他在那里住地⁽¹³⁴⁾，依旧挂招牌做生活。"郡王教干办去吩咐临安府⁽¹³⁵⁾，即时差一个缉捕使臣⁽¹³⁶⁾，带着做公的，备了盘缠，径来湖南潭州府，下了公文，同来寻崔宁和秀秀。却似：

皂雕追紫燕⁽¹³⁷⁾，猛虎啖羊羔。

不两月，提将两个来，解到府中，报与郡王得知，即时升厅⁽¹³⁸⁾。原来郡王杀番人时，左手使一口刀，叫做"小青"；右手使一口刀，叫做"大青"。这两口刀不知剁了多少番人。那两口刀，鞘内藏着⁽¹³⁹⁾，挂在壁上。郡王升厅，众人声喏，即将这两个人押来跪下。郡王好生焦躁，左手去壁牙上取下"小青⁽¹⁴⁰⁾"，右手一掣，掣刀在手，睖起杀番人的眼儿，咬得牙齿剥剥地响。当时諕杀夫人，在屏风后道："郡王！这里是帝辇之下，不比边庭上面。若有罪过，只消解去临安府施行，如何胡乱凯得人⁽¹⁴¹⁾？"郡王听说道："叵耐这两畜生逃走，今日捉将来，我恼了，如何不凯？既然夫人来劝，且捉秀秀入府后花园去，把崔宁解到临安府断治⁽¹⁴²⁾。"

当下喝赐钱酒犒赏捉事人⁽¹⁴³⁾。解这崔宁到临安府，一一从头供说："自从当夜遗漏，来到府中，都搬尽了。只见秀秀养娘从廊下出来，揪住崔宁道：'你如何安手在我怀中？若不依我口，教坏了你。'要共逃走。崔宁不得已，与他同走。只此是实。"临安府把文案呈上郡王⁽¹⁴⁴⁾。郡王是个刚直的人，便道："既然恁地，宽了崔宁，且与从轻断治。崔宁不合在逃⁽¹⁴⁵⁾，罪杖⁽¹⁴⁶⁾，发遣建康府居住⁽¹⁴⁷⁾。"

当下差人押送，方出北关门，到鹅项头⁽¹⁴⁸⁾，见一顶轿儿，两个人抬着，从后面叫："崔待诏，且不得去！"崔宁认得是秀秀的声音，赶将来又不知怎地？心下好生疑惑！伤弓之鸟⁽¹⁴⁹⁾，不敢揽事，且低着头只顾走。只见后面赶将上来，歇了轿子，一个妇人走出来，不是别人，便是秀秀。

道："崔待诏，你如今去建康府，我却如何？"崔宁道："却是怎的好？"秀秀道："自从解你去临安府断罪，把我捉入后花园，打了三十竹篦[150]，遂便赶我出来。我知道你建康府去，赶将来同你去。"崔宁道："恁地却好。"讨了船，直到建康府。押发人自回。若是押发人是个学舌的，就有一场是非出来。因晓得郡王性如烈火，惹着他不是轻放手的；他又不是王府中人，去管这闲事怎的？况且崔宁一路买酒买食，奉承得他好，回去时，就隐恶而扬善了[151]。

再说崔宁两口在建康居住，既是问断了[152]，如今也不怕有人撞见，依旧开了碾玉作铺。浑家道[153]："我两口却在这里住得好，只是我家爹妈，自从我和你逃去潭州，两个老的吃了些苦；当日捉我入府时，两个去寻死觅活，今日也好教人去行在取我爹妈来这里同住。"崔宁道："最好。"便教人来行在取丈人丈母。写了他地理脚色与来人[154]，到临安府寻见他住处，问他邻舍，指道："这一家便是。"来人去门首望时，只见两扇门关着，一把锁锁着，一条竹竿封着。问邻居："他老夫妻那里去了？"邻居道："莫说！他有个花枝似的女儿，献在一个奢遮去处[155]，这个女儿不受福德，却跟一个碾玉的待诏逃走了。前日从湖南潭州捉将回来，送在临安府吃官司，那女儿吃郡王捉进后花园里去[156]。老夫妻见女儿捉去，就当下寻死觅活，至今不知下落。只恁地关着门在这里。"来人见说，再回建康府来，兀自未到家。

且说崔宁正在家中坐，只见外面有人道："你寻崔待诏住处，这里便是。"崔宁叫出浑家来看时，不是别人，认得是璩父、璩婆。都相见了，喜欢得做一处。

那去取老儿的人，隔一日才到，说如此这般，寻不见，却空走了这一遭。两个老的且自来到这里了。两个老人道："却生受你[157]，我不知你们在建康住，教我寻来寻去，直到这里。"其时四口同住，不在话下。

且说朝廷官里[158]，一日到偏殿看玩宝器，拿起这玉观音来看。这个观音身上，当时有一个玉铃儿失手脱下。即时问近侍官员："却如何修理得？"官员将玉观音反复看了，道："好个玉观音！怎样脱落了铃儿？"看到底下，下面碾着三字"崔宁造"。"恁地容易。既是有人造，只消得宣这个人来教他修整。"敕下郡王府[159]，宣取碾玉匠崔宁。郡王回奏："崔宁有罪，在建康府居住。"

即时使人去建康府，取得崔宁到行在歇泊了，当时宣崔宁见驾，将这玉观音教他领去用心整理。崔宁谢了恩，寻一块一般的玉，碾一个铃儿接住了，御前交纳；破分请给养了崔宁[160]，令只在行在居住。崔宁道："我今日遭际御前[161]，争得气。再来清河湖下，寻间屋儿开个碾玉铺，须不怕你们撞见！"可煞事有斗巧[162]，方才开得铺两三日，一个汉子从外面过来，就是那郭排军。见了崔待诏便道："崔大夫恭喜了！你却在这里住？"抬起头来，看柜身里却立着崔待诏的浑家。郭排军吃了一惊，拽开脚步就走。浑家说与丈夫道："你与我叫住那郭排军，我相问则个。"正是：

　　　　平生不作皱眉事，世上应无切齿人。

崔待诏即时赶上扯住。只见郭排军把头只管侧来侧去[163]，口里喃喃地道："作怪！作怪！"没奈何，只得与崔宁回来，到家中坐地。浑家与他相见了，便问："郭排军！前者我好意留你吃酒，你却归来说与郡王，坏了我两个好事。今日遭际御前，却不怕你去说！"郭排军吃他相问得无言可答，只得道一声"得罪！"相别了，便来到府里，对着郡王道："有鬼！"郡王道："这汉则甚[164]？"郭立道："告恩王，有鬼！"郡王问道："有甚鬼？"郭立道："方才打清河湖下过，见崔宁开了碾玉铺，却见柜身里一个妇女，便是秀秀养娘。"郡王焦躁道："又来胡说！秀秀被我打杀了，埋在后花园，你须也看见，如何又在那里？却不是取笑我！"郭立道："告恩王，怎敢取笑！

方才叫住郭立，相问了一回。怕恩王不信，勒下了军令状来⁽¹⁶⁵⁾。"郡王道："真个在时，你勒军令状来。"那汉也是合苦⁽¹⁶⁶⁾，真个写纸军令状了去。郡王收了，叫两个当值的轿番⁽¹⁶⁷⁾，抬一顶轿子，教："取这妮子来⁽¹⁶⁸⁾！若真个在，把来凯取一刀；若不在，郭立你须替他凯取一刀！"郭立同两个轿番来取秀秀。正是：

> 麦穗两歧⁽¹⁶⁹⁾，农人难辨。

郭立是关西人，朴直，却不知军令状如何胡乱勒得。三个一径来到崔宁家里。那秀秀兀自在柜身里坐地，见郭排军来得恁地慌忙，却不知他勒了军令状来取你。郭排军道："小娘子！郡王钧旨⁽¹⁷⁰⁾，教命取你则个。"秀秀道："既如此，你们少等，待我梳洗了同去。"即时入去梳洗，换了衣服，出来上了轿，分付了丈夫。两上轿番便抬着径到府前。郭立先入去。

郡王正在厅上等待。郭立唱了喏道："已取到秀秀养娘。"郡王道："着他入来。"郭立便出来道："小娘子！郡王教你进来。"掀起帘子一看，便是一桶水倾在身上，开着口，则合不得，他轿子里不见秀秀养娘！问那两个轿番，道："我不知，则见他上轿，抬到这里，又不曾转动。"那汉叫将入来道："告恩王，恁地真个有鬼！"郡王道："却不叵耐！"教人："捉这汉！等我取过军令状来，如今凯了一刀！"先去取下"小青"来。那汉从来伏侍郡王，身上也有十数次官了⁽¹⁷¹⁾，盖缘是粗人⁽¹⁷²⁾，只教他作排军。这汉慌了道："见有两个轿番见证，乞叫来问。"即时叫将轿番来，道："见他上轿，抬到这里，却不见了。"说得一般，想必真个有鬼，只消得叫将崔宁来问。便使人叫崔宁来到府中。崔宁从头至尾说了一遍。郡王道："恁地，又不干崔宁事，且放他去。"崔宁辞去了。郡王焦躁，把郭立打了五十背花棒⁽¹⁷³⁾。

崔宁听得说浑家是鬼，到家中问丈人、丈母。两个面面厮觑⁽¹⁷⁴⁾，走出门，看看清河湖里，扑通地都跳下水去了。当下叫救人，打捞，便不见了尸首。原来当时打杀秀秀时，两个老的听说，便跳在河里，已自死了。这两个也是鬼。

崔宁到家中，没情没绪，走进房中，只见浑家坐在床上。崔宁道："告姐姐，饶我性命！"秀秀道："我因为你，吃郡王打死了，埋在后花园里。却恨郭排军多口，今日已报了冤仇，郡王已将他打了五十背花棒。如今都知道我是鬼，容身不得了。"道罢起身，双手揪住崔宁，叫得一声，四肢倒地。邻居都来看时，只见：

> 两部脉尽总皆沉⁽¹⁷⁵⁾，一命已归黄壤下。

崔宁也被扯去和父母四个一块做鬼去了。

后人评论得好：

> 咸安王捺不下烈火性，郭排军禁不住闲磕牙；
> 璩秀娘舍不得生眷属⁽¹⁷⁶⁾，崔待诏撇不脱死冤家。

（据缪荃孙影元人写《京本通俗小说》十）

【注释】

（1）这篇话本作者不详。明人晁瑮的《宝文堂书目》，将此话本题目写作《玉观音》。明代小说家冯梦龙将《碾玉观音》收入《警世通言》第八卷中，标题为《崔待诏生死冤家》，题下注明"宋人小说"，题作《碾玉观音》。
（2）"山色"句：山间的景物笼罩在淡淡的雾气中，更加清新美丽。岚：山间雾气。
（3）煖烘：指气候转暖。回雁：从南方飞归北方的大雁。

（4）渐觉：渐渐地感觉到。供眼：呈现在眼前。

（5）陌：田野间的小路。依稀：仿佛。

（6）未藏鸦：是说柳叶未繁密，掩藏不住乌鸦。

（7）趁步：随步漫行。山家：山村农家。

（8）陇头：指田亩高处。陇，同"垄"。

（9）《鹧鸪天》：词牌名，始见于北宋词人宋祁之作。下文的《蝶恋花》《眼儿媚》均是。孟春：古人用"孟""仲""季"来称呼一季中的三个月。

（10）《仲春词》：此词作者不详。

（11）青楼：妓女居住之地。

（12）淡淡风：轻微的风。

（13）青骢（cōng）：青白色相杂的马。

（14）笼：笼罩。

（15）人：指青楼之中的人。

（16）黄夫人：疑指南宋初女词人孙道绚，号冲虚居士，为黄铢之母。

（17）绯桃：鲜红色的桃花。绯（fēi 飞），红色。

（18）莺渐老：指莺的叫声变得老气了，暗喻春暮。

（19）难觅：难以寻找。

（20）侵阶：蔓延到台阶上。阶，台阶。

（21）"满地"句：晨风把梨花吹落满地。

（22）王荆公：王安石，字介甫，号半山，封荆国公。

（23）"苏东坡"句：文中引诗实为唐人王驾所作，原文与此稍异。

（24）"秦少游"句：秦观集中无此诗。

（25）淡荡：恬静和畅，指柳絮飘飞之状。

（26）"邵尧夫"句：邵尧夫即邵雍，字尧夫，宋代理学家。所居名"安乐窝"，自号安乐先生。著有《击壤集》，此诗集中未载。

（27）劫劫：同"汲汲"，匆忙奔波的样子。

（28）曾两府：指曾公亮或曾布。两府，指中书省、枢密院。宋朝中书省和枢密院分掌行政、军事大权，做过中书省长官和枢密使的人，都可称两府。二曾均做过宰相。

（29）老芳丛：繁花凋零。

（30）朱希真：朱敦儒，字希真，号岩壑，南宋词人。

（31）吻边：杜鹃的嘴边。

（32）"苏小妹"句：民间传说苏小妹是苏轼的妹妹，秦少游的妻子，实无其人。按苏轼《祭柳仲远文》，他的妹妹是嫁给柳仲远，而非秦少游。

（33）黄梅雨：江南农历四五月间阴雨连绵，此间正是梅子成熟之时，故称黄梅雨或梅雨。

（34）犀梳：犀牛角做的梳子。云吐半：指头发一半露在梳子外面。《诗经·鄘风·君子偕老》："鬒发如云。"

（35）檀板：用檀木制成的绰板，又称拍板。歌舞演奏时打拍子用。

（36）彩云：比喻歌舞女。李白《宫中行乐词》："只愁歌舞散，化作彩云飞。"

（37）南浦：水边地，指送别的地方。江淹《别赋》："送君南浦，伤如之何。"

（38）王岩叟：字彦霖，宋哲宗时为侍御史，后官至枢密院。

（39）俱非：都不是。

（40）腮边红褪：比喻花瓣落尽。

（41）蜀魄：杜鹃鸟的别名。相传古代蜀地有一个叫做杜宇的皇帝，死后魂魄化作子规鸟，别名杜鹃。健啼：叫得欢。

（42）吴蚕：吴地的蚕。柘(zhè)：黄桑，叶可饲蚕。

（43）蓑衣：雨具。此处指渔翁，因渔翁常披蓑衣。

（44）绍兴：南宋高宗赵构的年号(1331—1362)。

（45）行在：皇帝外出居留之地，此处指临安城。延州：北宋延安府。

（46）三镇节度使、咸安郡王：指南宋抗金将领韩世忠。韩世忠于绍兴十三年封咸安郡王，十七年改任镇南、武安、宁国三镇节度使。此处是说话人借历史人物敷衍故事。

（47）钧眷：对官员家属的尊称。

（48）钱塘门：杭州的一个城门。

（49）裱褙铺：装裱字画的店铺。

（50）帮总虞侯：指咸安郡王的亲信随从武官。虞侯，是南宋军校的一种，掌管禁卫、巡逻、侦查等事务。

（51）声诺：答应。

（52）甚色目人：什么身份的人。色目：角色，名目。

（53）"尘随"二句：是话本的套语，用来表示对人物未来命运的感叹。

（54）璩(qú)家：装裱铺主人的姓。

（55）春山：形容眉毛颜色清秀。春山其色黛青，故用来喻眉。

（56）莲步：古称女子之纤足为金莲。小号弓：古时女子缠足，穿的鞋叫弓鞋。

（57）把茶点来：即泡好了茶。点茶，是唐宋时一种烹茶的方法。

（58）"启请"句：敬语，麻烦您。

（59）大夫：本是官名，宋时对手工艺人的尊称。

（60）待诏：本为翰林院官名，亦是对手工艺人的尊称，比"大夫"用得更为普遍。

（61）府干：对官府差役或富豪人家的仆役的尊称。见喻：吩咐，面告。

（62）则个：表示动作正在进行的语助词。也作"者个""这个"。

（63）令爱：对别人女孩的客气称呼。也作"令媛"。

（64）小娘子：古代对年轻女子的统称。庚：年龄。

（65）趋奉：伺候，服事。

（66）讨钱：弄钱。讨，寻觅。

（67）《眼儿媚》：词牌名。

（68）东君：春神。造化：指化育万物。

（69）"金针"句：一颗金针能绣出百花的芳姿。金针，刺绣用针。

（70）包开蕊：含苞欲放或已经盛开的花朵。

（71）绣裹肚：绣着花的裹在衣服外面的一种腰巾，又叫"围腰儿"。

（72）献状：献奉女儿的文书凭状。状，陈述事实的文字。

（73）养娘：宋人语，一般指婢女。有时也称乳母为养娘。

（74）不则一日：不止一日。则：只。

（75）物事：东西。官家：皇帝。

（76）劝杯：专为敬酒、劝酒用的有长颈的大型酒杯。

（77）恁（rèn）般：这样。

（78）摩侯罗儿：梵语音译，又称"摩合罗"。宋元时习俗，是一种用泥做形似小孩的玩具。

（79）乞巧：旧时风俗，妇女于农历七月七日夜间向织女星乞巧。

（80）升州：宋时行政区名称，治所在南京。

（81）叉手：拜揖时的手势，又称拱手。

（82）御前：皇帝所在，此指皇帝面前。

（83）龙颜：皇帝脸面。此指皇帝。

（84）请给：薪给，指薪俸、赏钱。

（85）遭遇：遭逢，际遇。指受到赏识。

（86）酒肆：酒店。

（87）遗漏：犹失慎，失火的隐语。

（88）糁盆：当是粎盆之误，旧时除夕焚烧松柴祭神、祭祖，谓之粎盆。又称烧火盆。

（89）六丁神：民间传说中的火神。

（90）褒姒：周幽王的宠妃。《史记·周本纪》载，幽王为引褒姒笑，在骊山（今陕西临潼东西）
燃起烽火，召来诸侯。

（91）周郎：三国时东吴名将周瑜，用火攻大破曹操于赤壁。

（92）五通神：即五显神，火神华光的别名。此处说五通神作祟纵火。

（93）宋无忌：道教传说中的火仙，经常骑着一匹红骡子。《博物志》："火之怪为宋无忌。"火
骡子：火神纵火时所骑的火驹。

（94）直恁地：竟然如此。

（95）挈：用手提着。罄（qìng 庆）：尽

（96）打了个胸厮撞：撞个满怀。

（97）唱个喏（rě 惹）：古时男子作揖行礼时，口中"喏、喏"连声，表示敬意，称做唱喏。

（98）满日：满期，这里指雇佣满期。

（99）撺掇：怂恿，劝诱。

（100）金珠富贵：指金银珠宝等贵重物品。

（101）躲避则个：躲避一下。

（102）"三杯"二句：话本中的套话。竹叶，竹叶清酒。两朵桃花，形容酒后脸红，像两朵桃花
一样美丽动人。

（103）"春为花博士"二句：话本中的通用语。比喻春天为花博士。

（104）兀自：却是，还是。当时口语。

（105）比似：似此，像这样。

（106）教坏了你：教你名声毁坏。坏，毁。

（107）衢州：地名，今浙江衢州。

（108）五路总头：意思是这里是去各地方的总枢纽。

（109）信州：治所在今江西省上饶市。

（110）稳便：稳妥。

（111）径取：直奔。潭州：治所在今湖南省长沙市。

（112）生活：生意。

（113）见：通"现"。

（114）皂衫：官府里差役穿的黑衫。

（115）本官：本人的上司，指湘潭县令。

（116）官人：这里指县官。有时也作一般人的尊称。

（117）白缎子：指白色的布。段，通"缎"。两上领：衣领样式。一说衣领用别种布料缝缀；一说加缝衬领。

（118）青白行缠：青白相同的裹脚布。

（119）鸣榔板：渔民捕鱼时在船上敲木板作声，以惊鱼入网。

（120）疏篱：疏落的篱笆。筛：漏下来。

（121）簇豆梅：味酸咸的梅脯。

（122）挂印：指当主帅。

（123）刘两府：南宋名将刘锜，曾任枢密副都承旨加太尉。宋高宗绍兴十一年（1140）曾在顺昌（今安徽阜阳）击破金兀术大军。

（124）欢呼啰唆：叫嚷吵闹。

（125）番人：指金兵。

（126）诬罔：轻蔑欺罔。

（127）殿前太尉：宋代最高一级的武官。阳和王：当为杨和王。即南宋抗金将领杨沂中，宋代名将，曾以太尉领殿前都指挥使，死后追封和王。

（128）孤寒：孤苦贫寒。

（129）提辖：宋时武官都有提辖，武职训练士兵，维持地方秩序；文职掌管文书事务。此处应是武官。

（130）东人：主人、东家，指咸安郡王。

（131）諕杀：吓坏了。形容惊恐之极。

（132）排军：指手持盾牌的卫兵。亦称牌军。

（133）叵耐：不可耐，即可恨，可恶。

（134）住地：住着。

（135）干办：一种官名。相当于办事人员。

（136）缉捕使臣：侦察捕捉犯人的差役。

（137）皂雕：猛禽，黑色的鹰。

（138）升厅：升堂。

（139）鞘：刀套。

（140）壁牙：墙壁上挂东西的钉橛。

（141）凯得人：砍杀人。凯：砍，谐音假借字。

（142）断治：判罪，发落。

（143）捉事人：缉捕罪犯的人。

（144）文案：文书案卷。

（145）不合：不应该。

（146）罪杖：定罪杖责。杖：打棍子。

（147）发遣：发配。古代对犯人杖责之后，还要把犯人解送到别处去安置，叫发遣。

（148）鹅项头：临安地名。

（149）伤弓之鸟：受过箭伤的鸟。比喻吃过苦头、心有余悸的人。

（150）竹篦（bì）：竹板子。一种刑具。

（151）隐恶扬善：隐讳别人的丑行，宣扬别人的德行。此处指差役不把秀秀的事报告上司。

（152）问断：官府判罪。

（153）浑家：宋代人对妻子的称呼。

（154）地理脚色：住址和身份情况。地理：住的地方。脚色：履历，包括人的年纪、面貌、身份。

（155）奢遮去处：阔绰的地方，指富豪人家。奢遮：煊赫，出色。

（156）吃：被。

（157）生受：就自己说是受苦、受罪之意；就别人说是难为、辛苦之意。

（158）官里：即官家，皇帝。

（159）敕：皇帝的命令。

（160）破分：破格，破例。

（161）遭际御前：受到皇帝的赏识。御前：指皇帝。

（162）可煞：可是。斗巧：凑巧。

（163）侧来侧去：指不停地摇头。

（164）则甚：作什么。

（165）勒：立下、写下。军令状：古代军队保证完成任务的文书。

（166）合苦：活该受苦。

（167）当值的轿番：值班的轿夫。

（168）妮子：丫头，婢女。

（169）麦穗两歧：一支麦秆上长出两串麦穗。

（170）钧旨：尊命。对上司命令的敬称。

（171）十数次官：十数次做官的机会。

（172）盖缘：乃因。

（173）背花棒：把脊背打烂的重棒。背花：指背脊上伤破的地方。

（174）面面厮觑：面对面地互相注视着。

（175）两部脉：指两支手腕的脉搏。

（176）生眷属：活着的亲人，此指丈夫。

【简析】

　　宋代话本《碾玉观音》写的是崔宁与璩秀秀的爱情悲剧，以碾玉观音为线索，情节曲折离奇，富有浪漫色彩。裱褙匠璩公把女儿秀秀献给咸安郡王，从此，正值豆蔻年华的秀秀，身入侯门，失去自由。恰巧王爷府邸失火，她碰到了自己心仪已久的碾玉匠崔宁，遂主动提议做夫妻。于是二人私奔，远走他乡。后来二人逃到潭州，过着自食其力的生活。王爷手下郭排军发现后告知王爷，二人面临生离死别。虽然秀秀遭诬冤死，但是她变鬼都要追求生前的幸福。最后，秀秀和崔宁做了一对鬼夫妻。话本通过璩秀秀和崔宁的恋爱和斗争故事，歌颂了追求真挚爱情、富有叛逆精神的市民女子，表现了市民阶层与封建统治者不可调和的阶级矛盾。

　　璩秀秀有着高超的刺绣技艺，美丽热情，冰雪聪明。她渴望自由，为了爱情和幸福，甘愿牺牲生命，富有反抗精神，放射出人性美的熠熠光辉。秀秀蔑视封建统治阶级的爪牙，戏弄咸安郡王。秀秀是封建社会礼教的叛逆者，她的性格特征表现了市民阶层的觉醒。崔宁是个小手工业者,性格朴实,平庸懦弱,比如当秀秀要和他做夫妻时,他说"岂敢"。他爱秀秀,更爱自己的生命,关键时候,他把责任推诿给秀秀。作为碾玉匠人,他技艺高超,但又始终摆脱不了被损害的命运,他的性格表现了市民阶层的自私性。咸安郡王是封建统治者的代表。他奢侈淫逸,凶残狠毒,集权力法律于一身。他权重势大,是秀秀的直接杀害者,在他身上体现着封建统治阶级的残酷性。郭排军两面三刀,阴险狡诈,处处讨好主子,做着坏事。他是咸安郡王豢养一个爪牙,是封建统治者的帮凶。

　　《碾玉观音》语言明快风趣,符合人物的身份。作者善于在尖锐的矛盾冲突中用人物自身的语言行动来刻画形象,市民生活气息十分浓厚。故事多处运用诗词韵语,或写景状物,或渲染气氛,无不恰当自如,富有情致。整个作品结构完整,注重细节,人物形象生动而又真实。

元代部分

* 一、戏曲

* 二、散曲

* 三、诗歌

* 四、散文

戏曲

关汉卿杂剧（二种）

关汉卿（生卒年不详），号已斋（一斋）、已斋叟，元代杂剧作家，元曲四大家之一。所作杂剧六十多种，现存十八种。其杂剧曲词将口语方言与诗词融于一炉，创作题材丰富，人物个性鲜明，富于戏剧性。

窦娥冤

第三折

（外扮监斩官上[1]，云）下官监斩官是也。今日处决犯人，着做公的把住巷口，休放往来人闲走。（净扮公人，鼓三通、锣三下科。刽子磨旗[2]、提刀，押正旦带枷上。刽子云）行动些[3]，行动些，监斩官去法场上多时了。（正旦唱）

【正宫】【端正好】没来由犯王法，不提防遭刑宪，叫声屈动地惊天。顷刻间游魂先赴森罗殿[4]，怎不将天地也生埋怨[5]。

【滚绣球】有日月朝暮悬，有鬼神掌着生死权。天地也！只合把清浊分辨，可怎生糊突了盗跖、颜渊[6]！为善的受贫穷更命短，造恶的享富贵又寿延。天地也，做得个怕硬欺软，却元来也这般顺水推船。地也，你不分好歹何为地？天也，你错勘贤愚枉做天[7]！哎，只落得两泪涟涟。

（刽子云）快行动些，误了时辰也。（正旦唱）

【倘秀才】则被这枷纽的我左侧右偏，人拥的我前合后偃[8]。我窦娥向哥哥行有句言[9]。（刽子云）你有甚么话说？（正旦唱）前街里去心怀恨，后街里去死无冤，休推辞路远。

（刽子云）你如今到法场上面，有甚么亲眷要见的，可教他过来，见你一面也好（正旦唱）

【叨叨令】可怜我孤身只影无亲眷，则落的吞声忍气空嗟怨。（刽子云）难道你爷娘家也没的？（正旦云）止有个爹爹，十三年前上朝取应去了，至今杳无音信。（唱）早已是十年多不睹爹爹面。（刽子云）你适才要我往后街里去，是什么主意？（正旦唱）怕则怕前街里被我婆婆见。（刽子云）你的性命也顾不得，怕他见怎的？（正旦云）俺婆婆若见我披枷带锁赴法场餐刀去呵，（唱）枉将他气杀也么哥[10]，枉将他气杀也么哥。告哥哥，临危好与人行方便。

（卜儿哭上科，云）天哪，兀的不是我媳妇儿！（刽子云）婆子靠后。（正旦云）既是俺婆婆来了，叫他来，待我嘱咐他几句话咱。（刽子云）那婆子近前来，你媳妇要嘱付你话哩。（卜儿云）孩儿，痛杀我也！（正旦云）婆婆，那张驴儿把毒药放在羊肚儿汤里，实指望药死了你,要霸占我为妻。不想婆婆让与他老子吃,倒把他老子药死了。我怕连累婆婆,屈招了药死公公,今日赴法场典刑。婆婆,此后遇着冬时年节,月一十五,有瀽不了的浆水饭[11],瀽半碗儿与我吃,烧不了的纸钱,与窦娥烧一陌儿[12],则是看你死的孩儿面上。(唱)

【快活三】念窦娥葫芦提当罪愆[13],念窦娥身首不完全,念窦娥从前已往干家缘[14],婆婆也,你只看窦娥少爷无娘面。

【鲍老儿】念窦娥伏侍婆婆这几年,遇时节将碗凉浆奠;你去那受刑法尸骸上烈些纸钱[15],只当把你亡化的孩儿荐[16]。(卜儿哭科,云)孩儿放心,这个老身都记得。天哪,兀的不痛杀我也!(正旦唱)婆婆也,再也不要啼啼哭哭,烦烦恼恼,怨气冲天。这都是我做窦娥的没时没运,不明不暗,负屈衔冤。

(刽子做喝科,云)兀那婆子靠后,时辰到了也。(正旦跪科)(刽子开枷科)(正旦云)窦娥告监斩大人,有一事肯依窦娥,便死而无怨。(监斩官云)你有什么事?你说。(正旦云)要一领净席,等我窦娥站立;又要丈二白练,挂在旗枪上[17];若是我窦娥委实冤枉,刀过处头落,一腔热血休半点儿沾在地下,都飞在白练上者。(监斩官云)这个就依你,打甚么不紧。(刽子做取席科,站科,又取白练挂旗上科)(正旦唱)

【耍孩儿】不是我窦娥罚下这等无头愿,委实的冤情不浅;若没些儿灵圣与世人传,也不见得湛湛青天[18]。我不要半星热血红尘洒,都只在八尺旗枪素练悬。等他四下里皆瞧见,这就是咱苌弘化碧[19],望帝啼鹃[20]。

(刽子云)你还有甚的说话,此时不对监斩大人说,几时说哪?(正旦再跪科,云)大人,如今是三伏天道,若窦娥委实冤枉,身死之后,天降三尺瑞雪,遮掩了窦娥尸首。(监斩官云)这等三伏天道,你便有冲天的怨气,也召不得一片雪来,可不胡说!(正旦唱)

【二煞】你道是暑气暄,不是那下雪天;岂不闻飞霜六月因邹衍[21]?若果有一腔怨气喷如火,定要感的六出冰花滚似绵[22],免着我尸骸现。要什么素车白马,断送出古陌荒阡[23]!

(正旦再跪科,云)大人,我窦娥死的委实冤枉,从今以后,着这楚州亢旱三年[24]。(监斩官云)打嘴!那有这等说话!(正旦唱)

【一煞】你道是天公不可期,人心不可怜,不知皇天也肯从人愿。做甚么三年不见甘霖降,也只为东海曾经孝妇冤[25];如今轮到你山阳县。这都是官吏每无心正法[26],使百姓有口难言。

(刽子做磨旗科,云)怎么这一会儿天色阴了也?(内做风科,刽子云)好冷风也!(正旦唱)

【煞尾】浮云为我阴,悲风为我旋,三桩儿誓愿明题遍。(做哭科,云)婆婆也,直等待雪飞六月,亢旱三年呵,(唱)那其间才把你个屈死的冤魂这窦娥显。

(刽子做开刀,正旦倒科)(监斩官惊云)呀,真个下雪了,有这等异事!(刽子云)我也道平日杀人,满地都是鲜血,这个窦娥的血都飞在那丈二白练上,并无半点落地,委实奇怪。(监斩官云)这死罪必有冤枉,早两桩儿应验了,不知亢旱三年的说话准也不准?且看后来如何。左右,也不必等待雪晴,便与我抬他尸首,还了那蔡婆婆去罢。(众应科,抬尸下)

(据明刻本《元曲选》)

【注释】

（1）外：杂剧角色名，多为"外末"的省称。

（2）磨旗：挥动旗子开路。磨：疑"麾"字之误，麾即挥。

（3）行动些：走快些。

（4）森罗殿：即迷信传说中的"阎王殿"，阴间阎王审案的公堂。

（5）生：深、甚。

（6）糊突：同"糊涂"，这里是混淆的意思。盗跖（zhì）：春秋时奴隶起义的领袖，历代封建统治者诬其为大盗。颜渊：孔子的学生，是古代贤人的典型。

（7）勘：判断、审断。

（8）前合后偃（yǎn）：跌跌撞撞，前倾后倒，站立不稳。

（9）行（háng）：宋元语言里指示方位的词，一般用在人称或自称名词的后面。如"我行""他行"等，这样用的"行"，意思大致相当于"这边""那边"，或者"这里""那里"。

（10）也么哥：语助词，无义，表示感叹的语气词，也写作"也波哥""也末哥"。

（11）溅（jiǎn）：这一句的"溅"当是吃的意思，下一句的"溅"是泼、倒的意思，指祭祀时浇奠酒浆。

（12）一陌儿：旧时一百纸钱之称。亦泛指一串纸钱。

（13）葫芦提：糊里糊涂，不明不白。罪愆（qiān）：罪过。

（14）干家缘：操持家务。家缘，家计、家业，这里指家务。

（15）烈：烧。

（16）荐：祭奠。

（17）旗枪：装有枪头的旗杆。

（18）湛湛：清澈。

（19）苌弘（cháng hóng）化碧：苌弘，传说中是周朝大夫，受诬陷被杀，他的血被蜀人藏起来，三年后化为一块碧玉。《庄子·外物》："苌弘死于蜀，藏其血，三年而化为碧。"碧，青绿色的美玉。

（20）望帝啼鹃：望帝是古代神话中蜀王杜宇的称号，《华阳国志》记载他因水灾被其相鳖灵逼迫，逊位后隐居山中。死后魂魄化为杜鹃鸟，日夜悲啼，不啼到嘴角出血不停止。

（21）飞霜六月因邹衍：战国名士邹衍对燕王十分忠诚，却被诬陷入狱。他望天长叹，时值盛夏，天忽然降霜。后人常用"六月飞霜"来表示冤狱。《太平御览》引《淮南子》："邹衍事燕惠王尽忠，左右谮之王，王系狱，仰天哭，夏五月，天为之下霜。"

（22）六出冰花：指雪花，因雪的结晶体一般为六角形，所以说"六出"。

（23）古陌荒阡：荒凉的野外。

（24）亢（kàng）旱：大旱。亢，极。

（25）东海曾经孝妇冤：汉代传说，东海寡妇周青对婆婆十分孝顺。后来婆婆因故上吊而死，周青被冤判问斩。周青临刑前发誓，若是有罪，被斩后血往下流，若是无罪，则血逆流而上，染红长竿。行刑后，果然血染长竿。天为之感，使东海大旱三年，直到周青的冤案昭雪后才下雨。

（26）官吏每：官吏们。

【简析】

本文节选自《窦娥冤》第三折。在剧本第一、二折中,窦娥蒙冤的故事已经结束,她在公堂上为保全蔡婆性命蒙冤受判死刑,全剧看似只待刽子手行刑便可结束。但是关汉卿却在此笔锋忽转,写出一场惊心动魄的戏剧来。节选部分为全剧的高潮,写窦娥被押赴刑场被杀害的悲惨情景。由三个部分组成:第一部分写窦娥在被押赴刑场的路途上,指斥天地鬼神;第二部分写窦娥与蔡婆诀别;第三部分写窦娥在行刑前许下三大誓愿:血溅白练、六月飞雪、亢旱三年。三个部分始终贯穿着一个“冤”字,因冤而怨、因冤而悲、因冤而誓。前两个部分体现了窦娥的善良、坚贞和刚烈,最后一个部分体现了窦娥的反抗精神。

关汉卿由“东海孝妇”的故事生发开来,采用浪漫主义手法,巧妙构思出三大誓愿。第一桩誓愿“血溅白练”,凭借这一誓愿向众人显示自己的清白;第二桩誓愿“六月飞雪”,通过违反常规的自然现象向众人展示社会的不公;第三桩誓愿“亢旱三年”,直指残暴昏聩的统治者。三大誓愿由小到大、由弱到强,层层递进,创造出浓厚的悲剧气氛,有力地深化了作品主题。作者借此反映社会的腐朽黑暗,突出了窦娥的抗争精神,表达人民惩恶扬善的愿望。窦娥死了,但她却留下了一曲荡气回肠的悲壮之歌。

单刀会

第四折

(鲁肃上,云)欢来不似今朝,喜来那逢今日。小官鲁子敬是也。我使黄文持书去请关公,欣喜许今日赴会,荆襄地合归还俺江东。英雄甲士已暗藏壁衣之后,令江上相候,见船到便来报我知道。(正末关公引周仓上,云)周仓,将到那里也?(周云)来到大江中流也。(正末云)看了这大江,是一派好水也呵!(唱)

【双调】【新水令】大江东去浪千叠,引着这数十人,驾着这小舟一叶。又不比九重龙凤阙,可正是千丈虎狼穴,大丈夫心别。我觑这单刀会似赛村社⁽¹⁾。

(云)好一派江景也呵!(唱)

【驻马听】水涌山叠,年少周郎何处也?不觉的灰飞烟灭!可怜黄盖转伤嗟,破曹的樯橹一时绝,鏖兵的江水由然热,好教我情惨切!(云)这也不是江水,(唱)二十年流不尽的英雄血!

(云)却早来到也,报伏去。(卒报科,做相见科)(鲁云)江下小会,酒非洞里之长春,乐乃尘中之菲艺,猥劳君侯屈高就下⁽²⁾,降尊临卑,实乃鲁肃之万幸也!(正末云)量某有何德能,着大夫置酒张筵?既请必至。(鲁云)黄文,将酒来。二公子满饮一杯。(正末云)大夫饮此杯。(把盏科)(正末云)想古今咱这人过日月好疾也呵!(鲁云)过日月是好疾也:光阴似骏马加鞭,浮世似落花流水。(正末唱)

【胡十八】想古今立勋业,那里也舜五人⁽³⁾、汉三杰⁽⁴⁾?两朝相隔数年别,不付能见者⁽⁵⁾,却又早老也。开怀的饮数杯。(云)将酒来。(唱)尽心儿待醉一夜。(把盏科)

(正末云)你知“以德报德,以直报怨”么⁽⁶⁾?(鲁云)既然将军言“以德报德,以直报怨”,借物不还者谓之“怨”。想君侯文武全材,通练兵书,习《春秋》《左传》,济拔颠危,匡扶⁽⁷⁾社稷,可不谓之仁乎?待玄德如骨肉,觑曹操若仇雠,可不谓之义乎?辞曹归汉,弃印封金,可不谓之礼乎?坐服于禁,水淹七军,可不谓之智乎?且将军仁、义、礼、智俱足,惜乎止少个"信"字,欠缺未完。再若得全个"信"字,无出君侯之右也。(正末云)我怎生失信?(鲁云)非将军失信,皆因令兄玄德公失信。(正末云)我哥哥怎生失信来?(鲁云)想昔日玄德公败于当阳之上,身无所归,因鲁肃之故,屯军三江夏口。鲁肃又与孔明同见我主公,即日兴师拜将,破曹兵于赤壁之间。江东所费巨万,又折了首将黄盖。因将军贤昆玉无尺寸地(8),暂借荆州,以为养军之资;数年不还。今日鲁肃低情曲意,暂取荆州,以为救民之急;待仓廪丰盈,然后再献与将军掌领。鲁肃不敢自专,君侯台鉴不错(9)。(正末云)你请我吃筵席来,那是索荆州来?(鲁云)没、没、没,我则这般道:孙、刘结亲,以为唇齿,两国正好和谐。(正末唱)

【庆东原】你把我真心儿待,将筵宴设,你这般攀今览古,分甚枝叶?我根前使不着你"之乎者也"、"诗云子曰",早该豁口截舌(10)!有意说孙、刘,你休目下番成吴、越!

(鲁云)将军原来傲物轻信!(正末云)我怎傲物轻信?(鲁云)当日孔明亲言:"破曹之后,荆州即还江东。"鲁肃亲为代保。不思旧日之恩,今日恩变为仇;犹自说"以德报德,以直报怨"!圣人道:"信近于义,言可复也。"(11)"去食去兵,不可去信。"(12)"大车无輗,小车无軏,其何以行之哉?"(13)今将军全无仁义之心,枉作英雄之辈。荆州久借不还,却不道"人无信不立"(14)!(正末云)鲁子敬,你听的这剑戛么(15)?(鲁云)剑戛怎么?(正末云)我这剑戛,头一遭诛了文丑,第二遭斩了蔡阳。鲁肃呵,莫不第三遭到你也?(鲁云)没、没,我则这般道来。(正末云)这荆州是谁的?(鲁云)这荆州是俺的。(正末云)你不知,听我说。(唱)

【沉醉东风】想着俺汉高皇图王霸业,汉光武秉正除邪,汉献帝将董卓诛,汉皇叔把温侯灭(16),俺哥哥合情受汉家基业。则你这东吴国的孙权,和俺刘家却是甚枝叶?请你个不克己先生自说!

(鲁云)那里甚么响?(正末云)这剑戛二次也。(鲁云)却怎么说?(正末云)这剑按天地之灵,金火之精,阴阳之气,日月之形;藏之则鬼神遁迹,出之则魑魅潜踪;喜则恋鞘沉沉而不动,怒则跃匣铮铮而有声。今朝席上,倘有争锋,恐君不信,拔剑施呈。吾当摄剑,鲁肃休惊。这剑果有神威不可当,庙堂之器岂寻常。今朝索取荆州事,一剑先交鲁肃亡。(唱)

【雁儿落】则为你三寸不烂舌,恼犯我三尺无情铁。这剑饥餐上将头,渴饮仇人血。

【得胜令】则是条龙向鞘中蛰(17),虎在坐间蹕。今日故友每才相见,休着俺弟兄每相间别(18)。鲁子敬听者,你内心休乔怯(19),畅好是随邪(20),吾当酒醉也。

(鲁云)臧宫动乐。(臧宫上,云)天有五星,地攒五岳。人有五德,乐按五音。五星者:金、木、水、火、土。五岳者:常、恒、泰、华、嵩。五德者:温、良、恭、俭、让。五音者:宫、商、角、徵、羽。(甲士拥上科)(鲁云)埋伏了者。(正末击案,怒云)有埋伏也无埋伏?(鲁云)并无埋伏。(正末云)若有埋伏,一剑挥之两断!(做击案科)(鲁云)你击碎菱花。(正末云)我特来破镜!(唱)

【搅筝琶】却怎生闹炒炒军兵列,休把我拦当者。(云)当着我的,呵呵!(唱)我着他剑下身亡,目前流血!便有那张仪口,蒯通舌(21),休那里躲闪藏遮。好生的送我到船上者,我和你慢慢的相别。

（鲁云）你去了，倒是一场伶俐。（黄文云）将军，有埋伏里。（鲁云）迟了我的也。（关平领众将上，云）请父亲上船，孩儿每来迎接里。（正末云）鲁肃，休惜殿后。（唱）

【离亭宴带歇指煞】我则见紫袍银带公人列，晚天凉风冷芦花谢，我心中喜悦。昏惨惨晚霞收，冷飕飕江风起，急飐飐云帆扯。承管待、承管待，多承谢、多承谢。唤梢公慢者，缆解开岸边龙，船分开波中浪，棹搅碎江心月。正欢娱有甚进退，且谈笑不分明夜。说与你两件事先生记者：百忙里称不了老兄心，急切里倒不了俺汉家节⁽²²⁾！

　　题目　孙仲谋独占江东地　请乔公言定三条计
　　正名　鲁子敬设宴索荆州　关大王独赴单刀会

（据明脉望馆抄校本《古今杂剧》）

【注释】

(1) 赛村社：民间社日的迎神赛会。赛，祭祀酬神。社，社火。
(2) 猥劳：劳驾。
(3) 舜五人：舜的五个贤臣禹、弃、契、皋陶、后夔。
(4) 汉三杰：汉初三杰，张良，萧何，韩信。
(5) 不付能：好不容易。
(6) "以德报德，以直报怨"：语出《论语·宪问》，意谓用恩德回报别人的恩德，用公正的态度和方法对待别人的怨恨。
(7) 匡扶：匡正扶助。指关羽协助刘备治理国家。
(8) 贤昆玉：对别人兄弟的美称，此指刘备。
(9) 台鉴：台，对人的尊称；鉴：明察。
(10) 豁口截舌：豁开其口、截断其舌，意思是怪他说话太多，不得体。
(11) "信近于义，言可复也"：语出《论语·学而》，意谓守信用就与"义"相接近，因为说出的话可用行动来验证。
(12) "去食去兵，不可去信"：语出《论语·颜渊》，意谓宁可没有粮食、没有兵器，也不能没有信用。
(13) "大车无輗(ní)，小车无軏(yuè)，其何以行之哉"：语出《论语·为政》。古代的牛车叫大车，马车叫小车，车前均有驾牲口的横木，横木上有活塞，大车叫輗，小车叫軏。輗和軏是不可缺少的关键部位。此处比喻人无信用难以生存。
(14) "人无信不立"：语出《论语·颜渊》。意为做人失信就没有人格。
(15) 剑戛(jiá)：一作"剑界"，剑响，剑鸣。
(16) 温侯：指吕布。
(17) 蛰：动物冬眠时潜伏洞穴中不食不动的状态，引申为藏匿不出。
(18) 间别：分离、对立。
(19) 乔怯：害怕。
(20) 随邪：不正经，虚伪。
(21) 张仪口、蒯(kuǎi)通舌：张仪、蒯通都是古时著名的说客辩士。
(22) 急切里：急迫之间。

【简析】

《关大王独赴单刀会》是一部历史剧，全剧四折，写鲁肃阴险狡诈，为索取荆州，他邀约关羽过江赴会，意图挟持关羽。关羽明知其中有诈，但为了黎民百姓和汉家基业，仍决定带着青龙刀和周仓等几个随从赴会。宴会上，关羽以其机智与果敢挫败鲁肃，胜利返回荆州。前两折借他人之口，侧面描写关羽立下赫赫战功，威名盖世；第三折通过关羽自诉艰辛，表现其无所畏惧的英雄气概；第四折为全剧的高潮部分，写关羽应邀单刀赴会，在宴席上，关羽先发制人，慑服鲁肃，安全返回，表现出关羽超群的胆略和过人的智慧。

《单刀会》构思巧妙，善于铺垫蓄势，成功刻画了关羽这一人物形象。此折戏中，【新水令】、【驻马听】二曲化用北宋苏轼《念奴娇·赤壁怀古》一词，借景抒情，将滔滔江水与关羽烈烈雄心交相辉映。【新水令】一曲写出关羽面对险峻形势一往无前，毫不畏惧；【驻马听】一曲则道尽世事沧桑，但关羽依旧一往无前，显出浩然正气。两首曲子气势磅礴，酣畅淋漓地展示了关羽处乱不惊的英雄气概。而作者也借关羽之口，表达自己对人生、对历史的万千感慨。两段唱词，俗中见雅，为关羽这位虎将增添了些许文墨色彩。

王实甫杂剧（一种）

王实甫，名德信，大都（今北京市）人，元代著名戏曲作家，生卒年与生平事迹不详，生活时代大约与关汉卿同时而略晚。

西厢记

第四本第二折（节选）

（红见夫人科）（夫人云）小贱人，为甚么不跪下！你知罪么？（红跪云）红娘不知罪。
（夫人云）你故自口强哩[1]。若实说呵，饶你；若不实说呵，我直打死你这个贱人！谁着你和小姐花园里去来？（红云）不曾去，谁见来？（夫人云）欢郎见你去来，尚故自推哩。（打科）（红云）夫人休闪了手[2]，且息怒停嗔，听红娘说。

【鬼三台】夜坐时停了针绣，共姐姐闲穷究，说张生哥哥病久。咱两个背着夫人，向书房问候。

（夫人云）问候呵，他说甚么？（红云）他说来，道"老夫人事已休，将恩变为仇，着小生半途喜变做忧"。他道："红娘你且先行，教小姐权时落后。"（夫人云）他是个女孩儿家，着他落后怎！（红唱）

【秃厮儿】我只道神针法灸，谁承望燕侣莺俦。他两个经今月余则是一处宿，何须你一一问缘由？

【圣药王】他每不识忧，不识愁，一双心意两相投。夫人得好休，便好休[3]，这其间何必苦追求？常言道"女大不中留"。

（夫人云）这端事都是你个贱人。（红云）非是张生小姐红娘之罪，乃夫人之过也。（夫人云）这贱人倒指下我来，怎么是我之过？（红云）信者人之根本，"人而无信，不知其可也。

大车无輗,小车无軏,其何以行之哉?"⁽⁴⁾当日军围普救,夫人所许退军者,以女妻之。张生非慕小姐颜色,岂肯区区建退军之策?兵退身安,夫人悔却前言,岂得不为失信乎?既然不肯成其事,只合酬之以金帛,令张生舍此而去。却不当留请张生于书院,使怨女旷夫,各相早晚窥视,所以夫人有此一端。目下老夫人若不息其事,一来辱没相国家谱;二来张生日后名重天下,施恩于人,忍令反受其辱哉?使至官司,老夫人亦得治家不严之罪。官司若推其详,亦知老夫人背义而忘恩,岂得为贤哉?红娘不敢自专,乞望夫人台鉴:莫若恕其小过,成就大事,撧之以去其污⁽⁵⁾,岂不为长便乎?

【麻郎儿】秀才是文章魁首,姐姐是仕女班头⁽⁶⁾;一个通彻三教九流,一个晓尽描鸾刺绣。

【幺篇】世有、便休、罢手,大恩人怎做敌头?起白马将军故友,斩飞虎叛贼草寇。

【络丝娘】不争和张解元参辰卯酉⁽⁷⁾,便是与崔相国出乖弄丑。到底干连着自己骨肉,夫人索穷究。

(夫人云)这小贱人也道得是。我不合养了这个不肖之女。待经官呵,玷辱家门。罢罢!俺家无犯法之男,再婚之女,与了这厮罢。红娘唤那贱人来!(红见旦云)且喜姐姐,那棍子则是滴溜溜在我身上,吃我直说过了。我也怕不得许多,夫人如今唤你来,待成合亲事。(旦云)羞人答答的,怎么见夫人?(红云)娘根前有甚么羞?

【小桃红】当日个月明才上柳梢头,却早人约黄昏后。羞得我脑背后将牙儿衬着衫儿袖。猛凝眸,看时节则见鞋底尖儿瘦。一个恣情的不休,一个哑声儿厮耨。呸!那其间可怎生不害半星儿羞?

(旦见夫人科)(夫人云)莺莺,我怎生抬举你来,今日做这等的勾当;则是我的孽障,待怨谁是我待经官来,辱没了你父亲,这等不是俺相国人家的勾当。罢罢罢!谁似俺养女的不长进!红娘,书房里唤将那禽兽来!(红唤末科)(末云)小娘子唤小生做甚么?(红云)你的事发了也,如今夫人唤你来,将小姐配与你哩。小姐先招了也,你过去。(末云)小生徨恐,如何见老夫人?当初谁在老夫人行说来?(红云)休佯小心⁽⁸⁾,过去便了。

【小桃红】既然泄漏怎干休?是我相投首⁽⁹⁾。俺家里陪酒陪茶倒撧就。你休愁,何须约定通媒媾?我弃了部署不收⁽¹⁰⁾,你原来"苗而不秀"⁽¹¹⁾。呸!你是个银样镴枪头⁽¹²⁾。

(末见夫人科)(夫人云)好秀才呵,岂不闻"非先王之德行不敢行"⁽¹³⁾。我待送你去官司里去来,恐辱没俺家谱。我如今将莺莺与你为妻,只是俺三辈儿不招白衣女婿,你明日便上朝取应去。我与你养着媳妇,得官呵,来见我;驳落呵⁽¹⁴⁾,休来见我。(红云)张生早则喜也。

【东原乐】相思事,一笔勾,早则展放从前眉儿皱,美爱幽欢恰动头。既能够,张生,你觑兀的般可喜娘庞儿也要人消受。

(夫人云)明日收拾行装,安排果酒,请长老一同送张生到十里长亭去。(旦念)寄语西河堤畔柳,安排青眼送行人。(同夫人下)(红唱)

【收尾】来时节画堂箫鼓鸣春昼,列着一对儿鸾交凤友。那其间才受你说媒红,方吃你谢亲酒⁽¹⁵⁾。(并下)

(据王季思校注《西厢记》,上海古籍出版社1978年版)

【注释】

（1）故自：尚自。

（2）闪：指扭伤。

（3）得好休，便好休：当时成语，得罢休时且罢休之意。

（4）"人而无信"五句：见《论语·为政》。

（5）撋（ruǎn）：即撋就，成就、迁就之意。

（6）班头：头领。

（7）参辰卯西：对头、敌头之意，因十二时辰中卯西正相对，而参、辰二星也正相对，故云。

（8）佯：假装。

（9）投首：投案自首。

（10）"我弃了"句：意思是我不再作拳棒师父，不收张生这样无用的徒弟了。部署：原指军营中将卒擅长技击者，后成为江湖拳棒教师之称。

（11）苗而不秀：比喻徒有其表，却不中用。

（12）银样镴枪头：比喻中看不中用。

（13）非先王之德行不敢行：见《孝经》。

（14）驳落：落第。

（15）说媒红、谢亲酒：宋元习俗，酬谢媒人的钱钞花红称为说媒红；男女成婚三日后，婿家备酒宴请岳父岳母及媒人，称为谢亲酒。

【简析】

这一段"拷艳"出自《西厢记》第四本第二折，是《西厢记》中最富喜剧性的一出。

这场较量，让我们充分见识了红娘的机智伶俐和能言善辩。首先她善于抓住问题的关键。红娘非常了解老夫人，知道她最看重的就是相国家谱，最忌讳的就是违反封建伦理道德，所以她就从此处下手，以老夫人所信之道，还治老夫人之身，从指责老夫人言而无信开始，到出乖露丑只能辱没相国的名声也有损老夫人的体面为止，一直围绕老夫人所尊奉的道德原则来陈说，这是最能打动和说服老夫人的地方。红娘的成功还在于采用了正确的策略，红娘不绕弯子，单刀直入，先晓之以理，指责老夫人是造成二人今日情景的关键责任人，将老夫人放到被告席上，变被动为主动；之后陈说利害，分析利弊，让老夫人乱了方寸；最后又动之以情，在老夫人无计可施时提出解决办法，这样自然水到渠成，不由老夫人不听从采纳。机智犀利的语言也是她成功的重要因素，红娘的这一段话说的痛快淋漓，滔滔不绝，八面玲珑，滴水不漏，更妙的是她的话里用了文绉绉的儒家经典，还有很多"信义""家谱"之类的说教，不仅不显得生硬，反而高妙精当，因为这正是能直戳老夫人心窝子的话，对于事情的完满收场有着重要作用。这些语言平添了作品的喜剧色彩，读来令人莞尔。

红娘是成就崔、张爱情的关键性人物，她本是被老夫人派来服侍莺莺，同时担负着"行监坐守"的任务，后来是出于对老夫人赖婚的义愤才支持鼓励张生与莺莺的恋情，为二人递书传简、热情奔走，甚至是在她的策划推动下，莺莺和张生才得以有情人终成眷属，正如李贽所说："红娘真有二十分才，二十分识，二十分胆。有此军师，何攻不破，何战不克服！"她嘴尖舌利，爽朗乐观，体现了下层人民真诚、善良、美好的人情和人性。

白朴杂剧(一种)

白朴(1226—约1306),原名恒,字仁甫,后改名朴,字太素,号兰谷,祖籍隩州(今山西河曲),终身未仕。他是元代著名的杂剧作家,题材多出自历史传说,剧情多为才人韵事。著有《唐明皇秋夜梧桐雨》《裴少俊墙头马上》《董秀英花月东墙记》等。

梧桐雨

第四折

(高力士上,云)自家高力士是也。自幼供奉内宫,蒙主上抬举,加为六宫提督太监。往年主上悦杨氏容貌,命某取入宫中,宠爱无比,封为贵妃,赐号太真。后来逆胡称兵,伪诛杨国忠为名,逼的主上幸蜀。行至中途,六军不进。右龙武将军陈玄礼奏过,杀了国忠,祸连贵妃。主上无可奈何,只得从之,缢杀马嵬驿中。今日贼平无事,主上还国,太子做了皇帝。主上养老,退居西宫,昼夜只是想贵妃娘娘。今日教某挂起真容,朝夕哭奠。不免收拾停当,在此伺候咱。(正末上,云)寡人自幸蜀还京,太子破了逆贼,即了帝位,寡人退居西宫养老,每日只是思量妃子。教画工画了一轴真容供养着,每日相对,越增烦恼也呵!(做哭科,唱)

【正宫端正好】自从幸西川,还京兆,甚的是月夜花朝。这半年来白发添多少,怎打迭愁容貌[(1)]!

【幺篇】瘦岩岩不避群臣笑,玉叉儿将画轴高挑。荔枝花果香檀卓,目觑了伤怀抱。

(做看真容科,唱)

【滚绣球】险些把我气冲倒,身谩靠,把太真妃放声高叫。叫不应雨泪濠啕。这待诏手段高[(2)],画的来没半星儿差错。虽然是快染能描,画不出沉香亭畔回鸾舞,花萼楼前上马娇,一段儿妖娆。

【倘秀才】妃子呵,常记得千秋节华清宫宴乐,七夕会长生殿乞巧。誓愿学连理枝比翼鸟,谁想你乘彩凤返丹霄,命夭。

(带云)寡人越看越添伤感,怎生是好?(唱)

【呆骨朵】寡人有心待盖一座杨妃庙,争奈无权柄谢位辞朝。则俺这孤辰限难熬,更打着离恨天最高[(3)]。在生时同衾枕,不能勾死后也同棺椁。谁承望马嵬坡尘土中,可惜把一朵海棠花零落了。

(带云)一会儿身子困乏,且下这亭子去闲行一会咱。(唱)

【白鹤子】那身离殿宇,信步下亭皋,见杨柳袅翠蓝丝,芙蓉拆胭脂萼。

【幺】见芙蓉怀媚脸,遇杨柳忆纤腰;依旧的两般儿点缀上阳宫,他管一灵儿潇洒长安道。

【幺】常记得碧梧桐阴下立,红牙箸手中敲;他笑整缕金衣,舞按霓裳乐。

【幺】到如今翠盘中荒草满[(4)],芳树下暗香消;空对井梧阴,不见倾城貌。

（做叹科,云）寡人也怕闲行,不如回去来。（唱）

【倘秀才】本待闲散心,追欢取乐,倒惹的感旧恨,天荒地老。快快归来凤帏悄,甚法儿,挨今宵、懊恼?

（带云）回到这寝殿中,一弄儿助人愁也。（唱）

【芙蓉花】淡氤氲篆烟袅,昏惨刺银灯照;玉漏迢迢,才是初更报。暗觑清霄,盼梦里他来到。却不道口是心苗[5],不住的频频叫。

（带云）不觉一阵昏迷上来,寡人试睡些儿。（唱）

【伴读书】一会家心焦懆,四壁厢秋虫闹,忽见掀帘西风恶,遥观满地阴云罩;俺这里披衣闷把帏屏靠,业眼难交[6]。

【笑和尚】原来是滴溜溜绕闲阶败叶飘,疏刺刺刷落叶被西风扫,忽鲁鲁风闪得银灯爆。厮琅琅鸣殿铎,扑簌簌动朱箔,吉丁当玉马儿向檐间闹[7]。

（做睡科,唱）

【倘秀才】闷打颏和衣卧倒,软兀剌方才睡着[8]。（旦上,云）妾身贵妃是也。今日殿中设宴,宫娥,请主上赴席咱。（正末唱）忽见青衣走来报,道太真妃将寡人邀、宴乐。

（正末见旦科,云）妃子,你在那里来?（旦云）今日长生殿排宴,请主上赴席。（正末云）分付梨园子弟齐备着。（旦下）（正末做惊醒科,云）呀!原来是一梦。分明梦见妃子,却又不见了。（唱）

【双鸳鸯】斜軃翠鸾翘,浑一似出浴的旧风标,映着云屏一半儿娇。好梦将成还惊觉,半襟情泪湿鲛绡。

【蛮姑儿】懊恼,窨约[9],惊我来的又不是楼头过雁,砌下寒蛩,檐前玉马,架上金鸡;是兀那窗儿外梧桐上雨潇潇。一声声洒残叶,一点点滴寒梢,会把愁人定虐[10]。

【滚绣球】这雨呵,又不是救旱苗,润枯草,洒开花萼;谁望道秋雨如膏,向青翠条,碧玉梢,碎声儿必剥,增百十倍歇和芭蕉。子管里珠连玉散飘千颗[11],平白地瀽瓮覆盆下一宵,惹的人心焦。

【叨叨令】一会价紧呵,似玉盘中万颗珍珠落;一会价响呵,似玳筵前几簇笙歌闹;一会价清呵,似翠岩头一派寒泉瀑;一会价猛呵,似绣旗下数面征鼙操。兀的不恼杀人也么哥!则被他诸般儿雨声相聒噪。

【倘秀才】这雨一阵阵打梧桐叶凋,一点点滴人心碎了。枉着金井银床紧围绕[12],只好把泼枝叶做柴烧,锯倒。

（带云）当初妃子舞翠盘时,在此树下,寡人与妃子盟誓时,亦对此树。今日梦境相寻,又被他惊觉了。（唱）

【滚绣球】长生殿那一宵,转回廊,说誓约,不合对梧桐并肩斜靠。尽言词絮絮叨叨,沉香亭那一朝,按霓裳舞六幺,红牙箸击成腔调,乱宫商闹闹炒炒。是兀那当时欢会栽排下,今日凄凉厮凑着,暗地量度。

（高力士云）主上,这诸样草木,皆有雨声,岂独梧桐?（正末云）你那里知道,我说与你听者。（唱）

【三煞】润蒙蒙杨柳雨,凄凄院宇侵帘幕;细丝丝梅子雨,装点江干满楼阁;杏花雨红湿阑干,梨花雨玉容寂寞。荷花雨翠盖翩翩,豆花雨绿叶潇条:都不似你惊魂破梦,助恨添愁,彻夜连宵。莫不是水仙弄娇,蘸杨柳洒风飘。

【二煞】咻咻似喷泉瑞兽临双沼⁽¹³⁾,刷刷似食叶春蚕散满箔。乱洒琼阶,水传宫漏,飞上雕檐,洒滴新槽。直下的更残漏断,枕冷衾寒,烛灭香消。可知道夏天不觉,把高凤麦来漂⁽¹⁴⁾。

【黄钟煞】顺西风低把纱窗哨,送寒气频将绣户敲。莫不是天故将人愁闷搅!度铃声响栈道。似花奴羯鼓调⁽¹⁵⁾,如伯牙水仙操;洗黄花,润篱落,渍苍苔,倒墙角,渲湖山,漱石窍,浸枯荷,溢池沼;沾残蝶粉渐消,洒流萤焰不着,绿窗前促织叫,声相近雁影高,催邻砧处处捣,助新凉分外早。斟量来这一宵雨和人紧厮熬,伴铜壶点点敲;雨更多,泪不少。雨湿寒梢,泪染龙袍,不肯相饶,共隔着一树梧桐直滴到晓。(下)

```
题目    安禄山反叛兵戈举
        陈玄礼拆散鸾凤侣
正名    杨贵妃晓日荔枝香
        唐明皇秋夜梧桐雨
```

(据顾学颉选注《元人杂剧选》,人民文学出版社 1998 年版)

【注释】

(1) 打迭:整理。
(2) 待诏:官职,这里指画师。
(3) 孤辰限:孤独有限的日子。离恨天:指最高的天。
(4) 翠盘:指杨贵妃登盘跳舞的地方。
(5) 口是心苗:意味说藏在心中的思想感情,必然在语言中流露。
(6) 业眼难交:难以入睡。
(7) "厮琅"句:形容各种物件的各种声音。厮琅琅,象声词。殿铎,殿铃。朱箔,珠帘。玉马儿,古代屋檐下悬挂的一种铁片。
(8) 闷打颏:闷闷不乐。软兀刺:无精打采
(9) 窨约:思量。
(10) 定虐:打扰。
(11) 子管里:只管。
(12) 金井银床:指园林内的井与井栏。
(13) 咻咻:拟声词,发音同床,形容雨声。
(14) 高凤:东汉时期人名,因读书入神麦子被大雨漂走而浑然不知。
(15) 花奴:唐汝阳王小名,擅击羯鼓。

【简析】

《梧桐雨》全名《唐明皇秋夜梧桐雨》,全剧以李、杨爱情为主线反映了安史之乱这一重大历史事件及唐王朝由盛至衰的过程,共四折一楔子。本文节选的是全剧的第四折,抒写了唐明皇对挚爱之人的浓浓情思,感情缠绵悱恻,诗意婉转哀愁,是元杂剧中以文采见长的著名篇章。作者巧妙地运用情感主线,以无尽的梧桐细雨作为剧本的结局,融情于景,令人倍感忧伤。这

一折的高明之处还在于,敢于尝试没有显著剧情,没有激烈戏剧矛盾的情感大戏,可以说是一个人撑起了一台戏。虽是独角戏,但呈现给读者的却是许许多多的从前与栩栩如生的怀念。最可贵的是对这种思念之情的表述,满满的思念流露在字里行间,字字含情,物物起念,层层渲染,浓烈处也嘶吼,淡然处倍凄凉,音韵和谐,语气惨淡。加上主人公身处本就物质丰富人情冰冷的深宫之中,冰冷、空旷、物是人非,更把这种思念衬托得无依无靠、无休无止,造成一种浓郁的悲剧氛围。

郑光祖杂剧(一种)

郑光祖,"元曲四大家"之一。生卒年月不详,字德辉,汉族,平阳襄陵(今山西)人,从小受到戏剧艺术的熏陶。他的剧目主要是爱情故事和历史题材,主题大多是艺术的需要,政治性不强。所作杂剧可考者十八种,现存《周公摄政》《倩女离魂》等八种;

倩女离魂

第二折

(夫人慌上,云)欢喜未尽,烦恼又来。自从倩女孩儿在折柳亭与王秀才送路,辞别回家,得其疾病,一卧不起。请的医人看治,不得痊可,十分沉重,如之奈何? 则怕孩儿思想汤水吃,老身亲自去绣房中探望一遭去来。(下)(正末上,云)小生王文举,自与小姐在折柳亭相别,使小生切切于怀,放心不下。今夜舣舟江岸[1],小生横琴于膝,操一曲以适闷咱[2]。(做抚琴科)(正旦别扮离魂上,云)妾身倩女,自与王生相别,思想的无奈,不如跟他同去,背着母亲,一径的赶来。王生也,你只管去了,争知我如何过遣也呵! (唱)

【越调·斗鹌鹑】人去阳台,云归楚峡。不争他江渚停舟,几时得门庭过马。悄悄冥冥,潇潇洒洒,我这里踏岸沙,步月华;我觑着这万水千山,都只在一时半霎。

【紫花儿序】想倩女心间离恨,赶王生柳外兰舟,似盼张骞天上浮槎[3]。汗溶溶琼珠莹脸,乱松松云髻堆鸦,走的我筋力疲乏。你莫不夜泊秦淮卖酒家,向断桥西下,疏剌剌秋水孤浦,冷清清明月芦花。

(云)走了半日,来到江边,听的人语喧闹,我试觑咱。(唱)

【小桃红】蓦听得马嘶人语闹喧哗,掩映在垂杨下。唬的我心头丕丕那惊怕,原来是响当当鸣榔板捕鱼虾。我这里顺西风悄悄听沉罢,趁着这厌厌露华,对着这澄澄月下,惊的那呀呀呀寒雁起平沙。

【调笑令】向沙堤款踏,莎草带霜滑。掠湿湘裙翡翠纱,抵多少苍苔露冷凌波袜。看江上晚来堪画,玩冰壶潋滟天上下,似一片碧玉无瑕。

【秃厮儿】你觑远浦孤鹜落霞,枯藤老树昏鸦。听长笛一声何处发,歌欸乃,橹咿哑。

(云)兀那船头上琴声响,敢是王生? 我试听咱。(唱)

【圣药王】近蓼洼,望蘋花,有折蒲衰柳老蒹葭。近水凹,傍短槎,见烟笼寒水月笼沙,茅舍两三家。

（正末云）这等夜深,只听得岸上女人音声,好似我倩女小姐,我试问一声波。（做问科,云）那壁不是倩女小姐么? 这早晚来此怎的?（魂旦相见科,云）王生也,我背着母亲,一径的赶将你来,咱同上京去罢。（正末云）小姐,你怎生直赶到这里来?（魂旦唱）

【麻郎儿】你好是舒心的伯牙,我做了没路的浑家。你道我为甚么私离绣榻,——待和伊同走天涯。

（正末云）小姐是车儿来? 是马儿来?（魂旦唱）

【幺】险把咱家走乏。比及你远赴京华,薄命妾为伊牵挂:思量心,几时撇下。

【络丝娘】你抛闪咱;比及见咱,我不瘦杀,多应害杀。（正末云）若老夫人知道,怎了也?（魂旦唱）他若是赶上咱,待怎么? 常言道,做着不怕!

（正末做怒科,云）古人云:聘则为妻,奔则为妾。老夫人许了亲事,待小生得官,回来谐两姓之好,却不名正言顺! 你今私自赶来,有玷风化,是何道理?（魂旦云）王生,（唱）

【雪里梅】你振色怒增加,我凝睇不归家。我本真情,非为相唬,已主定心猿意马[4]。

（正末云）小姐,你快回去罢!（魂旦唱）

【紫花儿序】只道你急煎煎趱登程路,元来是闷沉沉困倚琴书,怎不教我痛煞煞泪湿琵琶。有甚心着雾鬓轻笼蝉翅,双眉淡扫宫鸦。似落絮飞花,谁更问出外争如只在家。更无多话,愿秋风驾百尺高帆,尽春光付一树铅华。

（云）王秀才,赶你不为别,我只防你一件。（正末云）小姐,防我那一件来?（魂旦唱）

【东原乐】你若是赴御宴琼林罢;媒人每拦住马,高挑起染渲佳人丹青画,卖弄他生长在王侯宰相家:你恋着那奢华,你敢新婚燕尔在他门下?

（正末云）小生此行,一举及第,怎敢忘了小姐!（魂旦云）你若得登第呵,（唱）

【绵搭絮】你做了贵门娇客,一样矜夸。那相府荣华,锦绣堆压,你还想飞入寻常百姓家? 那时节似鱼跃龙门播海涯,饮御酒插宫花;那其间占鳌头、占鳌头登上甲。

（正末云）小生倘不中呵,却是怎生?（魂旦云）你若不中呵,妾身荆钗裙布,愿同甘苦。（唱）

【拙鲁速】你若是似贾谊困在长沙,我敢似孟光般显贤达。休想我半星儿意差,一分儿抹搭[5]。我情愿举案齐眉傍书榻,任粗粝淡薄生涯,遮莫戴荆钗,穿布麻。

（正末云）小姐既如此真诚志意,就与小生同上京去,如何?（魂旦云）秀才肯带妾身去呵,（唱）

【幺篇】把稍公快唤咱,恐家中厮捉拿。只见远树寒鸦,岸草汀沙,满目黄花,几缕残霞。快先把云帆高挂,月明直下,便东风刮,莫消停,疾进发。

（正末云）小姐,则今日同我上京应举去来。我若得了官,你便是夫人县君也。（魂旦唱）

【收尾】各刺刺向长安道上把车儿驾⁽⁶⁾，但愿得文苑客当时奋发。则我这临邛市沽酒卓文君，甘伏待你濯锦江题桥汉司马⁽⁷⁾。（同下）

（据顾学颉选注《元人杂剧选》，人民文学出版社1998年版）

【注释】

（1）舣舟：泊船。

（2）适闷：解闷。

（3）"似盼"句：此句比喻倩女追赶时候的急迫之情与坚贞之意，相传当年张骞出使大夏国时为寻河源，曾乘木筏到达天河。

（4）心猿意马：比喻人的思想活动，有道教的宗教色彩。

（5）抹搭：怠慢，懒得搭理。

（6）各刺刺：车轮滚动的声音。

（7）濯锦江题桥汉司马：《华阳国志》载："司马相如初入长安，题市门曰：不乘高车驷马，不过汝下也。"

【简析】

　　《倩女离魂》全名《迷青琐倩女离魂》，是元后期杂剧中最优秀的作品。本折是剧中人物关系发生变化的关键情节，剧情虽离奇却为人称道。主要矛盾点是倩女的忧虑：作为一个待字闺中的少女，对未来的婚姻充满了幻想和不安，解决这种幻想与不安的对策便是大胆追赶王文举。但这种举动为社会礼教所不容，必然遭到强烈的反对和质疑，但作者却巧妙安排这一情节的实现为"离魂"。这种"离魂"恰恰能够展示少女对美好爱情与婚姻的勇敢追求，与受礼教束缚而病弱无力的"肉体"形成鲜明对比，具有浪漫主义色彩。整部作品充满了浓厚的抒情气息，文辞精美却不现雕琢之气，笔墨细腻但并无工匠之感。尤其选文中的曲词与宾白的排演，文雅处含真情，直白处不扭捏，情思真切，符合人物身份与人物性格。语言流转，一气呵成，颇能体现剧中人物的恳切之情、坚贞之意，符合当时紧张的情境。

施惠戏文（一种）

　　施惠，杭州人，字君美，一作均美，或云沈姓，生卒年月不详。世居吴山城隍庙前，以坐贾为业。巨目美髯，好谈笑。朱权评其杂剧"是杰作，其词势非笔舌可能拟，真词林之英杰也"。著有《古今砌话》一书，未见传。作有南戏《王瑞兰闺怨拜月亭》《周小郎月夜戏小乔》，今存前者。

拜月亭记

第三十二出　幽闺拜月

【齐天乐】（旦上）恹恹捱过残春也⁽¹⁾，又是困人时节。景色供愁，天气倦人，针指何曾拈刺⁽²⁾？（小旦上）闲庭静悄，琐窗潇洒⁽³⁾，小池澄澈。（合）叠青钱⁽⁴⁾，泛水圆小嫩荷叶。

　　[浣溪沙](小旦)阶前萱草簇深黄,槛外榴花叠绛囊,清和天气日初长。(旦)懒去梳妆临宝镜,慵拈针指向纱窗,晚来移步出兰房。(小旦)姐姐,当此良辰美景,正好快乐,你反眉头不展,面对忧容,为甚么来?

【青衲袄】(旦)我几时得烦恼绝?几时得离恨彻?本待散闷,闲行到台榭,伤情对景肠寸结。(小旦)姐姐,撇下些罢。(旦)闷怀些儿,待撇下怎忍撇?待割舍难割舍?倚遍阑干,万感情切,都分付长叹嗟(5)。

【红衲袄】(小旦)姐姐,你绣裙儿宽褪了褶,为伤春憔悴些。近日庞儿瘦成劳怯(6)。莫不是又伤夏月?姊妹每休见撇(7),斟量着你非为别。(旦)你量着我甚么?(小旦)多应把姐夫来萦牵,别无些话说。

【青衲袄】(旦怒科)你把滥名儿将咱引惹,直恁的情性乖(8),心意劣,女孩儿家多口共饶舌。爹娘行快活,要他做甚的(9)?要妆衣满箧,要食珍羞则盛设,和你宽打周折(10)。(走科)(小旦)姐姐,到那里去?(旦)到父亲行先去说。(小旦)说些甚么?(旦)说你小鬼头春心动也。

【红衲袄】(小旦)我特地错赌别(11)。(跪科)姐姐,望高抬贵手饶过些,一句话儿伤了俺贤姐姐。(旦)起来,且饶你这次,今后再不可如此。(小旦)若再如此呵,瑞莲甘痛决(12),姐姐闲耍歇,小的妹先去也。(旦)你那里去?(小旦)只管在此闲行,忘收了针线帖。

　　(旦)也罢,你先去!(小旦)推些缘故归家早,花阴深处遮藏了,热心闲管是非多。冷眼觑人烦恼少。(下)(旦)这丫头去了。天色已晚,只见半弯新月,斜挂柳梢,几队花阴,平铺锦砌,不免安排香案,对月祷告一番。[卜算子]款把棹儿台,轻揭香炉盖,一炷心香诉怨怀,对月深深拜。(拜科)

【二郎神】(旦)拜新月,宝鼎申明香满爇(13)。

　　(小旦潜上听科)(旦)上苍,这一炷香呵!愿我抛闪下男儿疾较些(14),得再睹同欢同悦。(小旦)悄悄轻将衣袂拽。姐姐,却不道"小鬼头春心动也"?(走科)(旦)妹子到那里去?(小旦)我也到父亲行去说。(旦扯科)(小旦)放手,我这回定要去。(旦跪科)妹子,饶过了姐姐吧!(小旦)姐姐请起。那乔怯(15),无言俯首,红晕满腮颊。

【莺集御林春】(小旦)恰才的乱掩胡遮,事到如今漏泄,姊妹每心肠休见别,夫妻每是有些周折?(旦)教我难推怎阻,罢罢,妹子,我一星星对伊仔细从头说。(小旦)姐姐,他姓甚么?(旦)姓蒋。(小旦)他也姓蒋,叫甚么名字?(旦)世隆名。(小旦)呀!他家住在那里?(旦)中都路是家。(小旦)姐姐,你怎么认得他。他是甚么样人?(旦)是我男儿受儒业(16)。

【前腔】(小旦悲介)听说罢姓名家乡,这情苦意切,闷海愁山将我心上撇,不由人不泪珠流血!(旦)我恓惶是正理,只合此愁休对愁人说。妹子,你啼哭为何因,莫非是我男儿旧妻妾?

【前腔】(小旦)他须是瑞莲亲兄。(旦)呀!原来是令兄。为何散失了!(小旦)为军马犯阙。(旦)是,我晓得了。散失忙寻相应者,那时节只争个字儿差迭。妹子,和你比先前又亲,自今越更着疼热,你休随着我跟脚,久以后是我男儿那枝叶。

【前腔】(小旦)我须是你妹妹、姑姑,你是我的嫂嫂,又是姐姐,未审家兄和你因甚别(17),两分离是何时节?(旦)正遇寒冬冷月,恨爹爹把奴拆散在招商舍。(小旦)如今还思量着我哥哥么?(旦)思量起痛辛酸,那其间他染病耽疾。(小旦)那时怎割舍得他?(旦)是我男儿教我怎割舍?

【四犯黄莺儿】(小旦)他直恁太情切,你十分忒软怯,眼睁睁怎忍相抛撇。(旦)枉是怨嗟,无可计设,当不过他抢来推去望前扯。(合)意似虺蛇,性似蝎螯(18),一言如何诉说!

【前腔】(小旦)流水一似马和车,倾刻间途路赊,他在穷途逆旅应难舍。(旦)那时节呵!囊箧又竭,药饵又缺。他那里闷恹恹难捱过如年夜(19)。(合)宝镜分破,玉簪跌折,甚日重圆再接。

【尾声】自从别后音书绝,这些时魂惊梦怯,莫不是烦恼忧愁将人断送也。

(旦)往时烦恼一人悲,

(小旦)从此凄凉两下知。

(旦)世上万般哀苦事

(小旦)无过死别共生离。

(据胡忌选注《元代戏曲选注》,上海古籍出版社1983年版)

【注释】

(1)恹恹:形容有病的样子。

(2)拈刺:做针线活。

(3)潇洒:明亮干净。

(4)青钱:浮在水面上的荷叶。

(5)分付:寄托。叹嗟:叹息。

(6)劳怯:生病瘦弱的样子。

(7)休见撇:不要见外。

(8)直恁的:这样的。

(9)"爹娘"句:只要爹娘高兴,我想他(你姐夫)做什么?

(10)"要妆"句:意思是我现在不愁吃穿,要和你好好的评一评是非曲直。

(11)特地:故意。错赌别:指顶撞,顶嘴。

(12)痛觉:指痛打。

(13)宝鼎:香炉。

(14)疾较些:疾病慢慢痊愈。

(15)乔怯:娇怯,娇羞害臊的模样。

(16)受儒业:读书人。

(17)未审:不知道。

(18)虺蛇:毒蛇。蝎螯:蝎子。

(19)如年夜:像年一样长的夜。

【简析】

本剧原名《王瑞兰闺怨拜月亭》,又名《拜月亭》,是"四大南戏"中成就最高的一部作品,中国十大古典喜剧之一。剧中姐姐王瑞兰和妹妹蒋瑞莲之间互相戏虐的场景读来趣味盎然:先是姐姐为了蓄意遮掩而"惩治"妹妹,后是妹妹故作玄虚戏弄姐姐。同一场景,同一话题,二人不同心境的言语,塑造出一个是端庄贤惠爱面子的贵小姐,一个是活泼伶俐爱调侃的鬼灵精。生动活泼的情节反转使得原本苦闷不堪的场景有了新鲜的动态,哀婉忧愁的曲调有了生动的气息,所以这里虽也是离愁别恨的开场,却能有幽默风趣的情调,不得不说是战争年代人们自我安慰自我鼓励的一个很好的调剂品。通过一系列的误会,姐妹二人最终吐露心声,确定了姑嫂关系,更是亲中又亲、愁中共愁、忧心同忧。作者清新秀丽的笔调,幽默诙谐的口语更是为剧本增色不少,增加了剧本的舞台感染力,为当时生活在战乱中的人们燃起了生活的希望。

高明戏文(一种)

高明(约1305—?),字则诚,号菜根道人,今浙江瑞安人。作过小官后隐居,《琵琶记》就是在这一时期写成的。他的剧作除《琵琶记》外,还有《闵子骞单衣记》,已佚。

琵琶记

第二十一出　糟糠自餍

【山坡羊】(旦上)乱荒荒不丰稔的年岁,远迢迢不回来的夫婿。急煎煎不耐烦的二亲,软怯怯不济事的孤身己。苦!衣尽典,寸丝不挂体。几番拼死了奴身己,争奈没主公婆,教谁看取?(合)思之,虚飘飘命怎期?难捱,实丕丕灾共危[1]。

【前腔】滴溜溜难穷尽的珠泪,乱纷纷难宽解的愁绪。骨崖崖难扶持的病体,战兢兢难捱过的时和岁。这糠,我待不吃你呵,教奴怎忍饥?我待吃你呵,教奴怎生吃?思量起来,不如奴先死,图得不知他亲死时。(合前)

奴家早上安排些饭与公婆吃,非不欲买些鲑菜,争奈无钱可买。不想婆婆抵死埋怨,只道奴家背地自吃了什么东西。不知奴家吃的是米膜糠秕[2],又不敢教他知道。便使他埋怨杀我,我也不分说。苦!这糠秕怎的吃得下?(吃吐介)

【孝顺歌】呕得我肝肠痛,珠泪垂,喉咙尚兀自牢嗄住[3]。糠那!你遭砻被舂杵[4],筛你簸扬你,吃尽控持[5]。好似奴家身狼狈,千辛万苦皆经历。苦人吃着苦味,两苦相逢,可知道欲吞不去。

(外、净潜上,探觑介)

【前腔】糠和米本是相依倚,被簸扬作两处飞。一贱与一贵,好似奴家与夫婿,终无见期。丈夫,你便是米呵,米在他方没寻处。奴家恰便似糠呵,怎的把糠来救得人饥馁?好似儿夫出去,怎的教奴,供膳得公婆甘旨?

(外、净潜下介)

【前腔】思量我生无益,死又值甚的!不如忍饥死了为怨鬼。只一件,公婆老年纪,靠奴家相依倚,只得苟活片时。片时苟活虽容易,到底日久也难相聚。谩把糠来相比,这糠呵,尚兀自有人吃,奴家的骨头,知他埋在何处?

(外、净上)(净)媳妇,你在这里吃什么?(旦)奴家不曾吃什么。(净搜拿介)
(旦)婆婆你吃不得。(外)咳,这是什么东西?(旦唱)

【前腔】这是谷中膜,米上皮。(外)呀,这便是糠,要他何用?(旦唱)将来毕罗堪疗饥[6]。(净)咦,这糠只好将去喂猪狗,如何把来自吃?(旦唱)尝闻古贤书,狗彘食人食,也强如草根树皮。(外净)恁的苦涩东西,怕不噎坏了你。(旦唱)啮雪吞毡,苏卿犹健,餐松食柏,到做得神仙侣。这糠呵,纵然吃些何虑?(净)阿公,你休听他说谎,糠秕如何吃得?(旦唱)爹妈休疑,奴须是你孩儿的糟糠妻室。

　　(外、净看哭介)媳妇,我元来错埋冤了你,兀的不痛杀我也。(闷倒,旦叫哭介)

【雁过沙】苦!沉沉向冥途,空教我耳边呼。公公,婆婆,我不能够尽心相奉事,反教你为我归黄土。教人道你死缘何故?公公,婆婆,怎生割舍得抛弃了奴?

　　(外醒介,旦)谢天谢地,公公醒了。公公你挣扎。

【前腔】媳妇,你担饥事姑舅。媳妇,你担饥怎生度?(旦)公公且自宽心,不要烦恼。(外唱)媳妇,我错埋冤了你,你也不推辞,到如今始信有糟糠妇。媳妇,料应我不久归阴府。也省得为我死,累你生的受苦。

　　(旦扶外起介)公公且在床上安息,待我看婆婆如何?(叫不醒介)呀,婆婆不济事了。如何是好?(唱)

【前腔】婆婆气全无,教奴怎支吾?咳,丈夫呵,我千辛万苦,为你相看顾,如今到此难回护。我只愁母死难留父,况衣衫尽解,囊箧又无。

　　(外)媳妇,婆婆还好么?(旦)婆婆不好了。

【前腔】(外)天那,我当初不寻思,教孩儿往帝都,把媳妇闪得苦又孤,把婆婆送入黄泉路,算来是我相耽误。不如我死,免把你再辜负。

　　(旦)公公休说这话,且自将息。(外)媳妇,婆婆死了,衣衾棺椁,是件皆无。如何是好?(旦)公公宽心,待奴家区处。(末上)福无双降犹难信,祸不单行却是真。老夫为何道此两句?为邻家蔡伯喈妻房赵氏五娘,他嫁得伯喈,方才两月,伯喈便出去赴选。自去之后,连遭饥荒,公婆年纪皆在八十之上,家里更没个相扶持的。甘旨之奉,亏杀这五娘子。把些衣服首饰之类,尽皆典卖,办些粮米,供给公婆,却背地里把糠秕毕罗充饥。这般荒年饥岁,少什么有三五个孩儿的人家,供膳不得爹娘。这个小娘子,真个今人中少有,古人中难得。那婆婆不知道,颠倒把他埋冤;适来听得他公婆知道,却又痛心,都害了病。如今不免到他家里探望则个。呀,五娘子,你为甚的慌慌张张?(旦)公公,天有不测风云,人有旦夕祸福。奴家婆婆死了。(末)咳,你婆婆既死了,你公公如今在那里?(旦)在床上睡着。(末)待我看一看。(外)太公休怪,我起来不得了。(末)老员外快不要劳动。(旦)太公,我婆婆衣衾棺椁,是件皆无,如何是好?(末)五娘子,你不要愁烦,我自有区处。(旦唱)

【玉胞肚】千般生受,教奴家如何措手?终不然把他骸骨,没棺材送在荒丘?(合)相看到此,不由人不泪珠流,不是冤家不聚头。(末唱)

【前腔】五娘子不必多忧,资送婆婆,在我身上有。你但小心承直公公⁽⁷⁾,莫教他又成不救。(合前)(外唱)

【前腔】张公护救,我媳妇实难启口。孩儿去后,又遇饥荒,把衣衫典卖无留。(合前)

　　(末)老员外,你请进里面去歇息。待我一霎时叫家僮讨棺木来,把老安人殡殓了。选个吉日,送在南山安葬去。(外)如此,多谢太公周济。

　　只为无钱送老娘,须知此事有商量。

归家不敢高声哭,惟恐猿闻也断肠。

(据毛晋《六十种曲》,中华书局 1982 年版)

【注释】

(1) 实丕丕:实实在在。
(2) 糠秕:谷皮和瘪谷。
(3) 嗄住:咔住。
(4) 砻:磨碾。
(5) 控持:折磨。
(6) 毕罗:一种面食,在此处做动词。
(7) 承直:侍奉。

【简析】

　　《琵琶记》称为"南戏之祖",主要写书生蔡伯喈与赵五娘悲欢离合的故事,共四十二出。本出是赵五娘苦难生活的一个片段,用"自食糟糠"的手段来奉养公婆反而受到公婆质疑,是血淋淋的"糟糠之妻"的真实写照。这样的糟糠之妻的养成也不是横空出世的无私奉献者,而是在百般磨难中有抱怨有退缩有选择之后逐步形成的有血有肉的典型劳动妇女形象。相对于蔡伯喈的"听父命、忠皇权"的成功者来说,赵五娘的形象无疑更打动人,更感染人,更接近人。赵五娘的可贵之处就在于把个人的抱怨和退缩放到了责任和义务之后,是真正的深明大义。正是通过人物一次次的自我选择,怨恨哭诉之后的砥砺前行,才使得这个人物产生可贵的灵魂,让人读来不得不动容,不得不敬佩。"糟糠自厌"写出了赵五娘的辛酸与坚韧,对丈夫的怨恨以及对困难的不屈,反映了封建社会广大劳动人民的苦难生活,也体现了古代劳动妇女的高贵品德。文辞顺达细腻,语言清新质朴,体现了高度发达的中国抒情文学与戏剧艺术结合的特点。

(二) 散 曲

关汉卿散曲(二首)

作者简介见戏曲部分。

[仙吕]一半儿·题情(二首)[1]

云鬓雾鬓胜堆鸦,浅露金莲簌绛纱。不比等闲墙外花。骂你个俏冤家[2],一半儿难当一半儿耍⁽³⁾。

　　碧纱窗外静无人,跪在床前忙要亲。骂了个负心回转身。虽是我话儿嗔⁽²⁾,一半儿推辞一半儿肯。

(据隋树森编《全元散曲》,中华书局 1964 年版)

【注释】

(1)[一半儿]:属"仙吕宫",本格是七、七、七、三、九,适用于表现"清新绵邈"的情感,其定格是"一半儿……一半儿……"。

(2)"骂你个""虽是我":皆衬字。

(3)耍:玩笑。

【简析】

　　关汉卿的[仙吕]《一半儿》是一套组曲,在散曲体式中称作"重头"。该组曲表现青年男女从相见钟情到离别相思的感情发展。这两首是其中前二首。

　　第一首写两人第一次见面:从男子的角度写出一见钟情的瞬间,内心感情的波动;从女子静态的"云鬟雾鬓"之美,写到动态的移动"金莲""绛纱"裙动之美。这样的女子不是"墙外花",不可亵玩。少年以"俏冤家"爱称少女,可又怕唐突佳人,表现出当爱情来临时"一半儿难当一半儿耍"的矛盾心态。

　　第二首从女子的角度写男子求爱。这个情景设置在一个"静无人"的院落屋舍之中。男子"跪"在床前好像是道歉,其实为求爱;女子假装生气,骂对方负心,还"回转身",其实是真心甜蜜。二人的这种看似矛盾的行为,正是真情流露的表现。"一半儿推辞一半儿肯"将女子的内心对爱情的希冀和面对爱人求爱的羞涩表露无遗。

　　本曲情感炽热浓烈,大胆直接,体现了元曲本色当行、雅俗共赏的艺术特色,成为脍炙人口的经典作品。

马致远散曲(二首)

　　马致远,号东篱,大都人,生卒年不详。曾在江浙一带做官,晚年退隐。现知其杂剧十五种,有《汉宫秋》《岳阳楼》《荐福碑》《任风子》《陈抟高卧》《青衫泪》等存世。曲词风格豪放,与关汉卿、郑光祖、白朴并称"元曲四大家"。其散曲成就卓著,作品有《东篱乐府》。

[南吕]金字经⁽¹⁾

夜来西风里,九天雕鹗飞⁽²⁾。困煞中原一布衣⁽³⁾。悲,故人知未知?登楼意⁽⁴⁾,恨无上天梯。

(据隋树森编《全元散曲》,中华书局 1964 年版)

【注释】

（1）［南吕］:宫调之一,适用于感叹伤悲。

（2）雕鹗:本是两种鸟,这里指雕。

（3）"中原一布衣":用典。出自金代李汾《下第》中的诗句。

（4）登楼:用典。汉代王粲为避董卓之乱离开中原,赴荆州投靠刘表,终未得用,因怀念故乡作《登楼赋》。

【简析】

　　这首小令是马致远的前期作品,与众所周知的马氏晚期作品风格基调不同。马氏散曲本色豪放,作品倾泻全部感情,毫无避忌。马致远前期作品在困顿与豪气中充溢着激愤抗争。

　　作品从梦境入手,写"雕鹗"其实暗指作者自己的抱负远大,而梦醒后现实却是"困煞中原一布衣",怀才不遇,沦落天涯。马致远的"悲"在于他不肯向现实低头,但现实又不肯给他实现"雕鹗"之志的希望。所以"困煞中原一布衣"的悲哀慨叹才更加入骨。在这样的现实之下,他只能借与故人对话的机会一吐心中郁结。"登楼"句用和王粲对话的方式怀古伤今,书写了马氏因元军南下,流落江南屈沉下僚之痛。

　　该小令在他前期为数不多的存世作品中具有一定的代表性。

［越调］天净沙·秋思[1]

枯藤老树昏鸦,小桥流水人家,古道西风瘦马。夕阳西下,断肠人在天涯。

（据隋树森编《全元散曲》,中华书局 1964 年版）

【注释】

（1）［越调］:宫调之一,特点是"陶写冷笑"。

【简析】

　　"秋思"指萧条悲凉寂寞的情感思绪。此乃秋思名篇。其成名原因在于,首先选取最能代表"秋思"的人和景;其次,极丰富的想象孕于极简的语言;再次,围绕秋思相关的时空关系。以上三者组合描绘了一幅绝妙的"秋思图"。抒情主人公是"断肠人",景是"枯藤老树"等典型秋景。而真正触动抒情主人公和读者的正是"断肠人"在"天涯"所见的秋景。作家精心挑选了小令中所描绘的时间——"夕阳西下",这是倦鸟归巢、牛羊返栅的时间,是普通人回家的时间。在无声中表露了"断肠人"在这个时间来临时却无所归依的惆怅。将抽象的"秋思"通过具象的意象连缀写活了,是这首小令最动人的艺术魅力所在。

张养浩散曲（二首）

　　张养浩(1270—1329)字希孟,号云庄,济南人。作品集有《云庄休居自适小乐府》《归田类稿》《云庄集》。

[中吕]山坡羊·骊山怀古⁽¹⁾

骊山四顾⁽²⁾,阿房一炬⁽³⁾,当时奢侈今何处?只见草萧疏,水萦纡,至今遗恨迷烟树。列国周齐秦汉楚。赢,都变做了土;输,都变做了土。

(据隋树森编《全元散曲》,中华书局1964年版)

【注释】

(1)[中吕]:宫调之一,特点是"高下闪赚"。

(2)骊山:秦岭山脉的一个支脉,是周秦汉唐的皇家园林所在地。

(3)阿房:即阿房宫,"秦始皇的四大工程"之一。1991年联合国确定其为世界上最大的宫殿基址。

【简析】

张养浩的怀古之作高屋建瓴,雄浑大气,深沉痛切,带有鲜明的艺术特色。这首小令彰显了张氏怀古之作的这种风格。怀古以"骊山"为题,但是却不局限于骊山和"周齐秦汉楚",而是从骊山一直到阿房宫整个关中地区,格局宏大。这里见证了从周代到秦汉甚至隋唐的兴衰。在这种兴衰更替中,结尾的警句体现出一种哲学智慧:"赢,都变做了土;输,都变做了土。"这也是张养浩[中吕]《山坡羊》的一贯特色。

[中吕]朝天曲

柳堤,竹溪,日影筛金翠。杖藜徐步近钓矶⁽¹⁾,看鸥鹭闲游戏。农父渔翁,贪营活计,不知他在图画里。对着这般景致,坐的⁽²⁾,便无酒也令人醉。

(据隋树森编《全元散曲》,中华书局1964年版)

【注释】

(1)矶:水边石滩或突出的岩石,亦称"钓矶"。

(2)坐的:因此。

【简析】

这首曲子,表达了作者深深陶醉在田园生活之中的惬意感受。张养浩中年以后辞官归隐,寄情山水,创作了大量隐逸田园的散曲,表现出厌世飘逸的思想。作者运用白描手法,开头以三种自然景物入笔,勾勒风景。之后写抒情主人公"杖藜徐步近钓矶,看鸥鹭闲游戏",一个"闲"字贯穿所见:执杖者闲、鸟闲、农夫渔翁闲,到处是一派自由自在恬淡美好的景象。

睢景臣散曲(一首)

睢景臣,生卒年不详,字景贤,江苏扬州人。元散曲、杂剧作家,其杂剧《莺莺牡丹记》《千里投人》《屈原投江》未能流传至今,现存较为著名的作品是套数《高祖还乡》。

[般涉调]哨遍·高祖还乡⁽¹⁾

社长排门告示,但有的差使无推故。这差使不寻俗,一壁厢纳草也根,一边又要差夫,索应付。又言是车驾,都说是銮舆,今日还乡故。王乡老执定瓦台盘,赵忙郎抱着酒胡芦。新刷来的头巾,恰糨来的绸衫,畅好是妆么大户⁽²⁾。

[耍孩儿]瞎王留引定火乔男女,胡踢蹬吹笛擂鼓。见一彪人马到庄门。匹头里几面旗舒:一面旗白胡阑套住个迎霜兔⁽³⁾,一面旗红曲连打着个毕月乌⁽⁴⁾,一面旗鸡学舞⁽⁵⁾,一面旗狗生双翅⁽⁶⁾,一面旗蛇缠葫芦⁽⁷⁾。

[五煞]红漆了叉⁽⁸⁾,银铮了斧⁽⁹⁾。甜瓜苦瓜黄金镀⁽¹⁰⁾。明晃晃马镫枪尖上挑⁽¹¹⁾,白雪雪鹅毛扇上铺⁽¹²⁾。这几个乔人物,拿着些不曾见的器仗,穿着些大作怪衣服。

[四煞]辕条上都是马,套顶上不见驴。黄罗伞柄天生曲,车前八个天曹判,车后若干递送夫。更几个多娇女,一般穿着,一样妆梳。

[三煞]那大汉下的车,众人施礼数。那大汉觑得人如无物。众乡老展脚舒腰拜,那大汉挪身着手扶。猛可里抬头觑,觑多时认得,险气破我胸脯。

[二煞]你须身姓刘,你妻须姓吕。把你两家儿根脚从头数。你本身做亭长耽几盏酒,你丈人教村学,读几卷书。曾在俺庄东住。也曾与我喂牛切草,拽坝扶锄。

[一煞]春采了桑,冬借了俺粟。零支了米麦无重数。换田契强秤了麻三秤,还酒债偷量了豆几斛。有甚胡突处?明标着册历,现放着文书。

[尾声]少我的钱,差发内旋拨还;欠我的粟,税粮中私准除。只道刘三,谁肯把你揪摔住?白甚么改了姓、更了名唤做汉高祖?

(据隋树森编《全元散曲》,中华书局1964年版)

【注释】

(1)[般涉调]:宫调之一,特点是"拾掇坑堑"。
(2)妆么大户:装模作样冒充大户人家。妆么,即"妆幺",表示装模作样。
(3)白胡阑套住个迎霜兔:月旗(房宿旗)。
(4)红曲连打着个毕月乌:日旗(毕宿旗)。
(5)鸡学舞:凤旗。
(6)狗生双翅:飞虎旗。
(7)蛇缠葫芦:龙戏珠旗。
(8)"红漆"句:指红叉。
(9)"银铮"句:指钺斧。
(10)"甜瓜"句:指金瓜锤。
(11)"明晃晃"句:指朝天镫。
(12)"白雪"句:雉扇。以上仪仗用具均用老百姓惯用的日常用品进行描述,增加了戏剧效果。

【简析】

这篇作品是以汉高祖刘邦做皇帝后返回故乡沛县的历史事件为背景而创作的。其新奇之处在于它的角度。该作选取一位普通乡民作为叙述主角,把刘邦回乡的整个过程和心理活动都借他自己的口表现出来,对皇帝乃至随从都进行了嘲讽。其中运用乡民惯用的日常语言描述各种仪仗器物,凸显戏剧效果。将前文中民众的谨慎恭敬与后文中刘邦下车后民众的反应进行了对比,突出了"气破我胸脯"的原因,直接暴露了刘邦未登基前的种种可耻行径。通过乡民的语言和情绪揭穿了皇帝的本来面目,剥去了"君权神授"光环笼罩下皇帝的神圣"龙袍",讽刺了历代君王,收到意想不到的讽刺效果和艺术魅力。在文学史上这样直击帝王软肋的作品还是比较罕见的。

乔吉散曲(二首)

乔吉(? —1345)一称乔吉甫,字梦符,号笙鹤翁,又号惺惺道人。太原人,流落杭州。元代杂剧家、散曲作家。他的作品有《文湖州集词》《乔梦符小令》《扬州梦》《两世姻缘》《金钱记》等。

[正宫]绿幺遍·自述[1]

不占龙头选[2],不入名贤传。时时酒圣,处处诗禅。烟霞状元,江湖醉仙。笑谈便是编修院。留连,批风抹月四十年。

(据隋树森编《全元散曲》,中华书局 1964 年版)

【注释】

(1)[正宫]:宫调之一,特点是"惆怅雄壮"。
(2)龙头选:状元榜。龙头:状元。

【简析】

作品开篇直接表达了作者否定科举仕途、鄙薄功名的态度。他选择寄情山水风月,并以此作为与功名利禄分庭抗礼的一种精神生活,完全站在了正统文人士大夫的对立面。他认为自己"笑谈"如进入翰林院编修古今,"留连"句表达了作家钟情之所在。这首自述小令,很容易让人想起关汉卿的[一枝花]《不伏老》,愤世之姿投身其中,终生不悔。乔吉作为散曲清丽派的代表人物,其散曲并非都是清丽风格,这首小令正是乔吉除清丽之外风流调笑风格的一种展示。

[双调]折桂令·荆溪即事[1]

问荆溪溪上人家[2]:为甚人家,不种梅花? 老树支门,荒蒲绕岸,苦竹圈笆。寺无僧狐狸样瓦,官无事乌鼠当衙。白水黄沙,倚遍阑干,数尽啼鸦。

(据隋树森编《全元散曲》,中华书局 1964 年版)

【注释】

（1）［双调］:宫调之一,特点是"健捷激袅"。
（2）荆溪:江苏宜兴县南,因靠近荆南山而得名。

【简析】

　　荆溪是历代文人墨客笔下的精神家园和理想世界。传说晋代周处斩蛟于此,杜牧、苏东坡、梅尧臣等都曾对此地无比向往。但是在乔吉笔下,这里却是荒凉的惨淡的。这首小令突出了乔吉散曲的文学精神中的一个重要的意志,即不以理想的眼光美化现实生活,不为慰藉心灵而营造表面化的生活和行为,勇敢直面真实的世界与人生。这也是这首曲子的艺术魅力所在:直面现实的"丑陋",将其全部和本质都展示出来,以此引发对历史和对文人悲剧的深刻思考。

张可久散曲（一首）

　　张可久（约1270—约1350）,字小山,或曰名伯远,字可久,号小山,庆元路（治所在今浙江宁波）人。元朝曲作家,与乔吉并称。作品有《小山乐府》。

［黄钟]人月圆·客垂虹(1)

　　三高祠下天如镜,山色浸空蒙。莼羹张翰(2),渔舟范蠡(3),茶灶龟蒙(4)。故人何在,前程那里,心事谁同？ 黄花庭院,青灯夜雨,白发秋风。

（据隋树森编《全元散曲》,中华书局1964年版）

【注释】

（1）［黄钟]:宫调之一,特点是"富贵缠绵"。
（2）莼羹张翰:此典故来自《晋书·张翰传》。莼,莼菜,可做汤,表示思乡。
（3）渔舟范蠡:春秋时期越国谋臣,助勾践灭吴复国之后功成身退,泛舟江湖。
（4）茶灶:烧茶用的小炉灶。龟蒙:唐代文学家陆龟蒙,早年出仕,后归隐。他与张翰、范蠡都是吴人,三高祠即纪念他们。

【简析】

　　作者写这首小令时正在吴江,凭吊三高祠中同为吴江人的三位隐士,并借此怀古伤今,感慨自身的失意,苦叹知音难觅,一生悲凉。作品从拜访三高祠写起,"三高"能在功成名就之后归隐,而自己却"浑浑噩噩"。小令将自己的惆怅失意展示得入木三分,情感逐渐升级。"黄花"三句鼎足工对,"黄花"是反衬,"青灯""白发"是正衬,独具匠心表达情感上的哀戚与飘零,将情感推向高潮。对偶、修辞、用典、摹景,极尽修辞之美。此曲也正是前人将张可久与晏几道一较高下的原因。

三 诗歌

刘因诗（二首）

刘因（1249—1293），字梦吉，号静修，雄州容城（今河北涂水县）人。作品有《静修集》。

观梅有感

东风吹落战尘沙，梦想西湖处士家[1]。只恐江南春意减，此心元不为梅花。

（据《四部丛刊》影印元刻本《静修先生文集》卷十二）

【注释】

(1) 西湖处士：指宋人林逋，字君复，谥号和靖先生，钱塘人，著名诗人。他隐居杭州西湖孤山，终生不仕不婚，养鹤种梅，人称"梅妻鹤子"。

【简析】

刘因父祖皆为金朝人。刘因虽从未做过宋朝人，但是对外族入侵一直在思想感情上难以接受，故创作了许多哀悼宋亡的作品。金宣宗即位第三年，金都迁至开封，河北地区被蒙古军队占领。家乡遭受兵燹之祸，刘因痛心疾首。他一生都在蒙元治下生活，但对此始终不满。这首诗大约作于蒙古军队一统中原之后不久，诗人三十岁左右。诗歌从观赏梅花的感慨生发开去，通篇写梅但却说"此心元不为梅花"，梅花的盛衰并不是诗人真正关心的。这首诗借助象征手法以及结尾的否定性表达，将诗人内心对宋彻底灭亡的悲哀以及对前朝的思念充分展示出来。

白雁行

北风初起易水寒，北风再起吹江干。北风三起白雁来，寒气直薄朱崖山[1]。乾坤噫气三百年[2]，一风扫地无留残。万里江湖想潇洒，伫看春水雁来还。

（据《四部丛刊》影印元刻本《静修先生文集》卷五）

【注释】

(1) 朱崖山：在今广东新会县南海中。是宋末陆秀夫、张世杰奉宋帝赵昺与元抗衡之处，后陆秀夫负帝昺投海。

(2) 噫气：此处指天地吐气。

【简析】

　　这首诗饱含着诗人对前朝的深刻怀念,笔调却并不凄婉,带有一种豪迈壮阔的气质。本诗运用比兴的手法,将蒙古军队比成是北风,将宋金疆界比喻成江河高山,结尾将一时的兴亡放在历史的长河中去审视,点出了历史和时间的永恒与一时得失的短暂之间的哲学性对比。二者相较,高下立现。此诗气势磅礴,刚中带柔,而歌行体的形式也使语言表达和情感的抒发更加自由酣畅。古人认为刘因的歌行律诗有盛唐名家的气韵,本诗就是这方面的一首代表性作品。

戴表元诗(一首)

　　戴表元(1244—1310),字帅初,一字曾伯,奉化人,宋末元初文学家,元朝欲任用他,他借病辞之。作品有《剡源集》。

秋尽

　　秋尽空山无处寻,西风吹入鬓华深。十年世事同纨扇[1],一夜交情到楮衾[2]。骨警如医知冷热,诗多当历记晴阴。无聊最苦梧桐树,搅动江湖万里心。

(据《四部丛刊》影印明刻本《剡源戴先生集》卷三十)

【注释】

(1) 纨扇:细绢做的团扇。出自班婕妤《怨歌行》"秋扇见弃"的典故。在这里指诗人挂念始终的某些人事再难重现。

(2) 楮衾:即纸帐。楮,纸。

【简析】

　　这首诗大约作于元至元十六年(1279)。这年二月,元军彻底消灭南宋流亡政权,当时诗人正居住在剡县(即嵊县)。这首诗表面咏秋,借十分贴合秋意的秋景,曲折详述秋思,尽吐秋尽之悲,表现了诗人内心深刻的故国之思和亡国之痛。值得一提的是,该诗中对班婕妤"秋扇见弃"典故化用的推陈出新。纨扇原本是用来象征美好的人或事物被抛弃,但是这里却用来表示长久挂怀的人事之难再,体现了戴表元擅长化旧为新的特点。

虞集诗(二首)

　　虞集(1272—1348),字伯生,号道园,又号邵庵,四川仁寿人。元代诗人,与杨载、范梈、揭傒斯齐名,作品有《道园学古录》。

挽文山丞相

徒把金戈挽落晖⁽¹⁾，南冠无奈北风吹。子房本为韩仇出，诸葛宁知汉祚移。云暗鼎湖龙去远⁽²⁾，月明华表鹤归迟。不须更上新亭望⁽³⁾，大不如前洒泪时。

（出自《道园遗稿》，据顾嗣立《元诗选初集·中》，中华书局 1987 年版）

【注释】

（1）"徒把"句：典出《淮南子·览冥》，原指鲁阳公"援戈而挥之，日为之反三舍"。这里指文天祥力挽南宋败落的局面。

（2）鼎湖：《史记·封禅书》中黄帝升天的地方。

（3）新亭：地名，在南京南侧。此句用典"新亭对泣"，语出《晋书·王导传》。东晋偏安一隅，周凯、王导等人在新亭宴饮，席间周感叹风景如昔，江山易主。众人对泣不止，王导则认为用该合力为朝廷奋斗，光复国家，而不是在这里哭泣。

【简析】

在诗歌中反映对前朝的怀念以及在异族统治下被迫出仕的矛盾心态，这是非常常见的元诗主题。虞集的这首诗的特点在于句句用典，却又十分自然。前三联中诗人对文天祥这样的英雄给予了高度的赞扬，同时也为他的失败叹息不已。第四联用典直接将内心深处的亡国之恨表达出来。在当时的汉族士人中引起强烈反响。

送袁伯长扈从上京⁽¹⁾

日色苍凉映赭袍⁽²⁾，时巡毋乃圣躬劳。天连阁道晨留辇⁽³⁾，星散周庐夜属櫜⁽⁴⁾。白马锦鞯来窈窕，紫驼银瓮出葡萄。从官车骑多如雨，只有扬雄赋最高。

（据《四部丛刊》影印明景泰翻元小字本《道园学古录》卷三）

【注释】

（1）袁伯长：袁桷，浙江鄞县人。曾做过国史院编修官、翰林寺讲学士等职位。参加过护驾的队伍。

（2）赭袍：红袍，代指帝王服。

（3）阁道：栈道。此指路险。

（4）周庐：帐篷。夜属櫜：护卫佩弓箭为御驾守夜警戒。

【简析】

这是一首送别诗。诗的开篇道出了送别原因，没有直接写袁伯长，而是从场面入笔，为全诗定下一个阔大的基调。颔联是名句，虞集的诗歌很少有如此讲究工炼的作品，故颔联在对仗工整讲究炼字方面具有一定的代表性。该诗也因此备受推崇。前文都是为诗的结尾做铺垫，在此才提出了送别的对象，用扬雄来赞美朋友的文才。本诗的特点在于声律属对精细工整成熟，迥异于往日送别诗的离恨神伤，体现出一种开阔的境界，是古代送别诗中的代表性作品。

萨都剌诗(五首)

　　萨都剌(1272—?),字天锡,号直斋,答失蛮氏,蒙古族,居雁门(今山西代县)。元代诗人、画家、书法家。作品有《雁门集》。

上京即事五首[1]

大野连山沙作堆,白沙平处见楼台。行人禁地避芳草[2],尽向曲阑斜路来。

祭天马酒洒平野,沙际风来草亦香。白马如云向西北,紫驼银瓮赐诸王。

牛羊散漫落日下,野草生香乳酪甜。卷地朔风沙似雪,家家行帐下毡帘。

紫塞风高弓力强,王孙走马猎沙场。呼鹰腰箭归来晚,马上倒悬双白狼。

五更寒袭紫毛衫,睡起东窗酒尚酣。门外日高晴不得,满城湿露似江南。

（据《四部丛刊》影印明弘治刻本《萨天赐诗集》）

【注释】

(1) 上京:今内蒙正蓝旗的开平府。
(2) 芳草:此草即为"誓俭草"。元世祖忽必烈将沙漠莎草移种在丹墀,告诫子孙创业艰难,不要忘记祖先发源之地。

【简析】

　　元朝一统天下之后,定都元大都(北京),但帝王每年夏天都携官员贵族赴上都。这组诗就是诗人跟随元顺帝赴上都途中的所见所闻。这组诗的独特之处在于虽然也是边塞诗,但萨都剌的这组边塞诗中"边塞"是畿辅之地,洋溢着欢乐和平的气氛,描绘的是令人沉醉的草原风光,感情积极乐观。这也是萨都剌边塞诗中最著名的一组。

杨维桢诗(一首)

　　杨维桢(1296—1370),字廉夫,号铁崖,又号铁笛道人,浙江山阴人。元代诗人,其诗被称为"铁崖体"。作品有《东维子集》《铁崖古乐府》等。

鸿门会[1]

天迷关,地迷户,东龙白日西龙雨[2]。撞钟饮酒愁海翻,碧火吹巢双猰貐。照天万古无二乌[3],残星破月开天馀。座中有客天子气[4],左股七十二子连明珠[5]。军声十万振屋瓦[6],拔剑当人面如赭[7]。将军下马力拔山[8],气卷黄河酒中泻[9]。剑光上天寒彗残[10],明朝画地分河山。将军呼龙将客走[11],石破青天撞玉斗[12]。

（据《四部丛刊》影印明成化刻本《铁崖先生古乐府》卷一）

【注释】

(1) 鸿门会:即秦汉之际,项羽为击杀刘邦而大摆鸿门宴的著名历史故事。

(2) "东龙"句:表示秦已经垮台,各路起义军将领拥兵自重,均想要分一杯羹。东龙、西龙,均指代不同阵营的起义军将领。

(3) "照天"句:表示秦亡后,天无二日,各路起义军一决雌雄。乌,指代日,太阳。《淮南子·精神训》中载"日中有踆乌"。

(4) "座中"句:指代刘邦。

(5) "左股"句:此乃秦汉之际关于刘邦的传说。据《史记》记载,刘邦生下来左股上有七十二颗黑痣,象征着"赤帝七十二之数"。

(6) "军声"句:指刘邦在当时拥有的兵力,其数量大约在十万左右。

(7) "拔剑"句:指樊哙,他曾在鸿门宴上"带剑拥盾","瞋目视项王……目眦尽裂",以此代表了刘邦拥有的人才壮士。

(8) "将军"句:指项羽。项羽天生神力,《垓下歌》中有"力拔山兮气盖世"之句。

(9) "气卷"句:指项羽气势壮。项羽当时刚刚战胜秦军,坑杀秦军二十万,正踌躇满志,气势如虹。

(10) "剑光"句:指鸿门宴上,项庄舞剑为求击杀刘备的场景。

(11) "将军"句:指项羽在鸿门宴上心慈手软,自傲轻敌,放走了刘邦,鸿门宴失败,失去了刺杀刘邦的最佳时机。

(12) "石破"句:指刘邦于鸿门宴脱身后,张良呈送一对玉璧给项羽,一对玉斗给亚父范增,项羽接受了玉璧,而范增大怒,用剑将玉斗击碎。诗人以此句称赞范增的远见卓识。

【简析】

这首诗是杨维桢十分喜欢的作品,常常在酒酣之时唱这首诗。那么,这首诗究竟好在哪里呢? 其最出色的一点在于其以丰富的想象力,融空灵与奇崛于一体,展示了历史上著名的"鸿门宴"。这是一个备受历代作家诗人喜爱和关注的题材,其相关作品不胜枚举。但是杨维桢这首《鸿门会》却与众不同。他没有从写实的角度详细描述鸿门宴上的人物、故事情节、场景、历史背景等内容,而是丰富的想象力,大开大合的笔力,雄放的气势,将相关典故一个一个串联起来,将鸿门宴前后交代得十分清楚明白。该诗一共分为三个部分,前六句是第一部分,交代了鸿门宴的时代背景;从"座中有客天子气"到"气卷黄河酒中泻"是第二部分,介绍了鸿门宴双方主角以及其特点;后四句为第三部分,讲鸿门宴的经过和结局。对事件的典型符号把握十分精准,满足了诗歌跳跃式的表达,同时又兼顾了叙事的完整性。这首诗乍一看有"诗鬼"之才,这正是杨维桢诗歌与李贺一脉相承的体现。

王冕诗(一首)

王冕(1300—1359),字元章,号煮石山农,浙江诸暨人。放牛牧童出身,经过不断努力,终成一代著名诗人画家。作品集《竹斋集》。

墨梅[1]

我家洗砚池头树[2],朵朵花开淡墨痕。不要人夸颜色好,只留清气满乾坤。

(据清光绪《徐氏丛书》本《竹斋诗集》卷四)

【注释】

(1)墨梅:王冕绘画最钟情的题材,是形神兼备的精品。这首诗就是他的《梅花图》上的题画诗。

(2)洗砚池:典出王羲之。据说王羲之有洗砚池,为了练习书法,日日在洗砚池中清洗笔砚,染黑了池水。

【简析】

诗人年轻时有报国之志,但是屡试不第,后在诸暨隐居,以画画为生。这首诗是一首题画诗,题写在王冕为良佐画的《梅花图》上。这首诗的前两句,通过"洗砚池"将自己与著名书法家王羲之联系在一起,说明自己苦练画艺;通过一树梅花"淡墨痕",从现实过渡到绘画。后两句是本诗的核心,将墨梅和人格相结合,表达了自己高洁的情怀——愿如墨梅一般为人间留下一片"清气"。这首诗表面上咏墨梅,实际上是诗人一生的写照,成为流传甚广的名篇佳作。

四　散文

李孝光文(一篇)

李孝光(1285—1350),字季和,浙江温州乐清人,元代散文家,擅长古文,作品有《五峰集》。年轻时博学多才,倔强自负,隐居雁荡山读书,因其教育得法,吸引了众多学子前来就学。壮年时期游历名山大川各地名胜。中年之后曾有强烈出仕志愿。至正八年,擢文林郎、秘书监丞。

大龙湫记⁽¹⁾

　　大德七年秋八月,予尝从老先生来观大龙湫,苦雨积日夜。是日,大风起西北,始见日出。湫水方大,入谷,未到五里馀,闻大声转出谷中,从者心掉⁽²⁾。望见西北立石,作人俯势,又如大楹。行过二百步,乃见更作两股相倚立。更进百数步,又如树大屏风。而其颠谽谺⁽³⁾,犹蟹两螯,时一动摇,行者兀兀,不可入。转缘南山趾,稍北,回视如树圭。又折而入东崦,则仰见大水从天上堕地,不挂著四壁⁽⁴⁾,或盘桓久不下,忽迸落如震霆。东岩趾有诺讵那庵⁽⁵⁾,相去五六步,山风横射,水飞著人。走入庵避,馀沫迸入屋,犹如暴雨至。水下捣大潭,轰然万人鼓也。人相持语,但见口张,不闻作声,则相顾大笑。先生曰:“壮哉!吾行天下,未见如此瀑布也。”

　　是后,予一岁或一至。至,常以九月;十月则皆水缩,不能如向所见。今年冬又大旱,客入,到庵外石矼上⁽⁶⁾,渐闻有水声。乃缘石矼下,出乱石间,始见瀑布垂,勃勃如苍烟,乍小乍大,鸣渐壮急。水落潭上洼石,石被激射,反红如丹砂。石间无秋毫土气,产木宜瘠,反碧滑如翠羽凫毛。潭中有斑鱼廿馀头,闻转石声,洋洋远去,闲暇回缓,如避世士然。家僮方置大瓶石旁,仰接瀑水,水忽舞向人,又益壮一倍,不可复得瓶,乃解衣脱帽著石上,相持扼拏,欲争取之,因大呼笑。西南石壁上,黄猿数十,闻声,皆自惊扰,挽崖端偃木牵连下,窥人而啼。纵观久之,行出瑞鹿院前——今为瑞鹿寺,日已入。苍林积叶,前行,入迷不得路,独见明月宛宛如故人。老先生谓南山公也。

(据《文渊阁四库全书》本《五峰集》卷一)

【注释】

(1) 大龙湫:雁荡山风景三绝之一。位于浙江省乐清县境内,有“东南第一山”的美誉。大龙湫瀑布落差190多米,自古便为文人墨客所称颂。

(2) 掉:动荡。此指吓得人心跳加速。

(3) 谽谺:山深。此指山高险。

(4) 著:附着,附上。

(5) 诺讵那:佛教十六罗汉之一。

(6) 矼:石桥。

【简析】

　　这篇《大龙湫记》是李孝光《雁山十记》之一。这篇游记的独特之处在于通过两个部分,分别记述了作者在秋季和冬季两次游历大龙湫所见所闻,以互补的方式立体展示了大龙湫不同季节的美。以秋季为代表的雨季,作者主要突出了大龙湫的水声势浩大,尤其在文中三次写了水声给作者带来的震撼;同时也写出了在沿途所见的山景,突出了其山石多姿的特点。以冬季为代表的旱季,作者突出了大龙湫明丽幽静的特点,略写水势“乍小乍大”,到石桥上才闻其声,主要笔墨集中在大龙湫四周之景,动静结合,静物色彩交映,动物鱼猿悠然,尤其以猿鸣之声衬山景之寂,诗意流诸笔端,韵味无穷。在艺术手法上,本文采用了对比手法,以大龙湫雨季的雄奇壮美与旱季的幽静明丽相对比;以动静之景相对比;以色彩、喧寂等相对比,展现了大龙湫多姿多彩的美。移步换景的写作手法,配合点面结合的写作手法,丰富了作品的层次和读者的阅读观感,实是元代写景散文中的佳作。

钟嗣成文（一篇）

钟嗣成，字继先，号丑斋。河南大梁（开封）人，客居杭州，屡试不第，故从事戏曲创作。其作品大多散佚，今存《录鬼簿》二卷，记录了元代初期的戏曲家和剧目。元代文学中成就最高的就是不登大雅之堂的杂剧散曲。钟嗣成为当时还没有地位的杂剧作家和剧目著书，在现在看来，其价值远超其他诗文。

《录鬼簿》序[1]

贤愚寿夭，死生祸福之理，固兼乎气数而言，圣贤未尝不论也。盖阴阳之屈伸，即人鬼之生死，人而知夫生死之道，顺受其正，又岂有岩墙桎梏之厄哉[2]？虽然，人之生斯世也，但以已死者为鬼，而不知未死者亦鬼也。酒罂饭囊[3]，或醉或梦，块然泥土者，则其人与已死之鬼何异？此固未暇论也。其或稍知义理，口发善言，而于学问之道，甘于暴弃，临终之后，漠然无闻，则又不若块然之鬼为愈也。

予尝见未死之鬼吊已死之鬼，未之思也，特一间耳[4]。独不知天地开辟，亘古及今，自有不死之鬼在；何则？圣贤之君臣，忠孝之士子，小善大功，著在方册者，日月炳焕，山川流峙，及乎千万劫无穷已，是则虽鬼而不鬼者也。余因暇日，缅怀故人，门第卑微，职位不振，高才博识，俱有可录，岁月弥久，湮没无闻，遂传其本末，吊以乐章；复以前乎此者，叙其姓名，述其所作，冀乎初学之士，刻意词章，使冰寒于水，青胜于蓝，则亦幸矣。名之曰《录鬼簿》。

嗟乎！余亦鬼也。使已死未死之鬼，作不死之鬼，得以传远，余又何幸焉？若夫高尚之士，性理之学，以为得罪于圣门者，吾党且哦蛤蜊，别与知味者道[5]。

至顺元年龙集庚午月建甲申二十二日辛未古汴钟嗣成序[6]。

（据《录鬼簿》，《中国古典戏曲论著集成（二）》，中国戏曲出版社1959年版）

【注释】

（1）《录鬼簿》：记录元杂剧作家和剧目的史料，钟嗣成著。
（2）岩墙：监牢。
（3）罂：小口大腹瓮。
（4）一间：（相比较而言差）一点点。
（5）"吾党"句：用典，出自《南史·王融传》，王融自夸天下闻名，沈昭略却表示没听说过，只顾吃蛤蜊。
（6）龙：岁星名。庚午：指元文宗至顺元年（1330）。古汴：汴梁，即开封。

【简析】

本文开篇即从生死入手，带着元代戏曲作家身上的那种反叛传统的傲气，情感上层层递进，重新论述了"未死之鬼"——没有创新，只读圣贤书的人；"不死之鬼"——出身卑微，职位不显，但是却有前人所没有的创造力的杂剧作家们。他们虽然宣扬的不是先贤圣人的道义，可他们的贡献却是足以与"圣贤之君臣,忠孝之士子"媲美的。甚至,钟嗣成还希望"初学之士"能够"青胜于蓝,则亦幸矣"。这种狂悖之言在当时一定会引起"圣贤传人"的攻讦。故,钟嗣成以"吾党且啖蛤蜊,别与知味者道"的典故表明立场:圣贤的标准我控制不了,但是我的杂剧文学价值观,别人也别想掌控!

　　这篇文章的写作时代正是元杂剧的兴盛期,这种强势的语言和傲气,展示出钟嗣成时期元杂剧发展的蓬勃生命力,同时也表现出以钟嗣成为代表的杂剧作家们对传统的挑战,言辞犀利,痛快淋漓。钟嗣成并不算是元代散文的名家,但是这篇文章却带有一种傲视群雄的气势,横扫千军,可当元文名篇佳作,名副其实!

明代部分

✳ 一、小说

✳ 二、戏曲

✳ 三、诗歌

✳ 四、散文

一　小说

罗贯中小说（六回）

罗贯中（约1315—约1385），太原人，名本，字贯中，号湖海散人，具体资料不详。现署名罗贯中的小说有《三国志通俗演义》《隋唐两朝志传》《残唐五代史演义》《三遂平妖传》等，杂居仅存《宋太祖龙虎风云会》一种。

三国演义

第一回　宴桃园豪杰三结义　斩黄巾英雄首立功（节选）

……

杀到天明，张梁、张宝引败残军士，夺路而走。忽见一彪军马，尽打红旗，当头来到，截住去路。为首闪出一将，身长七尺，细眼长髯，官拜骑都尉，沛国谯郡人也，姓曹名操字孟德。操父曹嵩，本姓夏侯氏，因为中常侍曹腾之养子，故冒姓曹。曹嵩生操，小字阿瞒，一名吉利。操幼时，好游猎，喜歌舞，有权谋，多机变。操有叔父，见操游荡无度，尝怒之，言于曹嵩。嵩责操。操忽心生一计，见叔父来，诈倒于地，作中风之状。叔父惊告嵩，嵩急视之。操故无恙。嵩曰："叔言汝中风，今已愈乎？"操曰："儿自来无此病；因失爱于叔父，故见罔耳[1]。"嵩信其言。后叔父但言操过，嵩并不听。因此，操得恣意放荡。时人有桥玄者，谓操曰："天下将乱，非命世之才不能济。能安之者，其在君乎？"南阳何颙见操，言："汉室将亡，安天下者，必此人也。"汝南许劭，有知人之名。操往见之，问曰："我何如人？"劭不答。又问，劭曰："子治世之能臣，乱世之奸雄也。"操闻言大喜。年二十，举孝廉，为郎，除洛阳北部尉。初到任，即设五色棒十余条于县之四门，有犯禁者，不避豪贵，皆责之。中常侍蹇硕之叔，提刀夜行，操巡夜拿住，就棒责之。由是，内外莫敢犯者，威名颇震。后为顿丘令，因黄巾起，拜为骑都尉，引马步军五千，前来颍川助战。正值张梁、张宝败走，曹操拦住，大杀一阵，斩首万余级，夺得旗幡、金鼓、马匹极多。张梁、张宝死战得脱。操见过皇甫嵩、朱儁，随即引兵追袭张梁、张宝去了。

……

第四回　废汉帝陈留践位　谋董贼孟德献刀（节选）

……

时袁绍在渤海，闻知董卓弄权，乃差人赍密书来见王允。书略曰："卓贼欺天废主，人不忍言；而公恣其跋扈，如不听闻，岂报国效忠之臣哉？绍今集兵练卒，欲扫清王室，未敢轻动。公若有心，当乘间图之[2]。如有驱使，即当奉命。"王允得书，寻思无计。一日，于侍班阁子内见旧臣俱在,允曰:"今日老夫贱降,晚间敢屈众位到舍小酌。"众官皆曰:"必来祝寿。"当晚王允设宴后堂,公卿皆至。酒行数巡,王允忽然掩面大哭。众官惊问曰:"司徒贵诞,何故发悲?"允曰:"今日并非贱降,因欲与众位一叙,恐董卓见疑,故托言耳。董卓欺主弄权,社稷旦夕难保。想高皇诛秦灭楚,奄有天下;谁想传至今日,乃丧于董卓之手:此吾所以哭也。"于是众官皆哭。坐中一人抚掌大笑:"满朝公卿,夜哭到明,明哭到夜,还能哭死董卓否?"允视之,乃骁骑校尉曹操也。允怒曰:"汝祖宗亦食禄汉朝,今不思报国而反笑耶?"操曰:"吾非笑别事,笑众位无一计杀董卓耳。操虽不才,愿即断董卓头,悬之都门,以谢天下。"允避席问曰:"孟德有何高见?"操曰:"近日操屈身以事卓者,实欲乘间图之耳。今卓颇信操,操因得时近卓。闻司徒有七宝刀一口,愿借与操,入相府刺杀之,虽死不恨!"允曰:"孟德果有是心,天下幸甚!"遂亲自酌酒奉操。操沥酒设誓,允随取宝刀与之。操藏刀,饮酒毕,即起身辞别众官而去。众官又坐了一回,亦俱散讫。

次日,曹操佩着宝刀,来至相府,问:"丞相何在?"从人云:"在小阁中。"操径入。见董卓坐于床上,吕布侍立于侧。卓曰:"孟德来何迟?"操曰:"马羸行迟耳。"卓顾谓布曰:"吾有西凉进来好马,奉先可亲去拣一骑赐与孟德。"布领令而出。操暗忖曰:"此贼合死!"即欲拔刀刺之,惧卓力大,未敢轻动。卓胖大,不耐久坐,遂倒身而卧,转面向内。操又思曰:"此贼当休矣!"急掣宝刀在手,恰待要刺,不想董卓仰面看衣镜中,照见曹操在背后拔刀,急回身问曰:"孟德何为?"时吕布已牵马至阁外。操惶遽[3],乃持刀跪下曰:"操有宝刀一口,献上恩相。"卓接视之,见其刀长尺余,七宝嵌饰,极其锋利,果宝刀也;遂递与吕布收了。操解鞘付布。卓引操出阁看马,操谢曰:"愿借试一骑。"卓就教与鞍辔。操牵马出相府,加鞭望东南而去。

布对卓曰:"适来曹操似有行刺之状,及被喝破,故推献刀。"卓曰:"吾亦疑之。"正说话间,适李儒至,卓以其事告之。儒曰:"操无妻小在京,只独居寓所。今差人往召,如彼无疑而便来,则是献刀;如推托不来,则必是行刺,便可擒而问也。"卓然其说,即差狱卒四人往唤操。去了良久,回报曰:"操不曾回寓,乘马飞出东门。门吏问之,操言'丞相差我有紧急公事',纵马而去矣。"儒曰:"操贼心虚逃窜,行刺无疑矣。"卓大怒曰:"我如此重用,反欲害我!"儒曰:"此必有同谋者,待拿住曹操便可知矣。"卓遂令遍行文书,画影图形,捉拿曹操:擒献者,赏千金,封万户侯;窝藏者同罪。

且说曹操逃出城外,飞奔谯郡。路经中牟县,为守关军士所获,擒见县令。操言:"我是客商,覆姓皇甫。"县令熟视曹操,沉吟半晌,乃曰:"吾前在洛阳求官时,曾认得汝是曹操,如何隐讳!且把来监下,明日解去京师请赏。"把关军士赐以酒食而去。至夜分,县令唤亲随人暗地取出曹操,直至后院中审究;问曰:"我闻丞相待汝不薄,何故自取其祸?"操曰:"燕雀安知鸿鹄志哉!汝既拿住我,便当解去请赏。何必多问!"县令屏退左右,谓操曰:"汝休小觑我。我非俗吏,奈未遇其主耳。"操曰:"吾祖宗世食汉禄,若不思报国,与禽兽何异?吾屈身事卓者,欲乘间图之,为国除害耳。今事不成,乃天意也!"县令曰:"孟德此行,将欲何往?"操曰:"吾将归乡里,发矫诏,召天下诸侯兴兵共诛董卓:吾之愿也。"县令闻言,乃亲释其缚,扶之上坐,再拜曰:"公真天下忠义之士也!"曹操亦拜,问县令姓名。县令曰:"吾姓陈,名宫,字公台。老母妻子,皆在东郡。今感公忠义,愿弃一官,从公而逃。"操甚喜。是夜陈宫收拾盘费,与曹操更衣易服,各背剑一口,乘马投故乡来。

行了三日,至成皋地方,天色向晚。操以鞭指林深处谓宫曰:"此间有一人姓吕,名伯奢,是吾父结义弟兄;就往问家中消息,觅一宿,如何?"宫曰:"最好。"二人至庄前下马,入见伯奢。奢曰:"我闻朝廷遍行文书,捉汝甚急,汝父已避陈留去了。汝如何得至此?"操告以前事,曰:

"若非陈县令,已粉骨碎身矣。"伯奢拜陈宫曰:"小侄若非使君,曹氏灭门矣。使君宽怀安坐,今晚便可下榻草舍。"说罢,即起身入内。良久乃出,谓陈宫曰:"老夫家无好酒,容往西村沽一樽来相待。"言讫,匆匆上驴而去。

操与宫坐久,忽闻庄后有磨刀之声。操曰:"吕伯奢非吾至亲,此去可疑,当窃听之。"二人潜步入草堂后,但闻人语曰:"缚而杀之,何如?"操曰:"是矣!今若不先下手,必遭擒获。"遂与宫拔剑直入,不问男女,皆杀之,一连杀死八口。搜至厨下,却见缚一猪欲杀。宫曰:"孟德心多,误杀好人矣!"急出庄上马而行。行不到二里,只见伯奢驴鞍前鞒悬酒二瓶(4),手携果菜而来,叫曰:"贤侄与使君何故便去?"操曰:"被罪之人,不敢久住。"伯奢曰:"吾已分付家人宰一猪相款,贤侄、使君何憎一宿?速请转骑。"操不顾,策马便行。行不数步,忽拔剑复回,叫伯奢曰:"此来者何人?"伯奢回头看时,操挥剑砍伯奢于驴下。宫大惊曰:"适才误耳,今何为也?"操曰:"伯奢到家,见杀死多人,安肯干休?若率众来追,必遭其祸矣。"宫曰:"知而故杀,大不义也!"操曰:"宁教我负天下人,休教天下人负我。"陈宫默然。

当夜,行数里,月明中敲开客店门投宿。喂饱了马,曹操先睡。陈宫寻思:"我将谓曹操是好人,弃官跟他;原来是个狼心之徒!今日留之,必为后患。"便欲拔剑来杀曹操。正是:

设心狠毒非良士,操卓原来一路人。

第十二回　陶恭祖三让徐州　曹孟德大战吕布(节选)

......

却说曹操见典韦杀出去了,四下里人马截来,不得出南门;再转北门,火光里正撞见吕布挺戟跃马而来。操以手掩面,加鞭纵马竟过。吕布从后拍马赶来,将戟于操盔上一击,问曰:"曹操何在?"操反指曰:"前面骑黄马者是他。"吕布听说,弃了曹操,纵马向前追赶。曹操拨转马头,望东门而走,正逢典韦。韦拥护曹操,杀条血路,到城门边,火焰甚盛,城上推下柴草,遍地都是火,韦用戟拨开,飞马冒烟突火先出。曹操随后亦出。方到门道边,城门上崩下一条火梁来,正打着曹操战马后胯,那马扑地倒了。操用手托梁推放地上,手臂须发,尽被烧伤。典韦回马来救,恰好夏侯渊亦到。两个同救起曹操,突火而出。操乘渊马,典韦杀条大路而走。直混战到天明,操方回寨。

众将拜伏问安,操仰面笑曰:"误中匹夫之计,吾必当报之!"郭嘉曰:"计可速发。"操曰:"今只将计就计:诈言我被火伤,已经身死。布必引兵来攻。我伏兵于马陵山中,候其兵半渡而击之,布可擒矣。"嘉曰:"真良策也!"于是令军士挂孝发丧,诈言操死。早有人来濮阳报吕布,说曹操被火烧伤肢体,到寨身死。布随点起军马,杀奔马陵山来。将到操寨,一声鼓响,伏兵四起。吕布死战得脱,折了好些人马;败回濮阳,坚守不出。

......

第十七回　袁公路大起七军　曹孟德会合三将(节选)

......

却说曹兵十七万,日费粮食浩大,诸郡又荒旱,接济不及。操催军速战,李丰等闭门不出。操军相拒月余,粮食将尽,致书于孙策,借得粮米十万斛,不敷支散。管粮官任峻部下仓官王垕人禀操曰:"兵多粮少,当如之何?"操曰:"可将小斛散之,权且救一时之急。"垕曰:"兵士倘怨,如何?"操曰:"吾自有策。"垕依命,以小斛分散。操暗使人各寨探听,无不嗟怨,皆言丞相欺众。操乃密召王垕入曰:"吾欲问汝借一物,以压众心,汝必勿吝。"垕曰:"丞相欲用何物?"操曰:"欲借汝头以示众耳。"垕大惊曰:"某实无罪!"操曰:"吾亦知汝无罪,但不杀汝,军心变矣。汝死后,汝妻子吾自养之,汝勿虑也。"垕再欲言时,操早呼刀斧手推出门外,一刀斩讫,悬头高竿,出榜晓示曰:"王垕故行小斛,盗窃官粮,谨按军法。"于是众怨始解。

次日,操传令各营将领:"如三日内不并力破城,皆斩!"操亲自至城下,督诸军搬土运石,填壕塞堑。城上矢石如雨,有两员裨将畏避而回,操掣剑亲斩于城下,遂自下马接土填坑。于是大小将士无不向前,军威大振。城上抵敌不住,曹兵争先上城,斩关落锁,大队拥入。李丰、陈纪、乐就、梁刚都被生擒,操令皆斩于市。焚烧伪造宫室殿宇、一应犯禁之物;寿春城中,收掠一空。商议欲进兵渡淮,追赶袁术。荀彧谏曰:"年来荒旱,粮食艰难,若更进兵,劳军损民,未必有利。不若暂回许都,将来春麦熟,军粮足备,方可图之。"操踌躇未决。忽报马到,报说:"张绣依托刘表,复肆猖獗,南阳、江陵诸县复反;曹洪拒敌不住,连输数阵,今特来告急。"操乃驰书与孙策,令其跨江布阵,以为刘表疑兵,使不敢妄动;自己即日班师,别议征张绣之事。临行,令玄德仍屯兵小沛,与吕布结为兄弟,互相救助,再无相侵。吕布领兵自回徐州。操密谓玄德曰:"吾令汝屯兵小沛。是掘坑待虎之计也。公但与陈珪父子商议,勿致有失。某当为公外援。"话毕而别。却说曹操引军回许都,人报段煨杀了李傕,伍习杀了郭汜,将头来献。段煨并将李傕合族老小二百余口活解入许都。操令分于各门处斩,传首号令,人民称快。天子升殿,会集文武,作太平筵宴。封段煨为荡寇将军,伍习为殄虏将军,各引兵镇守长安。二人谢恩而去。操即奏张绣作乱,当兴兵伐之。天子乃亲排銮驾。送操出师。时建安三年夏四月也。

操留荀彧在许都,调遣兵将,自统大军进发。行军之次,见一路麦已熟;民因兵至,逃避在外,不敢刈麦。操使人远近遍谕村人父老,及各处守境官吏曰:"吾奉天子明诏,出兵讨逆,与民除害。方今麦熟之时,不得已而起兵,大小将校,凡过麦田,但有践踏者,并皆斩首。军法甚严,尔民勿得惊疑。"百姓闻谕,无不欢喜称颂,望尘遮道而拜。官军经过麦田,皆下马以手扶麦,递相传送而过,并不敢践踏。操乘马正行,忽田中惊起一鸠。那马眼生,窜入麦中,践坏了一大块麦田。操随呼行军主簿,拟议自己践麦之罪。主簿曰:"丞相岂可议罪?"操曰:"吾自制法,吾自犯之,何以服众?"即掣所佩之剑欲自刎。众急救住。郭嘉曰:"古者《春秋》之义:法不加于尊。丞相总统大军,岂可自戕?"操沉吟良久,乃曰:"既《春秋》有法不加于尊之义,吾姑免死。"乃以剑割自己之发,掷于地曰:"割发权代首。"使人以发传示三军曰:"丞相践麦,本当斩首号令,今割发以代。"于是三军悚然,无不懔遵军令。后人有诗论之曰:

> 十万貔貅十万心,一人号令众难禁。拔刀割发权为首,方见曹瞒诈术深。

……

第二十一回　曹操煮酒论英雄　关公赚城斩车胄(节选)

……

玄德也防曹操谋害,就下处后园种菜,亲自浇灌,以为韬晦之计。关、张二人曰:"兄不留心天下大事,而学小人之事[5],何也?"玄德曰:"此非二弟所知也。"二人乃不复言。

一日,关、张不在,玄德正在后园浇菜,许褚、张辽引数十人入园中曰:"丞相有命,请使君便行。"玄德惊问曰:"有甚紧事?"许褚曰:"不知。只教我来相请。"玄德只得随二人入府见操。操笑曰:"在家做得好大事!"唬得玄德面如土色。操执玄德手,直至后园,曰:"玄德学圃不易!"玄德方才放心,答曰:"无事消遣耳。"操曰:"适见枝头梅子青青,忽感去年征张绣时,道上缺水,将士皆渴;吾心生一计,以鞭虚指曰:'前面有梅林。'军士闻之,口皆生唾,由是不渴。今见此梅,不可不赏。又值煮酒正熟,故邀使君小亭一会。"玄德心神方定。随至小亭,已设樽俎⁽⁶⁾:盘置青梅,一樽煮酒。二人对坐,开怀畅饮。

　　酒至半酣,忽阴云漠漠,聚雨将至。从人遥指天外龙挂,操与玄德凭栏观之。操曰:"使君知龙之变化否?"玄德曰:"未知其详。"操曰:"龙能大能小,能升能隐;大则兴云吐雾,小则隐介藏形;升则飞腾于宇宙之间,隐则潜伏于波涛之内。方今春深,龙乘时变化,犹人得志而纵横四海。龙之为物,可比世之英雄。玄德久历四方,必知当世英雄。请试指言之。"玄德曰:"备肉眼安识英雄?"操曰:"休得过谦。"玄德曰:"备叨恩庇,得仕于朝。天下英雄,实有未知。"操曰:"既不识其面,亦闻其名。"玄德曰:"淮南袁术,兵粮足备,可为英雄?"操笑曰:"冢中枯骨,吾早晚必擒之!"玄德曰:"河北袁绍,四世三公,门多故吏;今虎踞冀州之地,部下能事者极多,可为英雄?"操笑曰:"袁绍色厉胆薄,好谋无断;干大事而惜身,见小利而忘命:非英雄也。"玄德曰:"有一人名称八俊,威镇九州:刘景升可为英雄?"操曰:"刘表虚名无实,非英雄也。"玄德曰:"有一人血气方刚,江东领袖:孙伯符乃英雄也?"操曰:"孙策藉父之名,非英雄也。"玄德曰:"益州刘季玉,可为英雄乎?"操曰:"刘璋虽系宗室,乃守户之犬耳,何足为英雄!"玄德曰:"如张绣、张鲁、韩遂等辈皆何如?"操鼓掌大笑曰:"此等碌碌小人,何足挂齿!"玄德曰:"舍此之外,备实不知。"操曰:"夫英雄者,胸怀大志,腹有良谋,有包藏宇宙之机,吞吐天地之志者也。"玄德曰:"谁能当之?"操以手指玄德,后自指,曰:"今天下英雄,惟使君与操耳!"玄德闻言,吃了一惊,手中所执匙箸,不觉落于地下。时正值天雨将至,雷声大作。玄德乃从容俯首拾箸曰:"一震之威,乃至于此。"操笑曰:"丈夫亦畏雷乎?"玄德曰:"圣人迅雷风烈必变,安得不畏?"将闻言失箸缘故,轻轻掩饰过了。操遂不疑玄德。后人有诗赞曰:

　　　　勉从虎穴暂趋身,说破英雄惊杀人。巧借闻雷来掩饰,随机应变信如神。

　　天雨方住,见两个人撞入后园,手提宝剑,突至亭前,左右拦挡不住。操视之,乃关、张二人也。原来二人从城外射箭方回,听得玄德被许褚、张辽请将去了,慌忙来相府打听;闻说在后园,只恐有失,故冲突而入。却见玄德与操对坐饮酒。二人按剑而立。操问二人何来。云长曰:"听知丞相和兄饮酒,特来舞剑,以助一笑。"操笑曰:"此非鸿门会,安用项庄、项伯乎?"玄德亦笑。操命:"取酒与二樊哙压惊。"关、张拜谢。须臾席散,玄德辞操而归。云长曰:"险些惊杀我两个!"玄德以落箸事说与关、张。关、张问是何意。玄德曰:"吾之学圃,正欲使操知我无大志;不意操竟指我为英雄,我故失惊落箸。又恐操生疑,故借惧雷以掩饰之耳。"关、张曰:"兄真高见!"

　　……

第四十八回　宴长江曹操赋诗　锁战船北军用武(节选)

　　……

　　且说徐庶当晚密使近人去各寨中暗布谣言。次日,寨中三三五五,交头接耳而说。早有探事人报知曹操,说:"军中传言西凉州韩遂、马腾谋反,杀奔许都来。"操大惊,急聚众谋士商议曰:"吾引兵南征,心中所忧者,韩遂、马腾耳。军中谣言,虽未辨虚实,然不可不防。"言未毕,徐庶进曰:"庶蒙丞相收录,恨无寸功报效。请得三千人马,星夜往散关把住隘口;如有紧急,再行告报。"操喜曰:"若得元直去,吾无忧矣!散关之上,亦有军兵,公统领之。目下拨三千马步军,命臧霸为先锋,星夜前去,不可稽迟⁽⁷⁾。"徐庶辞了曹操,与臧霸便行。此便是庞统救徐

庶之计。后人有诗曰:

> 曹操征南日日忧,马腾韩遂起戈矛。凤雏一语教徐庶,正似游鱼脱钓钩。

曹操自遣徐庶去后,心中稍安,遂上马先看沿江旱寨,次看水寨。乘大船一只于中央,上建帅字旗号,两傍皆列水寨,船上埋伏弓弩千张。操居于上。时建安十三年冬十一月十五日,天气晴明,平风静浪。操令:“置酒设乐于大船之上,吾今夕欲会诸将。”天色向晚,东山月上,皎皎如同白日。长江一带,如横素练[8]。操坐大船之上,左右侍御者数百人,皆锦衣绣袄,荷戈执戟。文武众官,各依次而坐。操见南屏山色如画,东视柴桑之境,西观夏口之江,南望樊山,北觑乌林,四顾空阔,心中欢喜,谓众官曰:“吾自起义兵以来,与国家除凶去害,誓愿扫清四海,削平天下;所未得者江南也。今吾有百万雄师,更赖诸公用命,何患不成功耶!收服江南之后,天下无事,与诸公共享富贵,以乐太平。”文武皆起谢曰:“愿得早奏凯歌!我等终身皆赖丞相福荫。”操大喜,命左右行酒。饮至半夜,操酒酣,遥指南岸:“周瑜、鲁肃,不识天时!今幸有投降之人,为彼心腹之患,此天助吾也。”荀攸曰:“丞相勿言,恐有泄漏。”操大笑曰:“座上诸公,与近侍左右,皆吾心腹之人也,言之何碍!”又指夏口曰:“刘备、诸葛亮,汝不料蝼蚁之力,欲撼泰山,何其愚耶!”顾谓诸将曰:“吾今年五十四岁矣,如得江南,窃有所喜。昔日乔公与吾至契,吾知其二女皆有国色。后不料为孙策、周瑜所娶。吾今新构铜雀台于漳水之上,如得江南,当娶二乔,置之台上,以娱暮年,吾愿足矣!”言罢大笑。唐人杜牧之有诗曰:

> 折戟沉沙铁未销,自将磨洗认前朝。东风不与周郎便,铜雀春深锁二乔。

曹操正笑谈间,忽闻鸦声望南飞鸣而去。操问曰;“此鸦缘何夜鸣?”左右答曰:“鸦见月明,疑是天晓,故离树而鸣也。”操又大笑。时操已醉,乃取槊立于船头上,以酒奠于江中,满饮三爵,横槊谓诸将曰:“我持此槊,破黄巾、擒吕布、灭袁术、收袁绍,深入塞北,直抵辽东,纵横天下:颇不负大丈夫之志也。今对此景,甚有慷慨。吾当作歌,汝等和之。”歌曰:

> 对酒当歌,人生几何:譬如朝露,去日苦多[9]。慨当以慷,忧思难忘;何以解忧,惟有杜康[10]。青青子衿,悠悠我心;但为君故,沉吟至今。呦呦鹿鸣,食野之苹;我有嘉宾,鼓瑟吹笙。皎皎如月,何时可辍[11]?忧从中来,不可断绝!越陌度阡,枉用相存;契阔谈宴,心念旧恩。月明星稀,乌鹊南飞;绕树三匝[12],无枝可依。山不厌高,水不厌深:周公吐哺,天下归心。

歌罢,众和之,共皆欢笑。忽座间一人进曰:“大军相当之际,将士用命之时,丞相何故出此不吉之言?”操视之,乃扬州刺史,沛国相人,姓刘,名馥,字元颖。馥起自合淝,创立州治,聚逃散之民,立学校,广屯田,兴治教,久事曹操,多立功绩。当下操横槊问曰:“吾言有何不吉?”馥曰:“月明星稀,乌鹊南飞;绕树三匝,无枝可依。此不吉之言也。”操大怒曰:“汝安敢败吾兴!”手起一槊,刺死刘馥。众皆惊骇。遂罢宴。次日,操酒醒,懊恨不已。馥子刘熙,告请父尸归葬。操泣曰:“吾昨因醉误伤汝父,悔之无及。可以三公厚礼葬之。”又拨军士护送灵柩,即日回葬。

……

(据《三国演义》,人民文学出版社 2010 年版)

【注释】

（1）罔:加以诬枉。

（2）乘间:趁机。

（3）惶遽:恐惧。

（4）前鞒:驴鞍前端拱起的地方。

（5）小人:这里指老百姓。

（6）樽俎:宴席。

（7）稽迟:拖延。

（8）素练:白绸。

（9）去日:过去的日子。

（10）杜康:酒的代称。

（11）辍:停止的意思。这里表示自己的忧思连绵不断。

（12）匝:圈。

【简析】

　　曹操(155—220),字孟德,沛国谯县(今安徽亳州)人。东汉末年杰出的政治家、军事家、文学家、书法家,三国中曹魏政权的奠基人。东汉末年,天下大乱,曹操以汉天子的名义征讨四方,统一了中国北方。曹操在世时,任东汉丞相,后为魏王,奠定了曹魏立国的基础,去世后谥号为武帝。

　　《三国演义》所塑造的众多人物形象中,曹操形象最为复杂、成功。他的性格具有丰富性和复杂性,曹操在《三国演义》中第一次出现作者就通过许邵的口吻评论他为"治世之能臣,乱世之奸雄"。他既是一位旷世英雄:具有政治家和军事家、文学家的才能;同时又是一位乱世奸雄:具有多疑奸诈、玩弄权术、骄傲自满、过于轻敌等诸多缺点。曹操在小说中看似是"反面角色",实际作者对他的豪杰气概颇为佩服和喜爱,并未一味丑化他。小说写出他的奸诈残忍的同时,也写出了他的文才武略、胸襟抱负、处变不惊等种种长处。选文通过节选一系列反映曹操形象的故事情节:诈病离间叔父(第一回),曹操献刀、残杀吕伯奢(第四回),曹操脱身(第十二回),杀粮官王垕、割发代首(第十七回),煮酒论英雄(第二十一回),横槊赋诗(第四十八回),从多个角度、多个层面出色地展现了曹操的复杂形象。曹操的形象虽然"恶",却很有生气,富有层次。曹操的形象集中涵盖了千百个封建统治者的复杂品性,因而具有更高层次、更大范围的历史真实性。在中国文学史上,很难找到像曹操这样集真伪、善恶、美丑为一体的封建政治家形象,这样的"圆的人物",堪称世界名著之林的艺术典型,具有永恒的审美意义。

施耐庵小说（四回）

　　有关施耐庵的生平事迹不详,学界说法不一,有待进一步考证。较为多见的是:施耐庵(约1296—约1370),元末明初人,本名彦端,又名肇瑞,号子安,别号耐庵,浙江钱塘人,长篇小说《水浒传》的作者。

水浒传

第七回　花和尚倒拔垂杨柳　豹子头误入白虎堂（节选）

……

且说高衙内自从那日在陆虞候家楼上吃了那惊，跳墙脱走，不敢对太尉说知，因此在府中卧病。陆虞候和富安两个来府里望衙内。见他容颜不好，精神憔悴。陆谦道："衙内何故如此精神少乐？"衙内道："实不瞒你们说，我为林冲老婆，两次不能勾得他，又吃他那一惊，这病越添得重了。眼见的半年三个月，性命难保。"二人道："衙内且宽心，只在小人两个身上，好歹要共那妇人完聚。只除他自缢死了便罢。"正说间，府里老都管也来看衙内病症。只见：

> 不痒不疼，浑身上或寒或热。没撩没乱，满腹中又饱又饥。白昼忘餐，黄昏废寝。对爷娘怎诉心中恨，见相识难遮脸上羞。七魄悠悠，等候鬼门关上去。三魂荡荡，安排横死案中来。

那陆虞候和富安见老都管来问病，两个商量道："只除恁的[1]。"等候老都管看病已了出来，两个邀老都管僻净处说道："若要衙内病好，只除教太尉得知，害了林冲性命，方能勾得他老婆和衙内在一处，这病便得好。若不如此，已定送了衙内性命。"老都管道："这个容易。老汉今晚便禀太尉得知。"两个道："我们已有了计，只等你回话。"

老都管至晚来见太尉，说道："衙内不害别的症，却害林冲的老婆。"高俅道："几时见了他的浑家？"都管禀道："便是前月二十八日，在岳庙里见来。今经一月有余。"又把陆虞候设的计，备细说了。高俅道："如此，因为他浑家怎地害他？我寻思起来，若为惜林冲一个人时，须送了我孩儿性命，却怎生是好？"都管道："陆虞候和富安有计较。"高俅道："既是如此，教唤二人来商议。"老都管随即唤陆谦、富安，入到堂里，唱了喏。高俅问道："我这小衙内的事，你两个有甚计较？救得我孩儿好了时，我自抬举你二人。"陆虞候向前禀道："恩相在上，只除如此如此使得。"高俅见说了，喝采道："好计！你两个明日便与我行。"不在话下。

再说林冲每日和智深吃酒，把这件事不记心了。那一日，两个同行到阅武坊巷口，见一条大汉，头戴一顶抓角儿头巾，穿一领旧战袍，手里拿着一口宝刀，插着个草标儿，立在街上，口里自言语说道："不遇识者，屈沉了我这口宝刀。"林冲也不理会，只顾和智深说着话走。那汉又跟在背后道："好口宝刀，可惜不遇识者。"林冲只顾和智深走着，说得入港。那汉又在背后说道："偌大一个东京，没一个识的军器的。"林冲听的说，回过头来。那汉飕的把那口刀掣将出来，明晃晃的夺人眼目。林冲合当有事，猛可地道："将来看！"那汉递将过来。林冲接在手内，同智深看了。但见：

> 清光夺目，冷气侵人。远看如玉沼春冰，近看似琼台瑞雪。花纹密布，鬼神见后心惊；气象纵横，奸党遇时胆裂。太阿巨阙应难比，干将莫邪亦等闲。

当时林冲看了，吃了一惊，失口道："好刀！你要卖几钱？"那汉道："索价三千贯，实价二千贯。"林冲道："值是值二千贯。只没个识主。你若一千贯肯时，我买你的。"那汉道："我急要些钱使。你若端的要时[2]，饶你五百贯，实要一千五百贯。"林冲道："只是一千贯，我便买了。"那汉叹口气道："金子做生铁卖了。罢，罢！一文也不要少了我的。"林冲道："跟我来家中，取钱还你。"回身却与智深道:"师兄且在茶房里少待,小弟便来。"智深道:"洒家且回去,明日再相见。"林冲别了智深,自引了卖刀的那汉,到家去取钱与他。将银子折算价贯,准还与他。就问那汉道:"你这口刀那里得来?"那汉道:"小人祖上留下。因为家道消乏,没奈何,将出来卖了。"林冲道:"你祖上是谁?"那汉道:"若说时,辱末杀人!"林冲再也不问。那汉得了银两自去了。林冲把这口刀,翻来复去,看了一回,喝采道:"端的好把刀!高太尉府中有一口宝刀,胡乱不肯教人看。我几番借看,也不肯将出来。今日我也买了这口好刀,慢慢和他比试。"林冲当晚不落手看了一晚。夜间挂在壁上,未等天明,又去看那刀。

次日巳牌时分,只听得门首有两个承局叫道:"林教头,太尉钧旨,道你买一口好刀,就叫你将去比看。太尉在府里专等。"林冲听得说道:"又是什么多口的报知了。"两个承局催得林冲穿了衣裳,拿了那口刀,随这两个承局来。一路上林冲道:"我在府中不认的你。"两个人说道:"小人新近参随。"却早来到府前。进得到厅前,林冲立住了脚。两个又道:"太尉在里面后堂内坐地。"转入屏风,至后堂,又不见太尉。林冲又住了脚。两个又道:"太尉直在里面等你,叫引教头进来。"又过了两三重门,到一个去处,一周遭都是绿栏杆。两个又引林冲到堂前,说道:"教头,你只在此少待。等我入去禀太尉。"

林冲拿着刀,立在檐前。两个人自入去了。一盏茶时,不见出来。林冲心疑。探头入帘看时,只见檐前额上有四个青字,写道"白虎节堂"。林冲猛省道:"这节堂是商议军机大事处,如何敢无故辄入,不是礼。"急待回身,只听的靴履响,脚步鸣,一个人从外面入来。林冲看时,不是别人,却是本管高太尉。林冲见了,执刀向前声喏。太尉喝道:"林冲,你又无呼唤,安敢辄入白虎节堂!你知法度否?你手里拿着刀,莫非来刺杀下官?有人对我说:你两三日前,拿刀在府前伺候,必有歹心。"林冲躬身禀道:"恩相,恰才蒙两个承局呼唤林冲,将刀来比看。"太尉喝道:"承局在那里?"林冲道:"恩相,他两个已投堂里去了。"太尉:"胡说!甚么承局敢进我府堂里去。左右,与我拿下这厮!"说犹未了,旁边耳房里走出二十余人,把林冲横推倒拽,恰似皂雕追紫燕,浑如猛虎啖羊羔。高太尉大怒道:"你既是禁军教头,法度也还不知道。因何手执利刃,故入节堂,欲杀本官?"叫左右把林冲推下,不知性命如何。

不因此等,有分教:大闹中原,纵横海内,直教农夫背上添心号,渔父舟中插认旗。毕竟看林冲性命如何?且听下回分解。

第八回　林教头刺配沧州道 鲁智深大闹野猪林(节选)

......

且说两个防送公人,把林冲带来使臣房里寄了监。董超、薛霸各自回家,收拾行李。只说董超正在家里拴束包裹,只见巷口酒店里酒保来说道:"董端公,一位官人在小人店中请说话。"董超道:"是谁?"酒保道:"小人不认的。只叫请端公便来。"原来宋时的公人都称呼"端公"。当时董超便和酒保径到店中阁儿内看时,见坐着一个人,头戴顶万字头巾,身穿领皂纱背子,下面皂靴净袜。见了董超,慌忙作揖道:"端公请坐。"董超道:"小人自来不曾拜识尊颜,不知呼唤有何使令?"那人道:"请坐,少间便知。"董超坐在对席。酒保一面铺下酒盏,菜蔬果品案酒,都搬来摆了一桌。那人问道:"薛端公在何处住?"董超道:"只在前边巷内。"那人唤酒保问了底脚,"与我去请将来。"酒保去了一盏茶时,只见请得薛霸到阁儿里。董超道:"这位官人请俺说话。"薛霸道:"不敢动问大人高姓?"那人又道:"少刻便知。且请饮酒。"三人坐定,一面酒保筛酒。酒至数杯,那人去袖子里取出十两金子,放在桌上,说道:"二位端公各收五两,有些小事烦及。"二人道:"小人素不认得尊官,何故与我金子?"那人道:"二位莫不投沧州去?"

董超道:"小人两个,奉本府差遣,监押林冲直到那里。"那人道:"既是如此,相烦二位。我是高太尉府心腹人陆虞候便是。"董超、薛霸喏喏连声,说道:"小人何等样人,敢共对席?"陆谦道:"你二位也知林冲和太尉是对头。今奉着太尉钧旨,教将这十两金子送与二位。望你两个领诺。不必远去,只就前面僻静去处把林冲结果了,就彼处讨纸回状回来便了。若开封府但有话说,太尉自行分付,并不妨事。"董超道:"却怕使不的。开封府公文,只叫解活的去,却不曾教结果了他。亦且本人年纪又不高大,如何作的这缘故?倘有些兜答,恐不方便。"薛霸道:"董超,你听我说。高太尉便叫你我死,也只得依他,莫说使这官人又送金子与俺。你不要多说,和你分了罢。落得做人情。日后也有照顾俺处。前头有的是大松林猛恶去处,不拣怎的与他结果了罢。"当下薛霸收了金子,说道:"官人放心,多是五站路,少只两程,便有分晓。"陆谦大喜道:"还是薛端公真是爽利。明日到地了时,是必揭取林冲脸上金印回来做表证。陆谦再包办二位十两金子相谢。专等好音,切不可相误。"原来宋时,但是犯人徒流迁徙的,都脸上刺字,怕人恨怪,只唤做"打金印"。三个人又吃了一会酒。陆虞候算了酒钱,三人出酒肆来,各自分手。

只说董超、薛霸,将金子分受入己,送回家中,取了行李包裹,拿了水火棍,便来使臣房里取了林冲,监押上路。当日出得城来,离城三十里多路歇了。宋时途路上客店人家,但是公人监押囚人来歇,不要房钱。当下董、薛二人,带林冲到客店里,歇了一夜。第二日天明起来,打火吃了饮食,投沧州路上来。时遇六月天气,炎暑正热。林冲初吃棒时,倒也无事。次后三两日间,天道盛热,棒疮却发。又是个新吃棒的人,路上一步挨一步,走不动。董超道:"你好不晓事!此去沧州二千里有馀的路,你这样般走,几时得到。"林冲道:"小人在太尉府里折了些便宜[3]。前日方才吃棒,棒疮举发。这般炎热,上下只得担待一步。"薛霸道:"你自慢慢的走,休听咭咕。"董超一路上喃喃咄咄的,口里埋冤叫苦,说道:"却是老爷们晦气,撞着你这个魔头。"看看天色又晚,但见:

> 红轮低坠,玉镜将明。遥观樵子归来,近睹柴门半掩。僧投古寺,疏林穰穰鸦飞。客奔孤村,断岸嗷嗷犬吠。佳人秉烛归房,渔父收纶罢钓。唧唧乱蛩鸣腐草,纷纷宿鹭下莎汀。

当晚三个人投村中客店里来。到得房内,两个公人放了棍棒,解下包裹。林冲也把包来解了。不等公人开口,去包裹取些碎银两,央店小二买些酒肉,籴些米来,安排盘馔,请两个防送公人坐了吃。董超、薛霸又添酒来,把林冲灌的醉了,和枷倒在一边。薛霸去烧一锅百沸滚汤,提将来倾在脚盆内,叫道:"林教头,你也洗了脚好睡。"林冲挣的起来,被枷碍了,曲身不得。薛霸便道:"我替你洗。"林冲忙道:"使不得!"薛霸道:"出路人那里计较的许多。"林冲不知是计,只顾伸下脚来。被薛霸只一按,按在滚汤里。林冲叫一声:"哎也!"急缩得起时,泡得脚面红肿了。林冲道:"不消生受[4]。"薛霸道:"只见罪人伏侍公人,那曾有公人伏侍罪人。好意叫他洗脚,颠倒嫌冷嫌热!却不是好心不得好报!"口里喃喃的骂了半夜。林冲那里敢回话。自去倒在一边。他两个泼了这水,自换些水去外边洗了脚收拾。睡到四更,同店人都未起。薛霸起来烧了面汤,安排打火做饭吃。林冲起来,晕了,吃不得,又走不动。薛霸拿了水火棍,催促动身。董超去腰里解下一双新草鞋,耳朵并索儿却是麻编的,叫林冲穿。林冲看时,脚上满面都是潦浆泡。只得寻觅旧草鞋穿,那里去讨。没奈何,只得把新鞋穿上。叫店小二算过酒钱,两个公人带了林冲出店。却是五更天气。

　　…………

第九回　柴进门招天下客　林冲棒打洪教头（节选）

……

　　柴进便唤庄客,叫将酒来。不移时,只见数个庄客,托出一盘肉,一盘饼,温一壶酒;又一个盘子,托出一斗白米,米上放着十贯钱,都一发将出来。柴进见了道:"村夫不知高下! 教头到此,如何恁地轻意⁽⁵⁾! 快将进去,先把果盒酒来,随即杀羊,然后相待。快去整治!"林冲起身谢道:"大官人不必多赐,只此十分勾了。感谢不当。"柴进道:"休如此说。难得教头到此,岂可轻慢。"庄客不敢违命,先捧出果盒酒来。柴进起身,一面手执三杯,林冲谢了柴进,饮酒罢,两个公人一同饮了。柴进说:"教头请里面少坐。"柴进随即解了弓袋、箭壶,就请两个公人一同饮酒。柴进当下坐了主席,林冲坐了客席,两个公人在林冲肩下,叙说些闲话,江湖上的勾当。

　　不觉红日西沉。安排得酒食果品海味,摆在桌上,抬在各人面前。柴进亲自举杯,把了三巡。坐下,叫道:"且将汤来吃。"吃得一道汤,五七杯酒,只见庄客来报道:"教师来也。"柴进道:"就请来一处坐地相会亦可。快抬一张桌来。"林冲起身看时,只见那个教师入来,歪戴着一顶头巾,挺着脯子,来到后堂。林冲寻思道:"庄客称他做教师,必是大官人的师父。"急急躬身唱喏道:"林冲谨参。"那人全不睬着,也不还礼。林冲不敢抬头。柴进指着林冲对洪教头道:"这位便是东京八十万禁军枪棒教头林武师林冲的便是,就请相见。"林冲听了,看着洪教头便拜。那洪教头说道:"休拜,起来。"却不躬身答礼。柴进看了,心中好不快意。林冲拜了两拜,起身让洪教头坐。洪教头亦不相让,便去上首便坐。柴进看了,又不喜欢。林冲只得肩下坐了。两个公人亦各坐了。

　　洪教头便问道:"大官人今日何故厚礼管待配军?"柴进道:"这位非比其他的,乃是八十万禁军教头。师父如何轻慢?"洪教头道:"大官人只因好习枪棒上头,往往流配军人都来倚草附木,皆道我是枪棒教师,来投庄上,诱些酒食钱米。大官人如何恁认真。"林冲听了,并不做声。柴进说道:"凡人不可易相,休小觑他。"洪教头怪这柴进说"休小觑他",便跳起身来道:"我不信他,他敢和我使一棒看,我便道他是真教头。"柴进大笑道:"也好,也好。林武师你心下如何?"林冲道:"小人却是不敢。"洪教头心中忖量道:"那人必是不会,心中先怯了。"因此越来惹林冲使棒。柴进一来看看林冲本事,二者要林冲赢他,灭那厮嘴。柴进道:"且把酒来吃着,待月上来也罢。"

　　当下又吃过了五七杯酒,却早月上来了,照见厅堂里面如同白日。柴进起身道:"二位教头较量一棒。"林冲自肚里寻思道:"这洪教头必是柴大官人师父,不争我一棒打翻了他,须不好看。"柴进见林冲踌躇,便道:"此位洪教头也到此不多时。此间又无对手,林武师休得要推辞。小可也正要看二位教头的本事。"柴进说这话,原来只怕林冲碍柴进的面皮,不肯使出本事来。林冲见柴进说开就里,方才放心。只见洪教头先起身道:"来,来,来! 和你使一棒看。"一齐都哄出堂后空地上。庄客拿一束杆棒来,放在地下,洪教头先脱了衣裳,拽扎起裙子,掣条棒使个旗鼓,喝道:"来,来,来!"柴进道:"林武师,请较量一棒。"林冲道:"大官人休要笑话。"就地也拿了一条棒起来道:"师父请教。"洪教头看了,恨不的一口水吞了他。林冲拿着棒,使出山东大擂,打将入来。洪教头把棒就地下鞭了一棒,来抢林冲。两个教师就明月地上交手,真个好看。怎见是山东大擂? 但见:

　　　山东大擂,河北夹枪。大擂棒是鱿鱼穴内喷来,夹枪棒是巨蟒窠中拔出。大擂棒似连根拔怪树,夹枪棒如遍地卷枯藤。两条海内抢珠龙,一对岩前争食虎。

两个教头在月明地上交手,使了四五合棒,只见林冲托地跳出圈子外来,叫一声:"少歇!"柴进道:"教头如何不使本事?"林冲道:"小人输了。"柴进道:"未见二较量,怎便是输了?"林冲道:"小人只多这具枷,因此权当输了。"柴进道:"是小可一时失了计较。"大笑着道:"这个容易。"便叫庄客取十两银来,当时将至。柴进对押解两个公人道:"小可大胆,相烦二位下顾,权把林教头枷开了。明日牢城营内但有事务,都在小可身上。白银十两相送。"董超、薛霸见了柴进人物轩昂,不敢违他,落得做人情,又得了十两银子,亦不怕他走了。薛霸随即把林冲护身枷开了。柴进大喜道:"今番两位教师再试一棒。"

洪教头见他却才棒法怯了,肚里平欺他做,提起棒却待要使。柴进叫道:"且住。"叫庄客取出一锭银来,重二十五两。无一时,至面前。柴进乃言:"二位教头比试,非比其他。这锭银子权为利物。若是赢的,便将此银子去。"柴进心中只要林冲把出本事来,故意将银子丢在地下。洪教头深怪林冲来,又要争这个大银子,又怕输了锐气。把棒来尽心使个旗鼓,吐个门户,唤做把火烧天势。林冲想道:"柴大官人心里只要我赢他。"也横着棒,使个门户,吐个势,唤做拨草寻蛇势。洪教头喝一声:"来,来,来!"便使棒盖将入来。林冲望后一退,洪教头赶入一步,提起棒又复一棒下来。林冲看他步已乱了,被林冲把棒从地下一跳,洪教头措手不及,就那一跳里和身一转,那棒直扫着洪教头臁儿骨上,撇了棒,扑地倒了。柴进大喜:"快将酒来把盏。"众人一齐大笑。洪教头那里挣侧起来。众庄客一头笑着扶了。洪教头羞颜满面,自投庄外去了。

……

第十回 林教头风雪山神庙 陆虞候火烧草料场

诗曰:

> 天理昭昭不可诬,莫将奸恶作良图。
> 若非风雪沽村酒,定被焚烧化朽枯。
> 自谓冥中施计毒,谁知暗里有神扶。
> 最怜万死逃生地,真是瑰奇伟丈夫。

话说当日林冲正闲走间,忽然背后人叫,回头看时,却认得是酒生儿李小二。当初东京时,多得林冲看顾。这李小二先前在东京时,不合偷了店主人家财,被捉住了,要送官司问罪。却得林冲主张陪话,救了他免送官司。又与他陪了些钱财,方得脱免。京中安不得身,又亏林冲赍发他盘缠,于路投奔人。不想今日却在这里撞见。林冲道:"小二哥,你如何也在这里?"李小二便拜道:"自从得恩人救济,赍发小人,一地里投奔人不着。迤逦不想来到沧州,投托一个酒店里,姓王,留小人在店中做过卖。因见小人勤谨,安排的好菜蔬,调和的好汁水,来吃的人都喝采,以此买卖顺当。主人家有个女儿,就招了小人做女婿。如今丈人丈母都死了,只剩得小人夫妻两个,权在营前开了个茶酒店。因讨钱过来,遇见恩人。恩人不知为何事在这里?"林冲指着脸上道:"我因恶了高太尉,生事陷害,受了一场官司,刺配到这里。如今叫我管天王堂,未知久后如何。不想今日到此遇见。"

李小二就请林冲到家里面坐定,叫妻子出来拜了恩人。两口儿欢喜道:"我夫妻二人,正没个亲眷。今日得恩人到来,便是从天降下。"林冲道:"我是罪囚,恐怕玷辱你夫妻两个。"李小二道:"谁不知恩人大名,休恁地说。但有衣服,便拿来家里浆洗缝补。"当时管待林冲酒食,至晚送回大王堂。次日,又来相请。因此,林冲得李小二家来往,不时间送汤送水来营里与林冲吃。林冲因见他两口儿恭勤孝顺，常把些银两与他做本钱，不在话下。有诗为证：

> 才离寂寞神堂路，又守萧条草料场。
> 李二夫妻能爱客，供茶送酒意偏长。

且把闲话休题，只说正话。迅速光阴，却早冬来。林冲的绵衣裙袄，都是李小二浑家整治缝补。忽一日，李小二正在门前安排菜蔬下饭，只见一个人闪将进来，酒店里坐下，随后又一人入来。看时，前面那个人是军官打扮，后面这个走卒模样，跟着也来坐下。李小二入来问道："要吃酒？"只见那个人将出一两银子与小二道："且收放柜上，取三四瓶好酒来。客到时，果品酒馔只顾将来，不必要问。"李小二道："官人请甚客？"那人道："烦你与我去营里请管营、差拨两个来说话。问时，你只说有个官人请说话，商议些事务，专等，专等。"李小二应承了，来到牢城里，先请了差拨，同到管营家里，请了管营，都到酒店里。只见那个官人和管营、差拨两个讲了礼。管营道："素不相识，动问官人高姓大名？"那人道："有书在此，少刻便知。且取酒来。"李小二连忙开了酒，一面铺下菜蔬果品酒馔。那人叫讨副劝盘来，把了盏，相让坐了。小二独自一个，撺梭也似伏侍不暇。那跟来的人讨了汤桶，自行荡酒。约计吃过十数杯，再讨了按酒，铺放桌上。只见那人说道："我自有伴当荡酒，不叫你休来。我等自要说话。"

李小二应了，自来门首叫老婆道："大姐，这两个人来的不尴尬。"老婆道："怎么的不尴尬？"小二道："这两个人语言声音是东京人，初时又不认得管营，向后我将按酒入去，只听得差拨口里讷出一句'高太尉'三个字来。这人莫不与林教头身上有些干碍？我自在门前理会，你且去阁子背后，听说甚么。"老婆道："你去营中寻林教头来，认他一认。"李小二道："你不省得，林教头是个性急的人，摸不着便要杀人放火。倘或叫的他来看了，正是前日说的甚么陆虞候，他肯便罢？做出事来，须连累了我和你。你只去听一听，再理会。"老婆道："说的是。"便入去听了一个时辰，出来说道："他那三四个交头接耳说话，正不听得说甚么。只见那一个军官模样的人，去伴当怀里取出一帕子物事，递与管营和差拨。帕子里面的莫不是金银？只听差拨口里说道：'都在我身上，好歹要结果了他性命。'"正说之间，阁子里叫"将汤来。"李小二急去里面换汤时，看见管营手里拿着一封书。小二换了汤，添些下饭。又吃了半个时辰，算还了酒钱，管营、差拨先去了。次后，那两个低着头也去了。转背没多时，只见林冲走将入店里来，说道"小二哥，连日好买卖。"李小二慌忙道："恩人请坐，小人却待正要寻恩人，有些要紧话说。"有诗为证：

> 潜为奸计害英雄，一线天教把信通。
> 亏杀有情贤李二，暗中回护有奇功。

当下林冲问道："甚么要紧的事？"小二哥请林冲到里面坐下，说道："却才有个东京来的尴尬人，在我这里请管营、差拨吃了半日酒。差拨口里讷出高太尉三个字来。小人心下疑，又着浑家听了一个时辰，他却交头接耳说话，都不听得。临了，只见差拨口里应道：'都在我两个身上，好歹要结果了他。'那两个把一包金银递与管营、差拨，又吃了一回酒，各自散了。不知甚么样人。小人心下疑，只怕恩人身上有些妨碍。"林冲道："那人生得甚么模样？"李小二道："五短身材，白净面皮，没甚髭须，约有三十余岁。那跟的也不长大，紫棠色面皮。"林冲听了大惊道："这三十岁的正是陆虞候。那拨贱贼也敢来这里害我！休要撞着我，只教他骨肉为泥！"李小二道："只要提防他便了，岂不闻古人言：吃饭防噎，走路防跌。"林冲大怒，离了李小二家，先去街上买把解腕尖刀，带在身上，前街后巷一地里去寻。李小二夫妻两个，捏着两把汗。

当晚无事，次日天明起来，早洗漱罢，带了刀又去沧州城里城外，小街夹巷，团团寻了一日。

牢城营里都没动静。林冲又来对李小二道："今日又无事。"小二道："恩人，只愿如此。只是自放仔细便了。"林冲自回天王堂，过了一夜。街上寻了三五日，不见消耗⁽⁶⁾，林冲也自心下慢了。到第六日，只见管营叫唤林冲到点视厅上，说道："你来这里许多时，柴大官人面皮，不曾抬举你的。此间东门外十五里，有座大军草场，每月但是纳草纳料的，有些常例钱取觅，原是一个老军看管，我如今抬举你去替那老军来守天王堂，你在那里閒几贯盘缠⁽⁷⁾。你可和差拨便去那里交割。"林冲应道："小人便去。"当时离了营中，径到李小二家，对他夫妻两个说道："今日管营拨我去大军草场管事，却如何？"李小二道："这个差使又好似天王堂。那里收草料时，有些常例钱钞。往常不使钱时，不能勾这差使。"林冲道："却不害我，倒与我好差使，正不知何意？"李小二道："恩人休要疑心，只要没事便好了。只是小人家离得远了，过几时那工夫来望恩人。"就时家里安排几杯酒，请林冲吃了。

话不絮烦，两个相别了。林冲自来天王堂，取了包裹，带了尖刀，拿了条花枪，与差拨一同辞了管营，两个取路投草料场来。正是严冬天气，彤云密布，朔风渐起，却早纷纷扬扬卷下一天大雪来。那雪早下得密了。怎见得好雪？有《临江仙》词为证：

> 作阵成团空里下，这回忒杀堪怜。剡溪冻住子猷船。玉龙鳞甲舞，江海尽平填。
> 宇宙楼台都压倒，长空飘絮飞绵。三千世界玉相连。冰交河北岸，冻了十余年。

大雪下的正紧，林冲和差拨两个在路上又没买酒吃处，早来到草料场外。看时，一周遭有些黄土墙，两扇大门。推开看里面时，七八间草房做着仓廒，四下里都是马草堆，中间两座草厅。到那厅里，只见那老军在里面向火。差拨说道："管营差这个林冲来替你回天王堂看守，你可即便交割。"老军拿了钥匙，引着林冲，分付道："仓廒内自有官司封记，这几堆草一堆堆都有数目。"老军都点见了堆数，又引林冲到草厅上。老军收拾行李，临了说道："火盆、锅子、碗碟，都借与你。"林冲道："天王堂内我也有在那里，你要便拿了去。"老军指壁上挂一个大葫芦，说道："你若买酒吃时，只出草场，投东大路去三二里，便有市井。"老军自和差拨回营里来。

只说林冲就床上放了包裹被卧，就坐下生些焰火起来。屋边有一堆柴炭，拿几块来生在地炉里。仰面看那草屋时，四下里崩坏了，又被朔风吹撼，摇振得动。林冲道："这屋如何过得一冬？待雪晴了，去城中唤个泥水匠来修理。"向了一回火，觉得身上寒冷，寻思："却才老军所说五里路外有那市井，何不去沽些酒来吃？"便去包里取些碎银子，把花枪挑了酒葫芦，将火炭盖了，取毡笠子戴上，拿了钥匙，出来把草厅门拽上。出到大门首，把两扇草场门反拽上锁了。带了钥匙，信步投东。雪地里踏着碎琼乱玉，迤逦背着北风而行。那雪正下得紧。

行不上半里多路，看见一所古庙。林冲顶礼道："神明庇佑，改日来烧钱纸。"又行了一回，望见一簇人家。林冲住脚看时，见篱笆中挑着一个草帚儿在露天里。林冲径到店里，主人道："客人那里来？"林冲道："你认得这个葫芦么？"主人看了道："这葫芦是草料场老军的。"林冲道："如何便认的？"店主道："既是草料场看守大哥，且请少坐。天气寒冷，且酌三杯权当接风。"店家切一盘熟牛肉，荡一壶热酒，请林冲吃。又自买了些牛肉，又吃了数杯。就又买了一葫芦酒，包了那两块牛肉，留下碎银子，把花枪挑了酒葫芦，怀内揣了牛肉，叫声相扰，便出篱笆门，依旧迎着朔风回来。看那雪，到晚越下的紧了。古时有个书生，做了一个词，单题那贫苦的恨雪：

> 广莫严风刮地，这雪儿下的正好。扯絮挦绵，裁几片大如栲栳。见林间竹屋茅茨，争些儿被他压倒。富室豪家，却言道压瘴犹嫌少。向的是兽炭红炉，穿的是绵衣絮袄。手捻梅花，唱道国家祥瑞，不念贫民些小。高卧有幽人，吟咏多诗草。

再说林冲踏着那瑞雪，迎着北风，飞也似奔到草场门口，开了锁，入内看时，只叫得苦。原来天理昭然，佑护善人义士，因这场大雪，救了林冲的性命。那两间草厅已被雪压倒了。林冲寻思："怎地好？"放下花枪、葫芦在雪里，恐怕火盆内有火炭延烧起来。搬开破壁子，探半身入去摸时，火盆内火种都被雪水浸灭了。林冲把手床上摸时，只拽得一条絮被。林冲钻将出来，见天色黑了，寻思："又没打火处，怎生安排？"想起："离了这半里路上，有个古庙，可以安身。我且去那里宿一夜，等到天明却做理会。"把被卷了，花枪挑着酒葫芦，依旧把门拽上，锁了，望那庙里来。入的庙门，再把门掩上，傍边止有一块大石头，掇将过来，靠了门。入的里面看时，殿上做着一尊金甲山神，两边一个判官，一个小鬼，侧边堆着一堆纸。团团看来，又没邻舍，又无庙主。林冲把枪和酒葫芦放在纸堆上，将那条絮被放开，先取下毡笠子，把身上雪都抖了，把上盖白布衫脱将下来，早有五分湿了，和毡笠放在供桌上，把被扯来盖了半截下身。却把葫芦冷酒提来便吃，就将怀中牛肉下酒。正吃时，只听得外面必必剥剥地爆响。林冲跳起身来，就壁缝里看时，只见草料场里火起，刮刮杂杂烧着。看那火时，但见：

一点灵台，五行造化，丙丁在世传流。无明心内，灾祸起沧州。烹铁鼎能成万物，铸金丹还与重楼。思今古，南方离位，荧惑最为头。绿窗归焰烬，隔花深处，掩映钓渔舟。鏖兵赤壁，公瑾喜成谋。李晋王醉存馆驿，田单在即墨驱牛。周褒姒骊山一笑，因此戏诸侯。

当时张见草场内火起，四下里烧着。林冲便拿枪，却待开门来救火，只听得前面有人说将话来。林冲就伏在庙听时，是三个人脚步声，且奔庙里来。用手推门，却被林冲靠住了，推也推不开。三人在庙檐下立地看火，数内一个道："这条计好么？"一个应道："端的亏管营、差拨两位用心。回到京师，禀过太尉，都保你二位做大官。这番张教头没的推故。"那人道："林冲今番直吃我们对付了，高衙内这病必然好了。"又一个道："张教头那厮，三回五次托人情去说：'你的女婿殁了。'张教头越不肯应承。因此衙内病患看看重了，太尉特使俺两个央浼二位干这件事，不想而今完备了。"又一个道："小人直爬入墙里去，四下草堆上点了十来个火把，待走那里去！"那一个道："这早晚烧个八分过了。"又听一个道："便逃得性命时，烧了大军草料场，也得个死罪。"又一个道："我们回城里去罢。"一个道："再看一看，拾得他一两块骨头回京，府里见太尉和衙内时，也道我们也能会干事。"

林冲听那三个人时，一个是差拨，一个是陆虞候，一个是富安。林冲道："天可怜见林冲，若不是倒了草厅，我准定被这厮们烧死了。"轻轻把石头掇开，挺着花枪，一手拽开庙门，大喝一声："泼贼那里去！"三个人急要走时，惊得呆了，正走不动。林冲举手胳察的一枪，先戳倒差拨。陆虞候叫声："饶命！"吓的慌了手脚，走不动。那富安走不到十来步，被林冲赶上，后心只一枪，又戳倒了。翻身回来，陆虞候却才行的三四步。林冲喝声道："奸贼！你待那里去！"批胸只一提，丢翻在雪地上，把枪搠在地里，用脚踏住胸脯，身边取出那口刀来，便去陆谦脸上阁着，喝道："泼贼！我自来又和你无甚么冤仇，你如何这等害我！正是杀人可恕，情理难容。"陆虞候告道："不干小人事，太尉差遣，不敢不来。"林冲骂道："奸贼，我与你自幼相交，今日倒来害我，怎不干你事！且吃我一刀。"把陆谦上身衣服扯开，把尖刀向心窝里只一剜，七窍迸出血来，将心肝提在手里。回头看时，差拨正爬将起来要走。林冲按住喝道："你这厮原来也恁的歹！且吃我一刀。"又早把头割下来，挑在枪上。回来把富安、陆谦头都割下来。把尖刀插了，将三个人头发结做一处，提入庙里来，都摆在山神面前供桌上。再穿了白布衫，系了搭膊，把毡笠子带上，将葫芦里冷酒都吃尽了。被与葫芦都丢了不要，提了枪，便出庙门投东去。走不到三五里，早见近村人家都拿着水桶、钩子来救火。林冲道："你们快去救应，我去报官了来。"提

着枪只顾走。那雪越下的猛,但见:

> 凛凛严凝雾气昏,空中祥瑞降纷纷。须臾四野难分路,顷刻千山不见痕。银世界,玉乾坤,望中隐隐接昆仑。若还下到三更后,仿佛填平玉帝门。

　　林冲投东去了两个更次,身上单寒,当不过那冷。在雪地里看时,离的草场远了。只见前面疏林深处,树木交杂,远远地数间草屋,被雪压着,破壁缝里透出火光来。林冲径投那草屋来,推开门,只见那中间坐着一个老庄家,周围坐着四五个小庄家向火。地炉里面焰焰地烧着柴火。林冲走到面前,叫道:"众位拜揖。小人是牢城营差使人,被雪打湿了衣裳,借此火烘一烘,望乞方便。"庄客道:"你自烘便了,何妨得。"林冲烘着身上湿衣服,略有些干,只见火炭边煨着一个瓮儿,里面透出酒香。林冲便道:"小人身边有些碎银子,望烦回些酒吃。"老庄客道:"我们每夜轮流看米囤,如今四更,天气正冷,我们这几个吃尚且不勾,那得回与你。休要指望。"林冲又道:"胡乱只回三五碗与小人荡寒。"老庄家道:"你那人休缠,休缠!"林冲闻得酒香,越要吃,说道:"没奈何,回些罢。"众庄客道:"好意着你烘衣裳向火,便来要酒吃。去便去,不去时将来吊在这里。"林冲怒道:"这厮们好无道理。"把手中枪看着块焰焰着的火柴头,望老庄家脸上只一挑将起来,又把枪去火炉里只一搅,那老庄家的髭须焰焰的烧着。众庄客跳将起来,林冲把枪杆乱打。老庄家先走了。庄家们都动掸不得,被林冲赶打一顿,都走了。林冲道:"都走了,老爷快活吃酒。"土炕上却有两个椰瓢,取一个下来,倾那瓮酒来吃了一会,剩了一半,提了枪出门便走。一步高,一步低,踉踉跄跄捉脚不住。走不过一里路,被朔风一掉,随着那山涧边倒了,那里挣得起来。几醉人一倒,便起不得。醉倒在雪地上。

　　却说众庄客引了二十余人,拖枪拽棒,都奔草屋下看时,不见了林冲。却寻着踪迹赶将来,只见倒在雪地里。庄客齐道:"你却倒在这里。"花枪丢在一边。众庄客一发上手,就地拿起林冲来,将一条索缚了,趁五更时分,把林冲解投那个去处来。不是别处,有分教:蓼儿洼内,前后摆数千只战舰艨艟;水浒寨中,左右列百十个英雄好汉。搅扰得道君皇帝,盘龙椅上魂惊,丹凤楼中胆裂。正是:说时杀气侵人冷,讲处悲风透骨寒。毕竟看林冲被庄客解投甚处来,且听下回分解。

(据《水浒传》,人民文学出版社1997年第2版)

【注释】

（1）只除恁的:只有这样。恁地(nèn dì),如此,这样。

（2）端的:真的。

（3）折便宜:吃亏。

（4）不消生受:不必受苦,不必麻烦了。

（5）轻意:轻慢,简慢,怠慢。

（6）消耗:消息,音讯。

（7）闯:(chuài),挣的意思。

【简析】

　　《水浒传》是一部以封建社会农民革命斗争为题材的章回体英雄传奇小说。它塑造了众多起义英雄的光辉群像,歌颂了他们可歌可泣的反抗精神。这里,节选了有关林冲的四个回目的内容。林冲是中下层封建官吏在统治阶级压迫下被"逼上梁山"的代表,是最真实和最富生命力的典型。《水浒传》中，叙述描写林冲被"逼"落草的故事，共写了五回。

第七回是林冲的出场回目，因娘子受高衙内调戏，遭陆虞侯、富安等设计陷害，假借卖刀设下圈套，将林冲骗进白虎堂。反映出统治阶层横行害民的黑暗，更深层揭示了"乱自上作"的混乱现实。第八回写在被发配沧州的路上，林冲又被高俅设计，差一点被夺取性命。这一回在情节发展中突出表现林冲的委曲求全、逆来顺受的隐忍性格。第九回写林冲在洪教头的挑衅和柴进的支持下，与之比试并将其打败，侧面反映了林冲的武艺高强，为后文描写上梁山及战斗功绩做了铺垫。第十回是其中最精彩的片断，是整个故事的关键性环节，作者置林冲于生死存亡的关头，以高超的艺术手法，表现了林冲性格的决定性转变。第十一回《朱贵水亭施号箭　林冲雪夜上梁山》主要写林冲看守草料场险遭毒手后忍无可忍，杀死陆谦后走投无路，最终被逼上了梁山。

这五回好似一部结构严谨、有头有尾的中篇小说。作者描述了林冲由一个安分守己的朝廷武官发展为投奔梁山落草为寇的起义英雄的全过程。从人物塑造看，作者善于从人物的阶级、身份出发，展现人物的行事特点及思想的复杂变化。一方面，林冲的出身、教养和地位，涵养了他安分守己、忍辱负重的性格；另一方面，他武艺超群，好结交绿林豪杰，富于可贵的正义感和明确的是非观念。这两方面的思想因素交织成林冲的复杂性格，使他既对封建统治阶级抱有幻想，又在屡遭迫害、走投无路的生死关头，终于走上了斗争的道路。同时作者还将林冲的性格矛盾和思想变化融合在情节的一步步展开中，富于感染力量和逻辑力量。小说还善于用自然景物的描写烘托平静背后的紧张，如大风雪的描写，既写出了林冲的经历之悲，也推进了主人公性格的转变。总之，作者把深邃的思想内容与完美的艺术形式巧妙结合，成功地塑造了一个血肉丰满、栩栩如生的林冲形象。

吴承恩小说（一回）

吴承恩（约1500—约1582），字汝忠，号射阳山人。汉族，淮安府山阳县（今江苏省淮安市淮安区）人。明代小说家，《西游记》的作者。自幼聪慧，博览群书，喜欢读野言稗史，熟悉古代神话和民间传说。科举中屡受挫折，至中年才补上"岁贡生"。嘉靖四十五年（1566）因家贫任浙江长兴县丞，不久因不满官场腐败愤而辞官，晚景凄凉。

西游记

第二十七回　尸魔三戏唐三藏　圣僧恨逐美猴王

却说三藏师徒，次日天明，收拾前进。那镇元子与行者结为兄弟，两人情投意合，决不肯放，又安排管待，一连住了五六日。那长老自服了草还丹，真似脱胎换骨，神爽体健。他取经心重，那里肯淹留，无已，遂行。

师徒别了上路，早见一座高山。三藏道："徒弟，前面有山险峻，恐马不能前，大家须仔细仔细。"行者道："师父放心，我等自然理会。"好猴王，他在那马前，横担着棒，剖开山路，上了高崖，看不尽：

峰岩重叠，涧壑湾环。虎狼成阵走，麋鹿作群行。无数獐豝钻簇簇，满山狐兔丛丛。

千尺大蟒，万丈长蛇。大蟒喷愁雾，长蛇吐怪风。道旁荆棘牵漫，岭上松楠秀丽。薜萝满目，芳草连天。影落沧溟北，云开斗柄南。万古寻含元气老，千峰巍列日光寒。

那长老马上心惊，孙大圣布施手段，舞着铁棒，哮吼一声，唬得那狼虫颠窜，虎豹奔逃。师徒们入此山，正行到嵯峨之处，三藏道："悟空，我这一日，肚中饥了，你去那里化些斋吃？"行者陪笑道："师父好不聪明。这等半山之中，前不巴村，后不着店，有钱也没买处，教往那里寻斋？"三藏心中不快，口里骂道："你这猴子！想你在两界山，被如来压在石匣之内，口能言，足不能行，也亏我救你性命，摩顶受戒，做了我的徒弟。怎么不肯努力，常怀懒惰之心！"行者道："弟子亦颇殷勤，何尝懒惰？"三藏道："你既殷勤，何不化斋我吃？我肚饥怎行？况此地山岚瘴气，怎么得上雷音？"行者道："师父休怪，少要言语。我知你尊性高傲，十分违慢了你，便要念那话儿咒。你下马稳坐，等我寻那里有人家处化斋去。"

行者将身一纵，跳上云端里，手搭凉篷，睁眼观看。可怜西方路甚是寂寞，更无庄堡人家，正是多逢树木少见人烟去处。看多时，只见正南上有一座高山，那山向阳处，有一片鲜红的点子。行者按下云头道："师父，有吃的了。"那长老问甚东西，行者道："这里没人家化饭，那南山有一片红的，想必是熟透了的山桃，我去摘几个来你充饥。"三藏喜道："出家人若有桃子吃，就为上分了！快去！"行者取了钵盂，纵起祥光，你看他筋斗幌幌，冷气飕飕，须臾间，奔南山摘桃不题。

却说常言有云：山高必有怪，岭峻却生精。果然这山上有一个妖精，孙大圣去时，惊动那怪。他在云端里，踏着阴风，看见长老坐在地下，就不胜欢喜道："造化！造化！几年家人都讲东土的唐和尚取'大乘'，他本是金蝉子化身，十世修行的原体。有人吃他一块肉，长寿长生。真个今日到了。"那妖精上前就要拿他，只见长老左右手下有两员大将护持，不敢拢身。他说两员大将是谁？说是八戒、沙僧。八戒、沙僧虽没甚么大本事，然八戒是天蓬元帅，沙僧是卷帘大将，他的威气尚不曾泄，故不敢拢身。妖精说："等我且戏他戏，看怎么说。"

好妖精，停下阴风，在那山凹里，摇身一变，变做个月貌花容的女儿，说不尽那眉清目秀，齿白唇红，左手提着一个青砂罐儿，右手提着一个绿磁瓶儿，从西向东，径奔唐僧。

> 圣僧歇马在山岩，忽见裙钗女近前。
> 翠袖轻摇笼玉笋，湘裙斜拽显金莲。
> 汗流粉面花含露，尘拂峨眉柳带烟。
> 仔细定睛观看处，看看行至到身边。

三藏见了，叫："八戒、沙僧，悟空才说这里旷野无人，你看那里不走出一个人来了？"八戒道："师父，你与沙僧坐着，等老猪去看看来。"那呆子放下钉钯，整整直裰，摆摆摇摇，充作个斯文气象，一直的觌面相迎[1]。真个是远看未实，近看分明，那女子生得：

> 冰肌藏玉骨，衫领露酥胸。柳眉积翠黛，杏眼闪银星。
> 月样容仪俏，天然性格清。体似燕藏柳，声如莺啭林。
> 半放海棠笼晓日，才开芍药弄春晴。

那八戒见他生得俊俏，呆子就动了凡心，忍不住胡言乱语，叫道："女菩萨，往那里去？手里提着是甚么东西？"——分明是个妖怪，他却不能认得。——那女子连声答应道："长老，我这青罐里是香米饭，绿瓶里是炒面筋，特来此处无他故，因还誓愿要斋僧。"八戒闻言，满心欢喜，急抽身，就跑了个猪颠风，报与三藏道："师父！吉人自有天报！师父饿了，教师兄去化斋，那猴子不知那里摘桃儿耍子去了。桃子吃多了,也有些嘈人,又有些下坠。你看那不是个斋僧的来了?"唐僧不信道:"你这个夯货胡缠!我们走了这向,好人也不曾遇着一个,斋僧的从何而来!"八戒道:"师父,这不到了?"

三藏一见,连忙跳起身来,合掌当胸道:"女菩萨,你府上在何处住?是甚人家?有甚愿心,来此斋僧?"——分明是个妖精,那长老也不认得。——那妖精见唐僧问他来历,他立地就起个虚情,花言巧语,来赚哄道:"师父,此山叫做蛇回兽怕的白虎岭,正西下面是我家。我父母在堂,看经好善,广斋方上远近僧人,只因无子,求福作福,生了奴奴,欲扳门第,配嫁他人,又恐老来无倚,只得将奴招了一个女婿,养老送终。"三藏闻言道:"女菩萨,你语言差了。圣经云:父母在,不远游;游必有方。你既有父母在堂,又与你招了女婿,有愿心,教你男子还,便也罢,怎么自家在山行走?又没个侍儿随从。这个是不遵妇道了。"那女子笑吟吟,忙陪俏语道:"师父,我丈夫在山北凹里,带几个客子锄田。这是奴奴煮的午饭,送与那些人吃的。只为五黄六月,无人使唤,父母又年老,所以亲身来送。忽遇三位远来,却思父母好善,故将此饭斋僧,如不弃嫌,愿表芹献[2]。"三藏道:"善哉!善哉!我有徒弟摘果子去了,就来,我不敢吃。假如我和尚吃了你饭,你丈夫晓得,骂你,却不罪坐贫僧也?"那女子见唐僧不肯吃,却又满面春生道:"师父啊,我父母斋僧,还是小可;我丈夫更是个善人,一生好的是修桥补路,爱老怜贫。但听见说这饭送与师父吃了,他与我夫妻情上,比寻常更是不同。"三藏也只是不吃,旁边却恼坏了八戒。那呆子努着嘴,口里埋怨道:"天下和尚也无数,不曾象我这个老和尚罢软[3]!现成的饭三分儿倒不吃,只等那猴子来,做四分吃!"他不容分说,一嘴把个罐子拱倒,就要动口。

只见那行者自南山顶上,摘了几个桃子,托着钵盂,一筋斗,点将回来,睁火眼金睛观看,认得那女子是个妖精,放下钵盂,掣铁棒,当头就打。唬得个长老用手扯住道:"悟空!你走将来打谁?"行者道:"师父,你面前这个女子,莫当做个好人;他是个妖精,要来骗你哩。"三藏道:"你这猴头,当时倒也有些眼力,今日如何乱道!这女菩萨有此善心,将这饭要斋我等,你怎么说他是个妖精?"行者笑道:"师父,你那里认得!老孙在水帘洞里做妖魔时,若想人肉吃,便是这等:或变金银,或变庄台,或变醉人,或变女色。有那等痴心的,爱上我,我就迷他到洞里,尽意随心,或蒸或煮受用;吃不了,还要晒干了防天阴哩!师父,我若来迟,你定入他套子,遭他毒手!"那唐僧那里肯信,只说是个好人。行者道:"师父,我知道你了,你见他那等容貌,必然动了凡心。若果有此意,叫八戒伐几棵树来,沙僧寻些草来,我做木匠,就在这里搭个窝铺,你与他圆房成事,我们大家散了,却不是件事业?何必又跋涉,取甚经去!"那长老原是个软善的人,那里吃得他这句言语,羞得个光头彻耳通红。

三藏正在此羞惭,行者又发起性来,掣铁棒,望妖精劈脸一下。那怪物有些手段,使个"解尸法",见行者棍子来时,他却抖擞精神,预先走了,把一个假尸首打死在地下。唬得个长老战战兢兢,口中作念道:"这猴着然无礼!屡劝不从,无故伤人性命!"行者道:"师父莫怪,你且来看看这罐子里是甚东西。"沙僧搀着长老,近前看时,那里是甚香米饭,却是一罐子拖尾巴的长蛆;也不是面筋,却是几个青蛙、癞虾蟆,满地乱跳。长老才有三分儿信了,怎禁猪八戒气不忿,在旁漏八分儿唆嘴道[4]:"师父,说起这个女子,他是此间农妇,因为送饭下田,路遇我等,却怎么栽他是个妖怪?哥哥的棍重,走将来试手打他一下,不期就打杀了;怕你念甚么《紧箍儿咒》,故意的使个障眼法儿,变做这等样东西,演幌你眼,使不念咒哩。"

三藏自此一言,就是晦气到了:果然信那呆子撺唆,手中捻诀,口里念咒,行者就叫:"头疼!头疼!莫念!莫念!有话便说。"唐僧道:"有甚话说!出家人时时常要方便,念念不离善心,扫地恐伤蝼蚁命,爱惜飞蛾纱罩灯。你怎么步步行凶,打死这个无故平人,取将经来何用?

你回去罢!"行者道:"师父,你教我回那里去?"唐僧道:"我不要你做徒弟。"行者道:"你不要我做徒弟,只怕你西天路去不成。"唐僧道:"我命在天,该那个妖精蒸了吃,就是煮了,也算不过。终不然,你救得我的大限?你快回去!"行者道:"师父,我回去便也罢了,只是不曾报得你的恩哩。"唐僧道:"我与你有甚恩?"那大圣闻言,连忙跪下叩头道:"老孙因大闹天宫,致下了伤身之难,被我佛压在两界山;幸观音菩萨与我受了戒行,幸师父救脱吾身,若不与你同上西天,显得我知恩不报非君子,万古千秋作骂名。"原来这唐僧是个慈悯的圣僧,他见行者哀告,却也回心转意道:"既如此说,且饶你这一次,再休无礼。如若仍前作恶,这咒语颠倒就念二十遍!"行者道:"三十遍也由你,只是我不打人了。"却才伏侍唐僧上马,又将摘来桃子奉上。唐僧在马上也吃了几个,权且充饥。

却说那妖精,脱命升空。原来行者那一棒不曾打杀妖精,妖精出神去了。他在那云端里,咬牙切齿,暗恨行者道:"几年只闻得讲他手段,今日果然话不虚传。那唐僧已此不认得我,将要吃饭。若低头闻一闻儿,我就一把捞住,却不是我的人了?不期被他走来,弄破我这勾当,又几乎被他打了一棒。若饶了这个和尚,诚然是劳而无功也,我还下去戏他一戏。"

好妖精,按落阴云,在那前山坡下,摇身一变,变作个老妇人,年满八旬,手拄着一根弯头竹杖,一步一声的哭着走来。八戒见了,大惊道:"师父!不好了!那妈妈儿来寻人了!"唐僧道:"寻甚人?"八戒道:"师兄打杀的,定是他女儿。这个定是他娘寻将来了。"行者道:"兄弟莫要胡说!那女子十八岁,这老妇有八十岁,怎么六十多岁还生产?断乎是个假的,等老孙去看来。"好行者,拽开步,走近前观看,那怪物:

> 假变一婆婆,两鬓如冰雪。走路慢腾腾,行步虚怯怯。弱体瘦伶仃,脸如枯菜叶。颧骨望上翘,嘴唇往下别。老年不比少年时,满脸都是荷包摺。

行者认得他是妖精,更不理论,举棒照头便打。那怪见棍子起时,依然抖擞,又出化了元神,脱真儿去了;把个假尸首又打死在山路之下。唐僧一见,惊下马来,睡在路旁,更无二话,只是把《紧箍儿咒》颠倒足足念了二十遍。可怜把个行者头,勒得似个亚腰儿葫芦,十分疼痛难忍,滚将来哀告道:"师父莫念了!有甚话说了罢!"唐僧道:"有甚话说!出家人耳听善言,不堕地狱。我这般劝化你,你怎么只是行凶?把平人打死一个,又打死一个,此是何说?"行者道:"他是妖精。"唐僧道:"这个猴子胡说!就有这许多妖怪!你是个无心向善之辈,有意作恶之人,你去罢!"行者道:"师父又教我去,回去便也回了,只是一件不相应。"唐僧道:"你有甚么不相应处?"八戒道:"师父,他要和你分行李哩。跟着你做了这几年和尚,不成空着手回去?你把那包袱里的甚么旧褊衫,破帽子,分两件与他罢。"

行者闻言,气得暴跳道:"我把你这个尖嘴的夯货!老孙一向秉教沙门[5],更无一毫嫉妒之意,贪恋之心,怎么要分甚么行李?"唐僧道:"你既不嫉妒贪恋,如何不去?"行者道:"实不瞒师父说,老孙五百年前,居花果山水帘洞大展英雄之际,收降七十二洞邪魔,手下有四万七千群怪,头戴的是紫金冠,身穿的是赭黄袍,腰系的是蓝田带,足踏的是步云履,手执的是如意金箍棒:着实也曾为人。自从涅槃罪度,削发秉正沙门,跟你做了徒弟,把这个'金箍儿'勒在我头上,若回去,却也难见故乡人。师父果若不要我,把那个《松箍儿咒》念一念,退下这个箍子,交付与你,套在别人头上,我就快活相应了,也是跟你一场。莫不成这些人意儿也没有了?"唐僧大惊道:"悟空,我当时只是菩萨暗受一卷《紧箍儿咒》,却没有甚么松箍儿咒。"行者道:"若无《松箍儿咒》,你还带我去走走罢。"长老又没奈何道:"你且起来,我再饶你这一次,却不可再行凶了。"行者道:"再不敢了,再不敢了。"又伏侍师父上马,剖路前行。

　　却说那妖精,原来行者第二棍也不曾打杀他。那怪物在半空中,夸奖不尽道:"好个猴王,着然有眼!我那般变了去,他也还认得我。这些和尚,他去得快,若过此山,西下四十里,就不伏我所管了。若是被别处妖魔撈了去,好道就笑破他人口,使碎自家心,我还下去戏他一戏。"好妖怪,按耸阴风,在山坡下摇身一变,变成一个老公公,真个是:

　　　　白发如彭祖,苍髯赛寿星,
　　　　耳中鸣玉磬,眼里幌金星。
　　　　手拄龙头拐,身穿鹤氅轻。
　　　　数珠掐在手,口诵南无经。

　　唐僧在马上见了,心中欢喜道:"阿弥陀佛!西方真是福地!那公公路也走不上来,逼法的还念经哩[6]。"八戒道:"师父,你且莫要夸奖,那个是祸的根哩。"唐僧道:"怎么是祸根?"八戒道:"行者打杀他的女儿,又打杀他的婆子,这个正是他的老儿寻将来了。我们若撞在他的怀里呵,师父,你便偿命,该个死罪;把老猪为从,问个充军;沙僧喝令,问个摆站;那行者使个遁法走了,却不苦了我们三个顶缸?"

　　行者听见道:"这个呆根,这等胡说,可不唬了师父?等老孙再去看看。"他把棍藏在身边,走上前迎着怪物,叫声:"老官儿,往那里去?怎么又走路,又念经?"那妖精错认了定盘星,把孙大圣也当做个等闲的,遂答道:"长老啊,我老汉祖居此地,一生好善斋僧,看经念佛。命里无儿,止生得一个小女,招了个女婿,今早送饭下田,想是遭逢虎口。老妻先来找寻,也不见回去,全然不知下落,老汉特来寻看。果然是伤残他命,也没奈何,将他骸骨收拾回去,安葬茔中。"行者笑道:"我是个做掜虎的祖宗,你怎么袖子里笼了个鬼儿来哄我?你瞒了诸人,瞒不过我!我认得你是个妖精!"那妖精唬得顿口无言。行者掣出棒来,自忖思道:"若要不打他,显得他倒弄个风儿;若要打他,又怕师父念那话儿咒语。"又思量道:"不打杀他,他一时间抄空儿把师父撈了去,却不又费心劳力去救他?还打的是!就一棍子打杀他,师父念起那咒,常言道,'虎毒不吃儿'。凭着我巧言花语,嘴伶舌便,哄他一哄,好道也罢了。"好大圣,念动咒语叫当坊土地、本处山神道:"这妖精三番来戏弄我师父,这一番却要打杀他。你与我在半空中作证,不许走了。"众神听令,谁敢不从,都在云端里照应。那大圣棍起处,打倒妖魔,才断绝了灵光。

　　那唐僧在马上,又唬得战战兢兢,口不能言。八戒在旁边又笑道:"好行者!风发了!只行了半日路,倒打死三个人!"唐僧正要念咒,行者急到马前,叫道:"师父,莫念!莫念!你且来看看他的模样。"却是一堆粉骷髅在那里。唐僧大惊道:"悟空,这个人才死了,怎么就化作一堆骷髅?"行者道:"他是个潜灵作怪的僵尸,在此迷人败本,被我打杀,他就现了本相。他那脊梁上有一行字,叫做'白骨夫人'。"唐僧闻说,倒也信了,怎禁那八戒旁边唆嘴道:"师父,他的手重棍凶,把人打死,只怕你念那话儿,故意变化这个模样,掩你的眼目哩!"唐僧果然耳软,又信了他,随复念起。行者禁不得疼痛,跪于路旁,只叫:"莫念!莫念!有话快说了罢!"唐僧道:"猴头!还有甚说话!出家人行善,如春园之草,不见其长,日有所增;行恶之人,如磨刀之石,不见其损,日有所亏。你在这荒郊野外,一连打死三人,还是无人检举,没有对头;倘到城市之中,人烟凑集之所,你拿了那哭丧棒,一时不知好歹,乱打起人来,撞出大祸,教我怎的脱身?你回去罢!"行者道:"师父错怪了我也。这厮分明是个妖魔,他实有心害你。我倒打死他,替你除了害,你却不认得,反信了那呆子谗言冷语,屡次逐我。常言道,'事不过三'。我若不去,真是个下流无耻之徒。我去我去!——去便去了,只是你手下无人。"唐僧发怒道:"这泼猴越发无礼！看起来,只你是人,那悟能、悟净就不是人?"

那大圣一闻得说他两个是人,止不住伤情凄惨,对唐僧道声:"苦啊！你那时节,出了长安,有刘伯钦送你上路;到两界山,救我出来,投拜你为师,我曾穿古洞,入深林,擒魔捉怪,收八戒,得沙僧,吃尽千辛万苦。今日昧着惺惺使糊涂,只教我回去:这才是'鸟尽弓藏,狗烹兔死！'——罢罢罢！但只是多了那《紧箍儿咒》。"唐僧道:"我再不念了。"行者道:"这个难说。若到那毒魔苦难处不得脱身,八戒沙僧救不得你,那时节,想起我来,忍不住又念诵起来,就是十万里路,我的头也是疼的;假如再来见你,不如不作此意。"

唐僧见他言言语语,越添恼怒,滚鞍下马来,叫沙僧包袱内取出纸笔,即于涧下取水,石上磨墨,写了一纸贬书,递于行者道:"猴头！执此为照,再不要你做徒弟了！如再与你相见,我就堕了阿鼻地狱⁽⁷⁾！"行者连忙接了贬书道:"师父,不消发誓,老孙去罢。"他将书摺了,留在袖中,却又软款唐僧道:"师父,我也是跟你一场,又蒙菩萨指教,今日半途而废,不曾成得功果,你请坐,受我一拜,我也去得放心。"唐僧转回身不睬,口里唧唧哝哝的道:"我是个好和尚,不受你歹人的礼！"大圣见他不睬,又使个身外法,把脑后毫毛拔了三根,吹口仙气,叫"变!"即变了三个行者,连本身四个,四面围住师父下拜。那长老左右躲不脱,好道也受了一拜。

大圣跳起来,把身一抖,收上毫毛,却又吩咐沙僧道:"贤弟,你是个好人,却只要留心防着八戒詀言詀语,途中更要仔细。倘一时有妖精拿住师父,你就说老孙是他大徒弟。西方毛怪,闻我的手段,不敢伤我师父。"唐僧道:"我是个好和尚,不题你这歹人的名字,你回去罢。"那大圣见长老三番两复,不肯转意回心,没奈何才去。你看他:

> 噙泪叩头辞长老,含悲留意嘱沙僧。
> 一头拭迸坡前草,两脚蹬翻地上藤。
> 上天下地如轮转,跨海飞山第一能。
> 顷刻之间不见影,霎时疾返旧途程。

你看他忍气别了师父,纵筋斗云,径回花果山水帘洞去了。独自个凄凄惨惨,忽闻得水声聒耳⁽⁸⁾,大圣在那半空里看时,原来是东洋大海潮发的声响。一见了,又想起唐僧,止不住腮边泪坠,停云住步,良久方去。毕竟不知此去反复何如,且听下回分解。

(据《西游记》,人民文学出版社2010年第3版)

【注释】

(1)觌面:(dí miàn),见面;当面。
(2)芹献:谦称,送人的礼品菲薄。
(3)罢软:(pí ruǎn),没有主见。
(4)唆嘴:搬弄口舌。
(5)沙门:梵语,出家的佛教徒的总称。也指佛门。
(6)逼法:象声词。
(7)阿鼻地狱:永受痛苦的无间地狱。
(8)聒耳:声音刺耳。

【简析】

《西游记》取材于宋元以来流行于民间的玄奘取经故事。第二十七回"尸魔三戏唐三藏圣僧恨逐美猴王"即家喻户晓的"三打白骨精"。这一章节是全书的典型性章节,在体现小说思想内容和艺术风格方面都具有代表性。

首先,情节构思巧妙,具有浓郁的浪漫主义色彩。这一章节生动地描写了孙悟空三打白骨精的经过,围绕"三变""三打"和"三逐"展开,一波三折,层层推进,因果分明,引人入胜。虽然情节设置基本相同,但是叙述内容曲折变化,不仅没有重复拖沓、沉闷冗长之感,反而把小说情节发展推向高潮,也凸显出小说主题中的降妖除魔的艰难,尤其是来自内部的阻力。作为对立面的"白骨精",本是狰狞残忍的尸魔,却能"善变"成花容月貌的少女、年逾八旬的老太和白发苍苍的龙钟老头,充满浓重的魔幻色彩。

第二,人物形象典型鲜明。在情节的发展跌宕中,作者赞扬了孙悟空善于识别妖魔的聪灵智慧和见恶必除、除恶务尽的斗争精神,讽刺和批判了唐僧等人把现象当作本质,是非不分、人妖颠倒的错误思想,揭露了白骨精的吃人本性。同时,作者通过对人物语言、动作、神态的刻画,将人物的神性、人性、物性三者有机结合在一起,塑造了机智勇敢、嫉恶如仇的孙悟空,狡猾善变、诡计多端的白骨精,迂腐固执、忠奸不分的唐僧,以及贪吃憨厚、搬弄是非的猪八戒的形象。正如鲁迅所言:"神魔皆有人情,精魅亦通世故。"正如孙悟空既有神通广大和"火眼金睛"的神性,能一眼识破妖精的变幻;又有人性之动人之处,被唐僧逐回花果山后,"想起唐僧,止不住腮边泪坠,停云住步,良久方去"。八戒既有"不容分说,一嘴把个罐子拱倒,就要动口"的"贪吃"的动物本性;又有爱挑拨是非的人的劣性。

另外,语言具有幽默讽刺的效果。八戒在看到花容月貌的白骨精提着食物时,"满心欢喜,急抽身,就跑了个猪颠风",讽刺了八戒的贪吃好色与不辨人妖的愚钝。

正是小说中塑造了众多个性鲜明的形象,故事情节又一波三折、跌宕起伏,再加之作品语言的风趣生动、细腻传神,使得"三打白骨精"的故事走进千家万户,代代相传不衰。

冯梦龙小说(一篇)

冯梦龙(1574—1646),字犹龙,又字子犹,号墨憨斋主人、顾曲散人等,明代文学家,戏曲家,长洲人(今江苏省苏州市)。冯梦龙对通俗文学的整理、创作做出了巨大的贡献,代表作"三言"、《新列国志》、《智囊》、《情史》等,民歌集《桂枝儿》、《山歌》等。

警世通言

杜十娘怒沉百宝箱

扫荡残胡立帝畿,龙翔凤舞势崔嵬;
左环沧海天一带,右拥太行山万围。
戈戟九边雄绝塞,衣冠万国仰垂衣;
太平人乐华胥世,永保金瓯共日辉。

这首诗,单夸我朝燕京建都之盛。说起燕都的形势,北倚雄关,南压区夏,真乃金城天府,万年不拔之基。当先洪武爷扫荡胡尘,定鼎金陵,是为南京。到永乐爷从北平起兵靖难,迁于燕都,是为北京。只因这一迁,把个苦寒地面,变作花锦世界。自永乐爷九传至于万历爷,此乃我朝第十一代的天子。这位天子,聪明神武,德福兼全,十岁登基,在位四十八年,削平了三处寇乱。那三处?

> 日本关白平秀吉,西夏哱承恩,播州杨应龙。

平秀吉侵犯朝鲜,哱承恩、杨应龙是土官谋叛,先后削平。远夷莫不畏服,争来朝贡。真个是:

> 一人有庆民安乐,四海无虞国太平。

话中单表万历二十年间,日本国关白作乱,侵犯朝鲜。朝鲜国王上表告急,天朝发兵泛海往救。有户部官奏准:目今兵兴之际,粮饷未充,暂开纳粟入监之例(1)。原来纳粟入监的,有几般便宜:好读书,好科举,好中,结末来又有个小小前程结果。以此宦家公子,富室子弟,到不愿做秀才,都去援例做太学生。自开了这例,两京太学生,各添至千人之外。内中有一人,姓李名甲,字干先,浙江绍兴府人氏。父亲李布政所生三儿,惟甲居长。自幼读书在庠(2),未得登科,援例入于北雍。因在京坐监(3),与同乡柳遇春监生同游教坊司院内,与一个名姬相遇。那名姬姓杜名媺,排行第十,院中都称为杜十娘,生得:

> 浑身雅艳,遍体娇香,两弯眉画远山青,一对眼明秋水润。脸如莲萼(4),分明卓氏文君,唇似樱桃,何减白家樊素(5)。可怜一片无瑕玉,误落风尘花柳中。

那杜十娘自十三岁破瓜,今一十九岁,七年之内,不知历过了多少公子王孙,一个个情迷意荡,破家荡产而不惜。院中传出四句口号来,道是:

> 坐中若有杜十娘,斗筲之量饮千觞(6);
> 院中若识杜老媺,千家粉面都如鬼。

却说李公子,风流年少,未逢美色,自遇了杜十娘,喜出望外,把花柳情怀,一担儿挑在他身上。那公子俊俏庞儿,温存性儿,又是撒漫的手儿(7),帮衬的勤儿(8),与十娘一双两好,情投意合。十娘因见鸨儿贪财无义,久有从良之志;又见李公子忠厚志诚,甚有心向他。奈李公子惧怕老爷,不敢应承。虽则如此,两下情好愈密,朝欢暮乐,终日相守,如夫妇一般,海誓山盟,各无他志。真个:

> 恩深似海恩无底,义重如山义更高。

再说杜妈妈,女儿被李公子占住,别的富家巨室,闻名上门,求一见而不可得。初时李公子撒漫用钱,大差大使,妈妈胁肩谄笑(9),奉承不暇。日往月来,不觉一年有余,李公子囊箧渐渐空虚,手不应心,妈妈也就怠慢了。老布政在家闻知儿子嫖院,几遍写字来唤他回去。他迷恋十娘颜色,终日延挨。后来闻知老爷在家发怒,越不敢回。古人云:"以利相交者,利尽而疏。"那杜十娘与李公子真情相好,见他手头愈短,心头愈热。妈妈也几遍教女儿打发李甲出院,见女儿不统口,又几遍将言语触突李公子,要激怒他起身。公子性本温克,词气愈和,妈妈没奈何,日逐只将十娘叱骂道:"我们行户人家(10),吃客穿客,前门送旧,后门迎新,门庭闹如火,钱帛堆成垛。自从那李甲在此,混帐一年有余,莫说新客,连旧主顾都断了。分明接了个钟馗老,连小鬼也没得上门。弄得老娘一家人家,有气无烟(11),成什么模样!"杜十娘被骂,耐性不住,便回答道:"那李公子不是空手上门的,也曾费过大钱来。"妈妈道:"彼一时,此一时,你只教他今日费些小钱儿,把与老娘办些柴米,养你两口也好。别人家养的女儿便是摇钱树,千生万活,偏我家晦气,养了个退财白虎,开了大门,七件事般般都在老身心上。到替你这小贱人白白养着穷汉,教我衣食从何处来?你对那穷汉说:有本事出几两银子与我,到得你跟了他去,我别讨个丫头过活却不好?"十娘道:"妈妈,这话是真是假?"妈妈晓得李甲囊无一钱,衣衫都典尽了,料他没处设法。便应道:"老娘从不说谎,当真哩。"十娘道:"娘,你要他许多银子?"妈妈道:"若是别人,千把银子也讨了,可怜那穷汉出不起,只要他三百两,我自去讨一个粉头代替。只一件,须是三日内交付与我。左手交银,右手交人。若三日没有银时,老身也不管三七二十一,公子不公子,一顿孤拐,打那光棍出去。那时莫怪老身!"十娘道:"公子虽在客边乏钞,谅三百金还措办得来。只是三日忒近,限他十日便好。"妈妈想道:"这穷汉一双赤手,便限他一百日,他那里来银子。没有银子,便铁皮包脸,料也无颜上门。那时重整家风,嫩儿也没得话讲。"答应道:"看你面,便宽到十日。第十日没有银子,不干老娘之事。"十娘道:"若十日内无银,料他也无颜再见了。只怕有了三百两银子,妈妈又翻悔起来。"妈妈道:"老身年五十一岁了,又奉十斋⁽¹²⁾,怎敢说谎?不信时与你拍掌为定。若翻悔时,做猪做狗。"

　　　　　从来海水斗难量,可笑虔婆意不良;
　　　　　料定穷儒囊底竭,故将财礼难娇娘。

　　是夜,十娘与公子在枕边,议及终身之事。公子道:"我非无此心。但教坊落籍⁽¹³⁾,其费甚多,非千金不可。我囊空如洗,如之奈何!"十娘道:"妾已与妈妈议定只要三百金,但须十日内措办。郎君游资虽罄,然都中岂无亲友,可以借贷。倘得如数,妾身遂为君之所有,省受虔婆之气。"公子道:"亲友中为我留恋行院,都不相顾。明日只做束装起身,各家告辞,就开口假贷路费,凑聚将来,或可满得此数。"起身梳洗,别了十娘出门。十娘道:"用心作速,专听佳音。"公子道:"不须分付。"公子出了院门,来到三亲四友处,假说起身告别,众人到也欢喜。后来叙到路费欠缺,意欲借贷。常言道:"说着钱,便无缘。"亲友们就不招架。他们也见得是,道李公子是风流浪子,迷恋烟花,年许不归,父亲都为他气坏在家。他今日抖然要回,未知真假。倘或说骗盘缠到手,又去还脂粉钱,父亲知道,将好意翻成恶意,始终只是一怪,不如辞了干净。便回道:"目今正值空乏,不能相济,惭愧!惭愧!"人人如此,个个皆然,并没有个慷慨丈夫,肯统口许他一十二十两。李公子一连奔走了三日,分毫无获,又不敢回决十娘,权且含糊答应。到第四日又没想头,就羞回院中。平日间有了杜家,连下处也没有了,今日就无处投宿。只得往同乡柳监生寓所借歇。柳遇春见公子愁容可掬,问其来历。公子将杜十娘愿嫁之情,备细说了。遇春摇首道:"未必,未必。那杜媺曲中第一名姬,要从良时,怕没有十斛明珠,千金聘礼。那鸨儿如何只要三百两?想鸨儿怪你无钱使用,白白占住他的女儿,设计打发你出门。那妇人与你相处已久,又碍却面皮,不好明言。明知你手内空虚,故意将三百两卖个人情,限你十日。若十日没有,你也不好上门。便上门时,他会说你笑你,落得一场褒渎,自然安身不牢,此乃烟花逐客之计。足下三思,休被其惑。据弟愚意,不如早早开交为上⁽¹⁴⁾。"公子听说,半晌无言,心中疑惑不定。遇春又道:"足下莫要错了主意。你若真个还乡,不多几两盘费,还有人搭救。若是要三百两时,莫说十日,就是十个月也难。如今的世情,那肯顾缓急二字的。那烟花也算定你没处告债,故意设法难你。"公子道:"仁兄所见良是。"口里虽如此说,心中割舍不下。依旧又往外边东央西告,只是夜里不进院门了。公子在柳监生寓中,一连住了三日,共是六日了。杜十娘连日不见公子进院,十分着紧,就教小厮四儿街上去寻。四儿寻到大街,恰好遇见公子。四儿叫道:"李姐夫,娘在家里望你。"公子自觉无颜,回复道:"今日不得功夫,明日来罢。"四儿奉了十娘之命,一把扯住,死也不放。道:"娘叫咱寻你。是必同去走一遭。"李公子心上也牵挂着媺子,没奈何,只得随四儿进院。见了十娘,嘿嘿无言⁽¹⁵⁾。十娘问道:"所谋之事如何?"公

子眼中流下泪来。十娘道："莫非人情淡薄,不能足三百之数么?"公子含泪而言,道出二句:

不信上山擒虎易,果然开口告人难。

一连奔走六日,并无铢两,一双空手,羞见芳卿,故此这几日不敢进院。今日承命呼唤,忍耻而来,非某不用心,实是世情如此。"十娘道："此言休使虔婆知道。郎君今夜且住,妾别有商议。"十娘自备酒肴,与公子欢饮。睡至半夜,十娘对公子道："郎君果不能办一钱耶? 妾终身之事,当如何也?"公子只是流涕,不能答一语。渐渐五更天晓。十娘道："妾所卧絮褥内藏有碎银一百五十两,此妾私蓄,郎君可持去。三百金,妾任其半,郎君亦谋其半,庶易为力(16)。限只四日,万勿迟误!"十娘起身将褥付公子,公子惊喜过望。唤童儿持褥而去。径到柳遇春寓中,又把夜来之情与遇春说了。将褥拆开看时,絮中都裹着零碎银子,取出兑时果是一百五十两。遇春大惊道："此妇真有心人也。既系真情,不可相负。吾当代为足下谋之。"公子道："倘得玉成(17),决不有负。"当下柳遇春留李公子在寓,自出头各处去借贷。两日之内,凑足一百五十两交付公子道："吾代为足下告债,非为足下,实怜杜十娘之情也。"李甲拿了三百两银子,喜从天降,笑逐颜开,欣欣然来见十娘,刚是第九日,还不足十日。十娘问道："前日分毫难借,今日如何就有一百五十两?"公子将柳监生事情,又述了一遍。十娘以手加额道："使吾二人得遂其愿者,柳君之力也!"两个欢天喜地,又在院中过了一晚。次日十娘早起,对李甲道："此银一交,便当随郎君去矣。舟车之类,合当预备。妾昨日于姊妹中借得白银二十两,郎君可收下为行资也。"公子正愁路费无出,但不敢开口,得银甚喜。说犹未了,鸨儿恰来敲门叫道："媺儿,今日是第十日了。"公子闻叫,启户相延道："承妈妈厚意,正欲相请。"便将银三百两放在桌上。鸨儿不料公子有银,嘿然变色,似有悔意。十娘道："儿在妈妈家中八年,所致金帛,不下数千金矣。今日从良美事,又妈妈亲口所订,三百金不欠分毫,又不曾过期。倘若妈妈失信不许,郎君持银去,儿即刻自尽。恐那时人财两失,悔之无及也。"鸨儿无词以对。腹内筹画了半晌,只得取天平兑准了银子,说道："事已如此,料留你不住了。只是你要去时,即今就去。平时穿戴衣饰之类,毫厘休想!"说罢,将公子和十娘推出房门,讨锁来就落了锁。此时九月天气。十娘才下床,尚未梳洗,随身旧衣,就拜了妈妈两拜。李公子也作了一揖。一夫一妇,离了虔婆大门。

鲤鱼脱却金钩去,摆尾摇头再不来。

公子教十娘且住片时："我去唤个小轿抬你,权往柳荣卿寓所去,再作道理。"十娘道："院中诸姊妹平昔相厚,理宜话别。况前日又承他借贷路费,不可不一谢也。"乃同公子到各姊妹处谢别。姊妹中惟谢月朗徐素素与杜家相近,尤与十娘亲厚。十娘先到谢月朗家。月朗见十娘秃髻旧衫,惊问其故。十娘备述来因,又引李甲相见。十娘指月朗道："前日路资,是此位姐姐所贷,郎君可致谢。"李甲连连作揖。月朗便教十娘梳洗,一面去请徐素素来家相会。十娘梳洗已毕,谢徐二美人各出所有,翠钿金钏,瑶簪宝珥,锦袖花裙,鸾带绣履,把十娘装扮得焕然一新,备酒作庆贺筵席。月朗让卧房与李甲杜媺二人过宿。次日,又大排筵席,遍请院中姊妹。凡十娘相厚者,无不毕集。都与他夫妇把盏称喜。吹弹歌舞,各逞其长,务要尽欢,直饮至夜分。十娘向众姊妹,一一称谢。众姊妹道："十姊为风流领袖,今从郎君去,我等相见无日。何日长行,姊妹们尚当奉送。"月朗道："候有定期,小妹当来相报。但阿姊千里间关(18),同郎君远去,囊箧萧条,曾无约束,此乃吾等之事。当相与共谋之,勿令姊有穷途之虑也。"众姊妹各唯唯而散。是晚,公子和十娘仍宿谢家。至五鼓,十娘对公子道："吾等此去,何处安身? 郎君亦曾计议有定着否?"公子道："老父盛怒之下,若知娶妓而归,必然加以不堪,反致相累。展转寻思,尚未有万全之策。"十娘道："父子天性,岂能终绝。既然仓卒难犯,不若与郎君于苏杭胜地,权作浮居。郎君先回,求亲友于尊大人面前劝解和顺,然后携妾于归,彼此安妥。"公子道:"此言甚当。"次日,二人起身辞了谢月朗,暂往柳监生寓中,整顿行装。杜十娘见了柳遇春,倒身下拜,谢其周全之德:"异日我夫妇必当重报。"遇春慌忙答礼道:"十娘钟情所欢,不以贫窭易心,此乃女中豪杰。仆因风吹火,谅区区何足挂齿!"三人又饮了一日酒。次早,择了出行吉日,雇倩轿马停当[19]。十娘又遣僮儿寄信,别谢月朗。临行之际,只见肩舆纷纷而至,乃谢月朗与徐素素拉众姊妹来送行。月朗道:"十姊从郎君千里间关,囊中消索[20],吾等甚不能忘情。今合具薄赆[21],十姊可检收,或长途空乏,亦可少助。"说罢,命从人挈一描金文具至前,封锁甚固,正不知什么东西在里面。十娘也不开看,也不推辞,但殷勤作谢而已。须臾,舆马齐集,仆夫催促起身。柳监生三杯别酒,和众美人送出崇文门外,各各垂泪而别。正是:

> 他日重逢难预必,此时分手最堪怜。

　　再说李公子同杜十娘行至潞河,舍陆从舟,却好有瓜洲差使船转回之便,讲定船钱,包了舱口。比及下船时,李公子囊中并无分文余剩。你道杜十娘把二十两银子与公子,如何就没了?公子在院中嫖得衣衫蓝缕,银子到手,未免在解库中取赎几件穿着,又制办了铺盖,剩来只勾轿马之费。公子正当愁闷,十娘道:"郎君勿忧,众姊妹合赠,必有所济。"乃取钥开箱。公子在傍自觉惭愧,也不敢窥觑箱中虚实。只见十娘在箱里取出一个红绢袋来,掷于桌上道:"郎君可开看之。"公子提在手中,觉得沉重。启而观之,皆是白银,计数整五十两。十娘仍将箱子下锁,亦不言箱中更有何物。但对公子道:"承众姊妹高情,不惟途路不乏,即他日浮寓吴越间,亦可稍佐吾夫妻山水之费矣。"公子且惊且喜道:"若不遇恩卿,我李甲流落他乡,死无葬身之地矣。此情此德,白头不敢忘也。"自此每谈及往事,公子必感激流涕。十娘亦曲意抚慰,一路无话。不一日,行至瓜洲,大船停泊岸口,公子别雇了民船,安放行李。约明日侵晨,剪江而渡。其时仲冬中旬,月明如水,公子和十娘坐于舟首。公子道:"自出都门,困守一舱之中,四顾有人,未得畅语。今日独据一舟,更无避忌。且已离塞北,初近江南,宜开怀畅饮,以舒向来抑郁之气,恩卿以为何如?"十娘道:"妾久疏谈笑,亦有此心,郎君言及,足见同志耳。"公子乃携酒具于船首,与十娘铺毡并坐,传杯交盏。饮至半酣,公子执卮对十娘道:"恩卿妙音,六院推首。某相遇之初,每闻绝调,辄不禁神魂之飞动。心事多违,彼此郁郁,鸾鸣凤奏,久矣不闻。今清江明月,深夜无人,肯为我一歌否?"十娘兴亦勃发,遂开喉顿嗓,取扇按拍,呜呜咽咽,歌出元人施君美《拜月亭》杂剧上"状元执盏与婵娟"一曲,名《小桃红》。真个:

> 声飞霄汉云皆驻,响入深泉鱼出游。

　　却说他舟有一少年,姓孙名富字善赉,徽州新安人氏。家资巨万,积祖扬州种盐。年方二十,也是南雍中朋友。生性风流,惯向青楼买笑,红粉追欢,若嘲风弄月,到是个轻薄的头儿。事有偶然,其夜亦泊舟瓜洲渡口,独酌无聊。忽听得歌声嘹亮,凤吟鸾吹,不足喻其美。起立船头,伫听半响,方知声出邻舟。正欲相访,音响倏已寂然。乃遣仆者潜窥踪迹,访于舟人。但晓得是李相公雇的船,并不知歌者来历。孙富想道:"此歌者必非良家,怎生得他一见?"展转寻思,通宵不寐。挨至五更,忽闻江风大作。及晓,彤云密布,狂雪飞舞。怎见得,有诗为证:

> 千山云树灭,万径人踪绝;
> 扁舟蓑笠翁,独钓寒江雪。

因这风雪阻渡,舟不得开。孙富命艄公移船,泊于李家舟之傍。孙富貂帽狐裘,推窗假作看雪。值十娘梳洗方毕,纤纤玉手,揭起舟傍短帘,自泼盂中残水,粉容微露,却被孙富窥见了,果是国色天香。魂摇心荡，迎眸注目，等候再见一面，杳不可得。沉思久之。乃倚窗高吟高学士《梅花诗》二句，道：

雪满山中高士卧，月明林下美人来。

李甲听得邻舟吟诗，舒头出舱，看是何人。只因这一看，正中了孙富之计：孙富吟诗，正要引李公子出头，他好乘机攀话。当下慌忙举手，就问："老兄尊姓何讳？"李公子叙了姓名乡贯，少不得也问那孙富。孙富也叙过了。又叙了些太学中的闲话，渐渐亲热。孙富便道："风雪阻舟，乃天遣与尊兄相会，实小弟之幸也。舟次无聊，欲同尊兄上岸，就酒肆中一酌，少领清诲[22]，万望不拒。"公子道："萍水相逢，何当厚扰？"孙富道："说那里话！'四海之内，皆兄弟也'。"喝教舡公打跳[23]，童儿张伞，迎接公子过船，就于船头作揖。然后让公子先行，自己随后，各各登跳上涯。行不数步，就有个酒楼。二人上楼，拣一副洁净座头，靠窗而坐。酒保列上酒肴。孙富举杯相劝，二人赏雪饮酒。先说些斯文中套话，渐渐引入花柳之事。二人都是过来之人，志同道合，说得入港，一发成相知了。孙富屏去左右，低低问道："昨夜尊舟清歌者，何人也？"李甲正要卖弄在行，遂实说道："此乃北京名姬杜十娘也。"孙富道："既系曲中姊妹，何以归兄？"公子遂将初遇杜十娘，如何相好，后来如何要嫁，如何借银讨他，始末根由，备细述了一遍。孙富道："兄携丽人而归，固是快事，但不知尊府中能相容否？"公子道："贱室不足虑。所虑者，老父性严，尚费踌躇耳！"孙富将机就机，便问道："既是尊大人未必相容，兄所携丽人，何处安顿？亦曾通知丽人，共作计较否？"公子攒眉而答道："此事曾与小妾议之。"孙富欣然问道："尊宠必有妙策。"公子道："他意欲侨居苏杭，流连山水，使小弟先回，求亲友宛转于家君之前。俟家君回嗔作喜，然后图归。高明以为何如？"

孙富沉吟半晌，故作愀然之色，道："小弟乍会之间，交浅言深，诚恐见怪。"公子道："正赖高明指教，何必谦逊？"孙富道："尊大人位居方面[24]，必严帷薄之嫌[25]，平时既怪兄游非礼之地，今日岂容兄娶不节之人。况且贤亲贵友，谁不迎合尊大人之意者？兄枉去求他，必然相拒。就有个不识时务的进言于尊大人之前，见尊大人意思不允，他就转口了。兄进不能和睦家庭，退无词以回复尊宠。即使留连山水，亦非长久之计。万一资斧困竭，岂不进退两难！"公子自知手中只有五十金，此时费去大半，说到资斧困竭，进退两难，不觉点头道是。孙富又道："小弟还有句心腹之谈，兄肯俯听否？"公子道："承兄过爱，更求尽言。"孙富道："疏不间亲，还是莫说罢。"公子道："但说何妨。"孙富道："自古道：'妇人水性无常。'况烟花之辈，少真多假。他既系六院名姝，相识定满天下，或者南边原有旧约，借兄之力，挈带而来，以为他适之地。"公子道："这个恐未必然。"孙富道："既不然，江南子弟，最工轻薄，兄留丽人独居，难保无逾墙钻穴之事。若挈之同归，愈增尊大人之怒。为兄之计，未有善策。况父子天伦，必不可绝。若为妾而触父，因妓而弃家，海内必以兄为浮浪不经之人。异日妻不以为夫，弟不以为兄，同袍不以为友，兄何以立于天地之间？兄今日不可不熟思也！"

公子闻言，茫然自失，移席问计道："据高明之见，何以教我？"孙富道："仆有一计，于兄甚便。只恐兄溺枕席之爱，未必能行，使仆空费词说耳！"公子道："兄诚有良策，使弟再睹家园之乐，乃弟之恩人也。又何惮而不言耶？"孙富道："兄飘零岁余，严亲怀怒，闺阁离心，设身以处兄之地，诚寝食不安之时也。然尊大人所以怒兄者，不过为迷花恋柳，挥金如土，异日必为弃家荡产之人，不堪承继家业耳！兄今日空手而归，正触其怒。兄倘能割衽席之爱[26]，见机而作，仆愿以千金相赠。兄得千金，以报尊大人，只说在京授馆，并不曾浪费分毫，尊大人必然相信。从此家庭和睦，当无间言。须臾之间，转祸为福。兄请三思，仆非贪丽人之色，实为兄效忠于万一也!"李甲原是没主意的人,本心惧怕老子,被孙富一席话,说透胸中之疑,起身作揖道:"闻兄大教,顿开茅塞。但小妾千里相从,义难顿绝,容归与商之。得其心肯,当奉复耳。"孙富道:"说话之间,宜放婉曲。彼既忠心为兄,必不忍使兄父子分离,定然玉成兄还乡之事矣。"二人饮了一回酒,风停雪止,天色已晚。孙富教家僮算还了酒钱,与公子携手下船。正是:

逢人且说三分话,未可全抛一片心。

却说杜十娘在舟中,摆设酒果,欲与公子小酌,竟日未回,挑灯以待。公子下船,十娘起迎,见公子颜色匆匆⁽²⁷⁾,似有不乐之意,乃满斟热酒劝之。公子摇首不饮,一言不发,竟自床上睡了。十娘心中不悦,乃收拾杯盘,为公子解衣就枕,问道:"今日有何见闻,而怀抱郁郁如此?"公子叹息而已,终不启口。问了三四次,公子已睡去了。十娘委决不下,坐于床头而不能寐。到夜半,公子醒来,又叹一口气。十娘道:"郎君有何难言之事,频频叹息?"公子拥被而起,欲言不语者几次,扑簌簌掉下泪来。十娘抱持公子于怀间,软言抚慰道:"妾与郎君情好,已及二载,千辛万苦,历尽艰难,得有今日。然相从数千里,未曾哀戚。今将渡江,方图百年欢笑,如何反起悲伤,必有其故。夫妇之间,死生相共,有事尽可商量,万勿讳也。"公子再四被逼不过,只得含泪而言道:"仆天涯穷困,蒙恩卿不弃,委曲相从,诚乃莫大之德也。但反覆思之,老父位居方面,拘于礼法,况素性方严,恐添嗔怒,必加黜逐。你我流荡,将何底止?夫妇之欢难保,父子之伦又绝。日间蒙新安孙友邀饮,为我筹及此事,寸心如割。"十娘大惊道:"郎君意将如何?"公子道:"仆事内之人,当局而迷。孙友为我画一计颇善,但恐恩卿不从耳!"十娘道:"孙友者何人?计如果善,何不可从?"公子道:"孙友名富,新安盐商,少年风流之士也。夜间闻子清歌,因而问及。仆告以来历,并谈及难归之故。渠意欲以千金聘汝。我得千金,可借口以见吾父母;而恩卿亦得所天。但情不能舍,是以悲泣。"说罢,泪如雨下。十娘放开两手,冷笑一声道:"为郎君画此计者,此人乃大英雄也。郎君千金之资,既得恢复,而妾归他姓,又不致为行李之累,发乎情,止乎礼,诚两便之策也。那千金在那里?"公子收泪道:"未得恩卿之诺,金尚留彼处,未曾过手。"十娘道:"明早快快应承了他,不可挫过机会。但千金重事,须得兑足交付郎君之手,妾始过舟,勿为贾竖子所欺。"

时已四鼓,十娘即起身挑灯梳洗道:"今日之妆,乃迎新送旧,非比寻常。"于是脂粉香泽,用意修饰,花钿绣袄,极其华艳,香风拂拂,光采照人。装束方完,天色已晓。孙富差家童到船头候信。十娘微窥公子,欣欣似有喜色,乃催公子快去回话,及早兑足银子。公子亲到孙富船中,回复依允。孙富道:"兑银易事,须得丽人妆台为信。"公子又回复了十娘,十娘即指描金文具道:"可便抬去。"孙富喜甚。即将白银一千两,送到公子船中。十娘亲自检看,足色足数,分毫无爽。乃手把船舷,以手招孙富。孙富一见,魂不附体。十娘启朱唇,开皓齿道:"方才箱子可暂发来,内有李郎路引一纸,可检还之也。"孙富视十娘已为瓮中之鳖,即命家童送那描金文具,安放船头之上。十娘取钥开锁,内皆抽替小箱。十娘叫公子抽第一层来看,只见翠羽明珰,瑶簪宝珥,充牣于中⁽²⁸⁾,约值数百金。十娘遽投之江中。李甲与孙富及两船之人,无不惊诧。又命公子再抽一箱,乃玉箫金管。又抽一箱,尽古玉紫金玩器,约值数千金。十娘尽投之于大江中。岸上之人,观者如堵。齐声道:"可惜可惜!"正不知什么缘故。最后又抽一箱,箱中复有一匣。开匣视之,夜明之珠,约有盈把。其他祖母绿、猫儿眼、诸般异宝,目所未睹,莫能定其价之多少。众人齐声喝彩,喧声如雷。十娘又欲投之于江。李甲不觉大悔,抱持十娘恸哭,那孙富也来劝解。

十娘推开公子在一边,向孙富骂道:"我与李郎备尝艰苦,不是容易到此,汝以奸淫之意,巧为谗说,一旦破人姻缘,断人恩爱,乃我之仇人。我死而有知,必当诉之神明,尚妄想枕席之欢乎?"又对李甲道:"妾风尘数年,私有所积,本为终身之计。自遇郎君,山盟海誓,白首不渝。前出都之际,假托众姊妹相赠,箱中韫藏百宝,不下万金。将润色郎君之装,归见父母,或怜妾有心,收佐中馈(29),得终委托,生死无憾。谁知郎君相信不深,惑于浮议,中道见弃,负妾一片真心。今日当众目之前,开箱出视,使郎君知区区千金,未为难事。妾椟中有玉,恨郎眼内无珠。命之不辰,风尘困瘁,甫得脱离,又遭弃捐。今众人各有耳目,共作证明,妾不负郎君,郎君自负妾耳!"于是众人聚观者,无不流涕,都唾骂李公子负心薄幸。公子又羞又苦,且悔且泣,方欲向十娘谢罪。十娘抱持宝匣,向江心一跳。众人急呼捞救。但见云暗江心,波涛滚滚,杳无踪影。可惜一个如花似玉的名姬,一旦葬于江鱼之腹。

　　　　　　　三魂渺渺归水府,七魄悠悠入冥途。

当时旁观之人,皆咬牙切齿,争欲拳殴李甲和那孙富。慌得李、孙二人手足无措,急叫开船,分途遁去。李甲在舟中,看了千金,转忆十娘,终日愧悔,郁成狂疾,终身不痊。孙富自那日受惊,得病卧床月余,终日见杜十娘在傍诟骂,奄奄而逝。人以为江中之报也。

却说柳遇春在京坐监完满,束装回乡,停舟瓜步。偶临江净脸,失坠铜盆于水,觅渔人打捞。及至捞起,乃是个小匣儿。遇春启匣观看,内皆明珠异宝,无价之珍。遇春厚赏渔人,留于床头把玩。是夜梦见江中一女子,凌波而来,视之,乃杜十娘也。近前万福,诉以李郎薄幸之事。又道:"向承君家慷慨,以一百五十金相助,本意息肩之后(30),徐图报答。不意事无终始;然每怀盛情,悒悒未忘(31)。早间曾以小匣托渔人奉致,聊表寸心,从此不复相见矣。"言讫,猛然惊醒,方知十娘已死,叹息累日。后人评论此事,以为孙富谋夺美色,轻掷千金,固非良士;李甲不识杜十娘一片苦心,碌碌蠢才,无足道者。独谓十娘千古女侠,岂不能觅一佳侣,共跨秦楼之凤(32),乃错认李公子,明珠美玉,投于盲人,以致恩变为仇,万种恩情,化为流水,深可惜也!有诗叹云:

　　　　　　　不会风流莫妄谈,单单情字费人参;
　　　　　　　若将情字能参透,唤作风流也不惭。

　　　　　　(据严敦易校注《警世通言》第三十二卷,人民文学出版社1987年版)

【注释】

(1) 纳:交纳。粟:粟米,代指钱财。监:国子监。
(2) 庠(xiáng):古代州、府、县开办的学校。
(3) 坐监:在国子监读书。
(4) 莲萼:莲花瓣。
(5) 白家樊素:唐代诗人白居易家的歌姬,白曾夸赞她"樱桃樊素口,杨柳小蛮腰"。
(6) 斗筲(shāo)之量:酒量特别小。筲,小的竹编容器。
(7) 撒漫:出手大方,阔绰挥霍。
(8) 帮衬:常常巴结,献殷勤。
(9) 胁:肩。诌笑:媚笑。
(10) 行户:行院,妓院委婉的说法。
(11) 有气无烟:生活的窘态,穷得快要断炊了。

（12）十斋:佛教规定有十天不吃荤腥不杀生,即每月初一、初八、十四、十五、十八、二十三、二十四、二十八、二十九、三十等十天。

（13）落:脱落,除掉。籍:教坊乐籍。指妓女从良。

（14）开:分开。交:断绝关系。

（15）嘿嘿:默默,无言以对。

（16）庶:希望,才。为力:办到。

（17）玉成:成全。

（18）间关:行程辗转,旅途艰难。

（19）雇倩:雇请。

（20）消索:空乏。

（21）赆(jìn):赠别时赠送的财物。

（22）清:高尚的、高雅的。诲:教诲,向别人请教的谦辞。

（23）打:搭。跳:跳板。

（24）方面:独当一面的大官,这里有夸大抬高的意思,阿谀奉承之辞。

（25）帷:帷幔。薄:薄帘,借指内室。

（26）衽(rèn)席:床席。

（27）颜色匆匆:着急不安的神情。

（28）充牣(rèn):充满。

（29）佐中馈:帮助家中主妇做饭料理家务。馈,进食于尊长。

（30）息肩:放下担子,这里指获得安稳的生活。

（31）悒悒:忧愁烦闷,不开心的样子。

（32）秦楼之凤:形容婚姻生活幸福美满。传说春秋时萧史擅长吹箫,秦穆公把女儿弄玉家给了他。一天弄玉学吹箫,龙、凤飞来,夫妻二人一起升天了。

【简析】

　　这篇小说是"三言二拍"里爱情婚姻题材作品中最成功的一篇,也是明代拟话本小说的优秀代表作。小说写了风尘女子杜十娘对爱情、自由、幸福的热烈追求。杜十娘曾饱尝屈辱,因此倍加渴望获得纯真的爱情,过上自由幸福的生活。为了赎身从良,她大胆追求真爱,将自己托付给李甲。可李甲生性软弱、自私,再加上阴险奸诈的孙富的挑唆,最终李甲屈从于礼教观念,出卖了杜十娘,导致杜十娘理想破灭,最终沉箱投江。小说以精湛的细节描写和细腻的心理描写,成功地塑造了杜十娘机智谨慎、知情重义、刚毅坚强的光辉形象。她的悲剧代表了社会最底层被侮辱被损害的女性的命运,揭露了封建伦理纲常、门第观念的罪恶,揭示封建社会的黑暗和残酷。小说情节跌宕,一波三折,借银赎身、姊妹送行、泊船瓜洲以及抱匣投江等写尽了杜十娘的人生悲欢;构思精巧,结构谨严,百宝箱是故事的线索,一共出现了四次,控制着叙事节奏,推动着情节发展。小说语言明快晓畅,继承了话本的传统,精练富有个性,极富表现力。

二 戏曲

徐渭杂剧（一种）

徐渭（1521—1593），字文长，号青藤老人、天池山人、天池渔隐、田水月等，浙江山阴（浙江绍兴）人。明代著名文学家、书画家、戏曲家、军事家。作品有《南词叙录》，杂剧《四声猿》，诗文集《徐文长三集》。

狂鼓史渔阳三弄（节选）[1]

（鼓一通）（判）这祸从这上头起。唉！仔细《鹦鹉赋》害事[2]！（祢）

【青哥儿】日影移窗棂，窗棂一罅[3]，赋草掷金声[4]，金声一下。黄祖的心肠忒狠辣，陡起鳞甲[5]，放出槎枒[6]。香怕风刮，粉怪娟搭。士忌才华，女妒娇娃。昨日菩萨，顷刻罗刹[7]。哎！可怜俺祢衡的头呵，似秋尽壶瓜，断藤无计再生发，霜檐挂。

（鼓一通）（判）这贼原来这每巧弄了这生[8]！（曹）大人，这也听他不得。俺前日也是屈招的。（判）这般说，这生的头也是自家掉下来的？（曹）祢的爷饶了罢么！（判）还要这等虚小心。手下！铁鞭在那里？（曹慌作怒介）狂生！俺也有好处来。俺下令求贤，让还三州县，也埋没了俺？（祢）

【寄生草】你狠求贤为自家，让三州值什么大！缸中去几粒芝麻罢，馋猫哭一会慈悲诈，饥鹰饶半截肝肠挂，凶屠放片刻猪羊假。你如今还要哄谁人？就还魂改不过精油滑！

（鼓一通）（判）痛快！痛快！大杯来一杯，先生尽着说。（祢）

【葫芦草混】你害生灵呵，有百万来的还添上七八，杀公卿呵，那里查！借廒仓的大斗来斛芝麻[9]，恶心肝生就在刀枪上挂，狠规模描不出丹青的画[10]，狡机关我也拈不尽仓猝里骂，曹操，你怎生不再来牵犬上东门[11]，闲听唳鹤华亭坝[12]？却出乖弄丑，带锁披枷。

（鼓一通）（判）老瞒，就叫你自家处此，也饶自家不过了。先生尽着说。（祢）

【赚煞】你造铜雀要锁二乔，谁想道梦巫峡羞杀[13]，靠赤壁那火烧一把。你临死时和些歪剌们活离别[14]，又卖履分香待怎么！亏你不害羞，初一十五，教望着西陵，月月的哭他。不想这些歪剌们呵，带衣麻就搂别家[15]。曹操，你自说么！且休提你一世的贤达，只临了这一桩呵，也该儿管笔题跋[16]。咳，俺且饶你罢，争奈我《渔阳三弄》的鼓槌儿乏。

（末扮阎罗鬼使上）（判）手下！快把曹操等收监。……

（据《四声猿》，上海古籍出版社1984年版）

【注释】

(1)《狂鼓史渔阳三弄》:明代杂剧作家徐渭的《四声猿》之一。"四声猿"之名,取自"猿鸣三声泪沾裳"之语。《狂鼓史》主要情节是祢衡与曹操死后,在判官的主持下祢衡骂曹,最终曹操下地狱,祢衡升为天使的故事。

(2)《鹦鹉赋》:江夏太守黄祖之子黄射,曾经大宴宾客。有人献鹦鹉,并希望祢衡为之作赋,祢衡笔不停辍,文不加点,一挥而就。后文称祢衡"鹦鹉笔"也是赞美祢衡文采斐然。

(3)一罅:指时间飞快,如白驹过隙一般。罅:缝隙。

(4)金声:用典,出自《晋书·孙绰传》。晋朝孙绰作《天台赋》,其友范荣期看后说:"卿试掷地,当作金石声也。"后人就用"金声"比喻文辞优美,语言铿锵。

(5)鳞甲:语出《三国志·蜀志·陈震传》:诸葛亮与长史蒋琬、侍中董允写信说:"孝起(陈震)前临至吴,为吾说正方(李严)腹中有鳞甲,乡党以为不可近。"后以"腹有鳞甲"喻指人内心狡诈,十分阴险。

(6)槎枒:树杈,此指戳人。

(7)罗刹:佛教恶鬼名。

(8)这每:这么。

(9)廒仓:秦至魏,粮仓因修筑在敖山(河南荥阳北)故名敖仓。后世因袭"廒仓"之名以代指国家粮仓。

(10)狠规模:凶狠的样子。

(11)牵犬上东门:用典,出自《史记·李斯列传》:李斯被判腰斩,他和他的儿子都被抓起来,临刑前,他对儿子说:"吾欲与若,复牵黄犬出上蔡东门逐狡兔,岂可得乎!"。

(12)唳鹤华亭:出自《晋书·陆机传》,宦官孟玖诬陷陆机,陆机被害前"既而叹曰:'华亭鹤唳,岂可复闻乎!'"。华亭,即上海松江。陆机,华亭人也。此句与"牵犬上东门"句,都是说在地狱中吃苦受罪才是曹操的结局,欲享乐是再也不可能了。

(13)梦巫峡:宋玉《高唐赋》载,楚襄王游高唐时,"怠而昼寝",梦与神女幽会。

(14)歪剌:藏于牛角中的臭肉。封建时代以此贱称妇女,此指曹操妻妾。

(15)带衣麻:穿着孝衣。

(16)题跋:本指文体,此指书写。

【简析】

　　王骥德在《曲律》中提出"戏剧之道,出之贵实,而用之贵虚"。《狂鼓史渔阳三弄》取材于《后汉书·祢衡传》,是徐渭的《四声猿》中成就最大的作品。该剧其故事情节已大异于历史记载。作者写此剧做了以下的艺术上的再创作:首先,祢衡骂曹的情节转移到了阴间,由判官作裁判导演,这个判官正是联系虚实之间的重要纽带;其次,该剧不是传统杂剧四折一楔子的模式,而是只有一折,故在篇幅有限的前提下,祢衡骂曹的过程开篇就势头强劲,由强减缓;再次,祢衡从历史上受曹操摆布的地位,到剧作中最后受到天帝褒奖成为天使,而曹操则下地狱,变化巨大。这种艺术上的构思使得文本脱离了历史与现实的窠臼,方便作家一抒己怀,说平时不能说的话,做平时不能做的事,表达难以在现实中表达的价值观。

　　以上节选部分是祢衡骂曹最痛快的部分,作家不仅运用了丰富的典故,还使用了大量民间俗语,将祢衡对曹操的指控以雅俗并用的方式表现出来,增强了感情的强度和张力,言人所不能言之词,达人所不能达之意,呈现出"痛快! 痛快!"的艺术效果。而徐渭之所以选择祢衡骂曹的题材进行如此艺术虚构创作,其目的在于讽世。徐渭所处的时代奸臣严嵩当道,沈炼上疏严嵩诸般罪状后遭杖责贬官,之后仍在塞外痛骂严嵩父子误国,最终被严嵩借刀杀人。沈炼骂严与祢衡骂曹,极其相似,二人结局在历史真实上也极相似。由此可窥见徐渭写《狂鼓史》的目的之所在。

梁辰鱼传奇(一种)

梁辰鱼(1519?—1591?),字伯龙,号少白或少伯,号仇池外史,江苏昆山人。出身富绅,任侠好游,交友广泛。善度曲,师从于魏良辅,和他一同改良昆山腔。《浣纱记》就是第一部用改良昆山腔演唱的传奇。梁氏创作涉及传奇、杂剧、散曲、诗歌等多个方面,但大多散佚。今人辑有《梁辰鱼集》。

浣纱记

第二十三出　聘施[1]

【南吕】【虞美人】(生扮范蠡同众带女冠服上。生)连年江海空奔走,往事休回首。桃源深处结同心,一别匆匆三载到如今。

自家范蠡。向因闲游苎萝山下,得遇西施,不觉三载有余矣。勤劳王事,奔走江关,再无工夫得谐姻契。近寄信去,知未嫁人。昨因主公要选美女,进上吴王,遍国搜求,并不如意。想国家事体重大,岂宜吝一妇人? 故已荐之主公,特遣山中迎取。但有负淑女,更背旧盟,心甚不安,如何是好? 今到这里,恐幽僻山村,车马众多,必致惊动。我且再依向年故事,改换衣裳,潜往他家,先见此女,备说主公访求之意,令其心肯意从,然后将车马奉迎,却不是好? 众军士,你们暂住村口,待我呼唤,方可到来。(众应科,同生俱下)

【前腔】(旦上)秋来春去眉常锁,愁病何年可? 灯花昨夜似多情[2],晨起檐前鹊噪更无凭。

奴家西施,自从与范大夫相别,不觉已经三载。闻他一向逗留吴地,近日归来,有信安慰。他既能以身殉国,我岂可以身许人? 如今父又远出,母又患病,只得闭门做些针指,待他消息。正是:身无彩凤双飞翼,心有灵犀一点通。(生扮道服上)独访山村陟还歌,茅屋斜连隔松叶。主人何处未开门,绕篱野菜飞黄蝶。我一路问来,说道:"西施家里,门临流水,屋靠青山,数竿修竹,有小桥尽头,一座茅堂,向百花深处。"迤逦行来,此间想是他门首了。为何闭上门儿? 我不好竟叩。且在此少待,看里面有人出来否?

【一江风】问他家,独自穿山径,趁几曲溪流净。未开门,一带疏篱,见花竹相遮映,沿门嗷一声,里头有人么? 怎的再不闻一些影响[3]? 沿门嗷一声,待敲还住停。待我再问一声:里头有人么? (旦)是那个? (生)这个是娇滴滴声音,想是他了。我且不要应他,看他出来么。急忙里未可便通名姓。

【前腔】(旦)万山深,寂寂村庄静。镇日有谁来问? 你是何人? (生)是我。(旦)试把门开,看那个频频应? (做开门科)呀! 我道是谁! (做退后科)(生)且喜小娘子在家里。(旦)尊官里头请坐便好,只是我父亲不在家里,如何是好?(生)一定要到堂中奉拜,兼有话说。(旦)既然如此我母病患在床,告禀母知,请尊官进中堂坐。(生)看他忙将礼数迎,忙将礼数迎,春风满面生。(旦)尊官,念蜗居窄狭无恭敬。

尊官万福。(生)小娘子拜揖。范蠡为君上有难,连年拘留异邦,有背深盟,实切惶愧。(旦)尊官拘系,贱妾尽知。但国家事极大,姻亲事可缓,岂为一女之微,有负万姓之望。(生)小娘子,下官不知进退,有句话特欲奉告。(旦)既蒙不弃,有何言语,但说不妨。(生)我与小娘子本图谐二姓之欢,永期百年之好。岂料家亡国破,君系臣囚,幸用鄙人浅谋,得放主公归国。今吴王荒淫无度,恋酒迷花。主公欲搜求美女,以逞其欲。寻遍国内,再无其人。我想起来,只有小娘子仪容绝世,倾国倾城,偶尔称扬,主公遂有访求之心,小娘子尚无见许之意,故敢特造高居,奉问可否,小娘子意下如何?(旦)贱妾不过是田姑村妇,裙布荆钗,岂宜到楚馆秦楼?现不谙珠歌翠舞?虽当年既将身许,三年遂患心疼。尊官为国,伏望别访他求。贱妾为身,恐难移彼易此。(生)小娘子美意,我岂不知?但社稷废兴,全赖此举。若能飘然一往,则国既可存,我身亦可保。后会有期,未可知也。若执而不行,则国将遂灭,我身亦旋亡。那时节虽结姻亲,小娘子,我和你必同做沟渠之鬼,又何暇求百年之欢乎?(旦)虽然如此,但悬望三年,今得一见,意谓可了终身之愿,岂料又起风波,好苦楚人也!

【金落索】(旦)三年曾结盟,百岁图欢庆。记得溪边,两下亲折证。闻君滞此身在吴庭,害得心儿彻夜疼。溪纱一缕曾相订,何事儿郎太短情?我真薄命!天涯海角未曾经,那时节异国飘零,音信无凭,落在深深井!

【前腔】(生)别来岁月更,两下成孤另。我日夜关心,奈人远天涯近。区区负此盟,愧平生,谁料频年国势倾。无端又害出多娇病,羞杀,我一事无成两鬓星!今日特到贵宅来呵,奉君王命,江东百姓全是赖卿卿[4]。小娘子,你若肯去呵,二国之兴废存亡,更未可知;我两人之再会重逢,亦未可晓。望伊家及早登程,不必留停,婚姻事皆前定。

(旦)既然如此,勉强应承,待我进禀过母亲,方可去也。(生)正是。(旦下。生)众军士那里?快取冠带来。(众上,请旦,诨科,小净、丑、旦同上。小净、丑)妹子,你父亲又不在家里,母亲又病在床上,我两个在村中闻得车马来接妹子去成亲,因此特来相送。(做哭科。生)不要哭,请小娘子换了衣服。(小净、丑换衣服科。旦作悲科)

【三换头】(旦)孤身只影,未识侯门行径。况天南地北,路途谁惯经?我未往先战惊。这其间只是我不合来溪边独行,羞杀人儿也!浣纱谁问聘,敬谢君家,恐这样姻亲空作成!

(生)小娘子不要烦恼。(小净、丑)西施妹子,你不像我两个店底货,你去这桩买卖必定就着手。经过杭州,若想我两个,搭面好香珠粉每人买三四担寄来相送,足见你姐妹之情。(做哭科。生)你两个不消送了,回去罢。(小净、丑下。生)众军士,排仪仗车马就此起程。

【前腔】(众)鸾车奉迎,笙歌送进,王都近也!看欢声遍城,此去一身欢庆,这壁厢只得把那壁厢暂时承领。况切君王望,紧行莫住停,奉告娘行,想这段姻亲真作成。

(众)禀老爷,已到官门首了。(生)闻主公在后殿,不免竟入。

【生查子】(小生扮越王上)日长深殿中,拂拂南风竞。聊抚五弦琴,为解吾民愠。

（生进相见科）主公之命，奉迎西施，已在宫外。（小生）范大夫，你就引进来。（旦进，众喝，旦拜科。小生）美人起来。果然天姿国色，绝世无双。范大夫，皆是尊赐。（生）小臣岂敢！

【东瓯令】（小生）真娇艳，果娉婷，一段风流画不成。美人，念千年家国如悬磬[5]，全赖伊平定。若还枯树得重荣，合国拜芳卿。

（旦）只恐性质凡庸，容颜粗丑，不足以副君王之望。

【前腔】嗟薄命，愧无能，念贱妾今还在幼龄。寒微未脱蓬茅性，金屋难相称。（小生）你晓得歌舞么？（旦）看萧萧裙布与钗荆，歌舞更何曾。

【刘泼帽】（生）娘行聪俊还娇情[6]，胜江东万马千兵，你立功异域才堪敬！那时海甸清，眼见烽烟净。

（小生）范大夫，传下命令：点选宦官五十名，宫女一百名，宝马香车，旌旄鼓吹，伏侍美人到西土城别馆去居住。目下就请娘娘亲去教他歌舞。（众应科）（小生、生先下）（众引旦行科）

【前腔】（众）金门火速传君令，点宫娥尽到西城，尽心昼夜来供应。他日法驾临，万姓看行幸。（下）

（据《浣纱记校注》，中华书局 1994 年版）

【注释】

（1）聘施：亦作"迎施"，见怡云阁本、李评本、六十种曲本。
（2）灯花：灯芯余烬结成花的形状。古人以此为吉兆。
（3）影响：消息。
（4）卿卿：昵称。
（5）悬磬：语出《国语·鲁语上》，表示十分贫穷，一穷二白。
（6）娘行：对女性的称呼，此指西施。

【简析】

《浣纱记》以春秋战国时期吴越之战为大背景，讲述了著名的西施与范蠡的爱情故事。其中交织着政治与爱情、谋略与人性等复杂的关系。全剧的高潮迭起，第二十三出《聘施》即其中之一。剧中人物感情起伏汹涌，尤其西施苦等三年导致心疾缠身，可结果却是所等之人要她以国家为重嫁入吴国，以图大业。至此，国家与个人、政治与爱情的矛盾一触即发。

范蠡见西施之前，因目的不纯且有负旧盟，加之真心爱着西施，内心的煎熬可想而知。而西施以家国为重的心胸见识，使二人的感情更加牢固，也为后文西施范蠡最终能够放弃功名利禄，泛舟江湖埋下感情的伏笔。作品人物塑造十分细腻，恰到好处地把握了人物的身份和见识的尺度，让读者感受到真实自然的动人情怀。西施虽识大体，但是其身份是从没出过家门的山里姑娘，"愿得一心人，白头不相离"是她最大的人生理想。而现在一朝被情郎打破，其痛苦可想而知，更遑论让她去吴国完成政治任务了。但是她仍旧接受了任务，不改初心。正因为西施是如此人儿，才更加能够打动读者和观众的心。最巧妙之处在于，作家没有让西施一下就理解了范蠡，马上接受政治任务，而是通过几番言辞来往，努力争取范蠡的同情，以避免自己走上这条路，直到范蠡铁了心以"社稷废兴，全赖此举"的话堵住了西施的所有退路，她才在万般无奈之下接受任务,她甚至后悔还不如"不合来溪边独行"。这个过程中西施的感情与思想斗争之激烈,理智与情感碰撞之震撼,精彩至极。而西施的忍辱负重,也为后文中的高潮蓄足了势。

汤显祖传奇(二种)

汤显祖(1550—1616),字义仍,号海若,又号若士,别署清远道人,江西临川人。明代首屈一指的伟大剧作家,被后人尊称为"东方的莎士比亚"。

牡丹亭

第七出　闺塾

(末上)吟余改抹前春句,饭后寻思午晌茶。蚁上案头沿砚水,蜂穿窗眼咂瓶花。我陈最良,杜衙设帐[1],杜小姐家传《毛诗》[2],极承老夫人管待。今日早膳已过,我且把毛注潜玩一遍。(念介)"关关雎鸠,在河之洲。窈窕淑女,君子好逑。"好者好也,逑者求也。(看介)这早晚了[3],还不见女学生进馆,却也娇养的凶。待我敲三声云板。(敲云板介)春香,请小姐解书。

【绕池游】(旦引贴捧书上)素妆才罢,缓步书堂下。对净几明窗潇洒。(贴)昔氏《贤文》,把人禁杀,恁时节则好教鹦哥唤茶。

(见介)(旦)先生万福。(贴)先生少怪。(末)凡为女子,鸡初鸣,咸盥、漱、栉、笄,问安于父母[4];日出之后,各供其事。如今女学生以读书为事,须要早起。(旦)以后不敢了。(贴)知道了。今夜不睡,三更时分,请先生上书。(末)昨日上的《毛诗》,可温习?(旦)温习了,则待讲解。(末)你念来。(旦念书介)"关关雎鸠,在河之洲。窈窕淑女,君子好逑。"(末)听讲:"关关雎鸠",雎鸠是个鸟;关关,鸟声也。(贴)怎样声儿?(末作鸠声)(贴学鸠声诨介)(末)此鸟性喜幽静,在河之洲。(贴)是了。不是昨日是前日,不是今年是去年,俺衙内关着个斑鸠儿,被小姐放去,一去去在何知州家。(末)胡说,这是兴。(贴)兴个甚的那?(末)兴者起也,起那下头。窈窕淑女,是幽闲女子,有那等君子好好的来求他。(贴)为甚好好的求他?(末)多嘴哩。(旦)师父,依注解书,学生自会。但把《诗经》大意,敷演一番[5]。

【掉角儿】(末)论《六经》,《诗经》最葩[6],闺门内许多风雅:有指证姜嫄产哇[7];不嫉妒后妃贤达。更有那咏鸡鸣,伤燕羽,泣江皋,思汉广,洗净铅华。有风有化,宜室宜家。(旦)这经文偌多?(末)"《诗》三百,一言以蔽之,"没多些,只"无邪"两字,付与儿家。

书讲了。春香,取文房四宝来模字[8]。(贴下取上)纸、墨、笔、砚在此。(末)这甚么墨?(旦)丫头错拿了,这是螺子黛,画眉的。(末)这甚么笔?(旦作笑介)这便是画眉细笔。(末)俺从不曾见。拿去,拿去!这是甚么纸?(旦)薛涛笺。(末)拿去,拿去。只拿那蔡伦造的来。这是甚么砚?是一个?是两个?(旦)鸳鸯砚。(末)许多眼?(旦)泪眼。(末)哭甚么子?一发换了来。(贴背介)好个标老儿[9]!待换去。(下换上)这可好?(末看介)着。(旦)学生自会临书。春香还劳把笔。(末)看你临。(旦写字介)(末看惊介)我从不曾见这样好字。这甚么格?(旦)是卫夫人传下美女簪花之格。(贴)待俺写个奴婢学夫人。(旦)还早哩。(贴)先生,学生领出恭牌。(下)(旦)敢问师母尊年?(末)目下平头六十。(旦)学生待绣对鞋儿上寿,请个样儿。(末)生受了。依《孟子》上样儿,做个"不知足而为屦"罢了。(旦)还不见春香来。(末)要唤他么?(末叫三度介)(贴上)害淋的。(旦作恼介)劣丫头那里来?(贴笑介)溺尿去来。原来有座大花园,花明柳绿,好耍子哩。(末)哎也,不攻书,花园去。待俺取荆条来。(贴)荆条做甚么?

【前腔】女郎行[10]、那里应文科判衙?止不过识字儿书涂嫩鸦[11]。(起介)(末)古人读书,有囊萤的,趁月亮的[12]。(贴)待映月,耀蟾蜍眼花;待囊萤,把虫蚁儿活支煞。(末)悬梁刺股呢?(贴)比似你悬了梁,损头发;刺了股,添疤疤[13]。有甚光华!(内叫卖花介)(贴)小姐,你听一声声卖花,把读书声差。(末)又引逗小姐哩。待俺当真打一下。(末做打介)(贴闪介)你待打,打这哇哇,桃李门墙,崅把负荆人谑煞。(贴抢荆条投地介)(旦)死丫头,唐突[14]了师父,快跪下。(贴跪介)(旦)师父看他初犯,容学生责认一遭儿。

【前腔】手不许把秋千索拿,脚不许把花园路踏。(贴)则瞧罢。(旦)还嘴,这招风嘴,把香头来绰疤[15];招花眼,把绣针儿签瞎[16]。(贴)瞎了中甚用?(旦)则要你守砚台,跟书案,伴"《诗》云",陪"子曰",没的争差[17]。(贴)争差些罢。(旦持贴发介[18])则问你几丝儿头发,几条背花[19]?敢也怕些些夫人堂上那些家法。

(贴)再不敢了。(旦)可知道?(末)也罢,松这一遭儿。起来。(贴起介)

【尾声】(末)女弟子则争个不求闻达,和男学生一般儿教法。你们工课完了,方可回衙。咱和公相陪话去。(合)怎幸负的这一弄明窗新绛纱。(末下)

(贴作背后指末骂介)村老牛,痴老狗,一些趣也不知。(旦作扯介)死丫头,"一日为师,终身为父",他打不的你?俺且问你那花园在那里?(贴做不说)(旦做笑问介)(贴指介)兀那不是[20]!(旦)可有甚么景致?(贴)景致么,有亭台六七座,秋千一两架。绕的流觞曲水[21],面着太湖山石[22]。名花异草,委实华丽。(旦)原来有这等一个所在,且回衙去。

> 也曾飞絮谢家庭[23],欲化西园蝶未成[24]。
> 无限春愁莫相问[25],绿阴终借暂时行[26]。

（据徐朔方笺校《汤显祖集全编》,上海古籍出版社 2015 年版）

【注释】

(1) 设帐:教书。相传东汉经学家马融坐在绛纱帐内教学生。见《后汉书》马融本传。

(2)《毛诗》:指战国时,鲁国毛亨和赵国毛苌所辑和注的古文《诗》,也就是现在流行于世的《诗经》。

(3) 早晚:时候。

(4) 鸡初鸣,咸盥(guàn)、漱、栉(zhì)、笄(jī),问安于父母:见于《礼记·内则》,旧时代做子、女的生活守则之一。

(5) 敷演:这里是解释的意思。

(6) 葩:花,引申为华美,这里指有文采。

(7) 姜源产哇:古代传说,姜源是黄帝的曾孙帝喾的妃子。她在天帝的大脚趾印上踏了一脚,因而有孕。生下来的儿子就是后稷。哇:通娃。

（8）模字：即临帖。

（9）标老儿：固执的土老头。

（10）行：用在人称词之后，有"辈"、"家"的意思。"女郎行"犹言女儿家。有时也作那边、跟前解释。

（11）书涂嫩鸦：随便写几个字儿。涂鸦，乱涂，字写得不好。

（12）趁月亮的：南齐江泌家贫点不起灯，晚上在月光下读书。见《南齐书》本传。

（13）疧疧(niè)：疧痕。

（14）唐突：冒犯，冲撞。

（15）这招风嘴，把香头来绰疧：招风嘴，惹是生非的嘴。绰，通"戳"。

（16）招花眼，把绣针儿签瞎：招花眼，贪看花草风景的眼。签，刺。

（17）争差：差错。

（18）挦(xián)：拔、扯。

（19）背花：背上被鞭打的伤痕。

（20）兀那：指示词，犹那，那边。

（21）流觞曲水：古时风俗，每逢三月上旬巳日，在环曲的水渠边宴饮，把装着酒的杯子（觞）放在水上，顺水流下去。遇到水湾（曲水）停下来，就拿来喝。

（22）太湖山石：太湖石堆叠的假山。太湖石，产于太湖。石多孔洞，宜于作园林假山之用。

（23）"也曾飞絮谢家庭"：出自唐代李山甫《柳十首》之七："也曾飞絮谢家庭，从此风流别有名。不是向人无用处，一枝愁杀别离情。"这句意思是说，自己像谢道韫那样有诗才。《世说新语》记谢道韫曾以"未若柳絮因风起"句咏雪而著名。

（24）"欲化西园蝶未成"：出自唐代张泌《春夕言怀》诗："幽窗谩结相思梦，欲化西园蝶未成。"西园，汉武帝时的皇家园林。西不表示方位。蝶未成，用庄子梦蝶典故。这句意思是说，她想像蝴蝶那样自由自在地游园，因陈最良阻扰而未果。

（25）"无限春愁莫相问"：出自唐代赵暇《寄远》诗："禁钟声尽见栖禽，关塞迢迢故国心。无限春愁莫相问，落花流水洞房深。"这句话的意思是，花柳亭台心已去，引我春思无限。

（26）"绿阴终借暂时行"：出自唐代张祜《扬州法云寺双桧》："纵使百年为上寿，绿阴终借暂时行。"终借，终须、一定。这句话的意思是，别犹豫了，我们还是去花园走走吧！

【简析】

　　本文选自《牡丹亭》第七出，近代演出本又称《春香闹学》。陈最良秉承杜宝旨意训导丽娘读《毛诗》，在解读《关雎》一诗时，杜丽娘从诗的意境里感受到了爱情的甜蜜。这一出戏为全剧的关键，为后面戏曲的情节发展起到不可忽视的铺垫作用。

　　这出戏正面写出了春香与陈最良之间的冲突。在书房中，春香公然嘲弄陈最良，被陈最良训斥，春香回嘴道："知道了。今夜不睡，三更时分，请先生上书。"话里带刺，这是一"闹"；陈最良解读《关雎》时模仿鸟叫声，春香跟着学，这是二"闹"；春香频频向陈最良发问，书房里严肃宣讲的气氛，被闹得烟消云散，这是三"闹"；丽娘模字，春香一句"学生领出恭牌"后乘机溜出，回书房后给丽娘描述屋外春光，陈最良心觉不妙，立即喊打，而春香却毫不客气，甚至缴了陈最良的荆条，这是四"闹"。春香四"闹"，动机不同，"闹"的程度也不同，将陈最良的迂腐和春香的泼辣展现出来，为整出戏增添了不少的喜剧特色。

　　在这一出"闹"剧中，杜丽娘插嘴不多，看似重点描写春香，实则"醉翁之意不在酒"，此时杜丽娘的心灵已经有了初步觉醒,在丫头搅闹,塾师胡闹,春光喧闹中早已萌发出她对封建礼教的反抗和对爱情勇敢追求的嫩芽。

第十出　惊梦(节选)

【绕池游】(旦上)梦回莺啭,乱煞年光遍⁽¹⁾。人立小庭深院。(贴)炷尽沉烟,抛残绣线,恁今春关情似去年?

【乌夜啼】(旦)晓来望断梅关⁽²⁾,宿妆残。(贴)你侧着宜春髻子⁽³⁾,恰凭阑。(旦)剪不断,理还乱,闷无端。(贴)已分付催花莺燕借春看。(旦)春香,可曾叫人扫除花径?(贴)分付了。(旦)取镜台衣服来。(贴取镜台衣服上)"云髻罢梳还对镜,罗衣欲换更添香。"镜台衣服在此。

【步步娇】(旦)袅晴丝⁽⁴⁾,吹来闲庭院,摇漾春如线。停半晌,整花钿。没揣菱花⁽⁵⁾,偷人半面,迤逗的彩云偏⁽⁶⁾。(行介)步香闺怎便把全身现!

(贴)今日穿插的好。

【醉扶归】(旦)你道翠生生出落的裙衫儿茜,艳晶晶花簪八宝填,可知我常一生儿爱好是天然⁽⁷⁾。恰三春好处无人见⁽⁸⁾。不堤防沉鱼落雁鸟惊喧,则怕的羞花闭月花愁颤。

(贴)早茶时了,请行。(行介)你看:画廊金粉半零星,池馆苍苔一片青。踏草怕泥新绣袜⁽⁹⁾,惜花疼煞小金铃。(旦)不到园林,怎知春色如许?

【皂罗袍】原来姹紫嫣红开遍,似这般都付与断井颓垣。良辰美景奈何天,赏心乐事谁家院!恁般景致,我老爷和奶奶,再不提起。(合)朝飞暮卷,云霞翠轩;雨丝风片,烟波画船。锦屏人忒看的这韶光贱⁽¹⁰⁾!

(贴)是花都放了,那牡丹还早。

【好姐姐】(旦)遍青山啼红了杜鹃,荼蘼外烟丝醉软。春香啊,牡丹虽好,他春归怎占的先!(贴)成对儿莺燕啊。(合)闲凝眄⁽¹¹⁾,生生燕语明如翦,呖呖莺歌溜的圆。

(旦)去罢。(贴)这园子委是观之不足也。(旦)提他怎的!(行介)

【隔尾】观之不足由他缱⁽¹³⁾,便赏遍了十二亭台是枉然。到不如兴尽回家闲过遣。

(作到介)(贴)开我西阁门,展我东阁床。瓶插映山紫,炉添沉水香。小姐,你歇息片时,俺瞧老夫人去也。(下)

(据徐朔方笺校《汤显祖集全编》,上海古籍出版社 2015 年版)

【注释】

(1)乱煞年光遍:缭乱的春光到处都是。

(2)梅关:即大庾岭,在本剧故事发生地点江西省南安府(大庾)的南面。

(3)宜春髻子:相传立春那天,妇女剪彩作燕子状,戴在髻上,上贴"宜春"二字。见《荆楚岁时记》。

(4)晴丝:游丝、飞丝,也即后文所说的烟丝,虫类所吐的丝缕,常在空中飘游。在春天晴朗的日子最易看见。

（5）没揣：不料。菱花，镜子。古时用铜镜，背面所铸花纹一般为菱花，因此称菱花镜，或用菱花作镜子的代称。

（6）迤逗的彩云偏：迤逗，引惹，挑逗；彩云，指式样好看的发髻。

（7）爱好：爱美。天然：天性使然。

（8）三春好处：比喻自己的青春美貌。

（9）泥：沾污，这里作动词用。

（10）锦屏人：泛指幽居深闺、不能领略自然美景的人。

（11）凝眄（miǎn）：凝视、注视。

（12）缱：留恋、牵绻。

【简析】

　　《惊梦》一出为《牡丹亭》第十出，由【绕池游】和【山坡羊】两套构成，前者为游园，后者为惊梦。这里只节选了【绕池游】一套。本套曲在清代之后称为"游园"。

　　本文节选部分共有六支曲子。第一支曲子【绕池游】，展示了一个莺啼鸟啭的春光景象，这景象催人情思，一句"恁今春关情似去年"表达出杜丽娘内心深处对大好春光的热爱，但年轻的少女却只能深锁春闺之中。第二支曲子【步步娇】写杜丽娘游园前的妆容，她欲行又止，对镜"整花钿"，一句"偷人半面，迤逗的彩云偏"，看似自嘲，实则暗自欢喜。第三支曲子【醉扶归】，对于春香的赞赏，丽娘自是喜欢的，但一句"恰三春好处无人见"流露出知音难觅的感慨。第四支曲子【皂罗袍】，丽娘面对着动人的春景，先是惋惜只有"断井颓垣"相伴，后是感叹"韶光贱"，一句"良辰美景奈何天，赏心乐事谁家院"宣泄了杜丽娘内心的惆怅郁闷。第五支曲子【好姐姐】，丽娘以牡丹自比，意恐自己的青春就此耽搁。最后一支曲子，用"枉然""过遣"两个词表现出丽娘对自己青春逝去的感伤，也对礼教束缚充满了愤懑。

　　这出戏主要描写杜丽娘内心复杂的思想感情，情与景相交替。在春香的鼓舞下，杜丽娘违背父母与老师的训诫，走出深闺，领略到另一片美好天地，引发内心的自我觉醒。她追求美好的爱情，追求青春的理想，在封建礼教的压制下，她所有美好的向往全都被禁锢在深闺之中而不能实现，由此杜丽娘生发出自我怜惜的情绪，嗟叹命运，黯然感伤。这套曲子反映了封建礼教对闺阁女子的严重束缚，蕴涵着对封建礼教和社会环境的强烈不满。

三　诗歌

高启诗（一首）

高启（1336—1374），元末明初著名诗人，字季迪，号槎轩，长洲（今江苏苏州市）人。元末隐居吴淞青丘,自号青丘子。高启才华高逸,学问渊博,能文,尤精于诗。著有《高太史大全集》《凫藻集》等。

登金陵雨花台望大江

大江来从万山中,山势尽与江流东。钟山如龙独西上,欲破巨浪乘长风。江山相雄不相让,形胜争夸天下壮。秦皇空此瘗黄金,佳气葱葱至今王。我怀郁塞何由开,酒酣走上城南台;坐觉苍茫万古意[1],远自荒烟落日之中来! 石头城下涛声怒,武骑千群谁敢渡? 黄旗入洛竟何祥[2],铁锁横江未为固[3]。前三国[4],后六朝[5],草生宫阙何萧萧。英雄乘时务割据[6],几度战血流寒潮。我生幸逢圣人起南国,祸乱初平事休息[7]。从今四海永为家,不用长江限南北。

（据《四部丛刊》影印明景泰刻本《高太史大全集》卷十）

【注释】

（1）坐觉:自然而觉。

（2）黄旗入洛:三国时吴王孙皓听术士说自己有天子的气象,就率家人入洛阳以顺天命。途中遇大雪,士兵怨怒,不得不返回。此处说"黄旗入洛"其实是吴被晋灭的先兆。

（3）铁锁横江:三国时吴军为阻止晋兵进攻,曾经在长江上设置铁锁,均被晋兵所破。

（4）三国:魏、蜀、吴,这里仅指吴。

（5）六朝:吴、东晋、宋、齐、梁、陈均建都金陵,史称六朝。这里指南朝。

（6）英雄:这里指六朝(吴、东晋、宋、齐、梁、陈)的开国君主。务割据:致力于割据称雄。务:致力,从事。

（7）事休息:指明初实行减轻赋税,恢复生产,休养生息。事,从事。

【简析】

这首七言古诗作于洪武二年(1369),明代开国未久之际。作者身处元末明初,饱尝战乱之苦,当时诗人正应征参加《元史》的修撰,怀抱理想,要作一番事业。当他登上金陵雨花台,眺望荒烟落日笼罩下的长江之际,随江水波涛起伏,思潮起伏,历史上古都金陵几度废兴的往事如在眼前,有感而作。这首诗以豪放雄健的笔调描绘钟山、大江的雄伟壮丽,在缅怀金陵历史的同时,发出深深的感慨,把故垒萧萧的新都,写得气势雄壮。诗的开头描写所看到的景色,进而写诗人自己的心绪和感慨:从历史的教训而生忧患之心。最后四句诗人庆幸躬逢盛世,歌颂"圣人"朱元璋平定天下,与民休息,从此可以四海一家,不起干戈。联系全诗主旨,这与其说是诗人对现实的歌颂,不如说是诗人对国家的期望。居安思危,新建起来的明朝会不会重蹈历史的覆辙呢? 这四句诗声调欢快,但欢快中又带有一丝沉郁,既豪放伟岸,又沉郁顿挫。

于谦诗（一首）

于谦(1398—1457),字廷益,号节庵,汉族,明朝名臣、民族英雄,杭州府钱塘县(今浙江省杭州市上城区)人。

咏煤炭

凿开混沌得乌金[1]，藏蓄阳和意最深[2]。爝火燃回春浩浩[3]，洪炉照破夜沉沉。鼎彝元赖生成力[4]，铁石犹存死后心。但愿苍生俱饱暖，不辞辛苦出山林。

　　　　　　　　　　　　　　（据清《武林往哲丛书》本《于肃愍公集》卷十一）

【注释】

（1）混沌（dùn）：指世界未开辟前的原始状态。这里指未开发的煤矿。乌金：指煤炭。

（2）阳和：原指阳光和暖，这里借指煤炭蓄藏的热力。

（3）爝（jué）火：小火，火把。《庄子·逍遥游》："日月出矣，而爝火不熄。其于光也，不亦难乎？"

（4）鼎彝（yí）：原是古代的饮食用具，后专指帝王宗庙祭器，引申为国家、朝廷。鼎，炊具；彝，酒器。

【简析】

　　《咏煤炭》是明代大臣于谦创作的一首七律。这首咏物诗，处处以煤炭自喻，咏煤炭实即咏人。诗中句句赞颂煤炭，实际句句抒写自己为国家鞠躬尽瘁、死而后已的情怀，也可看作"述怀"诗。前四句描写煤炭的形象，写尽煤炭一生；后四句有感而发，抒发诗人为国为民，竭尽心力的情怀。全诗以物喻人，托物言志，表现作者的抱负。诗人一生忧国忧民，以兴国为己任。其志向在后四句明确点出，其舍己为公的心志在后两句表现得尤为明显。综合全诗，诗人在诗中表达了这样的志向：铁石虽然坚硬，但依然存有为国为民造福之心，即使历尽千辛万苦，他也痴心不改，不畏艰难，舍身为国为民效力。这首诗语言质朴明畅，平平道来，毫无藻饰，却意象明晰，寄托深远，是诗人人格和理想的真实写照。全诗紧扣煤炭的特性落笔，运用比喻拟人的修辞手法，寄托诗人为国为民不辞辛苦的情怀，关心百姓疾苦并甘愿为之献身的情操。

王世贞诗（一首）

　　王世贞（1526—1590），字元美，号凤洲，又号弇州山人，江苏太仓人。明代文学家、史学家。

登太白楼

昔闻李供奉[1]，长啸独登楼[2]。此地一垂顾，高名百代留[3]。白云海色曙，明月天门秋[4]。欲觅重来者，潺湲济水流[5]。

　　　　　　　　　　　　　　（据明万历刻本《弇州山人四部稿》卷二十四）

【注释】

（1）李供奉：即李白。《新唐书·李白传》："贺知章见其文，叹曰：'子谪仙人也。'言于玄宗，召见金銮殿,论当世事,奏颂一篇。帝赐食,亲为调羹。有诏供奉翰林。"

(2) 啸:撮口而发出悠长清越的声音。这里指吟咏。

(3) "此地"二句:此楼经李白一登之后扬名千古。垂顾,光顾,屈尊光临。

(4) "白云"二句:用天高海阔、白云明月比喻李白心胸博大高朗。曙:黎明色。天门:星名。

(5) 潺湲:水缓缓流动。

【简析】

　　这首诗大约作于明嘉靖三十二年(1553),此时王世贞在北京任刑部员外郎,借出差机会回太仓探亲,这年秋天,从运河乘船北上,途经济宁州(今山东济宁),登太白楼,因有此作。《登太白楼》是一首登临怀古诗,诗中缅怀李白,对其文章、风采表示了极为崇敬的心情。直写李白的飘逸神姿,感叹楼仍在而大诗人李白之后无人可及。首联由太白楼起笔,遥想当年李白长啸登楼的豪放之举。颔联由此而畅想古今,表达了对李白的崇敬之情。颈联回到现实,以壮阔之笔描绘景色。尾联以委婉之言,抒发高士难求的情怀。全诗融会古今,作者登楼,希望能够寻找到像李白这样的高士,但是眼前只有滚滚向前的济水,默默流淌无止无息。以苍凉的画面映衬作者怅惘的心情,可谓是情景相生,感情深沉;同时作者将自己的万千情感凝聚在一幅简单的画面之中,蕴藉含蓄,意境悠远。

戚继光诗(一首)

　　戚继光(1528—1588),字元敬,号南塘,晚号孟诸,卒谥武毅。山东蓬莱人(一说祖籍安徽定远)。明朝抗倭名将,杰出的军事家、书法家、诗人、民族英雄。

马上作

南北驱驰报主情(1),江花边月笑平生(2)。一年三百六十日,多是横戈马上行(3)。

(据清光绪刻本《止止堂集·横塑稿上》)

【注释】

(1) 南北驱驰:戚继光曾在东南沿海一带抗击倭寇,又曾镇守北方边关。

(2) 边月:边塞的月亮。这里指山东沿海登州卫等地。

(3) 横戈:手中握着兵器。

【简析】

　　这首作于马上的短诗平易自然,朗朗上口。作者戚继光是明代著名抗倭将领、军事家。此诗作于戚继光东南抗倭期间。真实地反映了作者转战南北,紧张激烈的戎马生涯。为了抗倭事业,他一生行色匆匆,"南北驱驰"四字,概尽他一生大节。为了抗倭事业,他"一年三百六十日,都是横戈马上行",一个保家卫国的英雄形象跃然纸上。"一年三百六十日"似是凑句,却是点睛之笔,起到了必要的渲染作用,使读者感到,一日横戈马上英勇奋战并不难,难的是三百六十天如一日,更难的是年年如此,"平生"如此。全诗概括地抒写了作者的平生行迹,表现了其长期从军以保卫国家的壮志豪情。

四　散文

袁宏道文(一篇)

袁宏道(1568—1610),字中郎,又字无学,号石公,又号六休。湖广公安(今属湖北省公安县)人。袁宏道在文学上反对"文必秦汉,诗必盛唐"的风气,提出"独抒性灵,不拘格套"的性灵说。与其兄袁宗道、弟袁中道并有才名,其文学流派世称"公安派"或"公安体"。合称"公安三袁"。

徐文长传[1]

徐渭,字文长,为山阴诸生,声名藉甚。薛公蕙校越时,奇其才,有国士之目。然数奇[2],屡试辄蹶[3]。中丞胡公宗宪闻之,客诸幕。文长每见,则葛衣乌巾[4],纵谭天下事,胡公大喜。是时公督数边兵,威镇东南,介胄之士[5],膝语蛇行[6],不敢举头,而文长以部下一诸生傲之,议者方之刘真长、杜少陵云。会得白鹿,属文长作表,表上,永陵喜。公以是益奇之,一切疏计,皆出其手。

文长自负才略,好奇计,谈兵多中,视一世士无可当意者。然竟不偶[7]。文长既已不得志于有司,遂乃放浪曲蘖[8],恣情山水,走齐、鲁、燕、赵之地,穷览朔漠[9]。其所见山崩海立、沙起云行、雨鸣树偃、幽谷大都、人物鱼鸟,一切可惊可愕之状,一一皆达之于诗。其胸中又有勃然不可磨灭之气,英雄失路、托足无门之悲,故其为诗,如嗔如笑,如水鸣峡,如种出土,如寡妇之夜哭、羁人之寒起。虽其体格时有卑者,然匠心独出,有王者气[10],非彼巾帼而事人者所敢望也。文有卓识,气沉而法严,不以摸拟损才,不以议论伤格,韩、曾之流亚也。文长既雅不与时调合[11],当时所谓骚坛主盟者,文长皆叱而奴之,故其名不出于越,悲夫!

喜作书,笔意奔放如其诗,苍劲中姿媚跃出,欧阳公所谓"妖韶女,老自有余态"者也。间以其余,旁溢为花鸟,皆超逸有致。

卒以疑杀其继室,下狱论死。张太史元汴力解,乃得出。晚年愤益深,佯狂益甚,显者至门,或拒不纳。时携钱至酒肆,呼下隶与饮。或自持斧击破其头,血流被面,头骨皆折,揉之有声。或以利锥锥其两耳,深入寸余,竟不得死。周望言晚岁诗文益奇,无刻本,集藏于家。余同年有官越者,托以钞录,今未至。余所见者,《徐文长集》《阙编》二种而已。然文长竟以不得志于时,抱愤而卒。

石公曰:先生数奇不已,遂为狂疾。狂疾不已,遂为囹圄[12]。古今文人牢骚困苦,未有若先生者也。虽然,胡公间世豪杰,永陵英主,幕中礼数异等,是胡公知有先生矣;表上,人主悦,是人主知有先生矣,独身未贵耳。先生诗文崛起,一扫近代芜秽之习,百世而下,自有定论,胡为不遇哉?

梅客生尝寄予书曰:"文长吾老友,病奇于人,人奇于诗。"余谓文长无之而不奇者也。无之而不奇,斯无之而不奇也。悲夫!

（据明崇祯刻本《袁中郎全集》卷四）

【注释】

（1）徐文长,即徐渭(1521—1593),子文长,号青藤道士。明代文人,在诗文、戏曲、书法、绘画等方面,都有很大成就。有《徐文长集》三十卷、《逸稿》二十四卷、杂剧《四声猿》、戏曲理论著作《南词叙录》等。

（2）数奇(jī):指遭遇不顺,命运坎坷。

（3）辄蹶(jué):总是失败。

（4）葛衣乌巾:身穿布衣,头戴黑巾。

（5）介胄之士:披甲戴盔的士兵,指将官们。

（6）膝语蛇行:跪着说话,爬着走路,形容恭敬惶恐。

（7）不偶:不遇。

（8）曲糵(niè):即酒母,酿酒的发酵物,后遂以之代指酒。

（9）朔漠:到沙漠地区。

（10）王者气:这里指称雄文坛的气派。

（11）时调:这里指当时盛行于文坛的拟古风气。

（12）囹圄(líng yǔ):监狱。

【简析】

徐渭是一位奇人,袁宏道的《徐文长传》也可称为一篇奇文。徐文长是明朝一个具有多方面艺术才能的作家,在诗文、戏曲、书法、绘画等方面,都有一定的成就和影响,本文对徐文长的生平、遭际和文艺创作的成就,作了扼要、明快的叙述与评价。徐文长死后,渐被人遗忘,袁宏道为他刊布文集,并为之立传,使他终于大显于世,扬名后代。一篇简短的传记,竟能重振一个人的声名,《徐文长传》堪称奇文。这篇文章写得好,袁宏道把自己也写了进去,倾注感情。表面上看,突出写了徐文长的奇,其人奇,其事奇,他在传末总括一句说:"余谓文长无之而不奇者也。"文中用"奇"字,达八九处之多:"奇其才","益奇之","好奇计","诗文益奇","病奇于人,人奇于诗","无之而不奇,斯无之而不奇也"。实际是写徐文长"雅不与时调合",描写他的狂放与悲愤,以及他不惜以生命与世俗抗衡的悲剧命运。这才是《徐文长传》的主旨。

张岱文（一篇）

张岱(1597—1679),字宗子,又字石公,号陶庵、天孙,别号蝶庵居士,晚号六休居士,山阴(今浙江绍兴)人。出身仕宦世家,明亡后不仕,入山著书以终。张岱为明末清初文学家、史学家,擅长散文,著有《陶庵梦忆》《西湖梦寻》《三不朽图赞》等。

柳敬亭说书

　　南京柳麻子,黧黑,满面疤瘰,悠悠忽忽,土木形骸⁽¹⁾。善说书。一日说书一回,定价一两。十日前先送书帕下定⁽²⁾,常不得空。南京一时有两行情人⁽³⁾,王月生、柳麻子是也。

　　余听其说景阳冈武松打虎白文⁽⁴⁾,与本传大异。其描写刻画,微入毫发;然又找截干净⁽⁵⁾,并不唠叨。哕夬声如巨钟⁽⁶⁾,说至筋节处,叱咤叫喊,汹汹崩屋。武松到店沽酒,店内无人,謈地一吼⁽⁷⁾,店中空缸空甓皆瓮瓮有声。闲中著色,细微至此。主人必屏息静坐,倾耳听之,彼方掉舌;稍见下人咕哔耳语⁽⁸⁾,听者欠伸有倦色,辄不言,故不得强。每至丙夜⁽⁹⁾,拭桌剪灯,素瓷静递,款款言之。其疾徐轻重,吞吐抑扬,入情入理,入筋入骨,摘世上说书之耳,而使之谛听,不怕其不齰⁽¹⁰⁾舌死也。

　　柳麻子貌奇丑,然其口角波俏,眼目流利,衣服恬静,直与王月生同其婉娈,故其行情正等。

　　　　　　　　　　　　　　　　　　　　　　　　（据《粤雅堂丛书》本《陶庵梦忆》卷五）

【注释】

（1）土木形骸:不修饰。
（2）书帕:这里指请柬与定金。
（3）行情人:走红的人。
（4）白文:指专说不唱。
（5）找截:找,补充;截,删略。
（6）哕夬(guài):形容声音雄厚而果决。
（7）謈(páo):大叫。
（8）咕(chè)哔:低声细语。
（9）丙夜:三更时。
（10）齰(zhà):咬。

【简析】

　　本篇主要介绍柳敬亭说书艺术的纯练,首言柳麻子的外形长相,续言柳麻子说书的行情,接着举实例说明柳麻子说书的景况,再以其他说书人的羞愧说明柳麻子之好,最后则是总结他有好行情的原因。文章用了欲扬先抑的手法,赞扬柳敬亭说书艺术的高超,却先说他外貌的丑陋,再以王月生作比来衬托其说书艺术非同一般。文章还运用了侧面烘托的手法,以其他说书人反衬柳敬亭说书艺术的高超。受肯定之处不在容貌(外在),而是技巧(内在)的精湛,描述了一段柳敬亭说书的实际情形,文章中宛如见到柳敬亭说书时的精神气势,也见到作者陈述笔力之高。本文篇幅虽短小却生动传神,仅二百余字,却让读者对柳敬亭高超的说书艺术留下了深刻的印象,使人不仅见到柳敬亭的动作、语态,而且可以想见其为人。这得益于作者独具匠心的行文安排。

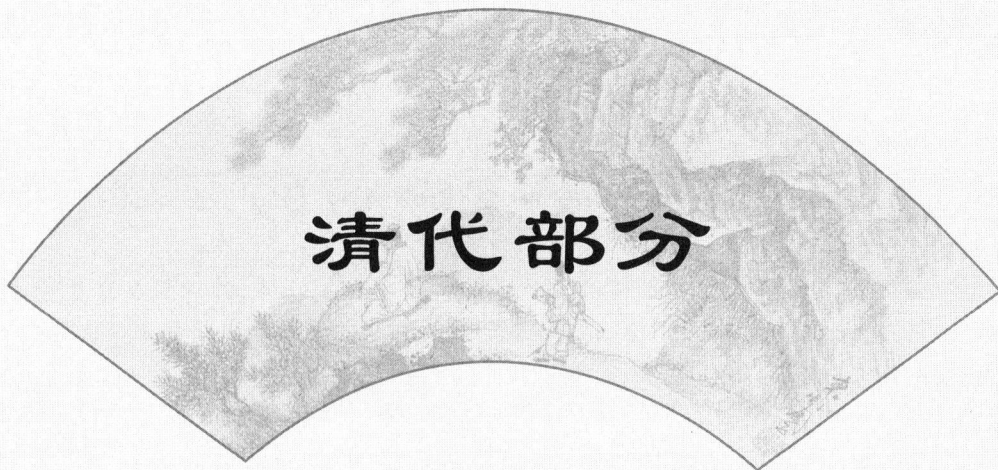

清代部分

❇ 一、小说

❇ 二、戏曲

❇ 三、诗歌

❇ 四、词

❇ 五、散文

一　小说

蒲松龄小说(一篇)

蒲松龄(1640—1715),字留仙,号柳泉居士,世称聊斋先生,山东淄川(今属淄博)人,清代文学家。出身于没落地主家庭,广读经史,学识渊博。郭沫若曾评价其:"写鬼写妖高人一等,刺贪刺虐入骨三分。"

聊斋志异

青凤

太原耿氏,故大家,第宅弘阔。后凌夷⁽¹⁾,楼舍连亘,半旷废之。因生怪异,堂门辄自开掩,家人恒中夜骇哗。耿患之,移居别墅,留老翁门焉。由此荒落益甚。或闻笑语歌吹声。耿有子去病,狂放不羁,嘱翁有所闻见,奔告之。至夜,见楼上灯光明灭,走报生。生欲入觇其异。止之,不听。门户素所习识,竟拨蒿蓬,曲折而入。登楼,殊无少异。穿楼而过,闻人语切切。潜窥之,见巨烛双烧,其明如昼。一叟儒冠南面坐,一媪相对,俱年四十余。东向一少年,可二十许;右一女郎,裁及笄耳。酒胾满案,团坐笑语。生突入,笑呼曰:"有不速之客一人来!"群惊奔匿。独叟出,叱问:"谁何入人闺闼?"生曰:"此我家闺闼,君占之。旨酒自饮,不一邀主人,毋乃太吝?"叟审睇,曰:"非主人也。"生曰:"我狂生耿去病,主人之从子耳。"叟致敬曰:"久仰山斗!"乃揖生入,便呼家人易馔。生止之。叟乃酌客。生曰:"吾辈通家,座客无庸见避,还祈招饮。"叟呼:"孝儿!"俄少年自外入。叟曰:"此豚儿也。"揖而坐,略审门阀。叟自言:"义君姓胡。"生素豪,谈议风生,孝儿亦倜傥;倾吐间⁽²⁾,雅相爱悦。生二十一,长孝儿二岁,因弟之。叟曰:"闻君祖纂涂山外传,知之乎?"答:"知之。"叟曰:"我涂山氏之苗裔也。唐以后,谱系犹能忆之;五代而上无传焉。幸公子一垂教也。"生略述涂山女佐禹之功⁽³⁾,粉饰多词⁽⁴⁾,妙绪泉涌。叟大喜,谓子曰:"今幸得闻所未闻。公子亦非他人,可请阿母及青凤来,共听之,亦令知我祖德也。"孝儿入帏中。少时,媪偕女郎出。审顾之,弱态生娇,秋波流慧,人间无其丽也。叟指妇云:"此为老荆⁽⁵⁾。"又指女郎:"此青凤,鄙人之犹女也⁽⁶⁾。颇惠,所闻见辄记不忘,故唤令听之。"生谈竟而饮,瞻顾女郎,停睇不转。女觉之,辄俯其首。生隐蹑莲钩,女急敛足,亦无愠怒,生神志飞扬,不能自主,拍案曰:"得妇如此,南面王不易也!"媪见生渐醉,益狂,与女俱起,遽搴帏去。生失望,乃辞叟出。而心萦萦,不能忘情于青凤也。

至夜,复往,则兰麝犹芳,而凝待终宵,寂无声咳。归与妻谋,欲携家而居之,冀得一遇。妻不从,生乃自往,读于楼下。夜方凭几,一鬼披发入,面黑如漆,张目视生。生笑,染指研墨自涂,灼灼然相与对视。鬼惭而去。次夜,更既深,灭烛欲寝,闻楼后发扃,辟之閛然⁽⁷⁾。生急起窥觇,则扉半启。俄闻履声细碎,有烛光自房中出。视之,则青凤也。骤见生,骇而却退,遽阖双扉。生长跽而致词曰[8]:"小生不避险恶,实以卿故。幸无他人,得一握手为笑,死不憾耳。"女遥语曰:"惓惓深情,妾岂不知?但叔闺训严,不敢奉命。"生固哀之,云:"亦不敢望肌肤之亲,但一见颜色足矣。"女似肯可,启关出,捉之臂而曳之。生狂喜,相将入楼下[9],拥而加诸膝。女曰:"幸有夙分[10];过此一夕,即相思无用矣。"问:"何故?"曰:"阿叔畏君狂,故化厉鬼以相吓,而君不动也。今已卜居他所[11],一家皆移什物赴新居,而妾留守,明日即发矣。"言已,欲去,云:"恐叔归。"生强止之,欲与为欢。方持论间,叟掩入。女羞惧无以自容,俯首倚床,拈带不语。叟怒曰:"贱辈辱吾门户!不速去,鞭挞且从其后!"女低头急去,叟亦出。尾而听之,诃诟万端。闻青凤嘤嘤啜泣,生心意如割,大声曰:"罪在小生,于青凤何与?倘宥凤也,刀锯铁钺,小生愿身受之!"良久寂然,生乃归寝。自此第内绝不复声息矣。生叔闻而奇之,愿售以居,不较直。生喜,携家口而迁焉。居逾年,甚适,而未尝须臾忘凤也。

会清明上墓归,见小狐二,为犬逼逐,其一投荒窜去,一则皇急道上。望见生,依依哀啼,耳辑首,似乞其援。生怜之,启裳衿,提抱以归。闭门,置床上,则青凤也。大喜,慰问。女曰:"适与婢子戏,遘此大厄。脱非郎君,必葬犬腹。望无以非类见憎。"生曰:"日切怀思,系于魂梦。见卿如获异宝,何憎之云!"女曰:"此天数也,不因颠覆,何得相从?然幸矣,婢子必以妾为已死,可与君坚永约耳。"生喜,另舍舍之。积二年余,生方夜读,孝儿忽入。生辍读,讶诘所来。孝儿伏地,怆然曰:"家君有横难,非君莫拯。将自诣恳,恐不见纳,故以某来。"问:"何事?"曰:"公子识莫三郎否?"曰:"此吾年家子也[12]。"孝儿曰:"明日将过,倘携有猎狐,望君之留之也。"生曰:"楼下之羞,耿耿在念,他事不敢预闻[13]。必欲仆效绵薄,非青凤来不可!"孝儿零涕曰:"凤妹已野死三年矣!"生拂衣:"既尔,则恨滋深耳!"执卷高吟,殊不顾瞻。孝儿起,哭失声,掩面而去。生如青凤所,告以故。女失色:"果救之否?"曰:"救则救之;适不之诺者,亦聊以报前横耳[14]。"女乃喜曰:"妾少孤,依叔成立。昔虽获罪,乃家范应尔[15]。"生曰:"诚然,但使人不能无介介耳。卿果死,定不相援。"女笑曰:"忍哉!"次日,莫三郎果至,镂膺虎帐[16],仆从甚赫。生门逆之[17]。见获禽甚多,中一黑狐,血殷毛革[18];抚之,皮肉犹温。便托裘敝,乞得缀补。莫慨然解赠。生即付青凤,乃与客饮。客既去,女抱狐于怀,三日而苏,展转复化为叟。举目见凤,疑非人间。女历言其情。叟乃下拜,惭谢前愆[19]。喜顾女曰:"我固谓汝不死,今果然矣。"女谓生曰:"君如念妾,还乞以楼宅相假,使妾得以申返哺之私[20]。"生诺之。叟赧然谢别而去。入夜,果举家来。由此如家人父子,无复猜忌矣。生斋居,孝儿时共谈谑。生嫡出子渐长,遂使傅之[21];盖循循善教,有师范焉[22]。

(据张友鹤辑校《聊斋志异会校会注会评本》卷一,上海古籍出版社 2011 年版)

【注释】

(1) 凌夷:通作"陵夷"。衰败,颓替;这里指家道中落。

(2) 倾吐间:倾怀畅谈之际。倾,倾怀。吐,谈吐,交谈。

(3) 涂山女佐禹之功:根据《汉书·武帝纪》"见夏后启母石"句下颜注:"禹治鸿水,通辕山,化为熊。谓涂山氏曰:欲饷,闻鼓声乃来。禹跳石,误中鼓。涂山氏往,见禹方作熊,惭而去;至崇高山下,化为石。"刘向《列女传》记载:夏禹娶涂山氏后第四天便去治水,无暇顾家。夏启生后,"涂山独明教训,启化其德,卒致令名,……能继禹之道。"这些传说中的教子、送饭等事迹,即"佐禹之功"。

(4) 妙绪泉涌:妙语迭出,喷涌如泉。形容动听的语言滔滔不绝。妙绪,精妙的思绪。

（5）老荆：老妻。旧时老年人对人称自己妻子的谦称，一般称拙荆。荆，谓荆钗布裙。

（6）犹女：侄女。

（7）辟之闯（pēng）然：门被砰的一声推开。闯：门扇撞击声。

（8）长跽（jì）：长跪，直挺挺地跪着。

（9）相将（jiāng）：携手。

（10）夙分（fèn）：宿缘，旧缘，往世的缘分。

（11）卜居：选择居处。在这里指迁居。

（12）年家子：科举同年的晚辈子侄。

（13）预闻：参与、干预。

（14）报前横：这里指报复胡叟从前的粗暴干涉。

（15）乃家范应尔：按照家规是应该这样的。家范：家规。尔：这样，如此。

（16）镂膺虎韔（chàng）：马的胸带饰以镂金，骑士的弓袋饰以虎纹。形容主人和坐骑英武华贵。

（17）门逆之：到大门外迎接客人；表示殷勤尽礼。逆：迎。

（18）血殷（yān）毛革：伤口流出的血把皮和毛染红了。

（19）惭谢前愆（qiān）：面色羞惭地对往日的过失表示歉意。谢：告罪，道歉。愆：过失。

（20）申返哺之私：表达对长辈的孝心。传说幼鸟长大后衔食喂养老乌，称为"反哺"，比喻子女对父母尽孝。私：私衷，指孝心。

（21）傅之：作孩子的老师。

（22）有师范：有老师的风度和气派。范，型范。

【简析】

　　《聊斋志异》是一部文言短篇小说集，故事人物大多是花妖鬼怪狐魅。《聊斋志异》看来篇篇讲的都是鬼狐仙怪，其实字字都是人情世态，字里行间饱含作者对人生、社会的丰富体验。在现实与虚幻之间让人仿佛置身于一个奇幻世界。《青凤》是一个人狐相恋的故事，介绍了青凤与狂生耿去病的三次交往：筵间初会、幽室偶逢、荒郊救合。讲述了书生耿去病夜遇狐女，彼此心生爱恋，历经波折，最终有情人终成眷属的故事。其中耿生、青凤、老狐（也就是青凤的叔叔）的感情纠葛和矛盾冲突推动着故事向既定的大团圆的结局发展。虽然作品是才子佳人的旧套路，但从总体来看，作品在情节设计、人物设置、作品所展现的思想内涵上，都很大程度上体现出了民间叙事的特点。耿生是勇敢狂放的豪士，青凤是美丽温柔的狐女。耿生对青凤感情真挚，未因"异类见憎"，青凤敢于逾越"闺训"，爱慕耿生。最后通过耿生的急难相助，二人得偿所愿。《青凤》人物栩栩如生，故事曲折变幻，扣人心弦。作者把青凤放在富有礼教传统的封建家庭当中来写，反映出封建时代的少男少女如何冲破家庭障碍去恋爱的实际，这就具有了现实主义的深度。蒲松龄在语言上，吸收民间故事口语化的叙事方式，借鉴民间故事的艺术表现手法，《聊斋志异》不仅是文言小说创作的高峰，更可以看作是民间故事的文人集成。

吴敬梓小说(一回)

吴敬梓(1701—1754),字敏轩,号粒民,安徽人,晚年自称"文木老人",清朝最伟大的小说家之一。

儒林外史

第五回　王秀才议立偏房　严监生疾终正寝

话说众回子因汤知县枷死了老师夫,闹将起来,将县衙门围的水泄不通,口口声声只要揪出张静斋来打死。知县大惊,细细在衙门里追问,才晓得是门子透风。知县道:"我至不济,到底是一县之主。他敢怎的我?设或闹了进来,看见张世兄,就有些开交不得了。如今须是设法,先把张世兄弄出去,离了这个地方上才好。"忙唤了几个心腹的衙役进来商议。幸得衙门后身紧靠着北城,几个衙役先溜到城外,用绳子把张、范二位系了出去。换了蓝布衣服、草帽、草鞋,寻一条小路,忙忙如丧家之狗,急急如漏网之鱼,连夜找路回省城去了。

这里学师、典史俱出来安民,说了许多好话。众回子渐渐的散了。汤知县把这情由细细写了个禀贴,禀知按察司,按察司行文书檄了知县去。汤奉见了按察司,摘去纱帽,只管磕头。按察司道:"论起来,这件事,你汤老爷也忒孟浪了些!不过枷责就罢了,何必将牛肉堆在枷上?这个成何刑法?但此刁风也不可长。我这里少不得拿几个为头的来,尽法处置。你且回衙门去办事,凡事须要斟酌些,不可任性!"汤知县又磕头说道:"这事是卑职不是。蒙大老爷保全,真乃天地父母之恩,此后知过必改。但大老爷审断明白了,这几个为头的人,还求大老爷发下卑县发落,赏卑职一个脸面。"按察司也应承了。知县叩谢出来回到高要。过了些时,果然把五个为头的回子,问成奸民挟制官府,依律枷责,发来本县发落。知县看了来文,挂出牌去。次日早晨大摇大摆出堂,将回子发落了。

正要退堂,见两个人进来喊冤,知县叫带上来问。一个叫做王二,是贡生严大位的紧邻[1]。去年三月内严贡生家一口才过下来的小猪走到他家去,他慌送回严家。严家说,猪到人家,再寻回来,最不利市。押着出了八钱银子把小猪就卖与他。这一口猪在王家已养到一百多斤,不想错走到严家去,严家把猪关了。小二的哥子王大走到严家讨猪。严贡生说猪本来是他的,你要讨猪,照时值估价,拿几两银子来,领了猪去。王大是个穷人,那有银子?就同严家争吵了几句,被严贡生几个儿子,拿拴门的闩、赶面的杖,打了一个臭死,腿都打折了,睡在家里。所以小二来喊冤。知县喝过一边。带那一个上来,问道:"你叫做甚么名字?"那人是个五六十岁的老者,禀道:"小人叫做黄梦统,在乡下住。因去年九月上县来交钱粮,一时短少,央中向严乡绅借二十两银子[2],每月三分钱,写立借约送在严府,小的却不曾拿他的银子。走上街来遇着个乡里的亲眷,说他有几两银子借与小的,交个几分数,再下乡去设法,劝小的不要借严家的银子。小的交完钱粮就同亲戚回家去了。至今已是大半年,想起这事,来问严府取回借约。严乡绅问小的要这几个月的利钱。小的说:'并不曾借本,何得有利?'严乡绅说小的当时拿回借约,好让他把银子借与别人生利。因不曾取约,他将二十两银子也不能动;误了大半年的利钱,该是小的出。小的自知不是,向中人说,情愿买个蹄、酒上门取约。严乡绅执意不肯,把小的的驴和米,同稍袋都叫人短了家去,还不发出纸来。这样含冤负屈的事,求太老爷做主!"知县听了,说道:"一个做贡生的人忝列衣冠(5),不在乡里间做些好事,只管如此骗人,其实可恶!"便将两张状子都批准,原告在外伺候。

早有人把这话报知严贡生。严贡生慌了,自心里想:"这两件事都是实的,倘若审断起来,体面上须不好看。三十六计,走为上计。"卷卷行李,一溜烟急走到省城去了。

知县准了状子,发房出了差(4)。来到严家,严贡生已是不在家了。只得去会严二老官。二老官叫做严大育,字致和。他哥字致中,两人是同胞弟兄,却在两个宅里住。这严致和是个监生,家有十多万银子。严致和见差人来说了此事,他是个胆小有钱的人,见哥子又不在家,不敢轻慢,随即留差人吃了酒饭,拿两千钱打发去了。忙着小厮去请两位舅爷来商议。主

他两个阿舅姓王,一个叫王德,是府学廪膳生员(5);一个叫王仁,是县学廪膳生员。都做着极兴头的馆,铮铮有名。听见妹丈请,一齐走来。严致和把这件事,从头告诉一遍,"现今出了差票在此,怎样料理?"王仁笑道:"你令兄平日常说同汤公相与的,怎的这一点事就吓走了?"严致和道:"这话也说不尽了。只是家兄而今两脚站开,差人却在我这里吵闹要人。我怎能丢了家里的事出外去寻他?他也不肯回来。"王仁道:"各家门户,这事究竟也不与你相干。"王德道:"你有所不知。衙门里的差人,因妹丈有碗饭吃,他们做事只拣有头发的抓。若说不管,他就更要的人紧了。如今有个道理,是'釜底抽薪'之法:只消央个人去把告状的安抚住了,众人递个拦词便歇了。谅这也没有多大的事。"王仁道:"不必又去央人,就是我们愚兄弟两个,去寻了王小二、黄梦统,到家替他分说开。把猪也还与王家,再折些须银子给他,养那打坏了的腿;黄家那借约,查了还他。一天的事都没有了。"严致和道:"老舅怕不说的是。只是我家嫂,也是个糊涂人,几个舍侄,就像生狼一般,一总也不听教训。他怎肯把这猪和借约拿出来?"王德道:"妹丈,这话也说不得。假如你令嫂、令侄拗着,你认晦气,再拿出几两银子折个猪价,给了王姓的;黄家的借约,我们中间人立个纸笔与他,说寻出作废纸无用,这事才得落台,才得个耳根清静。"当下商议已定,一切办的停妥。

严二老官连在衙门使费,共用去了十几两银子。官司已了。

过了几日,整治一席酒,请二位舅爷来致谢。两个秀才拿班做势,在馆里又不肯来。严致和吩咐小厮去说:"奶奶这些时心里有些不好,今日一者请吃酒,二者奶奶要同舅爷们谈谈。"二位听见这话方才来。严致和即迎进厅上,吃过茶叫小厮进去说了。丫鬟出来请二位舅爷,进到房内。抬头看见他妹子王氏,面黄肌瘦,怯生生的,路也走不全,还在那里自己装瓜子、剥栗子,办围碟。见他哥哥进来,丢了过来拜见。奶妈抱着妾出的小儿子,年方三岁,带着银项圈,穿着红衣服,来叫舅舅。二位吃了茶。一个丫鬟来说:"赵新娘进来拜舅爷(6)。"二位连忙道:"不劳罢。"坐下说了些家常话,又问妹子的病,"总是虚弱,该多用补药"。说罢,前厅摆下酒席,让了出去上席。

叙些闲话,又提起严致中的话来。王仁笑着问王德道:"大哥,我到不解,他家大老那宗笔下,怎得会补起廪来的(7)?"王德道:"这是三十年前的话。那时,宗师都是御史出来,本是个吏员出身,知道甚么文章!"王仁道:"老大而今越发离奇了!我们至亲,一年中也要请他几次,却从不曾见他家一杯酒。想起还是前年出贡竖旗杆,在他家扰过一席。"王德愁着眉道:"那时我不曾去。他为出了一个贡,拉人出贺礼,把总甲、地方都派分子;县里狗腿差是不消说,弄了有一二百吊钱,还欠下厨子钱。屠户肉案上的钱,至今也不肯还。过两个月在家吵一回,成甚么模样!"严致和道:"便是我也不好说。不瞒二位老舅,像我家还有几亩薄田,日逐夫妻四口在家里度日,猪肉也舍不得买一斤。每常小儿子要吃时,在熟切店内买四个钱的,哄他就是了。

家兄寸土也无,人口又多,过不得三天,一买就是五斤,还要白煮的稀烂。上顿吃完了,下顿又在门口赊鱼。当初分家也是一样田地,白白都吃穷了。而今端了家里花梨椅子,悄悄开了后门,换肉心包子吃。你说这事如何是好?"二位哈哈大笑。笑罢,说:"只管讲这些混话,误了我们吃酒。快取骰盆来。"当下取骰子送与大舅爷:"我们行状元令。"两位舅爷,一个人行一个状元令,每人中一回状元,吃一大杯。两位就中了几回状元,吃了几十杯。却又古怪:那骰子竟像知人事的,严监生一回状元也不曾中。二位拍手大笑。吃到四更鼓尽,跌跌撞撞,扶了回去。

自此以后,王氏的病渐渐重将起来。每日四五个医生,用药都是人参、附子,并不见效。看看卧床不起,生儿子的妾,在旁侍奉汤药极其殷勤。看他病势不好,夜晚时抱了孩子在床脚头坐着哭泣。哭了几回,那一夜道:"我而今只求菩萨把我带了去,保佑大娘好了罢。"王氏道:"你又痴了,各人的寿数那个是替得的?"赵氏道:"不是这样说。我死了值得甚么!大娘若有些长短,他爷少不得又娶个大娘。他爷四十多岁只得这点骨血,再娶个大娘来,各养的各疼。自古说:'晚娘的拳头,云里的日头。'这孩子料想不能长大。我也是个死数,不如早些替了大娘去,还保得这孩子一命。"王氏听了,也不答应。赵氏含着眼泪,日逐煨药煨粥,寸步不离。

一晚,赵氏出去了一会,不见进来。王氏问丫鬟道:"赵家的那里去了?"丫鬟道:"新娘每夜摆个香桌在天井里,哭求天地。他仍要替奶奶,保佑奶奶就好。今夜看见奶奶病重,所以早些出去拜求。"王氏听了,似信不信。次日晚间,赵氏又哭着讲这些话。王氏道:"何不向你爷说,明日我若死了,就把你扶正做个填房?"赵氏忙请爷进来,把奶奶的话说了。严致和听了这一番话,连三说道:"既然如此,明日清早就要请二位舅爷说定此事,才有凭据。"王氏摇手道:"这个也随你们怎样做去。"

严致和就叫人极早请了舅爷来,看了药方,商议再请名医。说罢,让进房内坐着。严致和把王氏如此这般意思说了,又道:"老舅可亲自问声令妹。"两人走到床前,王氏已是不能言语了,把手指着孩子,点了一点头。两位舅爷看了,把脸本丧着,不则一声。须臾,让到书房里用饭,彼此不提这话。吃罢,又请到一间密屋里。严致和说起王氏病重,吊下泪来,道:"你令妹自到舍下二十年,真是弟的内助!如今丢了我,怎生是好?前日还向我说,岳父、岳母的坟也要修理。他自己积的一点东西,留与二位老舅,做个遗念。"因把小厮都叫出去,开了一张橱,拿出两封银子来,每位一百两,递与二位:"老舅休嫌轻意!"二位双手来接。严致和又道:"却是不可多心。将来要备祭桌,破费钱财,都是我这里备齐,请老舅来行礼。明日还拿轿子接两位舅奶奶来,令妹还有些首饰,留为遗念。"交毕,仍旧出来坐着。

外边有人来候,严致和去陪客人去了。回来见二位舅爷哭得眼红红的。王仁道:"方才同家兄在这里说,舍妹真是女中丈夫,可谓王门有幸。方才这一番话,恐怕老妹丈胸中,也没有这样道理,还要恍恍忽忽,疑惑不清,枉为男子。"王德道:"你不知道,你这一位如夫人关系你家三代。舍妹没了,你若另娶一人,磨害死了我的外甥,老伯、老伯母在天不安,就是先父母也不安了。"王仁拍着桌子道:"我们念书的人,全在纲常上做工夫,就是做文章,代孔子说话,也不过是这个理。你若不依,我们就不上门了!"严致和道:"恐怕寒族多话。"两位道:"有我两人做主。但这事须要大做。妹丈,你再出几两银子,明日只做我两人出的,备十几席,将三党亲都请到了[8],趁舍妹眼见,你两口子同拜天地祖宗,立为正室,谁人再敢放屁!"严致和又拿出五十两银子来交与,二位义形于色去了。

过了三日,王德、王仁果然到严家来,写了几十副帖子,遍请诸亲六眷。择个吉期,亲眷都到齐了,只有隔壁大老爹家,五个亲侄子一个也不到。众人吃过早饭,先到王氏床面前,写立王氏遗嘱。两位舅爷王于据、王于依都画了字。严监生戴着方巾,穿着青衫,披了红绸;赵氏穿着大红,戴了赤金冠子,两人双拜了天地,又拜了祖宗。王于依广有才学,又替他做了一篇告祖先的文,甚是恳切。告过祖宗,转了下来,两位舅爷叫丫鬟在房里请出两位舅奶奶来。夫妻四个,齐铺铺请妹夫、妹妹转在大边,磕下头去,以叙姊妹之礼。众亲眷都分了大小。便是管事的管家、家人、媳妇、丫鬟、使女,黑压压的几十个人,都来磕了主人、主母的头。赵氏又独自走进房内,拜王氏做姐姐。那时王氏已发昏去了。行礼已毕,大厅、二厅、书房、内堂屋,官客并堂客,共摆了二十多桌酒席。吃到三更时分,严监生正在大厅陪着客,奶妈慌忙走了出来,说道:"奶奶断了气了!"严监生哭着走了进去,只见赵氏扶着床沿一头撞去,已经哭死了。众人且扶着赵氏灌开水,撬开牙齿灌了下去,灌醒了时,披头散发满地打滚,哭的天昏地暗,连严监生也无可奈何。管家都在厅上,堂客都在堂屋候殓,只有两个舅奶奶在房里,乘着人乱,将些衣服、金珠首饰一掳精空,连赵氏方才戴的赤金冠子滚在地下,也拾起来藏在怀里。严监生慌忙叫奶妈抱起哥子来,拿一搭麻替他披着。那时衣衾棺椁都是现成的,入过了殓,天才亮了。灵柩停在第二层中堂内。众人进来参了灵,各自散了。

　　次日送孝布,每家两个。第三日成服。赵氏定要披麻戴孝,两位舅爷断然不肯,道:"'名不正,则言不顺。'你此刻是姊妹了,妹子替姐姐只带一年孝,穿细布孝衫,用白布孝箍。"议礼已定,报出丧去。自此,修斋、理七、开丧、出殡,用了四五千两银子,闹了半年,不必细说。

　　赵氏感激两位舅爷入于骨髓,田上收了新米,每家两石;腌冬菜每家也是两石;火腿每家四只;鸡、鸭、小菜不算。

　　不觉到了除夕。严监生拜过了天地祖宗,收拾一席家宴。严监生同赵氏对坐,奶妈带着哥子,坐在底下。吃了几杯酒,严监生吊下泪来,指着一张橱里向赵氏说道:"昨日典铺内送来三百两利钱,是你王氏姐姐的私房。每年腊月二十七八日送来,我就交与他。我也不管他在那里用。今年又送这银子来,可怜就没人接了!"赵氏道:"你也莫要说大娘的银子没用处,我是看见的。想起一年到头,逢时遇节,庵里师姑送盒子,卖花婆换珠翠,弹三弦琵琶的女瞎子不离门,那一个不受他的恩惠?况他心慈,见那些穷亲戚,自己吃不成也要把人吃,穿不成的也要把人穿。这些银子够做甚么!再有些也完了。倒是两位舅爷,从来不沾他分毫。依我的意思,这银子也不费用掉了,到开年,替奶奶大大的做几回好事。剩下来的银子料想也不多,明年是科举年,就是送与两位舅爷做盘程,也是该的。"严监生听着他说,桌子底下一个猫就扒在他腿上。严监生一靴头子踢开了。那猫吓的跑到里房内去,跑上床头。只听得一声大响,床头上掉下一个东西来,把地板上的酒坛子都打碎了。拿烛去看,原来那瘟猫,把床顶上的板跳蹋一块,上面吊下一个大篾篓子来。近前看时,只见一地黑枣拌在酒里,蔑篓横睡着。两个人才扳过来,枣子底下,一封一封桑皮纸包着。打开看时,共五百两银子。严监生叹道:"我说他的银子,那里就肯用完了!像这,都是历年聚积的,恐怕我有急事好拿出来用的。而今他往那里去了!"一回哭着,叫人扫了地,把那个干枣子装了一盘,同赵氏放在灵前桌上,伏着灵床子又哭了一场。因此,新年不出去拜节,在家哽哽咽咽不时哭泣,精神颠倒,恍惚不宁。

　　过了灯节后,就叫心口疼痛。初时撑着,每晚算帐直算到三更鼓。后来就渐渐饮食不进,骨瘦如柴,又舍不得银子吃人参。赵氏劝他道:"你心里不自在,这家务事,就丢开了罢!"他说道:"我儿子又小,你叫我托那个?我在一日少不得料理一日。"不想春气渐深,肝木克了脾土,每日只吃两碗米汤,卧床不起。及到天气和暖,又勉强进些饮食,挣起来,家前屋后走走。挨过长夏,立秋以后病又重了。睡在床上,想着田上要收早稻,打发了管庄的仆人下乡去,又不放心,心里只是急躁。

　　那一日,早上吃过药,听着萧萧落叶打的窗子响,自觉得心里虚怯,长叹了一口气,把脸朝床里面睡下。赵氏从房外同两位舅爷进来问病,就辞别了到省城里乡试去。严监生叫丫鬟要扶起来,强勉坐着。王德、王仁道:"好几日不曾看妹丈,原来又瘦了些,喜得精神还好。"严监生请他坐下,说了些恭喜的话,留在房里吃点心,就讲到除夕晚里这一番话。叫赵氏拿出几封银子来,指着赵氏说道:"这倒是他的意思,说姐姐留下来的一点东西,送与二位老舅,添着做恭喜的盘费。我这病势沉重,将来二位回府,不知可会的着了。我死之后,二位老舅照顾你外甥长大,教他读读书,挣着进个学,免得像我一生,终日受大房里的气!"二位接了银子,每位怀里带着两封,谢了又谢,又说了许多的安慰的话,作别去了。

自此严监生的病一日重似一日,再不回头。诸亲六眷都来问候。五个侄子穿梭的过来,陪郎中弄药。到中秋已后,医家都不下药了。把管庄的家人,都从乡里叫了上来。病重得一连三天不能说话。晚间,挤了一屋的人,桌上点着一盏灯。严监生喉咙里痰响得一进一出,一声不倒一声的,总不得断气,还把手从被单里拿出来,伸着两个指头。大侄子走上前来,问道:"二叔,你莫不是还有两个亲人不曾见面?"他就把头摇了两三摇。二侄子走上前来,问道:"二叔,莫不是还有两笔银子在那里,不曾吩咐明白?"他把两眼睁的的溜圆,把头又狠狠摇了几摇,越发指得紧了。奶妈抱着哥子,插口道:"老爷想是因两位舅爷不在跟前,故此记念。"他听了这话,把眼闭着摇头,那手只是指着不动。赵氏慌忙揩揩眼泪走近上前,道:"爷,别人都说的不相干,只有我晓得你的意思!"只因这一句话,有分教:争田夺产,又从骨肉起戈矛;继嗣延宗,齐向官司进词讼。不知赵氏说出甚么话来,且听下回分解。

(据《儒林外史》,人民文学出版社 2007 年版)

【注释】

(1) 贡生:明清时期由地方儒学选送入国子监肄业的生员。后实际上多是用钱买来的一种荣誉或资格。
(2) 严乡绅:这里指严贡生。
(3) 忝列衣冠:愧为有身份的人。忝:愧。衣冠:古代士以上的服饰,引申为士绅。
(4) 发房出了差:命令捕房派人出去执行公务。
(5) 廪膳生员:科举制度中生员名目之一。在秀才的总称之下,按资格分为三种:一为附学生员,简称附生;一为增广生员,简称增生;一为廪膳生员,简称廪生。
(6) 新娘:明清时期对妾的称呼。
(7) 补廪:明清科举制度,生员经岁、科两试成绩优秀者,增生可依次升廪生,从普通生员成为廪生,称为补廪。
(8) 三党:指父族、母族和妻族。

【简析】

《儒林外史》以知识分子的生活和精神状态为题材,描摹科举制度下儒林群像,对当时知识分子的命运进行了深刻的思考。作者以时代文人对待功名富贵的态度为衡准,揭示了在八股考试这一科举颓风的影响下,一些文人在政治、思想、文化各个领域中丑恶和可笑的形象。本回描写了严贡生和严监生兄弟俩,这两个反面典型,在乡绅地主集团里,地位并不高,而他们的行为和品质,却集中了剥削阶级的一切特性,很有代表性。描绘严贡生横行乡里的恶行,抢人家猪,还打断别人的腿,揭露八股取士是繁殖官场败类的温床。严监生是一个典型的爱钱胜过爱生命的守财奴形象。临终之际,为灯盏里点的是两茎灯草,恐费了油,伸着两个指头不肯断气,直到赵氏挑掉一根灯草,他才咽了气。这看似夸张,却是写实的描写,把一个吝啬鬼的形象刻画的入木三分,给人留下深刻的印象。当然,我们也应认识到严监生性格的复杂性。他有吝啬的一面,也有卑微可怜的一面,还有慷慨与不乏人情的一面。他以金钱为护身符,消灾解难,苟且偷安。正妻王氏病后,他延请名医,煎服人参,毫不含糊。王氏死后,他深情悼念,"伏着灵床子又哭了一场",这里写出了他具有人情的一面。由于他没有家族优势,至死也怕严老大,活得卑微,死得窝囊。总之,他是一个在统治阶级中被人捉弄的人物,他有吝啬、薄情、慷慨的一面,又不乏人情味。对严监生这个人物的畸形灵魂多层面发掘,有利于全面领会作者深邃的用心和婉转多姿的笔力。

曹雪芹小说(六回)

曹雪芹(约1715—约1763),名霑,字梦阮,号雪芹,又号芹溪、芹圃,祖籍辽阳(一说丰润),清代作家。早年在南京经历了一段贵族生活,曹家被革职抄家后迁居北京,晚年生活困苦,所著《红楼梦》仅完成前八十回便因贫病早逝。《红楼梦》是一部现实主义小说,具有极其深刻的思想内涵,是中国古典小说的最高峰。

红楼梦

第一回　甄士隐梦幻识通灵 贾雨村风尘怀闺秀(节选)

……

听道人问道:"你携了这蠢物,意欲何往?"那僧笑道:"你放心,如今现有一段风流公案正该了结,这一干风流冤家[1],尚未投胎入世。趁此机会,就将此蠢物夹带于中,使他去经历经历。"那道人道:"原来近日风流冤孽又将造劫历世去不成? 但不知落于何方何处?"那僧笑道:"此事说来好笑,竟是千古未闻的罕事。只因西方灵河岸上三生石畔,有绛珠草一株,时有赤瑕宫神瑛侍者,日以甘露灌溉,这绛珠草始得久延岁月。后来既受天地精华,复得雨露滋养,遂得脱却草胎木质,得换人形,仅修成个女体,终日游于离恨天外,饥则食蜜青果为膳,渴则饮灌愁海水为汤。只因尚未酬报灌溉之德,故其五内便郁结着一段缠绵不尽之意。恰近日这神瑛侍者凡心偶炽,乘此昌明太平朝世,意欲下凡造历幻缘,已在警幻仙子案前挂了号。警幻亦曾问及,灌溉之情未偿,趁此倒可了结的。那绛珠仙子道:'他是甘露之惠,我并无此水可还。他既下世为人,我也去下世为人,但把我一生所有的眼泪还他,也偿还得过他了。'因此一事,就勾出多少风流冤家来,陪他们去了结此案。"

……

第三回　贾雨村夤缘复旧职 林黛玉抛父进京都(节选)

……

且说黛玉自那日弃舟登岸时,便有荣国府打发了轿子并拉行李的车辆久候了。这林黛玉常听得母亲说过,他外祖母家与别家不同。他近日所见的这几个三等仆妇,吃穿用度,已是不凡了,何况今至其家。因此步步留心,时时在意,不肯轻易多说一句话,多行一步路,惟恐被人耻笑了他去。

……

黛玉方进入房时,只见两个人搀着一位鬓发如银的老母迎上来,黛玉便知是他外祖母。方欲拜见时,早被他外祖母一把搂入怀中,心肝儿肉叫着大哭起来。当下地下侍立之人,无不掩面涕泣,黛玉也哭个不住。一时众人慢慢解劝住了,黛玉方拜见了外祖母。——此即冷子兴所云之史氏太君,贾赦贾政之母也。当下贾母一一指与黛玉:"这是你大舅母;这是你二舅母;这是你先珠大哥的媳妇珠大嫂子。"黛玉一一拜见过。贾母又说:"请姑娘们来。今日远客才来,可以不必上学去了。"众人答应了一声,便去了两个。

……

众人见黛玉年貌虽小,其举止言谈不俗,身体面庞虽怯弱不胜,却有一段自然的风流态度,便知他有不足之症[2]。因问:"常服何药,如何不急为疗治?"黛玉道:"我自来是如此,从会吃饮食时便吃药,到今日未断,请了多少名医修方配药,皆不见效。那一年我三岁时,听得说来了一个癞头和尚,说要化我去出家,我父母固是不从。他又说:'既舍不得他,只怕他的病一生也不能好的了。若要好时,除非从此以后总不许见哭声;除父母之外,凡有外姓亲友之人,一概不见,方可平安了此一世。'疯疯癫癫,说了这些不经之谈,也没人理他。如今还是吃人参养荣丸。"贾母道:"正好,我这里正配丸药呢。叫他们多配一料就是了。"

……

于是,进入后房门,已有多人在此伺候,见王夫人来了,方安设桌椅。贾珠之妻李氏捧饭,熙凤安箸,王夫人进羹。贾母正面榻上独坐,两边四张空椅,熙凤忙拉了黛玉在左边第一张椅上坐了,黛玉十分推让。贾母笑道:"你舅母你嫂子们不在这里吃饭。你是客,原应如此坐的。"黛玉方告了座,坐了。贾母命王夫人坐了。迎春姊妹三个告了座方上来。迎春便坐右手第一,探春左第二,惜春右第二。旁边丫鬟执着拂尘、漱盂、巾帕。李、凤二人立于案旁布让[3]。外间伺候之媳妇丫鬟虽多,却连一声咳嗽不闻。

寂然饭毕,各有丫鬟用小茶盘捧上茶来。当日林如海教女以惜福养身,云饭后务待饭粒咽尽,过一时再吃茶,方不伤脾胃。今黛玉见了这里许多事情不合家中之式,不得不随的,少不得一一改过来,因而接了茶。早见人又捧过漱盂来,黛玉也照样漱了口。盥手毕,又捧上茶来,这方是吃的茶。贾母便说:"你们去罢,让我们自在说话儿。"王夫人听了,忙起身,又说了两句闲话,方引凤、李二人去了。贾母因问黛玉念何书。黛玉道:"只刚念了《四书》。"黛玉又问姊妹们读何书。贾母道:"读的是什么书,不过是认得两个字,不是睁眼的瞎子罢了!"

……

贾母因笑道:"外客未见,就脱了衣裳,还不去见你妹妹!"宝玉早已看见多了一个姊妹,便料定是林姑妈之女,忙来作揖。厮见毕归坐,细看形容,与众各别:

> 两弯似蹙非蹙罥烟眉[5],一双似泣非泣含露目。态生两靥之愁,娇袭一身之病[6]。泪光点点,娇喘微微。闲静时如姣花照水,行动处似弱柳扶风。心较比干多一窍,病如西子胜三分。

宝玉看罢,因笑道:"这个妹妹我曾见过的。"贾母笑道:"可又是胡说,你又何曾见过他?"宝玉笑道:"虽然未曾见他,然我看着面善,心里就算是旧相识,今日只作远别重逢,亦未为不可。"贾母笑道:"更好,更好,若如此,更相和睦了。"宝玉便走近黛玉身边坐下,又细细打量一番,因问:"妹妹可曾读书?"黛玉道:"不曾读,只上了一年学,些须认得几个字。"宝玉又道:"妹妹尊名是那两个字?"黛玉便说了名。宝玉又问表字。黛玉道:"无字。"宝玉笑道:"我送妹妹一妙字,莫若'颦颦'二字极妙。"探春便问何出。宝玉道:"《古今人物通考》上说:'西方有石名黛,可代画眉之墨。'况这林妹妹眉尖若蹙,用取这两个字,岂不两妙!"探春笑道:"只恐又是你的杜撰。"宝玉笑道:"除《四书》外,杜撰的太多,偏只我是杜撰不成?"又问黛玉:"可也有玉没有?"众人不解其语,黛玉便忖度着因他有玉,故问我有也无,因答道:"我没有那个。想来那玉是一件罕物,岂能人人有的。"

宝玉听了,登时发作起痴狂病来,摘下那玉,就狠命摔去,骂道:"什么罕物,连人之高低不择,还说'通灵'不'通灵'呢!我也不要这劳什子了!"吓的众人一拥争去拾玉。贾母急的搂了宝玉道:"孽障! 你生气,要打骂人容易,何苦摔那命根子!"宝玉满面泪痕泣道:"家里姐姐妹妹都没有,单我有,我说没趣;如今来了这们一个神仙似的妹妹也没有,可知这不是个好东西。"贾母忙哄他道:"你这妹妹原有这个来的,因你姑妈去世时,舍不得你妹妹,无法处,遂将他的玉带了去了:一则全殉葬之礼,尽你妹妹之孝心;二则你姑妈之灵,亦可权作见了女儿之意。因此他只说没有这个,不便自己夸张之意。你如今怎比得他? 还不好生慎重带上,仔细你娘知道了。"说着,便向丫鬟手中接来,亲与他带上。宝玉听如此说,想一想大有情理,也就不生别论了。

……

第七回　送宫花贾琏戏熙凤　宴宁府宝玉会秦钟(节选)

……

一时间周瑞家的携花至王夫人正房后头来。原来近日贾母说孙女儿们太多了,一处挤着倒不方便,只留宝玉黛玉二人这边解闷,却将迎、探、惜三人移到王夫人这边房后三间小抱厦内居住,令李纨陪伴照管。如今周瑞家的故顺路先往这里来,只见几个小丫头子都在抱厦内听呼唤呢。迎春的丫鬟司棋与探春的丫鬟待书二人正掀帘子出来,手里都捧着茶钟,周瑞家的便知他们姊妹在一处坐着呢,遂进入内房,只见迎春探春二人正在窗下围棋。周瑞家的将花送上,说明缘故。二人忙住了棋,都欠身道谢,命丫鬟们收了。

……

谁知此时黛玉不在自己房中,却在宝玉房中大家解九连环顽呢。周瑞家的进来笑道:"林姑娘,姨太太着我送花儿与姑娘带来了。"宝玉听说,便先问:"什么花儿? 拿来给我。"一面早伸手接过来了。开匣看时,原来是宫制堆纱新巧的假花儿。黛玉只就宝玉手中看了一看,便问道:"还是单送我一人的,还是别的姑娘们都有呢?"周瑞家的道:"各位都有了,这两枝是姑娘的了。"黛玉冷笑道:"我就知道,别人不挑剩下的也不给我。"周瑞家的听了,一声儿不言语。宝玉便问道:"周姐姐,你作什么到那边去了?"周瑞家的因说:"太太在那里,因回话去了,姨太太就顺便叫我带来了。"宝玉道:"宝姐姐在家作什么呢? 怎么这几日也不过这边来?"周瑞家的道:"身上不大好呢。"宝玉听了,便和丫头说:"谁去瞧瞧? 只说我与林姑娘打发了来请姨太太姐姐安,问姐姐是什么病,现吃什么药。论理我该亲自来的,就说才从学里来,也着了些凉,异日再亲自来看罢。"说着,茜雪便答应去了。周瑞家的自去,无话。

……

第二十三回　西厢记妙词通戏语　牡丹亭艳曲警芳心（节选）

……

谁想静中生烦恼，忽一日不自在起来，这也不好，那也不好，出来进去只是闷闷的。园中那些人多半是女孩儿，正在混沌世界，天真烂漫之时，坐卧不避，嬉笑无心，那里知宝玉此时的心事。那宝玉心内不自在，便懒在园内，只在外头鬼混，却又痴痴的。茗烟见他这样，因想与他开心，左思右想，皆是宝玉顽烦了的，不能开心，惟有这件，宝玉不曾看见过。想毕，便走去到书坊内，把那古今小说并那飞燕、合德、武则天、杨贵妃的外传与那传奇角本买了许多来，引宝玉看。宝玉何曾见过这些书，一看见了便如得了珍宝。茗烟又嘱咐他不可拿进园去，"若叫人知道了，我就吃不了兜着走呢。"宝玉那里舍的不拿进去，踟蹰再三，单把那文理细密的拣了几套进去，放在床顶上，无人时自己密看。那粗俗过露的，都藏在外面书房里。

那一日正当三月中浣[7]，早饭后，宝玉携了一套《会真记》[8]，走到沁芳闸桥边桃花底下一块石上坐着，展开《会真记》，从头细玩。正看到"落红成阵"，只见一阵风过，把树头上桃花吹下一大半来，落的满身满书满地皆是。宝玉要抖将下来，恐怕脚步践踏了，只得兜了那花瓣，来至池边，抖在池内。那花瓣浮在水面，飘飘荡荡，竟流出沁芳闸去了。回来只见地下还有许多。

宝玉正踟蹰间，只听背后有人说道："你在这里作什么？"宝玉一回头，却是林黛玉来了，肩上担着花锄，锄上挂着花囊，手内拿着花帚。宝玉笑道："好，好，来把这个花扫起来，撂在那水里。我才撂了好些在那里呢。"林黛玉道："撂在水里不好。你看这里的水干净，只一流出去，有人家的地方脏的臭的混倒，仍旧把花遭蹋了。那畸角上我有一个花冢，如今把他扫了，装在这绢袋里，拿土埋上，日久不过随土化了，岂不干净。"

宝玉听了喜不自禁，笑道："待我放下书，帮你来收拾。"黛玉道："什么书？"宝玉见问，慌的藏之不迭，便说道："不过是《中庸》《大学》。"黛玉笑道："你又在我跟前弄鬼。趁早儿给我瞧，好多着呢。"宝玉道："好妹妹，若论你，我是不怕的，你看了，好歹别告诉别人去。真真这是好书！你要看了，连饭也不想吃呢。"一面说，一面递了过去。林黛玉把花具且都放下，接书来瞧，从头看去，越看越爱看，不到一顿饭工夫，将十六出俱已看完，自觉词藻警人，馀香满口。虽看完了书，却只管出神，心内还默默记诵。

宝玉笑道："妹妹，你说好不好？"林黛玉笑道："果然有趣。"宝玉笑道："我就是个'多愁多病身'，你就是那'倾国倾城貌'。"林黛玉听了，不觉带腮连耳通红，登时直竖起两道似蹙非蹙的眉，瞪了两只似睁非睁的眼，微腮带怒，薄面含嗔，指宝玉道："你这该死的胡说！好好的把这淫词艳曲弄了来，还学了这些混话来欺负我。我告诉舅舅舅母去。"说到"欺负"两个字上，早又把眼睛圈儿红了，转身就走。宝玉着了急，向前拦住说道："好妹妹，千万饶我这一遭，原是我说错了。若有心欺负你，明儿我掉在池子里，教个癞头鼋吞了去，变个大忘八[9]，等你明儿做了'一品夫人'病老归西的时候，我往你坟上替你驮一辈子的碑去。"说的林黛玉嗤的一声笑了，揉着眼睛，一面笑道："一般也唬的这个调儿，还只管胡说。'呸，原来是苗而不秀，是个银样镴枪头。'"宝玉听了，笑道："你这个呢？我也告诉去。"林黛玉笑道："你说你会过目成诵，难道我就不能一目十行？"

宝玉一面收书，一面笑道："正经快把花埋了罢，别提那个了。"二人便收拾落花，正才掩埋妥协，只见袭人走来，说道："那里没找到，摸在这里来。那边大老爷身上不好，姑娘们都过去请安，老太太叫打发你去呢。快回去换衣裳去罢。"宝玉听了，忙拿了书，别了黛玉，同袭人回房换衣不提。

这里林黛玉见宝玉去了，又听见众姊妹也不在房，自己闷闷的。正欲回房，刚走到梨香院墙角上，只听墙内笛韵悠扬，歌声婉转。林黛玉便知是那十二个女孩子演习戏文呢。只是林黛玉素习不大喜看戏文，便不留心，只管往前走。偶然两句吹到耳内，明明白白，一字不落，唱道是："原来姹紫嫣红开遍，似这般都付与断井颓垣。"林黛玉听了，倒也十分感慨缠绵，便止住步侧耳细听，又听唱道是："良辰美景奈何天，赏心乐事谁家院。"听了这两句，不觉点头自叹，心下自思道："原来戏上也有好文章。可惜世人只知看戏，未必能领略这其中的趣味。"想毕，又后悔不该胡想，耽误了听曲子。又侧耳时，只听唱道："则为你如花美眷，似水流年……"林黛玉听了这两句，不觉心动神摇。又听道："你在幽闺自怜"等句，亦发如醉如痴，站立不住，便一蹲身坐在一块山子石上，细嚼"如花美眷，似水流年"八个字的滋味。忽又想起前日见古人诗中有"水流花谢两无情"之句，再又有词中有"流水落花春去也，天上人间"之句，又兼方才所见《西厢记》中"花落水流红，闲愁万种"之句，都一时想起来，凑聚在一处。仔细忖度，不觉心痛神痴，眼中落泪。正没个开交，忽觉背上击了一下，及回头看时，原来是……且听下回分解。正是：

妆晨绣夜心无矣，对月临风恨有之。

第二十七回　滴翠亭杨妃戏彩蝶 埋香冢飞燕泣残红（节选）

……

宝玉因不见了林黛玉，便知他躲了别处去了，想了一想，索性迟两日，等他的气消一消再去也罢了。因低头看见许多凤仙石榴等各色落花，锦重重的落了一地，因叹道："这是他心里生了气，也不收拾这花儿来了。待我送了去，明儿再问着他。"说着，只见宝钗约着他们往外头去。宝玉道："我就来。"说毕，等他二人去远了，便把那花兜了起来，登山渡水，过树穿花，一直奔了那日同林黛玉葬桃花的去处来。

将已到了花冢，犹未转过山坡，只听山坡那边有呜咽之声，一行数落着，哭的好不伤感。宝玉心下想道："这不知是那房里的丫头，受了委曲，跑到这个地方来哭。"一面想，一面煞住脚步，听他哭道是：

花谢花飞花满天，红消香断有谁怜？
游丝软系飘春榭[10]，落絮轻沾扑绣帘。
闺中女儿惜春暮，愁绪满怀无释处[11]，
手把花锄出绣闺，忍踏落花来复去。
柳丝榆荚自芳菲[12]，不管桃飘与李飞。
桃李明年能再发，明年闺中知有谁？
三月香巢已垒成，梁间燕子太无情！
明年花发虽可啄，却不道人去梁空巢也倾。
一年三百六十日，风刀霜剑严相逼，
明媚鲜妍能几时，一朝飘泊难寻觅。
花开易见落难寻，阶前闷杀葬花人，
独倚花锄泪暗洒，洒上空枝见血痕。
杜鹃无语正黄昏，荷锄归去掩重门。
青灯照壁人初睡，冷雨敲窗被未温。

怪奴底事倍伤神⁽¹³⁾，半为怜春半恼春：

怜春忽至恼忽去，至又无言去不闻。

昨宵庭外悲歌发，知是花魂与鸟魂？

花魂鸟魂总难留，鸟自无言花自羞。

愿奴胁下生双翼，随花飞到天尽头。

天尽头，何处有香丘⁽¹⁴⁾？

未若锦囊收艳骨，一抔净土掩风流。

质本洁来还洁去，强于污淖陷渠沟⁽¹⁵⁾。

尔今死去侬收葬，未卜侬身何日丧？

侬今葬花人笑痴，他年葬侬知是谁？

试看春残花渐落，便是红颜老死时。

一朝春尽红颜老，花落人亡两不知！

宝玉听了不觉痴倒。要知端详，且听下回分解。

第二十八回　蒋玉函情赠茜香罗　薛宝钗羞笼红麝串（节选）

话说林黛玉只因昨夜晴雯不开门一事，错疑在宝玉身上。至次日又可巧遇见饯花之期，正是一腔无明正未发泄⁽¹⁶⁾，又勾起伤春愁思，因把些残花落瓣去掩埋，由不得感花伤己，哭了几声，便随口念了几句。不想宝玉在山坡上听见，先不过点头感叹，次后听到"侬今葬花人笑痴，他年葬侬知是谁"，"一朝春尽红颜老，花落人亡两不知"等句，不觉恸倒山坡之上，怀里兜的落花撒了一地。试想林黛玉的花颜月貌，将来亦到无可寻觅之时，宁不心碎肠断！既黛玉终归无可寻觅之时，推之于他人，如宝钗、香菱、袭人等，亦可到无可寻觅之时矣。宝钗等终归无可寻觅之时，则自己又安在哉？且自身尚不知何在何往，则斯处、斯园、斯花、斯柳，又不知当属谁姓矣！——因此一而二，二而三，反复推求了去，真不知此时此际欲为何等蠢物，杳无所知，逃大造，出尘网⁽¹⁷⁾，使可解释这段悲伤。正是：花影不离身左右，鸟声只在耳东西。

那林黛玉正自伤感，忽听山坡上也有悲声，心下想道："人人都笑我有些痴病，难道还有一个痴子不成？"想着，抬头一看，见是宝玉。林黛玉看见，便道："啐！我道是谁，原来是这个狠心短命的……"刚说到"短命"二字，又把口掩住，长叹了一声，自己抽身便走了。

这里宝玉悲恸了一回，忽然抬头不见了黛玉，便知黛玉看见他躲开了，自己也觉无味，抖抖土起来，下山寻归旧路，往怡红院来。可巧看见林黛玉在前头走，连忙赶上去，说道："你且站住。我知你不理我，我只说一句话，从今后撂开手。"林黛玉回头看见是宝玉，待要不理他，听他说"只说一句话，从此撂开手"，这话里有文章，少不得站住说道："有一句话，请说来。"宝玉笑道："两句话，说了你听不听？"黛玉听说，回头就走。宝玉在身后面叹道："既有今日，何必当初！"林黛玉听见这话，由不得站住。回头道："当初怎么样？今日怎么样？"宝玉叹道："当初姑娘来了，那不是我陪着顽笑？凭我心爱的，姑娘要，就拿去；我爱吃的，听见姑娘也爱吃，连忙干干净净收着等姑娘吃。一桌子吃饭，一床上睡觉。丫头们想不到的，我怕姑娘生气，我替丫头们想到了。我心里想着：姊妹们从小儿长大，亲也罢，热也罢，和气到了头儿，才见得比人好。如今谁承望姑娘人大心大，不把我放在眼睛里，倒把外四路的什么宝姐姐凤姐姐的放在心坎儿上⁽¹⁸⁾，倒把我三日不理四日不见的。我又没个亲兄弟亲姊妹。——虽然有两个，你难道不知道是和我隔母的？我也和你似的独出，只怕同我的心一样。谁知我是白操了这个心，弄的有冤无处诉!"说着不觉滴下眼泪来。

　　黛玉耳内听了这话,眼内见了这形景,心内不觉灰了大半,也不觉滴下泪来,低头不语。宝玉见他这般形景,遂又说道:"我也知道我如今不好了,但只凭着怎么不好,万不敢在妹妹跟前有错处。便有一二分错处,你倒是或教导我,戒我下次,或骂我两句,打我两下,我都不灰心。谁知你总不理我,叫我摸不着头脑,少魂失魄,不知怎么样才是。就便死了,也是个屈死鬼,任凭高僧高道忏悔也不能超生,还得你申明了缘故,我才得托生呢!"

　　黛玉听了这个话,不觉将昨晚的事都忘在九霄云外了,便说道:"你既这么说,昨儿为什么我去了,你不叫丫头开门?"宝玉诧异道:"这话从哪里说起? 我要是这么样,立刻就死了!"林黛玉啐道:"大清早起死呀活的,也不忌讳。你说有呢就有,没有就没有,起什么誓呢。"宝玉道:"实在没有见你去。就是宝姐姐坐了一坐,就出来了。"林黛玉想了一想,笑道:"是了。想必是你的丫头们懒待动,丧声歪气的也是有的。"宝玉道:"想必是这个原故。等我回去问了是谁,教训教训他们就好了。"黛玉道:"你的那些姑娘们也该教训教训,只是论理不该我说。今儿得罪了我的事小,倘或明儿宝姑娘来,什么贝姑娘来,也得罪了,事情岂不大了。"说着抿着嘴笑。宝玉听了,又是咬牙,又是笑。

　　……

(据《红楼梦》,人民文学出版社 1996 年版)

【注释】

(1) 风流冤家:指相爱的男女。

(2) 不足之症:中医病症名,指各种虚症。

(3) 布让:席间向客人敬菜、劝餐。

(4) 忩憨(bèi lài):涎皮赖脸。

(5) 罥(juàn)烟眉:形容眉毛像一抹轻烟。罥,挂。

(6) "态生"二句:妩媚的风韵生于含愁的面容,娇怯的情态出于孱弱的病体。态,情态、风韵。靥,酒窝。袭,承继,由……而来。

(7) 中浣:指每月的中旬。

(8) 《会真记》:指元代王实甫的杂剧《西厢记》。

(9) 鼋:大鳖。大忘八:指驮碑的赑屃(bì xì)。

(10) 游丝:蜘蛛网。榭:水亭叫榭。

(11) 无释处:没有排遣的地方。

(12) 榆荚:榆钱。芳菲:花草繁茂。

(13) 奴:我,女子的自称。底事:什么事。

(14) 香丘:花冢。

(15) 污淖:泥淖。

(16) 无明:怒火。

(17) 大造、尘网:指人间。

(18) 外四路:指关系疏远。

【简析】

　　林黛玉是《红楼梦》中的女主人公,金陵十二钗之首,貌美才高、孤高自许,是贵族女性中叛逆者的形象。选文节选了小说中有关林黛玉的若干个情节,旨在从不同的角度展示这一光彩动人的人物形象。第一回介绍了宝黛的前世今生,黛玉原是西方灵河岸绛珠仙草转世,为报神瑛侍者的灌溉之恩下来凡间。绛珠还泪的神话赋予了林黛玉迷人的诗人气质,木石前盟也为宝黛爱情注入了奇幻浪漫色彩,定下了悲剧基调。第三回写林黛玉进贾府,通过林黛玉的眼睛,对贾府的环境及人物进行了介绍。她"步步留心,时时在意,不肯轻易多说一句话,多行一步路",作品通过描写林黛玉的外貌、心理、动作、语言等,表现她体弱多病、多愁善感、敏感细心的性格特征。这一回,宝黛初相逢却似曾相识,呼应了木石前盟,预示着两人志同道合,两小无猜。贾府中寄人篱下的生活使林黛玉"自矜自重,小心戒备",为保持自己纯洁的个性,她始终"孤高自许,目下无尘"。她率真多疑、自尊心强,常常一语道破生活的真相,用尖刻的话语揭露丑恶的现实,以高傲的性格与环境对抗,因而曲高和寡,被看作"刻薄""小心眼",这在第七回送宫花这一情节中可见一斑。"黛玉葬花"是《红楼梦》中最富于抒情色彩的片段之一,也是宝黛爱情发展中的一个重要环节。小说中的"黛玉葬花"共有两次,一次是在第二十三回,一次是在第二十七回、第二十八回。第一次"葬花",宝黛共读《西厢》,贾宝玉大胆将自己与黛玉比作书中人物,借此向黛玉表明心意。从此,宝黛二人的爱情在各自心里都明朗起来。通过偷偷阅读《西厢记》,他们确定彼此有着共同的价值取向,这就是他们爱情的基础。第二次"葬花",是黛玉错疑宝玉,伤春愁思,借葬花抒发对自己命运的哀叹,林黛玉把希望和生命都交付于对贾宝玉的爱情中。这部分侧重表现出林黛玉的诗人气质及其多愁善感的悲剧性格,也借此刻画了贾宝玉重情痴情的鲜明个性。林黛玉所作的《葬花吟》具有很强的艺术感染力,蕴含深广,耐人寻味。

（二） 戏 曲

洪昇传奇（一种）

　　洪昇(约1645—约1704),字昉思,号稗畦,钱塘(今浙江杭州市)人。清代戏曲作家、诗人。洪昇著有九种传奇,今仅存《长生殿》。

长生殿

第二十四出　惊变

　　(丑上)玉楼天半起笙歌[1],风送宫嫔笑语和。月殿影开闻夜漏[2],水晶帘卷近秋河。咱家高力士,奉万岁爷之命,着咱在御花园中,安排小宴,要与贵妃娘娘同来游赏,只得在此

伺候！（生、旦乘辇⁽³⁾，老旦、贴随后，二内侍引，行上）

【北中吕粉蝶儿】⁽⁴⁾天淡云闲，列长空数行新雁。御园中秋色斓斑，柳添黄，萍减绿，红莲脱瓣。一抹雕栏，喷清香桂花初绽。

　　（到介）（丑）请万岁爷、娘娘下辇。（生、旦下辇介）（丑同内侍暗下）（生）妃子，朕与你散
　　步一回者。（旦）陛下请。（生携旦手介）（旦）

【南泣颜回】携手向花间，暂把幽怀同散。凉生亭下，风荷映水翩翻；爱桐阴静悄，碧沉沉并绕回廊看。恋香巢秋燕依人，睡银塘鸳鸯蘸眼⁽⁵⁾。

　　（生）高力士，将酒过来⁽⁶⁾，朕与娘娘小饮数杯。（丑）宴已排在亭上，请万岁爷、娘娘上宴。
　　（旦作把盏，生止住介）妃子，坐了。

【北石榴花】不劳你玉纤纤，高捧礼仪烦，子待借小饮对眉山。俺与你浅斟低唱，互更番，三杯两盏，遣兴消闲。妃子，今日虽是小宴，倒也清雅。回避了御厨中，回避了御厨中，烹龙炰凤堆盘案⁽⁷⁾，咿咿哑哑乐声催趱；只几味脆生生，只几味脆生生，蔬和果清肴馔，雅称你仙肌玉骨美人餐⁽⁸⁾。

　　妃子，朕与你清游小饮，那些梨园旧曲⁽⁹⁾，都不耐烦听他。记得那年在沉香亭上赏牡丹，
　　召翰林李白草《清平调》三章，命李龟年度成新谱，其词甚佳。不知妃子还记得么？（旦）
　　妾还记得。（生）妃子可为朕歌之，朕当亲倚玉笛以和。（旦）领旨。（老旦进玉笛，生吹
　　介，旦按板介）

【南泣颜回】花繁，秾艳想容颜。云想衣裳光璨；新妆谁似，可怜飞燕娇懒。名花国色，笑微微常得君王看。向春风解释春愁⁽¹⁰⁾，沉香亭同倚阑干。

　　（生）妙哉！李白锦心，妃子绣口，真双绝矣！宫娥，取巨觥来，朕与妃子对饮。（老旦、贴
　　送酒介）（生）

【北斗鹌鹑】畅好是喜孜孜驻拍停歌，喜孜孜驻拍停歌，笑吟吟传杯送盏。妃子干一杯！（作照干介）不须他絮烦烦射覆藏钩⁽¹¹⁾，闹纷纷弹丝弄板。（又作照杯介）妃子，再干一杯！（旦）妾不能饮了。（生）宫娥每，跪劝。（老旦、贴）领旨。（跪旦介）娘娘请上这一杯。（旦勉饮介）（老旦、贴作连劝介）（生）我这里无语持觞仔细看，早子见花一朵上腮间。（旦作醉介）妾真醉矣！（生）一会价软哈哈⁽¹²⁾柳嚲花欹⁽¹³⁾，软哈哈柳嚲花欹，困腾腾莺娇燕懒。

　　妃子醉了，宫娥每，扶娘娘上辇进宫去者。（老旦、贴）领旨。（作扶旦起介）（旦作醉态呼
　　介）万岁！（老旦、贴扶旦行。旦作醉态介）

【南扑灯蛾】态恹恹轻云软四肢⁽¹⁴⁾，影蒙蒙空花乱双眼；娇怯怯柳腰扶难起，困沉沉强抬娇腕，软设设金莲倒褪⁽¹⁵⁾，乱松松香肩軃云鬟，美甘甘思寻凤枕，步迟迟倩宫娥搀入绣帏间⁽¹⁶⁾。

　　（老旦、贴扶旦下）（丑同内侍暗上）（内击鼓介）（生惊介）何处鼓声骤发？（副净急上⁽¹⁷⁾）
　　渔阳鼙鼓动地来，惊破霓裳羽衣曲。（问丑介）万岁爷在那里？（丑）在御花园内。（副
　　净）军情紧急，不免径入。（进见介）陛下，不好了！安禄山起兵造反，杀过潼关，不日就到
　　长安了！（生大惊介）守关将士何在？（副净）哥舒翰兵败⁽¹⁸⁾，已降贼了。（生）

【北上小楼】呀！你道失机的哥舒翰，称兵的安禄山，赤紧的离了渔阳⁽¹⁹⁾，陷了东京⁽²⁰⁾，破了潼关。唬得人胆战心摇，唬得人胆战心摇，肠慌腹热，魂飞魄散，早惊破月明花粲。

卿有何策,可退贼兵?(副净)当日臣曾再三启奏,禄山必反,陛下不听,今日果应臣言。事起仓卒,怎生抵敌?不若权时幸蜀⁽²¹⁾,以待天下勤王。(生)依卿所奏。快传旨:诸王百官,即时随驾幸蜀便了。(副净)领旨。(急下)(生)高力士,快些整备军马。传旨令右龙武将军陈元礼,统领御林军士三千,扈驾前行⁽²²⁾。(丑)领旨。(下)(内侍)请万岁爷回宫。(生转行叹介)唉! 正尔欢娱,不想忽有此变,怎生是了也!

【南扑灯蛾】稳稳的宫廷宴安,扰扰的边廷造反。冬冬的鼙鼓喧,腾腾的烽火颭⁽²³⁾的溜扑碌臣民儿逃散⁽²⁴⁾,黑漫漫乾坤覆翻,碜磕磕社稷摧残⁽²⁵⁾,碜磕磕社稷摧残。当不得萧萧飒飒西风送晚,黯黯的一轮落日冷长安。

　　(向内问介)宫娥每,杨娘娘可曾安寝?(老旦、贴内应介)已睡熟了。(生)不要惊他,且待明早五鼓同行。(泣介)天那! 寡人不幸,遭此播迁⁽²⁶⁾;累他玉貌花容,驱驰道路,好不痛心也!

【南尾声】在深宫兀自娇慵惯,怎样支吾蜀道难⁽²⁷⁾?(哭介)我那妃子呵。愁杀你玉软花柔要将途路趱。
　　宫殿参差落照间(卢纶),渔阳烽火照函关(吴融)。
　　遏云声绝悲风起(胡曾),何处黄云是陇山(武元衡)。

(据清康熙稗畦草堂刻本《长生殿传奇》)

【注释】

(1) 玉楼:华丽的高楼,指宫殿。天半:犹言半空中,形容极高。
(2) 夜漏:古代以铜壶作计时的工具,底穿一孔,壶中立箭,上刻度数。水漏则度数可现,以此知时间的变化。
(3) 辇(niǎn):指帝王所乘坐的车。
(4) 北中吕:指北曲的中吕宫。粉蝶儿一曲,属北中吕宫。这出戏用南北曲合套,生所唱,多系北曲,旦为南曲,间有变异。
(5) 蘸(zhàn)眼:招眼,引人注目。
(6) 将:拿。
(7) 烹龙炰(páo)凤:指烹制的珍贵食品。炰,同"炮制"的炮。
(8) 雅称:非常适合、相称。雅,极、甚。
(9) 梨园:唐玄宗时,教练宫廷歌舞艺人的场所。《新唐书·礼乐志》:"明皇既知音律,又酷爱法曲,选坐部伎子弟三百,教于梨园。"
(10) 解释:解除,消除。
(11) 射覆藏钩:古代两种游戏。射覆,《汉书·东方朔传》:"上尝使诸数家射覆。"颜师古注:"数家,术数之家也。于覆器之下而置诸物,令暗射之,故云射覆。"即让人猜出器物覆盖的东西。后世称猜谜语为射覆。藏钩,《艺经》:"腊日饮祭之后,叟妪儿童为藏钩之戏,分为二曹(两队),以较胜负。"即寻找物件藏匿之处。
(12) 软咍(hāi)咍:软绵绵。
(13) 柳軃(duǒ)花欹(qī):形容杨贵妃醉后不能支持,身体软得如柳条低重,花枝倾斜。軃:垂下。欹,倾斜。
(14) 怅怅:软弱无力的样子。

（15）软设设：软绵绵。

（16）倩：使，请。

（17）副净：扮杨国忠。

（18）哥舒翰：唐天宝年间，任河西节度使。安史之乱，唐玄宗委命驻守潼关，失败被俘。

（19）赤紧：一作"吃紧"，形容时间短促，犹转眼间。

（20）东京：唐代以洛阳为东都。

（21）幸：皇帝去到某地的专用词。

（22）扈（hù）驾：即护驾。

（23）黫（yān）：黑色，指烽烟的颜色。

（24）的溜扑碌：形容人们逃难时的仓皇狼狈。

（25）磣（cǎn）磕磕：凄惨可怕的意思。

（26）播迁：迁徙、流移。

（27）支吾：应付，支应。

【简析】

　　本文节选自《长生殿》第二十四出，分《小宴》《惊变》两部分。整出戏构思巧妙，《小宴》部分欢乐而安逸，《惊变》部分凄凉又惊急，作者将两个极不相同的情节组合在一起，但却两相映衬，突出了《长生殿》"占了情场，弛了朝纲"的主题，足以说明社会的动乱、政治的危机正是封建统治阶级纵情享乐造成的恶果。

　　戏剧开头，描写"天淡云闲"的秋色，渲染了唐明皇与杨贵妃陷入爱河的气氛。随后描写了二人饮酒作乐的情景，极力描写杨贵妃美若天仙的妆容，侧面描写唐明皇沉迷美色不能自拔的情状。接下来在【北斗鹌鹑】【南扑灯蛾】两首曲子中，一连用"喜孜孜""笑吟吟""闹纷纷""软哈哈""困腾腾""态恹恹""影蒙蒙""娇怯怯""软设设""美甘甘"等多个三字叠词，点缀二人欢畅对饮的画面，显示出唐明皇与杨贵妃在一起时是如此的开心、惬意。作者看似用了大量的篇幅描写二人饮酒作乐，突出二人之"乐"，实则是为了突出动乱的混乱悲壮的场景作铺垫，强调家国之"悲"。在二人的忘情欢乐之中，"变"是没有任何准备的，是突出其来的，正如题目"惊变"二字，这也讽刺了唐明皇因与杨贵妃作乐而未意识安禄山造反的动向，误了朝政。

　　整出戏剧，曲调采用南北全套的形式，利用南北曲调声情上的差异表现两人鲜明的性格特征。全曲曲文清丽流畅，明白易懂，充满抒情色彩。

孔尚任传奇（一种）

　　孔尚任（约 1648—1718）字聘之，又字季重，号东塘，别号岸堂，自号云亭山人。山东曲阜人，孔子六十四代孙。清初诗人、戏曲作家。

桃花扇

第七出　却奁

【夜行船】(末)人宿平康深柳巷[1],惊好梦门外花郎[2]。绣户未开,帘钩才响,春阳十层纱帐。

下官杨文骢,早来与侯兄道喜[3]。你看院门深闭,侍婢无声,想是高眠未起。(唤介)保儿,你到新人窗外,说我早来道喜。(杂)昨夜睡迟了,今日未必起来哩。老爷请回,明日再来罢。(末笑介)胡说! 快快去问。(小旦内问介[4])保儿,来的是那一个?(杂)是杨老爷道喜来了。(小旦忙上)倚枕春宵短,敲门好事多。(见介)多谢老爷,成了孩儿一世姻缘。(末)好说。(问介)新人起来不曾?(小旦)昨晚睡迟,都还未起哩。(让坐介)老爷请坐,待我去催他。(末)不必,不必。(小旦下)

【步步娇】(末)儿女浓情如花酿,美满无他想,黑甜共一乡[5]。可也亏了俺帮衬,珠翠辉煌,罗绮飘荡,件件助新妆,悬出风流榜。

(小旦上)好笑! 好笑! 两个在那里交扣丁香[6],并照菱花,梳洗才完,穿戴未毕。请老爷同到洞房,唤他出来,好饮扶头卯酒[7]。(末)惊却好梦,得罪不浅。(同下)(生、旦艳妆上)

【沉醉东风】(生)这云情接着雨况,刚搔了心窝奇痒,谁搅起睡鸳鸯? 被翻红浪,喜匆匆满怀欢畅。(合)枕上余香,帕上余香,消魂滋味,才从梦里尝。

(末、小旦上)(末)果然起来了,恭喜! 恭喜!(一揖,坐介)(末)昨晚催妆诗句,可还说的入情么?(生揖介)多谢!(笑介)妙是妙极了,只有一件。(末)那一件?(生)香君虽小,还该藏之金屋。(看袖介)小生衫袖,如何着得下?(俱笑介)(末)夜来定情,必有佳作。(生)草草塞责,不敢请教。(末)诗在那里?(旦)诗在扇头。(旦向袖中取出扇介)(末接看介)是一柄白纱宫扇。(嗅介)香的有趣。(吟诗介)妙,妙! 只有香君不愧此诗。(付旦介)还收好了。(旦收扇介)

【园林好】(末)正芬芳桃香李香,都题在宫纱扇上;怕遇着狂风吹荡,须紧紧袖中藏,须紧紧袖中藏。

(末看旦介)你看香君上头之后[8],更绝艳丽了。(向生介)世兄有福,消此尤物。(生)香君天姿国色,今日插了几朵珠翠,穿了一套绮罗,十分花貌,又添二分,果然可爱。(小旦)这都亏了杨老爷帮衬哩!

【江儿水】送到缠头锦,百宝箱,珠围翠绕流苏帐,银烛笼纱通宵亮,金杯劝酒合席唱。今日又早早来看,恰似亲生自养,赔了妆奁,又早敲门来望。

(旦)俺看杨老爷,虽是马督抚至亲[9],却也拮据作客,为何轻掷金钱,来填烟花之窟[10]? 在奴家受之有愧,在老爷施之无名;今日问个明白,以便图报。(生)香君问得有理,小弟与杨兄萍水相交,昨日承情太厚,也觉不安。(末)既蒙问及,小弟只得实告了。这些妆奁酒席,约费三百余金,皆出怀宁之手[11]。(生)那个怀宁?(末)曾做过光禄的阮圆海。(生)是那皖人阮大铖么?(末)正是。(生)他为何这样周旋?(末)不过欲纳交足下之意。

【五供养】(末)羡你风流雅望,东洛才名[12],西汉文章[13]。逢迎随处有,争看坐车郎[14]。秦淮妙处,暂寻个佳人相傍,也要些鸳鸯被,芙蓉妆;你道是谁的? 是那南邻大阮⁽¹⁵⁾,嫁衣全忙。

(生)阮圆老原是敝年伯⁽¹⁶⁾。小弟鄙其为人,绝之已久。他今日无故用情,令人不解。
(末)圆老有一段苦衷,欲见白于足下。(生)请教。(末)圆老当日曾游赵梦白之门⁽¹⁷⁾,原是吾辈。后来结交魏党,只为救护东林。不料魏党一败⁽¹⁸⁾,东林反与之水火。近日复社诸生⁽¹⁹⁾,倡论攻击,大肆段辱,岂非操同室之戈乎⁽²⁰⁾? 圆老故交虽多,因其形迹可疑,亦无人代为分辩。每日向天大哭,说道:"同类相残,伤心惨目,非河南侯君,不能救我。"所以今日谆谆纳交⁽²¹⁾。(生)原来如此。俺看圆海情辞迫切,亦觉可怜。就便真是魏党,悔过来归,亦不可绝之太甚,况罪有可原乎! 定生、次尾,皆我至交,明日相见,即为分解。
(末)果然如此,吾党之幸也。(旦怒介)官人是何说话,阮大铖趋附权奸,廉耻丧尽;妇人女子,无不唾骂。他人攻之,官人救之,官人自处于何等也?

【川拨棹】不思想,把话儿轻易讲。要与他消释灾殃,要与他消释灾殃,也提防旁人短长。官人之意,不过因他助俺妆奁,便要徇私废公,那知道这几件钗钏衣裙,原放不到我香君眼里。(拔簪脱衣介)脱裙衫,穷不妨;布荆人⁽²²⁾,名自香。

(末)阿呀! 香君气性,忒也刚烈。(小旦)把好好东西,都丢一地,可惜! 可惜! (拾介)
(生)好! 好! 好! 这等见识,我倒不如,真乃侯生畏友也⁽²³⁾。(向末介)老兄休怪。弟非不领教,但恐为女子所笑耳。

【前腔】(生)平康巷,他能将名节讲;偏是咱学校朝堂,偏是咱学校朝堂,混贤奸不问青黄。那些社友,平日重俺侯生者,也只为这点义气;我若依附奸邪,那时群起来攻,自救不暇,焉能救人乎? 节和名,非泛常;重和轻,须审详。

(末)圆老一段好意,也还不可激烈。(生)我虽至愚,亦不肯从井救人⁽²⁴⁾。(末)既然如此,小弟告辞了。(生)这些箱笼,原是阮家之物,香君不用,留之无益,还求取去罢。(末)正是"多情反被无情恼,乘兴而来兴尽还⁽²⁵⁾"。(下)(旦恼介)(生看旦介)俺看香君天姿国色,摘了几朵珠翠,脱去一套绮罗,十分容貌,又添十分,更觉可爱。(小旦)虽如此说,舍了许多东西,到底可惜。

【尾声】金珠到手轻轻放,惯成了娇痴模样,孤负俺辛勤做老娘。
(生)些须东西,何足挂念,小生照样赔来。(小旦)这等才好。
(小旦)花钱粉钞费商量⁽²⁶⁾,
(旦)裙布钗荆也不妨。
(生)只有湘君能解佩⁽²⁷⁾,
(旦)风标不学世时妆。

(据清康熙刻本《桃花扇传奇》)

【注释】
(1) 平康:唐代长安里名,为妓女聚居之处,后多泛指妓院。
(2) 花郎:指卖花人。
(3) 杨文骢:即杨龙友,贵州贵阳人。善画,弘光朝任常.镇二府巡抚,后随唐王抗清,兵败被杀。侯兄:侯方域(1618—1650),河南商丘人,明末复社文人,与冒辟疆、陈贞慧、吴应箕合称"四公子",以文名著称当世,后仕清。

（4）小旦：戏曲中角色名。此指李香君的假母李贞丽,李贞丽是明末南京名妓。

（5）黑甜共一乡：意为熟睡。俗以熟睡为黑甜乡,即甜蜜的梦乡。

（6）丁香,即打成丁香结的纽扣。

（7）扶头：清醒头脑、振奋精神。卯酒：早晨卯时前后饮的酒。

（8）上头：女子婚后发饰须作成人装束。

（9）马督抚：即马士英,当时任凤阳督抚。弘光朝独揽朝政,后清兵攻陷南京时被杀。

（10）烟花之窟：指妓院。烟花：宋元以来妓女的通称。

（11）怀宁：指马党另一主要人物安徽怀宁人阮大铖,号圆海。他先是东林党人,后投靠魏忠贤,任光禄寺卿。明亡后与马士英拥立福王,任兵部尚书,南京沦陷后降清。他是明末著名传奇作家,但因人品低劣,为人所不齿。

（12）东洛才名：指晋代文学家左思,他琢磨十年,写成《三都赋》,人们争相传抄,致使洛阳纸贵。

（13）西汉文章：指司马相如等人,以辞赋名世。这两句是赞扬侯方域的文学才名。

（14）坐车郎：相传潘岳貌美,每坐车出游,妇女争相看他,并掷果盈车。此借指侯方域。

（15）南邻大阮：晋阮籍、阮咸叔侄,并有文名,时以大小阮称之。此处借指阮大铖。

（16）年伯：父亲的同年,称年伯。阮大铖与侯方域的父亲侯恂同年,因而侯方域称阮为年伯。另年伯亦是对父亲同榜登科的人的尊称。

（17）赵梦白：即赵南星,明末高邑人,东林党的领袖人物之一。熹宗时官吏部尚书,为魏忠贤所忌,贬到代州而死。

（18）魏党：即明末宦官魏忠贤为首的阉党。魏忠贤于熹宗朝专擅朝政,遍植党羽,并极力搜刮财富,纵其爪牙虐害人民,排斥代表中小地主阶级利益的东林党人。马、阮之流,皆其余孽。

（19）复社：明天启年间成立的代表中小地主利益的政治.文化团体。张溥为其领袖。该社继承东林党精神,除讲学外,对魏阉余党祸国殃民的罪行屡加抨击,被阉党所忌。剧中的提到的陈贞慧（字定生）、吴应箕（字次尾）及侯方域都是复社的重要成员。

（20）操同室之戈：指兄弟间不和,自相残杀。此处谓一家人自相倾轧。

（21）谆谆：殷勤。纳交：以财物礼品相结交。

（22）布荆人：布荆,指布裙、荆钗。穿布衣、戴荆钗,是古代贫穷妇女的打扮。

（23）畏友：刚直的朋友,多能严于律己,正言规劝于人,不阿谀取容,因令人敬畏,故称畏友。

（24）从井救人：跳下深井救人,不能救起别人,自己也会同归于尽,比喻帮不了别人又害了自己。这里指不顾自己的名节去救助别人。

（25）乘兴而来兴尽还：借用苏轼《蝶恋花》词句。多情,指阮大铖想结交侯方域。无情,指李香君却奁。东晋王子猷雪夜乘船去拜访好友戴安道,到了戴家后却不入门而折回,并说："乘兴而来,兴尽而返,何必见戴。"

（26）花钱粉钞：用于买花粉装饰的钱,此指置办妆奁之资。

（27）解佩：指香君却奁。

【简析】

　　本文节选自《桃花扇》第七出。侯方域与李香君新婚第一天,杨文聪前来拜访,并讲明妆奁来自阮大铖,目的是为收买侯方域,请侯方域替阮大铖解围。侯方域随口答应,而李香君大怒，拔簪脱衣，声色俱厉地责备侯方域，坚决不接受阮大铖等的好意。作者有意识地拿侯方域与李香君作对比，极力描写侯方域的见利忘义和李香君深明大义、正直纯洁，李香君尽管身处社会下层，命运不济，沦落为风尘女子，但她不畏权势、不慕富贵，富有民族气节。诚如南社诗人周实的《桃花扇题辞》所言："千古勾栏仅见之，楼头慷慨却奁时；中原万里无生气，侠骨刚肠剩女儿。"

这出戏开场，作者用大量笔墨描写侯方域依红偎翠的喜悦，实则出于批评的目的对侯方域等复社党人缺乏深重的忧患意识，不积极从事救亡工作进行了极大的讽刺。而在一个被社会所鄙视的歌妓李香君身上，却显示出了极强的政治敏感度。她一眼识破杨文骢等人的阴谋诡计，巧妙迫使杨文骢道出实情。这不得不使侯方域跌破眼镜。李香君对侯方域的爱显示出了李香君的政治立场，这种爱有着丰沛的情感，但始终受着理智的支配。她有自己的政治主见，看到侯方域还在犹豫，一针见血将其内心世界揭露出来，"官人之意，不过因为助俺妆奁，便要徇私废公"，为堵死侯方域的退路，她怒言"脱裙衫，穷不妨，布荆人，名自香"。这出戏中，作者将侯方域和李香君的爱情生活与当时的政治局势紧密联系起来，在激烈的矛盾冲突中表现出鲜明的人物性格，使得《桃花扇》有别于一般的才子佳人剧，因而取得了卓尔不凡的艺术效果。

三　诗歌

钱谦益诗（一首）

钱谦益（1582—1664），字受之，号牧斋，又号蒙叟，东涧老人。江苏常熟人。清初诗坛的领军人物。明万历进士，东林党的领袖，后降清，为礼部侍郎。诗作以典丽宏深见长。有《初学集》《有学集》《投笔集》等。

后秋兴之十三（八首选一）

海角崖山一线斜，从今也不属中华[1]。更无鱼腹捐躯地，况有龙涎泛海槎[2]？望断关河非汉帜，吹残日月是胡笳[3]。嫦娥老大无归处，独倚银轮哭桂花[4]。

（据《牧斋杂著·投笔集》卷下，上海古籍出版社2007年版）

【注释】

(1) "海角"两句：借南宋灭亡比喻永历帝被杀清朝取得统治权。崖山，南宋末年最后抗元的据点，崖山海战后陆秀夫背负着幼帝投海自尽，南宋灭亡。
(2) 龙涎：香名，据说产于龙涎岛。槎：(chá)：竹筏，代指船只。
(3) 日月：暗指明朝。胡笳：军队的乐器，少数民族的号角，暗指清统治者。
(4) 嫦娥：作者自况。银轮：月亮。桂花：传说中的桂树，暗指曾封桂王的永历帝。

【简析】

　　《后秋兴》效仿杜甫组诗《秋兴》而作,是一组抒情诗,步韵凡十三叠,规模之大,韵律之密,非常难得。作品以比兴手法寄托亡国之痛,使用历史典故影射现实,最后以嫦娥自比,表达哀悼故国的情感。格调悲愤激昂,钱诗内容多与抗清斗争相联系,艺术上擅长用典,词藻富丽,融汇了唐诗的情趣和宋诗的理智,形成沉郁藻丽的风格。

吴伟业诗(一首)

　　吴伟业(1609—1672),字骏公,号梅村,别署鹿樵生,江苏太仓人。明崇祯四年(1631)进士,曾任翰林院编修,后升国子监祭酒。他诗、词、文、画俱佳,以诗的成就最大,尤长于七言歌行。与钱谦益、龚鼎孳并称"江左三大家",诗歌注重叙述史事,抒写个人情感,多凄楚苍凉之音,后人称之为"梅村体"。有《梅村集》。

圆圆曲⁽¹⁾

　　鼎湖当日弃人间⁽²⁾,破敌收京下玉关⁽³⁾。恸哭六军俱缟素,冲冠一怒为红颜。红颜流落非吾恋,逆贼天亡自荒宴⁽⁴⁾。电扫黄巾定黑山⁽⁵⁾,哭罢君亲再相见。相见初经田窦家,侯门歌舞出如花。许将戚里空侯伎,等取将军油壁车⁽⁶⁾。家本姑苏浣花里,圆圆小字娇罗绮。梦向夫差苑里游,宫娥拥入君王起。前身合是采莲人,门前一片横塘水。横塘双桨去如飞,何处豪家强载归?此际岂知非薄命,此时只有泪沾衣。薰天意气连宫掖⁽⁷⁾,明眸皓齿无人惜。夺归永巷闭良家,教就新声倾坐客。坐客飞觞红日暮,一曲哀弦向谁诉?白皙通侯最少年,拣取花枝屡回顾。早携娇鸟出樊笼,待得银河几时渡?恨杀军书抵死催⁽⁸⁾,苦留后约将人误。相约恩深相见难,一朝蚁贼满长安⁽⁹⁾。可怜思妇楼头柳,认作天边粉絮看。遍索绿珠围内第,强呼绛树出雕栏。若非壮士全师胜,争得蛾眉匹马还。蛾眉马上传呼进,云鬟不整惊魂定。蜡烛迎来在战场,啼妆满面残红印⁽¹⁰⁾。专征箫鼓向秦川,金牛道上车千乘。斜谷云深起画楼,散关月落开妆镜。传来消息满红乡⁽¹¹⁾,乌桕红经十度霜。都曲伎师怜尚在,浣沙女伴忆同行。旧巢共是衔泥燕,飞上枝头变凤凰。长向尊前悲老大,有人夫婿擅侯王。当时只受声名累,贵戚名豪竞延致⁽¹²⁾。一斛珠连万斛愁⁽¹³⁾,关山漂泊腰支细⁽¹⁴⁾。错怨狂风飏落花,无边春色来天地。尝闻倾国与倾城,翻使周郎受重名⁽¹⁵⁾。妻子岂应关大计,英雄无奈是多情。全家白骨成灰土,一代红妆照汗青。君不见,馆娃初起鸳鸯宿,越女如花看不足。香径尘生鸟自啼,屧廊人去苔空绿。换羽移宫万里愁⁽¹⁶⁾,珠歌翠舞古梁州。为君别唱吴宫曲⁽¹⁷⁾,汉水东南日夜流⁽¹⁸⁾。

　　　　　　　　　　　　(据《四部丛刊》影印董氏刊本《梅村家藏稿》卷三)

【注释】

(1) 圆圆:原姓邢,后从养母改姓陈,名沅,又字畹芳,明末"秦淮八艳"之一。崇祯末年被田畹所得,后转送吴三桂为姜。相传李自成攻进北京,其手下刘宗敏掳走陈圆圆,于是吴三桂引清军入关。

(2) 鼎湖:出自《史记·封禅书》,传说黄帝采铜在荆山卜铸鼎,鼎成,乘龙上天。后世用这个典故比喻帝王去世。指崇祯帝自缢于煤山(今景山)。

(3) 敌:指李自成起义军。玉关:玉门关,这里指山海关。

(4) 荒宴:荒淫腐化的生活。

(5) 电扫:形容进军神速有力。

(6) 油壁车,指妇女乘坐的以油漆饰车壁的车子。

(7) 薰天:形容权势很大。宫掖(yè):宫中旁舍,皇帝后宫。

(8) 军书:军事命令。抵死催:催得很急。

(9) 蚁贼:指李自成的军队。

(10) 残红印:脸上胭脂被泪水所乱。

(11) 消息:吴三桂宠爱圆圆这件事。

(12) 竞延致:豪门贵族争相邀请。

(13) 一斛珠:唐玄宗曾以一斛珍珠赐梅妃,指圆圆身价之高。

(14) 腰支细:腰肢细,因愁苦而瘦弱。

(15) 周郎:本指周瑜,这里实指吴三桂。

(16) 换羽移宫:音调的变化,比喻朝代更替,吴三桂降清。

(17) 吴宫曲:为吴王夫差盛衰所唱的歌曲,用夫差比吴三桂,此曲指《圆圆曲》。

(18) "汉水"句:发源于汉中,流入长江。此句出自李白的《江上吟》"功名富贵若长在,汉水亦应西北流",预示吴三桂覆灭的必然性。

【简析】

　　《圆圆曲》是梅村体的代表作,是吴伟业七言歌行中最负盛名的作品,它以陈圆圆、吴三桂的离合故事为主要内容,糅合进了明末清初的重大历史事件,抒发了作者复杂的思想感情。吴三桂"冲冠一怒为红颜",勾结清兵攻占北京,本诗批判他为一己私情叛国投敌的可耻行径。通过倒叙、夹叙、追叙回顾了陈圆圆、吴三桂曲折的爱情故事,指出吴三桂贪恋女色,必将破家叛国,走向覆灭。作品开阖跳跃,寓意委婉曲折,把吴三桂降清这条主线,和陈圆圆的生平经历这条副线,交叉连接,语言采用顶针手法,明快晓畅,富有音乐美感。

顾炎武诗(二首)

　　顾炎武(1613—1682),初名绛,苏州昆山人,字宁人,后改名炎武。学者尊为亭林先生,与黄宗羲、王夫之并称为明末清初"三大儒",被誉为清学"开山始祖"。诗学杜甫,风格沉郁苍凉,多伤时感事之作。著有《日知录》《亭林诗文集》等。

雨中至华下宿王山史家(1)

　　重寻荒径一冲泥(2),谷口墙东路不迷(3)。万里河山人落落,三秦兵甲雨凄凄(4)。松阴旧翠长浮院,菊蕊初黄欲照畦。自笑漂萍垂老客,独骑羸马上关西。

(据《四部丛刊》影印清康熙刻本《亭林诗文集》卷五)

【注释】

(1) 华下:华山下。王山史:王弘撰,陕西华阴人,明亡后,高隐不仕。顾炎武晚年远游四方,至山阴,与之结交。

(2) 冲泥:指雨中。

(3) 谷口、墙东:都指王山史隐居的地方。

(4) 三秦兵甲:指兵事,暗指平凉提督王辅臣反清失败。

【简析】

作品创作于康熙十六年(1677),阴雨天气中作者第二次拜访王山史,表现了两人友谊之深。作品描绘了万里河山兵祸连结,爱国志士零落无多,三秦大地风雨凄惶。借松翠菊蕊描写宜人的秋景,歌颂老友恬淡自然高洁的品格,最后写自己虽已垂老飘萍,却还要独上关西。作品悲壮凄切中交错着自信轩昂之笔,力主性情,不贵奇巧。

精卫

万事有不平,尔何空自苦(1)?长将一寸身,衔木到终古。我愿平东海,身沉心不改。大海无平期,我心无绝时。呜呼!君不见西山衔木众鸟多,鹊来燕去自成窠。

(据《四部丛刊》影印清康熙刻本《亭林诗文集》卷一)

【注释】

(1) 尔:你。

【简析】

这首诗是顾炎武根据精卫填海的故事写成,通过诗人对精卫鸟的诘问和规劝,通过人物对话,表现了精卫鸟为实现复仇理想,奋不顾身,自强不息的精神。令人震撼的精卫和自成窠白的燕雀形成强烈对比,作者以精卫自喻,以匹夫之微躯勇担天下兴亡之重责,表达反清复明的坚定决心。

屈大均诗(一首)

屈大均(1630—1696),初名邵龙,字翁山,广东番禺人。明末清初著名学者、诗人,与陈恭尹、梁佩兰并称"岭南三大家"。曾进行反清活动,后避祸为僧。诗作有强烈的爱国思想和民族意识,兼学李杜,风格慷慨雄浑。著有《翁山诗外》《翁山文外》等。

塞上曲

亭障三边接(1),风沙万古愁。可怜辽海月,不作汉时秋(2)。白草连天尽,黄河倒日流(3)。受降城上望,空忆冠军侯(4)。

(据清康熙刻本《翁山诗外》卷七)

【注释】

（1）亭障:古代边塞要地设置的堡垒与军事哨所。三边:汉时指匈奴、南越、朝鲜;明时指延绥、甘肃、宁夏,指边疆。

（2）"可怜"两句:最让人怜悯的是,那辽海上的明月,已经不再具有汉时秋夜的光华。可怜:怜悯。

（3）倒日流:黄河的流向是由西向东,与太阳所经行的由东向西的方向正好相反。

（4）受降城:指山海关。冠军侯:西汉霍去病,征讨匈奴有功,获此封号。

【简析】

　　顺治十五年(1658),作者游历山海关内外写下此作。诗人先从眼前景物落笔,写"亭障""风沙"这些塞外特有景象,写出险要雄伟的地势,可是却没有霍去病那样的英雄来抵御外敌,最后卒章显志,表现了作者的故国之思和深沉的忧虑。诗中雄伟萧森的气象与诗人深沉的感慨并存,情感悲壮激越,笔力遒劲奔放,富于瑰奇的想象。

袁枚诗（一首）

　　袁枚(1716—1798),字子才,号简斋,钱塘(今浙江杭州)人。乾隆四年进士,历任溧水、江宁等地县令,乾隆十四年(1749)辞官隐居于南京小仓山随园,世称随园先生。袁枚首倡性灵说,强调灵感作用,与赵翼、张问陶并称"乾嘉性灵派三大家"。著作有《小仓山房文集》《随园诗话》《子不语》等。

马嵬（其二）[1]

莫唱当年《长恨歌》[2],人间亦自有银河。石壕村里夫妻别[3],泪比长生殿上多[4]。

（据清乾隆刻本《小仓山房诗集》卷八）

【注释】

（1）马嵬:马嵬坡。安史之乱时,杨贵妃被迫自缢之处。

（2）《长恨歌》:唐代诗人白居易的诗作,写唐玄宗与杨贵妃的政治、爱情悲剧。

（3）"石壕村"句:唐代诗人杜甫《石壕吏》中描绘的内容。全诗记叙了安史之乱中,官吏征兵征役,石壕村中一对老年夫妻惨别的情形。

（4）长生殿:唐玄宗与杨贵妃盟誓的宫殿。

【简析】

　　这首诗最大的艺术特色是比照。一组把《长恨歌》与牛郎织女进行比照,现实生活中由于种种不幸迫使诸多夫妻不能团圆,人间牛郎织女才值得同情。一组把石壕村与长生殿比照,揭示广大民众遭受苦难之深远非帝妃可比,表现了诗人对下层百姓疾苦的深切同情。这首七言绝句,简短有力,推陈出新,"借古人往事,抒自己之怀抱",虽为抒情,实则议论。

四 词

陈维崧词(一首)

　　陈维崧(1625—1682),字其年,号迦陵,江苏宜兴人。明末清初词坛第一人,阳羡词派领袖。少时作文敏捷,词采瑰玮,吴伟业称为江左凤凰。后以博学宏词征除翰林检讨,纂修《明史》。诗、词、骈文,尤以词工。著有《湖海楼诗文词全集》。

贺新郎·纤夫词

　　战舰排江口。正天边真王拜印[1],蛟螭蟠钮[2]。征发櫂船郎十万,列郡风驰雨骤[3]。叹闾左骚然鸡狗[4]。里正前团催后保[5],尽累累锁系空仓后[6]。捽头去[7],敢摇手。　　　稻花恰趁霜天秀[8],有丁男临歧诀绝[9],草间病妇。此去三江牵百丈[10],雪浪排樯夜吼。背耐得土牛鞭否? 好倚后园枫树下,向丛祠急倩巫浇酒[11]。神佑我,归田亩!

(据惠立堂本《迦陵词全集》卷二十七)

【注释】

　(1) 天边:远离京师的边地。真王:亲王。

　(2) 蛟螭蟠钮:古代印章上雕有蛟龙蟠曲纹形,以印的名贵象征权势之高。

　(3) 风驰雨骤:执行征调船夫的命令雷厉风行。

　(4) 闾左:贫苦人民。骚然鸡狗:鸡犬不宁。

　(5) 里正:里长。团:村落。保:清代基层行政单位。

　(6) 累累:形容多,征来的纤夫捆绑成串。

　(7) 捽(zuó):抓,揪。

　(8) 秀:庄稼开花。

　(9) 临歧:临别。

　(10) 三江:具体有争议,此处指长江中下游。

　(11) 倩:央求。

【简析】

　　康熙十三年(1674)撤藩役起,清统治者强征纤夫,作品以客观冷静地描绘,表达了战争给生产劳动和百姓生活带来的极大破坏。词的上片写里正的横行,暴风骤雨式地抓壮丁,下片写了一个具体的场景,丁男与病妇分别的言语对话。全词全用赋体,融爱憎于叙事中,既有雄健壮阔的强征场面,又有临别决绝的细节刻画,笔触细腻感人,情感真挚强烈。

朱彝尊词（一首）

朱彝尊(1629—1709),字锡鬯,号竹垞,浙江秀水(今浙江嘉兴县)人。康熙十八年(1679),应博学鸿词科,授官翰林院检讨。他博通经史,诗、词、文俱佳,以词更精,浙西词派领军人物。曾与陈维崧结集《朱陈村词》,并称"朱陈"。他还纂辑了《词综》,著有《曝书亭集》等。

卖花声·雨花台[1]

衰柳白门湾[2],潮打城还[3]。小长干接大长干[4]。歌板酒旗零落尽,剩有渔竿。　　秋草六朝寒[5],花雨空坛。更无人处一凭阑。燕子斜阳来又去,如此江山[6]!

（据《四部丛刊》影印原刊本《曝书亭集》卷二十四）

【注释】

(1) 雨花台:南京聚宝山上。据传因为梁云光法师在这里讲经,感天雨花而得名。雨,降落。
(2) 白门:代指南京。
(3) 潮打城还:化用了刘禹锡在《石头城》中"潮打空城寂寞回"的诗意。
(4) 小长干、大长干:里巷名,故址在今南京城南,靠近江边。
(5) 六朝:吴、东晋,与南朝的宋、齐、梁、陈六个朝代都定都南京。
(6) 如此江山:江山不改,人事全非。

【简析】

这是首怀古伤今之作,描写了战后金陵破败荒凉的景象,表达了作者的故国之思和伤感之情。衰柳、歌板、秋草、空坛、燕子、斜阳等一系列景物,融情入景,都带有浓浓的衰败落寞之感。江山依旧,人事已非,以"衰"写柳、以"还"写潮,以"寒"写秋草,以"空"写雨花台,以"无人"写栏,烘托渲染了凄凉气氛。字字蕴涵着兴亡之慨。全词哀婉抑郁,清丽自然。

纳兰性德词（一首）

纳兰性德(1655—1685),字容若,号饮水、楞伽山人。满洲正黄旗人,大学士纳兰明珠之子。原名纳兰成德,为避太子名讳而改名。康熙十五年进士,选授三等侍卫,后晋为一等。纳兰性德性情颖敏,多愁善感,词风真挚自然、凄恻哀艳,有满洲词人第一之誉。著有《通志堂集》《饮水词》等。

长相思(1)

山一程,水一程,身向榆关那畔行(2),夜深千帐灯(3)。　　风一更,雪一更(4),聒碎乡心梦不成(5),故园无此声(7)。

（据《四部备要》本《纳兰词》卷一）

【注释】

（1）长相思:又名《双红豆》,唐教坊曲。

（2）榆关:今山海关。那畔:那边,指关外。

（3）千帐灯:许多帐篷都点着灯,指皇帝出巡临时住宿的行帐的灯火,言其多。

（4）更:古代夜间计时单位,一夜分五更,每更大约两小时。

（5）聒（guō）:声音嘈杂,代指风雪交加的声音。

【简析】

这是首即景抒情的小令,创作于纳兰随从康熙帝出关东巡,祭告奉天祖陵途中。路途遥远,天气恶劣,"山一程,水一程""风一更,雪一更"交相呼应,风雪凄迷的天气引发旅人对故乡的依恋和怀念,唱出了天涯羁旅、身泊异乡、梦回家园的渴望。全词用白描手法,语言朴素自然,情感自然真切。

张惠言词（一首）

张惠言(1761—1802)字皋文,一作皋闻,号茗柯,武进(今江苏常州)人。嘉庆四年进士,官翰林院编修。精通《易》学,擅长骈文辞赋,词的成就尤著,与张琦合编《词选》,是常州词派的开创者,提倡风骚比兴,意内言外,著有《茗柯词》。

相见欢

年年负却花期(1)！过春时,只合安排愁绪送春归(2)。　　梅花雪,梨花月,总相思。自是春来不觉去偏知。

（据清道光刻本《茗柯词》）

【注释】

（1）负却:辜负。

（2）只合:只好。合,应当。

【简析】

这是首伤春词,"春来不觉去偏知"写出了人之常情,韶光易逝,年华虚度,拥有时不觉得美好,时过境迁才倍感珍惜。春如此,人生亦如此。语言清丽隽永,是小令中的精品。

五　散文

方苞文（一篇）

　　方苞（1668—1749），字灵皋，亦字凤九，晚号望溪，安徽桐城人。方苞自幼聪明，二十四岁入国子监，以文名动京城，称为"江南第一"。康熙五十年，因《南山集》案下狱，后官至礼部右侍郎。桐城派散文创始人，与刘大櫆、姚鼐合称桐城三祖。作文提倡"义法"，著有《方望溪先生全集》。

左忠毅公逸事

　　先君子尝言[1]，乡先辈左忠毅公视学京畿[2]，一日，风雪严寒，从数骑出微行，入古寺，庑下一生伏案卧[3]，文方成草；公阅毕，即解貂覆生，为掩户。叩之寺僧[4]，则史公可法也。及试，吏呼名至史公，公瞿然注视[5]，呈卷，即面署第一[6]。召入，使拜夫人，曰："吾诸儿碌碌[7]，他日继吾志者，惟此生耳。"

　　及左公下厂狱[8]，史朝夕狱门外；逆阉防伺甚严，虽家仆不得近。久之，闻左公被炮烙，旦夕且死；持五十金，涕泣谋于禁卒，卒感焉。一日，使史更敝衣草屦[9]，背筐，手长镵[10]，为除不洁者，引入，微指左公处[11]。则席地倚墙而坐，面额焦烂不可辨，左膝以下，筋骨尽脱矣。史前跪，抱公膝而呜咽。公辨其声而目不可开，乃奋臂以指眦[12]，目光如炬，怒曰："庸奴，此何地也？而汝来前！国家之事，糜烂至此。老夫已矣，汝复轻身而昧大义，天下事谁可支拄者！不速去，无俟奸人构陷，吾今即扑杀汝！"因摸地上刑械，作投击势。史噤不敢发声，趋而出。后常流涕述其事以语人，曰："吾师肺肝，皆铁石所铸造也！"

　　崇祯末，流贼张献忠出没蕲、黄、潜、桐间。史公以凤庐道奉檄守御。每有警，辄数月不就寝，使壮士更休，而自坐幄幕外。择健卒十人，令二人蹲踞而背倚之，漏鼓移[13]，则番代[14]。每寒夜起立，振衣裳，甲上冰霜迸落，铿然有声。或劝以少休，公曰："吾上恐负朝廷，下恐愧吾师也。"

　　史公治兵，往来桐城，必躬造左公第[15]，候太公、太母起居[16]，拜夫人于堂上。

　　余宗老涂山[17]，左公甥也，与先君子善，谓狱中语，乃亲得之于史公云。

（据《四部丛刊》影印清咸丰刻本《方望溪先生全集》卷九）

【注释】

（1）先君子：对自己过世的父亲方仲舒的尊称。

（2）京畿：国都及其近郊。

（3）庑：厅堂周围的廊屋。

（4）叩:问,打听。

（5）瞿然:吃惊注视的样子。

（6）面署第一:当面定为第一名。署,题名。

（7）碌碌:平庸无能的样子。

（8）厂狱:明代设特务机关东厂,其所管辖的监狱。

（9）更:更换。敝衣草屦:破衣草鞋。

（10）手长镵:手,作动词,拿着。长镵,一种长柄的掘土工具。

（11）微指:暗指。

（12）眦(zì):眼眶。

（13）漏鼓移:指过了一段时间。漏,古代滴水计时的器具。鼓,打更的鼓。

（14）番代:轮流代替

（15）躬造:亲自拜访。第:府第,住宅。

（16）侯:请安,问候。

（17）宗老:同一宗族的老前辈。涂山:方苞族祖的号。

【简析】

　　作品创作背景是明末宦官干预朝政,魏忠贤设东厂,假借皇帝命令大力排除异己,左光斗站在反阉党斗争的最前列,最终被害下狱致死。逸事写的是不为正史记载的事迹,琐碎细小,却能表现人物的典型性格。本文通过京畿视学、狱中斥吏以及"吏公治兵"等事迹,突出左光斗正直刚毅、以国家利益为重、不计个人生死的高尚品格。描写生动细腻,叙事简洁具体,最后补叙材料来源,突出真实性。

姚鼐文(一篇)

　　姚鼐(1732—1815),字姬传,也字梦谷,世称惜抱先生,安徽省桐城市人。乾隆二十八年(1763)中进士,曾任礼部主事、《四库全书》纂修官等,后辞官南归,在扬州梅花、江南紫阳、南京钟山等地书院主讲四十多年。他是桐城派古文的代表,与方苞、刘大櫆并称为"桐城三祖"。作文主张义理、考据、辞章三者兼备,曾编选《古文辞类纂》,著有《惜抱轩全集》。

登泰山记

　　泰山之阳[1],汶水西流;其阴,济水东流。阳谷皆入汶,阴谷皆入济。当其南北分者,古长城也[2]。最高日观峰,在长城南十五里。余以乾隆三十九年十二月,自京师乘风雪,历齐河、长清,穿泰山西北谷,越长城之限,至于泰安。是月丁未[3],与知府朱孝纯子颖由南麓登。四十五里,道皆砌石为磴,其级七千有余。泰山正南面有三谷,中谷绕泰安城下,郦道元所谓环水也[4]。余始循以入[5],道少半[6],越中岭[7],复循西谷,遂至其巅。古时登山,循东谷入,道有天门。东谷者,古谓之天门溪水,余所不至也。今所经中岭及山巅崖限当道者[8],世皆谓之天门云。道中迷雾冰滑,磴几不可登。及既上,苍山负雪,明烛天南[9],望晚日照城郭、汶水、徂徕如画,而半山居雾若带然。戊申晦⁽¹⁰⁾,五鼓,与子颖坐日观亭,待日出,大风扬积雪击面,亭东自足下皆云漫。稍见云中白若樗蒱数十立者⁽¹¹⁾,山也。极天云一线异色,须臾成五采,日上正赤如丹,下有红光动摇承之。或曰:此东海也。回视日观以西峰,或得日、或否,绛皓驳色⁽¹²⁾,而皆若偻⁽¹³⁾。亭西有岱祠⁽¹⁴⁾,又有碧霞元君祠⁽¹⁵⁾。皇帝行宫在碧霞元君祠东。是日,观道中石刻,自唐显庆以来,其远古刻尽漫失⁽¹⁶⁾;僻不当道者皆不及往。山多石,少土。石苍黑色,多平方,少圜⁽¹⁷⁾。少杂树,多松。生石罅,皆平顶。冰雪,无瀑水,无鸟兽音迹。至日观数里内,无树,而雪与人膝齐。桐城姚鼐记。

(据《四部丛刊》影印原刊本《惜抱轩文集》卷十四)

【注释】

(1) 阳:山南为阳山北为阴。

(2) 古长城:指战国时齐国所筑长城的遗址,古时齐鲁两国以此为界。

(3) 是:这,这个。

(4) 环水:中溪,俗称梳洗河,流出泰山,是泰安城的护城河。

(5) 循以入:顺着(中谷)进去登山。

(6) 道少半:路不到一半。

(7) 中岭:中溪山,中溪发源于此。

(8) 崖限:像门槛一样的山崖。

(9) 明烛天南:(雪)光照亮了南面的天空。明,光。烛,照。

(10) 戊申晦:戊申这一天是月底。晦:农历每月最后一天。

(11) 樗蒱(chū pú):又作"樗蒲",古代的一种赌博游戏,这里指赌具"五木"。五木两头尖,中间广平,立起来很像山峰。

(12) 绛皓驳色:红白相间,颜色错杂。绛,红色。皓,白色。驳,杂乱。

(13) 偻:驼背,弯腰曲背。

(14) 岱祠:东岳大帝庙。

(15) 碧霞元君:相传是东岳大帝的女儿。

(16) 漫失:模糊或缺失。漫:磨灭。

(17) 圜:通"圆"。

【简析】

这是篇游记散文的佳作,记述作者冬日游览泰山的所见所感,着力描绘了泰山雄伟壮丽、苍劲峻峭的景色。作品把登山活动和泰山风物志的介绍有机结合,体现了桐城派散文重考据的风格。散文结构严谨,繁简适当,以日观峰观日出为核心,首尾略写,写日出层次分明,远近结合,动静相生,从"大风扬积雪击面"到"正赤如丹"再到"绛皓驳色,而皆若偻",瑰丽生动,气势斐然。文章章法严密,脉络分明,文辞优美,代表了姚鼐散文的特色。

清末民初部分

❉ 一、诗歌

❉ 二、散文

❉ 三、小说

一 诗歌

龚自珍诗（二首）

龚自珍（1792—1841），字璱人，号定庵。汉族，仁和（今浙江杭州）人。晚年居住昆山羽琌山馆，又号羽琌山民。清代思想家、诗人、文学家和改良主义的先驱者。著有《定庵文集》，其著名诗作《己亥杂诗》共三百十五首。

己亥杂诗（其五）

浩荡离愁白日斜[1]，吟鞭东指即天涯[2]。落红不是无情物[3]，化作春泥更护花。

【注释】

（1）浩荡：广阔无边的样子，这里形容愁思无穷无尽。

（2）吟鞭：诗人的马鞭。

（3）落红：落花。

【简析】

《己亥杂诗》是清代诗人龚自珍创作的一组诗集，这首诗是《己亥杂诗》的第五首。诗的前两句主要是叙事抒情，写自己离愁的别绪和辞官回归的喜悦，两种复杂的感情交织在一起是诗人当时的真实写照；后两句抒发报国之志，以落花为喻，表明自己虽不在官场，但仍关心着国家的命运，"落红不是无情物，化作春泥更护花"更成为传世名句。这首小诗将抒情和议论有机地结合在一起，抒发了作者不畏艰难、不甘沉沦，始终准备为国家效力和献身的牺牲精神。全诗移情于物，形象贴切，构思巧妙，寓意深刻。

己亥杂诗（其二百二十）

九州生气恃风雷[1]，万马齐暗究可哀[2]。我劝天公重抖擞[3]，不拘一格降人才。

（以上据《四部丛刊》影印原刊本《定庵文集补·杂诗》）

【注释】

（1）九州：中国的别称之一。生气：生气勃勃的局面。

（2）万马齐暗：比喻社会政局毫无生气。

（3）抖擞:振作精神。

【简析】

　　这首诗是《己亥杂诗》的第二百二十首。诗的前两句用了两个比喻,写出了当时朝政死气沉沉的局面。诗的后两句,"我劝天公重抖擞,不拘一格降人才"是传诵的名句。意思是希望天公能重新振作精神,不要拘守一定规格降下更多的人才。诗人认为只有通过波澜壮阔的改革才能改变中国死气沉沉的现状,而社会改革的实行终将需要各式各样的人才。所以他热烈地希望清朝政府能破格荐用人才,期待着轰轰烈烈的改革能一扫中国的沉闷局面。全诗以一种热情洋溢的战斗姿态,对清朝当政者以讽谏,表达了作者对中国未来命运的关切,希望清朝政府能够不拘一格、广纳人才,具有深刻的历史背景和很强的现实意义。

谭嗣同诗（一首）

　　谭嗣同(1865—1898),字复生,号壮飞,湖南浏阳人,中国近代著名政治家、思想家,维新派人士。1898 年谭嗣同参加领导戊戌变法,失败后被杀,年仅三十三岁,为"戊戌六君子"之一。

狱中题壁

望门投止思张俭(1),忍死须臾待杜根(2)。我自横刀向天笑,去留肝胆两昆仑。

（据《谭嗣同全集》,三联书店 1954 年版）

【注释】

（1）投止:投宿。张俭:东汉末期,张俭被反诬为结党营私,在困迫中逃亡,一路上受人保护,
　　　其投宿人家多被治罪牵连。
（2）杜根:东汉时,杜根曾上书要求邓太后把政治权交给安帝。太后大怒,命人把杜根装入袋
　　　中摔死,执法者同情他,让他逃过一劫。太后死后,他又复官。

【简析】

　　戊戌变法失败后,谭嗣同拒绝逃亡,锒铛入狱,就义前在狱中的墙壁上写下了这首绝笔之作。诗中前两句,用了张俭和杜根的典故,借古喻今,以张、杜二人来比喻自己和康有为,表达自己虽知抗争之路坎坷崎岖,但仍会忍辱负重,不屈不挠,他对战友寄予厚望,他们的斗争是正义且深得民心的。后两句则抒发了诗人笑对死亡的浩然正气,为战友的崇高志向感到自豪,也表达了作者对维新变法的信心。全诗风格豪迈,慷慨激昂,可谓惊天地、泣鬼神。

二 散文

龚自珍文（一篇）

作者介绍见诗歌部分。

病梅馆记

　　江宁之龙蟠⁽¹⁾,苏州之邓尉⁽²⁾,杭州之西溪⁽³⁾,皆产梅。或曰:梅以曲为美,直则无姿;以欹为美⁽⁴⁾,正则无景;梅以疏为美,密则无态。固也。此文人画士⁽⁵⁾,心知其意,未可明诏大号⁽⁶⁾,以绳天下之梅也⁽⁷⁾;又不可以使天下之民,斫直、删密、锄正⁽⁸⁾,以夭梅、病梅为业以求钱也⁽⁹⁾。梅之欹、之疏、之曲,又非蠢蠢求钱之民,能以其智力为也。有以文人画士孤癖之隐⁽¹⁰⁾,明告鬻梅者⁽¹¹⁾:斫其正,养其旁条;删其密,夭其稚枝;锄其直,遏其生气⁽¹²⁾,以求重价,而江、浙之梅皆病。文人画士之祸之烈至此哉!

　　予购三百盆,皆病者,无一完者。既泣之三日,乃誓疗之:纵之,顺之。毁其盆,悉埋于地⁽¹³⁾,解其棕缚;以五年为期,必复之,全之。予本非文人画士,甘受诟厉⁽¹⁴⁾,辟病梅之馆以贮之。呜呼,安得使予多暇日,又多闲田以广贮江宁、杭州、苏州之病梅,穷予生之光阴以疗梅也哉!

　　　　　　　　　　　　　　　（据《四部丛刊》影印原刊本《定庵续集》卷三）

【注释】

（1）江宁:原江宁府,即今南京市。

（2）邓尉:山名,在今苏州市西南。

（3）西溪:在今杭州市灵隐山西北。

（4）欹(qī):倾,横斜不正。

（5）文人画士:暗指腐朽的封建统治者及其御用文人。

（6）明诏大号:公开宣告,大声号召。诏:告诉,一般指上告下。

（7）绳:木匠用的墨绳。这里作动词,衡量的意思。

（8）斫(zhuó):砍。

（9）夭梅病梅:使梅早死、病残。这里"夭""病"都用作动词。

（10）孤癖之隐:指封建顽固势力压制摧残进步力量的险恶用心。孤癖,特有的嗜好。隐:隐衷,心事。

（11）鬻(yù):卖。

（12）遏:压抑。

（13）悉：全，都。

（14）诟厉（gòu lì）：辱骂。

【简析】

　　《病梅馆记》是龚自珍的散文名篇。在清代长期文化高压的统治之下，人才遭受压抑比前代更甚。在这种情况下，龚自珍以梅比人，以物喻政，隐晦地表达了作者对当政者束缚人才的不满。全文采用借喻的表现手法，"病梅"比喻被摧残扼杀的人才和病态的社会现状，"文人画士"象征封建统治阶级和专制主义者。文章通过阐述梅的病态和病因，记叙治疗病梅的经过和方法，反对用人为的方法摧残梅，主张恢复梅的自然之美，借此批判了封建专制统治对人才的扼杀和思想上的禁锢，表达了作者希望改变这种"万马齐喑"的死气沉沉的局面，呼唤政治改革的到来。

梁启超文（一篇）

　　梁启超（1873—1929），字卓如，一字任甫，号任公，又号饮冰室主人、饮冰子、哀时客、中国之新民、自由斋主人。清朝光绪年间举人，中国近代思想家、政治家、教育家、史学家、文学家。戊戌变法（百日维新）领袖之一、中国近代维新派、新法家代表人物。

少年中国说

　　日本人之称我中国也，一则曰老大帝国，再则曰老大帝国。是语也，盖袭译欧西人之言也[1]。呜呼！我中国其果老大矣乎？梁启超曰：恶[2]！是何言！是何言！吾心目中有一少年中国在！

　　欲言国之老少，请先言人之老少。老年人常思既往，少年人常思将来。惟思既往也，故生留恋心；惟思将来也，故生希望心。惟留恋也故保守；惟希望也故进取。惟保守也故永旧；推进取也故日新。惟思既往也，事事皆其所已经者，故惟知照例；惟思将来也，事事皆所未经者，故常敢破格。老年人常多忧虑，少年人常好行乐。惟多忧也，故灰心；惟行乐也，故盛气。惟灰心也，故怯懦；惟盛气也，故豪壮。惟怯懦也，故苟且；惟豪壮也，故冒险。惟苟且也，故能灭世界；惟冒险也，故能造世界。老年人常厌事，少年人常喜事。惟厌事也，故常觉一切事无可为者；惟好事也，故常觉一切事无不可为者。老年人如夕照，少年人如朝阳。老年人如瘠牛[3]，少年人如乳虎。老年人如僧，少年人如侠。老年人如字典，少年人如戏文。老年人如鸦片烟，少年人如泼兰地酒。老年人如别行星之陨石，少年人如大洋海之珊瑚岛。老年人如埃及沙漠之金字塔，少年人如西伯利亚之铁路。老年人如秋后之柳，少年人如春前之草。老年人如死海之潴为泽[4]，少年人如长江之初发源。此老年与少年性格不同之大略也。梁启超曰：人固有之，国亦宜然。

　　梁启超曰：伤哉，老大也！浔阳江头琵琶妇，当明月绕船，枫叶瑟瑟，衾寒于铁，似梦非梦之时，追想洛阳尘中春花秋月之佳趣。西宫南内，白发宫娥，一灯如穗，三五对坐，谈开元天宝间遗事，谱《霓裳羽衣曲》。青门种瓜人，左对孺人，顾弄孺子，忆侯门似海，珠履杂遝之盛事[5]。拿破仑之流于厄蔑，阿剌飞之幽于锡兰，与三两监守吏，或过访之好事者，道当年短刀匹马驰骋中原,席卷欧洲,血战海楼,一声叱咤,万国震恐之丰功伟烈,初而拍案,继而抚髀⁽⁶⁾,终而揽镜,呜呼,面皴齿尽,白发盈把,颓然老矣! 若是者,舍幽郁之外无心事,舍悲惨之外无天地,舍颓唐之外无日月,舍叹息之外无音声,舍待死之外无事业,美人豪杰且然,而况寻常碌碌者耶? 生平亲友,皆在墟墓;起居饮食,待命于人。今日且过,遑知他日? 今年且过,遑恤明年⁽⁷⁾? 普天下灰心短气之事,未有甚于老大者。于此人也,而欲望以擎云之手段,回天之事功,挟山超海之意气,能乎不能?

呜呼! 我中国其果老大矣乎? 立乎今日以指畴昔,唐虞三代,若何之郅治;秦皇汉武,若何之雄杰;汉唐来之文学,若何之隆盛;康乾间之武功,若何之炬赫⁽⁸⁾。历史家所铺叙,词章家所讴歌,何一非我国民少年时代良辰美景赏心乐事之陈迹哉! 而今颓然老矣! 昨日割五城,明日割十城,处处雀鼠尽,夜夜鸡犬惊。十八省之土地财产,已为人怀中之肉,四百兆之父兄子弟,已为人注籍之奴⁽⁹⁾,岂所谓“老大嫁作商人妇”者耶? 呜呼! “凭君莫话当年事,憔悴韶光不忍看!”楚囚相对,岌岌顾影,人命危浅,朝不虑夕。国为待死之国,一国之民为待死之民。万事付之奈何,一切凭人作弄,亦何足怪!

梁启超曰:我中国其果老大矣乎? 是今日全地球之一大问题也。如其老大也,则是中国为过去之国,即地球上昔本有此国,而今渐渐灭,他日之命运殆将尽也。如其非老大也,则是中国为未来之国,即地球上昔未现此国,而今渐发达,他日之前程且方长也。欲断今日之中国为老大耶? 为少年耶? 则不可不先明国字之意义。夫国也者,何物也? 有土地,有人民,以居于其土地之人民,而治其所居之土地之事,自制法律而自守之;有主权,有服从,人人皆主权者,人人皆服从者,夫如是,斯谓之完全成立之国。地球上之有完全成立之国也,自百年以来也。完全成立者,壮年之事也。未能完全成立而渐进于完全成立者,少年之事也。故吾得一言以断之曰:欧洲列邦在今日为壮年国,而我中国在今日为少年国……

龚自珍氏之集有诗一章,题曰:《能令公少年行》。吾尝爱读之,而有味乎其用意之所存。我国民而自谓其国之老大也,斯果老大矣;我国民而自知其国之少年也,斯乃少年矣。西谚有之曰:“有三岁之翁,有百岁之童。”然则,国之老少,又无定形,而实随国民之心力以为消长者也。吾见乎玛志尼之能令国少年也,吾又见乎我国之官吏士民能令国老大也。吾为此惧! 夫以如此壮丽浓郁翩翩绝世之少年中国,而使欧西日本人谓我为老大者,何也? 则以握国权者,皆老朽之人也。非哦几十年八股,非写几十年白折⁽¹⁰⁾,非当几十年差,非捱几十年俸,非递几十年手本,非唱几十年喏,非磕几十年头,非请几十年安,则必不能得一官,进一职。其内任卿贰以上⁽¹¹⁾,外任监司以上者,百人之中,其五官不备者,殆九十六七人也。非眼盲,则耳聋,非手颤,则足跛,否则半身不遂。彼其一身,饮食、步履、视听、言语,尚且不能自了,须三四人在左右扶之捉之,乃能度日,于此而乃欲责之以国事,是何异立无数木偶而使之治天下也! 且彼辈者,自其少壮之时,既已不知亚细亚、欧罗为何处地方,汉祖、唐宗是那朝皇帝,犹嫌其顽钝腐败之未臻其极⁽¹²⁾,又必搓磨之,陶冶之,待其脑髓已涸,血管已塞,气息奄奄,与鬼为邻之时,然后将我二万里山河,四万万人命,一举而畀于其手⁽¹³⁾。呜呼! 老大帝国,诚哉其老大也! 而彼辈者,积其数十年之八股、白折、当差、捱俸、手本、唱喏、磕头、请安,千辛万苦,千苦万辛,乃始得此红顶花翎之服色,中堂大人之名号,乃出其全副精神,竭其毕生力量,以保持之。如彼乞儿拾金一锭,虽轰雷盘旋其顶上,而两手犹紧抱其荷包,他事非所顾也,非所知也,非所闻也。于此而告之以亡国也,瓜分也,彼乌从而听之⁽¹⁴⁾,乌从而信之。即使果亡矣,果分矣,而吾今年既七十矣,八十矣,但求其一两年内,洋人不来,强盗不起,我已快活过了一世矣。若不得已,则割三头两省之土地,奉申贺敬,以换我几个衙门,卖三几百万之人民作仆为奴,以赎我一条老命,有何不可? 有何难办? 呜呼! 今之所谓老后、老臣、老将、老吏者,其修身、齐家、治国、平天下之手段,皆具于是矣。"西风一夜催人老,凋尽朱颜白尽头。"使走无常当医生,携催命符以祝寿,嗟乎痛哉! 以此为国,是安得不老且死,且吾恐其未及岁而殇也。

任公曰:造成今日之老大中国者,则中国老朽之冤业也[15]。制出将来之少年中国者,则中国少年之责任也。彼老朽者何足道,彼与此世界作别之日不远矣,而我少年乃新来而与世界为缘。如僦屋者然[16],彼明日将迁居他方,而我今日始入此室处。将迁居者,不爱护其窗棂[17],不洁治其庭庑[18],俗人恒情[19],亦何足怪! 若我少年者,前程浩浩,后顾茫茫。中国而为牛为马为奴为隶,则烹脔鞭棰之惨酷[20],惟我少年当之;中国如称霸宇内,主盟地球,则指挥顾盼之尊荣,惟我少年享之;于彼气息奄奄,与鬼为邻者何与焉。彼而漠然置之,犹可言也;我而漠然置之,不可言也。使举国之少年而果为少年也,则吾中国为未来之国,其进步未可量也。使举国之少年而亦为老大也,则吾中国为过去之国,其渐亡可翘足而待也[21]。故今日之责任,不在他人,而全在我少年。少年智则国智,少年富则国富,少年强则国强,少年独立则国独立,少年自由则国自由,少年进步则国进步,少年胜于欧洲,则国胜于欧洲,少年雄于地球,则国雄于地球。红日初升,其道大光。河出伏流[22],一泻汪洋。潜龙腾渊,鳞爪飞扬。乳虎啸谷,百兽震惶[23]。鹰隼试翼,风尘吸张。奇花初胎,矞矞皇皇[24]。干将发硎,有作其芒。天戴其苍,地履其黄。纵有千古,横有八荒[25]。前途似海,来日方长。美哉我少年中国,与天不老! 壮哉我中国少年,与国无疆!

(据《饮冰室合集》,中华书局1989年版)

【注释】

（1）袭:沿袭,依照着继续下来。
（2）恶(wū):叹词,表示惊讶。
（3）瘠牛:瘦牛。
（4）潴(zhū):水积聚的地方。
（5）珠履:缀有明珠的鞋子。
（6）抚髀(bì):感叹英雄无用武之地。髀,股,大腿。
（7）遑恤:无暇考虑的意思。恤:忧虑。
（8）烜赫:气势烜赫,威风。
（9）注籍之奴:注入他人户籍,任人役使的奴隶。
（10）白折:清代应试书的一种,用工整楷书写在白纸制的摺子上。
（11）卿贰:卿为各部部长,卿贰即各部副部长。贰,副。
（12）未臻其极:没有达到顶点。
（13）畀(bì):交给。
（14）乌:何。
（15）冤业:罪过。
（16）僦(jiù):租赁。
（17）窗棂:窗户。
（18）庭庑(wǔ):院子走廊。
（19）俗人恒情:人之常情。
（20）脔(luán):切成小块的肉。这里作动词用,意即宰割。棰:鞭打。

（21）澌亡：灭亡。

（22）伏流：潜伏地下看不见的水流。

（23）震惶：震惊。

（24）蠢蠢（yù）皇皇：万物逢春欣欣向荣的样子。

（25）八荒：称最远之处。

【简析】

　　《少年中国说》是戊戌变法失败后，梁启超逃亡日本时创作的一篇新体散文，发表于光绪二十六年（1900）的《清议报》。当时的中国政府黑暗、腐朽、虚弱、无能，民族危机空前严重，当时帝国主义散布舆论，污蔑中国是"老大帝国"。为了反驳帝国主义的无耻污蔑，唤起中国民族的自尊心和自信心，梁启超写了这篇《少年中国说》。本文中，作者运用排比、对偶、重叠、反复等多种修辞手法，痛斥了帝国主义污中国为"老大帝国"的谰言，揭露了清朝政府腐朽无能的本质，热情歌颂了中国少年勇于创新改革的精神状态。文章感情丰沛，气势磅礴，字里行间饱含着作者对振兴中华民族的迫切愿望，鼓励人们奋发图强，读后使人激情澎湃，酣畅淋漓。

三　小说

吴趼人小说（三回）

　　吴趼人（1866—1910），原名沃尧，字小允，又字茧人，佛山人。笔名有偈、佛、茧叟、茧翁、野史氏、岭南将叟、中国少年、我佛山人等，尤以"我佛山人"最为著名。吴趼人是清末文学家，人称"小说巨子"，是清末谴责小说的杰出代表，作品《二十年目睹之怪现状》尤为著名。

二十年目睹之怪现状

第十二回　查私货关员被累　行酒令席上生风（节选）

　　且说我当下听得述农没有两件故事，要说给我听，不胜之喜，便凝神屏息的听他说来，只听他说道："有一个私贩，专门贩土，资本又不大，每次不过贩一两只，装在坛子里面，封了口，粘了茶食店的招纸，当做食物之类，所过关卡，自然不留心了。然而做多了总是要败露的。这一次，被关上知道了，罚他的货充了公。他自然是敢怒不敢言的了。过了几天，他又来了，依然带了这么一坛，被巡丁们看见了，又当是私土，上前取了过来，他就逃走了。这巡丁捧了坛子，到师爷那里去献功。师爷见又有了充公的土了，正好拿来煮烟，欢欢喜喜的亲手来开这坛子。谁知这回不是土了，这一打开，里面跳出了无数的蚱蜢来，却又臭恶异常。原来是一坛子粪水，又装了成千的蚱蜢。登时闹得臭气熏天，大家躲避不及。这蚱蜢又是飞来跳去的，闹到满屋子没有一处不是粪花。你道好笑不好笑呢?"我道:"这个我也曾听见人家说过,只怕是个笑话罢了。"

述农道:"还有一件事,是我亲眼见的,幸而我未曾经手。唉! 真是人心不古⁽¹⁾,诡变百出,令人意料不到的事,尽多着呢。那年我在福建,也是就关上的事,那回我是办帐房,生了病,有十来天没有起床。在我病的时候,忽然来了一个眼线,报说有一宗私货,明日过关。这货是一大宗珍珠玉石,却放在棺材里面,装做扶丧模样。灯笼是姓甚么的,甚么衔牌,甚么职事,几个孝子,一一都说得明明白白。大家因为这件事重大,查起来是要开棺的,回明了委员,大众商量。那眼线又一口说定是私货无疑,自家肯把身子押在这里。委员便留住他,明日好做个见证。到了明天,大家终日的留心,果然下午时候,有一家出殡的经过,所有衔牌、职事、孝子、灯笼,就同那眼线说的一般无二。大家就把他扣住了,说他棺材里是私货。那孝子又惊又怒,说怎见得我是私货。此时委员也出来了,大家围着商量,说有甚法子可以察验出来呢? 除了开棺,再没有法子。委员问那孝子:'棺材里到底是甚么东西?'那孝子道:'是我父亲的尸首。'问此刻要送到哪里去? 说要运回原籍去。问几时死的? 说昨日死的。委员道:'既是在这作客身故,多少总有点后事要料理,怎么马上就可以运回原籍? 这里面一定有点跷蹊,不开棺验过,万不能明白。'那孝子大惊道:'开棺见尸,是有罪的。你们怎么仗着官势,这样横行起来!'此时大众听了委员的话,都道有理,都主张着开棺查验。委员也喝叫开棺。那孝子却抱着棺材,号陶大哭起来。内中有一个同事,是极细心的,看那孝子嘴里虽然嚷着象哭,眼睛里却没有一点眼泪,越发料定是私货无疑。当时巡丁、扛子手,七手八脚的,拿斧子、劈柴刀,把棺材劈开了。一看,吓得大众面无人色:那里是甚么私货,分明是直挺挺的睡着一个死人! 那孝子便走过来,一把扭住了委员,要同他去见上官,不由分说,拉了就走,幸得人多拦住了。然而大家终是手足无措。急寻那眼线的,不提防被他逃走去了。这里便闹到一个天翻地复。从这天下午起,足足闹到次日黎明时候,方才说妥当了,同他另外买上上好棺材,重新收殓,委员具了素服祭过⁽²⁾,另外又赔了他五千两银子,这才了事。却从这一回之后,一连几天,都有棺材出口。我们是个惊弓之鸟,哪里还敢过问。其实我看以后那些多是私货呢。他这法子想得真好,先拿一个真尸首来,叫你开了,闹了事,吃了亏,自然不敢再多事,他这才认真的运起私货来。"我道:"这个人也太伤天害理了! 怎么拿他老子的尸首暴露一番,来做这个勾当?"述农道:"你是真笨还是假笨? 这个何尝是他老子,不知他在那里弄来一个死叫化子罢了。"

......

第四十九回　串外人同胞遭晦气　擒词藻嫖界有机关(节选)

......

我坐了主位,月卿招呼过一阵,便自坐向后面唱曲。我便急要请问这沈月卿豪侠多情的梗概。小云猛然指了采卿一下道:"你看采翁这副尊范,可是能取悦妇人的么?"我被他突然这一问,倒棱住了,不懂是甚么意思。小云又道:"外间的人,传说月卿和采卿是恩相好。"我道:"甚么叫做'恩相好'?"小云笑道:"这是上海的一句俗话,就是要好得很的意思。"我道:"就是要好,也平常得很。"小云道:"不是这等说。凡做妓女的,看上了一个客人,只一心向他要好,置他客于不顾,这才叫恩相好。凡做恩相好的,必要这客人长得体面,合了北边一句话,叫做'小白脸儿',才够得上呢。你看采翁这副尊范,象这等人不象?"我道:"然则这句话从何而来的呢?"小云道:"说来话长。你要知底细,只问采翁便知。"柳采卿这个人倒也十分爽快,不等问,便一五一十的告诉了我。

　　原来采卿是一个江苏候补府经历,分在上海道差遣。公馆就在城内。生下两个儿子,大的名叫柳清臣,才一十八岁,还在家里读书,资质向来鲁钝,看着是不能靠八股猎科名的了;采卿有心叫他去学生意,却又高低不就。忽然一天,他公馆隔壁一个姓方的,带了一个人来相见,说是姓齐,名明如,向做洋货生意,专和外国人交易。此刻有一个外国人,要在上海开一家洋行,要请一个买办;这买办只要先垫出五千银子,不懂外国话也使得。因听姓方的说起,说柳清臣要做生意,特地来推荐。采卿听了一想,向来做买办,是出息甚好的,不禁就生了个侥幸之心。当下便对那齐明如说:“等商量定了,过一天给回信。”于是就出来和朋友商量,也有说好的,也有说不好的。采卿终是发财心胜,听了那说不好的,以为人家妒忌;听了那说好的,就十分相信。便在沈月卿家请齐明如吃了一回酒,准定先垫五千银子,叫儿子清臣去做买办。又叫明如带了清臣去见过外国人,问答的说话,都是由明如做通事。过了几天,便订了一张洋文合同,清臣和外国人都签了字,齐明如做见证,也签了字。采卿先自己拼凑了些,又向朋友处通融挪借,又把他夫人的金首饰拿去兑了,方才凑足五千银子,交了出去。就在五马路租定了一所洋房,取名叫景华洋行。开了不彀三个月[3],五千银子被外国人支完了不算,另外还亏空了三千多;那外国人忽然不见了,也不知他往别处去了,还是藏起来。这才着了忙,四面八方去寻起来,哪里有个影子?便是齐明如也不见了。亏空的款子,人家又来催逼,只得倒闭了。往英国领事处去告那外国人,英领事在册籍上一查,没有这个人的名字;更是着忙,托了人各处一查,总查不着,这才知道他是一个没有领事管束的流氓。也不知他是哪一国的,还不知他是外国人不是。于是只得到会审公堂去告齐明如。谁知齐明如是一个做外国衣服的成衣匠,本是个光蛋,官向他追问外国人的来历,他只供说是因来买衣服认得,并且不知他的来历。官便判他一个串骗,押着他追款。俗语说得好:“不怕凶,只怕穷。”他光蛋般一个人,任凭你押着,粃糠哪里榨得出油来[4]!此刻这件事已拖了三四个月,还未了结,讨债的却是天天不绝。急得采卿走头无路,家里坐不住,便常到沈月卿家避债。这沈月卿今年恰好二十岁,从十四岁上,采卿便叫他的局,一向不曾再叫别人。缠头之费,虽然不多,却是节节清楚;如今六七年之久,积算起来,也不为少了。前两年月卿向鸨母赎身时,采卿曾经帮了点忙,因此月卿心中十分感激。这回看见采卿这般狼狈,便千方百计,代采卿凑借了一千元;又把自己的金珠首饰,尽情变卖了,也凑了一千元,一齐给与采卿,打点债务。这种风声,被别个客人知道了,因此造起谣言来,说他两人是恩相好。采卿缕缕述了一遍[5],我不觉抬头望了月卿一眼,说道:“不图风尘中有此人,我们不可不赏一大杯!”正待举杯要吃,小云猛然说道:“对不住你!你化了钱请我,却倒装了我的体面。”我举眼看时,只见小云背后,珠围翠绕的,坐了七八个人。内中只有一个黄银宝是认得的,却是满面怒容,冷笑对我道:“费你老爷的心!”我听了小云的话,已是不懂,又听了这么一句,更是茫然,便问怎么讲。小云道:“无端的在这里吃寡醋,说这一席是我吃的,怕他知道,却屈你坐了主位,遮他耳目,你说奇不奇。”我不禁笑了一笑道:“这个本来不算奇,律重主谋,怪了你也不错。”那黄银宝不懂得“律重主谋”之说,只听得我说怪得不错,便自以为料着了,没好气起身去了。小云道:“索性虚题实做一回。”便对月卿道:“叫他们再预备一席,我请客!”我道:“时候太晚了,留着明天吃罢。”小云道:“你明天动身,我给你饯行;二则也给采翁解解闷。今夜四马路的酒,是吃到天亮不希奇的。”我道:“我可不能奉陪了。”管德泉道:“我也不敢陪了,时候已经一下钟了。”小云道:“只要你二位走得脱!”说着,便催着草草终席。我和德泉要走,却被小云苦苦拉着,只得依他。小云又去写局票,问我叫那一个。我道:“去年六月间,唐玉生代我叫过一个,我却连名字也忘了,并且那一个局钱还没有开发他呢。”德泉道:“早代你开发了,那是西公和沈月英。”小云道:“月英过了年后,就嫁了人了。”我道:“那可没有了。”小云道："我再给你代一个。"我一定不肯,小云也就罢了,仍叫了月卿。大家坐席。此时人人都饱的要涨了,一样一样的菜拿上来,只摆了一摆,便撤了下去,就和上供的一般,谁还吃得下!幸得各人酒量还好,都吃两片梨子、苹果之类下酒。

……

第八十八回　劝堕节翁姑齐屈膝　谐好事媒妁得甜头(节选)

……

又等了两天,接到芬臣一封密信,说"事情已妥,帅座已经首肯。惟事不宜迟,因帅意急欲得人,以慰岑寂也"云云[6]。苟才得信大喜,便匆匆回了个信,略谓"此等事亦当择一黄道吉日。况置办夌具等[7],亦略须时日,当于十天之内办妥"云云。打发去后,便到上房来,径到卧室里去,招呼苟太太也到屋子里,悄悄的说道:"外头是弄妥了,此刻赶紧要说破了。但是一层:必要依我的办法,方才妥当,万万不能用强的。你可千万牢记了我的说话,不要又动起火来,那就僵了。"苟太太道:"这个我知道。"便叫小丫头去请少奶奶来。一会儿,少奶奶来了,照常请安侍立。苟太太无中生有的找些闲话来说两句,一面支使开小丫头。再说不到几句话,自己也走出房外去了。房中只剩了翁媳二人,苟才忽然间立起来,对着少奶奶双膝跪下。

这一下子,把个少奶奶吓的昏了!不知是何事故,自己跪下也不是,站着又不是,走开又不是,当了面又不是,背转身又不是,又说不出一句话来。苟才更磕下头去道:"贤媳,求你救我一命!"少奶奶见此情形,猛然想起莫非他不怀好意,要学那新台故事。想到这里,心中十分着急。要想走出去,怎奈他跪在当路,在他身边走过时,万一被他缠住,岂不是更不成事体。急到无可如何,便颤声叫了一声婆婆。苟太太本在门外,并未远去,听得叫,便一步跨了进去。大少奶奶正要说话,谁知他进得门来,翻身把门关上,走到苟才身边,也对着少奶奶扑咚一声双膝跪下。少奶奶又是一惊,这才忙忙对跪下来道:"公公婆婆有甚么事,快请起来说。"苟太太道:"没有甚么话,只求贤媳救我两个的命!"少奶奶道:"公公婆婆有甚差事,只管吩咐。快请起来!这总不成个样子!"苟才道:"求贤媳先答应了,肯救我一家性命,我两个才敢起来。"少奶奶道:"公公婆婆的命令,媳妇怎敢不遵!"苟才夫妇两个,方才站了起来。苟太太一面挽起了少奶奶,捺他坐下,苟才也凑近一步坐下,倒弄得少奶奶踧踖不安起来[8]。

苟才道:"自从你男人得病之后,迁延了半年,医药之费,化了几千。得他好了倒也罢了,无奈又死了。唉!难为贤媳青年守寡!但得我差使好呢,倒也不必说他了,无端的又把差使弄掉了。我有差使的时候,已是寅支卯粮的了[9];此刻没了差使才得几个月,已经弄得百孔千疮,背了一身亏累。家中亲丁虽然不多,然而穷苦亲戚弄了一大窝子,这是贤媳知道的。你说再没差使,叫我以后的日子怎生过得过!所以求贤媳救我一救!"少奶奶当是一件甚么事,苟才说话时,便拉长了耳朵去听。听他说头一段自己丈夫病死的话,不觉扑簌簌的泪落不止。听他说到诉穷一段,觉得莫名其妙,自己一家人,何以忽然诉起穷来!听到末后一段,心里觉得奇怪,莫不是要我代他谋差使!这件事我如何会办呢。听完了便道:"媳妇一个弱女子,能办得了甚么事!就是办得到的,也要公公说出个办法来,媳妇才可以照办。"

苟才向婆子丢个眼色,苟太太会意,走近少奶奶身边,猝然把少奶奶捺住,苟才正对了少奶奶,又跪下去。吓得少奶奶要起身时,却早被苟太太捺住。况且苟太太也顺势跪下,两只手抱住了少奶奶双膝。苟才却摘下帽子,放在地下,然后冬的冬的[10],碰了三个响头。原来本朝制度,见了皇帝,是要免冠叩首的,所以在旗的仕宦人家,遇了元旦祭祖,也免冠叩首,以表敬意。除此之外,随便对了甚么人,也没有行这个大礼的。所以当下少奶奶一见如此,自己又动弹不得,便颤声道:"公公这是甚么事? 可不要折死儿媳啊!"苟才道:"我此刻明告诉了媳妇,望媳妇大发慈悲,救我一救! 这件事除了媳妇,没有第二个可做的。"少奶奶急道:"你两位老人家怎样啊? 那怕要媳妇死,媳妇也去死,媳妇就遵命去死就是了! 总得要起来好好的说啊。"苟才仍是跪着不动道:"这里的大帅,前个月没了个姨太太,心中十分不乐,常对人说,怎生再得一个佳人,方才快活。我想媳妇生就的沈鱼落雁之容,闭月羞花之貌,大帅见了,一定欢喜的,所以我前两天托人对大帅说定,将媳妇送去给他做了姨太太,大帅已经答应下来。务乞媳妇屈节顺从,这便是救我一家性命了。"少奶奶听了这几句话,犹如天雷击顶一般,头上轰的响了一声,两眼顿时漆黑,身子冷了半截,四肢登时麻木起来;歇了半晌方定,不觉抽抽咽咽的哭起来。苟才还只在地下磕头。少奶奶起先见两老对他下跪,心中着实惊慌不安,及至听了这话,倒不以为意了。苟才只管磕头,少奶奶只管哭,犹如没有看见一般。苟太太扶着少奶奶的双膝劝道:"媳妇不要伤心。求你看我死儿子的脸,委屈点救我们一家,便是我那死儿子,在地底下也感激你的大恩啊!"少奶奶听到这里,索性放声大哭起来。一面哭,一面说:"天啊,我的命好苦啊! 爸爸啊,你撇得我好苦啊!"苟才听了,在地下又磬的磬的碰起头来,双眼垂泪道:"媳妇啊! 这件事办的原是我的不是;但是此刻已经说了上去,万难挽回的了,无论怎样,总求媳妇委屈点,将就下去。"

此时少奶奶哭诉之声,早被门外的丫头老妈子听见,推了推房门,是关着的,只得都伏在窗外偷听。有个寻着窗缝往里张的,看见少奶奶坐着,老爷、太太都跪着,不觉好笑,暗暗招手,叫别个来看。内中有个有年纪的老妈子,恐怕是闹了甚么事,便到后头去请姨妈出来解劝。姨妈听说,也莫名其妙,只得跟到前面来,叩了叩门道:"妹妹开门! 甚么事啊?"苟太太听得是姨妈声音,便起来开门。苟才也只得站了起来。少奶奶兀自哭个不止。姨妈跨进来便问道:"你们这是唱的甚么戏啊?"苟太太一面仍关上门,一面请姨妈坐下,一面如此这般,这般如此的告诉了一遍。又道:"这都是天杀的在外头干下来的事,我一点也不晓得;我要是早点知道,哪里肯由得他去干! 此刻事已如此,只有委屈我的媳妇就是了。"姨妈沉吟道:"这件事怕不是我们做官人家所做的罢。"苟才道:"我岂不知道! 但是一时糊涂,已经做了出去,如果媳妇一定不答应,那就不好说了。大人先生的事情,岂可以和他取笑! 答应了他,送不出人来,万一他动了气,说我拿他开心,做上司的要抓我们的错处容易得很,不难栽上一个罪名,拿来参了,那才糟糕到底呢!"说着,叹了一口气。姨妈看见房门关着,便道:"你们真干的好事! 大白天的把个房门关上,好看呢!"苟太太听说,便开了房门。当下四个人相对,默默无言。丫头们便进来伺候,装烟啻茶。少奶奶看见开了门,站起来只向姨妈告辞了一声,便扬长的去了。

......

　　　　　　　　(据《二十年目睹之怪现状》,上海古籍出版社 2001 年版)

【注释】

(1) 人心不古:指今人的心地失淳朴而流于诈伪,没有古人厚道,慨叹社会风气变坏。古:古代的社会风尚。

(2) 具:备,办。

(3) 不彀(gòu):不到;不够。

(4) 粃糠(bǐ kāng):瘪谷和米糠。

(5) 觇(zhěn)缕:详细叙述

（6）岑寂：寂寞，孤独冷清。

（7）奁（lián）：古代汉族女子存放梳妆用品的镜箱。

（8）踧踖（jí jú）：局促；拘束。

（9）寅支卯粮：这一年吃了下一年的粮。比喻经济困难，入不敷出。

（10）冬：同"咚"，敲鼓的声音。

【简析】

  《二十年目睹之怪现状》是一部带有自传性质的作品，是清末四大谴责小说之一。全书以主人公九死一生为父奔丧开始，至其经商失败为止，共一百零八回。本文节选了三个回目，描绘了官场、洋场和封建家庭道德和人性的沦丧。作者通过辛辣的笔触，大胆地描绘出当时社会的众生相：为逃避检查私货不择手段的商人，在洋人面前奴颜婢膝却欺凌同族的民族败类，逼迫寡媳去做制台姨太太的观察……小说涉及社会生活的多个方面，展示了各个阶层的种种怪现状，上至高官督抚，下至三教九流，种种丑态都揭露了日益殖民地化的中国封建社会在拜金主义狂潮的冲击下，已变得溃烂不堪。通过对当时封建社会的政治状况、社会风尚、伦理道德以及人情世态的辛辣描写，揭露了清末社会和封建制度终将灭亡的历史命运。

图书在版编目(CIP)数据

中国古代文学作品选/苏艳霞,李静主编. —上海：复旦大学出版社,2017.8(2024.6重印)
普通高等学校小学教育专业系列教材
ISBN 978-7-309-12996-0

Ⅰ.中… Ⅱ.①苏…②李… Ⅲ.中国文学-古典文学-师范大学-教材 Ⅳ.I212.01

中国版本图书馆 CIP 数据核字(2017)第 122675 号

中国古代文学作品选
苏艳霞 李 静 主编
责任编辑/杜怡顺

复旦大学出版社有限公司出版发行
上海市国权路 579 号 邮编：200433
网址：fupnet@ fudanpress.com http://www.fudanpress.com
门市零售：86-21-65102580 团体订购：86-21-65104505
出版部电话：86-21-65642845
杭州日报报业集团盛元印务有限公司

开本 787 毫米×1092 毫米 1/16 印张 25.25 字数 614 千字
2024 年 6 月第 1 版第 8 次印刷

ISBN 978-7-309-12996-0/I·1046
定价：68.00 元